서로

2018. 5

감사합니다. ♥

푸른 바람의 역린

푸른 바람의 역린

2018년 5월 25일 초판 1쇄 인쇄
2018년 5월 30일 초판 1쇄 발행

지은이 세련
발행인 이종주

기획 편집 주수지 주종숙
경영 지원 배진경
마케팅 김정수

발행처 (주)로크미디어
출판 등록 2003년 3월 24일
주소 서울시 마포구 성암로 330 DMC첨단산업센터 314호
Tel (02)3273-5135 **Fax** (02)3273-5134
홈페이지 rokmedia.blog.me
E-mail queens@rokmedia.com

푸른 바람의 역린

세련 장편소설

Queen's
Selection

차례

바람, 그를 만나다

"와……."

입가에 환하고 진한 미소가 번졌다. 상상했던 것보다 몇 배는 더 넓고 푸르고 아름다웠으니까.

청제의 허락을 받지 않은 이는 절대 오를 수 없다는 바람의 언덕 위에서 나오가 새파란 잔디에 팔다리를 쭉 편 채 벌러덩 등을 대고 드러누웠다.

잔디 안으로 폭 파묻히는 느낌이었다. 온몸을 짓누르던 걱정과 설렘은 이곳에 온 순간 사라져 버렸다. 이대로 조금만 더 누워 있으면 그냥 잠이 들어 버릴 것만 같은 포근함 때문이었다.

기억에도 없는 어미와 아비의 품이 이런 느낌일까 하는 낯선 생각에 문득 우스운 감정이 들었다.

한 번도 느껴 보지 못한 포근함을 떨쳐 버리듯 누운 채 고개를 삐죽이 들어 올렸다. 동그란 눈이 주변을 살폈다.

"헌데…… 어디서 오시는 걸까?"

문득 궁금해졌다. 청제가 저 거대한 언덕 끝으로 올라오시는 것인지, 아니면 깊고 깊은 저 능선을 타고 달려오시는 것인지. 그것도 아니면, 음…… 땅에서 솟아날 리는 없고, 혹시 저 하늘에서 뚝?

몸을 웅크리고 앉아 생각에 잠겼던 나오가 무심하게 고개를 들어 하늘을 올려다본 때였다.

"헉!"

나오의 눈 가득 무엇인가가 들어왔다. 얼마 전에 해가 떴는데 이상하게 벌써 주변이 좀 어두워지는 것 같다고 생각한 순간이었다.

끝없이 푸른 하늘에 거대한 존재가 둥둥 떠 있었다. 아니, 날고 있다고 해야 옳은 것일까.

물고기들이 물속을 여유롭게 유영하듯, 거대한 그림자가 푸른 하늘 위에서 천천히 헤엄을 치고 있었다.

어둠을 품고 있는 배 쪽의 색감은 잘 느껴지지 않았지만 햇빛 아래 그대로 드러나 있는 등 쪽의 색감은 눈이 시리게 뚜렷했다.

너무도 아름다운 짙푸른 청색.

설……마?

온 세상을 푸른 기운으로 뒤덮을 듯 거대한 몸체가 그녀가 있는 곳으로 다가오고 있었다. 도망갈 생각조차 아예 들지 못할 만큼 압도적인 기운을 뿜어내는 존재감 때문일까. 나오는 숨조차 제대로 내쉬지 못했다.

거대한 그것이 천천히 자신의 시야에 다가오고서야 그녀는 그것의 정체를 느낄 수 있다.

투명하리만치 맑은 푸른빛이 뿜어져 나오는 거대한 비늘에 감싸인 몸이었다. 그 거대함에 질식할 것만 같아 나오가 천천히 눈을 감았다 다시 떴을 때였다.

"엄마야!"

처음에는 자각할 수 없었다. 눈앞에 무엇인가가 자신을 가득 담고 있었다. 앞에 놓여 있는 투명하고 푸른 거대한 유리알 안에 그 모습이 뚜렷하게 보였다.

대충 묶은 머리와 새하얗고 조그마한 얼굴, 그리고 낡았지만 깨끗한 옷까지. 연못의 물에 비쳐 보이던 자신이 눈앞에 있었다.

새하얀 막 안의 길쭉하고 투명한 푸른빛. 그 빛 안에 가득 담긴 제 모습을 확인하고 싶었다. 손을 들어 올린 채 무심코 한 발을 앞으로 내밀던 그 순간, 어떠한 소리가 심장으로 스며들었다.

─ 멈춰라.

소리인데, 분명 자신에게 들려오는 소리가 맞는데 귀가 아니라 심장으로 스며들었다.

그제야 나오는 깨달았다. 자신의 눈앞에 모든 것을 온전히 담고 빛나고 있는 것이 무언가의 눈동자라는 것을. 그것도 어마어마한 크기의 눈동자였다. 나오의 몸을 온전히 다 담을 수 있을 만큼 커다란.

주춤주춤 뒤로 몇 발자국 물러서던 나오가 눈앞에 천천히 드러나는 형상에 기함을 하며 그대로 무릎을 숙이고 고개를 바닥에 처박았다.

그 눈동자의 주인은, 푸른 용이었다. 이 순간 눈앞의 거대한 용이 청제임은 바보가 아닌 이상 그 누구라도 알 수 있을 것이었다.

─ 누구냐. 너는.

또다시 엎드려 있는 나오의 심장으로 목소리가 스며들었다. 공기가 울리며 그 울림이 귀가 아닌 심장으로 스며드는 모양이었다. 울림이 눈앞에 있는 이에게서 흘러나온다는 것은 확인할 필요도 없었다.

"시종 하로의 손녀, 나오라 하옵니다."

고개도 들지 못하고 나오가 말했다.

눈앞 존재에게서 흘러나오는 거대한 기의 흐름이 온몸으로 고스란히 느껴져 왔다. 태어나 단 한 번도 느껴 본 적 없는 그 거대한 기의 파고에 숨조차 제대로 내쉬기 어려웠다. 이 상황에서 입을 열어 대답을 하고 있는 자신이 기특할 지경이었다.

– 계집이란 이야기는 하지 않았는데.

살짝 짜증이 어린 듯한 공명이 또다시 울려왔다. 근엄하기만 하던 목소리 끝에 담긴 낯선 가벼움 때문이었을까, 나오가 고개를 들 용기를 낼 수 있었던 것은.

무릎에 파묻다시피 했던 얼굴을 천천히 들어 올린 나오의 눈앞에 온전한 형체의 용이 보였다.

온통 푸르게 반짝이는 비늘로 뒤덮인 용의 몸은 햇빛에 눈이 시리게 반짝였다. 비늘이란 것이 이렇게 아름다울 수 있구나, 오늘 처음 알았다. 만져 보고 싶었다. 만져 보면 어떤 느낌일지 너무도 궁금했다.

하지만 어차피 그녀가 손을 뻗는다 해도 손이 닿을 수는 없을 것 같아 보였다. 자신의 몸은 용의 발끝에나 겨우 미치고 있었으니까.

그 거대한 몸을 시선 안에 다 담고 싶어 천천히 고개를 들어 올린 나오의 시선과 용의 시선이 맞부딪쳤다.

바로 눈앞에서 볼 때는 커다란 유리알 같던 것이 조금 떨어져서 보니 온전히 눈의 형태였다. 짙푸른 청록의 길쭉한 동공이 그녀를 내려다보고 있었다.

무심한 표정이라고, 생전 처음 보는 용의 얼굴임에도 그 표정에서 무심함이 느껴진다고 나오는 생각했다.

'실수 없이 모셔야 한다.'

'알았다니까, 할아버지! 내가 다 알아서 할게. 제발 신경 쓰지 말고 누워 계시라고요.'

'말대답하지 말고.'

'네!'

'조금 까다로우시니까 잘 맞춰 드리고.'

'까탈? 진짜로는 성질이 그리 더러우시다던데 정말이에요?'

'어디서! 청제님께 그런 말버릇을!'

'모두가 그러거든요? 내가 하는 소리가 아니고.'

'조금 까다롭고 예민하셔도 성정이 절대 나쁜 분은 아니다.'

'예. 어련하시려고요. 할아버지한테야 청제님이 하늘이시니까.'

언제나 그랬다. 할아버지에겐 지금 제 눈앞에 있는 존재가 세상 전부였다. 해서 이번 일은 자신이 맡겠다고 자청한 것이었다. 그래야 할아버지가 마음 편히 쉴 수 있을 테니까. 안 그랬다면 할아버지는 그 몸으로라도 분명 움직이려 했을 것이다.

바람의 언덕이라는 이름에 걸맞게 부는 거친 바람에 용의 등에 길게 난 갈기가 물결치듯 흔들렸다. 비늘보다 색감이 짙은 갈기는 검은빛이 도는 진청색이었다.

바람이 부는 대로 물결치는 그 갈기가 참 예뻤다. 마을 뒤쪽에 있는 억새밭의 억새가 물결치는 것처럼, 나오의 눈에는 그랬다.

"할아버지 대신 모시게 되어 광영입니다. 청제님."

— 하로는…….

"아직도 몸이 많이 좋지 못하십니다. 워낙 연세가 많아서 그러신 모양입니다."

동그란 눈동자를 굴리며 자신을 올려다보는 나오를 용이 가만히 내려다보고 있었다.

무심한 듯하면서도 자신의 말을 듣고 있다는 것이 느껴졌다. 하긴 자신의 할아버지는 이 청룡이 태어났을 때부터 지금까지 5천 년을 모셔 왔으니 할아버지의 상태에 조금이라도 관심을 가지는 것이 인지상정, 아니,

신지상정일 것이다.

— 해서, 네가 나를 따라가겠다고.

"예. 할아버지 대신 모시겠습니다."

자신을 보는 용이 눈을 가늘게 늘였다. 안 그래도 길쭉한 눈매가 더 가늘어졌다. 머리끝부터 발끝까지 살피는 그 시선이 온전히 느껴져 왔다. 너무도 큰 눈동자가 움직이니 왠지 모르게 오싹 소름이 돋았다.

— 할 수 없지. 가자. 늦기 전에.

살짝 짜증이 담겨 있었지만 더 이상 아무런 말도 하지 않는 청제의 반응에 나오가 가슴을 쓸어내렸다. 이대로 돌아가라느니, 계집이 어딜 따라오냐고 화라도 내면 어쩌나 엄청 가슴을 졸였기에.

천 년에 한 번씩 있다는 오방대제 화합이었다. 이곳엔 수하가 아닌 시종만 동행할 수 있었다. 호전적인 성품을 가진 대제의 수하들이 모이면 문제가 생기곤 해서 정해진 규칙이라는 말을 할아버지에게 들은 적이 있었다.

할아버지가 아프다고 시종도 없이 혼자서 화합에 갈 순 없으니 청제로서도 다른 선택이 없을 것이다.

마뜩잖음을 고스란히 시선 안에 담은 청룡이 몸을 돌린 때였다. 다급해진 나오가 급히 청룡을 불렀다.

"청제님, 헌데."

다시 날기 위해 거대한 몸을 천천히 펴던 청룡이 그녀의 부름에 고개를 돌렸다. 거대한 용의 움직임에 공기가 요동쳤다. 그와 함께 나오의 온몸을 바람이 감쌌다. 금방이라도 몸이 날아가 버릴 것만 같아 나오가 다리에 힘을 주었다.

— 뭐냐. 또.

무심한 공명이 다시 울렸다. 조그마한 소리로 나오가 대답했다.

"저는, 바람을 타지 못합니다."

– 뭐?

나오의 말에 청룡의 눈동자가 커다랗게 열렸다. 황당함을 넘어 이해할 수 없다는 듯 커진 푸른 동공을 조심스럽게 올려다보며 나오가 숨죽인 채 말했다.

"태어났을 때부터 저는 바람을 타지 못합니다. 해서…… 날아갈 수가 없습니다."

– 청족이 바람을 타지 못한다고?

"예. 분명 청족이지만 저는 바람을, 헉!"

기어 들어가는 목소리로 겨우 말하던 나오가 갑자기 자신의 앞으로 다가온 용의 얼굴에 기함을 하며 뒤로 물러섰다. 거대한 용의 눈이 자신을 바라보고 있었다.

나오가 자신도 모르게 숨을 삼켰다. 자신을 뚫어지게 바라보는 그 눈동자는 두려움과 무서움을 함께 느끼게 했다. 눈동자 속으로 빨려 들어갈 것만 같았다.

– 조금 흐리긴 하지만 분명 푸른 눈동자고, 청족이 분명한데 바람을 타지 못한다라.

혼잣말 같은 청룡의 목소리가 나오의 머릿속을 울렸다. 아마 제 눈동자를 확인한 모양이었다. 청족의 상징인 푸른 눈동자를.

태어났을 때부터 다른 청족의 청색 눈동자보다 색이 엷긴 했지만 자신은 분명 청족이고, 청족의 몸에서 태어났다. 그런데 이상하게도 저만 바람을 타지 못했다. 왜 그런지는 자신이 가장 궁금했다.

– 허면 어찌 나를 따라올 생각이냐.

날지 못한다고 고백한 후 동그란 눈에 생기가 사라지고 조금 기가 죽은 소녀를 내려다보며 청룡이 물었다.

자신을 두려워하지 않는 것 같아 우습다 여겼는데 금방 기가 죽은 모습이 또 나름 재미있었다. 유리알에 햇빛이 담기면 시시각각 여러 가지 색

13

깔로 바뀌듯 소녀가 짓는 표정이 우스웠다.

－ 그곳까지 달려가는 건 무리일 텐데.

장난기 어린 목소리가 공간을 울렸다. 자신을 놀리는 청룡의 말에 나오가 살짝 눈을 치떴다. 조그마한 입술이 새초롬하게 열렸다.

"달리라 하시면 달리겠지만, 그래서야 청제께서 이곳으로 돌아오실 때까지도 제가 그곳에 닿지도 못할 게 아니겠습니까? 허니, 저를 좀 태워 주시면 안 됩니까? 이리 조그마한 저 하나 그 등에 태우신다고 힘드시지도 않을 듯한데."

－ 내 등에…… 타겠다고?

벼락처럼 울려 나오는 청룡의 목소리에 나오가 질끈 눈을 감았다. 심장에 벼락이 떨어지는 것 같았다. 너무 놀란 심장이 두근거렸다.

그 순간 바람도 불지 않는데 천천히 일어선 갈기가 불꽃이 일렁이듯 움직였다. 천천히, 그러나 타오르듯 화가 가득 담겨 있었다. 그 갈기의 움직임에 또 바람이 몰아칠까 두려워 나오가 몸을 움츠렸다.

"그럼 어쩝니까. 저는 날지 못하는데."

어깨를 움츠리고 눈도 맞추지 못하면서 또다시 나오가 입을 열자 청룡의 얼굴에 균열이 갔다. 용임에도 모든 표정이 그대로 드러났다.

－ 젠장.

자신에게 하는 말이 아닌 혼잣말일 텐데 삼키지 못해 쏟아져 나온 말일 것이다. 청룡에게는 어울리지 않는 말투였다.

청룡이 천천히 언덕 위를 돌기 시작했다. 아마 어찌해야 할지 생각하는 모양이었다. 물고기가 물 안에서 헤엄을 치듯 청룡의 긴 몸이 주변을 맴돌았다.

화가 난 청룡의 기가 언덕 위를 감싸며 천천히 바람이 일었다. 진초록으로 아름답게 물든 잔디밭이 파도처럼 일렁였다.

나무들이 서로 부딪쳐 바삭거리는 소리를 내고 바람에 꽃잎들이 날렸다. 여러 가지 색깔의 꽃눈이 바람의 언덕을 가득 메웠다.

"예쁘다."

엄청난 화를 어쩌지 못하고 언덕 위를 이리저리 날고 있는 청룡은 아예 잊은 듯 나오가 날리는 꽃잎들에게로 손을 내밀었다. 너무도 부드러워 감촉조차 느껴지지 않는 꽃잎들이 손바닥에 내려앉았다.

촉촉하면서 부드러운 감촉, 코끝을 감도는 진한 향기. 눈을 감은 나오가 깊이깊이 꽃향기를 들이마시던 순간이었다.

— 타라.

딱딱하고 무미건조한 음성이 달콤한 꽃향기에 취한 심장에 스며들어 왔다.

❋ ✠ ❋

손바닥에 닿는 용 비늘의 감촉은 너무도 부드러웠다. 딱딱한 껍질처럼 보였는데, 짙푸른 청색의 비늘 하나하나는 조금 전 손 위에 올려 보았던 꽃잎 같았다.

자꾸만 만져 보고 싶은 느낌에 가만가만 비늘을 쓰다듬는 나오에게로 또다시 무심한 청룡의 목소리가 들려왔다.

— 떨어지고 싶지 않으면 잘 잡아야 할 거다.

지금 자신이 어디에 있는지 깨달은 나오가 급히 몸을 숙이고 용의 등에 착 달라붙었다.

등에서 느껴지는 조그맣고 따스한 감촉에 청룡이 가만히 고개를 돌려 나오를 바라보았다.

거대한 제 몸에 올라오지도 못하는 소녀를 꼬리로 들어 올려 등 위에 태운 감각이 아직도 생생했다.

꼬리로 무언가를 말아 내던진 적은 있어도 이리 조심스럽게 쥐어 본 적

15

은 처음이었다. 적을 상대할 때는 으스러뜨리면 되었으니 힘을 조절할 필요가 없었지만 이 작은 존재는 조금만 힘을 줘도 그대로 부려져 버릴 것 같아 여간 조심스러운 게 아니었다.

혹여 이 존재를 죽였다간 시종 하로를 볼 면목이 없을 테니 조심해야 했다. 5천 년 동안 자신의 곁에서 수족처럼 지냈던 이의 핏줄을 죽이는 실수는 하면 안 될 테니까.

거대한 몸을 가볍게 허공으로 들어 올린 청룡은 그대로 날기 시작했다.

엄청난 속도였다. 그 속도에 제대로 눈도 뜨지 못한 나오는 죽을힘을 다해 청룡의 비늘을 움켜잡아야 했다.

숨도 제대로 쉬어지지 않았다. 떨어지지 않기 위해 온 힘을 다해 비늘을 잡은 팔은 떨어져 나갈 것만 같았다. 이대로 얼마나 더 버틸 수 있을지 알 수 없었다.

이런 상태를 용은 모르고 있는 것 같았다. 아니, 너무도 큰 몸에 붙어 있는 자신의 존재가 너무 작으니 느낄 수조차 없을 것이다.

"하아, 하아."

점점 팔이 마비되고 있었다. 더는 버틸 수 없음을 직감한 나오가 입을 여는 순간 용이 꿈틀, 몸을 틀었다. 그 움직임에 그녀의 몸이 그대로 허공으로 떨어져 내렸다.

"아악!"

비명 소리마저 바람과 허공에 묻혀 버리는 것 같았다. 엄청난 바람의 장벽이 등을 강타해 왔다. 그저 나풀거리며 떨어져 내리는 것이 아니라 엄청난 속도로 쏟아지듯 떨어지고 있었다.

숨이 쉬어지지 않고 가슴이 터질 것처럼 조여 왔다. 이렇게 떨어져 내리다가 바닥에 닿기도 전에 바람을 이기지 못하고 숨이 막혀 죽을 모양이었다.

허공으로 뻗은 그녀의 손이 앞을 더듬었지만 허공은 그녀의 손안에 바람만 쥐여 주었다.

그때였다. 무엇인가가 자신의 몸을 받쳐 든 것은.

엄청난 속도에 터질 것 같던 몸이 꼭 거짓말처럼 무언가에 단단하게 감싸였다. 딱딱하지만 너무도 안전하게 느껴지는 감각이 등을 통해 온몸으로 전해져 왔다.

그제야 감고 있던 눈을 천천히 뜬 나오의 시선에 어느새 익숙해진 푸른 눈동자가 보였다. 거대한 그 눈동자 안에 자신이 담겨 있음을 확인한 나오의 얼굴에 그제야 옅은 미소가 번졌다.

자신을 잡고 있는 것은 용의 앞발이었다. 투박한 용의 발 안에 자신이 누워 있었다.

― 괜찮으냐.

조금은, 아주 조금은 자상한 소리가 심장으로 스미는 것을 어렴풋하게 자각한 나오의 의식이 천천히 아득해져 갔다.

코끝으로 진한 나무의 향이 느껴졌다. 의식이 돌아오면서 가장 먼저 접한 감각이었다. 그 청명한 기운이 몸을 천천히 깨웠다.

힘겹게 들어 올린 눈꺼풀 너머로 눈이 시리게 푸른 하늘이 보였다.

"나, 살아 있나."

의식이 멀어지기 전 겪었던 죽음과 같은 순간을 떠올리며 나오가 눈을 깜박였다. 온몸이 저릿한 것을 빼고는 달라진 것은 없었다. 다행히 죽지는 않은 모양이었다.

"아, 아파라."

아픈 팔을 힘겹게 의지해 몸을 일으킨 나오가 주변을 둘러보려 고개를 들었을 때였다. 조금 떨어진 곳에서 커다란 바위 위에 앉아 있는 이의 모습이 시선에 들어왔다.

사내였다. 젊은 사내. 칠흑 같으면서도 푸른빛이 가득한, 길고 긴 머리가 사내의 온몸을 감고 있는 것처럼 보였다. 그 머리카락 사이로 새하얀 얼굴이 하늘을 향해 있었다.

솜씨 좋은 이가 조각한 것처럼 반듯한 이마와, 날카롭지만 곱고 사내다운 콧날, 붉은 꽃물을 들인 듯 반짝이는 입술과 각진 턱선. 청색 장의를 걸친 사내의 모습은 현실감이 없었다.

그 모습에 심장 저 깊은 곳이 간질거린 순간 왈칵 두려움이 밀려들었다. 나오의 얼굴이 불안을 담고 일그러졌다.

두려움을 떨치고 싶은 듯 그녀가 고개를 들어 주변을 둘러보았다. 혹 여기가 다른 이들이 말하던 천상이 아닐까 의아해서였다.

평소 착한 일을 많이 했기에 죽어서 천상으로 떨어진 것은 아닐까 하는 의문이 그녀의 머릿속을 가득 채운 순간, 낯익은 목소리가 들려왔다.

"깼느냐."

"엥?"

놀란 나오의 눈이 동그랗게 커졌다. 저 소리는 청룡에게서 흘러나오던 목소리가 분명했다. 헌데 어째서 저 그림처럼 생긴 사내에게서 들려오는 것일까.

허공에 놓여 있던 나오의 시선이 서둘러 사내에게로 돌아갔다. 사내의 모양 좋은 붉은 입술이 웃고 있었다.

"청족이 하늘에서 떨어졌다는 소리는 5천 년 동안 한 번도 들은 적이 없는데, 네가 처음으로 전설을 만든 모양이다."

"저기…… 여기가 혹시 천상입니까?"

"뭐?"

미간을 좁힌 사내가 그대로 몸을 일으켰다. 짙푸른 머리카락이 사내의 움직임을 따라 물결치듯 흔들렸다. 큰 키와 넓은 어깨를 가진 사내가 천천히 나오를 향해 걸어왔다.

조금씩 사내가 다가올수록 나오의 얼굴에 난감한 균열이 갔다. 한눈에 들어온 그의 짙푸른 눈동자 때문이었다.

　분명 저 눈동자는 조금 전 바람의 언덕에서 보았던 용의 것이 분명했다. 청룡이자 청제의 눈 안에만 있는 그 유리알이 어찌 이 사내에게도 있는 것일까 의구심을 품은 순간 사내의 얼굴이 그대로 나오 앞으로 다가왔다.

　바람의 언덕에서 청룡의 얼굴을 마주했을 때와 똑같이 눈앞의 존재에게서 느껴지는 압도적인 기운에 숨이 막혔다. 거대하게 밀려오는 제압감에 손가락 하나 꼼짝할 수 없었다.

　그제야 닫혀 있던 머릿속 저 깊은 곳에서 한 단어가 떠올랐다.

　청제님?

　"천상에 가길 원하는 것 같은데, 원한다면 지금 당장 보내 줄 수 있다. 아, 천상으로 갈지 명부로 갈지는 나도 모르겠지만."

　사내가 짓궂은 표정을 지으며 붉은 입꼬리를 끌어 올렸다. 나오는 멍한 얼굴로 사내를 바라보다 고개를 갸웃했다.

　숨 막히는 위압감에 청제를 떠올렸지만 아무래도 확신이 서지 않았다. 확인이 필요했다.

　"설마 청제님은 아니시지요? 누구십니까?"

　"아직 정신이 덜 든 모양이구나. 주인도 몰라보다니."

　사내의 긴 손가락이 나오의 동그란 이마를 가볍게 쳤다. 벌이라도 주는 듯.

　주인? 나오의 눈이 더 커졌다.

　"그쪽이 청제님이라고요? 설마."

　저를 짜증스럽게 노려보는 사내를 조심스럽게 살피며 나오가 단호하게 말했다. 확신할 수 없으니 제대로 확인해 봐야 했다. 눈앞의 존재가 대체 무엇인지.

　요괴일지도 몰랐다. 요괴는 언제나 다른 이들을 홀린다고 했으니까.

"나를 믿지 못하겠다?"

"마을 사람들이 말하곤 했거든요. 청제님은 온몸이 털로 덮여 있고, 우락부락하고 거대한 몸집을 가진 괴물의 모습을 하고 있다고. 헌데 그쪽은 그것과 전혀 다르지 않습니까."

"뭐? 우락부락에 털?"

"마을 사람들이 분명 보았다고 했습니다."

"하…… 이런."

짜증이 가득했던 사내의 얼굴에 미소가 천천히 번져 갔다. 이해할 수 없는 미소였지만 너무도 아름답다고 나오는 생각했다.

푸른 눈과 붉은 입술이 휘어지면서, 아름다운 미소가 사내의 새하얀 얼굴을 가득 덮었다. 그 모습이 심장이 두근거릴 만큼 고왔다.

"건달바군."

"건달바? 그게 누굽니까?"

"내 곁을 지키는 녀석이다. 심심하면 가끔씩 마을에 숨어드는 것 같더니."

"그럼 마을 사람들이 본 것이 그……."

"몸집이 거대하고 온몸이 털로 뒤덮인 녀석이다."

"어찌 알겠습니까? 그 털로 덮인 이가 진짜 청제님이고 그쪽이 건달바라는 괴물일지."

"확인이 필요하다라……."

사내의 미소가 진해졌다. 그가 한 발 뒤로 물러서는 순간, 아름다운 사내는 연기처럼 사라지고 허공 위로 끝없이 일렁이는 거대한 용이 나오 앞에 모습을 드러냈다.

짙푸른 갈기가 바람을 타고 아름답게 흔들렸다. 하늘을 향해 포효하듯 한 번 몸을 튼 용이 가만히 아래를 내려 보다 쏜살같이 그녀의 앞으로 다가왔다.

온몸을 강타하는 그 거대한 기운에 나오가 질끈 눈을 감았다.

– 확인이 되었느냐.

또다시 들려오는 심장으로의 울림. 질끈 감았던 눈을 조심스럽게 뜬 나오가 천천히 고개를 끄덕였다.

그러자 용은 연기처럼 사라지고, 조금 전 사내가 다시 나오 앞에 나타났다. 아쉬움과 반가움이 함께 밀려들었다.

신기했다. 5천 년을 살아온 청제의 모습이 청족으로는 5백 년 정도를 산 청년 같다는 것이. 물론 청제이기에 자신들과는 수명이 다르다 해도 이리 젊을 줄은 상상도 하지 못했다. 중후한 아저씨 정도를 생각했었기에 자꾸만 이질감이 느껴졌다.

"이제 살아난 것 같으니 서둘러라. 회합에 늦지 않게 도착하려면 서둘러야 한다."

나오의 상태를 무심한 눈으로 살핀 청제가 다시 용으로 변하려는 듯 한 발 뒤로 물러서는 순간, 나오가 놀라 손을 내밀었다.

"저……."

"또 뭐냐."

"조금만 천천히 날아 주시면 안 됩니까?"

"미치겠군."

모기 소리처럼 조그맣게 부탁하는 나오의 말에 청제가 깊게 한숨을 내쉬었다.

생각도 못 했다. 그저 떨어지던 아이를 푸른 숲으로 데려와 시료하고 다시 출발할 생각이었다.

자신의 기운으로 시료를 마쳤으니 문제없이 출발할 수 있을 것이라고 여겼던 것은 착각이었다. 어차피 아까처럼 자신의 속도를 이겨 내지 못하면 또 떨어질 것이 분명했다.

시간은 부족하고, 눈앞의 아이는 데려가야 하고. 방법을 찾아야 했다.

생각에 잠긴 청제의 모습에 나오의 시선이 닿았다. 골똘히 생각 중인지 자신의 시선을 알아차리지 못하는 것 같았다. 똘랑똘랑 눈동자를 굴리며 머리끝부터 발끝까지 천천히 새기듯 청제를 응시했다.

이제 보니 길게 흔들리는 머리카락의 색이 용의 갈기 빛과 똑같았다. 햇빛을 받으면 눈부시게 아름다운 빛을 품는 것도 같았다.

유난히 짙푸른 청색 눈동자도 분명 청룡의 것이었다. 몰랐는데 저리 인간의 태를 하고 있으니 그 눈이 얼마나 예쁜지 확연하게 느낄 수 있었다.

게다가 저 투명하리만치 새하얀 피부와 붉고 도톰한 입술까지. 역시 용의 모습보다는 저 모습이 훨씬 아름다웠다. 느껴지는 기운은 같아도 한눈에 다 들어오지도 않는 용보다는 저리 매력적인 사내의 자태가 보기 좋으니까. 아마 동네 사람들이 본다면 입을 다물지 못할 것이다.

"흥, 나만 알고 있어야지. 아무에게도 말 안 해 줄 거야."

이해할 수 없는 욕심이 몽실몽실 피어올랐다. 저 아름다운 청제의 모습을 자신의 눈에만 남겨 두고 싶은.

"이렇게 하자."

허공을 응시하던 청제가 자신에게로 시선을 돌리자 나오가 얼른 고개를 숙였다.

"천천히 가면 회합에 늦을 테니 네가 내 발에 타고 가야겠다. 내 발 안이면 떨어질 위험도 없고 바람의 영향도 덜 받을 테니까."

"발 안이요?"

나오가 눈을 동그랗게 뜨는 순간 사내의 모습이 천천히 용의 형체로 바뀌어 갔다. 그 아름답던 모습이 다시 용으로 변하는 것을 보며 나오가 얼굴을 찡그렸다. 왠지 슬펐다.

한 번 몸을 틀기만 했을 뿐인데 푸른 숲이 요동을 쳤다. 온몸을 강타하는 바람에 몸을 움츠리던 나오가 갑자기 바람이 멈춘 것을 느끼고 고개를 든 때였다.

벽처럼 생긴 것이 어느새 자신의 몸을 감싸고 있었다. 그것이 용의 발바닥임을 나오는 한참 만에 깨달았다.

― 타라.

거대한 벽이 옆으로 눕듯 펼쳐졌다. 나오가 조심스럽게 그 위로 기어올라가자 용이 발톱을 오므렸다.

요람 안에 있는 것 같은 느낌이었다. 용의 발바닥 위는 부드럽고 넓어 그녀가 앉거나 서기에 부족함이 없었다. 그녀를 보호하며 움켜쥐고 있는 커다란 발톱들 사이로 드넓은 세상이 보였다. 용의 등에 타고 있을 때에는 무섭게 몰아치는 바람에 눈을 뜰 수 없어 보지 못한 세상이었다.

"와……."

믿을 수 없을 만큼 우뚝 솟은 산맥, 그것을 가득 채운 숲과 계곡, 그리고 그 너머로 어떤 땅인지도 모르겠는 낯선 곳들이 시야를 가득 채웠다.

하얀 구름들 사이로 깎아지른 듯한 산맥들이 보였다. 수미산일 것이다. 자신들의 모태며 오방신이 지키고 있는 세상의 중심. 상상조차 해 보지 못한 크기에 숨이 벅차올랐다.

얼마를 그렇게 날았을까. 조금씩 속도가 느려지자 나오가 용 발톱 사이로 아래를 내려다보았다. 저 멀리 황금색의 거대한 궁이 보였다.

누가 말해 주지 않아도 그 웅장한 모습만으로도 황제 료의 궁임을 알 수 있었다.

천천히 그곳을 향해 내려앉는 청룡의 움직임을 느낀 나오가 손을 가슴에 올리고 깊은 숨을 토해 냈다.

청제를 대하기도 아직 힘겨운 자신이 이제 오방대제 모두를 만날 시간인 것이다. 호기롭게 할아버지 대신 시종을 자처했던 것이 처음으로 후회되는 순간이었다.

너무도 작아서 손바닥 안에서도 그 감촉이 제대로 느껴지지 않아 불안한 청제가 손을 내려다보았다. 다행히 손가락 사이로 보이는 아이는 문제가 없어 보였다.

무엇이 그리 궁금한지 손가락 틈으로 세상을 내다보는 것을 느낄 수 있었다. 손가락이 그 움직임 때문에 간질거렸다. 우스웠다.

하로 이외에 처음 지척에서 보는 청족이었다. 제 땅에 살고 있는 수많은 청족 무리를 그저 멀리서 살피기만 했을 뿐 이리 눈앞에 서 본 적은 없었다. 말을 섞고 그 존재를 위해 자신의 기를 운용한 것은 낯선 경험이었다.

숨조차 제대로 내쉬지 못하고 정신을 잃은 나오를 푸른 정기가 가득한 숲에 데려가 자신의 기로 치료한 것을 나오는 모르고 있는 것 같았다.

기껏 치료해 주고, 한시가 급한 이때 스스로 깨어나기를 기다려 주었더니 정말 청제인가 의심이나 하고. 짜증이 나서 평상시의 성질대로라면 그냥 그 푸른 숲에 버려두고 혼자 회합 장소에 가도 이상할 것이 없을 상황이었다.

헌데 이상하게도 이 조그마한 이를 조금 더 지켜보고 싶다는 우스운 감정이 자꾸만 차올라 손안에 품는 우스운 짓거리를 했다.

이 모습을 다른 대제들은 물론 건달바나 비사가 보았다면 어떻게 되었을까. 상상만 해도 등골에 식은땀이 났다.

문득 의식을 잃고 쓰러져 있던 나오의 얼굴이 떠올랐다. 동그란 얼굴, 조그맣고 귀여운 콧방울, 뾰족하게 느껴지는 얄팍한 입술과 가늘고 새하얀 목덜미. 그 모든 것들이 자꾸만 떠올라 청제가 고개를 거세게 저었다.

용의 거친 움직임에 바람이 요동쳤다. 하지만 작은 존재를 품고 있는 손은 절대 흔들지 않는 청제였다.

저 아래 보이는 웅장한 황제의 궁으로 청제가 천천히 다가갔다.

"지국천! 어서 오시게."

아름다운 신녀들의 안내를 받으며 황궁 안으로 들어서던 청제와 나오가 자신들을 향해 달려 나오는 이의 모습에 멈춰 섰다.

따스한 미소를 가진 중년 사내였다. 황금빛 장의를 걸친 사내가 청제를 향해 환한 미소를 지으며 달려와 그를 품에 안았다.

전혀 닮지 않은 모습이었지만 그 두 사람 사이에 흐르는 따스한 기운이 꼭 아비와 아들처럼 느껴졌다. 오랜 세월의 연륜이 묻어나는 황금빛 사내와 이제 막 세상에 발을 내딛는 것 같은 푸른 사내의 모습은 그런 느낌이었다.

"늦었습니다."

"안 그래도 모두 도착해 자네를 기다리던 중이네. 증장이 제일 목이 빠지던걸."

오랜만에 반가운 지기를 만난 듯 따스함이 가득한 미소로 청제를 바라보던 황제의 시선이, 놀란 눈을 동그랗게 뜨고 있는 청제 뒤쪽의 소녀에게로 향했다. 의외라는 듯 황제의 미간이 꿈틀거렸다.

"하로가 오지 않은 것인가? 저 아이는."

"잔소리꾼이 몸이 좋지 않아서요. 하로의 손녀입니다."

청제의 말을 들은 황제의 부드러운 얼굴에 약한 근심이 어렸다. 그가 고개를 끄덕였다.

"그럴 때가 되었지. 지난번에 보았을 때가 마지막이 될 수도 있겠다 생각은 했다네."

"……."

어두워진 황제의 표정에 청제가 입술을 악물었다. 자신의 예상이 맞았다는 자각에 기분이 좋지 않았다. 만 년을 넘게 살아온 하로의 수명이 이제 다해 가고 있음을 황제도 느꼈던 것이리라.

"귀여운 꼬마로군."

분위기를 바꾸려는 듯 환한 미소를 띤 황제가 여전히 고개를 숙이고 있는 나오의 앞으로 다가섰다. 자신의 앞에 다가오는 황금빛 사내를 느낀 나오가 조심히 고개를 들었다.

너무도 인자해 가슴 저 깊은 곳이 편안해지는 미소를 담은 사내가 자신의 앞에 서 있었다. 세상 모든 것을 압도할 것처럼 거센 청제의 기운과 달리 너무도 따스하고 편안한 기운이 온몸으로 스며들었다.

그냥 바라보는 것만으로도 편안함을 느끼게 해 주는 존재인 듯했다.

"청제님의 시종 나오, 황제님을 뵈옵니다."

멍하게 황제를 올려다보던 나오가 급히 고개를 숙였다. 편안함에 빠져 예를 갖춰야 하는 것을 잊고 있었던 것이다.

나직한 황제의 웃음소리가 귓가로 들려왔다.

"다행히 하로를 닮지 않았군. 귀여운 모습이 아닌가. 지국천."

"어느 곳도 하로를 닮지 않았습니다."

황제의 말은 그녀가 할아버지를 닮지 않아 다행이라는 뜻이었지만 청제의 말은 분명 그와는 반대의 뜻을 담고 있었다. 나오가 살짝 눈을 들어 청제를 노려보았다.

하지만 이 궁 안에 들어서면서부터 어딘지 모르게 날카로워진 청제는 그녀의 반응 따위 신경도 쓰고 있지 않은 듯했다. 조금씩 서늘함을 담는 그의 기운이 편안한 황제의 기운과는 너무도 달랐다.

"들어가세."

부드럽게 걸음을 옮기며 황제가 청제의 손을 잡아끌었다. 상상도 못 해 본 웅장하고 아름다운 궁을 구경하느라 정신이 없는 나오가 서둘러 따랐다.

엄청난 기운이었다. 조화를 상징하는 거대한 원 모양으로 황금 칠이 되어 있는 웅장한 문이 열린 순간, 폭풍 같은 기운이 쏟아져 나왔다.

나오는 질끈 눈을 감으며 한 걸음 뒤로 물러섰다. 거대한 폭포 앞에서 그 수력을 온몸으로 감당해야 하는 것 같은 느낌이었다. 그 기운에 몸이 산산이 부서져도 하나도 이상하지 않을 것 같은 느낌.

그런 나오의 움직임에 고개를 뒤로 돌린 청제가 급히 손끝에서 푸른 기운을 풀어 나오의 온몸을 감쌌다. 그 기운이 꼼꼼하게 나오를 품어 안았다.

"이런, 미처 생각을 못 했군."

힘겨워하는 나오의 모습도, 그런 나오를 결계로 보호해 주는 청제의 모습도 재미있다는 듯 바라보던 황제가 고개를 갸웃거렸다. 미안하다는 것인지 재미있다는 것인지 분간이 안 가는 미소가 그의 얼굴에 맺혔다.

"지국천!"

"웬일인가? 철저하신 우리의 청제님이 이리 회합 시간도 지키지 않으시고?"

온 세상을 쩌렁쩌렁 울릴 듯 웅장한 목소리와, 부드럽지만 그 안에 날카로움이 가득한 가냘픈 목소리가 막 안으로 들어선 이들을 향해 들려왔다.

청제를 부른 그 엄청난 소리는 귀를 막고 싶을 만큼 컸다. 파장이 달라서일까, 그 약한 목소리가 커다란 목소리에 묻히지 않고 제대로 들리는 것이 신기할 지경이었다.

낯선 목소리들에 나오가 시선을 들었다. 또다시 눈앞에 현실 같지 않은 풍경이 펼쳐져 있었다.

무엇으로 만든 것일지 가늠도 되지 않는 웅장하고 아름다운 원탁에 세 명의 사내가 둘러앉아 있었다. 원탁에는 청룡과 백호, 주작과 현무의 아름다운 모습이 조각되어 있었다. 나오의 시선이 주작 조각이 새겨진 앞으로 향했다.

청제를 부르던 그 엄청난 소리 때문에 나오의 시선이 가장 먼저 그쪽으로 향한 것은 어쩌면 당연한 일이었다. 이 거대한 공간에서 숨 막힐 듯한 기운을 뿜어내는 세 명의 사내 중에서도 그 사내가 가장 먼저 눈에 띄었기에.

불꽃이었다. 온몸이 불타오르는 듯 머리끝부터 발끝까지 온통 붉은 불꽃을 담은 사내의 진하게 붉은 눈동자가 청제를 보며 환하게 미소 지었다.

거대한 몸집에, 타오르는 것처럼 붉은 머릿결까지. 사내의 온몸에서 뿜어져 나오는 기운이 불이라는 것은 모르려야 모를 수가 없었다. 불의 화신 적제, 증장천이었다.

"이제 제법 사내 태가 나는걸, 우리 막내. 지난번 회합 때는 아직 소년 같더니 말이야."

"그쪽은 이제 늙은 태가 완연하고 말이지."

"뭐라?"

청제의 모습에 흐뭇한 미소를 짓는 적제를 놀리며 흘깃, 청제와 저를 살피는 사내에게로 나오의 시선이 돌아갔다.

새하얀 기운이 물결치고 있었다. 서늘한 쇠의 내음이 코끝으로 스며드는 것 같았다. 적제의 기운이 불꽃처럼 타오른다면 새하얀 사내의 기운은 물이 흐르듯 주변에 스며들었다.

꼭 수막이 모든 것을 덮듯 사내가 주변의 모든 것을 차갑고 비릿한 쇠의 기운으로 삼키고 있는 것처럼 느껴졌다. 땅과 쇠의 주인, 백제 광목천왕이었다.

새하얀 머리와 연회색의 눈동자가 그의 나이를 가늠할 수 없게 했다. 젊은이 같기도 하고 노인 같기도 한 기묘한 느낌이었다.

새하얀 입술 끝에 비릿한 조소를 담은 백제가 자신을 노려보는 적제를 재미있다는 듯 바라보고 있었다.

금방이라도 터질 듯 이글거리는 적제의 눈과 그 어떤 표정도 읽을 수 없는 백제의 연회색 눈동자가 마주하고 있는 것만으로도 공간 안은 지독한 긴장에 감싸였다. 청제가 쳐 준 숲의 결계가 아니었다면 그 기운에 숨이 막혔을지도 모른다.

"자, 자. 장난은 이쯤하시지요. 청제가 도착하였으니 회합을 시작해야 하지 않겠습니까."

황제가 부드러운 미소를 지으며 두 대제에게 손을 들어 보였다. 황제의 말에 마지못해 씩씩거리며 자리에 앉던 적제의 눈동자가 청제 뒤에 서 있는 나오를 발견하고는 동그랗게 커졌다.

"이런, 막내의 취향인가."

함박웃음을 지으며 나오를 보는 적제의 물음에 청제가 난감한 표정을 지으며 고개를 저었다. 적제의 물음이 무엇을 의미하는지 이곳의 모두가 알 수 있었으니까.

"그것이."

"특이한 취향이군. 청제. 꼬마라."

눈가에 진한 조소를 담은 백제가 나오를 바라보았다.

장난을 치듯 나오를 바라보던 백제의 눈동자가 살짝 흔들린 것은 그때였다. 그저 스치듯 지나가던 연회색 눈빛이 다시 그녀에게로 돌아와 천천히 훑기 시작했다.

그 시선이 오싹하리만치 확연하게 느껴져 온몸에 소름이 주룩 흘러내렸다. 차디찬 쇠 검이 박히듯 서늘했다. 그 눈동자가 청제에게로 돌려지고 나서야 그녀는 숨을 토해 낼 수 있었다.

"그 아이, 청족이 맞는가."

백제의 뜻밖의 물음에 청제의 표정에 의아함이 어렸다. 경계심을 가득 담은 눈으로 백제를 바라보며 청제가 나직하지만 또렷한 목소리로 대답했다.

"하로의 손녀입니다. 그것을 왜 묻는 것입니까. 광목천."

"아니, 그저 조금 흥미로워서 말이지. 저런 꼬마 계집아이를 어디다 쓰려고 데리고 다니는 것일까 하는 생각?"

"……."

"증장천의 시종은 주인을 보호하는 데 쓰이고."

백제의 나른한 시선이 적제 뒤에 선 사내를 바라보았다.

무슨 일이 있어도 절대 움직이지 않을 듯 그 자리에 붙박인 이는 한눈에 봐도 무사였다. 주인보다 더 큰 체격에 한 손에는 자신의 검과 다른 한 손에는 주인의 거대한 월도를 들고 있었다.

"다문천의 시종은 주인의 머리 역할을 하고."

흑제 뒤에 그림처럼 서 있는 노인을 응시한 백제가 아주 약하게 고개를 숙여 보였다.

장난기 없는 백제의 시선이, 그의 움직임이 흑제의 시종이 얼마나 많은 연륜과 지식을 가진 이인지를 가늠할 수 있게 해 주었다.

백제의 시선을 받은 노인이 부드러운 미소를 지으며 깊이 고개를 숙였다.

"이 아이는 나의 쾌락을 책임지는데."

백제가 시선을 돌리자 그의 뒤에 서 있던 여인이 풍만한 몸을 기대며 재미있어 죽겠다는 얼굴로 나오를 응시했다.

온몸의 굴곡이 그대로 드러나는, 거의 벗다시피 한 옷에 감싸인 여인은 사내들의 시선을 끌기에 조금도 부족함이 없었다. 백족 특유의 연회색 눈동자에도 색기라는 것이 저리 노골적으로 서릴 수 있음이 신기할 지경이었다.

여인이 붉디붉은 혀를 내밀어 새하얀 입술을 쓸었다. 그 여인의 시선이 향하고 있는 것이 청제임을 느낀 나오의 얼굴이 자신도 모르게 붉어졌다.

너무도 노골적인 시선이 말하는 것이 무엇인지 그 누구라도 느낄 수 있을 정도였다.

자신의 다리에 머리를 기댄 여인의 풍만한 가슴을 스스럼없이 주무르면서 백제가 천천히 시선을 들어 올렸다. 백제의 시선이 탐욕스럽게 나오를 핥듯 스쳐 지나갔다.

"저 아이는 대체 그대에게 무엇을 해 주는 것일까?"

"이 안의 그 누구도 해 줄 수 없는 것을 해 주지요."

거침없이 대답한 청제에게로 모두의 시선이 쏠렸다. 놀란 나오가 청제를 바라보았지만 청제의 시선은 백제만을 향해 있었다.

상대의 도발에 절대 흔들리지 않겠다는 듯 그 붉은 입가에 진한 미소마저 띠운 청제의 모습에 이미 붉어져 있던 나오의 얼굴이 더 붉어졌다.

백제의 말에 기죽기 싫어서임을 아는데도 그의 말은 난감하기만 했다. 청제의 대답에 백제의 눈이 흥미로움으로 반짝였다.

"호, 재미있군. 그 누구도 해 줄 수 없는 것이라. 예를 들면…… 잠자리에서 말인가?"

"광목천."

이제 그만하라는 듯 황제가 나직하게 부르는 소리에 백제가 어깨를 으쓱해 보이고는 몸을 뒤로 물렸다. 숨소리조차 들리지 않는 고요가 공간을 가득 채웠다.

끝이 안 날 것 같은 긴장의 연속이었다. 오방대제가 고루 지키고 다스리는 수미산의 모든 일들이 의논되고 결정되고 있었다.

이곳에서 결정되는 사안은 앞으로 천 년간 지켜져야 하는 일들이기에 대제들의 신경전은 끔찍했다. 그 모든 것을 조율하고 안배하는 황제가 없었다면 이 자리는 피바람이 불어야 끝날지도 모를 일이었다. 특히 적제와 백제의 적개심은 물과 불처럼 더욱 치열했다.

지독하게 서로를 향해 으르렁거리는 백제와 적제를 재미와 두려움을 함께 담고 바라보던 나오의 시선이 유독 조용한 흑제 쪽으로 돌려졌다.

청제보다는 나이가 있어 보이고 백제나 적제보다는 한참 어려 보이는 사내였다. 밤하늘보다 더 진한 칠흑 같은 머리카락을 대충 묶어 내리고 아무 무늬도 없는 검은 장의를 걸친 사내는 큰 특징조차 없는 모습을 하고 있었다.

거의 목소리조차 내는 법도 없었다. 자신이 감당해야 하는 사안이 나오면 조용히 뒤의 시종을 불러 의견을 묻고 거의 대부분의 사안은 황제의 뜻을 따랐다.

거칠게 부딪치며 싸우기 일보 직전의 분위기를 시종일관 이어 가는 백제 적제와는 달라도 너무 다른 모습이었다. 이 회합 자체에 관심이 없는 듯 보였다.

얼마의 시간이 흐른 것일까. 황제가 피곤이 가득한 얼굴을 쓸어내리며 손을 들어 올렸다.

"오늘은 이만하십시다. 결론이 나지 않은 사안들은 내일 다시 독대해서 논의하도록 하지요."

끝도 없이 이어지는 백제와 적제의 설전에 지친 듯 황제가 일어나며 하는 말에 백제와 적제도 마지못해 자리에서 일어서고서야 길고 길었던 회합은 끝이 났다.

"술 한잔 해야 하지 않겠는가, 지국천? 이리 오랜만에 만났는데?"

"적제께서는 오늘 밤 저와 담소를 조금 나누셔야 합니다. 청제와의 시간은 나중으로 미루시지요."

"아, 진짜."

신난 놀이를 발견한 듯 청제를 향해 달려와 말을 건 적제에게 황제가 일침을 가하자 적제의 얼굴이 짜증으로 거칠게 일그러졌다. 하지만 조금 전 회합에서 결정하지 못한 많은 일들을 따로 논의해야 함은 모르는 이가 없는 일이다.

아쉬움이 가득한 적제의 모습에 청제가 미소를 가득 담으며 고개를 숙여 보였다. 따스함이 묻어나는 그의 얼굴이 나오는 낯설었다.

"언제든 황금타에 들러 주십시오. 좋은 술을 대접하겠습니다."

"진짜지? 꼭 갈 것이니 술을 아껴 놓으시게."

동기간처럼 청제를 향해 환한 미소까지 보여 주며 걸음을 옮기던 적제가 문 앞에 서 있는 백제에겐 찬바람을 날리며 그대로 지나쳐 버렸다.

온통 붉은 기운이 가득한 적제에게서도 찬바람이 느껴질 수 있다는 것이 우스운 나오였다.

인사라도 하려는 듯 백제가 다가섰다. 그 움직임에 청제가 살짝 고개를 숙이는 순간, 백제가 청제 뒤 나오를 향해 그대로 손을 뻗었다. 너무도 찰나에 일어난 일이었다.

백제의 내민 손에서 나온 새하얀 쇠의 기운이 그대로 나오에게로 뻗어 가다 청제가 쳐 놓은 숲의 기운에 막혀 그대로 튕겨 나왔다.

쇠가 부딪혀 불꽃이 튀듯 백제의 기운이 사방으로 흩어졌다. 그 기운의 파장에 나오의 몸이 거칠게 휘청거렸다. 만약 청제가 걸어 놓은 결계가 아니었다면 그녀의 몸은 쇠의 기운에 백제에게로 끌려 들어갔을 것이다.

"뭐 하는 것입니까!"

벽력처럼 고함을 지르며 청제가 나오와 백제 사이를 막아섰다. 파란 불꽃처럼 일렁이는 청제의 눈이 백제를 노려보았지만 정작 백제는 별일 아니라는 듯 빙그레 웃음을 머금었다.

"그냥, 뭔지 모르지만 좋은 향기가 나서 말이지. 무슨 향인지 확인해 보려는 것뿐이었네. 너무 날카로울 거 없다네. 지국천."

그 조소가 담긴 미소가 청제의 심기를 더욱 건드려서일까. 천천히 들어 올린 청제의 손안에서 푸른빛이 꿈틀거렸다. 투명한 푸른 기운이 그의 손 위에서 천천히 형태를 만들어 갔다.

그 기운에서 뿜어져 나오는 바람이 금방이라도 백제를 향해 날아갈 듯 거칠게 회오리치기 시작했다. 금방이라도 자신을 공격할 듯 기운을 수그러트리지 않는 청제의 모습에 백제가 한 발 뒤로 물러서며 고개를 저어 보였다.

"뭐 이런 것으로 그리 화를 내기까지. 내가 정말 힘을 썼다면 저 아이는 지금 흔적도 없이 사라졌을 것이 아닌가."

"저 아이가 흔적도 없이 사라지면 백은타 역시 흔적도 남지 않을 겁니다. 제가 약속하지요."

이를 갈듯 뱉어 내는 청제의 말이 절대 농이 아님을 느낀 백제가 일순 얼굴에 진한 미소를 지으며 손사래를 쳤다. 억지로 짓는 미소가 역겨웠다.

"농일세. 농이야. 그저 못된 호기심이었을 뿐이야. 귀여운 계집에겐 절제가 잘 되지 않아서 말이지. 그럼 쉬시게. 지국천. 그 누구도 해 줄 수 없는 것을 해 줄 이와 함께."

호들갑스럽게 장난을 치고는 자리를 뜨는 백제의 뒤를 그의 시종인 여인이 따랐다. 회합 장소를 떠나면서도 여인의 시선은 청제에게서 떠나지 못했다.

단 한 번도 시선을 맞춰 주지 않는 청제임에도 여인은 그런 것 따위 상관없다는 듯 그를 응시하며 떠나갔다.

쉬지 못하고 계속 황제와 회합을 가져야 하는 것에 대한 불만을 마구 쏟아 내며 떠나는 적제의 뒤로 조용히 걸음을 옮기던 흑제의 시선이 그저 무심하게 청제와 나오에게 닿았다 떨어졌다. 예의상임이 너무도 확연한 그의 고갯짓에 청제 역시 살짝 고개를 숙여 보였다.

나오의 기억에, 이곳에 들어선 후 둘은 이제껏 한 마디도 섞지 않았다. 돌아서 가는 검은 사내의 뒷모습은 어둠 속으로 스며드는 것처럼 보였다.

"쉬십시오. 청제님."

황제의 시종이 안내하여 커다란 전각 앞에 선 나오의 시선에 '목원'이라고 쓰인 현판이 보였다.

나무의 기운이 가득한 곳인 모양이었다. 각자의 기운에 맞게 준비된 거처. 황제의 자상함이 느껴졌다.

다가서는 것만으로도 나무의 기운이 흠뻑 느껴지는 목원으로 들어선 청제의 두 손에서 푸른 기운이 천천히 흘러나오기 시작했다.

그 기운들이 이 목원 전체를 조금씩 감싸는 것을 바라보며 나오가 깊게 한숨을 내쉬었다. 온종일 엄청난 기운을 마주해서인지 온몸의 힘이 하나도 남아 있지 않았다.

피곤으로 자꾸만 눈꺼풀이 내려앉았지만 목원 안을 가득 채우는 청제의 결계가 느껴졌다. 푸른 내음이 온 공간을 물들였고 싱그러운 공기가 피곤한 몸을 그나마 조금 위로하고 있었다.

이대로 쓰러져도 이상할 것이 없을 지경이었다. 자야 했다.

"쉬십시오."

"어딜 가는 것이냐."

목원 가장 안쪽, 숲의 기운으로 아름답게 장식된 전각 안으로 들어서는 청제에게 고개를 숙여 보이며 몸을 돌리던 나오가 청제의 부름에 고개를 돌렸다. 살짝 미간을 좁힌 청제가 보였다.

그러고 보니 조금 전 회합 장소를 벗어나서부터 청제가 손으로 자주 이마를 누르며 걸음을 옮기던 것이 떠올랐다. 여전히 어딘가가 편치 않은지 그의 아름다운 얼굴은 잔뜩 일그러져 있었다. 아마도 회합 장소에서의 실랑이들이 그를 피곤하게 만든 모양이었다.

"저도 쉬려고……."

"쉬어? 네가?"

"예. 헌데 왜……."

"이런."

짜증스럽게 미간을 쓸어내리는 청제의 반응에 나오의 동그란 눈이 불안으로 흔들렸다.

"네 소임이 무엇인지 잊은 것이냐."

"예?"

무슨 말인지 이해하지 못한 듯 그저 자신을 보는 나오의 모습에 청제의 일그러져 있던 미간이 더욱 진하게 구겨졌다.

하로였다면 이런 말 따위 하지 않아도 이미 자신의 상태를 느끼고 모든 것을 준비했을 것이다.

헌데 뭐? 자신도 쉬려고 한다고? 주인이 이 상태인데?

"아까부터 머리가 아프다. 청수를 준비해 오거라."

"청……수요?"

"이곳 시종들이 준비해 놓았을 것이다. 물어보고 가져오너라."

"예? 아, 예."

무엇을 말하는지 모르지만 어쨌든 청제가 시키는 일이니 해야 할 것이다.

짧은 다리로 종종거리며 밖으로 달려 나가는 나오의 뒷모습을 물끄러미 바라보던 청제가 전각 위로 올라가 벽에 몸을 기댔다.

강한 기들과 대립해 본 것이 오랜만이어서인지 조금 전부터 머리가 아파 오고 있었다. 황금타 자신의 영역에서라면 바로 청수궁에서 잠시 휴식을 취하면 말짱해질 것이지만 이곳에는 청수궁이 없으니 황제가 준비해 놓은 것을 사용하는 수밖에 없었다.

피곤한 얼굴을 두 손으로 쓸어내리며 허공을 응시하는 청제의 머릿속에 백제의 모습이 떠올랐다. 장난스러운 미소를 짓고 있지만 그 눈빛 저 깊은 곳에 서늘함이 가득하던.

아무 표정도 없기에, 그 어떤 내색도 하지 않기에 그가 주관하는 어둠처럼 느껴지던 흑제의 낯선 모습도, 살갑게 자신을 대하지만 서로의 땅에 대한 문제가 나오면 치열하게 변하던 적제의 붉은 눈동자도 머릿속을 가득 채워 왔다.

청제가 되고 이런 회합 자리에 온 것이 네 번째. 수만 년을 살아와 속을 전혀 드러내지 않는 법에 이미 익숙한 그들을 상대하는 것은 여전히 젊은 그에겐 힘겨운 일이었다.

　지끈거리는 머리에 청제가 잠시 눈을 감았다. 피곤이 온몸으로 몰려들었다.

　"음…… 어떻게 해야 하나."

　오색의 빛이 담긴 투명한 잔을 든 나오가 눈앞 사내의 모습에 눈초리를 좁혔다.

　꼭 닫혀 있는 사내의 눈꺼풀에 피곤이 가득 고여 있는 듯해 깨울 수가 없는 것이 문제였다.

　목원 앞을 지키고 있던 수문장들에게 물어 청수를 구해 온 나오였다. 이 사람 저 사람에게 묻고 물어 겨우 구해 왔는데 정작 구해 오라던 이는 잠들어 있었다.

　원래도 새하얀 얼굴은 백짓장처럼 핏기 하나 없었다. 처음 만났을 때에는 그리 진하고 붉던 입술도 조금 바랜 것 같았다. 분명 어딘가가 힘겨운 모양인데 그냥 보통의 청족도 아니고 청제가 아프면 어찌해야 하는지 알 길이 없으니 문제였다.

　아니, 청제가 아플 수도 있다는 것은 상상도 해 보지 않아서 더 난감하기만 했다. 신이 아프다니.

　그러고 보니 아주 가끔은 할아버지가 청제께서 몸이 좋지 않아 청수궁에 들어가셨기에 황금타에 가지 않아도 된다고 했던 말이 기억났다. 눈앞의 존재도 가끔은 아프기도 하는 모양이었다.

　"에고."

　물먹은 솜처럼 온몸이 무거워짐을 느끼며 청수 잔을 든 채로 나오가 청제 앞에 털썩 주저앉았다.

　거대해 보이고 강건해 보이던 사내의 모습이 지금은 그냥 보통의 이처럼 보였다. 아주 조금씩 떨려 오는 사내의 눈꺼풀에 시선이 갔다. 길고 숱

많은 속눈썹이 새하얀 피부 위로 길게 드리워진 모습은 사내도 아름다울 수 있다는 것을 확인시켜 주었다.

그러고 보니 오방대제들은 다 나름의 아름다움을 지니고 있었다. 붉디붉은 정염을 느끼게 하는 적제의 아름다움도, 서늘한 쇠의 기운을 품은 새하얀 백제의 아름다움도 다 심장이 떨릴 지경이었다.

단아하다고 할 만큼 화려함이라고는 한 점도 가지지 않은 흑제도, 부드러움으로 감싸인 황제도 아름다웠다.

하지만 나오의 눈에는 그 모든 대제들 중에서도 자신의 주인이 가장 아름다워 보였다. 젊어서일까. 아니면 푸른 기운 때문일까. 어쨌든 가장 아름다운 것은 확실했다.

그래서였을 것이다. 백제의 시종이던 그 풍만한 여인이 자신의 주인에게서 시선을 떼지 못하던 것은.

"백족들은 원래 다 그런 몸을 가지고 있는 것일까."

조금 풀이 죽은 듯 혼잣말을 하던 나오가 다시 청제의 모습을 바라보다 자리에서 일어서 목원을 나섰다. 잠이 든 청제 옆에 조심히 청수 잔을 내려놓은 채.

❈ ✛ ❈

무슨 생각에 빠져 있는지 건조한 얼굴로 허공을 응시하고 있는 백제 앞에 사이가 찻잔을 가만히 내려놓았다.

조금 전 대제들과의 회합이 끝난 후부터 계속 저런 모습인 그가 왠지 모르게 불안한 그녀였다.

지금 그의 머릿속에 가득한 이는 대제들과의 회합에서 본 그 청족 소녀일 것이다. 대체 왜 그 보잘것없는 소녀에게 저리 신경을 쓰고 있는지 알 길이 없었다.

자신을 곁에 두고 다른 이를 떠올린다는 것만으로도 화가 치미는 그녀였다.

"무슨 생각을 그리 하십니까."

사이가 백제의 곁으로 다가앉으며 그의 어깨에 머리를 기댔다.

"무슨 향기였을까."

"잊으십시오. 그런 거."

짜증스럽게 뱉어 내며 사이가 백제의 얼굴을 가만히 어루만지는 순간, 백제의 억센 손이 사이의 팔을 잡아끌었다. 그녀의 몸이 그대로 바닥으로 눕혀지자 그의 얼굴이 그녀의 얼굴 위로 그늘을 드리웠다.

"네가 잊게 해 보려무나."

진득한 미소를 담은 회색빛 백제의 눈이 천천히 일렁이기 시작했다. 그 눈빛이 좋은지 사이가 혀로 자신의 입술을 훑으며 함박웃음을 지었다.

나른한 욕망으로 풀어져 내리는 백제의 시선 안에 여인의 모습이 들어왔다. 여인의 가늘고 뜨거운 손이 스치는 곳마다 욕망이 피어올랐다.

뜨거움으로 수를 놓듯 애정을 담아 손가락이 스쳐 지나간 곳으로 열기가 번져 갔다. 자신의 몸을 자신보다 더 잘 아는 여인의 손길은 익숙하다 못해 때론 지루하지만 아무 생각 없이 몸을 맡기기에 이보다 좋은 상대는 없을 것이었다.

온몸이 천천히 들끓기 시작하는 것을 느낀 백제가 자신의 몸에 닿는 여인의 옷을 거추장스럽다는 듯 거칠게 벗겨 냈다.

여인의 몸은 언제나처럼 눈이 부시게 아름다웠다. 수만 년을 보았지만 언제나 아름답고 싱그러운 육신. 그 어떤 여인보다 오래 이 아이를 곁에 두는 가장 큰 이유가 완벽한 육신 때문이란 것을 부인할 수 없었다.

이미 욕망에 달아오른 몸이 들끓고 있었다. 그녀가 아직 준비되지 않았다는 것 따위 아무 상관 없는 그였다.

"아윽!"

배려 한 조각 없이 자신을 안는 백제의 몸짓에 사이가 이를 악물었다. 언제나 이렇게 배려 한 번 없지만 그럼에도 쉽게 익숙해지지 않는 고통이었다.

하지만 곧 고통은 익숙한 쾌락으로 바뀔 것이다.

"하아, 하아. 백제님. 아흑!"

촉촉하게 젖어 오며 쇠 내음으로 뒤덮인 공간에 끈적임이 가득한 여인의 비음이 퍼져 나왔다. 풍만하고 새하얀 여체가 침상 위에서 파도치듯 흔들거렸다. 여인의 몸에서 흘러나오는 진한 향내가 땀 냄새와 섞여 젖은 공간을 물들여 갔다.

진한 쾌락에 어쩔 줄 모르며 비명 섞인 음을 계속 내뱉는 여인의 몸을 유린하는 사내의 등 근육이 움찔거렸다. 마르고 야윈 새하얀 등이 신경질적으로 움직일 때마다 밑에 깔린 여인이 비음을 흘렸다.

하지만 사내는 그저 규칙적으로 몸을 움직일 뿐 그 어떤 소리도 흘리지 않았다. 아니, 사내의 얼굴은 그저 무표정을 담고 있을 뿐이었다. 사내의 얼굴만 봐서는 지금 여인의 위에서 허리를 흔들고 있는 것이 다른 이인 것만 같았다.

"아무래도 확인해 봐야겠어."

무엇인가를 골똘히 생각하며 그저 습관처럼 허릿짓을 하던 사내가 무슨 생각이 떠오른 듯 그대로 몸을 일으키자 아쉬움이 가득한 여인이 짜증스럽게 곁에 놓인 옷을 끌어당겼다.

제대로 절정에 다다르지 못한 몸이 여전히 열기를 원하고 있었지만 이미 사내의 마음은 떠난 지 오래였다.

"잘할 수 있지? 사이?"

어깨로 흘러내리는 새하얀 머리를 가만히 쓸어 넘기며 일어서는 백제의 말에 아직도 붉은 열기를 다 감추지 못한 여인이 못 말린다는 듯 큭큭 웃음을 뱉어 냈다.

여인의 연회색 눈이 아직 정염의 열기를 털어 내지 못한 채 번들거리고 있었다. 여인이 새하얀 입가를 핥으며 입을 열었다.

"상으로는 뭐를 주실 건데요?"

"네 몸에 천상을 선물하지."

"군침이 도는 제안이네요."

여인의 눈이 진득한 빛을 담고 반짝였다. 아직 다 떨쳐 내지 못한 비릿한 정사의 내음을 담은 채 여인이 그 풍만한 몸을 천천히 일으켰다.

※ ✖ ※

"대체 흑원이 어디 있다는 거야? 이리 넓으니 어찌 찾냐고!"

주변을 아무리 둘러보아도 황족의 시종들이 말해 준 흑원이 보이지 않았다.

처음 청제의 시중을 들다 보니 그의 상태가 나빠도 어찌해야 할지 모르는 것이 답답한 나오가 생각해 낸 방법이 흑제의 시종을 찾는 것이었다.

아까 회합 장소에서 그 삐딱하던 백제마저 약간의 존경을 보이던 이가 아니던가. 그에게 물어보면 분명 답을 줄 수 있을 것이었다.

헌데 문제는 이 황제의 궁이 넓어도 너무 넓다는 것이었다. 조금만 가면 된다더니 아무리 가도 그들이 말하는 흑원은 그림자도 보이지 않았다.

"하, 미치겠네. 돌아가는 길도 모르는데."

걷다 지친 나오가 계단에 걸터앉았다. 이제 더는 움직일 수도 없을 만큼 지쳐 있었다.

"조금 쉬다 시종들을 찾아봐야겠다. 흑원이고 뭐고."

"이게 누구신가."

자꾸만 감기는 눈꺼풀을 겨우 들어 올리며 기지개를 펴던 나오가 뒤쪽에서 들려오는 낯선 목소리에 고개를 돌렸다.

"어."

"흑원을 찾는 건가? 꼬마 아가씨?"

재미있다는 듯 함박웃음까지 지으며 자신에게 다가오는 이의 모습에 나오가 긴장을 담고 벌떡 몸을 일으켰다. 조금 전 회합 장소에서 무척이나 거슬리던 백제의 시종, 그 여인이었다.

여인이 가까워질수록 코끝으로 진하게 느껴지는 향내에 나오가 숨을 참았다. 이런 느낌의 향내는 처음 맡아 보아서인지 속이 거북할 지경이었다.

그런 나오의 사정은 알 리 없는 여인이 가까이 다가오며 새하얀 입술을 진하게 끌어 올렸다.

"청제의 시종이 흑원은 왜 찾는 걸까?"

"그것이, 그게 여쭤 볼 것이 있어서."

"많이 지쳐 보이네. 꼬마 아가씨. 이런 곳이 처음이지? 그래서 그럴 거야."

"저는 괜찮습니다."

회합 장소에서 속이 훤히 비치는 옷을 입고 백제의 노리개처럼 굴던 모습은 거짓이었던 것처럼 여인은 살갑고 부드러웠다. 걱정이 가득한 연회색 눈동자로 나오를 살피는 모습은 따스하기까지 했다.

"잠시 앉아요. 이곳의 시간은 느리게 흐르니까. 바쁠 거 하나 없거든."

여인이 나오의 팔을 잡아 앉히고 자신도 그 곁에 앉았다. 이 여인 옆에 있으니 왠지 모르게 자신의 모습이 초라하게 느껴지는 나오였다.

흘끔거리며 자신의 몸을 살피는 나오의 시선이 재미있는지 여인의 눈이 싱긋 미소를 담았다.

"연푸른 눈동자라. 청족이 이런 눈동자 색을 가진 것은 처음 보는데."

여인의 얼굴이 자신의 얼굴 앞으로 가까워진다고 느낀 순간, 따스한 목소리가 새어 나오던 입술이 나오의 입술에 살짝 닿았다.

너무도 순식간에 일어난 일이었다. 상상도 해 보지 않은 상황에 기함한 나오가 여인에게서 얼굴을 떼는 순간, 나오의 몸이 허깨비처럼 그대로 무너져 내렸다. 그러자 기다리기라도 했다는 듯 여인의 팔이 나오를 부드럽게 끌어안다 순간 움찔 몸을 떨었다.

경악으로 일그러진 여인의 눈이 자신의 품 안에 있는 나오를 물끄러미 내려다보았다.

"너도 무엇을 느낀 모양이구나. 맛있는 향기가 나지 않느냐. 뭔지 모르지만 재미있는 기운을 가진 꼬마라니까."

흐르듯 천천히 두 여인에게 다가서던 백제가 갑자기 멈춰 서며 두 팔을 들어 올렸다.

그렇게 백제의 손에서 흘러나온 기운이 여인을 감싸는 순간, 푸른 불길이 그들을 덮쳤다. 엄청난 파열음과 함께 주변의 모든 것이 허공으로 튕겨져 나갔다.

"이런, 이런."

아름답던 정원이 폐허처럼 먼지를 뒤집어쓴 광경에 고개를 저으며 백제가 천천히 시선을 들어 올렸다.

그들 앞에 푸른 불꽃이 일렁이고 있었다. 그리고 그 너머에 선 사내의 손에 들려 있는 무엇인가에서 거대한 울림이 천천히 퍼져 나왔다.

온몸이 오싹할 정도의 기운을 담은 울림. 그 울림의 정체를 아는 백제의 눈이 살짝 일그러졌다.

"그 아이, 내려놔."

공간을 울리는 낮고 서늘한 목소리에 나오를 안고 있던 여인이 두려움을 담은 시선으로 백제를 올려다보자 백제가 살짝 고개를 끄덕였다.

여인이 품 안의 나오를 바닥에 내려놓았다. 나오가 바닥으로 축 늘어져 내리는 모습에 그것을 지켜보는 청제의 미간이 날카롭게 금이 갔다.

"이보게, 지국천. 그저 장난일 뿐이네. 우리 사이가 좀 심심했던 모양이야. 이곳은 너무 평온해서 재미가 없지 않은가. 해서 신참을 조금 놀려주었을 뿐이라네. 그대가 기분이 나빴다면 내 사이에게 벌을 주지."

회합장에서 날카롭게 비꼬던 말투는 온데간데없이 부드럽고 따스한 표정으로 백제가 청제의 눈치를 살폈다.

하지만 청제의 눈빛은 조금도 흔들리지 않았고 그 손안에 들고 있는 것의 울림도 그치지 않았다. 아니, 차라리 그 울림이 더욱더 강해지는 것 같은 느낌에 사이의 얼굴에 불안이 감돌았다.

청제의 손에 들려 있는 것은 광청검이었다. 청제의 가장 강한 무기이며 청제만이 가진 유일무이한 무기였다. 저 검이 노리는 상대가 아무리 백제라 해도 절대 완벽하게 막아 낼 수 없었다.

그냥 넘어갈 수 없는 상황임을 감지한 백제의 손끝이 사이를 향했다. 놀란 사이가 몸을 웅크리기도 전에 백제에게서 흘러나온 쇠의 기운이 그대로 사이의 목을 둘러쌌다. 목을 움켜쥔 사이가 바닥으로 굴렀다.

"윽, 으윽!"

숨을 제대로 내쉬지 못하는지 여인의 몸이 꿈틀거리며 괴로움에 몸부림치는 것을 청제의 무심한 시선이 가만히 내려다보았다. 여인의 하얀 얼굴이 점점 푸른빛을 띠었다. 조금만 더 그대로 두면 여인의 숨은 끊어질 것이었다.

그때였다.

"아니, 이게 대체."

어느새 소식을 들은 것일까. 서늘함이 감도는 그들 사이로 다급히 황제가 다가섰다.

엉망이 되어 있는 주변의 모습, 고통스러운 모습으로 바닥을 구르고 있는 백제의 시종과 바닥에 쓰러져 있는 청제의 시종. 모든 것이 경악스러운 황제였다.

"그만하시게. 백제."

다급하게 말리는 황제의 말에 백제가 힐끗 청제를 살피며 손끝을 오므렸다. 백제가 기운을 걷어 가자 겨우 숨통이 열린 사이가 괴로움에 가슴을 쥐어뜯으며 기침을 내뱉었다.

파랗게 질린 입술에서 핏물이 울컥 토해져 나왔다. 여인에게서 백제에게로 청제의 시선이 옮겨졌다.

"제 것을 욕심내는 것은 저와 싸우고 싶다는 것으로 알아도 되겠습니까. 광목천."

"지국천!"

차갑게 뱉어 내는 청제의 말에 황제의 시선이 커다랗게 열렸다. 그제야 청제의 손에 들린 광청검을 확인한 황제였다.

네 명의 대제 중 싸움으로는 청제를 따를 자가 없을 것이다. 이 수미산을 수호하는 임무를 맡고 있는 자가 동방의 청제이니까. 그런 청제가 무력을 사용한다면, 그것도 다른 대제를 향해 싸움을 건다면 수미산 전체가 엄청난 회오리에 휩싸일 것이다.

"어찌해야 자네의 오해가 풀릴까? 저 아이를 이 자리에서 죽여 주기라도 할까?"

청제의 말에 백제의 싸늘한 시선이 사이를 향했다.

겨우 숨을 내쉬고 있던 사이가 몸을 움츠렸다. 백제라면 이 상황을 모면하기 위해 얼마든지 그럴 수 있음을 알고 있는 그녀였다. 시종 따위 그에겐 아무 의미도 없는 것이니까.

두려움으로 몸을 움츠리는 사이를 잠시 바라보던 청제가 광청검을 든 손을 가만히 펼쳤다. 그의 기운 속으로 광청검의 형체가 스미듯 사라졌다. 황제가 그제야 깊은숨을 토해 냈다.

"저와의 싸움을 원하신다면, 언제든 환영하지요."

천천히 다가서는 청제의 모습에 백제가 한 발 뒤로 물러서자 청제가 몸을 숙여 쓰러져 있는 나오를 안아 들었다.

　무게감조차 느껴지지 않는 그녀가 청제의 단단한 팔 위에서 축 늘어져 내렸다.

　그런 나오를 청제가 품 안으로 끌어당겼다. 그의 몸에서 흘러나온 푸른 기운이 서서히 나오의 몸으로 옮겨 가는 모습이 모두의 시선에 들어왔다.

　"음…….."

　짙게 감긴 나오의 속눈썹이 바르르 떨리며 동그란 눈동자가 천천히 청제의 앞에 드러났다. 처음에는 뿌옇게 흐려져 있던 눈동자가 조금씩 초점을 맞춰 갔다.

　그 눈동자 속에 자신이 담기는 것을 보며 청제가 그녀를 안은 팔에 힘을 주었다. 그녀가 몸을 움직이려 하는 것이 느껴졌기 때문이다.

　"청……제님?"

　자신을 안고 있는 것이 그라는 것을 인지한 나오의 눈이 커다랗게 열리며 그녀가 그의 품에서 빠져나오려 발버둥을 쳤다. 하지만 나오의 몸을 움켜쥐듯 힘을 주는 청제의 팔에서 빠져나올 수는 없었다.

　그녀를 안은 채 걷기 시작하며 그가 말했다. 그의 시선은 앞만을 향해 있었다.

　"움직이지 마라."

　"내려 주십시오."

　속삭이듯 말하는 청제의 목소리에 나오도 조그맣게 속삭이듯 애원했다. 무엇 때문인지는 몰라도 큰 소리를 내선 안 될 것만 같았다. 청제의 모습이 그러라고 말하고 있었다.

　"기다려."

　아무런 반항도 할 수 없을 만큼 청제의 목소리는 단호했다. 그의 품에서 나오길 포기한 나오가 힘겹게 몸을 움츠렸다.

두근, 두근. 그의 단단한 가슴을 통해 전해지는 심장박동을 따라 나오의 심장도 뛰었다. 이 세상 그 무엇에서라도 보호받을 수 있을 것만 같은 평온함과 단단한 믿음이 그의 품 안에서 느껴졌다.

옅은 기억으로 남아 있는 어렸을 때의 할아버지 품 같았다. 자신을 품어 안던 할아버지의 품은 이렇게 넓고 이렇게 강했으니까.

움츠리고 있던 몸을 조금 펴며 나오가 고개를 들어 청제를 올려다보았다. 무표정한 청제의 얼굴이 보였다. 밑에서 보는 그의 눈이 너무 푸르러서, 그의 짙은 속눈썹이 너무 예뻐서 자꾸만 심장이 두근거렸다.

그의 심장보다 자신의 심장이 너무 빨리 뛰어서 더 이상 그의 품에 안겨 있을 수가 없었다. 제 심장박동이 그의 귀에 들릴 것만 같으니까.

그때였다. 다행히 목원에 도착한 청제가 그녀를 가만히 내려놓았다.

"아……."

얼굴이 붉어진 것 같아 급히 몸을 돌리려던 나오가 핑글 도는 머리를 느끼며 휘청거리자 청제의 강한 팔이 그녀를 다시 끌어당겼다.

큰 키의 청제 가슴까지밖에 오지 않는 나오의 몸이 그의 품 안에 갇힌 듯 안겨 들었다. 그의 움직임에 심장이 터질 듯 더 뛰기 시작했다. 이제 숨조차 제대로 쉬어지지 않았다.

"안 되겠다."

거칠게 숨을 토해 내는 나오를 느낀 청제가 다시 그녀를 들어 안았다. 몸 때문이 아니라 마음 때문에 심장이 거칠게 뛰어 댄다는 말을 할 수 없는 나오가 차라리 그의 품 안으로 더욱 몸을 파묻었다.

몸을 둥글게 말고 자꾸만 움츠리는 그녀의 상태가 불안하게 느껴진 것일까. 그녀를 조심스럽게 침상에 눕힌 청제의 표정에 근심이 어렸다.

"내 기운이 독을 해독해 주겠지만 그래도 조금은 쉬는 게 좋을 거다."

"예? 독이라니요?"

겨우겨우 자신의 심장을 다독이고 있던 나오가 놀라며 그를 올려다보았다. 무슨 말인지 이해가 되지 않았다.

백제의 시종이 다가왔었다. 그리고 아주 약하게 자신의 입술에 입을 맞췄다. 피곤함과 정신적 충격에 아주 잠시 정신을 잃은 것으로 알고 있었는데 독이라니. 무슨 독이란 말인가?

"그 여인은 수만 년을 살아온 아귀다. 그것도 치명적인 독을 가지고 있는."

"헉!"

나오의 눈이 커다랗게 열렸다.

말로만 들었던 아귀의 종족을 만날 줄은 상상도 하지 못했던 일이었다. 그리 아름다운 여인이 아귀라니.

"이걸 마시면 괜찮아질 거다."

청제가 오색의 잔을 내밀었다. 그녀가 나가기 직전 잠이 든 청제 옆에 놓아두고 간 청수였다. 아름답게 반짝이는 투명한 잔에 담긴 청수의 빛은 너무도 푸르고 고왔다. 찰랑이는 그것을 물끄러미 바라보던 나오가 고개를 들었다.

"이건 청제님을 위한 것인데 제가 어찌 마십니까."

"돌아가야 하는데 내 발 안에서까지 쓰러져서 골치 아프게 하지 말고 마셔라. 지금 가야 하니까."

"아직 회합이 끝나지 않았잖습니까."

"내가 더 들어야 할 것들은 없다. 백제와 적제만이 황제와 조금 더 이야기를 하면 되고. 그들과 같은 공간에 더 이상 있기 싫으니 돌아가야겠다. 왜? 이곳에 남고 싶으면 두고 가 줄까?"

짜증 섞인 표정으로 말한 청제가 나오 앞에 다시 잔을 내밀었다. 어서 마시라는 강한 압박을 담은 그의 시선이 그녀를 노려보고 있었다.

이곳으로 오는 길에 이미 한 번 떨어져 그를 짜증나게 했었고 이번엔 또 황제의 궁을 헤매다 아귀를 만나 골치 아픈 일을 만들었던 자신이다.

그를 더 화나게 하면 이번엔 정말 이곳에 놓아두고 갈지도 모를 일이었다. 저 서늘한 눈이 충분히 그래 버릴 거라고 말하고 있었다.

조심스럽게 청수를 받아 든 나오가 천천히 입가로 가져갔다.

⛊ ✠ ⛊

"아까 그 아이에게서 느껴진 것이 무엇이더냐."

황제의 앞에서는 걱정 담긴 눈을 하고 자신을 바라보던 백제가 금원에 들어서자마자 차디찬 표정으로 묻는 모습에 사이가 고개를 숙였다.

청제가 조금만 더 백제를 겁박했다면 백제는 그 자리에서 자신을 죽였을 것이다. 백제의 곁을 원하는 여인들은 수도 없이 많고 백제는 잠자리 시중만 잘 드는 여인이면 그 누구라도 상관없을 테니까.

수천 년의 시간 동안 곁을 지켜 온 자신 따위 그에겐 그저 쓰고 버리면 그만인 존재인 것이다. 자신을 죽여 그 상황을 모면할 수만 있다면 눈앞에 있는 이는 자신을 몇 번이라도 죽일 수 있는 이니까.

"분명 느꼈다. 너는."

"……."

"사이야."

백제의 가느다란 손가락이 사이의 턱을 들어 올렸다. 가늘어 보이지만 지독한 악력으로 백제의 손가락이 그녀의 턱을 쥐어 잡았다. 차가운 쇠의 냉기가 그 손가락을 통해 온몸으로 스며들었다.

사이의 입술이 악물어졌다. 그런 사이를 조롱하듯 냉랭한 표정으로 내려다보며 백제가 낮게 속삭였다.

"다시 땅 아래 깊은 곳 어둠 속으로 내려가고 싶으냐. 햇빛조차 볼 수 없는 그곳으로 보내 줄까."

"……그 아이의 몸에."

"몸에?"

살짝 몸을 틀며 백제가 사이의 입술에 귀를 가져다 대자 사이가 속삭였다. 사이를 조이고 있던 백제의 손가락이 떠나갔다. 그의 눈이 허공을 향했다.

무엇을 담는지 읽을 수 없는 색깔들이 백제의 눈동자를 가득 채웠다. 곧이어 그의 입가에 진하고 진한, 그래서 더 지독하게 환한 미소가 번져갔다.

황금타

천천히 하강을 시작하는 청룡의 움직임을 느끼고 나오가 아래를 내려다보았다.

짙푸른 숲과 그 사이를 흐르는 아름다운 강들, 그리고 저 멀리 푸른빛을 품고 있는 황금타가 보였다.

낯선 곳들은 아름다움과 신기함을 느끼게 해 주지만 익숙한 곳이 주는 평온함은 없음을 처음 떠나 본 여행에서 절실하게 느낀 나오였다.

너무도 익숙하지만 그래서 편안한 곳에 돌아왔다는 안도감이 그녀의 심장을 가득 채웠다. 익숙한 향기에 행복감이 밀려왔다.

황금타의 넓은 정원에 천천히 내려앉은 청룡이 발을 펴 나오를 내려놓고는 다시 사내의 모습으로 돌아왔다.

"청제님!"

"다녀오셨습니까."

저 멀리서 뛰어오는 두 인영이 보였다. 나오의 미간이 살짝 찡그려졌다.

강렬한 햇빛에 눈이 부셔 그들의 모습이 확실하게 보이지 않았다. 점점 가까워 오는 그들을 바라보며 눈을 좁히던 나오의 두 눈이 동그랗게 커졌다.

"어찌 이리 일찍 돌아오셨습니까? 혹시, 문제가 생겨 전쟁이라도 해야 하는 것입니까?"

보통의 청족 서너 명을 합친 듯 거대한 몸 가득 푸른 털로 뒤덮인 사내였다. 머리부터 발끝까지 온통 푸른 털로 덮여 있었다. 멀리서 달려올 때에는 거대한 나무가 달려오는 줄 알았을 정도였다. 그 사내 앞에 서니 꽤나 큰 청제의 모습이 조그마한 아이처럼 느껴질 지경이었다.

"왜? 전쟁이 났으면 하고 고사라도 지낸 거냐?"

"너무 오래 심심하잖습니까. 서쪽 놈들과 한 판 정도는 붙어 줘야 몸을 좀 풀 수 있을 텐데."

"정작 전쟁이 나면 가장 먼저 도망갈 게 너거든?"

"뭐? 야! 비사! 너."

"잘 다녀오셨습니까."

털투성이 사내를 보고 놀란 나오의 눈이 다가서는 또 다른 존재를 보고 더욱 커졌다.

숨이 막힐 만큼 아름다운 이였다. 올려 묶은 붉은 머리는 햇빛을 받아서인지 금실을 땋아 놓은 듯 보였다. 백옥같이 새하얀 얼굴에 박혀 있는 투명하게 붉은 눈은 석류 알 같았다. 가늘고 긴 몸을 감싼 붉은 옷까지, 인영의 모습은 하나의 보석이었다.

헌데 사내인지 여인인지 잘 구별이 되지 않았다. 사내라기엔 너무도 아름답고 가냘픈 느낌을 주는데 여인으로 보기에는 골격이 컸다.

그 사내인지 여인인지 모를 이의 붉은 시선이 청제를 넘어 나오에게로 닿았다. 그 눈에 의아함이 담기는 것이 보였다.

"누구입니까?"

"어라? 계집이잖아? 혹시 그 사이 계집을 얻으셨습니까? 청제님?"

청제를 반기던 이들의 시선이 함께 나오를 향했다. 황당한 털북숭이 사내의 말에 청제의 얼굴이 거세게 일그러진 것은 말할 것도 없었다.

"하로의 손녀다."

"그럼 설마…… 나오?"

붉은 사내의 입에서 새어 나온 제 이름에 놀란 나오가 멍하게 사내를 바라보았다.

"아는 거냐? 비사?"

청제도 의외였던지 그를 보며 물었다. 사내의 입가에 연한 미소가 번졌다. 따스하고 고운 미소였다.

"요만한 꼬마였을 때 하로가 몇 번 황금타에 데리고 온 적이 있었습니다. 어느새 여인이 되었군요."

"정말 저 계집아이가 나오라고? 그 꼬맹이 나오? 그 떼쟁이 나오?"

털에 가려 잘 보이지 않던 털북숭이 사내의 눈이 동그랗게 커졌다.

"뭐냐. 왜 나만 몰랐던 거냐. 난 이번에 처음 보았는데."

털북숭이 사내까지 나오를 아는 게 당황스러운지 청제가 의아한 얼굴로 비사를 바라보았다.

"하로가 누구입니까. 절대 청제님의 거처 근처에는 가지도 못하게 해 두었었습니다. 허니 보지 못하셨을 것입니다."

무엇이 불만인지 뚱하게 얼굴을 일그러뜨린 청제의 곁을 스치듯 지난 비사가 나오의 앞으로 다가섰다.

그 모습에 눈앞의 이가 사내라는 것을 확신할 수 있었다. 아무리 아름답고 가냘퍼도 사내 특유의 모습이 있었다.

"요만할 때 보고 처음이구나."

사내가 자신의 종아리 근처를 가리켰다. 나오를 보는 눈이 따스함으로 가득했다.

"너 고생 좀 했겠다. 우리 청제님 모시는 일이 쉬운 것이 아닌데."

"누가 고생했는지는 양심이 있으면 좀 밝히지?"

건달바가 나오의 곁으로 다가서며 장난스럽게 한 말에 청제가 비죽거리는 입매로 말했다. 대꾸할 말이 없는 나오의 얼굴이 약하게 붉어지는 모습에 비사의 표정이 살짝 의아함을 담았다.

"저는! 이만 돌아가 보겠습니다!"

"아, 나오야. 잠깐."

더 이상 이곳에 있다가는 세 사내의 놀림감이 될 것만 같아 나오가 급히 몸을 돌렸다. 게다가 어느 순간부터 자꾸 청제만 보면 알 수 없이 심장 저 언저리가 간질거려 견딜 수가 없었다.

난생처음 느끼는 그 낯선 감정에서 조금이라도 빨리 도망쳐야 했다. 게다가 몸이 아픈 할아버지에게 돌아가고 싶은 마음도 간절했다.

깊이 고개를 숙여 보이고 막 몸을 돌리는 나오의 등 뒤로 비사의 부름이 따라왔다. 다급함이 담긴 그의 목소리에 나오가 고개를 돌렸다.

조금 전 따스한 눈빛이 있던 자리에 난감함을 담은 눈동자가 있었다. 사내의 붉은 눈이 짙게 가라앉아 있었다. 그 눈동자가 전하는 알 수 없는 불안이 심장을 두근거리게 했다.

"뭔데 불러 놓고 말을 안 하냐? 애 기다리잖아."

비사의 표정을 살피며 건달바가 물었다. 건달바의 얼굴에도 약한 불안이 감돌았다. 그 순간, 청제의 얼굴도 일그러졌다.

모든 청족의 정기를 품은 제 심장 저 깊은 곳에서 무엇인가가 빠져나가고 있었다. 꽉 차 있던 곳에서 무엇인가가 스윽, 아프게 빠지는 느낌.

놀란 청제의 눈이 비사를 향했다. 비사가 청제를 향해 고개를 끄덕여 보였다.

"하로가, 떠났습니다. 청제님."

두려움으로 떨리던 청제의 시선이 아래로 향했다. 짙은 푸름을 담고 있던 그의 눈동자가 어둡게 가라앉는 모습을 바라보며 나오가 흠칫 몸을 떨었다.

무슨 말인지 이해하지 못했지만 알 수 없는 두려움이 확연하게 느껴져 왔다. 그녀의 흔들리는 눈이 비사와 청제를 향했다.

"우리 할아버지가 떠나셨다고요? 어디로요? 아프신데, 아픈 몸으로 어딜 가셨다는 거예요? 네? 저한테는 아무 말도 없으셨는데요?"

"나오야."

"아닐 거예요. 저한테 아무 말도 안 하고 가시는 일 없어요. 황금타에 오실 때에도 꼭 저에게 말씀해 주시는데. 절 기다리고 계실 거예요. 뭔가 잘못 아신 거예요."

정신없이 고개를 젓는 나오를 바라보는 청제의 눈에 어둠이 내려앉았다. 그 눈빛에 닿은 자신의 시선을 거세게 돌리며 나오가 거칠게 걸음을 옮기기 시작했다.

그 눈이 말하고 있는 것이 무서웠다. 아니, 듣고 싶지 않은데 그의 심장이 자신에게 말하고 있었다. 심장으로 그의 목소리가 스며들고 있었다. 익숙한 그 목소리가.

해서 도망쳐야 했다. 그 목소리로부터.

"하로의 영이, 몸을 떠났다."

비사의 나직한 목소리에, 도망치던 나오가 그 자리에 굳어 버렸다.

❈ ✖ ❈

푸른 숲을 살피고 온 청조에게서 숲의 상황에 대해 듣던 청제가 어두운 얼굴로 들어서는 비사를 보고 손을 내저었다. 그의 손짓에 청조가 급히 날개를 펴 날아갔다.

비사가 청제 앞에 다가왔다.

"뭐냐."

"나오가 황금타를 떠나겠다고 합니다."

"……."

"청제님,"

"가고 싶다면 보내야 하는 거 아니냐."

딱딱하게 굳은 얼굴로 무심한 듯 말하는 청제를 가만히 바라보던 비사가 깊게 한숨을 내쉬었다.

"헌데, 청족 마을에서 나오가 하로 없이 살 수 있을지 걱정되어서 말입니다."

"이제까지 그곳에서 잘 살아온 아이인데 무슨 일이 있으려고."

"그것이……."

망설이는 비사의 목소리에 청제가 무심하게 시선을 들어 올렸다. 의아함과 걱정을 담고 흔들리는 청제의 짙푸른 눈동자를 비사가 응시했다.

"태어날 때부터 보통의 청족과 조금 다른 나오를 마을 사람들이 제대로 받아들이지 않았다고 합니다. 예전부터 하로가 가장 걱정하던 것이었습니다. 자신이 무로 돌아가면 혼자 남겨질 나오가 청족 마을에서 어찌 살아갈지 모르겠다고."

"태어날 때부터 다르다……."

그러고 보니 그랬다. 청족이라면 누구나 바람을 타고 허공을 날 수 있다. 가까운 거리가 아니라면 청족은 걷지 않는다. 바람이 부는 곳이라면 어디든 바람에 묻혀 날아갈 수 있으니까. 헌데 나오는 날지 못했다.

"하로가 청제님의 시종이기에 마을 사람들도 나오를 그냥 두었다고 합니다. 이제 하로가 없으니 그들이 제대로 나오를 받아들이지 않을 것입니다."

"자기가 알아서 하겠지."

청제의 차디찬 대꾸에 비사의 얼굴에 난감함이 어렸다.

그때였다.

"비사! 나오가 짐을 싸고 있어!"

벌컥 문이 열리고, 푸른 털을 휘날리며 건달바가 뛰어 들어왔다. 건달바의 목소리에 두 사내의 시선이 함께 들어 올려졌다.

"청제님, 아무래도……. 청제님?"

놀란 비사가 고개를 돌린 순간, 청제가 앉아 있던 자리가 어느새 텅 비어 있는 것이 눈에 들어왔다.

"어라? 갑자기 어딜 가신 거냐?"

고개를 갸웃거리며 다가오는 건달바를 바라보며 비사가 그 아름다운 얼굴에 진한 미소를 지었다. 붉은 눈동자와 붉은 입술이 자신을 보며 진하게 웃는 모습에 건달바가 한 발 뒤로 몸을 물렸다.

"뭐냐? 그 이상한 표정은? 네놈의 그런 표정 내가 제일 싫어하는 거 알잖아."

"이번엔 진짜 칭찬이다. 네가 오랜만에 칭찬받을 짓을 해서 말이지."

"칭찬받을 짓? 뭐를 했는데, 내가?"

"알 거 없다."

"야! 장난하냐! 내가 칭찬받을 짓을 했다면서 그게 뭔지도 안 가르쳐 준다는 게 말이 되냐!"

화가 나서 온몸의 털을 곤두세우고 으르렁거리는 건달바를 비사가 흐뭇하게 바라보았다.

걱정이 생각과는 다른 방법으로 해결되려는 모양이었다. 이 재미없는 궁에서 당분간 흥미로운 일이 많아질 것 같은 예감에 비사의 차가운 심장이 뛰기 시작했다.

몇 개 되지 않는 짐을 넣은 조그마한 봇짐을 어깨에 멘 나오가 며칠이지만 자신이 머물렀던 공간을 돌아보았다.

할아버지가 황금타에 머물러야 할 때면 쓰던 곳이라고 비사가 알려 주었었다. 이 커다란 궁 안에서 아마 가장 작고 초라한 곳 같았다. 하지만 할아버지다운 공간이어서 차라리 편했다.

영이 떠나 버린 할아버지의 육신을 비사와 건달바의 도움으로 영림에 모셨다. 청제께서 직접 정해 주신 커다란 버드나무가 할아버지의 육신을 품어 주었다.

영을 떠나보내고 비어 버린 청족의 육신이 모두 그러하듯 할아버지의 육신도 영림의 일부가 될 것이다. 그리고 이제 진짜, 혼자가 되었다.

"이제 어디로 갈⋯⋯."

"가긴 어디를 간다는 것이냐."

혼잣말을 하며 방을 나서던 나오의 앞으로 커다란 그림자가 다가섰다. 놀라 들어 올린 나오의 두 눈에 서늘함을 가득 담은 청제의 모습이 보였다. 차디찬 푸른 눈이 자신을 내려다보고 있었다.

차갑게 굳은 그에게 나오가 급히 고개를 숙였다.

"내 허락 없이 네 마음대로 가려고?"

짜증스러운 그의 목소리가 울렸다.

"예?"

"너는 내 시종이지 않느냐."

청제의 입에서 흘러나온 말에 나오의 얼굴에 당황이 어렸다.

"그게 무슨 말씀이십니까? 그거야 대제들의 회합 때만 할아버지가 모시지 못하여 대신."

"그래서? 네 마음대로 시종을 했다가 이젠 또 네 마음대로 그만두겠다?"

"⋯⋯."

"그때 손주를 따라 보내겠다 한 하로의 말에 허락한 것은 나다. 내가 너를 시종으로 허락했으니 가능했던 일이다."

"그 말씀은 그러니까……."

동그랗게 커지는 나오의 눈동자 바로 앞으로 청제의 얼굴이 다가왔다. 숨 막히게 짙푸른 눈동자에 놀란 나오가 질끈 눈을 감았다. 얼굴 위로 쏟아지는 청제의 숨결에서는 바람의 향이 났다.

"내 허락 없이 너는 떠날 수 없다는 말이지. 지금 네가 생각하고 있는 것처럼."

"하지만 저는 여인입니다."

"시종이 꼭 사내여야 한다고 정한 적 없다."

"게다가 저는 하늘을 날지도 못하고."

"시종이 굳이 하늘을 날아야 할 일은 없을 텐데."

"예?"

"청소는 할 줄 아느냐."

"……예."

심각한 표정으로 묻는 청제의 말에 자신도 모르게 주눅이 들어 조그맣게 말하는 나오였다. 그 모습에 청제가 살짝 미간을 좁혔다.

"난 깨끗하지 않은 것은 보지 못한다."

"청소는 할 수 있습니다."

"음식은 만들 수 있느냐."

"그거야 매일 하던 일입니다."

"그럼 됐다."

눈빛으로 뚫어 버리기라도 할 듯 나오를 응시하던 청제가 언제 그랬냐는 듯 가벼운 깃털처럼 떨어져 나갔다.

얼굴을 간질이던 푸른 바람 내음이 사라지자 조금 아쉬워지는 나오였다. 기분 좋은 향이었다.

그녀에게서 멀어진 청제가 천천히 그녀의 앞을 오갔다. 무엇을 하려 그러는지 알 길이 없는 나오가 고개도 들지 못한 채 숨을 죽이고 있을 때,

그의 목소리가 다시 들려왔다.

"내가 지금 좀 출출하다."

"예? 아, 예."

청제의 말에 놀라 대답하고 급히 몸을 움직이던 나오가 무엇이 떠올랐는지 그 자리에 멈춰 섰다. 나오의 움직임에 나른하게 풀려 가던 청제의 시선이 다시 곤두섰다.

"그런데 말입니다. 왜 제가…….."

"나는 말이다. 배가 고프면 아주 사나워지곤 한다. 그것도 엄청나게. 확인하고 싶으냐?"

"아닙니다!"

자신을 돌아보는 청제의 푸른 눈동자가 일렁이는 것을 자각한 나오가 급히 달려 나갔다. 짧은 다리로 종종거리며 뛰어가는 나오의 뒷모습에 닿은 청제의 시선이 어느새 부드럽게 풀려 있었다.

잔잔한 호수처럼 흔들리지 않는 눈으로 청제가 방 안을 둘러보았다.

이곳에서 언제나 자신의 부름을 기다리던 하로의 모습이 떠올랐다. 그 주름진 얼굴에 담던 따스한 미소도. 자신의 부름에 지체 않고 달려오던 모습까지. 그리움이 목을 조여 왔다.

"하로, 나한테 준 선물…… 좋은 거지? 설마 날 골탕 먹이려고 준 불량품 이런 거는 아니지?"

흐릿하고 아픈 미소가 사내의 붉은 입술 끝에 맺혔다.

"불이야! 불!"

세상이 떠나갈 듯 고함을 치며 부엌으로 달려간 건달바가 눈앞의 광경에 황당함을 담은 얼굴로 멈춰 섰다.

"콜록, 콜록."

연기가 자욱한 부엌 안쪽에 나오의 모습이 보였다. 불 앞에서 무엇을 하는지 그녀가 휘젓고 있는 솥 안에서 끝없이 연기가 솟아났다.

"뭐 하냐? 나오야?"

"아, 건달바 님. 제가 처음으로 청제님의 선식을 만들고 있습니다. 콜록."

"그, 그 시커먼 것이 선식이라고?"

건달바가 말도 제대로 내뱉지 못한 채 손가락으로 나오가 휘젓고 있는 솥 안을 가리켰다. 그 안에는 정체 모를 가루들이 새까맣게 타들어 가고 있었다.

"충분히 익혀야 한다고 비사 님이 말씀해 주셔서…… 왜요? 이상합니까? 콜록, 콜록."

"그건 익히는 것이 아니라 태운 거잖아."

"아닌데요. 충분히 익히는 건데요?"

연기 속에 갇혀 연신 기침을 해 대던 나오의 얼굴에 약간의 불안이 떠올랐다. 하지만 그러면서도 불을 끌 생각은 없어 보였다. 저러다 선식은 까맣게 타서 재가 될 것이 분명했다.

"탄 거 맞거든?"

"확실하게 익혀야 한다고 하셨으니 이렇게 해야 할 겁니다. 걱정 마세요."

천진무구한 표정으로 여전히 엄청난 연기가 솟아오르는 솥 안을 휘젓는 나오의 모습에 건달바가 그대로 달리기 시작했다. 이 사태를 해결해 줄 이는 한 명뿐일 터였다.

천장을 가득 채우며 뻗어 있는 가느다란 나뭇가지에 수백 개의 은초롱 꽃망울이 달려 있었다. 그 꽃망울 하나하나를 바라보는 비사의 붉은 눈이 짙은 빛을 뿜어내며 반짝거렸다.

달콤한 꽃향기와 함께 느껴지는 거부할 수 없는 진한 향내가 그의 식욕을 자극했다. 무색무취한 천인들의 정기와 달리 인간들의 정기에는 수많은 색과 맛이 있었다. 어떤 것은 지독하게 달고 어떤 것은 지독하게 쓰다.

아마 희로애락을 거의 모르고 사는 천인들과 달리 수많은 감정을 배우고 간직하며 사는 것이 인간이기 때문에 그런 모양이었다.

정기를 빨아들인 지 한 달이 되어 가서인지 요즘 허기가 느껴지기 시작했기에 이번에 빨아들일 정기를 고르는 중이었다.

은초롱꽃 새하얀 봉오리 하나하나에 아름답게 담겨 빛을 뿜어내는 인간의 정기들은 보는 것만으로도 비사의 마음을 행복하게 해 주었다.

수많은 봉오리 중 하나에 비사의 시선이 멎었다. 유난히 붉은빛을 품은 봉오리가 자신을 부르듯 반짝이고 있었다. 핏빛처럼 붉은 것을 보니 다른 이의 피 맛을 아는 정기인 모양이었다.

"하, 이번엔 너로 해 볼까."

비사의 가느다란 손가락이 꽃망울을 살짝 건드리자 빛이 춤을 추듯 일렁였다. 주인을 기다리고 있다는 듯.

밀려오는 허기에 자신도 모르게 꽃망울을 꺾으려는 순간, 문이 거칠게 열렸다.

천상의 맛에 대한 기대에 물들어 있던 비사의 얼굴이 짜증으로 날카롭게 일그러졌다. 이렇게 쳐들어올 존재는 하나뿐이니까.

아니나 다를까.

"비사! 일 났다."

"뭐냐? 털북숭이. 내가 이곳에 있을 때는 함부로 들어오지 말랬지?"

"윽, 또 그놈들이냐. 구역질 나게."

건달바가 은초롱꽃들을 보며 입을 막았다. 보기와는 너무도 다르게, 조금의 나쁜 기운도 참지 못하는 것이 건달바였다.

자신의 보물들을 보며 구역질을 해 대는 건달바를 노려보며 비사가 손가락을 들어 올려 문을 가리켰다.

"나가라."

"청제님이 곧 너를 부를 텐데?"

"무슨 일이야."

무엇인가 재미있는 일이 벌어지는 모양이었다. 요즘 건달바가 저런 표정을 자주 짓고 있었다. 그리고 건달바가 저런 표정을 지을 때면 어김없이 문제가 생겼다.

"가 봐라. 곧 난리가 날 테니."

"또 나오야?"

"누가 있냐. 이곳에서 문제 일으킬 사람이."

"미치겠네."

재미있어 죽겠다는 표정의 건달바를 뒤로하고 비사가 달리기 시작했다.

"비사!"

눈이 질끈 감겼다. 아니나 다를까, 막 청제의 전각 앞에 다다른 비사의 귀로 짜증과 신경질이 가득 담긴 청제의 목소리가 들려왔다.

"부르셨습니까."

짜증스러움을 최대한 지우며 조심스럽게 들어선 비사의 코끝으로 낯선 내음이 스며들었다.

지독한 탄내였다. 이 청제의 전각에서 절대 맡은 적이 없는 그 내음이 공간을 가득 채우고 있었다.

"이거, 네가 이렇게 만드는 거라고 가르쳐 주었다던데."

딱딱하다 못해 시퍼런 칼날이 담긴 듯한 청제의 목소리에 당황스러움을 담은 비사의 시선이 들어 올려졌다. 눈앞에 놓인 것을 본 비사의 얼굴이 더 이상 일그러질 수 없을 것처럼 거칠게 구겨졌다.

"그게, 무엇입니까?"

"내가 먹는 선식이라던데."

까만 재가 돼 버린 가루가 청제의 앞에 놓여 있었다. 투명한 그릇 안에 얌전히 담긴 채로 지독한 탄내까지 풍겼다.

난감함에 일그러진 비사의 눈동자가 그것을 자랑스럽게 들고 있는 이에게로 향했다.

"제가 만든 선식이에요. 비사."

칭찬이라도 받고 싶은 듯 말갛게 미소를 담고 웃는 나오의 얼굴이 처음으로 끔찍해지는 비사였다.

피곤이 채 가시지 않은 얼굴로 콩콩거리며 부엌 쪽으로 들어서던 나오가 인기척에 고개를 돌렸다.

능숙한 솜씨로 무엇인가를 만들고 있는 비사의 모습이 보였다. 새하얀 손이 수월하게 움직이고 있었다. 꼭 하얀 새가 날듯 그의 움직임은 가볍고 아름다웠다.

그가 보이는 입구에 무릎을 모으고 앉은 나오가 한참이나 그렇게 움직이는 그를 바라보았다.

"별로 재미있는 것도 아닌데 뭘 그렇게 보고 있는 거니?"

시선은 한 번도 주지 않았지만 비사의 입에서 나온 말에 나오가 뛰어오르듯 몸을 일으켰다.

"저 온 거 알고 계셨어요?"

"네 기척은 10리 밖에서도 느껴지거든. 뛰어다니니까."

"큭. 그런데 뭘 만들고 계시는 거예요? 제가 어제 다 만들어 놓았는데."

그 순간 비사의 손이 멈췄다. 그리고 조금은 난처한 듯 미간을 좁힌 비사가 나오를 바라보았다.

"이거 말이냐?"

비사의 손에 말라비틀어진 덩어리가 담긴 그릇이 들려 있었다.

"예. 제가 어제 열심히 만든 거예요. 이번에는 태우지 않았거든요?"

"태우지 말라 했더니 덜 익힌 것을 가져온 게냐."

"……."

"아무래도 넌 음식은 안 되겠다. 어차피 내가 해 오던 것이었으니 넌 차라리 청소를 하는 것이 좋겠다."

"청소요?"

귀를 쫑긋거리며 반응하는 그녀의 모습이 귀여워 미소가 번지는 비사였다.

"또 청소를 하고 있는 거냐?"

새하얀 새의 깃털로 만든 털이개를 가지고 가벼운 걸음으로 황금타 전각들을 누비는 나오와 마주친 건달바가 싱글거리며 물었다.

온통 푸른 털로 덮여 있는 건달바의 얼굴에 맺히는 표정에 익숙해지는 데도 한참이 걸린 나오였다. 털들 때문에 그의 표정을 처음에는 읽을 수가 없었으니까.

표정을 파악한 후부터 나오는 알 수 있었다. 속내를 잘 드러내지 않는 비사와 달리 건달바는 그 표정으로 모든 것을 말한다는 것을.

속마음을 그대로 드러내 보이는 건달바의 순수함이 좋았다. 나오가 털이개를 살살 흔들며 빙그레 웃었다.

"예. 조금 전 건달바 님의 전각도 다 청소해 놓았는걸요."

"요리는 전혀 아닌데 청소 하나는 잘한단 말이야?"

"정말요?"

"그건 비사도 인정했다. 아, 조금 전에 청제님께서 청수궁에 들어가시던데."

"그래요? 잘됐다. 청제님이 계실 때는 전각 청소를 할 수가 없잖아요.

은근 전각 안을 어지르시거든요."

"어리실 때부터 그랬다. 아주 전각 안이, 말도 못 했으니까. 그래서 하로가 다 정리해 주었지."

"이젠 제가 해 드려야지요."

상쾌한 바람이 스치듯 팔랑거리며 달려가는 나오의 뒷모습을 본 건달바의 얼굴에 부드러운 미소가 번져 갔다.

"하……."

들어서는 것만으로도 푸른 기운이 온몸을 감아 도는 상쾌함에 깊이 숨을 삼키며 나오가 천천히 전각 안을 살폈다.

푸른 청룡의 기운이 머무는 곳이어서인지 황금타의 그 어느 곳보다도 바람의 기운이 가득 담겨 있었다.

"못살아."

기분 좋게 전각으로 들어선 나오가 깊게 한숨을 토해 내며 고개를 저었다. 여기저기 널려 있는 서책들과 비책들이 적힌 두루마리들 때문에 발 디딜 곳도 없을 지경이었다.

바닥에 널려 있는 것들 사이로 발을 조심스럽게 놀리며 나오가 안쪽으로 들어섰다.

성격이 급한 청제는 무엇인가가 떠오르면 바로 서책을 확인하고는 그대로 아무 곳에나 던져 버리는 습관이 있었다.

태초부터 전해져 오는 황금타의 수많은 자료들이 그리 뒤섞여 있으면 정리하는 이는 얼마나 힘든지 본인은 모를 것이다. 대충 정리해도 안 된다. 나중에 청제가 원하는 것을 제대로 찾을 수 없으니까.

한숨을 토해 내며 나오가 바닥에 깔리듯 널려 있는 서책들을 집어 들었다. 차곡차곡 하나씩 서책을 정리하던 나오의 시선 안에 전각 안 깊은 곳 한쪽에 놓여 있는 몇 개의 수정 구슬이 보였다.

얼마 전까지는 보지 못한 것들이었다. 며칠 전 청제가 인간계에 다녀오더니 생긴 것들이었다.

창을 통해 들어오는 아름다운 햇빛에 수정이 반짝이며 부르는 것만 같았다. 우스웠지만 정말 그런 느낌이었다. 수정이 손짓을 하는 것처럼 느껴진다면 또 청제는 장난하지 말라며 그녀의 말을 믿지 않을 것이다.

"어찌 이리 예쁜 거니."

수정 구슬 안의 붉은 기운이 그녀가 다가오자 일렁이기 시작했다. 너무도 곱고 아름다운 그 빛깔에 숨이 막혀 왔다. 살아 숨 쉬는 것처럼 구슬 안의 붉은 기운이 웃는 듯, 우는 듯 일그러졌다.

안의 울림이 강해서일까. 움직일 리 없는 구슬이 약하게 떨리기까지 하는 모습에 나오는 사로잡혀 버렸다. 구슬을 바라보는 머릿속이 텅 비고 그 붉은색만이 눈을 가득 채웠다.

구슬 안을 물들이며 움직이는 그 붉은 기운에 휘감기는 듯한 감각에 나오가 가만히 눈을 감았다. 그녀는 모르고 있었다. 자신의 몸이 조금씩 구슬 쪽으로 향하고 있다는 것을.

그녀가 한 발, 수정 구슬 쪽으로 움직였을 때였다. 거칠게 흔들리던 수정 구슬이 터지며 그 안에서 붉은 기운이 순식간에 솟아오르듯 뛰쳐나온 것은.

허공으로 솟구치듯 터져 나온 붉은 기운이 잠자듯 눈을 감은 채 자신의 앞에 있는 나오를 감싼 순간 나오의 머리가 툭, 가슴 위로 떨구어졌다.

탐닉하듯 어느새 나오를 온전히 감싼 붉은 기운이 천천히 몸을 키워 나갔다. 그리고 그것이 그녀의 숨길로 막 들어서려 할 때였다.

"退(퇴)."

너무도 낮아서 거의 들리지 않는 목소리가 전각 안에 울렸다. 그 순간 나오를 감싼 붉은 기운을 향해 푸른 불꽃이 그대로 날아들었다.

"까악!"

끔찍한 비명이 허공을 울렸다. 그리고 나오를 감고 있던 붉은 연기가 조각조각 흩어져 날리기 시작했다.

피를 흘리듯 이리저리 허우적거리며 허공으로 날리던 조각들이 다시 서로를 향해 모여드는 순간 다시 푸른 불꽃이 흩어진 조각들을 향해 내리 꽂혔다. 붉은 조각들이 흔적도 남지 않고 모두 사라졌다.

"청제님!"

제대로 옷도 챙겨 입지 못한 채 청제의 전각으로 달려 들어온 비사의 눈앞에, 쓰러진 나오와 물기를 가득 머금은 욕의 차림으로 서서 가쁘게 숨을 내쉬고 있는 청제의 모습이 들어왔다. 청제의 옷자락에서 청수가 뚝뚝 떨어져 내렸다.

"결계를 살펴라. 비사."

다가오려는 비사에게 괜찮다고 손짓하며 청제가 나오에게 다가섰다.

황금타 안에서 청제가 힘을 사용하였으니 그 거센 기운으로 황금타 결계에 흠집이라도 생겼을까 하는 것이리라. 고개를 숙이고 전각을 나서는 비사의 눈 안에 나오를 안아 드는 청제의 모습이 보였다.

나오를 침상에 눕힌 청제가 가만히 손을 들어 올렸다. 그의 손에서 푸른 기운이 천천히 흘러나와 나오를 감싸자 나무 향기가 공간을 가득 물들였다.

푸르게 변해 있던 나오의 입술이 점점 붉어지는 것을 본 청제의 얼굴에 그제야 안도가 어렸다.

나오의 무사함을 확인한 그의 시선이 깨어져 뒹굴고 있는 수정 구슬에 닿았다. 이해할 수 없는 듯 그의 반듯한 미간이 거칠게 일그러졌다.

인간들의 땅인 남섬부주 호수 밑의 땅속에 숨어 살며 인간들을 닥치는 대로 죽이던 요괴였다. 얼마나 많은 인간들을 죽이고 잡아먹었는지 호수가 온통 핏빛이었던 것을 기억한다.

땅속 쇠의 힘을 이용하는 녀석이기에 잡을 때에도 쉽지 않았다. 비사가 인간의 정기로 놈을 유인해 호수 밖으로 나오게 해서야 잡을 수 있을 만큼 강한 요괴였다.

그런 요괴가 결계를 벗어났으니 자신의 결계로 가득한 황금타가 아니었다면 이미 나오도 살아 있을 리 없고 자신의 힘도 제대로 먹혔을 리 없을 것이다.

헌데…… 대체 이곳에서 어떻게 수정 구슬을 깨고 나왔는지 그것을 이해할 수 없는 청제였다. 나무와 바람의 힘으로 봉인했다. 그리고 악귀들이 가장 싫어하는 수정 구슬 안에 가둬 두었다. 명부로 보내기 전까지 가둬 두는 것이다.

수정 구슬 안에서도, 이 황금타 안에서도 요괴가 스스로의 힘으로 봉인을 푸는 것은 불가능하다. 그런데 그 불가능이 가능해졌다. 대체 왜! 어떻게!

나오를 향해 돌려진 청제의 시선이 약하게 흔들렸다.

"혹, 너냐?"

이해할 수 없는 눈빛으로 나오를 응시하던 청제의 얼굴이 천천히 기울었다. 그녀를 감싸고 있는 자신의 향기 안에서 그 순간 낯선 향내가 느껴져 왔기 때문이다.

푸른 기운에 젖어 촉촉하게 드리워진 나오의 속눈썹에 닿은 청제의 시선이 흔들리는 순간, 그가 머리를 잡으며 몸을 뒤로 물렀다.

"윽!"

머리가 깨질 듯한 통증에 청제가 숨을 참았다. 머릿속으로 벼락이 내리치는 것 같았다. 겨우겨우 숨을 토해 내며 청제가 이를 악문 그 순간이었다. 나오의 눈꺼풀이 천천히 열린 것은.

"청……제님?"

동그란 그녀의 눈이 그를 올려다보고 있었다. 그녀의 목소리에 시선을 돌린 청제가 고개를 저었다. 갑자기 덮쳐 왔던 것처럼 통증은 어느새 또 사라지고 없었다. 이해할 수 없는 통증이었다.

청수궁에서 쉬던 중 갑자기 움직여 그런 것일까? 기가 흐트러져서?

"무슨 일이 있었던 거예요? 그게, 수정 구슬이 예뻐서 보고 있었는데."

청제의 침상에 누워 있는 자신의 모습도, 청수궁에서 입고 있었을 의관도 바꿔 입지 않고 흠뻑 젖은 채로 자신을 내려다보는 청제의 모습도 무슨 일이 생겼음을 암시했다.

불안한 시선을 돌린 나오의 눈에 조금 전 너무도 아름답게 빛나던 수정 구슬이 박살 난 채 바닥에 흩어져 있는 것이 보였다. 이상한 것은 분명 그 안에 붉은빛이 가득했었는데 바닥에 떨어진 파편들은 그저 아무 색도 없는 조각들이었다.

"요괴다."

무심함을 가득 담은 청제의 말에 나오의 얼굴에 경악이 어렸다.

"요괴요? 그리 아름다운 것이?"

"아름답기에 요괴인 것이다. 사람을 현혹해서 삼키려니 아름다워야 하겠지."

"……."

나오가 두 팔로 어깨를 감싸 쥐었다. 청제의 말대로라면 자신은 요괴의 밥이 될 뻔했다는 것이다. 아마 청제가 그 요괴의 기운을 느끼고 이곳으로 순간이동을 해서 자신을 구한 모양이었다. 말해 주지 않아도 그의 모습이 이야기하고 있었다.

"어디 아픈 곳은 없느냐."

"제가 아니라 청제님이 아프신 듯 보입니다."

나오의 얼굴에 약하게 불안이 담겼다. 머리도, 옷도 전부 젖어 있어서일까. 새하얀 그의 얼굴이 유난히 창백해 보였다.

"기를 운용하다가 중간에 흐트러져서 그럴 것이다. 신경 쓰지 마라."

그 커다랗고 아름다운 두 눈에 걱정을 가득 담고 자신을 바라보는 나오를 외면하며 청제가 몸을 일으켰다.

차갑게 돌아서는 그의 뒷모습에 나오의 얼굴에 그늘이 드리웠다. 아주 가끔 다정한 듯하다 또다시 서늘함 속으로 사라지는 그의 모습에 울컥 설움이 일었다.

"또 제가 실수를 한 것이지요?"

"……."

"요리도 제대로 못해 도움도 못 드리는데 그새 이런 실수나 하고."

어느새 그 커다란 눈에 물기가 어려 뚝뚝 떨어져 내리는 모습을 물끄러미 바라보던 청제가 깊게 한숨을 내쉬었다.

그 동그란 눈에 맺히는 어둠이 참 싫었다. 기분을 바꿔야 할 필요가 있었다.

"아무래도 숲의 정기를 취해야겠다. 동방의 숲으로 갈 것인데…… 너도 따라올 테냐?"

"숲이요?"

그렁그렁 눈물을 담고 있던 그녀의 커다란 눈에 물기도 채 마르지 않았는데 환한 미소가 번지고 있었다. 그 모습에 청제가 한숨을 토해 내며 고개를 설레설레 저었다.

그러고 보니 이곳에 머물고 나서 나오가 한 번도 황금타를 벗어나지 못했다는 것이 떠올랐다. 자신과 비사, 건달바는 가끔 요괴들을 사냥하러 인간계나 다른 구역들에 다녀온 적이 있었지만 나오는 한순간도 이곳을 떠나지 못했다. 넓은 황금타라 하더라도 갑갑할 것이다.

"내가 헛것을 본 거냐?"

청룡으로 변해 조심스럽게 발 안에 나오를 태우고 날아오르는 청제의 모습을 본 건달바가 멍한 표정으로 비사를 향해 물었다. 너무 오래 살아서 혹 헛것이 보이는 것인가 의심이 들 정도였다.

"진짜인 것 같은데. 나도 좀 믿기지 않지만 말이다. 난 너보다 훨씬 젊어서 눈이 아직 멀쩡하거든."

"뭐? 야! 네가 나보다 3만 년이나 더 늙었다는 건 세상이 다 아는데, 젊어?"

"지적 성숙도는 너보다 30만 년은 더 산 듯하지. 헌데 육신은 너보다 젊다."

"하긴, 생생한 정기들을 쪽쪽 빨아 먹으니 그럴 만도 하지."

"먹을 게 없어서 향기만 먹는 주제에."

"뭐? 야! 향기만 먹는 나는 신선 수준인 거야! 그거 아냐?"

자신이 할 말만 다 하곤 옷깃을 조심스럽게 들고 물 흐르듯 걸음을 옮기는 비사를 따라가며 건달바가 지르는 고함 소리에 황금타가 쩌렁쩌렁 울렸다.

너를, 마주 보다

햇빛도 들어오지 못할 만큼 수많은 아름드리나무로 빽빽한 숲 안으로 숨어들듯 앉은 청제가 조심히 나오를 내려놓았다.

숲으로 들어서는 순간 폐 깊숙이 가득 차는 지독한 청량감에 아찔해져 눈을 감고 있던 나오가 천천히 눈을 떴다. 향기가 너무도 진해서 심장이 아려 왔다.

그녀가 고개를 들어 위를 바라보았다. 태초부터 존재한 숲은 이 안에 갇히면 다시는 나갈 수 없을 것처럼 온통 나무들밖에 보이지 않았다.

거대한 나무들이 서로에게 얽혀 들어 하늘을 가리며 끝없이 뻗어 있었다. 수많은 나뭇잎 사이들로 조금씩 햇빛이 비쳐 드는 모습은 숨이 막히게 아름다웠다.

"이 숲이 청제만이 올 수 있는 청제의 요람이라는 곳입니까?"

"그렇다."

인간의 형체로 돌아온 청제가 나뭇가지 위에 걸터앉아서 나오를 향해 손을 내밀었다. 나무 아래 선 나오의 시선이 한참 위에 있는 청제의 푸른 눈을 올려다보았다.

이 진초록의 숲 안에서 느끼는 그의 눈빛은 더 투명하고 더 아름다웠다. 단단하고 커다란 그의 손이 눈앞에 놓여 있었다.

자신에게 내밀어진 그의 손을 향해 그녀가 자신의 손을 내어 보였다. 나오가 내민 손을 잡은 청제가 그대로 나오를 나무 위로 끌어 올렸다. 바람에 실리듯 가볍게 움직이는 자신이 신기했다.

나뭇가지 위는 상상보다 훨씬 편안했다. 거대한 숲을 향해 청제가 시선을 들어 올렸다.

"순수하지 못한 것은 이 숲이 거부하니까 그 무엇도 올 수 없다."

"그러면 저는 순수한 것입니까?"

"나와 함께이니 허락한 것이겠지. 설마."

"청제님과 함께라도 제가 순수하지 못했다면 거부했을 겁니다. 당연히."

놀리는 자신의 말에 혀를 낼름 내어 보이고 숲 쪽으로 시선을 주는 나오를 청제가 물끄러미 바라보았다.

한없이 나약하고 작은 존재다. 아무리 연약한 청족이라도 날 수 있고 그것으로 자신을 보호할 수도 있다. 급할 때면 바람을 타고 날아 도망을 가면 되니까.

헌데 눈앞의 이 아이는 그것마저 할 수 없는 것이다. 청족인데 청족의 가장 큰 힘조차 없이 인간만큼이나 약한 존재. 그럼에도 불구하고 어쩜 이리 당당한 건지 이해할 수 없었다.

숲의 기운을 온몸으로 느끼는 것인지 동그란 눈에 초롱초롱 빛을 가득 담고 나무들을 살피는 나오의 옆얼굴에 청제의 시선이 닿았다. 나무들이 가득해 빛도 제대로 들어오지 못하는 곳에 있는데도 이 아이한테서는 빛이 난다. 이상했다.

자신의 시선을 느낀 것일까. 고개를 돌리는 나오의 움직임에 청제가 고개를 돌리며 짐짓 태연한 듯 입을 열었다.

"황금타는 지낼 만한가."

혼잣말처럼 앞을 보며 묻는 청제의 말에 나오가 크게 고개를 끄덕였다. 그녀의 고갯짓에 흔들리는 머리카락이 청제의 시선을 잡았다.

"즐거운 곳입니다. 비사 님도 건달바 님도 다 너무 좋으십니다."

"다행이군."

무심한 듯한 말끝에 온기가 담겨 있었다. 청제의 부드러운 대답에 나오가 그쪽으로 시선을 돌렸다. 청제의 시선은 거대한 나무들이 서로 부둥켜안은 채 함께 붙어 거대한 군락을 이룬 곳에 닿아 있었다.

대체 얼마나 오랜 세월을 함께 엉켜 있었는지 상상도 할 수 없을 만큼 나무들은 서로를 끌어안고 자라고 있었다. 따로 떨어진다는 것은 아마 상상도 할 수 없을 것이다.

"이곳엔 자주 오십니까?"

무슨 생각을 하는지 가늠이 되지 않는 청제의 무심한 얼굴을 바라보며 나오가 물었다. 편안해 보이기도 하지만 어딘지 모르게 공허해 보이는 청제의 표정이 신경 쓰였기 때문이다.

"가끔, 내 능력을 충전해 주는 곳이니까."

"청수궁이 청제님의 힘을 채워 주는 곳이 아니었나요?"

"청수궁은 치료를 해 주는 곳이라 보면 될 거고, 이곳은 내 힘이 온전히 살아나게 도와주는 곳이라 할 수 있지. 내 힘의 원천이니까. 이곳의 정기 안에서 태어났고 아마도 이곳의 정기 안으로 사라질 테니까."

"……."

영원한 존재일 것이라 여긴 청제의 입에서 나온 사라진다는 말이 생소하고 또 이상하게 아팠다. 상상도 해 보지 못했던 말이어서일까.

인간이나 일반 청족들은 죽는다는 표현을 쓴다. 육신은 남지만 영혼이 죽어 그 육신조차 쓸모가 없어지기에 죽는다고 한다는 것을 어려서 할아버지한테 들었다. 그에 반해 신선들이나 대제, 하늘의 이들은 소멸을 말한다. 육신도 함께 사라지는 것이기에.

문득 눈앞의 존재가 어느 날 저 아름다운 육신조차 남지 않고 공기 중으로 사라질 수도 있다는 자각은 그리 기분 좋은 것이 아니었다. 아니, 상상도 하기 싫다는 것이 맞을 것이다.

"헌데 한 가지 궁금한 것이 있습니다."

분위기를 바꾸고 싶은 나오가 고운 눈가를 찡그리며 물었다.

"비사와 건달바 님은 언제부터 이곳에 계신 것입니까? 청족도 아닌데."

"둘 다 선대 청제에게 사로잡힌 요괴였다고 들었다. 인간계의 질서가 무너져 요괴들이 들끓었던 시간이 있었고 그때 천제님과 오방대제들이 인간계 요괴들을 토벌하면서 만난 모양이다."

"그랬군요."

"비사는 다른 요괴들과 달리, 나쁜 짓을 하다가 죽은 인간의 정기만을 먹는 요괴였고 건달바는 모습이나 행동이 인간을 두렵게 하지만 그 누구에게도 해를 끼치지 않은 요괴였기에 그들의 소원을 천제님이 들어주셔서 청제의 수하가 되었다는 이야기를 하로에게서 들었다."

"선대 청제님이면 청제님의 아버지를 말씀하시는 것인가요?"

"아버지? 훗. 우리 대제들에게 그런 존재란 없다. 그저 다음 청제를 준비하기 위해 천제님이 정해 주시는 하늘의 존재와 함께 합방해 다음 청제를 만들뿐. 그걸 반려라 하던가. 그렇게 태어난 다음 대의 청제가 성장하면 삶을 다한 청제는 이곳에서 소멸하는 것이지."

아무렇지도 않아서, 너무 아무 감흥도 없이 뱉어 내는 청제의 말이 더 아파서 자신도 모르게 찔끔 눈물이 나는 나오였다.

조금은 자신도 아는 감정이었다. 자신을 이 세상에 존재하게 해 준 이를 모른다는 것이 어떤 상실감을 주는지 누구보다 잘 아는 그녀였다.

그래서 더 슬펐다. 공허하게 들리는 무감각한 청제의 말이.

"뭐냐."

아무 대답도 없더니 슬쩍 눈가를 훔치는 나오의 모습에 놀란 청제의 눈이 커다래졌다. 그녀의 동그란 눈동자가 촉촉하게 젖은 모습에 쿵 하고 심장이 울려왔다.

"저도 아버지 어머니란 존재를 모르니까요. 청족들 모두 다 아버지 어머니가 있는데 저는 없거든요. 왜 없는지는 모르지만. 그래도 저는 할아버지라도 있었는데 청제님은 아무도 없었던 거군요."

"아버지, 어머니라. 그게 무엇이냐?"

정말 모른다는 듯 묻는 청제의 모습에 나오가 어깨를 으쓱해 보였다.

"한없이 태산처럼 지켜 주는 존재가 아버지고, 심장이 따스하게 가슴에 품어 주는 이가 어머니인 것 같아요. 잘 모르지만. 어려서 보면 동네에 있는 다른 아이들은 모두 그런 아버지 어머니를 가지고 있더라고요."

청제가 고개를 갸웃거렸다. 그녀가 하는 말이 무엇인지 상상도 되지 않았기 때문이다.

자신 이외에 누군가가 자신에게 태산처럼 든든한 벽이 되어 줄 수도 있다는 것도, 누군가의 품이 심장이 따스할 정도로 좋을 수도 있다는 것도 상상조차 해 보지 못한 관계이기에 마음에 와닿을 수가 없는 것이다.

자신이야 그게 당연한 줄 알았지만 눈앞에 있는 이도 그렇다는 것이 더 의아했다.

"헌데…… 너는 왜 다른 청족들은 다 있다는 아버지 어머니가 없는 거냐?"

"저도 몰라요. 할아버지가 이야기해 주지 않으셨거든요."

그러고 보니 그랬다. 5백 년 전쯤의 어느 날 하로가 손주가 생겼다고 지나가는 말처럼 하는 것을 들은 기억이 있다. 하지만 가족이란 것의 모습을 모르는 그는 그것이 무엇을 의미하는지도 정확히 알 수 없었다. 아마 알았다면 자식은 어디 있고 손주만 있느냐고 물었으리라.

"하지만 저에겐 할아버지가 계셔서 다행이었어요. 때론 태산처럼 단단하게, 때론 심장이 말랑거릴 정도로 따스하게 저를 사랑해 주셨으니까요. 한 번도 외롭다고 느껴 본 적 없었어요. 할아버지가 계실 때는요."

할아버지가 계실 때는 정말 그랬다. 지금은 한없이 심장 속으로 찬바람이 불지만 그때는 그랬다. 온통 따스함으로 가득하던 때가 있었다. 할아버지가 세상 전부이던 시간이.

따스하게 반짝이던 나오의 눈이 흐려지는 모습이 보기 싫어 청제가 시선을 돌렸다. 그녀의 말을 다 이해할 수는 없어도 그녀가 슬퍼하고 있다는 것은 느낄 수 있었으니까.

슬픔이란 것은 아마도 상실인 모양이었다. 하로가 없기에 그녀가 느끼는 것이 슬픔이라면 그럴 것이다.

"할아버지가 떠나고 나서는 사실 좀 무서웠어요. 청족 마을로 돌아가더라도 혼자일 거고. 다른 곳은 가 본 적도 없고. 갈 곳도 없으니까요. 하지만 지금은 하나도 무섭지 않아요. 청제님도 비사 님도 건달바 님도 계시니까요."

흐려졌던 그녀의 동그란 연푸른 눈동자가 따스하게 웃었다. 푸른빛 눈동자가 따스해 보이는 모습은 낯설었다.

아니, 어쩌면 자신의 눈동자가 아닌 다른 이의 푸른 눈동자는 이리 똑바로 마주해 본 적이 없기에 그리 느껴지는지도 모를 일이었다. 건달바도, 비사도 푸른 눈동자를 가지고 있지 않으니까.

자신의 눈동자를 가만히 응시하고 있는 청제의 시선에서 벗어나고 싶어서였을까. 갑자기 나오가 고개를 돌리며 코끝을 킁킁거렸다.

"어디선가 향긋한 단내가 나는 것 같지 않으세요?"

그제야 바람을 타고 흘러드는 익숙한 향을 자각하는 청제였다. 이때쯤이면 느껴질 향이건만 이제야 자각했다. 눈앞에 있는 존재 때문에 느끼지 못했던 모양이다.

"도원의 선도 향이다. 지금쯤 많이 열려서 이리 냄새가 진동하는 것이 다."

"선도면…… 복숭아요?"

"그렇게 부르던가?"

"먹고 싶어요."

정말 먹고 싶은지 꼴깍 침을 삼키는 그녀의 모습에 청제가 큭, 웃음을 토해 냈다.

"가 볼까?"

"예!"

신나서 기운차게 대답을 하며 나오가 그를 보며 웃었다. 너무도 환해서 나무 사이로 새어 들어오는 아름다운 햇빛이 다 숨죽이는 것 같았다.

살짝 찡그린 나오의 눈에 담긴 빛이 청제의 심장으로 스며들었다. 알 수 없는 열기가 자각해 본 적도 없는 심장 저 안쪽에서부터 천천히 일렁이기 시작하는 게 느껴졌다. 가슴 안쪽이 간질거렸다.

스스로의 모습에 화들짝 놀란 청제가 고개를 돌렸다. 자신의 입가에 그녀를 따라 짓는 익숙지 않은 미소가 번지고 있음을 자각한 탓이었다.

슬며시 미소를 지우며 청제가 손을 내밀자 나오가 의아한 듯한 얼굴로 물었다.

"날아가지 않습니까?"

"이곳은 숲이 너무 우거져서 청룡의 모습으로는 날 수 없다. 그리고 조금만 가면 도원이니까 이 모습으로 가면 된다."

이 모습으로? 사람의 모습으로 말입니까? 하고 나오가 물으려는 순간 청제가 내밀어진 나오의 손을 잡고 그대로 그녀의 몸을 두 팔로 안아 들었다. 갑작스러운 그 움직임에 놀란 나오가 청제의 목에 팔을 두른 순간,

그의 몸이 그대로 허공으로 떠올랐다.

구름을 타면 이런 느낌일까. 너무나 거대한 청룡의 비늘을 잡고 버틸 때에도 넓은 마차 속처럼 큰 청룡의 발 안에서도 느껴 본 적이 없는 느낌이었다.

강한 청제의 팔 안에 안긴 몸은 조금도 흔들리지 않았다. 누군가의 품에서 온전히 보호받고 있었다. 그것도 세상 가장 강한 이의 품 안에서.

바람이 불어 청제의 짙푸른 머리카락이 그녀의 얼굴을 휘감았다. 바람 내음이 코끝으로 밀려들어 온몸을 감아 돌았다.

천천히 고개를 든 나오의 시선 안에, 허공을 바라보고 있는 청제의 얼굴이 보였다. 두근, 심장을 도는 피가 멈춘 듯 심장이 크게 울렸다.

"와……."

온통 달보드레한 향기로 가득한 공간에 가만히 내려선 청제가 품 안에서 그녀를 내려놓았다.

생전 처음 보는 너무도 황홀한 풍경에 나오가 입을 막았다. 그녀의 입가에 진하디진한, 선도의 향을 닮은 미소가 번져 갔다.

나오를 수풀 위에 내려놓은 청제가 그녀에게서 한 걸음 뒤로 물러서 미간을 좁혔다. 조금 전부터 가슴 저 깊은 곳이 조금씩 욱신거렸다. 낯선 통증이었다.

그의 손이 심장 부근을 짚었다. 평상시보다 강하게 뛰는 심장이 쿵쿵 거칠게 울렸다.

"뭐야……."

날카롭게 곤두서는 신경을 입술을 지그시 씹으며 누른 청제의 눈이 연분홍빛 복숭아로 다가가는 나오에게 닿았다. 놀라 그녀에게로 한 발 다가서는 그에게서 심장의 고통은 어느새 사라지고 없었다.

어떤 비단보다도 부드러워 보이는 분홍빛 복숭아에 손을 가져다 대던 나오가 자신의 손 위로 스며들듯 들어서는 천제의 손을 보고 움직임을 멈췄다.

그녀의 손을 감싸 쥔 청제가 놀라 돌아보는 그녀를 향해 낮게 미소 지으며 고개를 저었다. 그 부드러운 사내의 미소에 심장이 또 요동쳤다. 서둘러 그의 손에서 자신의 손을 떼어 낸 나오가 의아한 듯 물었다.

"왜 그러십니까?"

"도원의 선도는 아무에게 자신을 내어 주지 않는다. 그 향에 중독될 수도 있으니까."

"아……."

"먹고 싶으냐."

"예."

보기만 해도 군침이 도는 복숭아의 모습에 나오가 침을 꼴깍 삼키며 씩씩하게 대답하는 모습에 청제가 큭, 낮은 웃음을 토해 냈다.

복숭아를 따 그녀 앞에 내밀어 주었다. 그가 내미는 먹음직스러운 복숭아를 물끄러미 보며 나오가 조심스럽게 물었다.

"청제님이 따 주시는 것은 괜찮습니까?"

"내가 주인이니까."

"와, 잘 먹겠습니다!"

함박웃음을 보인 나오가 입을 커다랗게 벌려 복숭아를 베어 물었다. 둘이 서 있는 공간이 달콤한 복숭아 향으로 가득 찼다.

"이게 무슨 일이냐?"

깨진 구슬 조각들을 조심스럽게 살피는 비사의 모습에 놀란 건달바가 쩌렁쩌렁 울리는 목소리로 물었다. 귀가 아픈 듯 미간을 좁힌 비사가 얕게 한숨을 토해 냈다. 붉고 얄팍한 입술이 살짝 비틀렸다.

"보다시피 이 안에 봉인되어 있던 요괴가 봉인을 풀었다."

"그러니까, 그게 가능할 리가 없잖아. 이 황금타에서, 게다가 청제님의 전각에서! 이게 말이 돼?"

"안 되는데…… 일어났잖아."

난감함을 담는 비사의 표정을 보며 이리저리 시선을 굴리던 건달바가 무엇인가를 집어 들었다. 언제나 나오가 전각 안을 청소할 때면 가지고 다니는 먼지떨이였다.

"여기, 나오가 청소하던 중이었냐?"

"그랬던 것 같다. 요괴가 나오에게 달려드는 것을 청제님이 수정궁에서 느끼시고 다행히 막으신 모양이고."

"혹 나오가 요괴를 풀어 준 걸까?"

"야, 멍청한 놈아. 나오는 청족이면서 날지도 못하는 아이야. 인간만큼 나약한 아이가 무슨 수로."

"그치? 말도 안 되는 일이지?"

"말도 안 되는데…… 그 말도 안 되는 일이 일어난 걸 어떻게 설명해야 하는지 모르겠다."

"야, 너 그러니까 무섭거든. 평소처럼 해. 그냥 아무 일도 아닌 것처럼 심드렁하게 말하라고."

"……."

"야! 그러지 말라고!"

숨 막히게 아름다운 얼굴에 담긴 어둠을 느끼며 건달바가 버럭 고함을 쳤다.

❉ ✖ ❉

거대한 몸집에 어울리지 않게 조그마한 복숭아에 코를 대고 킁킁거리며 세상에서 가장 행복한 표정을 하고 있는 건달바를 멍하게 바라보던 비사의 시선이 청제에게로 닿았다.

무표정한 듯 보이지만 청제의 시선이 계속 나오를 향해 있었다. 끈끈이
가 붙어 있는 것처럼 그녀를 따라가는 그의 시선을 절감하는 비사였다.
의미를 알 수 없는 청제의 시선이 의아했다.

"이게 다 뭡니까?"

"보면 모르느냐? 도원의 선도잖느냐."

눈앞에 놓여 있는 거대한 복숭아 더미를 가리키며 묻자 청제가 무심하
게 대답했다. 비사의 미간이 짜증스럽게 일그러졌다.

"선도인 걸 모르는 것이 아니라, 이걸 대체 왜 이리 많이 따 오신 것입
니까?"

"먹으려고."

"예? 이거 안 드시지 않습니까?"

비사의 말에 놀란 나오의 시선이 청제를 향하자 청제의 눈동자가 거칠
게 흔들렸다.

"청제님은 선도 안 드십니까? 아주 좋아하신다고 하셨는데."

걱정스러운 시선으로 묻는 나오의 말에 비사가 뭐라고 입을 열기도 전
에 청제가 급히 말을 이었다.

"안 먹긴. 취향이 바뀐 것을 비사가 몰랐을 뿐이다."

"예?"

비사가 커다랗게 되묻는 순간 청제의 서늘한 눈매가 비사를 노려보았
다. 그 눈빛이 금방이라도 자신의 목을 조를 것만 같아 비사가 흡, 입을
다물었다.

"청제님, 저 이거 하나만 가져갑니다."

건달바가 조금 전까지 콧속으로 집어넣고 싶은 듯 바라보던 복숭아 하
나를 집어 들며 말했다.

그 순간이었다. 슬쩍 들어 올린 청제의 손에서 뿜어져 나온 기운이 건

달바의 손에서 복숭아를 빼앗아 다시 제자리로 내려놓았다.

황당함을 담은 건달바의 눈이 청제를 바라보았다.

"뭐 하시는 것입니까?"

"먹지도 못할 거 가져가지 마라."

"예?"

"나오, 아니, 내가 먹어야 하니까."

비사와 건달바의 시선이 허공에서 부딪쳤다. 황당함과 두려움을 담은 네 개의 눈동자가 서로를 바라보다 청제에게로 향했다. 이 상황을 설명해 달라는 무언의 압박을 외면하며 청제가 고개를 돌렸다.

"아, 건달바 님은 향기를 드시는 것이지요?"

챙겨 온 바구니에 선도를 조심스럽게 담던 나오가 뒤늦게 상황을 알아채고 건달바를 바라보며 물었다. 울상이 된 건달바가 고개를 끄덕였다.

"이리 많으니 하나는 주셔도 좋지 않겠습니까? 청제님?"

"네가 원한다면…… 주든지."

무심하게 몸을 일으키는 청제 뒤로 활짝 미소를 지은 나오가 아까부터 건달바가 눈독 들이던 커다란 선도를 내밀었다.

비사가 자신의 눈을 의심하며 눈을 찡그렸다. 일어서서 자신의 전각 쪽으로 걸어가던 청제의 시선이 어느새 또다시 나오를 향해 있었다. 푸른 눈이 따스하게 웃고 있었다.

❈ ✠ ❈

눈앞에 보이는 푸른 기운에 비사가 걸음을 멈췄다. 황금타 가장 높은 곳에 서서 바람을 부르는 청제의 모습에 그의 따스한 시선이 닿았다.

수미산 동쪽의 모든 것이 눈앞에 있는 젊은 청룡의 세상이었다. 그 세상에서 들려오는 수많은 이야기들을 바람을 통해 듣는 모습은 수만 년을 살아온 요괴인 자신의 눈에도 아름답기만 했다.

청제가 손을 들어 올리면 곁을 맴돌던 바람이 그의 손끝에 휘감긴다. 그 푸른 바람들이 그에게 말해 주는 것이다. 그가 지배하고 그의 힘으로 존재하는 수미산 동쪽, 청족 세상의 모든 것을.

손끝에 감긴 푸른 바람을 밀어내면 또 다른 바람이 그의 귓가로 스치고, 그가 끄덕여 주면 바람은 다시 자신의 세상으로 돌아간다. 청제의 온몸을 감아 돌며 경의를 표하고 충성을 맹세하고는 다시 그의 손끝으로 빠져나가 돌아가는 것이다.

바람에 그의 짙푸른 장의가 아름답게 펄럭이고 그의 온몸에서 뿜어져 나오는 진한 바람과 나무의 향이 공간을 가득 물들였다.

아마 건달바가 있었다면 환장을 했을 미혹적인 향기다. 세상을 유혹하고 세상 모든 것을 정화하는 푸르고 싱그러운 향. 헌데 오늘은 왠지 그 향에서 조금 낯선 달콤함이 느껴지고 있었다.

마지막 바람 한 조각이 그의 손끝을 떠나서일까. 손을 내린 청제가 시선을 들어 올려 무심하게 아래를 내려다보았다.

자신이 모든 것을 걸고 지키고 있는 세상이다. 헌데 우습게도 그에게 저 세상은 낯선 곳이었다.

"어디를 그리 보고 계십니까."

다가오는 비사의 목소리에 청제가 천천히 고개를 들었다. 조금 전부터 비사의 존재를 느끼고 있었지만 바람들의 이야기를 듣느라 알은척을 할 수가 없었다.

따스함을 담은 붉은 눈동자와 푸르름을 담은 파란 눈동자가 서로를 바라보았다.

"글쎄."

"대답이 어찌 그러십니까."

"가끔, 아주 가끔 생각하거든. 내가 지키고 있는 이 세상이 나에게 무슨 의미이기에 나는 이 모든 것을 지키고 책임지고 있는 것일까 하고 말이야."

"천제께서 들으시면 기함을 하실 이야기군요."

"그런가."

청제의 시선이 아래로 향했다. 푸르름이 세상을 가득 채운 자신의 영지를, 그 안의 모든 것을 지켜야 하는 무거운 마음이 그의 굳은 입가에서 느껴졌다.

"나오에게 결계를 쳐 놓으셨더군요."

비사의 말에 아래를 향했던 청제의 시선이 들렸다. 조금의 흔들림도 담겨 있지 않던 푸른 눈동자가 살짝 흔들리고 있었다.

"이번 일이 나오로 인한 것이라 여기십니까."

청제가 부드럽게 고개를 저었다. 짙푸른 머리카락이 그의 곁을 스치는 바람에 가만히 흩날렸다.

"그럴 수 없다는 것을 알잖아. 그 아이가 무슨 힘으로. 하지만 왠지 불안해서."

"무엇이 불안하십니까."

"그 아이가 다칠까 봐. 황금타에서조차 요괴가 움직일 수 있다면 다치는 것은 그 아이가 될 테니까."

두려움이다. 지금 그가 느끼고 있는 낯선 감정은. 무엇인가를 잃을지도 모른다는 두려움이 처음으로 그를 찾아온 것이다. 그 아이 때문에.

청제의 곁으로 다가서 조금 전 청제가 그랬던 것처럼 잠시 아래를 바라본 비사가 그에게로 고개를 돌리며 싱긋, 맑게 웃었다.

"귀여운 아이입니다."

"모르겠어. 때론 천방지축이라 난감한데 또 어떤 때는 바람 한 자락에도 날아가 버릴 것처럼 약해 보이고. 대체 어떻게 대해야 할지 모르겠다니까."

미소와 난감함이 함께 어리는 청제의 얼굴은 소년의 그것처럼 보였다. 처음 느끼는 설렘을 표현할 때 인간들이 자주 짓는 표정이었다.

희로애락이 뚜렷한 인간들의 표정을 짓는 청제의 모습에 비사가 낮게 한숨을 토해 냈다. 진한 감정, 그것이 눈앞의 이에게 좋은 것일지 확신할 수 없기에.

"이런……."

"예?"

청제의 입에서 흘러나온 낮은 신음 소리에 비사가 고개를 들었다. 살짝 일그러진 청제의 눈에 가득 고인 것은 걱정이었다.

"조금만 먹어야 한다고 그리 일렀는데."

누구를 향한 말인지 알 수 없는 속삭임을 남기고 그대로 황금타 안으로 사라지는 청제를 비사의 시선이 좇았다.

텅 빈 공간에 선 비사가 하늘을 올려다보았다. 언제나처럼 푸른 하늘은 청제의 시선처럼 투명했다. 신들의 세상에는 비가 내리는 일도 구름이 잔뜩 끼는 일도 거의 없다. 순간순간 바뀌는 인간 세상과 달리 아무 감정도 느끼지 못하고 사는 신들의 기운 때문일 것이다.

헌데 이상하게도 이곳 하늘에 곧 비가 내릴지도 모른다는 생각이 비사의 마음에 깃들었다. 스스로도 이해할 수 없는 불안에 깊고 깊게 한숨을 토해 냈다.

온몸을 감싸듯 덮쳐 오는 진하고 진한 선도 향에 미간을 찡그리며 나오의 방으로 들어선 청제가 짙은 한숨을 내쉬며 고개를 저었다.

신들의 과일인 도원의 선도는 그 정기가 너무 진하니 한 개씩만 먹어야 한다고 그리 일러두었거늘.

대체 몇 개를 먹었는지 탁자 위에 선도 씨가 서너 개나 굴러다니고 있었다. 선도의 정기에 취한 듯 침상에 쓰러져 있는 나오의 얼굴이 백지장처럼 하얗게 바랬다.

그의 손 안에서 푸른 기운이 몽실몽실 피어올랐다. 그것이 나오를 천천히 덮었다. 강한 선도의 정기에 취한 나오를 정기로 순화시키려는 것이었다.

선도의 정기가 크게 위험하지는 않다 하여도 일개 청족인 나오에게는 매우 강할 것이기에 미리 정화를 해 주어야 할 것 같았다. 그렇게 하지 않는다면 한동안 깨어나지도 못할 것이다.

푸른 기운이 그녀를 알뜰히 감싸는 것을 물끄러미 내려다보던 청제가 몸을 숙여 그녀의 얼굴을 응시했다. 깊이 잠이 든 나오의 입술이 아직 남아 있는 선도의 과즙으로 반들거렸다.

새하얗게 변해 있던 나오의 입술이 점점 붉은빛을 띠는 모양을 물끄러미 지켜보던 청제가 흡, 숨을 삼켰다. 그녀의 입술에서 선도 향이 진하게 풍겨 나오기 시작했기 때문이다.

달콤하고 따스한 온기가 그녀의 입술에서 새어 나와 그의 얼굴 위로 퍼져 갔다. 간지러우면서도 따스한 느낌에 이상하게 온몸이 뜨거워지는 것 같았다. 달큰한 향 속에는 처음 느끼는 낯선 향기도 섞여 있었다.

선도의 향과 섞인 그 향 때문일까. 아찔하도록 느끼고 싶은 그 향을 향해 청제가 가만히 얼굴을 숙였다.

처음 느낌은 따스함이었다. 그리고 그 따스함 속에 가득 담긴 단내와, 꽃향기처럼 느껴지는 익숙하지 않은 향에 청제의 눈이 자신도 모르게 가만히 감겨 왔다.

이해할 수 없는 지독한 탐욕이 심장을 천천히 달구고 있었다. 조금 더 조금만 더 그 향에, 따스함에 취하고 싶은 욕망이 그를 온통 휘감았다.

하얗게 머릿속이 비어 아무 생각도 못 하던 청제가 천천히 눈을 떴다. 그 순간 눈앞에 나오의 연푸른 눈동자가 보였다.

"!"

놀란 청제가 급히 몸을 뒤로 물렸다. 나른하게 풀린 눈동자가 그런 청제를 물끄러미 올려다보고 있었다. 나오의 처음 보는 흐릿한 시선에 심장이 미친 듯 뛰기 시작한 청제였다.

"청……제님?"

나오의 입술이 그를 불렀다.

"좋아해요."

청제의 눈이 커다랗게 열렸다. 이제 정말 심장은 더 이상 뛰지 못하고 터질 모양이었다. 아니, 자신의 심장이 이리 뛸 수 있다는 것도 오늘에서야 자각했다.

더 이상 나오를 바라보고 있다가는 몸이 터질 것만 같아 청제가 뒤로 몸을 물리는 순간, 나오의 손이 청제 쪽으로 뻗어 왔다. 가느다란 손이 그를 부르는 것 같았다.

놀란 청제가 그대로 몸을 돌려 나간 후 나오의 입이 다시 열렸다.

"비사 님도, 건달바 님도 다…… 좋아해요. 전 여기가 정말 좋아요."

제대로 알아들을 수도 없는 말투로 중얼거리던 나오의 눈이 천천히 감겼다. 그녀는 다시 깊은 잠 속으로 빠져들었다.

❀ ✚ ❀

실오라기 하나 걸치지 않은 여인들 사이에 누워 핏빛처럼 붉은 술잔을 쥔 백제가 굳은 얼굴로 들어서는 사이를 보며 반쯤 몸을 일으켰다.

언제나 쇠의 기운이 가득한 백은타 안이 여인들의 몸에서 흘러나온 비릿한 땀 내음과 욕정의 흔적들로 시큼한 향내를 풍기고 있었다.

사이의 미간이 거칠게 일그러졌다.

"준비는 다 되었느냐."

사이의 표정 따위 상관없다는 듯 핏빛 술을 입안 가득 머금은 백제가

89

옆에 있는 여인의 새하얀 등을 훑어 내리자 여인의 입에서 나직한 신음이 새어 나왔다.

"예. 백제님."

"어디 한번 볼까?"

술을 입안에 털어 넣은 백제가 그대로 몸을 일으키자 곁에 누워 있던 여인들의 간절한 시선이 그를 좇았다. 하지만 그런 여인들의 존재 따위 이제 관심도 없다는 듯 백제의 시선은 앞만을 향해 있었다.

금방이라도 구슬을 깨고 튀어나올 듯 구슬 안에서 일렁이는 빛들을 응시하는 백제의 눈에 비릿한 미소가 번졌다.

무엇을 상상하는지 사내의 얼굴에 쾌감이 가득 번지는 것을 바라보며 사이가 저 멀리 천천히 구름이 밀려오는 하늘을 올려다보았다. 곧 닥쳐올 엄청난 재앙을 기다리는 듯 하늘은 너무도 탁한 잿빛이었다.

가장 강하게 일렁이는 수정 구슬에 백제의 손끝이 닿았다. 괴성이라도 지르는 것처럼 구슬 안의 기운이 거칠게 뒤틀렸다. 그 기운에 수정 구슬의 표면이 금방이라도 깨질 듯 흔들렸다.

"너무 기대가 되어 심장이 다 뛰는구나. 큭큭."

사내의 얼굴이 기묘하게 일그러졌다. 웃고 있음이 분명한데 그 웃음이 끔찍하게 보였다.

"시작해 볼까."

먹구름이 천천히 몰려들고 있었다. 천천히 들어 올린 백제의 손 아래 일렁이는 수정 구슬들의 흔들림도 점점 커져 갔다. 한 걸음 뒤로 물러선 사이의 얼굴에 공포가 어렸다.

❋ ✖ ❋

"어디가 편치 않으십니까."

청제의 전각에서 그를 기다리고 있던 비사가 막 들어서는 청제의 모습을 보며 물었다. 촉촉하게 청수에 젖어 있는 청제의 모습이 어딘지 편치 않아 보였기 때문이다.

맑은 빛만을 가득 담고 있던 그의 눈동자가 짙게 그림자를 드리우고 있는 것도, 붉게 반짝이던 입술이 까칠하게 말라 있는 것도 낯선 모습이었다.

"아니, 그냥 가끔 머리가 아프고 가슴이 좀 답답해서. 아마 너무 오랫동안 힘을 쓸 일이 없어서 기가 정체되어 그러는 모양이야. 괜찮으니까 신경 쓸 거 없어. 그건 그렇고 어디 가게?"

외출복을 입고 있는 비사의 모습에 청제가 물었다. 비사의 붉은 눈이 살짝 웃었다.

"인간계에 너무 오랫동안 걸음을 하지 않아서 말입니다. 저 역시 정기가 필요하니까요."

"굳이 인간계까지 가야 하는 거야? 이곳에도 청족의 정기는 얼마든지 있잖아."

"청족의 정기는 무색무취라서 맛이 없습니다. 인간의 정기와는 비교할 수가 없지요."

"큭. 입맛도 까다롭기는."

"청제님의 시중을 드는 데 부족함이 없도록 나오에게 잘 일러두고 가겠습니다."

흠칫, 청제의 얼굴에 난감함이 떠올랐다.

의아한 시선으로 청제를 바라보던 비사가 고개를 돌렸다. 문 바깥쪽에서 익숙한 이의 기운이 느껴졌기 때문이다.

청명하고 따스한 기운. 이런 기운의 주인은 딱 한 명이었다.

"무슨 일이냐. 나오야."

"청제님이 드실 봉래화차를 준비해 왔습니다."

공기 중에 퐁퐁 샘물이 솟아나는 듯 맑은 나오의 목소리가 들려왔다. 비사의 입가에 연한 미소가 번졌다.

조금 전 자신이 가르쳐 준 대로 차를 제대로 우려낸 모양이었다. 처음에는 선식 하나 잘 준비하지 못하던 나오가 자신의 가르침으로 이제 제법 시중을 드는 것이 기특하기만 했다.

"제가 없는 동안 나오가 제대로 시중을 들 수 있을 것입니다. 허니 청……제님?"

막 청제의 전각 안으로 들어서는 나오의 모습을 보고 고개를 돌리며 자상한 미소를 짓던 비사가 의아함을 담은 눈으로 청제를 바라보았다.

조금 전까지 자신과 편안하게 대화를 나누던 청제의 얼굴에 어느새 붉은 기가 가득 고여 있었다. 게다가 어디가 불편한 것인지 그의 시선이 불안하게 흔들렸다.

"왜 그러십니까? 어디가."

"비사! 비사! 어디 있냐!"

걱정 어린 눈빛으로 청제를 살피던 비사가 황금타가 떠나갈 듯 들려오는 목소리에 확 얼굴을 찡그렸다.

"차를 드시고 계십시오. 잠시 나갔다 오겠습니다."

이를 아득 갈며 비사가 밖으로 나가고, 전각 안에는 청제와 나오만이 남았다.

한 걸음, 한 걸음 자신을 향해 걸어오는 나오를 바라보는 청제의 눈이 점점 난감함에 일그러져 갔다. 나오의 기척을 온몸으로 느낀 순간부터 갑자기 심장이 터질 듯 뛰기 시작했기 때문이다.

있는지도 모르고 살던 심장이란 놈이 대체 왜 이러는 것인지 알 수가 없었다. 이러다가는 정말 가슴속에 있는 심장이 너무도 뛰어서 금방 입 밖으로 튀어나오기라도 할 것 같았다.

아니, 그럴 리야 없겠지만 너무 거칠게 뛰어 대는 그 소리가 앞으로 다가오는 나오에게 들릴 것 같아 그것이 난감한 청제였다.

"비사 님께서 청제님이 청수궁에서 나오시면 언제나 봉래화차를 준비하라 하셨습니다. 제법 맛이 괜찮은 것 같은데 드셔 보셔요."

조심스럽게 차를 다탁 위에 올려놓은 나오의 시선이 청제를 향했다.

칭찬을 받고 싶은 어린아이 같은 표정을 짓고 자신을 바라보는 나오의 눈빛을 마주 볼 수가 없어 청제가 얼른 찻잔으로 시선을 내렸다. 연노란색의 차에서 모락모락 김이 올라오고 있었다.

"색깔이 너무 어여쁩니다. 전 이런 느낌의 황색이 좋습니다."

찻잔을 조심히 청제의 앞에 내려놓으며 나오가 노래를 부르듯 맑은 목소리로 말했다. 그 목소리에 찻잔에 닿았던 청제의 시선이 천천히 들어 올려졌다.

물방울이 튀듯 맑게 울리는 나오의 목소리를 듣고 있으니 그녀의 눈동자가 어떻게 반짝이고 있을지 상상이 되었다. 그 눈빛이 보고 싶어 참을 수가 없었다.

"너무 뜨거운가?"

그의 눈동자가 들어 올려진 순간 나오의 시선이 찻잔을 향했다. 살짝 미간을 좁힌 나오의 가느다란 손가락이 찻잔에 살짝 닿았다 떨어졌다. 차가 너무 뜨거운지 확인하는 모양이었다.

미간을 좁힌 채 찻잔을 내려다보는 그녀의 얼굴에 청제의 시선이 닿았다.

동그랗고 반듯한 이마, 짙고 부드럽게 휘어진 눈썹과 그 밑에 그림자를 길게 드리운 긴 속눈썹. 조금 더 시선을 내린 청제가 흡, 숨을 참았다.

찻잔의 온기를 살피느라 살짝 악물어져 있는 그녀의 입술에 시선이 닿는 순간, 거칠게 뛰던 심장이 쿵, 내려앉는 것처럼 울렸다.

기억나 버렸다. 저 조그맣고 붉은 입술의 감촉이. 말로 표현하기 어렵게 따스하고, 온몸이 녹아내릴 듯 달콤하던 그 조그마한 입술이 자꾸만 오물거리며 그의 시선을 사로잡고 있었다. 그 순간의 모든 감각이 다시 되살아난 몸이 움찔거렸다.

"혹여 뜨거운 것이 싫으십니까? 식혀 드릴까요?"

"되었다."

나오의 말에 거세게 고개를 저은 청제가 그대로 찻잔을 들어 올렸다. 그리고 그 순간, 그의 움직임에 흔들린 찻잔에서 찻물이 넘쳐 손과 옷자락으로 쏟아졌다.

"괜찮으셔요?"

정작 뜨거운 것이 손에 닿은 청제보다 나오가 더 놀란 듯했다. 걱정이 한가득 서린 얼굴로 황급히 그의 옷자락과 손등을 닦아 내는 그녀의 모습을 청제가 물끄러미 내려다보았다.

찻물 따위 펄펄 끓는다 해도 그에겐 조금의 상처도 입히지 못한다. 그는 청제이니까. 그런데 눈앞에 있는 존재는 아무 흔적도 없는 자신의 손을 엄청난 걱정을 담은 눈으로 살피고 있었다.

그녀의 손이 그의 손에 닿는 것만으로도 따스하고 부드러운 감촉이 손끝에서부터 온몸으로 퍼져 나가자 청제가 황급히 손을 떼어 냈다.

그의 움직임이 화를 담고 있다고 느껴서일까. 그런 청제를 바라보던 나오의 시선이 아프게 아래를 향했다.

얼마의 시간이 흘렀을까. 실제로는 한 다경도 되지 않는 시간이지만 청제에게는 억겁처럼 긴 시간이 지나갔다. 그리고 나오가 입을 열었다.

"혹시 화나셨어요? 어제 제가 한 말 때문에요?"

덜컹, 자신의 심장이 이제 아예 바닥으로 떨어지는 감각을 온전히 느끼며 청제가 고개를 숙이고 있는 나오의 정수리를 바라보았다.

정수리를 바라보는 것만으로도 심장이 이리 요동칠 수 있다니 당황스러움을 넘어 환장할 지경이었다. 고개를 숙인 채 나오의 말은 계속되었다.

"그저 저는 제 마음의 느낌을 말씀드린 것뿐이에요. 진심이고요."

미치겠다. 청제가 이제 숨조차 제대로 내쉬지 못하고 주먹을 움켜쥐었다. 날 리 없는 땀이 온몸에서 솟아나는 기분이었다.

"알아요. 주제넘은 거. 일개 청족인 제가 감히 청제님께 그런 말을 했다는 게. 그래도…… 해 드리고 싶었어요."

살짝살짝 자신의 눈치를 살피는 나오의 동그란 눈이 너무도 어여뻐 보였다. 하루 만에 상대의 얼굴이, 눈빛이 이리 다르게 느껴질 수도 있는 것이 당황스러웠다.

자신의 말에 한 마디 대꾸도 하지 않는 청제의 모습에 의기소침해진 나오가 잠시 머뭇거리다 조심스럽게 찻잔을 정리했다.

평상시의 그녀답지 않게 너무도 조심스러운 모습이 안쓰러워 청제의 얼굴에 난감함이 어렸다. 풀이 죽은 그 모습이 싫었다. 그 모습에 심장이 아팠다.

찻잔을 다 정리해 들고 나오가 다시 한 번 그를 올려다보았다. 곱게 빛나는 그 눈 안에 걱정이 한가득 담겨 있었다.

"말하기 싫으시면 안 하셔도 돼요. 그럼 저는 물러갑니다."

"나도!"

터덜터덜 뒷걸음질 치는 나오를 향해 청제가 버럭, 소리를 질렀다. 갑작스러운 고함에 놀란 듯 나오의 동그란 눈이 그를 올려다보았다.

나오의 시선 안에 얼굴을 온통 붉게 물들인 청제의 모습이 보였다. 열이라도 나는 것인지 언제나 지독하게도 새하얗던 청제의 얼굴이 붉은 꽃을 피운 듯 벌겋게 달아올라 있었다.

"예?"

"나도, 너를 좋아한다."

"예에?"

연푸른 나오의 눈동자가 거세게 흔들렸다. 그리고 조금 후 무엇인가 의아한 듯 고개를 갸웃거렸다. 예상치 못한 나오의 모습에 청제가 꿀꺽 마른침을 삼키며 그녀의 다음 행동을 기다렸다.

"지금, 그러니까 청제님. 저한테……."

말을 잇지 못하는 나오의 모습에 벌떡 자리에서 일어난 청제가 그녀의 앞으로 다가섰다. 놀란 나오가 한껏 고개를 들어 그를 올려다보았다.

자신의 어깨에도 미치지 못하는 소녀를 청제의 한없이 푸른 눈이 가만히 내려다보았다.

"너 혼자 나를 좋아하는 것이 아니라고. 나도, 네가 좋다. 왜인지는 모르겠다. 몰라. 그러니까 이유는 묻지 마라."

이제 눈뿐만이 아니라 입까지 더 커질 수 없을 만큼 벌리고 놀라는 나오의 모습에 청제의 눈썹이 꿈틀, 흔들렸다.

다가서는 것이 아니었다. 그녀에게서 느껴지는 익숙한 향이 심장을 움켜쥐었기 때문이다. 하지만, 물러서고 싶지 않았다. 열기에 탁하게 바랜 그의 목소리가 다시 울렸다.

"허니, 넌 내 곁에 있어야겠다."

그의 얼굴이 점점 다가오고 있었다. 짙푸른 눈동자에 자신이 가득 담겨 있는 모습에 나오가 숨도 내쉬지 못했다. 그저 멍하게 다가오는 청제의 얼굴만을 응시했다.

무슨 일이 벌어지는 것인지 가늠도 되지 않았지만 이 모습을 외면할 수 없었다. 누가 감히 눈앞에 있는 이 아름다운 존재를 멀리할 수 있을까.

따스하고 향기로운 바람의 내음이 얼굴 위로 쏟아져 내리는 순간, 무엇인가가 자신의 입술에 닿는 감촉에 나오가 질끈 눈을 감았다.

부드럽고 한없는 온기를 머금은 그것이 아주 잠시 그녀의 입술에 머물다 떠나갔다. 그리고 그녀가 다시 눈을 떴을 때 그녀의 곁에는 푸른 바람의 내음만이 남아 있었다.

세상에서 가장 심심한 얼굴로 허공을 응시하고 있던 건달바가 낯익은 모습에 재미있는 장난감을 발견한 아이처럼 환한 미소를 지으며 난간에서 뛰어내렸다.

있을 때에는 구박만 해서 가끔 미치도록 화가 나게 하는 존재지만 없으면 또 그보다 더 허전할 수가 없는 비사가 잠시지만 인간계로 떠나 허전함에 몸부림치고 있는 중이었다. 며칠이지만 비사가 없는 황금타는 재미없기에.

"청제님! 어디 가십니까! 저도 데리고 가십시오!"

그 우람한 몸으로 쏜살같이 달려와 막 청룡으로 변하려는 청제 앞에 선 건달바의 행복 가득하던 얼굴에 순간 불안이 떠올랐다.

"얼굴이 왜 그 모양이십니까? 온통 울긋불긋. 꽃이 핀 것도 아닌데. 혹 열이 나십니까? 내 살다 살다 청제께서 열이 난다는 소리는 들어 본 적이 없지만요."

몸을 숙여 청제의 얼굴에 자신의 얼굴을 들이미는 건달바를 밀어 버린 청제가 몸을 돌렸다. 하지만 그런다고 물러설 건달바가 아니었다.

"잠깐만요! 청제님 요즘 자주 몸이 좋지 않으신 듯하다고 비사가 저에게 신신당부를 했단 말입니다. 그러니 확인해 봐야겠습니다. 제 생각에는 아무래도 너무 기가 넘치시는데 푸실 데가 없어서 그러시는 것 같지만. 으악!"

말도 다 마치지 못한 건달바가 그 순간 허공으로 붕 떠올랐다 바닥으로 내동댕이쳐졌다. 다가서는 건달바를 청제가 그대로 밀어 버린 것이다.

"청제님! 아, 진짜!"

어느새 거대한 청룡으로 변해 하늘 위로 솟구쳐 오르는 청제를 향해 건달바가 그 커다란 목청을 내질렀다.

"으…… 심장 터지는 줄 알았네."

자신의 거처로 들어오자마자 침상에 걸터앉은 나오가 손으로 가슴께를 누르며 거칠게 내쉬던 숨을 삼켰다.

다가오는 청제의 모습에 혼이 나가는 줄 알았다. 해서 말리지 못했다. 아니, 말리지 못한 것이 아니라 말리지 않은 것이리라. 솔직히 스스로에게 변명할 말이 없었다.

'나도, 너를 좋아한다.'

그 나직하고 살짝 떨림을 담은 목소리가 떠올랐다. 바람의 기운을 실은 청제의 목소리는 언제나 듣기 좋았다. 헌데 그 목소리로 그런 고백을 하다니.

그저, 어제 동방의 숲에서 주제넘은 소리들로 청제의 심기를 건드린 것 같아 사죄하고 싶었다.

청족들의 신이고 수미산 동쪽을 수호하는 천제인 그가 아닌가. 그런 그에게 사사로이 아버지 어머니란 존재에 대해 물어 그가 화가 나 자신을 외면하려는 것처럼 느껴졌으니까.

너무 건방졌다는 자각이 한참 후에야 든 것이 문제였다. 그것뿐이라면 또 모르겠지만 어제 신들만이 먹는다는 도원의 선도까지 몇 개나 먹지 않았는가.

그가 그리 한 개씩만 먹어야 한다 주의를 주었는데 너무도 맛있는 그 맛에 빠져 몇 개나 먹어 버렸다. 그래서 그 선도의 정기에⋯⋯.

"취해서⋯⋯."

나오의 입에서 혼잣말이 새어 나왔다. 선도를 떠올리는 순간 문득 떠오르는 흐릿한 잔영이 있었다. 조금 전처럼 그의 눈이 자신에게 다가오고 있었다. 짙푸름을 가득 담은 아름다운 눈은 청제만이 가지고 있으니 다른 이일 리 없다.

그 순간 흠칫 놀란 나오가 자신의 입술에 손가락을 얹었다.

오늘의 감촉이 처음이 아니었다는 자각이 밀물처럼 덮쳐 왔다. 그리고 뇌리에 떠오른, 자신의 목소리.

'좋아해요.'

헉! 이제 보니 자신이 먼저 그에게 고백을 했던 것인가?

'나도, 너를 좋아한다.'

나도, 라고 했다. 나도. 자신이 했던 고백에 답을 한 것이다. 그가.

헌데…… 자신이 했던 좋아한다는 말은 그 뜻이 아니었다는 것이 문제라면 문제였다.

"헉, 이 일을 어째."

나오가 두 손으로 얼굴을 감싸며 침상에 엎어졌다.

❉ ✠ ❉

수십만 년 이어져 온 거대한 숲은 그곳을 가득 메운 순수한 정기들로 인해 햇빛이 스미지 않아도 적당히 밝고 은은했다.

버드나무 줄기 위에 기대앉은 청제가 눈앞에 보이는 또 다른 버드나무를 물끄러미 바라보고 있었다.

주변의 나무들 중에서도 가장 아름답고 가장 오래된 노목이었다. 함께 영의 숲을 산책할 때면 하로가 가장 좋아하던 나무였다. 그래서 이 나무에 하로의 육신을 안장하라 했던 것이다.

"하로."

속삭이듯 불러도 언제나 달려오던 따스한 이는 이제 없다. 바로 앞에서 자신이 불러도 그의 육신을 품은 버드나무는 아무런 대답도 하지 못한다. 그래도, 불러 보고 싶었다.

"하로가 있었으면 물어보았을 텐데. 이 느낌이 뭐냐고. 내가 대체 무슨 짓을 한 것이냐고 말이야."

언제나 자신을 보면 따스하게 웃어 주던 그 주름진 얼굴이 그리웠다. 스스로 존재한다는 것을 자각한 순간부터 자신의 곁에 있던 이였다.

자신의 자리를 확실하게 알았던 하로는 단 한 번도 그에게 가까이 다가오거나 선을 넘는 행동 따위 한 적이 없었다. 하지만 하로의 따스한 푸른 눈은 언제나 그 자리에 있었다.

그래서 든든했다. 하로가 있었다면 지금 이 정리되지 않는 마음이 무엇인지 설명해 주었을 것이다. 그는 수만 년을 살아 모르는 것이 없는 청족이었으니까.

눈앞에 그가 앉아 있는 듯 청제가 버드나무를 향해 다시 입을 열었다.

"그냥, 이상해. 자꾸 신경 쓰이고 눈에 보이지 않으면 궁금해. 짜증도 나는데…… 그게 재미있어. 우습지? 그 쪼그마한 게 뭐라고 이렇게 신경이 쓰일까. 아무것도 아닌, 청족 계집아이인데."

아무 답도 오지 않는 버드나무를 응시하던 청제가 마른세수를 하고 하늘을 올려다보았다. 빽빽이 들어찬 숲 때문에 하늘은 보이지 않았다. 금방이라도 푸른 물이 뚝뚝 떨어져 내릴 것만 같은 나뭇잎들이 그의 시선을 가득 채워 왔다.

이렇게 녹음으로만 가득한 세상에 갇혀 살다 한 줄기 햇빛을 본 듯, 나오의 존재는 그에게 낯설고 그래서 더 신기하고 관심이 가는 존재였다. 다른 세상도 있다는 것을 느끼게 해 주는 특별한 존재. 그래서 좋고 계속 곁에 두고 싶은 마음.

이런 게 나오가 말한 좋아하는 감정이란 것일까.

처음 볼 때부터 이상하게 신경 쓰이던 존재였음을 기억한다. 자신을 보며 청제가 아닌 것 같다고 당돌하게 말하던 순간부터였을까. 아니면 날지 못하니 청룡의 등에 태워 달라던 황당한 말을 한 때부터였을까.

확실하게 기억나지 않지만 그 아이는 첫 만남부터 신경이 쓰였다. 수천 년을 함께해 온 비사와 건달바보다도 더.

약한 존재여서 그런 건가. 아니면…… 여인이라서?

쿵, 또다시 울리는 심장 고동에 미간을 좁히던 청제가 천천히 시선을 들어 올렸다. 따스함을 담고 있던 그의 푸른 시선이 처연할 정도로 차갑게 식었다.

나오를 떠올리며 울리던 심장 저 깊은 곳에서 피비린내가 올라왔다.

그 순간 푸른 바람을 머금은 청룡이 허공으로 솟구쳤다.

폭풍 전야

"비사는 아직 오려면 며칠 더 있어야 한다지만 이 양반은 대체 왜 안 들어오시는 거냐?"

텅 빈 황금탑를 돌아보며 짜증스럽게 뱉어 내는 건달바의 말에 나오가 폭 깊은 한숨을 내쉬었다.

그렇게 자신의 심장을 덜컹거리게 해 놓고 사라진 청제가 며칠째 돌아오지 않고 있었다.

남의 심장을 이리 헤집어 놓고 대체 어딜 간 것인지.

그런 말을 뱉었으면 책임을 져야지, 도망이나 가고. 원래도 자기 마음대로인 분이라는 것은 알고 있었지만 이번엔 이상하게 서러움이 밀려왔다.

"몰라요."

"이상하네. 어딜 가신 거야, 대체?"

심심해 죽겠다는 표정으로 푸른 머리를 벅벅 긁어 대던 건달바가 갑자기 고개를 들었다.

"비사다!"

"예? 비사 님이요? 벌써요?"

조금 전까지 심드렁한 얼굴로 있던 것이 거짓이었던 것처럼 건달바가 달려 나갔다. 한순간도 으르렁거리지 않는 법이 없으면서도 또 세상에서 가장 가까운 이처럼 구는 둘의 관계는 참 이해하기 어렵기만 했다.

이미 사라져 버린 건달바가 달려간 쪽으로 발을 옮기며 나오가 고개를 갸웃거렸다.

"이상하네? 며칠 더 걸리실 거라더니."

그래도 반가웠다. 사실 청제가 돌아오면 어찌 그 얼굴을 보나 걱정이 태산이었는데 비사가 먼저 돌아오면 훨씬 편할 것이었다.

세상사를 잘 아는 비사이기에 도움도 줄 것이고 이 상황도 잘 정리해 줄 것이 분명하니까. 할아버지가 없는 공백을 메워 주는 것은 분명 비사였다.

"비사 님, 다녀……."

반가운 마음에 급히 달려간 나오가 놀라며 그 자리에 멈춰 섰다. 비릿하면서도 낯선 내음이 느껴져 왔다. 그리고 그 내음의 정체가 눈앞에 있었다.

"하아, 하아."

온통 핏물을 뒤집어쓴 채로 전각의 벽을 짚고 거친 숨을 토해 내고 있는 것은 분명 비사였다. 비사 같지 않은 모습이었지만 비사가 분명해서 더 경악스러운 나오였다. 상상도 해 보지 못했던 모습이었다.

"야, 뭐야? 이게?"

"나 좀."

놀라며 다가서는 건달바를 향해 비사가 팔을 들어 올렸다. 언제나 아름답게 흩날리던 그의 옷깃이 붉은 핏물로 흥건해져 있었다. 아직도 뚝뚝 떨어져 내리는 핏물이 바닥에 그림을 그릴 지경이었다.

건달바가 급히 비사를 부축했다. 붉게 물든 비사의 눈이 주위를 살폈다. 누군가를 찾는지 그 눈은 절박했다.

"청제님은."

비사의 목에서 힘겨운 소리가 새어 나왔다. 건달바가 고개를 저었다.

"안 계시는데?"

그때였다. 건달바의 대답이 끝나기가 무섭게 황금타의 하늘이 천천히 어두워져 오는 느낌에 나오가 고개를 들었다.

처음 그를 만난 그때가 떠올랐다. 거대한 푸른 비늘이 찬란한 빛 속에 아름답게 반짝이며 그가 하강했다. 다르다면 그때의 청룡은 여유롭고 아름답게 보였지만 지금의 그에게서는 서늘한 기운이 진하게 풍겨 나오고 있었다.

황금타로 내려섬과 동시에 청룡이 인간의 형상으로 돌아왔다. 황금타 정원에 선 청제의 시선이 다른 것은 바라보지도 않고 비사만을 향했다.

차갑게 식은 청룡의 푸른 눈이 천천히 비사를 훑어 내렸다. 이미 알고 있었던 듯 비사를 바라보는 그의 눈에 놀라움은 없었다.

시리도록 차가움만 담은 시선으로 비사를 응시하며 청제가 그에게로 다가섰다. 그에게서 뿜어져 나오는 바람의 기운이 여느 때와 달리 검처럼 날카로웠다. 지금 청제는 곁에 있는 나오의 존재는 인식도 못 하는 것 같았다.

"뭐냐. 비사."

울컥 피를 뿜어내는 비사를 보고 경악한 나오가 황급히 안으로 뛰어 들어갔다. 부들부들 떨고 있는 비사를 건달바가 더 깊이 끌어안았다.

건달바의 품에서 겨우 숨을 내쉬며 비사가 힘겹게 입을 열었다.

"외해와 인간들의 땅에 요괴가 가득합니다. 그것들로 인해 외해와 강들이 다 말라 가고 나무들이 죽어 가고 있습니다."

"뭐?"

"그게 무슨 말이야?"

놀라는 청제와 건달바를 바라보며 비사가 이를 악물었다. 고통이 느껴지는 모양이었다. 건달바의 어깨를 잡은 그의 손이 파르르 떨렸다.

그렇게 잠시 숨을 참은 비사가 다시 입을 열었다. 붉은빛으로 젖은 그의 눈이 청제를 향해 있었다.

"봉인된 것으로 알았던 요괴입니다. 무슨 일이 생긴 것인지는 모르겠지만 인간계가 엄청난 혼란에 빠진 것은 분명합니다."

"이게 대체."

달려온 나오가 비사에게 물과 천을 내밀자 비사가 고개를 저으며 나오에게 떨어지라 손짓을 했다.

"가까이 오지 마라. 나오. 내 몸에 묻은 요괴들의 피가 신력이 없는 너에겐 위험할 수 있다."

움찔, 놀란 나오가 한 걸음 뒤로 물러서는 순간 푸른 기운이 나오를 감쌌다.

청제의 손길이 어느새 나오를 향해 있었다. 그의 움직임에 나오의 눈이 들어 올려졌지만 청제는 비사만을 바라보고 있었다.

그린 듯 날카롭고 서늘한 그의 옆얼굴을 바라보는 나오의 심장이 두려움으로 거칠게 뛰었다.

"쉬게 해. 건달바. 황제에게 확인을 해 봐야겠다."

"예. 청제님."

청제가 걸음을 옮겼다. 언제나 싱그럽게 느껴지던 그의 곁을 흐르는 바람이 이 순간 너무도 싸늘해서 온몸에 소름이 돋는 나오였다. 이질감이 느껴질 만큼 청제의 긴장과 적대감이 강해져 있었다.

그가 나오의 앞을 스쳐 갔다. 그리고 그 순간, 아주 잠깐 그의 시선이 자신을 향했던 것 같다고 생각했다.

하지만 그것은 자신만의 착각일지도 몰랐다. 한 점 흐트러짐 없이 걸어

가고 있는 청제의 뒷모습은 동방의 수호자, 청제라는 이름에 너무도 걸맞게 단단하기만 했으니까.

황금탑 아래 아름다운 푸른 숲이 한눈에 들어왔다. 온통 푸르름만 가득한 동방 청제의 땅 한가운데 새하얗게 우뚝 솟아 있는 황금탑에서는 그의 땅이 모두 보였다.

싸움이란 것을 모르고 하루하루 평화롭게 살고 있는 청족들의 땅이다. 하지만 저 평화도 인간계의 평화가 없다면 유지될 수 없을 것이다. 해서 오방대제들의 숙명은 자신의 땅뿐 아니라 인간계까지 지켜 내야 하는 것이니까.

이 세계 가장 밑인 명부의 바로 위에 위치해 있지만 인간계는 이 세상 모든 것을 받쳐 주는 지지대와도 같은 존재이기에.

푸르름이 짙어진 눈을 들어 올린 청제가 가만히 허공으로 손을 내밀었다. 그의 손에서 나온 푸른빛들이 사방으로 흩어졌다. 그 빛의 끝에서 형체가 되어 나타난 새들이 하늘로 날아올랐다. 청제의 전령, 청조들이었다.

하늘빛을 닮은 청조들이 저 멀리 사라져 가는 것을 물끄러미 바라보다 하늘로 고개를 들어 올렸다. 청조들이 사라진 공간 안으로 황금빛이 스며들고 있었다. 반짝이는 빛들이 그를 향해 날아오고 있었다.

청제가 허공을 향해 긴 팔을 들어 올렸다. 푸른 장의 소매가 바람에 날리며 푸른 기운을 흩뿌렸다. 아름답게 반짝이며 다가오던 황금빛들이 새의 모습으로 바뀌어 푸른 소매 위에 내려앉았다. 황금빛 새. 황제의 전령, 황조였다.

새의 지저귐에 청제의 얼굴이 서늘하게 식어 갔다.

"그러니까! 내가 나도 데려가라고 했잖아! 그랬으면 이 꼴 안 당했을 거 아니냐!"

107

"시끄럽거든. 제발 좀."

청수로 핏물을 닦고 평상시 모습으로 돌아온 비사가 붉고 은은한 빛을 뿜는 은초롱꽃 한 송이를 삼키고는 짜증스럽게 입가를 닦아 냈다.

정기를 마셔서일까. 푸르게 변해 있던 비사의 입술이 평상시처럼 붉은 빛을 띠는 것을 보며 나오가 나직한 숨을 토해 냈다. 짙붉게 물들어 무서워 보이던 비사의 눈동자도 평상시처럼 맑은 붉은빛으로 돌아와 있었다.

"헌데 대체 무슨 일이 생긴 거냐? 왜 봉인되었다고 알고 있던 요괴들이 다시 난리를 치는 거냐고. 사방 중 한 곳이 문제가 생겼다는 거 아니야? 설마?"

"그건 아닌 것 같고. 아무래도 누군가가 의도적으로 요괴를 푼 것 같아."

"엥? 의도적?"

"내 추측일 뿐이야. 나는 확인할 방법이 없으니까."

"그래도 난 좋다."

날렵한 미간을 좁히며 걱정스럽게 말하는 비사와는 달리 건달바는 조금 전부터 뭔지 모르게 들뜬 듯 보였다.

이 상황에 그 험악하게 생긴 얼굴을 즐거운 듯 구기며 웃는 건달바를 나오가 의아하게 바라보았다. 나오의 눈빛에 대답하듯 건달바가 목소리를 높였다.

"곧 싸움이 시작될 테니까. 너무 심심하던 참이거든."

"잘났다. 아주 고사를 지내지 그랬냐. 싸움 나라고."

"그러고 싶은 거 꾹 참고 있었거든. 네놈한테 맞아 죽을까 봐."

"나 안 그래도 지금 완전 짜증나서 몸이 근질거리거든? 너 오늘 나한테 맞아서 죽어 보자. 응? 명부로 가나 천상으로 가나 보게."

"이제 살 만한가 보네. 큭큭."

그 아름다운 얼굴을 잔뜩 찡그린 채 으르렁거리는 비사의 모습에 건달바가 큭큭 웃음을 토해 냈다.

한없이 자애로운 얼굴 뒤에 숨겨진 비사의 날것 같은 모습이 조금씩 터져 나오는 것이 좋았다. 세상 다 산 노인처럼만 굴던 친우의 살아 숨 쉬는 모습은 자신들의 존재를 느끼게 해 주니까.

"이제 싸우러 가시는 거예요? 혹시?"

건달바를 노려보며 붉은 입술을 악물던 비사가 뒤에서 들리는 조그마한 목소리에 고개를 돌렸다.

"당연하지. 인간계에 문제가 생기면 우리 청제님이 가장 먼저 가서 중요한 역할을 하셔야 하니까. 천상의 수호신이자 동방의 주인 청제님이시지 않느냐."

건달바가 신이 나는 듯 하는 말에 나오의 눈동자가 거칠게 흔들렸다. 심장을 가득 채워 오는 두려움에 심장이 터질 듯 뛰었다.

잊고 있었다. 아니, 생각할 필요조차 없던 일이었다. 너무도 평화로워 싸움 한 번 일으키는 법이 없는 청족이었으니까.

헌데 비사마저 도망쳐야 했던 엄청난 요괴들과의 싸움을 위해 그가 가야 할지도 모른다는 자각은 지독한 두려움으로 나오를 숨죽이게 하고 있었다. 그의 존재 의미가 다시 한 번 확연하게 와닿는 순간이었다.

"두 분도 함께 가시겠죠?"

"그래야지. 우리가 청제님 곁에 있는 이유가 그거거든. 이런, 당분간은 너 혼자 이곳을 지켜야 할 것 같구나."

"아니, 우리와 함께 간다."

다정하지만 차갑게 정리해 주는 비사의 말에 고개를 떨구던 나오의 귓가에 너무도 익숙한, 그래서 더 반갑고 이제는 그저 듣는 것만으로도 심장이 떨리는 목소리가 스며들었다.

나오의 눈동자가 눈앞으로 다가오는 존재를 가득 담으며 거칠게 흔들렸다. 이제껏 본 적 없는 그의 모습에 놀라고, 그 모습이 너무 아름다워서 숨이 막히고, 그가 이제 정말 엄청난 싸움 속으로 들어가야 한다는 자각 때문에 머릿속이 하얗게 바랬다.

언제나 푸른 장의에 짙푸른 머리카락을 길게 늘어뜨리고 있던 그였다. 그런 그가 청룡의 비늘로 만든 듯 반짝이면서도 단단해 보이는 검푸른 갑옷을 입고 있었다.

눈이 시린 하늘의 색을 담은 갑옷에 감싸인 그는 왜 그가 천상의 수호신인지를 확연하게 느끼게 하기에 충분했다. 바람 내음이 아닌 쇠 내음이 풍기는 그가 낯설고, 조금 전 그가 내뱉은 마지막 말에 심장이 두근거렸다.

다가서는 청제에게 고개를 숙여 보인 비사가 의아한 듯 물었다.

"그게 무슨 말씀입니까? 나오를 데려가신다는 말씀입니까? 그곳에요?"

"어느 곳이라도 이제부터 내가 가는 곳에는 나오도 간다."

"청제님."

"내가, 나오가 없는 공간이 싫어서 말이지."

"헉!"

너무도 무심한데 너무도 적나라한 말에 기가 막힌 듯 비사는 대답도 하지 못했다. 자꾸 재미있어지는 상황에 그 푸른 털로 뒤덮인 얼굴 가득 환한 미소를 담은 건달바만이 신나서 손으로 입을 가린 채 터져 나오는 웃음을 감추지 않았다.

"하지만 청제님."

잠시 정적이 흐른 공간에 비사의 낮은 목소리가 울렸다. 신이 나서 활짝 웃던 건달바도 비사의 차갑게 식은 눈동자를 보며 천천히 웃음을 지워야 했다.

"나오는 아무 능력도 없는 청족일 뿐입니다. 요괴와의 싸움이 어떤 것인지도 전혀 모르고요. 왜 저 아이를 그런 위험에 데리고 가시는 것인지 이해할 수가 없습니다."

틀린 말은 하나도 없었다. 비사의 말에 기대감으로 부풀었다 다시 빠진 나오의 시선이 청제를 올려다보았다. 따라가겠다고 할 아무런 이유도 없는 자신이기에 그저 청제의 선처만 기다려야 할 테니까.

비사의 물음에 청제가 살짝 미간을 좁히고 나오 쪽으로 고개를 돌렸다. 아픈 시선으로 청제를 보던 나오가 갑작스러운 청제의 시선에 놀라 고개를 돌리려 한 순간 청제가 그녀를 향해 천천히 고개를 저었다.

나오는 느낄 수 있었다. 고개를 돌리지 말라는 뜻이라는 것을. 자신에게서 시선도 떼지 말라는 그의 명령이었다.

"혼자 두는 것을 내가 참을 수 없어서 그러는 것이다. 이곳이 완전히 안전하다고 장담할 수 있느냐. 내가 없는 이곳이 세상 그 어디보다도 위험할 수 있다. 해서 데려가려는 것이다. 내 그림자가 저 아이를 지킬 테니까. 자신에게 가장 소중한 것을 홀로 두는 대제가 어디 있느냐."

온전히 나오만을 바라보며, 그 푸른 눈빛 속에 나오를 삼킬 듯 응시하며 내뱉는 청제의 말 한 마디 한 마디가 나오의 심장으로 박혀 들었다. 그 말들이 거대한 파도처럼 심장을 삼켰다.

"청제님이 알아서 하실 걸 네가 뭔데 데리고 가라 마라 하는 거냐? 어서 이리 와. 나 짐 싸는 거나 좀 도와라."

"짐? 무슨 짐?"

뜬금없는 건달바의 말에 비사가 무슨 소리냐는 듯 고개를 들자 건달바가 그런 비사의 옆구리를 꾹 찔렀다.

"윽!"

살짝 신호를 준다고 찌른 것일 텐데 옆구리가 불에 데인 듯 아파 와 비사가 비명을 삼켜야 했다. 아파 허리도 펴지 못하는 비사를 질질 끌며 건달바가 밖으로 나간 후 청제와 나오가 마주 섰다.

그 당황스러운 고백을 해 놓고 며칠 만에 나타난 이였다. 나타나기만 하면 엄청 화를 내고 막 쏘아붙일 말을 수없이 되뇌어 보고 생각해 보았었다. 헌데…… 이렇게 눈앞에 있는 청제를 보자 할 말이 떠오르지 않는 나오였다.

낯선 모습 때문일지도 모른다. 푸른 서늘함이 가득한 갑옷은 그를 다르게 보이게 했다. 언제나 바람을 품고 세상 아무것도 관여치 않는 신선처럼 보이던 모습이 아닌, 세상의 모든 무게를 어깨에 짊어진 이의 무거움이 고스란히 풍기는 그는 낯설었다. 그 모습에 조금 전부터 심장이 무겁게 울리고 있었다. 가슴이 아리고 목이 막혀 왔다.

저벅, 무거운 군화 때문일까. 흐르는 듯 걷던 그의 걸음에서 묵직한 쇳소리가 울렸다.

"내 곁에서 절대 떨어지면 안 된다."

청제의 목소리가 공간을 울렸다.

"내 그림자 안에서만 있어라."

"……청제님."

"왜 네가 이곳에 있는지는."

청제의 손이 자신의 심장 위를 지그시 눌렀다. 그의 눈은 여전히 그녀만을 향해 있었다.

"돌아와서 확인할 테니까."

자신의 심장 위에 놓여 있던 손을 들어 올린 청제가 가만히 나오의 볼 위로 손을 옮겼다. 서늘한 내음이 그의 손끝에서도 느껴지고 있었다. 차가운 쇠의 기운이 청제의 온몸을 감싸고 돌아서일까.

그의 손길이 닿자 지끈, 심장 저 깊은 곳이 아려 오는 나오였다.

"가자."

무엇을 생각하는지 잠시 그녀를 내려다보던 그가 살짝 힘겨운 숨을 토해 내고는 몸을 돌렸다. 돌아서 걸음을 옮기는 그의 주먹이 아프게 움켜쥐고 있음을 나오는 느낄 수 있었다.

거대한 바람이 휘몰아치며 자신의 바로 앞에 서 있던 청제의 모습이 거대한 청룡의 모습으로 변하는 것을 나오가 물끄러미 바라보았다. 처음 만났을 때부터 보아 온 모습이건만 여전히 그 모습은 숨이 막히게 이질적이고 아름다웠다.

하늘로 날아오르기 위해 몸을 트는 청룡의 기운이 주변을 휘감자 대지가 들썩였다. 나오의 몸이 휘청거렸지만 그녀의 시선은 청룡에게서 떨어지지 않았다.

처음 보는 모습이 아닌데도 오늘의 청룡은 다르게 느껴졌다. 부드럽게 공간을 유영하듯 움직이던 그가 날카로운 울음소리를 내며 허공을 휘감았다. 거대한 기의 회오리가 주변을 휘어 감고 세상을 울렸다.

그렇게 엄청난 기운을 뿜으며 허공으로 날아올랐던 청룡이 조용히 대지 위로 천천히 내려와 여인의 앞에 자신의 거대한 발을 내어 보였다. 그 조심스러운 몸짓에 그의 마음이 온전히 내어 보였다.

"뭐냐?"

황당한 모습에 건달바가 비사를 바라보았지만 비사는 아무 말도 하지 않았다. 엄청난 요괴와의 싸움을 앞두고 있는 이 상황에 예상치 못했던 청제와 나오의 모습은 비사의 머리를 혼란스럽게 만들었다.

언제나 모든 상황을 정확하게 판단하고 예측하며 실수를 용납하지 않는 비사도 이 황당한 상황은 정리가 되지 않았다. 청제가 나오를 마음에 둔 것일까 의아한 적은 있었지만 이미 저렇게 마음을 모두 빼앗겼다고는 생각지 못했었다.

엄청난 싸움 앞에 두 사람의 모습이 걱정스러워졌다. 인간계로 데려가겠다는 것도, 지금 그녀의 앞에 보이는 모습도 다 그의 마음이 확연하게 느껴졌다.

– 타라.

오랜만에 듣는 공간을 울리며 심장으로 스미는 청룡의 공명에 나오가 고개를 들어 허공에서 자신을 내려다보고 있는 청룡의 눈을 응시했다.

너무도 거대해 자신의 몸 전부를 비추던 그 길쭉하고 맑은 푸른 눈동자가 여전히 자신을 내려다보고 있었다. 그 눈을 마주하니 마음 저 깊은 곳의 불안이 안개 걷히듯 사라지는 것이 느껴졌다. 그는, 세상의 전사 청룡이니까.

나오가 조심스럽게 청룡의 발 안으로 들어서자 소중한 것을 숨기듯 발을 모은 청룡이 날카로운 괴성을 지르며 그대로 허공으로 비상했다. 공간을 가로질러 그대로 인간계의 허공을 가르며 외해로 향하는 것이다.

사라져 가는 청룡의 모습을 지켜보던 비사가 깊게 숨을 들이마시고 팔을 들어 올렸다. 비사의 소맷자락 사이로 천천히 붉은 바람이 일렁이며 새어 나왔다. 그리고 그 바람은 곧 거센 회오리처럼 비사의 온몸을 휘감아 돌기 시작했다.

그의 붉은 머리카락이 핏빛 바람과 함께 그를 감싸 안았다. 피의 내음이 확 공간 안으로 퍼져 나갔다. 그 거칠게 요동치는 붉은 바람 속에서 비사가 건달바를 향해 손을 내밀었다.

"잡아라."

건달바는 공간을 넘지 못하기에 비사와 함께 인간계로 들어서야 하는 것이다. 재미있어 죽겠다는 듯한 얼굴로 건달바가 비사의 손을 잡고 그의 곁으로 바짝 다가서자 자신의 몸에 가까이 붙어 오는 건달바의 움직임에 비사의 얼굴이 거칠게 구겨졌다.

"야! 너무 붙지 마! 네 털 때문에 간지럽다고!"

"안 붙으면 공간 넘다가 떨어져서 나 그대로 명부로 가거든?"

"네놈 명부로 가든지 말든지 상관없으니까! 붙지 말라고!"

비사의 비명 소리와 함께 비사와 건달바를 감은 붉은 바람이 허공으로 솟구쳤다.

비사의 붉은빛이 사라진 공간, 조그마한 진회색의 새가 몸을 숨기고 있던 나무 그늘에서 나와 하늘 저편으로 날아올랐다.

눈앞에 펼쳐진 거대한 호수의 모습에 나오가 천천히 눈을 감았다 떴다. 상상 속의 호수란 것이 얼마나 초라하고 우스운 것이었는지 알 수 있었다. 이런 모습을 보지 않고 상상할 수 있는 이는 없을 것이다. 그저 조그마한 연못과 시내를 보며 살아온 자가 이 거대한 공간을 상상할 수 있다면 그것이 기적이리라.

호수는 시퍼런 갈기를 흩날리는 청룡처럼 푸르렀다. 짙은 청제의 눈동자 빛과 청룡의 비늘 색깔처럼 호수는 깊은 푸른빛이었다.

그 호수 위를 날던 청제가 막 거대한 강 하구에 다다랐을 때였다. 호수의 빛과는 너무도 다른 연푸른색의 강물을 내려다보던 나오의 눈 안에 무엇인가가 엄청난 속도로 강물을 허공으로 빨아올리는 것이 보였다. 거대한 강의 물줄기가 끝없이 끌어 올려져 허공으로 흩어지고 있었다.

그리고 그 흩어지는 강물의 끝에 눈이 부시게 반짝이는 은빛이 보였다. 빛이 허공을 날고 있었다.

태양 빛을 가득 머금고 허공을 천천히 유영하는 것의 움직임이 자신이 처음 보았던 청제의 그것과 닮아 있었다. 나오가 생각할 때는 그랬다.

엄청난 속도로 날던 청룡의 움직임이 멈춘 것은 그때였다.

청룡이 거대한 입을 벌려 그 빛을 향해 거대한 용성을 내질렀다.

"까아악!"

은빛이 다가오고 있었다. 아니, 그것은 빛이 아니었다. 태양 빛을 받아 순수한 빛처럼 반짝이는 것처럼 보이던 그것은 거대한 검은 뱀이었다. 지독하게 검은색이 태양 빛을 받아 섬뜩하게 반짝이는 검은 뱀.

그 거대한 뱀이 반짝이는 강물 위로 짙은 그림자를 드리우며 유유하게 날아오고 있었다.

– 비사!

엄청난 속도로 날아오는 검은 뱀을 마주한 청룡이 나오를 발 안에서 빼내며 비사를 불렀다.

놀란 나오가 떨어져 내리는 스스로의 모습을 상상하며 질끈 눈을 감은 순간, 강한 팔이 나오를 품 안으로 끌어당겼다. 나오가 천천히 눈을 떴다.

"비사 님?"

온통 핏빛이었다. 온몸에 진한 피 내음을 감은 비사가 가만히 나오를 내려다보고 있었다.

"눈동자가……."

그의 눈이 온전하게 붉었다. 그저 눈동자만 붉던 황금타에서의 비사가 아니었다. 그의 붉은 머리카락 하나하나가 따로 숨 쉬는 존재처럼 허공을 날고 있었고 그 핏빛으로 붉은 눈에서는 무엇도 읽히지 않았다. 그의 전부가 핏빛으로 반짝이고 있었다.

"이게 이 녀석의 본모습이다. 놀라지 마라. 나오."

비사의 등 뒤에서 나온 건달바의 모습에 나오가 그제야 안심하듯 활짝 미소를 지었다. 황금타에서와 그 무엇도 다르지 않은 것은 건달바만인 모양이었다. 익숙한 이의 모습에 거칠게 뛰던 심장이 이제야 조금 진정이 되는 것 같았다.

"구경이나 하고 있어라. 청제님의 결계가 그 무엇도 널 건드리지 못하게 해 놓으셨으니 두려워 말고."

익숙한 비사의 목소리에 나오가 그제야 비사를 편하게 바라보며 고개를 끄덕였다. 비사의 품에 안기고서야 느낄 수 있었다. 자신을 둘러싸고 있는 푸른 기운을. 너무도 순수한 푸른 기운의 결정체가 그녀를 품고 있었다. 비사가 품에서 내려놓았지만 나오는 허공으로 추락하지 않았다. 바람이 그녀의 몸을 단단하게 받쳐 주고 있었기 때문이다.

"넌 나오 곁에 있어. 너까지는 필요하지 않을 듯하니까."

검은 뱀과 마주하고 있는 청룡의 모습을 확인한 비사가 나오에게서 천천히 멀어지며 건달바를 향해 말하자 건달바의 얼굴에 짜증이 고였다.

"내가 갈 테니까 네가 있으면 되잖아."

"인간계에서는 내가 너보다 훨씬 강하다. 알잖아. 건달바."

"젠장."

인정치 않을 수 없는지 발을 허공으로 쿵쿵 내지르면서도 건달바는 부정하지 않았다.

숨이 쉬어지지 않았다. 눈앞의 광경에 숨 쉬는 것조차 잊은 나오가 조여 오는 심장을 애써 달래며 시선을 내리지 못했다.

거대한 청룡과 검은 뱀이 뒤엉키고 공간이 찢기듯 괴성이 세상을 물들였다. 청룡을 물어뜯으려는 듯 끝없이 덤비는 검은 뱀은 청룡의 힘에 수없이 내동댕이쳐지고도 비틀거리며 또 날아올랐다.

거대한 뱀을 움켜쥔 청룡이 푸른 하늘로 비상하며 뱀을 바닥으로 던지는 충격에 강물이 거칠게 일렁이고 그 물결이 주변을 휘감았다. 거대한 물줄기가 넘치는 바람에 수풀이 물속에 잠기고 엄청난 양의 바위들이 굴러 숲을 박살 내고 있었다.

청룡의 날카로운 이와 발톱에 뜯긴 검은 뱀의 몸에서 흘러나온 붉은 핏물이 강물을 온통 붉은색으로 물들였다. 그렇게 만신창이가 되면서도 검은 뱀은 계속 청룡을 향해 악을 쓰듯 달려들었다.

금방이라도 청룡의 목을 물어뜯을 듯 달려드는 검은 뱀의 지독한 모습에 나오의 심장이 바짝바짝 말라 갔다.

"크악!"

검은색이었던 온몸을 자신의 피로 붉게 물들이면서도 끝없이 청룡에게로 파고들던 검은 뱀이 청룡의 목 쪽을 향해 거칠게 파고드는 순간, 청룡의 몸이 허공으로 날아올랐다. 그러고는 그대로 다시 땅을 향해 엄청난 속도로 떨어져 내리기 시작했다.

무서운 속도로 바닥을 향해 스스로를 내리꽂는 청룡의 움직임에 놀라 질끈 눈을 감았던 나오가 다시 조심히 눈을 떴을 때 나오의 눈앞에는 청룡이 아닌 푸른 갑옷의 그가 있었다. 청제의 모습이었다.

"광청검이다."

한순간도 청제와 비사에게서 시선을 떼지 않고 있던 건달바가 들뜬 듯 속삭였다. 어느새 청제의 손에는 푸른빛을 온전히 뿜어내고 있는 거대한 검이 들려 있었다.

세상의 가장 순수한 푸른 기운만을 모아 천제가 만들었다는 검이다. 청제만이 다룰 수 있고 세상의 그 무엇도 벨 수 있다는 광청검.

그 검을 천천히 들어 올리는 청제에게로 이제 너덜거릴 정도로 망가진 검은 뱀이 거칠게 달려 들어왔다. 청제의 손에서 뿜어져 나온 푸른빛이 그대로 허공을 갈랐다.

"키아악!"

귀를 찢을 듯한 비명이 허공을 가득 메웠다. 나오가 진저리를 치며 몸을 움츠리자 건달바가 그런 나오의 앞을 막아섰다. 검은 뱀의 몸에서 뿜어져 나온 검붉은 핏물들이 사방으로 튀었다.

광청검을 든 채로 아주 잠시 숨을 고른 청제의 시선이 그제야 뒤쪽의 나오에게로 향했다.

피곤을 가득 담고 있었지만 단단한 그 시선을 마주하며 나오가 밝게 웃음을 지어 보이려 했다. 아무 걱정 말라고, 이렇게 아무 일 없이 잘 있다고 말해 주고 싶었다.

그렇게 푸른 기운에 감싸인 채 나오가 그를 향해 앞으로 손을 내밀려 할 때였다.

"청제님!"

날카로운 비사의 목소리가 울리는 순간, 청제의 광청검이 그대로 뒤쪽을 향해 뻗어 나갔다. 청제를 향해 달려들던 붉은 기운들이 그 푸른빛에 닿는 순간 핏빛 조각들이 파열하듯 흩어졌다. 그리고 그 조각들이 물 위로 툭툭 떨어져 내렸다.

하지만 그렇게 조각나 흩어진 기운들은 곧 꿈틀거리며 다시 서로를 향해 움직이고 모여들기 시작했다. 그것들을 향해 광청검이 허공을 가를 때마다 핏물이 사방으로 튀었고 잘게 조각난 붉은 것들은 더욱 숫자가 늘어날 뿐이었다.

"젠장. 더러운 놈들이군."

자신의 몸에 닿았던 핏물의 조각이 스멀스멀 움직이려 드는 것을 본 건달바가 그대로 그 조각을 거칠게 떼어 내 바닥으로 던지며 나오 쪽을 돌아보았다. 다행히 청제의 기운에 감싸인 나오에게는 붉은 기운이 닿지 못하고 있었다.

"아무래도 내가 도와주어야겠지?"

붉은 기운들 속에서 사투를 벌이고 있는 비사의 모습을 본 건달바가 뒤쪽의 나오가 아무 문제도 없음을 확인하고는 그대로 앞으로 달리기 시작했다. 그를 향해 달려들던 붉은 조각들이 무서운 속도로 달리는 그에게 부딪치며 흩어져 내렸다.

자꾸만 숫자와 부피를 늘려 가는 붉은 조각들에 닿은 청제의 시선이 천천히 일렁였다. 광청검에 닿는 순간 찢겨지고 조각이 나지만 핏방울 하나의 흔적이라도 다시 되살아나 움직이고 있었다.

수만 년을 호수 밑 깊은 땅속에 숨어 용이 될 날만을 기다리던 이무기의 잔영이다. 용이 되고 싶은 그 허망하고 끈질긴 욕망이 저리 찌꺼기처럼 남아 꿈틀거리고 있는 것이리라.

큰 힘이 없는 조각들이라 해도 끔찍한 욕망의 덩어리들은 한 조각만 남겨 두어도 엄청난 재앙을 가져올 것이다. 들끓는 악만이 남은 이무기의 피가 한 방울이라도 이곳에 남는다면 이곳은 흔적도 없이 모든 것이 사라질 수도 있을 테니까.

맨 처음 변한 것은 하늘의 색이었다. 검은 뱀이 만들어 낸 물의 기둥 때문인지 회색의 구름이 가득하던 하늘에 천천히 바람이 일렁이며 구름을 몰아내고 있었다.

강하게 휘몰아치는 바람이 구름을 몰아내고 대지를 휘젓자 숲의 모든 것이 바람을 품고 윙윙 소리를 내질렀다.

나무들이 무엇인가를 외치는 것처럼 나무의 줄기들이 부딪치고 서로를 감싸 안는 것처럼 보였다. 마치 거대한 폭풍이 몰려올 것을 알고 서로를 안고 버티려는 듯 응집하는 숲을 향했던 나오의 시선이 뒤쪽에서 느껴지는 낯선 빛으로 향했다.

청제의 온몸이 나부끼는 것처럼 보였다. 그의 몸에서 뿜어져 나와 구름과 수풀을 뒤덮던 바람이 다시 그를 감아 돌자 그의 푸른 머리카락이 허공으로 날아올랐다가 흐트러졌다. 그 바람 속에 청제가 천천히 광청검을 들어 올리고 있었다.

지독하게 아름다운 은빛을 품고 있던 광청검을 물결처럼 푸른 기운이 천천히 감싸 안았다. 하늘에서 쏟아져 내리는 태양 빛보다도 더 밝고 더 아름다운 푸른빛이 검뿐만 아니라 청제의 온몸을 덮었다.

나오는 느낄 수 있었다. 지금 저 푸른 기운이 청제 본연의 힘임을. 그 힘을 느낀 모든 대지와 하늘이 숨을 죽였다. 그리고 그 순간, 허공을 가르는 광청검의 검날에서 퍼져 나온 푸른 기운이 세상을 뒤덮었다.

여의주

그대로 눈이 멀어 버릴 것만 같은 지독한 빛줄기의 폭포에 질끈 눈을
감은 나오가 자신을 끌어당기는 힘에 고개를 든 것은 그 순간이었다.

청제라 생각했다. 지금 이 순간 이곳에서 자신을 끌어당길 수 있는 이
는 청제일 뿐일 테니까. 그러나 빛 속에 약하게 눈을 뜬 나오의 눈동자에
박혀 든 이는, 청제가 아니었다.

"오랜만이다. 꼬마 계집."

세상 전부를 휘감은 푸른빛을 삼키려는 듯 그보다 더 진한, 그래서 더
지독하게 서늘해 보이는 회백색의 이가 나오를 내려다보고 있었다.

진한 쇠 내음이 그녀를 감쌌다. 그렇게 낯선 기운에 커다랗게 열리는
공포를 담은 그녀의 눈동자 안에 박혀 든 것은 백제, 광목천왕이었다.

세상 모든 것을 뒤덮은 듯하던 푸른 기운이 불어오는 싱그러운 바람에
천천히 흩어져 가고 있었다.

비릿한 피 내음을 풍기며 사방에 널려 있던 붉은 조각들의 자취는 어느 곳에도 보이지 않았다. 애초에 그런 쓰레기는 존재하지 않았던 듯 모든 공간이 예전 모습 그대로 숲은 초록빛으로, 물길은 푸른빛으로 돌아와 있었다.

구역질이 나던 냄새들을 떨치고 싶어 코끝을 벌렁거리며 향기를 음미하던 건달바가 의아한 듯 여전히 허공에 떠 있는 청제를 바라보았다.

어딘가를 바라보는 청제의 시선이 서늘함을 넘어 얼음처럼 굳어 있었다. 조금 전 그 독한 검은 악귀를 보았을 때에도 흔들리지 않았던 그의 눈이었다.

그 눈을 보는 것만으로도 온몸으로 주룩 소름이 돋는 것을 느끼며 건달바의 시선이 무심히 청제의 시선을 따라 움직였다. 그리고 그렇게 돌려진 건달바의 눈 안에 텅 빈 허공이 들어왔다.

언제나와 같이 텅 비어 있는 공간. 그 안에 누가 있어야 하는지 그제야 떠올린 건달바의 얼굴에도 청제의 것과 같은 서늘함이 천천히 어리기 시작했다.

나오가…… 없다.

"어떻게 된 거야!"

얼음이 쪼개지듯 날카로운 비사의 비명과 같은 목소리가 들려오며 거대한 힘에 밀려 건달바의 몸이 그대로 바닥으로 내동댕이쳐졌다. 움푹 파여 버린 바닥에서 건달바가 힘겹게 몸을 일으키며 이를 악물었다.

"나오 곁에 있으라고 했잖아!"

핏빛 눈으로 고함을 지르며 비사가 다시 손을 들어 올렸다. 언제나 새하얗던 그의 손끝에 맺힌 검붉은 기운이 그대로 건달바를 향해 쏟아져 내리는 순간, 어디선가 불어온 푸른 바람이 가볍게 붉은 기운을 쳐 냈다. 비사와 건달바 둘의 아픈 시선이 청제에게로 향했다.

"청제님!"

"어차피 곁에 있었다 해도, 막을 수 없었다."

"……."

"내가 내 힘의 일부를 떼어 만든 결계를 깰 수 있는 것은…… 세상에 오직 세 명뿐이니까."

지그시 입술을 악문 청제의 입에서 새어 나온 말에 비사의 눈이 경악으로 커다랗게 열렸다.

파들파들 떨리는 입술을 피가 나도록 악물며 청제가 천천히 눈을 감았다.

지금 당장이라도 온몸의 기운이 폭사할 듯 심장이 들끓고 있었지만 진정해야 했다. 이 공간에 잔재가 남아 있을 것이다. 그 기운이 바람에 다사라지기 전에 느껴야 했다. 자신의 결계 안으로 들어온 존재가 누구인지, 누가 나오를 데려간 것인지.

얼마의 시간이 흐른 것일까. 아주 잠깐의 시간이 너무도 길게 느껴져 비사와 건달바가 마른침을 삼키는 순간 그들의 앞에 천천히 열리는 청제의 푸른 눈동자가 보였다. 열기와 노여움이 가득 고여 붉은빛을 품은 푸른 눈동자가 허공을 노려보고 있었다.

그 눈빛만으로도 그의 분노가 고스란히 느껴져 왔다. 그 푸른 눈동자는 지금 세상을 태우고도 남을 만큼의 분노를 담고 있었으니까.

"모습을 보이시지요. 광목천."

이가 갈리는 신음을 뱉어 내듯 또렷하게 내뱉는 청제의 목소리에 비사가 거칠게 고개를 돌렸다.

열기와 고통으로 번들거리는 눈을 한 청제가 아래에 보이는 거대한 땅을 물끄러미 내려다보았다. 그리고 천천히 들어 올린 광청검을 그대로 그 땅을 향해 거세게 내리꽂았다.

콰쾅!

엄청난 굉음과 함께 땅 위로 쩌억 쩌억 균열이 가기 시작했다. 거대한 균열을 견디지 못한 땅속에서 그대로 대지의 생명줄인 지하수가 터져 나왔다.

대지를 삼킬 듯 터져 오르는 거대한 물보라를 향해 청제가 다시 한 번 광청검을 들어 올렸을 때였다.

"이런, 이런……."

거대한 해일처럼 솟아오른 대지의 지하수 안에서 나직한 웃음소리가 새어 나왔다. 엄청난 파열음 속이건만 그 나직한 웃음소리는 또렷하게 공간을 울리고 있었다. 그리고 그 목소리를 품은 짙은 회색의 빛이 천천히 허공으로 떠오르는 순간, 대지를 향해 다시 내리꽂히던 광청검의 기운이 급히 자신의 주인을 향해 방향을 바꿨다.

"윽!"

광청검에서 쏟아져 나온 푸른 기운이 그대로 방향을 바꾸며 청제의 가슴을 가격했다. 미처 갈무리하지 못한 자신의 기운을 품어 안은 청제가 이를 악물며 신음을 삼켰다. 그의 푸르게 변한 입가에 핏물이 고였다.

숨조차 제대로 내쉬지 못하고 이 모든 상황을 지켜보고 있는 이들 앞에 지독하게도 서늘한 은회색의 빛을 품은 존재가 물 안에서 천천히 모습을 드러냈다. 차갑게 반짝이는 쇠의 기운을 담고 물결치는 은회색의 머리카락과 진한 대지의 기운을 담고 흙 내음을 머금은 은빛 장의가 아름답게 펄럭였다.

눈이 부시게 아름다운 모습과는 너무도 다르게 잔인한 미소를 짓는 사내의 품에 안겨 있는 것은, 분명 나오였다.

대지의 균열 속에서 솟아나는 백제의 품 안에 있는 것이 나오임을 알아본 청제가 그 순간 자신에게서 뿜어져 나오는 스스로의 힘을 자기 자신에게로 돌린 것이었다.

축 늘어진 채 백제의 팔 안에서 그가 움직이는 대로 흔들리고 있는 나오의 모습이 청제의 시선 안에 고스란히 들어와 박혔다. 붉은 핏물이 담긴 푸른 눈동자가 지독한 분노로 파르르 떨렸다.

"그대의 힘을 나눠 이 아이의 결계를 만들다니, 상상 외인걸. 지국천."

"그 아이…… 내려놔."

재미있어 죽겠다는 듯 낄낄거리며 말하는 백제의 말 따위 관심도 없다는 듯 청제가 나직하게 으르렁거렸다. 한순간도 나오에게서 시선을 떼지 못하는 청제의 모습을 응시하며 백제가 살랑살랑 머리를 저었다. 대놓고 청제를 자극하는 백제의 모습에 비사의 얼굴이 하얗게 질려 갔다.

"싫은데? 내가 이 아이에게 볼일이 좀 있어서 말이야."

"내려놓으라 했다!"

장난치듯 대꾸하던 백제가 순간 그대로 팔을 들어 올려 스스로를 막았다. 청제의 손에서 뿜어져 나온 푸른 불꽃이 백제가 만들어 낸 쇠의 장벽을 향해 날아들었기 때문이었다. 백제의 몸이 휘청거리며 쇠의 장벽에 균열이 갔다.

"내가 말했을 텐데. 내 것에 손을 대면, 백은타와 그대 모두를 소멸시켜 준다고."

목이 긁히듯 청제의 신음 섞인 목소리가 새어 나왔다. 지독한 분노를 참고 있는 청제의 얼굴에 푸른 핏줄들이 선명했다. 이제껏 한 번도 본 적 없는 그 모습에 비사도 건달바도 숨조차 제대로 내쉴 수가 없었다. 그가 지금 폭주를 준비하고 있었다. 그런 청제의 모습을 바라보며 백제가 손을 가볍게 내저었다.

"이 하찮은 존재 때문에 나를 소멸시킨다? 설마?"

"이리, 줘. 그 아이."

"지국천, 내가 왜 이러는지 궁금하지 않나?"

꿈틀, 청제의 눈썹이 거칠게 흔들렸다. 수없이 불 속에서 달궈 낸 날카

125

롭고 차가운 쇳조각 같은 백제의 가늘고 긴 손이 품 안의 나오를 향해 움직이기 시작했기 때문이다.

"손대지 마!"

거친 포효와 함께 그대로 청제가 백제를 향해 광청검을 들어 올렸다.

"청제님!"

절규하듯 외치는 비사의 핏빛 목소리가 허공을 울리는 순간, 조금의 망설임도 담지 않은 시퍼런 광청검이 그대로 백제를 향해 내리꽂혔다.

카캉!

세상을 조각낼 듯한 거대한 쇠의 울림이 벼락처럼 허공을 때렸다. 그 기운에 모든 공간이 거대하게 울렸다. 비사와 건달바가 질끈 눈을 감았다.

그리고 짧은 정적이 찾아왔다. 얼음처럼 차가운 서늘함만을 머금던 공기 중에 낯선 기운이 섞여 있음을 느낀 비사가 천천히 눈을 떴다. 낯선 그것은 불의 기운이었다.

백제의 심장을 향해 내리꽂힌 청제의 광청검을 거대한 무엇인가가 막고 있었다. 얼음처럼 푸르고 시린 광청검의 기운을 감싼 붉은 열기가 일렁였다. 그 열기의 끝에 온통 붉은 기운을 품은 거대한 사내가 서 있었다.

"이놈을 꼭 죽여야 한다면 내가 해 줄 테니 지금은 잠시 멈추게. 지국천."

엄청난 힘을 막느라 아프게 일그러진 적제 증장천왕의 붉은 눈동자가 청제를 바라보고 있었다.

푸른 바람이 세상을 부술 듯 허공을 거칠게 날고 짙은 구름이 인간계의 모든 공간을 가득 덮고 있는 사이로 붉은 기운이 넘실거렸다. 세상의 종말이라도 온 듯 인간계의 하늘을 뒤덮은 세 개의 기운이 서로를 감싸 안고 지금이라도 터질 듯 엉켜들었다.

수만 년 만에 인간계의 하늘에서 세 명의 대제가 마주했다. 천제의 땅에서 쫓겨난 요괴들이 인간계를 공격하여 인간계가 괴멸 직전에 다다랐던 수만 년 전 오방대제들이 모두 함께 인간계의 요괴를 전멸시킨 이후 처음일 것이다. 인간계 하늘을 온통 휘감고 있는 세 개의 기운에 세상 전부가 숨을 죽였다.

"내가 조금만 늦었더라면 그대는 이미 소멸했을 것 같은데. 광목천."

비아냥거리듯 입가를 비틀며 말을 던지면서도 적제의 시선은 청제에게서 떨어지지 않았다. 지금은 겨우 버티고 있지만 청제가 간신히 붙잡고 있는 인내심의 끈이 끊어지는 순간 세상이 엄청난 혼란으로 물들 것임을 알고 있었기 때문이다. 자신이 아니라면 엄청난 일이 벌어졌을 것이 분명했다.

"그 아이, 청제의 시종이 아닌가."

"문제는 원래 이 아이의 주인이 나라는 거지."

"뭐?"

청제의 기운 때문일까. 자꾸만 강해지는 나오의 결계를 이기지 못해 나오를 안지도 못하고 품 안에서 내린 백제가 적제의 말에 대답했다.

그 황당한 말에 청제의 얼굴을 덮은 푸른 기운이 쩍쩍 갈라지고 있었다. 분노가 점점 그를 삼켜 가는 것이 느껴질 지경이었다. 시간이 없다. 청제의 한계가 다가오고 있었으니까.

"지금, 장난을 하자는 것입니까."

마르고 갈라진 청제의 목소리가 공간을 울렸다. 금방이라도 핏물이 배어 나올 듯 버석거리는 목소리만으로도 그의 분노가 고스란히 읽혔다. 그를 둘러싼 공기가 천천히 들끓고 있었다.

"장난하려고 소멸까지 각오하는 바보는 아니라고 알고 있는데 광목천, 뭐냐? 그 말도 안 되는 소리를 하는 근거가."

적제가 거대한 붉은 손안에 움켜쥔 적월도를 내어 보이며 백제를 향해 말했다. 경고하고 있는 것이다. 만에 하나 지금 그저 청제를 자극하려 장난을 하는 것이라면 청제의 광청검만이 아니라 자신의 적월도 역시 그를 향할 것이라는 무엇의 협박이기도 했다. 백제가 환하게 미소 지었다.

"근거? 보여 줄까? 헌데, 지국천이 허락을 해야 할 것 같아서 말이지. 근거도 보여 주기 전에 내가 저 푸른 바람에 소멸되어 버리면 아무 소용 없잖아? 허니 저 아이에게 아주 조금 손을 대는 것을 참아 주어야겠어. 그래야 그 근거라는 것을 보여 줄 수 있으니까. 아, 저 아이에게는 아무 해도 없을 거다. 내가 약속하지. 내 친우 적제의 이름을 걸고."

"역겨운 소리는 집어치우고. 지국천, 만에 하나 광목천이 저 아이를 조금이라도 해한다면 내가 지금 이곳에서 적제의 이름으로 저놈을 소멸시킬 테니 조금만 기다려 줄 수 있겠나."

"……."

아무 대답도 없이 청제가 백제를 응시했다. 허락이란 단어를 뱉어 낼 수 없는 그의 마음을 아는지 적제가 천천히 고개를 끄덕이자 대답을 기다리고 있었던 백제의 손끝이 나오의 가슴 쪽으로 천천히 움직이기 시작했다.

그 손끝에 닿은 청제의 눈동자가 금방이라도 부서져 내릴 듯 거세게 흔들렸다. 움켜쥔 그의 손끝이 얼마나 힘겹게 떨리고 있는지 비사는 느낄 수 있었다. 허공을 더듬는 그의 손끝에 푸른 바람이 자꾸만 고였다 흩어져 갔다.

"이 안에 무엇이 있는지 아나?"

재미있는 것을 기다리는 듯 진득한 미소를 담은 백제의 손끝에서 진한 은회색의 기운이 흘러나와 나오의 심장 쪽으로 천천히 움직였다.

그렇게 청제의 결계에 막힌 듯 잠시 나오의 주변을 맴돌던 은빛 기운이 푸른 기운 안으로 서서히 스미는 모습에 모두가 숨을 참았다.

찾아 헤매던 것을 확인한 듯 청제의 결계를 뚫고 푸른 기운 안으로 스민 쇠의 기운이 그대로 나오의 심장 안쪽으로 스며들었다. 그리고 회색빛 기운 안에서 무엇인가가 반짝이기 시작했다.

그것은 심장 한가운데 박혀 있는 구슬이었다. 연붉은빛을 띤 구슬이 그녀의 심장 한가운데서 아름답게 반짝이고 있는 것이 모두의 눈에 들어왔다.

"여의주다."

달콤한 것을 탐하듯 입술까지 날름거리며 구슬을 바라보는 백제의 환희에 가득한 목소리가 모두의 귀에 들려왔다. 하지만 그 속삭임은 세상의 그 무엇보다도 커다랗게 모두의 귓가로 박혀 들었다.

여의주. 백제의 가장 큰 힘이자 이룡의 상징. 그것이 청족인 나오의 심장에 박혀 있다고?

움찔, 허공에 떠 있던 청제가 아주 조금 흔들리는 것 같았다. 흔들리고 있던 그의 눈 안에 너무도 작지만 분명 또렷한 형체를 가지고 있는 구슬이 거침없이 박혀 들어왔기 때문이다.

그런 청제의 모습을 재미있다는 듯 올려다보며 백제가 킥킥 웃음을 토해 냈다. 즐거운 놀이를 하듯 그의 입가가 실룩거렸다.

"재미있는 향기를 품고 있다 느꼈더니 내 것을 품고 있었단 말이지. 5백 년 전 백은타에서 도둑맞은 여의주다. 내 보물이지."

"말도 안 돼! 청족인 나오의 심장에 그런 게 있을 리 없잖아!"

숨죽인 공간에 건달바의 외침이 울렸다. 화를 담고 백제를 향해 움직이려는 건달바의 몸을 비사가 막아섰다. 여전히 붉은 기운을 가득 품은 비사의 눈동자가 서늘한 살기를 품고 건달바를 노려보고 있었다.

'쥐 죽은 듯 있어. 숨소리도 내지 마.'

비사가 속삭였다. 금방이라도 피가 나올 것 같은 그 목소리에 이를 악문 건달바가 몸을 뒤로 물렸다.

"왜 여의주가 이 아이의 몸 안에 있는지는 나도 모른다. 하지만 여의주는 분명 나, 백제의 것이니 이 아이는 내 것이 맞는 거잖아? 안 그런가,

증장천?"

"대체 왜 백은타의 여의주가 청족의 몸에…….."

이해할 수 없다는 듯 얼굴을 찡그린 적제가 백제를 바라보았다. 이해할 수는 없지만 눈앞의 현실이 바뀌는 것은 아니었다. 여의주는 백제의 것이 맞으니까. 주인이 자신의 것을 찾겠다는데 말릴 수 있는 명분은 없었다.

"여의주만 내어 주면 되는 것인가?"

그 순간이었다. 나오에게 향한 시선을 여전히 한순간도 돌리지 않은 채 청제가 처음으로 입을 열었다.

적제를 향했던 백제의 시선이 청제를 향해 돌려졌다. 재미있어 죽겠다는 듯 환한 표정이 담긴 그의 얼굴은 이 순간 지옥처럼 끔찍하게 아름다웠다.

"물론, 난 여의주만 있으면 된다. 헌데 나는 상관없는 문제이지만 그대에게는 커다란 문제가 남았단 말이지. 여의주를 빼내면, 저 아이의 심장은 멈추거든."

경악이 어린 푸른 눈동자가 차디차게 얼어붙는 것을 즐거운 듯 바라보며 백제가 큭큭 웃음을 토했다.

"게다가, 내가 백번 양보해서 저 아이를 그대의 곁에 그냥 두게 한다고 해도 문제는 남지. 이 아이의 심장이 반응하는 상대에게 이 여의주는 독이다. 게다가 나 백제의 보물인 여의주란 놈의 근간은 대지와 쇠. 그래서 푸른 바람의 기운을 삼키고 약하게 만들지. 이미 조금은 느꼈을 텐데 지국천. 안 그런가?"

백제의 말에 비사의 붉은 눈동자가 거칠게 흔들리며 청제를 올려다보았다. 의아했던 모든 것이 한순간에 확연하게 정리되고 있었다.

청족임에도 날지 못하던 나오, 다른 청족들과 달리 유난히 연한 푸른빛을 지닌 나오의 눈동자. 그리고 나오를 곁에 두면서 조금씩 나타나던 청제의 변화들. 그 모든 것이 여의주 때문이었다.

"저 녀석의 말이, 진짜인가? 지국천?"

걱정이 가득 고인 적제의 물음에 청제는 대답하지 않았다. 아니, 하지 못하는 것처럼 보였다. 그 대답 없음을 확인하며 적제가 지그시 입술을 악물었다. 선택은 없으니까.

"자, 어떻게 할까?"

숨 쉴 수 없을 만큼 재미난 것을 기다리고 있는 듯 백제의 눈동자가 탐욕스럽게 반짝였다.

별다른 재미없이 살던 일상에 축복처럼 내린 재미있는 구경이 미치도록 행복하다는 듯 웃는 백제의 모습에 짜증스럽게 미간을 좁힌 적제가 백제를 향했던 적월도를 천천히 내려놓았다. 적월도의 기운이 그의 소매 속으로 스미듯 사라져 갔다.

깊은 한숨을 토해 낸 적제가 청제를 바라보았다. 걱정이 가득한 그의 눈이 꼼짝도 않고 여전히 그 여자아이를 바라보고 있는 청제를 보며 짙게 가라앉았다.

"할 수 없지 않은가. 지국천. 그것이 저 아이의 운명일 테니. 저 아이는 광목천에게 넘기고 그만 황금타로 돌아가게나."

"아니."

차디차고 단호한 한마디가 들려왔다. 다독이듯 청제를 향해 말하고 몸을 돌리던 적제가 놀라며 다시 고개를 돌렸다.

흔들림을 언제 담고 있었냐는 듯 파랗게 반짝이는 청제의 눈이 여전히 나오를 향해 있었다. 하얗게 바랜 얼굴에 푸른 입술을 하고 있었지만 청제는 흔들리지 않았다. 움켜쥔 그의 손에는 여전히 광청검이 푸른 기운을 뿜어내고 있었다.

"저 아이는 나 지국천의 것이다. 그 누구에게도 넘겨주지 않아."

"지국천!"

"여의주가 아니라 세상 전부가 저 아이의 심장에 갇혀 있다 해도 상관

131

없어. 내 허락 없이 그 누구도 저 아이의 털끝 하나 건드릴 수 없어. 저 아이는 내 것이니까."

심장이 저릿할 만큼 서늘한 기운을 담고 백제를 노려보며 청제가 다시 광청검을 잡은 손에 힘을 주었다. 그에게서 흘러나온 푸른 기운이 천천히 광청검을 감싸기 시작했다.

"청제님!"

비사의 목소리가 허공을 울렸지만 청제는 상관하지 않았다. 차디차게 얼어 있었지만 그 안에 지독한 열기를 품은 청제의 눈이 백제를 노려보았다.

"그 아이에게서 물러나야 하는 것은 내가 아니라 그대다. 광목천."

청제의 광청검에서 우르릉 바람의 소리가 새어 나오기 시작했다. 그의 기운을 따라 광청검이 거칠게 흔들리며 검에 다 담기지 못하고 흘러나온 푸른 살기가 주변을 물들였다. 그 누구라도 지금 그의 앞에 다가선다면 푸른 바람에 닿는 순간 사라져 버릴 것이 분명했다.

"이 선택, 후회 없을까. 지국천?"

웃으며 나오에게서 조금 물러난 백제에게서 흘러나온 말에 적제와 비사의 눈이 커다랗게 열렸다. 화를 내거나 싸우려 덤빌 것이라 여겼던 백제의 모습이 너무도 의외였기 때문이다.

지금 그는 나오를 양보하려 하는 것처럼 보였다. 자신의 여의주를 미련 없이 포기하는 모습이었다. 그럴 수 없음을 알기에 더 의아한 모두였다. 눈앞에 있는 연회색의 사내는 절대 그런 선택을 할 리가 없으니까.

입가에 진한 미소마저 띠며 백제가 나오에게서 물러섰다. 서늘한 회색의 손이 청제를 향해 부드럽게 들어 올려졌다.

"뭐, 원한다면. 마음대로."

"뭘 하려는 것이냐. 증장!"

벼락같이 적제가 고함을 내질렀다. 어린아이를 상대로 장난질을 하듯 청제를 향해 미소까지 보이고 있는 백제의 모습은 날카로워질 대로 날카로워져 있는 모두를 화나게 하고 있었다. 이해할 수 없는 행동은 불안을 가중시킬 뿐이었다.

흥분하는 적제를 향해 백제가 어깨를 으쓱해 보였다. 조금 전 청제를 그리 자극하던 모습이 꼭 거짓이었던 것처럼 백제에게서는 여유마저 느껴지고 있었다.

"시간은 많고 나는 기다릴 수 있으니까. 어차피 여의주는 주인에게 돌아올 것이거든. 내 것이 여기 있음을 확인했으니 난 그것으로 됐단 말이지."

"네가 이곳에 요괴를 풀어놓은 거냐? 지국천을 유인하려고?"

"확인해야 했으니까. 정말로 내 여의주인지 말이야. 해서 조금 놀아 보려 했을 뿐이다. 사실은 저 아이를 지국천이 황금타에 두고 올 것이라 여겨서 황금타로 소풍이나 가 볼까 했었는데. 이곳으로 데려올 것이라고는 생각지 못했거든."

장난이라도 했다는 듯 편안한 얼굴로 상황을 설명하는 백제의 모습에 적제의 얼굴에 붉은 기운이 일렁였다.

"광목천! 이 사태를 온전히 책임져야 할 것이다."

"물론. 책임져야지. 하지만 이런 재미있는 구경을 하는 대가라면 그 정도는 나쁘지 않잖아? 큭큭. 아, 그리고 지국천. 지금까지 느낀 변화는 그저 맛보기일 거라네. 여의주란 놈은 아무 감정도 품고 있지 않을 때에는 무색무취하거든. 하지만 여의주를 품은 이의 심장이 점점 여러 가지 색깔로 물들어 갈 때면 그놈도 함께 물들어 가지."

백제의 이야기에 비사의 얼굴이 점점 더 파랗게 질려 갔다.

"저 아이가 내 여의주를 품고도 이제까지 잘 살아온 것도 그 때문이다. 청족이란 무색무취한 종족들이니까. 헌데 무척 궁금하단 말이지. 계속 그렇게 무색무취하게 있을 수 있을까? 벌써 조금씩 색을 띠어 가는 저 여의주가 과연 얼마나 진한 색깔을 품을지. 그것이 그대와 저 아이를 얼마나 갉아먹어 갈지 말이야. 해서 기다려 보려고. 그 변화를. 무지무지 재미있을 것 같지 않나, 증장천?"

거칠게 들썩이는 청제의 심장이 밖에서 보기에도 느껴질 지경이었다. 푸르게 변한 그 입술에서 거친 숨소리가 아프게 새어 나오고 있었다. 터질 것 같은 스스로를 겨우 누르고 있는 그의 인내가 느껴졌다.

"뭐 오래 걸리진 않을 것처럼 보이니까."

어깨를 으쓱해 보인 백제가 손끝에서 은회색의 기운을 뿜어내 나오를 천천히 청제 쪽으로 밀어냈다. 자신을 향해 밀려오는 나오를 향해 아무 망설임도 없이 손을 뻗는 청제의 손길에 적제와 비사의 눈에 경악이 어려 왔다.

"그럼 곧 다시 만나세. 두 친구."

살랑살랑 새하얀 옷깃을 흔들며 모두를 향해 손을 들어 보인 백제가 그대로 대지의 균열 속으로 빠져들듯 사라졌다. 솟아오르는 지하수가 다시 잔잔하게 대지를 적시며 균열 속으로 흘러들었다.

푸른 기운에 감싸인 채 자신의 앞에 떠 있는 나오를 물끄러미 내려다보던 청제가 가만히 손을 들어 그녀를 감싸고 있는 자신의 기운을 거머쥐듯 갈무리했다. 그녀를 받치고 있던 기운이 사라진 공간, 풀썩 털어져 내리는 나오의 몸을 청제가 두 팔로 받아 안았다.

숨소리도 체온도 나쁘지 않았다. 그저 잠시 깊은 수면에 빠지게 한 모양이었다. 하긴 이 아이를 해하면 자신의 여의주도 상할 것이니 그런 바보 같은 짓은 하지 않았을 터였다. 백제가 간교하긴 하지만 절대 바보는 아니니까.

조금씩 들썩이는 나오의 가슴 위에 닿은 청제의 미간이 아프게 조여졌다. 이제 확연하게 느낄 수 있었다. 이 아이를 안는 순간 느껴지는 심장의 격통을.

그저 우연인 줄 알았던 그 모든 것들이 이 아이가 품고 있는 그 조그마한 구슬 때문이었음을 확인하는 그였다. 황제의 궁에서 느꼈던 익숙지 않은 두통부터 황금타에서 자주 찾아오던 기의 불규칙한 흐름들 모두가 이 아이 때문이었다. 인정하고 싶지 않아도 그것은 사실이었다.

"어쩌려는 건가."

걱정을 가득 담은 적제의 물음에 청제가 흐릿하게 웃었다. 아름다운 푸른 눈은 아프게 젖어 있는데 그 붉은 입가에 맺히는 웃음은 환해서 그 웃음에 심장이 욱신거릴 지경이었다. 세상 그 무엇도 무서울 것 없이 빛나던 젊은 청제의 시리게 아픈 미소가 짜증스러울 만큼 싫었다.

적제의 물음에 청제가 입술을 끌어 올렸다.

"무엇을 말입니까."

"지국천, 설마 정말로 그 아이를 곁에 두려는 것인가?"

"그렇습니다."

"그 아이의 존재가 자네에게 얼마나 커다란 위험인지 이미 알지 않았나! 대체 왜!"

"방법을 찾을 것입니다. 이 아이가 제 곁에 있을 수 있는 방법."

"그 아이 하나로 인해 수미산 전체가 위험에 빠질 수도 있어. 자네는 수미산의 동쪽을 지배하는 청제일 뿐만 아니라 천제님의 땅과 인간계 모두를 지켜야 하는 수호신이 아닌가. 냉정하게 생각해야 하네. 지국천. 제발."

"돌아가겠습니다."

"이보시게! 지국천!"

애타게 부르는 적제의 목소리도 외면하며 청제가 나오를 안은 채 그대로 허공으로 날아올랐다. 혹여 품 안에서 그녀를 떨어뜨릴까 걱정되는지 청룡으로 변하지도 않은 채 푸른 기운에 감싸이는 청제의 모습에 서둘러 비사가 건달바를 향해 손을 내밀었다.

힘이라곤 하나도 없는 모습으로 건달바가 비사의 차디찬 손을 잡았다.

"꼭 잡아라. 떨어진다."

"떨어지면 죽기밖에 더 하겠냐. 차라리 떨어졌으면 싶다."

한숨이 서린 건달바의 말에 지그시 이를 악문 비사가 팔을 들어 올리며 적제를 향해 살짝 고개를 숙였다.

붉은 바람에 감싸여 천천히 사라져 가는 이들의 모습에 멍하게 시선을 주던 적제가 깊고 깊은 한숨을 토해 내며 텅 비어 버린 하늘을 올려다보았다. 어느 때와 다름없는 평화가 찾아온 인간계의 모습이 지금 엄청난 회오리가 칠 청제의 마음과는 너무도 다르게 느껴졌다.

아무것도 담기지 않았던 동방의 신 청제의 심장을 차지한 청족 소녀. 그리고 그 소녀의 심장을 가득 채운 거대한 독. 소녀와 자신을 위해 청제가 어떤 선택을 할지 두려움이 밀려드는 그였다.

"연모란 걸 대체 왜 하는 걸까. 젠장. 하, 황제에게 가서 술이나 한잔 달라고 해야겠군."

이럴 땐 가장 현명하고 이성적인 친구의 위로가 필요했다. 그리고 모든 것을 다 잊게 해 줄 독한 술 한 잔도.

적제가 두 손을 들어 올리자 그 손에서부터 천천히 붉은 불꽃이 이글거리며 적제의 전신을 휘감았다. 그 불꽃 속에서 거대한 새 한 마리가 허공으로 날아올랐다. 불꽃의 화신, 주작이었다.

거세게 몰아치는 바람에 세상을 삼킬 듯 타오르던 불꽃이 잦아든 곳에는 아무것도 남아 있지 않았다.

소중한 것을 놓칠까 두려운 듯 품 안의 나오를 소중히 안고 자신의 전각 안으로 들어서는 청제의 모습에 건달바가 다가서려 하자 비사가 그런 건달바의 팔을 잡았다.

"관여하지 마."

"야! 저 아이가 청제님에게 독이라며! 헌데 어떻게."

"청제님의 선택이다. 우리가 관여할 문제가 아니야."

"우리가 관여할 문제가 아니야? 야! 우리가 청제님 요만한 꼬맹이 시절부터 모셨는데! 내가 등에 태우고 놀아 드리고 네가 바람의 힘을 어찌 다루는지 하나하나 가르쳐 드리고 그랬는데 우리가 관여할 일이 아니라고! 너 지금 그게!"

온몸을 덮은 건달바의 푸른 털들이 모두 곤두서 흩날렸다. 너무도 화가 났다는 신호였다. 안타까움과 화를 담고 어쩔 줄 몰라 하며 발을 쿵쿵 굴리는 건달바의 모습에 비사가 가만히 고개를 저었다.

"기다려. 우리의 주인께서 내릴 결정을."

"비사!"

"우리가 도와 드려야 했던 그 꼬맹이 청룡이 아니시니까. 세상 모든 무게를 어깨에 지신 것을 그 누구보다 본인이 잘 알고 계신다. 그러니 재촉하지 마. 우리가 할 수 있는 일은 이제 없다."

"젠장! 우리 나오는 또 불쌍해서 어떻게 하냐고."

푸른 털 안에 박혀 있는 커다란 건달바의 눈 안에 물기가 가득 고였다. 이해할 수 없는 이 상황에 미치고 팔짝 뛸 노릇이었다.

청제도 귀하지만 나오도 그 못지않게 귀한 존재였다. 하로가 어찌 키웠는지 너무도 잘 아는데, 그 소중한 아이의 심장에 빌어먹을 백제 놈의 여의주가 들어 있다니. 대체 어떻게! 왜 그런 일이 생긴 것이란 말인가.

바닥에 털썩 주저앉아 훌쩍이는 건달바의 모습을 내려다보던 비사가 고개를 들었다. 언제나 푸르기만 하던 황금타의 하늘이 천천히 흐려지고 있었다. 오랜 세월 한 번도 온 적이 없는 비가 내리려는 모양이었다.

언제나 동글동글 귀엽게 미소 지으며 자신을 올려다보던 눈동자가 보이지 않는 모습은 허전했다. 하지만 새근새근 깊은 잠에 빠진 나오의 얼굴을 바라보는 것도 나쁘지 않다는 것은 이미 알고 있는 청제였다.

처음 만나던 그날, 자신의 등에 매달려 황제의 궁으로 가다가 등에서 떨어진 나오를 푸른 숲으로 데려가 치료를 할 때에도 이 눈을 꼭 감은 얼굴이 좋았다. 처음부터였던 것이다. 이 아이의 모습이 좋았던 것이. 그때는 자각하지 못했던 느낌이 울컥 밀려왔다.

지끈, 갑자기 무엇인가에 눌리듯 아파 오는 심장의 고동에 청제가 이를 악물었다. 눈앞 존재를 떠올리는 것만으로 고통이 찾아왔다.

독이라 했다. 청제인 자신의 힘을 갉아먹는 독을 품은 아이. 그 독을 빼내면 저 아이의 존재는 사라지고, 저 아이를 곁에 두면 자신의 존재는 위험해진다.

"청……제님?"

가슴을 쥐어 잡고 약한 신음을 흘리던 청제가 귓가에 들리는 익숙한 이의 흐릿한 목소리에 고개를 들었다. 언제나처럼 맑은 빛을 품고 있는 나오의 눈동자가 자신을 올려다보고 있었다. 그 고운 눈동자를 마주하는 청제의 심장이 또 다른 느낌으로 쿵쿵 울려왔다.

"여긴……."

천천히 초점이 맞아 오는 동그란 눈을 들어 주변을 살핀 나오의 얼굴에 의아함이 가득 고였다.

"분명 백제님을 본 것 같았는데……. 제가 잠이 든 것입니까?"

불안으로 흔들리는 눈동자를 하고 자신을 올려다보는 나오의 모습에 청제가 살살 고개를 저었다. 동그란 눈이 불안으로 흔들리는 모습이 싫다. 저 눈은 동그랗게 떠져 자신을 놀리며 밝게 웃어야 가장 어여쁘니까.

"내 결계가 너무 강해서 잠시 정신을 잃은 것뿐이다."

"광목천왕은, 그리고 그 요괴는 어찌 되었습니까?"

"모든 것이 다 제자리를 찾았으니 걱정할 것 없다."

"정말요? 청제님이 그 요괴의 흔적조차 다 없애 버리신 것입니까?"

커다랗게 입을 벌리며 감탄을 쏟아 내는 얼굴을 물끄러미 내려다보며 청제가 빙그레 입가를 끌어 올려 주었다. 아프게 담는 그의 미소를 그녀는 읽지 못했다. 그녀가 폭, 얕은 한숨을 내쉬었다.

"다행입니다. 이제 다 정리가 되어서요."

"아직 정리가 되지 않은 사안이 남아 있는 걸로 기억하는데."

"예?"

낮은 한숨을 내쉬던 나오가 갑자기 자신의 앞으로 얼굴을 가져다 대는 청제의 움직임에 놀라 고개를 번쩍 들었다. 그 깊이를 가늠할 수 없는 청제의 눈동자를 마주할 때면 언제나 심장이 아득한 깊이로 떨어져 내리는 것만 같았다.

놀라 몸을 움츠리는 그녀에게로 청제의 시선이 더 가까이 다가갔다. 숨결마저 그대로 느껴질 만큼 가까이 다가간 청제의 코끝으로 달큰한 내음이 스며들었다. 아프지만 유혹적인 내음이었다. 그것을 들이마시지 않으려 숨을 참으며 청제가 나오를 향해 말했다.

"돌아와서 확인한다고 하지 않았던가. 내가."

"그, 그것이."

확 붉어지는 나오의 얼굴에서 시선을 떼지 않은 채 청제가 가는 나오의 손목을 움켜잡고 자신의 심장 위에 대었다. 나오의 손이 청제의 가슴 위에서 어쩔 줄 모르며 서성였다. 그 움직임이 깃털이 흩날리는 것처럼 가벼워 웃음이 났다.

"왜 네가 여기 있는지 말이야."

싱그러운 향이 얼굴 위로 흩어지는 것을 느끼며 나오가 질끈 눈을 감았다. 분명 보이지 않는데, 청제의 싱그러운 푸른 미소가 감은 눈 안으로 보이는 듯했다.

"눈은 왜 감는 것이냐? 무엇을 기대하고 있기에."

무엇을 기대한 것일까. 스스로도 자각하지 못한 채 나오가 장난스럽게 들려오는 목소리에 살짝 긴장이 섞인 숨을 토해 내며 천천히 눈을 떴다.

"헉!"

겨우 조금 뜨였던 나오의 눈이 다시 질끈 감겼다. 청제의 얼굴이 바로 눈앞에 다가와 있었기 때문이다. 눈을 깜박거리기만 해도 속눈썹이 그의 얼굴에 닿을 것만 같았다. 그 정도로 가까이 있는 그의 숨결이 자신의 얼굴에 닿아 부서지는 것이 확연하게 느껴졌다. 뜨거움이 어린 그 숨결은 달큰하고 싱그러웠다.

"혹여 이걸 기대하는 것이냐?"

질끈 감은 눈을 뜨지도 못하고 겨우 숨만을 내쉬던 나오의 입술에 따스하고 말캉한 것이 닿은 것은 그의 목소리가 들린 직후였다. 따스한 온기와 함께 바람의 내음이 코끝으로 스며들었다 사라졌다.

꿈결처럼 다가왔던 온기가 꿈결처럼 멀어지는 느낌에 나오가 눈도 뜨지 못한 채 겨우 숨을 내쉬자 그를 물끄러미 내려다보던 청제의 얼굴이 약하게 일그러졌다. 하얗게 바랜 그의 얼굴을 나오는 보지 못했다.

"정말 여기로 오라 하셨다고?"

물의 기운을 품은 공기가 촉촉하게 온몸을 감아 도는 낯선 감각에 진저리를 치며 건달바가 난감한 얼굴로 비사를 향해 물었다. 수만 년을 이곳 황금타에 머물렀지만 청수궁에는 처음으로 와 보는 그였다.

청수궁은 대대로 청제들의 치유를 위한 공간이다. 해서 그 누구의 접근도 쉬이 허하지 않는 곳이다. 무엇에도 물들지 않는 순수함이 가득한 그런 공간이어야 하니까. 그런 청수궁으로 자신과 비사를 불렀다는 것이 이해할 수 없었다.

황금타의 모든 곳이 거의 푸른빛을 띠는 것과는 다르게 청수궁은 새하얗게 반짝이는 물의 기운을 담고 있었다. 물과 상극인 청제에게 유일하게 허락되는 물은 청수였다. 물이지만 물이 아닌 바람의 기운이 녹아 있는 그들의 생명수이니까.

"아, 진짜 축축해서 미치겠다."

온몸을 덮고 있는 푸른 털은 물기에 쥐약이었다. 자꾸만 축축하게 늘어지는 털을 쓸어 넘기며 건달바가 중얼거리자 비사의 날카로운 손끝이 그런 건달바의 팔을 거칠게 때렸다.

"그만 좀 궁시렁거릴래?"

짜증스럽기는 비사도 마찬가지인 듯 보였다. 그의 긴 몸을 휘감은 치렁치렁한 붉은 옷도 물기가 스며서인지 자꾸만 그의 몸에 감기고 있었다.

하얀 수정으로 만들어진 청수궁의 거대한 문이 주인의 명을 전하듯 비사와 건달바 앞에서 천천히 열렸다. 그리고 그 안으로 들어선 둘의 앞에 청수궁의 온전한 모습이 그대로 모습을 드러냈다.

"후아……."

온몸을 조이듯 강하게 감아 오는 푸른 바람의 기운에 비사와 건달바가 힘겹게 숨을 들이마시며 한 발을 앞으로 내밀었다. 황금탑 안을 가득 메우고 있는 것도 바람의 기운이었다. 바람의 신인 청제가 머무는 곳이니 언제나 바람의 기운이 가득한 것은 당연한 일이고 그곳에서 수만 년을 살아온 자신들도 이미 그것에는 익숙해져 있었으니까.

헌데 이곳의 기운은 차원이 달랐다. 거대한 바람이 그대로 숨구멍으로 파고드는 듯 아찔하기까지 했다. 시원한 바람이 아니라 온몸을 조각조각 낼 듯 차디차고 시리도록 진한 바람이었다. 그 엄청난 기운 안에서 겨우 버티고 있는 그들의 눈앞에 자신들의 주인이 보였다.

"이리로."

꼭 눈을 감고 있던 청제가 푸른 속눈썹을 천천히 들어 올리며 둘을 확인하고는 가벼이 손짓했다. 청수에 잠겨 있던 그의 손끝에서 청수가 뚝뚝 떨어져 내렸다. 너무도 새하얀 손 때문인지 그것이 꼭 핏물 같이 느껴졌다.

"많이 힘드십니까."

미간을 힘겹게 좁힌 채 묻는 비사의 물음에 청제가 천천히 고개를 저었지만 그들의 눈앞에 있는 주인의 모습은 그 부정 따위 조금도 맞지 않다는 것을 증명해 보이고 있었다.

언제나 붉은 투명함을 담고 있던 그의 입술은 파란 기운에 물들어 있었고 맑게 빛나던 푸른 눈동자에는 붉은 기운이 가득했다. 연푸른색의 욕의에 감싸인 채 청수에 담겨 있는 기다란 사내의 몸이 어느 때보다 여위어 보였다.

"별거 아니야. 이번 싸움에 조금 피곤해졌을 뿐이니까."

"……."

대답을 하지 않고 그저 묵묵하게 자신을 바라보는 비사의 눈빛에 담긴 뜻을 읽는 듯 청제가 푸른 입술 끝을 올렸다.

"일러두고 싶은 것이 있어서 불렀다."

"하명하십시오."

"여의주 이야기, 나오에게는 하지 마라."

"청제님."

속으로 숨을 삼키듯 힘겹게 비사가 청제를 불렀다.

그가 이곳으로 자신들을 부른 이유를 예상하고 있던 비사였다. 황금타 다른 곳에서라면 언제라도 나오가 들을 수 있음을 걱정한 것이리라. 다른 곳이라면 다 그녀가 가도 되지만 이곳 청수궁은 절대 와선 안 되는 곳으로 그녀도 알고 있다. 청수궁은 오직 청제만의 공간이니까. 해서 완벽하게 그녀에게 차단된 공간이 이곳 청수궁이었다.

"대체 어쩌시려는 것입니까? 예?"

금방이라도 울 것 같은 얼굴로 건달바가 발을 쾅쾅 굴렀다. 그 움직임에 머리가 아픈지 미간을 좁히는 청제의 모습에 비사의 발이 건달바의 발을 꽉 눌러 버렸다. 신음 소리도 내지 못한 채 건달바가 발을 움켜쥐고 주저앉았다. 그 모습을 아무 표정도 담지 않고 바라보던 청제가 비사를 향해 무감한 시선을 들어 올렸다.

"방법을 찾을 거다. 그러니 내가 방법을 찾기 전에는 나오에게 절대 여의주에 대한 그 어떤 것도 이야기하지 마라. 명령이다."

"무엇이 그리 절박하십니까? 나오는 그저 일개 청족의 한 명일 뿐입니다. 그 아이가 알게 된다면 청제님을 위해 기꺼이 자신의 심장을. 헉!"

비사가 자신의 목을 움켜쥐었다. 목 안으로 무엇인가가 쑥 밀고 들어와 숨통을 막는 것처럼 지독한 통증과 함께 숨이 쉬어지지 않아서였다. 비틀거리며 주저앉은 비사가 비명도 지르지 못하고 몸을 트는 모습에 놀란 건달바의 눈이 청제를 향했다.

붉은 기운이 담긴 청제의 눈이 비사를 노려보고 있었다. 그 눈 안에 담긴 거대한 기운이 서늘한 살기를 품은 채 비사를 향해 뿜어져 나오고 있었다. 금방이라도 그 살기에 비사의 몸이 사라져 버릴 것만 같았다.

건달바가 그대로 비사를 품 안으로 끌어안으며 이를 악물었다. 자신의 등을 타고 그대로 파고드는 것은 거대한 바람의 검날이었다.

"윽!"

거침없이 파고들었던 것처럼, 또다시 거침없이 온몸을 가르듯 바람의 검날이 빠져나가고 나서야 건달바는 숨을 내쉴 수 있었다. 심장이 조이는 고통이 어느새 사라지고 없었다.

서로를 마주 안은 비사와 건달바가 그제야 힘겹게 숨을 삼켰다. 짓이겨진 청제의 목소리가 젖은 공간을 웅웅 울렸다.

"일개 청족이 아니라 내 나오다."

"……."

"그 아이에게 여의주에 대해 한 마디라도 한다면 절대 용서하지 않는다."

건달바의 몸에서 벗어난 비사가 천천히 고개를 숙였다. 아직도 목은 아리고 숨도 제대로 쉬어지지 않았지만 그 고통보다 심장으로 느껴지는 청제의 눈빛이 더 아팠다.

한 번도 저런 눈빛을 담아 본 적 없는 주인이기에 확연하게 느낄 수 있었다. 그 소녀가 이미 주인의 심장이 되어 버렸다는 것을. 청룡이라 해도, 세상의 주인이라 해도 심장의 주인이 없이는 존재할 수 없을 테니까.

"비사……."

"예. 청제님."

"내가, 놓을 수가 없다."

목 저 안쪽에서 겨우겨우 토해 내듯 말을 뱉어 낸 청제가 그대로 청수 안으로 미끄러져 들어갔다. 눈이 시리게 투명한 청수 안에 잠긴 사내의 커다란 몸이 유난히 작아 보이는 것은 기분 탓일까 하고 비사가 생각했다.

"어? 두 분 어딜 다녀오세요?"

터덜터덜 힘이라고는 하나도 없는 몸짓으로 걸음을 옮기던 비사와 건달바가 자신들의 앞으로 쪼르르 달려오는 이의 모습에 흠칫 놀라며 걸음을 멈췄다.

언제나처럼 생기가 넘치는 나오의 모습이 조금 전 핏기 하나 없는 청제의 모습과 너무도 대비되어 보이는 것에 입술을 짓씹는 비사였다.

"어? 아, 산책. 날이 좋아서 산책하고 오는 길이야."

"날이…… 좋아요? 저리 흐린데?"

건달바가 놀라며 뱉어 내는 말에 나오가 고개를 갸우뚱거렸다. 황금타에서는 본 적 없이 흐린 날씨인데 날씨가 좋다는 말이 이상했기 때문이다. 당황하는 건달바의 모습을 짜증스럽게 노려본 비사가 나오를 향해 미소를 지었다.

"이 녀석이 워낙 특이한 성격이잖아. 흐린 날이라곤 없는 황금타에서 살다 보니 이런 날이 좋다고 자꾸 나가자고 조르는 바람에."

"아, 그렇구나. 하긴 저도 처음 이렇게 흐린 날을 보니까 오랜만에 흙 냄새가 느껴져서 기분이 좋아요."

기분이 좋다? 비사의 눈동자가 거칠게 흔들렸다.

백제의 보물인 여의주 본연의 힘은 대지다. 여의주를 품고 있는 심장이 대지의 기운을 찾는 것일까? 푸른 바람과는 전혀 다른 대지의 기운을.

비사의 미간이 약하게 굳었다. 그런 비사의 표정을 알아차리지 못한 듯 나오가 그들의 뒤를 살피며 밝은 목소리로 물었다.

"청제님은 아직 청수궁에서 나오지 않으셨어요? 봉래화차를 준비해 놓았는데."

"그게 아직⋯⋯."

"원래 힘을 쓰시고 나면 한동안은 청수궁에 머무신다. 그 요괴가 워낙 강한 녀석이었거든."

난감한 얼굴로 어쩔 줄 몰라 하는 건달바를 막아서며 비사가 부드러운 미소를 지었다. 속내를 절대 감추지 못하는 건달바가 되도록이면 나오와 말을 섞게 하지 않아야 한다.

"많이 안 좋으세요?"

"나 말인가?"

걱정스러운 얼굴로 나오가 비사를 향해 묻는 순간 뒤쪽에서 장난스러움이 가득 밴 싱그러운 목소리가 들려왔다. 듣기만 해도 기분이 좋아지는 그 목소리에 나오의 몸이 물방울이 튀듯 가볍게 뒤로 돌았다.

나오의 눈이 커다랗게 열렸다.

머리끝까지 청수에 담겨 있었던 것일까. 언제나 짙푸른 바람을 가득 품고 길게 드리워지던 그의 긴 머리카락이 촉촉하게 젖은 채 그의 어깨에 흩어져 있었다.

속눈썹 하나까지 물기를 머금은 그의 모습에 나오의 심장이 또 쿵 거칠게 울려왔다. 온몸에 감겨 있는 하늘색 욕의 위로 그의 단단한 몸이 고스

145

란히 드러나 보였다. 마른 듯 보이지만 그의 온몸이 강한 근육으로 만들어져 있다는 것은 사내의 몸을 본 적이 없는 나오도 확연히 느낄 수 있을 정도였다.

전쟁의 신으로도 불리는 그의 이름이 전혀 낯설지 않은 모습이었다. 지금의 그는.

"차, 준비되었다고 했느냐?"

"예? 예! 곧 들이겠습니다!"

청제에게 닿았던 시선을 급히 돌리는 나오의 볼이 발그레하게 붉어져 있는 것이 모두의 시선에 들어왔다. 나오가 종종거리며 자리를 뜬 순간, 청제가 비사와 건달바를 향해 천천히 고개를 저었다. 그의 짙게 젖은 눈이 단호하게 말하고 있었다.

"청제님! 차를 들이겠습니다!"

거대한 문 앞에서 잠시 숨을 고른 나오가 벌컥 청제 전각의 문을 열었다. 어차피 조금 전 차를 가져오라 했으니 허락이 떨어진 것이라 여겨 대답을 기다리지 않은 것이다. 헌데…….

"헉!"

차 쟁반을 든 채로 나오가 그 자리에 얼음처럼 굳어 버렸다.

막 욕의를 벗고 평상시의 푸른 장의를 집어 든 청제의 상반신은 아무것도 걸치지 않은 맨몸이었다. 길고 단단해 보이는 쭉 곧은 목과, 빗장뼈 아래로 굴곡을 이루며 단단하게 잡힌 근육이 멍하게 서 있는 나오의 눈 안에 가득 찼다. 백옥처럼 하얗지만 금강석처럼 단단한 몸이었다.

"내 몸 뚫어지겠다."

"네?"

황당하다는 듯 움직이지 못하고 있는 나오를 잠시 바라보던 청제가 장의를 어깨에 걸치며 이죽거리는 말에 나오가 깜짝 놀라며 거칠게 몸을 돌렸다. 그 움직임에 차 주전자가 쟁반 안에서 흔들리며 뜨거운 찻물이 쟁반 위와 나오의 손등으로 쏟아져 내렸다.

쨍그랑!

뜨거운 찻물이 손등을 덮는 순간 나오가 화들짝 놀라며 들고 있던 쟁반을 그대로 떨어뜨렸다.

쟁반을 놓친 나오가 자신의 오른손으로 뜨거운 물에 덴 왼손을 감싸 쥐려는 순간, 그녀의 손이 아닌 커다랗고 단단한 손이 그보다 먼저 붉게 물든 나오의 왼손을 잡았다. 그가 그녀를 감싸 안듯 그녀의 뒤쪽으로 다가와 뜨거운 물에 닿은 손을 쥔 것이었다.

"괜찮으냐!"

아프게 일그러진 시선으로 나오의 손을 내려다보던 청제가 자신의 손을 나오의 손등 위에 살며시 얹었다. 그러자 그의 손안에서 시원한 푸른 바람이 잔잔히 새어 나와 붉어진 나오의 손등을 천천히 덮어 갔다.

시원한 바람의 기운 때문인지 데인 손등의 아픔은 더 이상 느껴지지 않았다. 신기한 듯 나오가 자신의 손을 내려다보았다. 나오의 시선 안에 자신의 손을 꼭 잡은 채 잔약하게 떨리는 손이 보였다.

"청제님……."

"이리로."

청제가 나오의 손을 조심스럽게 잡고 그의 침상 곁으로 이끌었다. 그러고는 침상 곁에 놓여 있는 청수가 가득 담긴 물병에 나오의 손을 그대로 집어넣었다. 놀란 나오가 손을 빼려 하자 청제의 나직한 목소리가 들려왔다.

"어허, 가만히 있어라."

어차피 빼고 싶어도 그 커다란 손으로 꽉 잡고 있어서 뺄 수도 없기에 체념한 나오가 살며시 고개를 들어 청제의 옆얼굴을 바라보았다.

엄청난 문제에 직면한 사람처럼 자신의 손등에서 시선을 떼지 못하는 청제의 옆모습이 보였다. 세상에서 가장 아픈 것을 보듯 미간까지 찡그리고 자신의 손등을 살피는 그의 모습은 얼마 전 인간계 전부를 말려 죽일 듯 거대한 힘을 뿜어내던 요괴와 맞선 이라고는 믿기지 않을 정도였다.

세상 그 무엇도 감히 대적할 수 없을 만큼의 거대한 기를 뿜어내던 이가 너무도 조심스러운 움직임으로 자신의 손등을 만지고 있었기에.

문제는 이제 세상에서 가장 강한 모습으로 있어도, 지금처럼 솜털처럼 따스하고 부드러운 모습을 하고 있어도 그가 자신의 심장을 뛰게 하는 이라는 것이었다.

"이제 아프지 않습니다. 별로 데지도 않았습니다."

"이제부터 차는 마시지 않을 테니 가져올 필요 없다."

"예? 하지만 봉래화차는 신들께서 꼭 드시는 것이라 비사 님이 말씀해 주셨는데요?"

"아무 차도 들이지 말라 했다. 분명."

절대 하지 말라는 듯 엄한 얼굴을 하고 나오를 바라보던 청제가 자신을 바라보는 그녀의 시선에 급히 고개를 돌렸다.

반짝반짝 빛을 담고 자신을 보는 그 동그란 눈을 보자 또다시 심장이 터질듯 뛰어 대기 시작했기 때문이다. 그녀의 심장에 있는 여의주가 심술을 부리는 것일까. 스스로도 구분할 수 없었다. 그녀에게 속수무책으로 빠져드는 이 감정이 여의주 때문인지 아니면 스스로의 마음 때문인지. 하지만 세상에 존재하고서 처음 느끼는 감정이기에 포기할 수 없었다.

"저는, 이제 나가 보겠습니다."

고개는 돌린 채 여전히 자신의 손을 잡고 있는 청제의 모습을 잠시 바라보던 나오가 살며시 손을 빼며 자리에서 일어났다.

"누구 맘대로?"

막 일어서려는 나오의 손을 청제가 잡아챘다. 단단한 손이 잡은 곳이 하필이면 조금 전 뜨거운 찻물에 덴 곳이기에 나오의 입에서 약한 신음이 새어 나온 것은 그때였다.

"아!"

아파서 몸을 움츠리는 나오의 모습에 놀란 청제가 급히 손을 떼며 뒤로 물러섰다.

공간이 서늘하게 내려앉는 느낌에 나오가 천천히 시선을 들어 올려 눈앞에 서 있는 사내를 올려다보았다. 그늘이 짙게 드리운 푸른 눈동자가 아프게 자신을 내려다보고 있다가 올려다보는 자신의 시선에 급히 돌려졌다. 지그시 악문 그의 입술이 보였다. 저리 물면 금방 핏물이 흐를 것 같아 보였다.

그래서였다. 급히 그에게 다가가 입술에 손가락을 가져다 댄 것은.

갑작스럽게 자신에게로 다가와 악물고 있는 입술을 보드라운 손가락으로 가만히 쓸어 내는 나오의 움직임에 청제가 온몸이 마비된 듯 꼼짝도 못 한 채 숨을 죽였다.

온몸에 천천히 열기가 퍼지는 것 같았다. 알 수 없는 향이 코끝으로 밀려들어 숨을 막히게 했다. 이것이 여인의 향기인지 여의주의 향기인지 분간할 수는 없었지만 자신에게 너무도 치명적이란 것은 인정하지 않을 수 없었다. 견딜 수 없는 욕망이 저 단전 아래에서부터 천천히 끓어올라 자꾸만 손끝이 움찔거렸다.

몸이 닿을 듯한 거리에 서 있는 소녀에게 닿고 싶은 심장이 내달리고 있었다. 악물고 있는 입술에 닿은 손가락이 그 지독한 욕망을 겨우겨우 참고 있는 자신을 무장해제시켜 버린 것을 나오는 모를 것이다.

청제의 푸른 눈동자에 붉은 기운이 서리는 것을 나오가 느끼던 순간, 청제의 단단한 손이 그녀의 볼에 닿았다. 그리고 그의 눈동자가 점점 가까이 다가오고 있었다.

"!"

그리 뜨거울 줄 몰랐다. 온몸 가득 언제나 푸른 바람을 안고 사는 이이

149

기에. 헌데 그의 입술은 너무도 뜨겁고 부드러웠다. 나오의 심장이 파르르 떨렸다.

얼마의 시간이 흐른 것일까. 여전히 끝나지 않은 갈증처럼 헐떡이는 감정의 파고를 지그시 누르며 청제가 천천히 나오에게서 몸을 떼었다.

"나오야."

속삭이듯 그의 붉은 입술에서 자신의 이름이 새어 나왔다. 나오가 꼭 감고 있던 눈을 천천히 들어 올렸다. 언제 눈을 감았는지는 기억나지 않는다. 그저 다가오는 그의 눈동자가 너무 고와서 그랬던 것 같다.

"무슨 일이 있어도, 어떤 상황이 와도…… 너는 내 것이다. 내게서 도망갈 생각 따위 하지 마라."

그 눈빛이 아파 보여서일까. 왜인지 모르지만 너무 아파 보여서 나오의 미간이 자신도 모르게 일그러졌다. 그리고 나오가 그를 향해 고개를 크게 끄덕였다.

"예. 청제님."

"내 허락 없이는 그 어디도 갈 수 없다."

"안 갑니다."

미소가 너무 어여뻐서다. 네 미소가 너무 예뻐서 그런 것이다. 조금 전 겨우 억누르던 욕망을 터뜨리듯 청제의 입술이 다시 나오의 입술을 삼켰다.

지독한 뜨거움이었다. 조금 전의 열기와는 또 다르게 이해할 수 없는 갈증과 간절함이 가득 담겨 있는 입맞춤. 그렇게 온몸을 태울 듯 뜨거운 기운이 자신의 숨결 속으로 밀려 들어왔다.

무엇을 어찌해야 하는지 모르는 듯 자신의 숨결을 삼킨 채 거칠게 입안을 탐하기만 하는 청제의 움직임에 힘겨운 나오가 그의 어깨를 움켜잡았다. 단단한 근육을 잡은 손이 파르르 떨렸다.

그저 허겁지겁 입안을 탐하는 익숙지 않은 그의 움직임에도 온몸이 녹아내릴 것처럼 숨조차 제대로 쉬어지지 않고 머릿속은 하얗게 흩어져 갔다.

단단한 팔에 점점 더 힘이 들어가 온몸이 그의 품 안으로 빨려 들어간다. 이대로 자신을 으스러뜨릴 것만 같이 그의 악력은 거셌다. 더 이상 견딜 수 없어진 나오가 손끝으로 그의 가슴을 밀었다.

"아…… 미안하다."

그녀의 손짓도 느끼지 못한 채 한참을 그렇게 터질 듯 그녀를 탐하던 청제가 어느 순간 나오의 손길을 자각하고 흠칫 놀라며 뒤로 물러났다. 힘겨움에 붉게 물든 나오의 얼굴 앞에 난감함과 여전히 남은 열기를 품고 있는 청제의 아름다운 얼굴이 보였다.

어쩔 줄 몰라 하면서도 여전히 뜨거움을 담은 사내의 푸른 눈동자가 좋았다. 그 눈 안에 온전히 담긴 것이 자신이어서 더 좋았다.

"저 부서지는 줄 알았습니다."

"……."

"그런데, 좋았습니다."

자신을 밀어내는 나오의 손짓에 힘없이 고개를 떨구던 청제의 몸이 그녀의 다음 말에 굳어 버렸다. 핏기도 없이 새하얗던 그의 귀밑이 선홍색으로 발갛게 물들어 있는 것을 보며 나오가 손을 들어 올려 그의 얼굴을 받쳤다. 준수하고 아름다운 사내의 얼굴이 그녀의 손안에 갇혔다.

"저도, 청제님이 좋습니다."

"그건, 이미 고백하지 않았더냐."

"그런데, 그게 말입니다."

눈앞의 존재가 삼키고 싶게 귀엽게 느껴져 나른한 눈빛으로 바라보던 청제가 의아한 듯 미간을 좁혔다. 무엇인가 잘못한 아이처럼 시선을 맞추지 못하고 말까지 더듬는 나오의 모습 때문이었다. 그 이해할 수 없는 모습에 쿵, 청제의 심장이 떨려 왔다.

"뭐냐. 무슨 말이냐."

갑자기 차갑게 식어 가는 청제의 목소리에 나오가 울상을 지으며 그를 올려다보았다. 혹 그가 안다면 엄청나게 화를 낼까 두려움이 앞섰다.

"나오야, 너 설마…… 그걸."

입술까지 지그시 깨물며 눈을 꼭 감아 버리는 나오의 모습에 심장 안으로 차가운 검이 쑥 밀려들어 오는 듯 아찔함을 느끼며 청제가 숨을 멈췄다.

혹여 이 아이가 알아 버린 것일까. 설마? 머릿속의 모든 것이 엉키고 울려오는 순간이었다. 나오의 달뜬 목소리가 다시 들려왔다.

"예! 그때 그 고백…… 그건 사실 그 뜻이 아니었습니다!"

"……뭐?"

터질듯 요동치던 심장에 이해할 수 없는 말이 쏟아져 들어오는 순간, 청제의 서늘하던 표정에 황당함이 고였다. 발그레 물든 얼굴로 눈도 맞추지 못하며 나오가 더듬거리며 입술을 떼었다.

"그건, 그냥 선도에 취해서 이곳이 좋다고, 청제님도 건달바 님도 비사 님까지 다 너무 좋다고 말씀드린 것인데……."

"그러니까, 그때 네가 잠결에 한 말이 그런 뜻의 고백이 아니었다? 뭐 그런 말이냐?"

"……예."

"그런 네 말에 난 나도 좋아한다고 고백한 거고?"

"그러셨겠죠."

"……이!"

선홍색을 지나 이제 거의 검붉어진 사내의 얼굴에 천천히 노여움이 일 렁이기 시작했다. 붉은 얼굴에 담기는 푸른 기운이 어울리지 않았지만 분 명 사내의 온몸에는 그대로 폭사할 듯 거대한 기운이 넘실거렸다. 나오가 살짝 눈을 치뜨며 더듬거리듯 말했다.

"그게, 그때의 고백은 그런 뜻이 아니었지만, 지금의 고백은…… 정말 그런 뜻입니다. 허니."

"되었다! 어쨌든! 내가 먼저! 고백한 것 아니냐!"

"그거야……."

"하, 정말."

거칠게 고개를 젓는 움직임에 푸른 머리카락이 허공을 날렸다. 불타오르는 그의 눈이 하얗게 나오를 노려보았다.

"따라오지 마라."

'따라갈 마음도 없었습니다.'라고 대답하고 싶었지만 지금 그 말을 했다가는 저 푸른 기운에 불이라도 붙이는 것이 될 것 같아 나오가 힘껏 입술을 악물었다.

문 앞까지 거칠게 걸음을 옮긴 청제가 멈춰 선 것은 걸어가는 그의 뒷모습에 나오의 시선이 닿은 순간이었다. 하얗게 그녀를 노려보며 청제가 다시 입술을 실룩거렸다.

"따라오지 말라 했다고 정말 따라오지 않는 것이냐?"

"예?"

"됐다! 진짜 따라오지 마라! 명령이다!"

쾅! 거칠게 열린 문이 바람을 품고 금방이라도 부서질 듯 닫혀 버렸다.

"어? 청제님 어딜."

"가지 마."

거친 걸음으로 방을 나선 청제의 모습에 기다리기라도 한 듯 바로 따라 움직이려는 건달바를 비사가 잡아당겼다. 그들의 존재 따위 알아차리지 못한 듯 고개도 돌리지 않은 청제가 그대로 청룡의 모습으로 변해 허공으로 날아올랐다. 그 모습을 아쉬운 듯 바라보던 건달바가 비사를 향해 고개를 돌렸다.

"왜 저리 찬바람이 쌩쌩 부는 거냐? 아주 폭풍인데? 벌써 부부싸움인가?"

"부부싸움?"

"인간계의 부부들이 허구한 날 하는 놀이가 있더라. 매일 싸우고 또 매일 물고 빨고."

"야."

"아니, 꼭 그럴 때 사내들이 하는 모습하고 너무 똑같아서."

재미있는 구경을 하는 듯 싱글벙글거리는 건달바의 모습에 비사가 폭 한숨을 내쉬었다. 조금 전까지만 해도 청제와 나오의 관계에 대해 엄청난 걱정을 하고 있던 이가 맞는지 의심스러울 지경이었다. 돌아서면 잊어버리는 건달바의 성격이리라.

"조금 있으면 아마 나오가 나올걸? 아주 풀 죽은 얼굴로?"

재미있는 것을 기대하듯 말하며 문으로 시선을 주는 건달바의 앞에 그 말을 증명이라도 하는 듯 힘이 하나도 없는 나오가 터덜터덜 걸어 나오는 모습이 보였다. 건달바의 얼굴에 미소가 가득 찼다.

"내 말이 맞지?"

"장하다. 잘 알아서."

의기양양하게 말하는 건달바를 향해 고개를 저어 주고 비사가 나오의 곁으로 다가섰다. 동그란 눈에 살짝 불안을 담고 자신을 올려다보는 나오에게 다가서던 비사의 얼굴이 살짝 굳었다. 나오에게서 청제의 내음이 진하게 풍겨 왔기 때문이다.

"비사 님."

"그래."

"청제님 나가셨어요?"

"조금 전에 엄청 화가 나셔서 나가시던데? 무슨 일이 있었던 거냐?"

"그게, 조금 오해가 있었어요."

"오해라. 오해는 빨리 풀수록 좋으니까. 안 그래?"

놀라서 동그래지는 나오의 눈을 바라보며 비사가 부드럽게 웃어 보였다.

거센 바람에 얼굴을 감싸는 짙푸른 머리카락도, 온몸을 옥죄듯 감겨 오는 옷자락도 상관없다는 듯 긴 몸을 전각 지붕에 기대 누운 채 하늘을 올려다보고 있는 청제의 모습이 보였다.

소름이 끼치도록 차가운 비사의 품이었다. 단단하고 강한, 그리고 기분이 좋을 만큼의 따스함을 담고 있던 청제의 품과는 달라도 너무 달랐다. 황금타 전각 위로 올라선 비사가 가만히 품을 풀어내자 나오가 한 발을 떼어 급히 청제에게로 다가섰다. 그들의 기운을 느껴서일까. 하늘을 향해 있던 청제의 눈이 그녀를 향해 돌려졌다. 그 시선을 확인하는 것이 두려운 나오가 숨을 멈췄다.

"그럼 나는 간다."

아무것도 담겨 있지 않던 청제의 푸른 눈동자 안에 눈앞의 소녀가 점점 박혀 드는 것을 물끄러미 바라보던 비사가 나오의 몸을 청제 쪽으로 밀며 돌아섰다.

아무 말도, 움직임도 없이 그저 자신을 물끄러미 바라보는 청제의 모습이 낯설어 나오가 질끈 입술을 물었다.

서늘한 그 표정에서는 아무것도 읽히지 않았다. 그가 무슨 생각을 하는지 알 수 없기에 불안으로 심장이 덜컹거렸다. 이제 눈앞의 존재만 보면 심장이 요동을 치는데 그가 자신을 밀어낸다면, 화가 나 다시는 보지 않겠다 하면 어쩌나 두려움이 그녀를 온전히 삼켰다.

조금 전 뜨겁게 자신을 탐하던 것이 꼭 거짓이었던 것처럼 차디차게 식은 그의 시선에서는 거대한 힘의 권한을 가진 자라는 것이 확연하게 느껴졌다. 따스하던 시선도, 부드럽던 입맞춤도 어쩌면 꿈이 아닐까 문득 생각했다.

"헉!"

황금타의 지붕을 휘돌며 거친 바람이 지나갔다. 그 바람이 거칠게 몸을 휘감는 바람에 나오가 몸을 움츠린 순간, 청제의 시선이 그녀를 향했다. 그리고 다급하게 그의 손끝이 움직였다.

황금타 가장 높은 곳, 하늘에 닿을 듯한 곳의 거친 바람도 아무 상관 없는 듯 그의 손끝에서 뿜어져 나온 푸른 기운이 그대로 나오를 감싼 채 그에게로 인도했다. 청제의 긴 팔이 다가온 나오의 몸을 품 안으로 끌어당겼다. 자신의 등에 그의 단단한 가슴이 닿아 오자 알 수 없는 편안함이 느껴졌다. 어깨를 움츠리는 그녀를 품 안으로 더욱 깊이 끌어안은 청제가 그녀의 어깨에 얼굴을 묻었다.

"내가 먼저 너를 마음에 담았다는 것이 무척 기분 나쁜데."

"……."

"너처럼 아무것도 아닌 조그마한 청족 계집아이가 이 가슴속에 가득 차 있다는 것이 정말 화가 나는데."

"……."

"그래도 널 보면 참을 수가 없어."

"……."

"안고 싶어서."

놀라며 몸을 틀려는 나오의 몸을 움직이지 못하게 청제가 뒤에서 꼭 끌어안았다. 나오는 느낄 수 있었다. 그가 얼마나 조심스러워하는지. 자신의 가는 몸이 상할까 얼마나 두려워하며 안고 있는지. 그 느낌이 온전히 느껴져 오는 심장이 자꾸만 따스함에 물들어 갔다.

쿵, 그녀의 등을 통해 느껴지는 심장 고동에 그 순간 청제의 미간이 천천히 일그러졌다.

그녀의 심장 고동이 자신의 심장으로 치고 들어와 심장을 옥죄고 있었다. 목이 아리고 숨이 차올랐다. 머리가 지끈거리기 시작했다. 하지만 청제는 신음 한마디 흘리지 않았다. 품 안의 존재에게 그 고통을 느끼게 하고 싶지 않으니까. 한 조각의 불안도 알게 하고 싶지 않기에.

숨죽인 채 어둠 속에 서 있던 비사의 시선 안에 조용히 눈앞의 거대한 문이 열리는 모습이 또렷이 들어왔다. 그리고 그 거대한 문 사이로 힘겹게 걸어 나오는 긴 그림자가 보였다. 청제였다.

짙은 어둠이 깔린 밤이었지만 황금타를 환하게 비추는 별빛이 있기에 청제의 모습은 확연하게 그의 시야에 들어오고 있었다.

싱그러움이 가득하던 그 빛나던 푸른 눈동자 대신 힘겨움이 가득한 푸른 눈동자와 아름답게 붉던 입술이 있던 자리에 어느 날부터인가 하얗게 바랜 입술을 한 사내의 모습이 아프게 두 눈에 차올랐다.

이 한밤에 그가 어디로 향하는지 비사는 알고 있었다. 그만이 아는 일이었다. 밤이면 누가 업어 가도 모르게 깊은 잠이 들어 버리는 건달바도, 청제가 쳐 놓은 결계 때문에 밤에는 절대 깨지 못하는 나오도 모르는 그의 밤을 비사만이 알고 있었다. 밤마다 그가 청수궁에서 잠들어야 하는 이유도.

"하아……."

청수궁 그 푸른 물 안으로 스미듯 들어서는 청제의 모습을 응시하는 비사의 눈에 진한 고통이 일렁였다. 대체 언제까지 저리 버티려는 것인지 알 수가 없었다.

나오와의 시간이 길어지고, 나오를 향한 마음이 깊어지면 질수록 그의 몸에서는 문제가 생기고 있었다.

청제에 대한 나오의 마음이 깊어지기에 나오의 여의주는 점점 강해지는 것이고 나오에 대한 청제의 마음이 또한 깊어지기에 그 여의주에 대한 반응도 더 힘겹게 나타날 수밖에 없었다.

나오와의 행복이 하루하루 늘어날수록 청제의 몸은 그만큼 고통을 이겨 내야 하고 온몸의 기가 흐트러진다. 저리 밤마다 나오의 눈을 피해 청수궁에서 밤을 지내는 일이 계속될 수 있을까.

청수궁이 언제까지 청제의 고통을 정화시켜 줄 수 있을지도 비사는 두려웠다.

약하게 결계가 쳐져 있었지만 청제의 전각 안으로 들어서는 것은 문제가 되지 않았다. 그의 결계는 나오를 느끼기 위해서이기에 비사를 막을 필요는 없을 테니까. 문을 조용히 닫고 고개를 돌린 비사가 헉, 터져 나오는 숨을 삼키며 입을 막았다.

온 방 안 가득 널려 있는 낡은 서책들과 비책이 적힌 두루마리들로 방 안은 발을 디딜 곳도 없었다. 아프게 일그러진 눈으로 방을 둘러보다 자신의 발끝에 걸리는 두꺼운 두루마리를 들어 올린 비사의 눈에 낯익은 글자가 들어왔다.

'여의주.'

그가 밤마다 찾고 있는 것이 이것이리라. 청족인 나오의 심장에 박혀 있는 백족의 보물인 여의주를 어찌 나오의 심장에서 빼내야 하는지, 어떻게 해야 나오가 다치지 않고 그 심장의 여의주를 빼낼 수 있는지 그 방법을 찾느라 청제는 매일 밤 이렇게 밤을 새우고 있는 것이다.

이렇게 밤을 새우고는 또 아침이면 아무 일도 없었다는 듯 나오를 향해 웃어 주고 나오와의 시간을 보낸다. 이 수많은 서책들과 두루마리들도 그녀의 눈에 띄지 않는 곳에 꽁꽁 숨겨 둔 채.

주인이 없는 텅 빈 청제의 방에 홀로 선 비사의 눈이 그 방처럼 텅 비어 있었다.

"와, 그때는 초록 일색이더니 이젠 꽃들이 만개해서 홍색의 언덕이에요."

꽃차를 만들고 싶다며 이곳으로 오자 조르는 나오의 응석에 나선 길이었다. 언제나처럼 바람의 언덕에는 진한 바람이 가득했다. 그 바람에 흩날리는 꽃잎들과 향기가 코끝을 찡하게 할 정도였다.

"황금타의 정원에도 꽃들은 천지인데 왜 꼭 이곳의 꽃이어야 하는 거야?"

즐거운 듯 나비처럼 팔랑거리며 꽃잎을 모으기 시작하는 나오의 움직임을 응시하며 청제가 물었다. 꽃잎 따위 관심도 없는 듯 나무 밑에 누운 그의 시선은 한순간도 나오에게서 떨어지지 않았다.

"꽃잎은 바람과 햇볕을 많이 받아야 향이 짙어진다고 할아버지가 언제나 말씀해 주셨거든요. 이곳의 꽃이 가장 좋은 재료라 하셨어요."

"하로가 그렇게 말했다면 그런 거네."

아득한 눈으로 청제가 하늘을 올려다보았다.

이제 낮 동안에도 힘겨움을 숨기는 게 점점 힘들어지고 있었다. 여의주에 대한 수십만 년 동안의 모든 기록을 살피고 청조들을 세상 곳곳으로 보내 알아보고 있지만 그 어디에서도 그가 원하는 해답은 나타나지 않았다.

나오가 모르게 하려니 밤 외에는 시간도 없었다. 자료를 찾고 힘겨운 몸을 청수궁에 누이는 날이 늘어 갔다. 헌데 그를 더 힘들게 하는 것은 힘겨움보다 조바심이었다.

꽃나무에서 싱싱한 꽃잎들을 하나하나 따던 나오가 그를 돌아보며 함박웃음을 웃었다. 그 웃음이 너무도 고와서 이 언덕을 온통 채우고 있는 빛조차 사그러드는 것 같았다.

여의주의 기운 때문일까. 나오는 하루하루 숨 막히게 아름다워지고 있었다. 그리고 그 모습에 청제의 심장에는 또 통증이 왔다.

그녀의 존재가 심장을 조금씩 더 채워 올 때마다 심장의 고통도 조금씩 늘어 가고 있었다. 우습게도 사랑과 고통이 함께 커져 갔다.

조그마한 목소리로 노래까지 읊조리며 꽃잎을 하나하나 따던 나오가 어느 순간 천천히 고개를 돌렸다. 나무 밑에 누운 그는 잠이 든 듯 미동도 없었다.

이제껏 소중한 듯 들고 있던 바구니를 상관없다는 듯 무심하게 내려놓은 나오의 걸음이 그에게로 다가섰다.

환한 햇볕 아래 창백한 얼굴에 드리운 짙은 어둠이 그녀의 시야를 잡았다. 긴 속눈썹 아래 드리운 그늘이 또 조금 짙어졌고 붉은 기운이 사라진 입술은 만지면 바삭거리며 찢어질 듯 말라 있었다.

숨소리조차 제대로 내쉬지 못하고 잠든 그의 옆에 나오가 조그맣게 몸을 말고 앉았다. 아무것도 담겨 있지 않은 나오의 텅 빈 시선이 그만을 담고 있었다.

선택

"내일은 뭐 할까?"

찻잔에 차를 따르는 나오를 진한 미소로 바라보며 청제가 경쾌하게 물었다. 그의 붉은 입술이 진하게 미소를 담고 있는 모습은 언제나처럼 아름다웠다.

그런 그를 미소로 바라보며 나오가 대답을 하지 않자 청제가 나오의 손목을 잡고 자신의 품 안으로 그녀를 당겨 안았다. 품 안에 그녀를 안은 청제가 향기를 탐하려는 듯 나오의 목덜미에 얼굴을 묻는 모습을 바라보는 비사의 눈이 차갑게 식어 내렸다.

이제 나오가 곁에 있기만 해도 비사도 느껴질 만큼 여의주의 향은 진해져 있었다. 그만큼 청제에게 닿는 독도 강해진 것이리라. 찻잔을 내려놓으며 비사가 그들의 모습을 물끄러미 바라보며 말했다.

"내일은 청조들이 돌아오는 날입니다. 알고 계시지요?"

꼭 잠긴 비사의 목소리에 청제의 미간이 거칠게 일그러졌다. 서리서리 차가움을 담은 청제의 눈이 비사를 죽일 듯 노려보았지만 비사는 상관없다는 듯 무심한 표정으로 자신의 앞에 놓인 찻잔을 다시 들어 올렸다.

"이런. 재미없는 일을 해야 한다는 거네."

슬쩍 나오를 살피며 청제가 장난스럽게 말을 토해 냈다. 그리고 나오를 품 안에서 풀어낸 청제가 천천히 몸을 일으켰다. 아주 약하게 떨리고 있는 청제의 몸을 알아챈 비사가 서둘러 몸을 일으켰지만 비사를 돌아본 청제가 아무도 모르게 고개를 저었다.

"얼른 그 재미없는 일 끝내 놓고 우리 놀러 갈까?"

장난스러운 표정으로 묻는 청제를 향해 나오가 연한 미소를 지으며 고개를 끄덕였다. 고운 미소를 머금은 얼굴을 응시하던 청제가 그녀의 얼굴을 조심히 잡고 가만히 입술을 가져다 댔다.

눈물 나도록 따스한 그 감촉에 나오가 살며시 입술을 악물었다. 따스한 감촉이 천천히 멀어져 갔다.

"그럼, 오늘은 일찍 쉬자."

따스한 미소로 그녀를 바라보던 그가 그대로 몸을 돌렸을 때였다.

"오늘 밤도 몰래 청수궁에 가시겠죠?"

"!"

아무 감정도 담기지 않은 듯 차갑게 서걱거리는 나오의 목소리가 공간을 울렸다. 그 말에 청제의 얼굴이 천천히 그녀를 향해 돌려졌다.

조금 전 청제를 향해 지어 주던 미소가 거짓말처럼 사라진 나오의 얼굴이 일그러지고 있었다. 놀란 눈으로 자신을 바라보는 청제를 향해 입술 끝을 파르르 떨며 나오가 힘겹게 웃었다. 그 아픈 웃음이 그대로 청제의 심장으로 벼락이 되어 내리꽂혔다.

"흠뻑 젖은 욕의는 아무도 몰래 숨기셔야 할 거고요."

비사와 건달바의 얼굴도 나오를 향했다. 그들의 얼굴에 경악이 어렸다.

"매일 밤, 수많은 서책과 두루마리들을 찾고, 제가 알지 못하게 또다시 제자리에 돌려놓으시길 반복하시겠죠."

"나오야."

"파란 입술도! 붉은 기가 가시지 않는 눈동자도 다 결계로 가리실 거고요! 눈 먼 저는 보지 못하니까요!"

비명처럼 나오의 목소리가 거칠게 터져 나왔다. 나오의 두 눈에 천천히 물기가 어려 오고 있었다.

"대체 왜 그러시는 건데요? 왜 저 몰래 밤마다 청수궁에 들어가시는 거냐고요. 왜, 서책이나 두루마리들을 안 보신 척하는 건데요? 왜! 몸이 좋지 않으신 것도 보여 주지 않으시는 건데요!"

울음 섞인 나오의 목소리가 아프게 터져 나왔다. 청제의 얼굴에 천천히 낭패감이 고여 왔다.

"무슨 일이 있는 건지 알고 싶어서 아무리 버텨 보려 해도 밤만 되면 저는 죽은 듯 잠들어요. 제게, 결계를 쳐 놓으신 거죠? 제가 밤에 절대 깨지 못하도록. 그렇죠?"

"나오야. 그건."

그녀에게로 한 손을 내밀며 다가서는 청제에게서 나오가 물러섰다. 허공에 닿은 그의 손길이 아프게 움켜쥐어졌다.

"저에게 하는 모든 것들이 다 거짓인 건가요? 혹여 더 이상 제가 곁에 있는 것이 싫어지신 건가요? 해서 제가 청제님 삶에 끼어드는 것이 싫어 그러시는 거라면, 말해 주세요."

파르르 떨리는 나오의 입술에서 거친 숨이 터져 나왔다.

"무섭단 말이에요. 이해할 수 없는 조각들을 잡고 그 조각들이 의미하는 것들이 무엇인지 모르는 두려움 속에선 하루도 더 살 수 없어요. 그러니까…… 말해 주세요. 왜, 대체 왜! 밤마다 제가 깨면 안 되는지! 왜 청제님의 기운이 하루하루 약해지고 있는지."

"나오야."

어쩔 줄 몰라 하며 나오에게 다가서려는 건달바를 비사가 붙잡았다. 그런 비사와 건달바에게는 시선도 주지 않은 나오가 청제를 향해 마지막 말을 뱉어 냈다.

"돕고 싶어요. 제가 곁에서 함께할게요. 그러니까 제발."

나오의 눈에서 눈물이 주룩 흘러내렸다.

"너는 도울 수 없다."

"비사!"

서릿발처럼 차갑게 새어 나오는 비사의 한마디에 청제의 비명 같은 부름이 함께했다. 투명한 물기가 가득한 나오의 눈이 놀란 듯 비사를 향해 돌려졌다. 그 붉은 눈이 너무 차가워서 소름이 끼쳤다. 한 번도 본 적 없는 차가운 시선으로 나오를 응시하는 비사의 곁에 선 건달바의 얼굴도 끔찍하게 일그러져 갔다.

차가운 시선을 청제에게로 돌린 비사가 낮게 잠긴 목소리로 천천히 입을 열었다.

"이미 아시지 않습니까. 어차피 이대로는 안 된다는 것을."

"그만, 해라."

"아니요. 더는 기다릴 수 없습니다. 지금 이 자리에서 저를 소멸시키신다 해도 저는 말해야겠습니다."

"그만하라 했다!"

그 순간이었다. 허공이 깨지듯 날카로운 비명처럼 고함을 지르던 청제가 울컥 피를 토해 낸 것은. 붉은 선혈이 그의 입술에서 쏟아져 나왔다.

"청제님!"

놀라 청제에게로 달려가려는 나오의 앞을 비사가 막아선 것은 그때였다. 이해할 수 없다는 듯 아프게 일그러진 나오의 시선이 자신의 앞을 막는 비사의 모습을 올려다보았다.

비사의 눈짓에 건달바가 급히 청제의 몸을 부축했다. 붉은 핏물을 머금은 채 비사를 향해 움직이려던 청제의 몸이 또다시 휘청거렸다. 그의 입에서 붉은 피가 계속 흘러내렸다.

"비사 님. 왜 이러시는 거예요? 왜."

"네가, 청제님의 독이다."

"비사! 으윽!"

주룩, 바닥으로 미끄러져 내리는 청제의 모습과 파랗게 질린 채 울지도 못하고 자신을 응시하고 있는 나오를 보는 비사의 눈에 천천히 붉은 물기가 차올랐다.

"그러니까…… 제 심장에 여의주가 있다고요?"

덜덜 떨리는 손끝으로 심장을 가리키며 처연하게 묻는 나오의 물음에 비사가 약하게 고개를 끄덕였다. 픽, 나오의 입가가 진하게 비틀렸다.

"거짓말."

"거짓말이면…… 좋겠다."

"어떻게 그럴 수가 있어요? 난 청족인데, 일개 청족인 내 심장에 대체 어떻게 백제의 보물인 여의주가 있단 말이에요! 그게 말이 돼요?"

"어떻게 된 일인지는 아무도 모르지만 네 심장의 여의주를 우리 모두가 봤다."

"……."

그녀가 숨을 쉬지 못하는 듯 몸을 움츠렸다.

"그 여의주의 기운은 청제님껜 지독한 독이다."

"비사, 그만."

건달바에게 기대 있던 청제가 천천히 몸을 일으키며 비사를 향해 손을 들어 올렸다. 힘겹게 일어서는 그에게로 나오의 아픈 시선이 닿았다.

이제 더 이상 힘겨운 모습을 감출 여력도 되지 않는지 청제의 새파란 입술은 파르르 떨리고 있었다. 그런 모습으로 청제가 일어섰다. 그리고 나오에게로 한 발 다가섰다.

"오지 마요."

그의 움직임에 나오가 움찔 몸을 틀며 뒤로 물러섰다. 힘겹게 그녀에게 다가서던 청제가 나오의 움직임에 그 자리에서 더 이상 움직이지 못한 채 입술을 악물었다. 아프게 악문 그의 푸른 입술 끝에는 여전히 핏물이 흥건했다.

"이리 와."

그가 팔을 벌렸다. 언제나처럼. 이렇게 그가 품을 열면 나오는 달려와 그의 품에 자신의 몸을 파묻었었다. 조그마한 새처럼 파닥거리며 그의 품으로 뛰어들었었다. 그녀는 언제나 그랬었다.

"오지 마요. 제발."

자꾸만 다가서는 그에게서 또 한 발 물러서며 나오가 입술을 악물고 도리질을 쳤다. 그런 그녀를 잠시 바라보던 그의 손끝에서 푸른 기운이 흘러나온 것은 그때였다.

도망치려는 그녀의 몸을 푸른 기운이 감싸고 그에게로 그녀를 안내했다. 몸부림치는 그녀의 몸이 그의 품 안으로 파묻혔다.

"청제님! 제발."

단단한 팔로 자신을 끌어안는 청제의 품에서 그녀가 발버둥을 쳤지만 청제의 팔은 꼼짝도 하지 않았다. 그런 그의 가슴을 온 힘을 다해 밀었지만 그가 움직이지 않자 그녀가 그대로 그의 팔을 물어뜯었다. 절박함이 담긴 나오의 행동에 청제의 얼굴이 아프게 일그러졌지만 그래도 청제는 꼼짝도 하지 않았다.

"제발요. 제발…… 나를 놔요."

"아니."

울음을 터뜨리며 울부짖는 나오를 더욱 깊이 안은 청제가 그녀의 목덜미에 자신을 묻었다. 그의 핏물이 그녀의 새하얀 목을 물들였다.

"잊었느냐. 내 허락 없이 너는 어디도 갈 수 없다는 것을."

166

"흑, 흐읙!"

더 이상 발버둥도 치지 못한 나오가 절규하듯 그의 품 안에서 울음을 터뜨렸다. 온몸을 격하게 떨며 금방이라도 실신할 듯 울어 대는 나오를 꼭 끌어안은 채 청제는 움직이지 않았다. 울컥, 울컥 그의 입에서 흘러내리는 짙은 핏물이 나오의 고운 옷을 붉게 물들였다.

너무 울어서일까, 거의 기절하듯 늘어진 나오를 계속 품에 안고 있던 청제가 힘겨운 눈동자를 들어 건달바를 불렀다.

"데려가 줘."

"예. 청제님."

"결계를 쳐 놓았으니 아침까지 깨진 않을 거다."

건달바가 조심스러운 몸짓으로 청제의 팔에서 나오를 건네받았다. 온몸이 부서지는 듯한 고통을 느끼면서도 이제껏 안고 있던 것도 모자란 것인지 건달바의 품에 나오를 건네는 청제의 눈은 아쉬움이 가득했다.

건달바가 나오를 안고 멀어지고 있음에도 청제의 시선이 그녀에게 닿아 떨어지지 못했다. 건달바의 커다란 품에 안긴 나오의 몸 중에 보이는 부분은 축 늘어진 손이 전부였는데도.

그 손끝에 머물러 떨어지지 못하는 청제의 시선을 보며 비사가 청제의 곁으로 다가섰다. 짙은 피 내음이 뭉클 느껴졌다.

"청수궁에 가셔야 합니다."

"결계 먼저 치고."

힘겨운 숨을 겨우 내쉬며 청제가 손을 들어 올렸다.

"무슨 말씀이십니까. 무슨 결계를."

걷기도 어려워 보이는 이가 갑자기 결계를 쳐야 한다며 힘겹게 일어서는 모습에 비사가 놀라 그를 바라보았다. 입가에 말라붙은 핏물을 거칠게 손등으로 닦아 낸 청제가 기를 모으기 위해 눈을 감고 정자세를 취했다.

그의 온몸에서 천천히 푸른 기운이 흘러나와 주변을 물들이기 시작했다. 푸른 입술이 새하얗게 바래고 눈꺼풀까지 파르르 떨리는데도 청제는 그만두지 않았다. 새하얀 미간이 일그러지는 순간 또 울컥, 핏물이 그의 입술 끝으로 흘러내렸다.

천근처럼 힘겹게 청제가 눈꺼풀을 들어 올리고 나서야 비사는 결계가 완성되었음을 느낄 수 있었다. 평상시의 청제라면 손짓 몇 번으로 끝냈을 일이었다.

"무슨 결계입니까."

"나오가, 이곳을 벗어나지 못하게 해야 하니까."

"……."

"도망치려 할 거다."

입술을 짓씹으며 청제가 내뱉는 말에 비사가 깊은 한숨을 토해 냈다. 그럴 것임은 비사도 느낄 수 있었다.

"어쩌시려는 것입니까."

"……."

"청제께서 버티시지 못하면 어차피 나오도 지키실 수 없습니다."

"버틸 거다."

"이미 한계에 다다르셨다는 것은 누구보다 잘 아시지 않습니까."

청제의 붉은 기운이 어린 힘겨운 눈동자가 비사를 바라보았다. 그 눈에 담긴 처연함이 아팠다.

"조금만 더, 버티게 도와 다오. 조금이면 된다."

"계획이 있으십니까."

"……."

무슨 생각을 하는 것인지는 모르지만 그는 무엇인가를 결심한 듯 보였다. 그 결심이 무엇이든 청제는 대가를 치러야 할 것이다. 그래서 그의 선택이 두려운 비사였다.

평상시와 다름없는 아침이었다. 심장 속까지 가득 채워 오는 황금타의 푸른 기운이 온몸으로 느껴지고 찬란한 아침 햇살이 창을 통해 온몸을 감싸며 들어왔다. 그렇게 또 아침이 왔음을 자각하며 나오가 멍하게 천장을 올려다보았다.

아름다운 청룡의 조각이 새겨진 새하얀 천장도 어제와 같았다. 한숨이 나올 만큼 아름다운 그 공간들은 그 무엇도 다르지 않은데, 그 공간은 이제 나오에게 조금도 아름답게 느껴지지 않았다.

꿈이면 좋을 텐데. 하지만 의식이 돌아오는 순간부터 코끝으로 진하게 스며드는 낯선 내음이 잠이 들기 전의 모든 것이 꿈이 아니라고 그녀에게 말해 주고 있었다.

천천히 몸을 일으킨 나오가 얼마 전에 건달바가 수정을 깎아 만들어 준 거울 앞에 섰다. 자신의 목덜미와 어깨에 짙은 핏물이 말라붙어 있는 것이 확연하게 보였다. 온몸에 되살아나는 그 순간이 끔찍해 나오가 이를 악물었다. 그리 울었는데도 또 눈에 물기가 차올랐다.

얼마나 많이 그의 품을 파고들었는지 모른다. 너무도 따듯하고 좋아서. 그가 넓은 품을 열어 줄 때마다 코를 박고 푸른 내음에 취하고 그의 마음에 빠져들었었다. 그가 겪었을 고통을 어떻게 그리 몰랐던 것일까.

자신이 모르게 밤마다 청수 안에서 잠을 자고, 밤새 여의주를 없앨 방법을 찾느라 비책들을 찾으면서 그는 자신이 모르길 바랐던 것이다. 황금타 안에서는 그가 만든 결계로 힘겨워지는 자신의 모습을 온전히 가릴 수 있었을 테니까.

흘러내리는 눈물을 거칠게 닦아 낸 나오가 그의 피로 얼룩진 옷을 벗고 새 옷으로 갈아입었다. 그리고 그 피로 얼룩진 옷을 조심히 품에 안았다.

"건달바 님."

비사의 독촉으로 아침 내내 나오의 뒤를 졸졸 숨어 따르던 건달바가 무심한 듯 자신을 부르는 나오의 목소리에 깜짝 놀라며 벽 뒤에 숨어 있던 몸을 움직였다.

손에 청제의 아침을 들고 선 나오가 그를 보며 무심히 웃었다. 그 웃음이 서러워 건달바의 얼굴이 일그러졌다.

"이거, 청제님께 좀 가져다주세요."

"왜 네가 매일 하던 걸…… 아."

"부탁드릴게요."

"……그래."

"감사해요."

목이 메어 말이 잘 나오지 않아 얼굴을 있는 대로 찡그리며 건달바가 나오가 내미는 것을 받아 들었다. 정갈하게 준비된 청제의 아침. 얼마나 세세하게 신경을 쓰고 정성을 기울였는지가 단번에 느껴져 왔다.

"젠장."

몸을 돌리는 건달바의 입에서 억눌린 욕지기가 새어 나왔다.

맑은 선홍색 빛을 뿜어내며 흔들리고 있는 은초롱 꽃봉오리를 가만히 들어 올리던 비사가 깊게 한숨을 토해 내며 그것을 다시 제자리로 돌려놓았다.

며칠 사이 싹 달아난 입맛 때문인지 아무것도 먹고 싶지가 않았다. 정기를 보고 허기가 지지 않는 것은 그가 존재하고서 처음 있는 일이었다. 어젯밤의 일을 생각만 해도 온몸이 찌릿할 만큼 아프고 힘겨웠다.

"하…… 어떻게 해야 하는 거냐. 대체."

긴 한숨을 토해 내며 등을 기대려던 비사의 고개가 거칠게 돌려진 것은 그때였다. 그의 손길에 열린 붉은 기운 안으로 그의 몸이 그대로 스며들었다.

"나오야!"

170

붉은 기운에 감싸였던 비사가 그대로 튕기듯 달려 나가며 결계를 거칠게 두드리고 있는 나오를 뒤쪽에서 끌어당겼다. 궁 전체를 감싼 청제의 결계를 나오의 주먹이 내리칠 때마다 결계가 응응거리며 바람 소리를 냈다. 그 바람 소리가 울음소리처럼 궁 전체를 울리고 있었다.

"나가게 해 주세요!"

이미 붉어질 대로 붉어진 눈을 돌린 나오가 비사를 향해 날카롭게 소리쳤다. 하얗게 바랜 얼굴, 붉은 기운 때문에 푸른 기운은 거의 보이지도 않는 동그란 눈동자와 파랗게 질려 있는 입술이 그가 아는 나오가 아닌 것처럼 보일 지경이었다.

헝클어진 머리와 제대로 여며 입지도 못한 옷차림을 한 그녀가 그의 품에서 거칠게 요동을 쳤다. 자신을 때리는 나오의 몸을 비사가 꼭 부둥켜안았다.

"제발요. 제발 저를 나가게 해 주세요. 비사 님."

"그만. 그만해라."

비사가 그녀의 등을 다독이며 품 안으로 더욱 깊이 끌어안으려고 하자 나오가 거칠게 비사를 밀며 그에게서 벗어났다. 결계의 울림을 느꼈는지 허겁지겁 달려온 건달바가 다가서지도 못한 채 놀란 눈으로 그런 두 사람을 응시하고 있었다.

붉게 물든 눈으로 나오가 자신의 앞을 막아선 비사를 죽일 듯 노려보았다. 동그란 눈이 핏빛으로 가득했다.

"안 나가면요? 제가 안 나가면…… 어떻게 되는지 아시잖아요."

"……"

피를 쏟아 낼 듯 나오의 입술이 파르르 떨렸다. 그 작은 몸의 기운 전부를 쏟아 내듯 꼭 움켜쥔 그녀의 주먹이 그녀 자신의 가슴을 거칠게 두드리기 시작했다.

"이게! 이 빌어먹을 게 청제님을 다치게 한다면서요!"

"나오야!"

놀라 달려드는 건달바를 향해 나오가 손을 들어 올렸다. 파들파들 떨리는 그 가는 손이 다가오지 말라고 외치는 것 같아 다가서던 건달바가 움찔 몸을 움츠렸다.

"비사 님, 비사 님은 하실 수 있죠?"

자신의 가슴을 거세게 내리치던 나오가 돌연 비사의 소맷자락을 움켜잡았다. 난감한 얼굴의 비사가 아프게 자신을 끌어당기는 나오의 손길에 속수무책으로 흔들렸다.

"제 가슴에 그 여의주라는 거, 그거 좀 빼 주세요. 아파도 좋아요. 죽지만 않으면 어떤 고통도 견딜 수 있어요. 그러니까, 그러니까 비사 님 이것 좀 빼 주세요. 저 청제님 곁에 있고 싶어요. 그분 곁에 매일매일 있고 싶어요. 그분 안아 드리고 싶고, 그분 품에 안기고 싶어요. 그러니까, 그러니까 이것 좀 제발, 이것 좀 꺼내 주세요. 예?"

바들바들 떨면서 뱉어 내는 나오의 말에 비사의 눈에 붉은 물기가 천천히 어리기 시작했다. 이미 훌쩍이기 시작한 건달바의 으르렁거리는 듯한 울음소리도 들렸다.

"나오야."

"안 돼요? 청제님도 못 하시니까 비사 님도 못 하시는 건가요? 아무도 못 한대요? 제가 죽지 않으면 누구도 못 뺀대요?"

이제 눈물도 마른 모양이었다. 바삭하게 마른 눈으로 나오가 묻고 또 물었다. 대답해 줄 말이 없는 비사가 붉은 입술을 악물었다. 피 맛이 희미하게 느껴졌다.

"조금만 기다리면, 그러면 청제님이 방법을 찾으실 수 있다. 분명 찾으실 거다. 그러니까 나오야. 조금만, 응? 조금만."

"손도 닿으면 안 되는 거잖아요. 곁에 있기만 해도 안 되는 거죠? 제가 청제님의 독이니까. 저 때문에 그렇게 아프시고 저 때문에 그렇게 힘드신 거잖아요. 그렇죠?"

"그건……."

"제가, 죽어야 끝나는 거군요."

나직하게, 이제까지 울부짖음이 꼭 거짓인 것처럼 나오가 속삭이듯 말했다.

비사의 소매를 붙잡고 있던 나오의 손이 천천히 떨어져 나갔다. 그리고 몸을 일으킨 나오가 천천히 걷기 시작했다. 꼭 혼이 빠져 버린 인형처럼 그렇게 아무 흔들림도, 아무 감각도 없는 것처럼 그녀가 걸었다.

"으윽!"

벽에 기대서 있던 청제가 이를 악물며 손등으로 입을 가렸다. 미어져 나오는 신음과 같은 울음소리를 삼키느라 그의 목울대가 거칠게 움직였다.

'저 청제님 곁에 있고 싶어요. 그분 곁에 매일매일 있고 싶어요. 그분 안아 드리고 싶고, 그분 품에 안기고 싶어요. 그러니까, 그러니까 이것 좀 제발, 이것 좀 꺼내 주세요.'

그녀의 그 고백이 심장에 박혀 들었다. 안 그래도 조각조각 아려 오는 심장이 붉은 핏물을 울컥울컥 쏟아 내는 듯 아려 왔다.

하지만…… 행복했다. 고통이 큰 만큼 그녀의 그 말들이 그를 살리고 있음을 그녀는 모를 것이다.

독을 이겨 내는 것은 그보다 더 진한 독이다. 지금 나오의 여의주가 뿜어내는 지독한 붉은 독을 청제가 견딜 수 있는 것은 그 여의주의 독보다 더 진한 자신의 마음과 나오의 마음 때문일 것이다. 이 지독한 마음이 그 독을 정화시켜 주고 있을 테니까.

"하아, 하아."

그녀의 기척을 느끼고 놀라 그대로 청수궁에서 이곳으로 움직인 몸이 부들부들 떨려 왔다. 절규하는 그녀 앞에 맨 정신으로 나설 자신이 없어 벽 뒤에 숨어 견디고 있었다. 그대로 달려 나가 나오를 끌어안을 것만 같아서. 그것을 참느라 움켜쥔 주먹엔 파고든 손톱 때문에 붉은 흔적이 맺혀 있었다.

언제나처럼 짙은 바람의 내음이 처음 그녀를 맞이했다. 그와 함께 이곳에 오를 때면 그랬던 것처럼. 그에게서 풍겨 오는 바람의 내음이 가장 좋지만 이곳에 서면 느껴지는 동방의 숲을 지나온 바람의 내음도 그녀는 언제나 좋아했었다.

황금타의 가장 높은 곳. 언제나 그의 품에 안겨 올랐던 곳에 지금 나오 혼자 서 있었다. 까마득히 내려다보이는 아래가 천 길처럼 느껴졌다.

거대한 황금타의 천궁 꼭대기에 올라서서도 언제나 그 때문에 한 번도 두려움 따위 느껴 본 적이 없었는데 혼자 오른 천궁의 가장 높은 곳은 다리가 떨려 올 만큼 엄청난 높이를 지니고 있었다.

나오가 살짝 몸을 숙이고 아래를 내려다보았다. 아름다운 황금타의 정원 안 아름다운 꽃들과 나무들이 빼곡히 숨 쉬고 있는 그 공간이 숨 막히게 아름다웠다. 그래서 생각했다. 저 안이라면 그리 나쁘지 않을 것 같다고.

망설임도 담지 않은 나오의 발이 허공으로 향하던 순간이었다.

"나오야."

나오의 온몸이 그 자리에 굳은 듯 멈춰졌다. 이 순간 절대 들리지 말아야 할 목소리에 간신히 짜낸 용기가 허공으로 흩어져 간다. 그렇게 떠나가려는 용기의 끝자락이라도 붙잡고 싶은 듯 나오가 질끈 눈을 감았다.

"이리 와."

또 들려왔다. 그 목소리를 듣고 싶어서, 그 목소리를 내는 이의 얼굴을 보고 싶은 간절한 마음이 겨우 움켜쥐고 있는 용기를 밀어내고 나오의 눈을 들어 올리게 했다. 그녀의 시선이 천천히 뒤쪽을 향했다.

"나한테 와."

너무도 그리운 이의 모습에 나오의 눈에 천천히 물기가 차오르기 시작했다. 저렇게 눈앞에 있는데도 너무 보고 싶어서, 너무 그리워서 눈물이 났다.

청제가 품을 열어 그녀를 불렀다. 긴 팔을 벌리고 그녀를 보며 웃는다. 아름다운 푸른 눈동자에 가득한 물기가 햇빛에 반짝이고 애써 미소 짓는 그의 입술이 아프게 떨리고 있었다.

너무도 아름다운 그 모습을 두 눈 가득 담으며 나오가 천천히 고개를 저었다. 그녀의 움직임에 동그란 볼을 타고 눈물이 주르륵 흘러내렸다.

"아프게 하기 싫어요."

"아프지 않아."

"청제님은 그러면 안 되는 거잖아요. 나 같은 거 때문에 그러면 안 되는 신이라고요. 그러니까 나 같은 거 버려요. 다 잊어버려요. 네? 아무것도 아닌 나 같은 거 버리고, 신으로 살라고요!"

"신 따위 필요 없어."

짓씹듯 뱉어 내는 그의 말이 피 내음을 먹고 공간으로 퍼져 갔다.

"너를 버리고 살라고? 너를 버리고 다시 아무것도 느껴지지 않는 그 무의미한 시간을 살란 말이냐? 아니, 싫다. 그런 수십만 년의 시간보다 고통과 함께하는 너와의 하루를 원해."

"청제님!"

그의 푸른 입가가 비틀렸다. 하얗게 바랜 볼을 타고 흐르던 눈물이 마른자리에 진득한 비소가 어렸다.

"아프니까, 내가 살아 있음을 느낀다. 너무 힘든데…… 그래서 살고 싶어진다. 아프지도 힘들지도 않았던 그 시간 동안 난 진정으로 살아 있었던 것이 아니니까."

"……."

"너무 아픈데, 그래서 더 너와 살고 싶다. 어떻게 해서든 너와 함께 있고 싶어. 무슨 짓을 해서든 너와 함께할 거니까. 그러니까 나오야. 날 버리지 마. 내가 살 수 있게, 내가 숨 쉴 수 있게 날…… 버리지 마라. 제발."

한 발 한 발 다가오는 그에게서 따스한 바람이 느껴졌다. 그녀가 좋아하는 그의 체취가 바람을 타고 그녀의 온 감각 안으로 스며들었다. 심장이 뜨거워지고 거칠게 뛰기 시작했다. 차갑게 식어 가던 심장이 그에게로 달려가라고 말하고 있었다.

그녀가 그를 향해 한 발을 내디뎠다. 그 순간이었다. 지나가던 바람 한 자락이 그녀의 몸을 감싸 버린 것은.

"꺄악!"

청궁 꼭대기를 지나던 바람의 심술이었을까. 바람에 밀린 나오의 몸이 그대로 나풀거리며 허공으로 떨어져 내리는 순간, 단단한 품이 그녀의 몸을 끌어당겨 그 품에 안았다.

"하아, 하아."

터질듯 뛰어 대는 심장을 겨우 진정하며 꼭 감겨져 있던 눈을 뜬 나오의 시야에 단단한 청제의 가슴이 들어왔다. 너무도 익숙한 체취와 감각에 거칠게 뛰어 대던 심장이 주인을 찾은 듯 잔잔해졌다.

그제야 지금 자신이 그의 품에 안겨 있음을 확인한 나오가 놀라며 그에게서 벗어나려 몸을 틀었다.

"안 돼."

자신에게서 벗어나려는 그녀의 움직임을 미리 예상이라도 한 듯 그녀가 움직이기도 전에 그가 그녀를 안은 팔에 힘을 주었다. 그녀가 안타까운 시선으로 그를 올려다보았다.

"안 가요. 그러니까…… 저 풀어 주세요. 안는 건 하지 말아요. 그것까진 하지 말아요."

담담하려 애쓰며, 울지 않으려 이를 악물며 나오가 하는 말에 청제가 고개를 저으며 그녀를 더 깊이 품 안으로 당겼다. 나오의 얼굴이 아프게 일그러졌다.

"행복해서 그래."

"청제님."

"이런 게 인간들이 말하는 행복이라는 걸 느껴. 아프지 않다면, 거짓이겠지. 힘들지 않다면 그것도 거짓말이다. 헌데 그래도 이게 더 좋다. 아파도 힘들어도 난 너를 안고 싶어."

그의 시선이 가만히 그녀를 내려다보았다. 따스함이 번지는 푸른 눈동자는 여전히 힘겨워 보였지만 슬퍼 보이지는 않았다.

붉은 기를 담은 그의 눈이 맑게 웃으며 그녀를 내려다보고 있었다. 파란 입술 사이에서 새어 나오는 피 내음이 섞인 숨결에도 그의 입가에는 미소가 번져 왔다.

웃을 수도 울 수도 없는 나오의 얼굴이 아프게 일그러졌다.

"너를…… 연모한다."

청제의 푸른 입술이 나오의 떨리고 있는 입술을 그대로 삼켜 버렸다.

❈ ✠ ❈

방 안을 가득 메운 축축하고 진한 쇠의 내음과 독한 미향 속으로 천천히 걸어 들어간 사이가 뿌옇게 흐린 시선으로 멍하게 허공을 바라보고 있는 백제의 앞에 섰다. 지독한 단내를 풍기는 연기가 그의 머리맡에 놓인 함에서 조금씩 새어 나오고 있었다.

그 미향에 사이의 얼굴이 저절로 일그러졌다. 일각만 그 향기를 맡으면 무아지경으로 빠져든다는 미약이었다. 그렇게 미약에 취한 채 허공을 바라보고 있는 백제의 새하얀 나신 아래쪽에는 그처럼 나신인 여인 하나가 그의 하반신을 애무하고 있었다.

그쪽으로는 애써 시선을 주지 않으려 애쓰며 사이가 백제를 향해 고개를 숙이며 입을 열었다.

"편조가 돌아왔습니다. 백제님."

"또 결계 때문에 아무것도 알 수 없었다, 이런 소식이더냐."

짜증스러움을 담고 백제가 나른하게 내뱉었다.

참을성이 없는 주인은 자꾸만 길어지는 기다림을 견디지 못하고 있었다. 청제의 진한 결계로 꽁꽁 감싸여 있는 황금타의 상황을 알지 못해 그의 화가 얼마나 지독하게 커지고 있는지 잘 알고 있었다.

"결계가 더 강해졌다고 합니다."

"강해져?"

무엇을 떠올리는지 백제의 풀려 있던 눈동자가 서서히 초점을 맞추기 시작했다. 그의 회색빛 창백한 얼굴에 은은한 미소가 번져 갔다.

"그리고 홍조가 황금타로 날아들었다는 소식입니다."

"홍조라. 적제와 연락을 한다? 이거 재미있는 일이 생길 모양이구나. 큭큭. 더 견디기 어려워졌다는 말이겠지."

"그런 모양입니다."

"조금만 더 기다리면 될 모양이다."

서늘한 회색빛 입술을 환하게 끌어 올리며 웃는 백제의 얼굴에 잔인한 미소가 번졌다.

⬥ ✠ ⬥

진한 초록빛 촛대들 위로 비사의 손길이 스치자 일제히 불이 켜졌다. 하나하나의 초에서 흘러나온 푸른 연기가 공간을 천천히 물들여 가는 것을 지켜보던 비사가 침상에 앉아 있는 청제의 곁으로 다가섰다.

공간을 채워 오는 진한 숲의 정기가 그를 편하게 하는지 깊게 숨을 내쉬는 청제의 얼굴에 조금 핏기가 도는 것 같았다.

"오늘, 손님이 오실 거다."

"적제님이 오십니까."

비사의 말에 청제가 천천히 눈을 떴다. 푸른 눈동자가 맑았다.

"알고 있었던 거냐."

"홍조가 몇 번이나 오지 않았습니까."

"비사."

"예. 청제님."

"내가 적제를 믿어도 되는 걸까?"

약하게 불안을 담고 흔들리고 있는 청제의 눈동자를 마주하며 비사가 연한 미소를 지었다.

"믿지 않으신다 해도 지금은 다른 방법이 없지 않습니까."

"……."

"믿으셔도 된다고 생각합니다."

"무슨 근거로."

"선대 청제께서 적제님을 위기에서 구하신 것이 여러 번입니다."

"그건 알고 있다."

"적제님의 성격은 다혈질적이고 치밀하지 못하시지만 두 가지 마음을 먹는 짓 따위 하지 않으시는 것으로 알고 있습니다. 해서 백제를 경멸하시고 상종하는 것조차 싫어하시는 것이지요. 허니 남방에 해가 되지 않는 이상 청제님을 외면하거나 배신하는 일은 하지 않으실 것입니다."

"……."

"결심을 하신 것입니까."

이미 모든 것을 알고 있다는 듯 한 점 흔들림 없이 물어 오는 비사를 보며 청제가 천천히, 그리고 아프게 고개를 끄덕였다.

"방법은 그것뿐이니까."

희미한 웃음이 너무 아파서 비사는 마주 웃을 수가 없었다. 찾고 찾다 마지막으로 그것 이외에는 선택할 수 없는 주인에게 섣부른 위로 따위 필요 없다는 것을 알기에. 어차피 처음부터 방법이란 없었다.

아무 말도 하지 못하는 비사를 물끄러미 바라보던 청제가 허공으로 시선을 들어 올렸다. 반가움과 불안감이 함께 그의 눈동자를 가득 채웠다.

"손님이 도착하신 모양이다. 술을 준비해라. 비사."

"예."

한없이 따스한 눈길로 청제의 전각만을 응시하고 있는 나오의 모습에 땅이 꺼질듯 한숨을 내쉬던 건달바가 나오의 곁으로 조심조심 다가앉았다.

요즘의 나오는 바람에라도 날려 흩어져 버릴 것처럼 나약하고 힘겨워 보였다. 해서 혹여 거대한 자신의 움직임에 나오가 놀라기라도 할까 봐 곁으로 다가서는 것조차 조심스러운 건달바였다.

"뭐 필요하세요?"

자신에게 다가오는 건달바의 모습을 아주 잠깐 올려다본 후 나오의 시선은 다시 청제의 전각으로 향했다.

자신의 존재가 그에게 독이 된다는 것을 알게 된 후부터 나오는 청제의 전각에 들어가지 않았다. 청제의 시중은 비사와 건달바가 돌아가며 하고 있었다. 청제가 청수궁에 갈 때에만 나오는 그의 전각으로 들어가서 청소를 하고 그의 체취를 느끼는 것 같았다.

물론 청제가 그녀를 원할 때면 그녀는 거부하지 않았다. 힘들어하면서도 청제는 자주 그녀를 품에 안기를 원했고 함께 하길 원했다. 그녀는 그것을 거부하지는 않지만 그녀 스스로 그에게 다가가는 법은 없었다.

"청제님께 허락받고 도원에 갈까? 선도 남은 거 없던데? 너 좋아하잖아."

어색함이 가득가득 묻어나는 말투로 묻는 건달바를 향해 나오가 시선을 들어 올렸다.

털투성이 얼굴에 어린 표정이 얼마나 안타까움을 담고 있는지 얼마나 진한 애정을 풍기고 있는지 나오는 알 수 있었다. 다른 이들은 저 털들 때문에 그의 표정을 읽지 못할지 몰라도 나오는 알 수 있었다. 그에게서 느껴지는 진한 애정을.

그녀가 환하게 웃었다.

"저 괜찮아요. 그리고 저 궁 한순간도 비우지 않을 거예요."

"어? 왜?"

"불안해하시니까요. 그분이 불안해하시는 일은 안 해요. 전."

"힘들잖아. 계속 이렇게 지내는 거."

"괜찮아요. 그분만 괜찮으시면…… 저는 괜찮아요."

괜찮긴……. 건달바가 궁시렁거리며 깊게 한숨을 내쉬었다. 요즘은 청제보다 나오가 더 힘들어 보였다. 자신의 심장에 여의주가 있고 그것이 청제의 숨결을 조금씩 앗아 간다는 것을 안 후부터 그랬다. 그 초롱초롱하던 눈빛이 흐려지고 그 맑던 미소는 이제 존재하지 않았다.

정말 이대로 계속 시간이 지난다면 눈앞의 아이는 가루로 부서져 날려가 버릴 것만 같았다. 그렇게 나오의 요즘 모습은 안타까울 지경이었다.

"어?"

난감한 얼굴로 나오를 바라보던 건달바가 무엇인가 이상한 듯 고개를 돌렸다. 이해할 수 없는 기운이 느껴져 왔기 때문이다. 이 황금타에서 결코 느껴 본 적 없는 낯선 기운이었다.

파란 털을 곤두세운 건달바가 급하게 몸을 일으켰을 때였다.

"적제님이다."

뛰쳐나가려던 건달바를 멈춰 서게 한 것은 낮게 가라앉은 비사의 목소리였다. 막 청제의 전각에서 나오는 비사와 그 뒤의 청제가 보였다.

청제의 모습에 나오의 눈동자가 아련함을 담고 붉게 물들었다. 행복과 아픔, 이 공존할 수 없는 감정이 모두 그녀의 눈동자에서 함께 일렁이고 있었다.

청제의 모습에 천천히 일어서는 나오를 향해 청제가 손을 들어 올렸다. 자신에게 오라는 신호였다. 언제나처럼. 망설이는 나오의 모습에 청제가 다시 손끝을 내밀자 마지못한 듯 나오가 천천히 그에게로 다가섰다.

자신의 곁으로 다가서는 나오를 기다리지 못하고 청제가 그녀를 끌어 안았다. 다급한 사내의 뜨거운 숨결이 여인의 가는 목덜미에 쏟아져 내렸다.

언제나 푸른 기운으로만 가득하던 청궁 안에 날카로운 새소리와 함께 붉은빛이 거침없이 쏟아져 들어왔다. 붉은 불이 일렁이듯 거대한 불덩어리의 모습에 기함을 하며 건달바가 한 걸음 뒤로 물러섰다.

불을 품은 주작이었다. 세상을 온통 불바다로 만들 것만 같은 그것이 점점 사람의 형상으로 변하는 모습은 기이하고 특별했다.

불꽃처럼 붉은 머리, 선홍빛 붉은 눈동자, 그리고 연붉은빛을 품은 거대한 몸집까지. 그저 보는 것만으로도 그 자체가 불이란 것을 확연하게 느낄 수 있는 적제의 모습에 비사와 건달바가 급히 몸을 숙였다. 세상을 수호하는 대제들에 대한 경외심이었다.

"오셨습니까."

다급하게 자신을 향해 다가서는 적제를 향해 청제가 나직하게 인사를 건넸다. 청제를 보는 적제의 눈에 안타까움이 가득 번져 갔다.

"자네 모습이 이게, 대체."

아름답기로 오방대제들 중 으뜸이었던 청제였다. 가장 젊기도 했지만 유난히 수려한 모습과 싱그러운 기운을 풍겨 내던 이의 달라진 모습에 적제의 얼굴에 경악이 어려 있었다.

그렇게 일그러지던 적제의 시선이 청제의 품에 안겨 있는 나오를 향하자 서늘하게 식어 내렸다.

"지국천, 지금 뭐 하는 건가. 어찌 그 아이를 품에 안고 있는 게야!"

"말씀드리지 않았습니까. 절대 놓지 않을 것이라고."

"하지만! 이제 확연히 여의주의 기를 뿜어내고 있는 아이를 그리 안고 있으면 자네 기운이!"

터져 나오는 화를 주체하지 못하고 버럭버럭 고함을 치는 적제의 모습에 나오의 얼굴이 하얗게 질려 가자 그 모습에 닿은 청제의 시선이 아프게 일그러졌다.

자신을 향한 청제의 얼음처럼 차가운 눈동자에 당황한 적제가 잠시 입을 다물었다. 힘겨운 숨을 겨우 고른 청제가 비사를 바라보았다.

"비사, 술을 준비하거라. 드시지요."

차디찬 바람이 그들 사이를 유유히 스쳐 갔다. 청제에게서 흘러나오는 그 서늘한 기운에 더 이상 아무런 말도 하지 못한 채 청제의 뒤를 따르는 적제를 건달바가 험악한 얼굴로 노려보았다.

"아오. 나오 얼굴 질리는 거 봤냐? 젠장. 미친 늙은이."

"이거 올려놔."

"대체 뭘 어쩌시려는 건데? 응? 나도 좀 알자."

아무 표정도 없이 적제가 좋아한다는 화주를 준비하고 있는 비사의 앞에 얼굴을 들이밀며 건달바가 보채듯 물었다. 자신은 일이 어떻게 돌아가고 있는지 아무것도 모르고 있는데 비사는 무엇인가 아는 눈치이기 때문이다.

황금타에서 산 5만 년 동안 다른 대제가 이곳을 온 것은 처음 보는 그였다. 그만큼 이 일은 거대한 일이었다. 적제가 여의주를 뺄 수 있는 능력

183

이 있나 의아함도 들었다.

하지만 만약 그랬다면 인간계에서 처음 여의주에 대해 알았을 때 적제도 있었으니 그곳에서 빼 주었을 것이다. 그리고 비사가 말하지 않았던가. 그 누구도 심장의 여의주를 빼고 살 수는 없다고.

"건달바."

"응?"

새삼 진지하게 자신을 부르는 비사의 목소리에 건달바가 잔뜩 긴장한 눈으로 비사를 응시했다. 붉은 눈이 자신을 뚫어질 듯 바라보고 있었다. 그 눈이 무엇을 말하는지 가늠이 되지 않기에 더 불안한 건달바였다.

"너 나 없어도 되겠냐?"

"……뭐?"

"우리 모두 한동안 떨어져 지내야 할 것 같다."

"그게 무슨 말이야? 왜? 싫어! 무조건 그건 싫어!"

"야!"

"싫다고!"

버럭 고함을 치고는 나가 버리는 건달바의 모습에 비사가 머리를 짚으며 고개를 저었다. 그리 긴 시간을 함께 보냈는데도 저 단순한 이를 어찌해야 할지 아직도 가끔은 알 수가 없는 비사였다.

적제와 함께 자신의 전각으로 들어서며 청제가 나오를 내려다보았다. 이제 품에서 풀어 주어야 하는데 그러기가 싫었다. 그녀를 품어 안을 때마다 심장에 격한 통증이 느껴지지만 그만큼 또 행복함은 차올랐다. 우스운 일인데 그래서 견딜 수 있는 것이리라.

그의 부드러운 눈이 그녀를 향했다.

"비사한테 잠시 가 있어. 난 적제님과 할 이야기가 있으니까."

"예."

소중한 것을 겨우 떼어 놓는 듯 그녀를 조금 더 힘주어 끌어안은 청제가 가만히 그녀의 정수리에 입을 맞췄다.

여의주의 미향이 코끝을 간지럽혔다. 그 향기에 머리가 무엇인가에 부딪치듯 저릿해졌다. 고통을 참는 청제의 입술이 지그시 악물어졌다.

화주의 달큰한 향이 공간을 물들이는 동안에도 적제와 청제 사이에는 아무 말이 없었다. 청제가 따르는 술을 연거푸 몇 잔이나 비운 후에야 적제의 타는 듯한 붉은 눈이 청제를 아프게 응시했다.

"자네에게서 느껴지는 기운이 엉망이야."

"알고 있습니다."

"대체 어쩌자고 이리 오래 버틴 것이야. 대체."

"방법을 찾으려 했었습니다. 이 선택은 하고 싶지 않았으니까요."

"결심을 한 것인가."

"소멸까지 각오하고 있는데 무엇이 겁나겠습니까."

"이보게! 지국천!"

붉은 눈을 이글거리며 적제가 버럭 고함을 쳤다. 적제의 손에서 떨어져 내린 술잔이 바닥으로 뒹굴었다.

"이해하실 수 없다는 것 알고 있습니다. 그저 아무것도 아닌 청족 계집아이 때문에 세상을 책임져야 하는 청룡의 본분을 이리 우습게 아는 것이 얼마나 말이 안 되는 일인지도요."

"……."

"하지만, 제 마음이 그렇습니다. 그 아이가 없다면 이 세상도 저에겐 아무 의미가 없어져 버렸으니까요."

"대체 그게 무슨."

"그 아이, 부탁드려도 되겠습니까."

짜증과 불안으로 일그러진 적제의 눈을 똑바로 마주하며 청제가 물었다. 청제를 말릴 방법이 더 이상은 없다는 것을 인정한 듯 깊게 한숨을 내쉰 적제가 힘겹게 고개를 끄덕였다.

"자네의 연통을 받고 황제와 상의를 하고 오는 길이네."

"예."

청제의 푸른 눈동자가 가늘게 떨렸다. 마른 입술 끝에 묻은 긴장이 고스란히 적제의 시선에 들어왔다.

"자네가 제석궁에 다녀오는 동안 나나 황제가 그 아이를 데리고 있을 수 있겠지. 헌데 문제는…… 광목천에게서 완전히 그 아이를 숨길 수 없다는 것이네. 광목천이 움직이면 나나 황제는 어찌할 수가 없어. 우리의 종족도 아닌 저 아이 때문에 우리의 공간을 위험에 그대로 노출시킬 수는 없으니까."

청제가 지그시 입술을 악물었다. 이런 대답도 예상은 하고 있었다. 하지만 막상 앞에서 듣는 간접 거절에 심장이 저리게 아파 왔다. 눈앞이 아득해졌다.

그때였다. 하얗게 질린 청제의 입술을 보며 적제가 다시 입을 연 것은.

"그런데 광목천이 그 아이를 절대 찾을 수 없는 곳이 딱 한 군데 있다더군."

"그게 무슨 말씀이십니까."

"다문천의 궁 가장 안쪽에 있는 심연의 공간을 아는가."

"심연의 공간이라 하셨습니까?"

청제의 눈동자가 거칠게 흔들리며 차디차게 얼어붙었다. 상상도 해 보지 못한 곳의 이름이 나온 것이다. 절대 상상 속에서도 생각하고 싶지 않은 곳이기에.

짙게 어두워지는 청제의 눈을 바라보며 적제가 한숨을 토해 냈다.

"그곳이 어떤 곳인지 몰라서 하는 말이 아니네. 다만 그곳보다 더 안전하게 광목천으로부터 그 아이를 보호할 곳은 없을 것이라 하네. 그리고 황제의 말로는 그 아이의 심장에 있는 여의주의 기운이 심연에서도 그 아이가 무사할 수 있도록 지켜 줄 수 있을 것이라 하였어. 해서 내가 수정탑의 안주인인 길상천녀에게 미리 연통을 하고 이리로 오는 길이라네."

입술을 짓씹으며 청제가 허공을 노려보았다.

쉽지 않은 일일 것이라 예상은 했지만 황제나 적제 모두 백제와의 문제를 걱정하고 있었다. 그럴 것이다. 자신에게는 이 천상 그 무엇보다도 소중한 존재이지만 다른 이들에게 나오는 그저 아무 의미도 없는 청족의 소녀일 뿐이니까.

지금 바로 나오가 죽어 여의주를 그냥 백제에게 돌려줄 수 있다면 차라리 홀가분하게 생각할 그들이었다. 그런 이들에게 더 이상의 부탁은 무의미할 것이다.

심연. 청제의 심장이 차가운 검이 뚫고 들어오듯 아려 왔다. 얼음이 심장을 얼리듯 통증조차 느껴지지 않았다. 그 지독한 어둠의 세상으로 그 아이를 보내야 한다는 것은 상상조차 해 보지 않은 두려움이었으니까.

"다문천께서는 허락하셨습니까."

나직하게 묻는 청제의 말에 적제가 손을 내저으며 호탕하게 웃었다.

"길상천녀는 내 누이와 같은 이이네. 그저 청족 계집아이 하나 숨겨 두는 일을 안주인이 허락했는데 다문천이 뭐라 하겠는가. 그건 걱정 말게."

"······."

대답이 없는 청제를 흘깃 바라보며 적제가 고개를 주억거렸다.

"자네가 제석궁에 머물 시간이 얼마일지 모르지 않나. 자네가 그곳에서 하루를 머무르면 이곳에서는 1년이, 혹여 이틀이나 사흘만 머물러도 이곳에서의 시간은 3년이 지날 수 있어. 그 긴 시간 동안 그 아이를 온전하게 지켜 줄 곳은 그곳뿐이네. 자네도 알지 않는가. 광목천이 얼마나 집요한 자인지 말이야. 그 광목천도 절대 건드리지 않으려는 이가 다문천이니 그곳에 둔다면 자네가 돌아올 때까지 아무 일 없을 것임은 내가 장담

할 수 있네."

"……알겠습니다."

"내가 수정타까지 동행함세. 내 누이도 보고 다문천에게 확답도 받아주지."

"감사합니다."

"감사는, 내가 선대 청제에게 받은 도움이 작지 않은 것을. 이번에 그 도움에 조금이라도 보답을 할 생각이니 신경 쓰지 마시게."

자애로운 붉은 눈동자를 보며 청제가 고개를 숙였다. 어느 정도는 진심이 느껴지고 있었다. 자신들에게 특별한 득이 되지는 않지만 만에 하나이 일에 신경을 쓰지 않아 자신과 백제가 정면으로 싸움을 하게 된다면 황금타와 백은타뿐만 아니라 수미산 전부가 엄청난 회오리에 말려들 것임을 아는 그들이었다.

해서 그런 엄청난 회오리가 생기기 전에 막으려는 비책일 것이다. 자신을 도왔다는 명분도 얻고 그들에게는 조금의 문제도 일어나지 않을 방법. 그것이 흑제의 심연이리라.

하얗다 못해 이젠 아예 파리해진 나오의 입술을 보며 건달바가 비사를 향해 자꾸만 눈짓을 했다. 웅크리고 있는 나오의 몸이 이제 바르르 떨리기까지 하고 있었다.

대체 무슨 일이 벌어지려는 것인지 알 길 없는 이 아이가 얼마나 엄청난 두려움과 고통을 느끼고 있을지 느껴져 가만히 기다리고만 있기에 미치도록 짜증스러운 건달바였다. 무엇인가를 알고 있는 듯한 비사가 입을 열지 않는 것도 화가 났다.

"그 벌겋게 생긴 사내는 왜 온 거냐니까?"

"……."

"야, 말을 좀."

"아직 결정된 것은 아무것도 없어."

차디차게 울려오는 비사의 말에 나오가 비사를 올려다보았다. 연푸른 눈동자가 커다란 두려움에 감싸여 있는 모습은 보는 것만으로도 아파 보일 지경이었지만 아직 그 어떤 말도 나오에게 해 줄 수 없는 비사였다.

예상하고 있던 일이 벌어지려 하고 있었지만 혹여 적제가 다른 말을 할 수도 있을 것이다. 그렇게 된다면 청제의 계획은 어차피 실행조차 할 수 없게 될 것이다.

허니 아직 확실하지도 않은 일을 말해서 안 그래도 금방이라도 바람에 흩어질 듯 보이는 아이의 심장을 덜컹거리게 하고 싶지 않았다. 그리고 어차피 무슨 결론이든 청제가 직접 말해 주어야 할 것이기에.

"아, 짜증나서 심장 터지겠다. 젠장."

더 이상은 그냥 앉아 있을 수가 없는지 자리에서 벌떡 몸을 일으키던 건달바가 누군가의 기척에 고개를 돌렸다. 언제 온 것인지 그림처럼 서 있는 청제의 모습이 보였다.

그저 문 앞에 서서 나오만을 응시하고 있는 청제의 모습을 확인한 비사가 건달바를 데리고 밖으로 나간 후 청제와 나오 둘만이 남겨졌다.

"이리 와."

자신이 온 것을 느끼면서도 고개를 들지 못하는 나오를 향해 청제가 나직하게 속삭였다. 그제야 나오의 텅 빈 눈이 천천히 들어 올려졌다. 아무 빛도 담겨 있지 않은 어두운 나오의 눈동자를 바라보는 청제의 심장이 저려 왔다.

"어서."

그가 품을 열었다. 나오가 천천히 몸을 일으켜 그의 품 안으로 걸어 들어갔다. 커다란 품이 그 어느 때보다 따스하고 달콤했다. 그리고…… 지독하게 아팠다. 그의 숨결이 귓가로 느껴져 왔다.

"무슨 일이 있어도, 돌아올게. 그러니까 아주 조금만 기다리면 돼. 아주 조금만."

자신을 품 안에 꼭 끌어안고 속삭이는 그의 목소리에 담긴 지독한 고통이 온몸으로 느껴질 지경이었다. 한 마디 한 마디를 내뱉는 그의 온몸이 아프게 떨리고 있었다.

자신을 안고 있는 그의 심장이 지금 자신의 심장보다 더 떨리고 있음을, 지독한 피를 뿜어내고 있음을 느끼며 나오가 천천히 고개를 들어 올렸다.

무슨 일이 생기려는지 따위 묻지 않을 것이다. 그가 선택한 것이 최선임을 알기에. 다른 선택은 없음을 알기에 묻지 않으려 나오가 숨조차 참았다. 하지만 얼마가 걸릴지 모르는 시간 동안 헤어져 있어야 하는 모양이었다. 그의 눈이, 그의 입술이 그리 말해 주고 있었다.

잠시 눈을 감았다 뜬 그녀가 아프게 일그러져 있는 청제의 푸른 눈을 올려다보았다. 아무 물기도 담겨 있지 않은 나오의 눈은 아기의 그것처럼 투명하고 순수했다.

"걱정 마세요. 천 년이 가고 만 년이 가도 기다릴 테니까. 세상이 끝나도 저는 기다릴 거니까. 두려워 마세요. 아무것도 겁내지 마요. 우리는 꼭 다시 만날 거니까."

해맑은 웃음이 어린 아기의 그것처럼 나오의 얼굴에 가득 번져 왔다. 정말 아무 일도 아니라는 듯 환하게 웃는 나오의 웃음이 더 아파서 청제가 입술을 악물었다.

차라리 울면 좋을 텐데, 화라도 내면 좋을 텐데 그녀의 웃음이 그의 심장을 더욱 저미고 있었다.

"뭐?"

기함을 한 얼굴로 제대로 묻지도 못하고 멍하게 얼어붙은 건달바의 모습을 외면하며 비사가 호리병 안에 청수를 조심히 부어 넣었다. 얼마의 시간을 천제의 궁인 제석궁에서 버텨야 할지 모르니 되도록이면 많이 준비해 가야 하는 것이다.

원래의 청제라면 그곳에 다녀오는 시간 동안 이런 것 따위 필요 없지만 지금의 청제에게는 청수가 꼭 필요했다. 나오와 떨어지면 몸 상태는 조금 더 나아지겠지만 마음이 힘겨워지는 시간은 더 늘어날 테니 그를 위해 최대한 많은 양의 청수를 가져가려는 비사의 마음이었다.

자신에게 말도 안 되는 소리를 뱉어 놓고 아무렇지도 않은 듯 자신의 일만 하는 비사를 건달바가 멍하게 바라보았다.

'청제님이 제석궁으로 천제님을 만나러 가신다. 나오의 여의주를 빼는 방법을 천제님은 아실 테니까. 그동안 나오는 흑제님의 궁에 맡겨 두시기로 했다. 흑제 궁에 백제가 절대 찾을 수 없는 곳이 존재하거든. 해서 나오를 흑제의 궁에 데려다주시고 떠나실 거다. 청제님은 내가 모시니까 너는 황금타를 지켜라. 알았지?'

머릿속이 정리가 되는 데 한참이 걸린 건달바였다.

그러니까 지금 모두가 자신을 이곳에 두고 떠난다는 말이다. 요약하면, 다른 말은 필요 없고 비사만 청제님을 따라가고 자신은 이곳에 혼자 남겨진다는 것이다.

"야!"

한참이 흐른 후에야 버럭 고함을 치는 건달바를 비사가 서늘한 눈으로 바라보며 몸을 돌렸다. 온몸을 얼려 버릴 듯 차가운 기운을 풍기며 그 붉은 입술 끝을 살며시 여는 비사의 모습에 건달바가 더 이상 고함을 치지 못했다.

"나오는 흑제의 궁 안 심연에서 혼자 견뎌야 해. 청제께서 돌아오시는 그날까지."

"심……연?"

"그러니 엄살 부리지 마. 너 괜한 엄살 부리며 어리광하면…… 진짜 내 손에 죽는다."

그 어떤 거부도 용납하지 않겠다는 듯 차갑게 빛을 품는 비사의 눈동자에 건달바가 숨을 꾹 눌러 참으며 고개를 끄덕였다. 목이 메여 대답을 할 수 없기에 고개만 주억거리는 건달바였다.

그런 그를 무심한 눈으로 바라보다 고개를 돌린 비사의 눈이 촉촉하게 젖어 있음을 건달바는 알지 못했다.

✠ ✠ ✠

"불을…… 끌까요."

아무것도 담겨 있지 않은 건조한 목소리가 울렸다. 그 목소리만큼이나 바삭하게 말라 있는 먹빛 눈동자를 가만히 올려다보며 길상천녀가 천천히 고개를 끄덕였다. 흑제의 손끝이 허공을 흔들자 공간을 약한 빛으로 밝히고 있던 초가 스러지듯 꺼졌다.

어둠의 기운 속에 담긴 그보다 더 깊은 어둠. 사내가 품고 있는 어둠은 그런 빛깔이었다. 어둠 속에서 가장 빛나지만 그 어둠 속에서 가장 짙어지는 더 지독한 어둠이기에.

그의 커다랗고 차가운 손이 가만가만 그녀의 침의 자락을 걷어 냈다. 너무도 조심스럽고 부드러운 손길이지만 그 손길에서는 그 어떤 뜨거움도 느껴지지 않았다.

지독하게 차가운 욕망. 욕망이라 부르는 것이 맞을까 싶지만 후계를 보기 위해 이 사내가 치르는 행위는 다른 말로는 설명할 수가 없었다.

"흑!"

뜨거움은 없지만 그의 손길에 온몸에 흐르는 전율을 느끼며 길상천녀가 질끈 입술을 악물었다. 자신을 안아 오는 사내에게서는 느껴지지 않는 뜨거움이 스스로의 심장 안에서 천천히 일렁이고 있었다.

자신의 얼굴 위에서 흘러내리는 그의 숨결에, 조심스럽게 자신을 스치는 그의 손길에 온몸의 감각이 요동쳤다. 그의 손길에 익숙해진 몸은 그의 손길 한 번으로도 그를 맞이할 준비를 하고 있었다.

"윽."

그가 자신을 안았다. 그러면서 내뱉는 익숙한 그의 신음에 길상천녀가 숨을 참았다. 낮게 젖은 그의 소리. 자신을 안을 때 그에게서 흘러나오는 유일한 그 소리를 온전히 느끼고 싶어 숨조차 내쉬지 않았다.

"아흑!"

하지만 그것도 잠시. 본능적인 움직임에 그가 거칠어지기 시작하면 그녀의 온몸은 그에게 매달리는 것 외에는 아무것도 할 수가 없었다. 어깨를 끌어안는 그녀의 손끝에 그의 침의 자락이 잡힌다.

한 번도 그의 맨살을 잡아 본 적이 없는 그녀였다. 그는 침의를 벗지 않으니까. 침의 너머로 느껴지는 그의 단단하고 강한 어깨를, 그리고 가슴을 느끼며 그녀가 시선을 들어 올렸다.

어둠 속이지만 그보다 더 짙은 어둠을 품은 사내의 모습이 시야를 채워 왔다. 온전한 어둠 안에서 아름다운 사내의 모습이 그녀의 심장을 더욱 뛰게 했다. 이것만이 유일하게 자신이 가질 수 있는 것이기에.

그 어느 때보다 짙은 어둠 속에서 아름다운 사내를 응시할 수 있는 것은 그의 품에 안겨 있는 반려인 자신뿐일 것이다.

어둠의 장막처럼 드리운 흑제의 검은 머리카락이 길상천녀의 몸 위를 스칠 때마다 그녀의 붉은 입술에서 견디지 못한 신음이 흘러나왔다.

그렇게 뜨거움을 겨우겨우 삼키는 여인의 아름다운 나신을 내려다보는 사내의 눈에서는 여전히 차가운 빛이 반짝이고 있었다.

"말씀드릴 것이 있습니다."

자신에게서 몸을 떼어 내는 흑제를 향해 길상천녀가 입을 열었다. 의아함이 고인 사내의 짙은 눈동자가 그녀를 물끄러미 내려다보고 있었다.

자신을 안는 동안 단 한 번도 흔들리지 않던 검은 눈동자가 짜증스럽게 흔들리는 것을 담담하게 바라보며 길상천녀가 고운 입술을 열었다.

다 여며지지 않은 검은 침의 사이로 흑제의 마른 듯 단단한 가슴이 보였다. 자신에게 허락된 적 없는 그의 가슴이었다.

"황제님과 적제님의 간곡한 부탁이셨습니다."

"해서…… 그 아이를 심연에 두자는 것입니까."

남녀의 합궁이 만드는 기운으로 아주 조금 따스해졌던 그녀의 침전 공기가 그의 서늘한 말투에 다시 차디차게 식어 갔다.

"그곳만이 그 아이를 안전하게 보호할 수 있는 유일한 곳이라고 이든도 말했습니다. 수미산의 평화를 위한 일입니다."

"왔군."

자신을 향해 말하고 있는 길상천녀의 얼굴은 바라보지도 않던 흑제가 몸을 일으켰다. 단 한 번도 뒤를 돌아보지 않은 채 걸음을 옮기는 사내의 뒷모습에 닿은 여인의 눈가가 아프게 젖어 들었다. 바닥에 끌리는 검은 침의가 그의 긴 몸을 타고 흘렀다.

✠ ✠ ✠

어둠의 세상이었다. 짙은 회색의 구름이 온 하늘을 뒤덮은 공간은 빛이란 것의 존재 자체를 거부하고 있는 것 같았다.

그 구름 밑의 세상으로 들어오는 것은 불과 빛이 그들 힘의 원천인 적제나 청제에겐 결코 편하지 않은 선택이었다. 이 공간에서는 그들의 힘이 다 드러날 수도 없을 테니까.

어둠의 줄기 하나라도 그녀에게 닿을까 걱정이 되어서일까. 아직 흑제의 궁에 다다르지 않았음에도 청룡의 모습에서 인간의 형상으로 변한 청제가 발 안에 담고 있던 나오를 자신의 품 안으로 끌어안았다. 이 낯선 어둠에 그녀가 혹여 조금이라도 무서워할까 두려운 모양이었다.

자신의 푸른 장의 안으로 그녀를 꽁꽁 숨기듯 품는 청제의 모습을 그 곁의 비사가 차마 바라보지 못하고 시선을 돌렸다. 이제 더 이상의 선택 따위 없음을 알면서도 저리 끝까지 품에서 내어놓지 못하는 모습을 보기가 힘겨웠다.

이 어둠 속에 남겨질 자신보다 그가 더 힘들어 보였다. 온몸으로 느껴지는 거칠게 뛰는 청제의 심장 고동을 느끼며 나오가 그의 품속에서 고개를 들어 올렸다.

열기와 아픔에 젖어 있는 푸른 눈동자가 자신을 내려다보고 있었다. 어둠 속이어서일까. 청제가 지독하게도 힘겨워 보이는 것은.

청룡의 모습에서 인간의 형상으로 변하자마자 나오를 품 안으로 끌어당겨 품어 안는 청제의 모습을 못마땅한 듯 바라보던 적제가 고개를 돌렸다. 거대한 현무의 조각이 새겨진 어둠의 문이 열리는 기척이 느껴졌기 때문이다.

천천히 열리는 거대한 문 안에서 검은 기운이 뭉글뭉글 피어올랐다. 그리고 그 검은 기운이 온 공간을 채우고서야 문 안에서 누군가가 천천히 걸어 나오는 모습이 보였다.

세상의 모든 어둠을 품고 있는 듯 그 존재만으로도 어둠을 확연하게 느끼게 하는 이의 모습이 눈앞에 나타난 순간 나오가 청제의 품으로 고개를 묻었다.

견뎌야 한다고 다짐하고 또 다짐하지만 막상 눈앞에 나타난 어둠은 너무도 낯설었다. 푸르고 밝은 기운만이 가득하던 황금타와도, 따스한 태양빛이 가득하던 황제의 궁과도 너무도 다른 흑제의 궁은 그 앞에 서는 것만으로도 심장이 얼어붙을 지경이었다. 두려움에 고개를 들 수가 없었다.

"다문천."

"오셨습니까."

흑제를 향해 반가운 듯 팔을 벌리고 다가서는 적제의 앞에 흑제가 다소곳이 고개를 숙였다. 흑제의 움직임에 민망하게 벌렸던 팔을 내리며 마주 보고 고개를 숙인 적제가 뒤를 돌아 청제를 바라보았다.

절대 품 안에서 내어놓지 않을 듯 소녀를 품 안에 꼭 안고 한 걸음 다가서는 모습에 닿은 흑제의 검은 시선이 그저 무심히 나오를 스쳐 청제 쪽으로 향했다.

"이 아이인가."

시선도 주지 않은 채 묻는 흑제의 무감한 물음에 청제가 얼어 버린 듯 딱딱하게 굳은 얼굴로 고개를 끄덕였다. 분명 황제의 궁에서 나오를 보았을 것인데 흑제는 기억조차 하지 못하는 모양이었다.

지극히 무심한 표정으로 눈앞의 이들을 향해 흑제가 입을 열었다. 아무 색깔도 담기지 않은 그의 목소리가 들렸다. 그 목소리에 나오가 조심스럽게 그의 품에서 고개를 들어 흑제를 바라보았다.

"내 아내인 길상천이 약조를 한 일이니 이 아이는 내가 안전하게 보호하겠네. 그대가 돌아올 때까지."

"부탁……드립니다."

"이리로."

흑제가 청제의 품 안에서 움직이지 않는 나오를 향해 가만히 손을 내밀었다. 시린 냉기가 흐르는 흑제의 손에 닿은 나오의 눈동자가 아프게 일그러졌다.

두려운지 자신의 옷깃을 쥐어 잡는 나오의 손길에 힘이 들어가는 것을 느끼며 청제가 이를 악물었다. 그녀를 안은 팔을 풀어야 하는데, 팔이 움직이지 않았다.

그런 청제와 나오의 모습을 잠시 바라보던 흑제가 차디찬 시선을 청제에게로 보냈다.

"원하지 않는다면, 다시 데려가도 상관없네."

너무도 차가워서 감정이라고는 단 한 번도 느껴 보지 못한 이처럼 시린 흑제의 목소리에 나오가 숨을 삼켰다. 그리고 천천히, 아프게 떨리는 손을 그의 옷깃에서 떼어 냈다.

손끝에 느껴질 만큼 터질 듯 뛰어 대는 그의 심장이 너무 아팠다. 이곳에 남겨질 자신의 심장보다 그의 심장이 더 아프게 뛰고 있었다. 그 느낌에 신음이 나오려는 것을 겨우겨우 삼키며 나오가 고개를 들었다.

그는 자신을 놓지 못한다. 자신이 그를 놓아야 하는 것이다.

"조심히 다녀오세요."

그녀가 청제를 올려다보며 웃었다. 말간 웃음이 그 고운 입가에 맺혀 그의 아픈 시선을 사로잡았다.

"기다리는 거 저 원래 잘해요. 어려서부터 할아버지가 황금타에 가셨다 오시는 거 매일 기다려서 아무것도 아니에요."

아무것도 아니라면서 그 동그란 눈동자에 청제만이 가득 차올랐다. 숨조차 쉬지 않는 것처럼 보이는 그녀를 청제가 물끄러미 내려다보았다.

"여기서, 여기서 기다리고 있을 테니까. 아무 데도 안 가고 여기서 청제님만 기다리고 있을 테니…… 제 걱정, 하지 마세요. 아셨죠?"

청제가 고개를 주억거렸다. 숨이 막혀 고개를 끄덕이는 것조차 힘겨워 목이 꽉 막혀 왔다. 온몸이 조이는 듯 숨길까지 지독하게 아팠다.

"가세요. 이제."

나오가 미동도 없는 사내를 밀어내자 사내가 주춤 뒤로 흔들렸다. 그리고 나오가 청제에게서 등을 돌렸다.

흑제의 시선에 소녀의 눈동자가 보였다. 금방이라도 이곳을 가득 채우고 있는 어둠 속으로 흔적도 없이 흩어질 것처럼 아프게 흔들리는 소녀의 눈동자였다. 자신을 향해 한 걸음을 내디딜 때마다 소녀의 눈이 얼마나 힘겹게 흔들리고 있는지 등만을 보고 있는 청제는 알 수 없었다.

소녀가 흑제의 앞에 멈춰 섰다. 무슨 뜻인지 헤아리기 어려운 간절함을 담은 소녀의 눈이 그를 향하자 흑제가 잠시 내려다보다 자신의 긴 소매를 들어 올렸다. 어둠의 장막 같은 흑제의 소맷자락 안으로 나오의 몸이 스며들었다.

더 이상은 푸른빛을 뿜지 못하고 아득하게 젖어 가는 청제의 눈을 물끄러미 바라보던 흑제가 그를 향해 살짝 고개를 숙여 보였다. 그리고 거짓말처럼 어둠이 흑제를 감쌌다. 공간을 가득 물들이던 어둠이 흩어져 간 자리에는 아무것도 남아 있지 않았다.

"이보게, 지국천."

그 누구도 손댈 수 없을 만큼 강하게 휘몰아치는 푸른 기운에 잠겨 헐떡이고 있는 사내의 어깨에 붉은 손이 닿는 순간, 푸른 눈동자가 거칠게 붉은 존재를 향했다. 그 끔찍하도록 푸른 살기에 적제가 주춤 물러섰다.

"하아, 하아."

힘겨운 숨소리가 푸르게 변해 버린 입술에서 새어 나오고 있었다. 푸른 눈이 금방이라도 그 눈 안에서 핏빛 바람의 소용돌이가 몰아칠 듯 거칠게 일렁이고 있었다. 붉은 불의 눈보다 푸른 바람의 눈이 더 뜨거웠다. 분명 그랬다.

"어서 가게."

따스함을 담고 적제가 청제의 등을 밀었다. 소녀가 사라진 자리에서 그 대로 굳어 버릴 것처럼 보이는 사내를 보내야 하니까. 주춤, 커다란 사내 의 다리가 힘없이 움직였다.

자신의 시야를 가린 채 몸을 품고 있던 흑제의 소맷자락이 자신에게서 떠나는 것을 느끼며 나오가 천천히, 힘겹게 겨우 숨을 내쉬었다. 그리고 눈을 떴다. 처음에는 너무도 어두워 아무것도 보이지 않았다. 아직도 흑제의 소맷자락 안인 줄 착각할 정도였다.

하지만 조금 후 어둠에 익숙해진 그녀의 눈앞에는 너무도 낯선 곳의 모습이 고스란히 들어왔다.

빛이라고는 한 조각도 없는 거대한 공간. 거대한 산맥을 잘라 붙여 놓은 듯 보이는 벽을 따라 올라간 시선이 보이지 않는 허공을 응시했다.

천장이 보이지 않았다. 너무 높아서인지 어둠이 막고 있어서인지 알 길은 없었지만 진한 어둠만이 위쪽의 전부를 감싸고 있을 뿐 그 무엇도 보이지 않는 곳이었다.

궁 안으로 들어선 흑제의 시중을 들려는 것인지 검은 옷을 입은 여인들 몇이 그들에게로 다가왔다. 새하얀 얼굴, 내리깐 짙은 검은 눈. 아무 표정도 없는 이들의 모습은 모두 똑같아 보였다. 아무 감정도 담기지 않은 눈들이 나오와 흑제를 살피고 멈춰 섰다.

나오가 천천히 고개를 뒤로 돌리자 그녀의 등 뒤로 굳게 닫힌 거대한 검은 문이 보였다. 어느새, 수정타 안에 들어와 있는 모양이었다. 저 문너머 그가 있겠지만, 그를 부를 수 없다.

이제 정말 청제가 곁에 없다는 것을 확인해서일까. 나오의 몸이 깃털처럼 아무 무게감도 없이 바닥으로 허물어져 내리는 모습이 그녀를 그저 무심한 시선으로 내려다보고 있는 흑제의 시야에 들어왔다.

어느새 흑제의 뒤에 와 서 있던 늙은 시종 이든이 쓰러진 나오의 곁으로 다가서는 이들에게 물러서라 손짓을 했다.

조심스러운 얼굴로 나오의 곁에 다가서 나오의 상태를 살피는 이든을 흑제는 물끄러미 바라보고 있었다. 그녀에게 가까이 다가가 살짝 내음을 확인한 이든이 미간을 찡그렸다.

"너희들은 아무도 이 아이의 몸에 손을 대선 안 된다."

"왜 그러십니까? 이든 님?"

"어둠의 기운이 약한 너희들은 이 여의주의 기운을 이기지 못한다. 여의주의 기운에 취할 수 있어."

"하면……."

시중을 들려던 여인들이 난감한 얼굴로 흑제를 바라보았다. 무표정 하던 흑제의 얼굴에 아주 조금 짜증스러움이 번졌다.

"무슨 말이 하고 싶은 거냐. 이든."

"아시지 않습니까. 이곳에서 이 여의주의 기운을 온전히 이겨 내실 수 있는 분은 흑제님뿐이시라는 것을."

"청제도 그 기운을 이기지 못했는데 나는 가능하다?"

"여의주의 기운만이었다면 쉽게 청제님을 자극할 수 없었겠지요. 여의주는 영물입니다. 이 아이의 심장에 있는 여의주는 이 아이의 심장에 담기는 여러 가지 감정으로 자라고 힘이 강해지지요. 이 아이의 마음을 먹고 자란다고 보시면 됩니다. 헌데 재미있는 것은 그렇게 자라난 여의주에 대한 반응은 이 아이의 심장이 향한 이에게만 적용된다는 것입니다."

"……."

재미없다는 듯 심드렁한 얼굴로 자신의 이야기를 듣는 흑제를 따스한 시선으로 바라보며 이든이 말을 이었다.

"보통의 평범한 천사의 종족들에게는 여의주의 기운이 너무 강해 문제가 생길 수 있지만 대제님들께는 아무것도 아니지요. 이 여의주가 가진 기운의 수천 배가 넘는 기운을 품고 계시는 분들이시니까요. 헌데 청제께서는 이 아이와 심장을 나누신 것입니다. 이 아이의 심장에 청제님이 계시고 청제님의 심장에 이 아이가 있으니 여의주가 청제님을 삼킬 수 있는 것이지요."

"그래서 길상천에게 이 아이를 이곳에 두어도 좋다고 한 것이군. 내겐 전혀 해가 되지 않을 테니까."

"당연하지요. 만에 하나 흑제님에게 독이 될 수 있다면 절대 이곳에 둘 수 없으니까요.”

“그래서, 말하고 싶은 결론이 뭐냐. 이든.”

길고 긴 설명을 하는 이유가 있을 것이다. 눈앞의 사내는 언제나 이유 없는 일을 하지 않는 이이니까.

“청제가 목숨을 걸고 맡기신 아이입니다. 귀한 손님이시니 이리 방치할 수는 없지요. 저 아이들은 할 수 없으니 흑제께서 이 아이를 좀 옮겨 주십시오.”

“……내가 말이냐?”

“이 늙은이가 하오리까.”

자글자글 주름이 가득한 얼굴에 재미있다는 미소를 지으며 말하는 이든을 보며 흑제가 한숨을 내쉬었다. 말로는 눈앞의 이를 이길 수 없는 것이다.

나오에게로 다가선 흑제가 가만히 몸을 숙였다. 흑제의 칠흑 같은 긴 머리가 몸의 움직임을 타고 나오를 감싸며 흘러내렸다.

그녀를 두 팔로 가볍게 들어 안은 흑제가 몸을 일으키자 이든이 흡족한 미소를 지으며 고개를 끄덕였다. 흑제가 서늘함이 가득한 눈으로 이든을 노려보았다.

언제나처럼 물이 흐르듯 단정한 모습으로 걸음을 옮기던 길상천녀가 굳은 듯 멈춰 섰다. 흑제가 누군가를 안고 걸어오고 있었기 때문이다.

그 품 안에 있는 것이 조그마한 계집아이라는 것을 확인한 그녀의 얼굴이 살짝 굳어 왔다. 흑제의 단단한 가슴에 소녀의 머리가 닿아 있었다.

길상천녀의 모습을 본 이든이 부드러운 미소를 지으며 고개를 숙이자 그녀도 마주 보며 고개를 깊이 숙였다. 그녀의 눈이 흑제의 품에 있는 나오를 향했다.

“이 아이입니까.”

"예. 천녀님. 힘이 들어서인지 혼절을 하였습니다."

"몸이 좋지 않다면 심연으로 보내기 전에 제가 잠시 간호를 하겠습니다. 그러는 것이 좋지 않겠습니까."

따스함을 담고 있는 듯 보였지만 그 눈길 끝에 맺힌 알 수 없는 기운을 느끼며 이든이 천천히 고개를 저었다. 그의 반응에 길상천녀뿐 아니라 흑제도 의아하듯 고개를 갸웃거렸다.

"지금쯤이면 백제께서도 청제가 움직이셨음을 아실 것입니다. 그렇게 되면 가장 먼저 여의주의 행방을 찾으시겠지요. 해서 저 아이는 바로 심연으로 들어가야 합니다. 그곳 이외에는 그 어떤 곳도 저 아이에게 안전하지 않습니다."

"그런가요."

이유를 알 수 없는 약한 불안이 담긴 길상천녀의 시선을 보며 고개를 숙이는 이든과 달리 그녀에게는 시선도 주지 않은 흑제가 다시 걸음을 옮겨 길상천녀의 앞을 무심히 지나갔다. 그 뒤를 이든이 급히 따랐다. 멀어져 가는 흑제의 등에 길상천녀의 짙어진 시선이 닿았다.

"천녀님의 궁으로 돌아가시겠습니까."

다가오는 궁인들의 물음에 길상천녀가 조금 전 조금 굳어 있던 얼굴이 착각이었던 듯 부드럽게 미소를 지어 보였다.

"아니다. 저 아이가 먹을 만한 것을 준비해 봐야지."

"저희가 하겠습니다."

"청족에 대해 아는 것이 있더냐."

"예? 그것은."

"우리에게 귀한 손님이다. 내가 직접 살펴야 한단다."

언제나처럼 자애롭고 현명한 안주인의 모습에 궁인들이 모두 고개를 숙여 보였다.

수정타 천궁의 가장 깊은 곳으로 흑제가 들어서자 그를 따르던 궁인들이 모두 뒤로 물러섰다. 더 이상은 이든을 제외한 그 누구도 따를 수 없는 공간인 것이다. 이든조차도 조금 더 들어가 심연의 입구에 다다르면 더 이상은 흑제를 따를 수 없어진다.

일부러 결계를 쳐 놓거나 다가가선 안 된다는 명 따위 아무 필요도 없는 공간이었다. 그 누구라도 이 앞에 서면 이곳이 자신이 절대 들어설 수 없는 곳임을 본능적으로 느낄 수 있으니까.

흑제의 공간 그 가장 깊은 곳에서 불어오는 어둠의 물결이 느껴지자 이든이 힘겹게 숨을 토해 냈다. 젊었을 때에는 그래도 조금 더 다가가 볼 수 있었는데 이제 그것조차 견딜 수 없어진 것이리라.

거대한 심연의 구덩이가 깎아 놓은 듯한 절벽의 아래 그 검은 아가리를 벌리고 있었다. 세상 모든 것을 그 어둠 속으로 끌어당기고 싶은 듯 그 구멍 안의 어둠은 언제나처럼 거칠게 회오리치고 있었다.

"그런데 이든."

심연의 앞에 소녀를 안은 채 멈춰 선 흑제가 더 이상 따라오지 못하고 멈춰 선 노인을 돌아보았다. 존재의 근원 앞에 선 흑제의 모습이 서서히 변해 가자 이든이 약한 감탄사를 내뱉었다.

청제와 적제가 빛 앞에서 가장 강해지고 백제가 대지와 쇠의 기운 안에서 가장 완벽해진다면 그의 주인은 진정한 어둠 앞에서 가장 아름다워지는 존재였다. 지금 심연의 기운을 품은 주인의 모습처럼.

"예. 흑제님."

"일부러 그런 거지?"

"무엇을 말입니까?"

"나한테는 물어보지도 않고 길상천에게 그대가 허락하라 한 것 말이야. 다른 일이었다면 나에게 묻지도 않고 이런 어처구니없는 일을 벌일 그대가 아니거든."

"아셨다 해도 마뜩잖은 마음으로 허락하셨어야 하는 일이니 모르시는 것이 좋지 않겠습니까. 어떤 것은 그냥 모르는 채 당하는 것이 나을 수도 있답니다. 세상을 오래 사시다 보면 아시게 되겠지요."

"또 오래 살았다고 자랑하는군."

"제가 자랑할 것이 그것밖에 또 있습니까."

미소라고 하기엔 너무도 고요한 이든의 얼굴에 담기는 따스함을 잠시 응시하던 흑제가 어둠의 심연으로 한 발을 내밀었다.

어둠이 거대한 똬리를 틀고 회오리치고 있는 그 공간 안으로 사라지는 주인의 모습이 너무도 평온해서, 그 회오리 따위 주인의 옷깃 하나 건드리지 못하는 모습이 만족스러워 이든의 얼굴에 조금 더 진한 미소가 번졌다.

이별의 시작

"나오야."

그가 부르고 있었다. 언제나처럼 조금은 장난기를 담아 조금은 따스함을 담아 그가 부르는 소리는 너무도 행복해서 자신의 이름을 그리 지은 할아버지에게 매번 감사한 나오였다.

귓가에 자꾸만 번지는 그 목소리에 자신도 모르게 입꼬리가 살짝 올라갔다. 심장 저 깊은 곳으로 스미는 그 따스한 목소리가 천천히 돌아오는 의식을 붙잡고 있었다. 깨지 말라는 듯 자신을 잡아 오는 그 목소리를 향해 나오가 천천히 손을 내밀었다.

침상에 눕힌 아이를 무심히 내려다보던 흑제의 눈썹이 살짝 흔들렸다. 숨조차 내쉬지 못하고 있는 것처럼 보이던 아이의 긴 속눈썹이 파르르 떨리더니 동그랗고 뽀얀 얼굴에 연한 미소가 서서히 번지고 있었다.

도톰하게 붉은 입술 끝이 천천히 올라갔다. 너무도 행복해서 참을 수 없는 듯한 그 미소가 흑제의 시야에 가득 담겼다. 낯선 그 미소에 흑제의 미간이 일그러졌다.

"큭."

행복함이 가득한 미소만이 아니라 천천히 손까지 들어 올리는 소녀의 모습에 흑제의 입에서 짙은 비웃음이 터져 나왔다. 이 공간에 너무도 어울리지 않는 아이의 모습이 당황스러울 지경이었다.

행복함이 가득한 그 얼굴 그대로 소녀의 눈꺼풀이 천천히 들어 올려졌다. 침상에 누운 채 눈을 뜨는 소녀의 모습을 흑제가 그 앞에 선 채 무심히 내려다보았다.

그의 따스한 목소리가 채 사라지지도 않았는데 숨구멍으로 밀려드는 낯선 공기에 나오의 눈이 번쩍 떠졌다.

아직 꿈속인 것일까. 아무것도 보이지 않는 어둠만이 눈 안에 가득 담겨 왔다. 숨이 막힐 듯 온 세상을 물들인 어둠이 목구멍을 틀어막는 것 같아 나오가 힘겹게 숨을 들이마셨다.

숨구멍이라도 막힌 것일까. 들어와야 하는 공기가 무엇인가에 막혀 들어오지 못하는지 숨이 쉬어지지 않았다. 온몸이 경직되고 피가 발밑으로 주룩 흘러내리는 듯 차가움이 온몸을 삼켰다. 나오의 몸이 거칠게 웅크려졌다. 허공을 더듬는 손이 거친 떨림을 담고 바닥을 더듬었다.

"크윽, 하아."

"천천히."

아득해지는 머릿속으로 무슨 소리인가가 들려온 것은 그때였다. 너무도 낯선 목소리였지만 그것만이 구명줄인 듯 나오는 그 목소리에 집중했다.

피 내음이 풍기는 입술을 다시 물며 나오가 목소리가 시키는 대로 다시 숨을 천천히 들이마셨다. 무엇인가를 틀어쥔 손가락에 부서질 듯 힘이 들어갔지만 아주 조금 숨이 스며들고 있었다.

"눈을 감아라."

어둠만이 보이는 공간에서 들려오는 소리가 시키는 대로 나오는 힘겹게 뜨고 있던 눈을 감았다.

보이지 않는 것은 같아도 스스로가 택한 상황이기에 다른 것일까. 질끈 눈을 감고 천천히 들이마시는 공기는 조금씩이지만 그녀의 심장을 돌기 시작했다.

"나쁘지 않군."

이제 겨우 숨이 열려 정신이 돌아온 나오의 귀에 너무도 무미건조한 목소리가 들려왔다. 맹세코 처음 듣는 목소리였다.

분명 처음 눈을 떴을 때 이 어둠 속의 공간엔 아무도 없었는데, 아니 있다 해도 보지 못했을 것이다. 칠흑 같은 어둠은 숨조차 내쉬지 못할 만큼 견고하게 그녀의 시야를 가로막았으니까.

눈을 뜨면 다시 숨을 쉬기 어려워질지도 모른다는 두려움보다 눈앞의 목소리가 조금 더 궁금해서였을 것이다. 숨을 쉬지 못할 때에는 알지도 못하는 목소리가 구명줄인 양 그 목소리가 말하는 대로 따랐지만 지금은 편안해진 심장이 궁금함을 더 견디지 못하고 있었기에.

나오의 눈이 조심스럽게 열렸다. 여전히 어둠뿐이었다. 하지만 처음 눈을 떴을 때와는 무엇인가가 많이 다르게 느껴졌다. 지독한 어둠 속에서 공기가 일렁이고 있는 것이 보였다.

어둠의 바람이 부는 모양이었다. 바람을 감촉이 아닌 눈으로 확인하는 듯한 괴기한 느낌이 나오의 심장을 두근거리게 했다. 상상 속에서도 그려본 적 없는 낯선 공간. 그때서야 나오의 뇌리에 자신이 흑제의 궁에 들어서던 마지막 기억이 떠올랐다.

'나오야.'

꿈결 속의 목소리가 아직도 심장에 가득한데 눈앞의 현실은 그게 정말 꿈이었다고 그녀에게 강요하고 있었다. 아니라고 거부하고 싶어도 이미 말갛게 뜬 눈 안에 담기는 어둠이 그것이 모두 현실임을 확연하게 알려 주고 있었으니까.

어둠이 눈에 익자 어떤 인영의 모습이 천천히 뚜렷해져 왔다. 자신은 지금 침상에 누워 있고 인영은 그 앞에 서 있었다. 눈앞의 안개가 걷히듯 거대한 어둠이 서서히 물러가는 자리에 큰 키의 사내가 보였다.

처음 보는 사내였다. 아니, 어딘지 익숙한데 분명 처음 보는 모습이었다. 익숙한데 낯선 이중적인 느낌. 자신도 이해할 수 없는 느낌에 나오가 미간을 좁힌 채 사내를 물끄러미 올려다보았다.

"누구……십니까?"

"…….."

"혹, 흑제님이십니까?"

"큭."

사내의 검붉은 입술이 웃었다. 나오의 눈이 커다랗게 열렸다.

어둠을 품고 서 있는 사내는 황제의 궁에서 보았던 그 아무 특별함도 가지지 못했던 사내가 아니었다.

황금타의 밤하늘에 빛나던 달빛처럼 곱고 부드러운 검은빛을 가득 품은 사내의 긴 머리카락이 넓은 어깨를 감싸고 가슴까지 흘러내려 있었다. 어둠의 장막처럼 드리워진 그 검은 머리카락 사이로 사내의 새하얀 얼굴이 보였다.

검은 머리 때문인지 눈이 부시게 하얀 얼굴에는 어둠의 심장처럼 느껴지는 검은 눈동자가 보석처럼 박혀 있었다. 청제의 푸른 눈이 빛의 조각 같다면 흑제의 검은 눈동자는 어둠의 조각 같았다.

이곳을 채우고 있는 아름다운 어둠을 한 조각 잘라내 솜씨 좋은 이가 다듬어 놓은 보석이 저럴까 싶도록 감탄이 나오는 모습이었다. 그 조각의 한가운데 아름답게 장식품처럼 자리하고 있는 붉은 핏빛 입술이 천천히 열리는 모습을 나오가 무심히 올려다보았다.

"심연에 온 것을 환영한다. 꼬마 여의주."

상상도 하지 못했던 흑제의 모습에 흘려 주변을 인식하지 못했던 나오가 흑제의 말에 놀라 고개를 들었다.

심연. 명부가 죽은 자들의 세상으로 암흑 세계의 마지막이라면 이 심연은 암흑 세계의 시작이라고 일컬어지는 곳이었다. 어둠과 물의 신인 흑제와 흑제의 힘이 태어나고 그 힘의 근원이 되는 곳이니까.

청제에게 동방의 숲이 힘의 근원이라면 흑제에겐 이 심연이 힘의 근원이고 존재의 원천이었다. 다른 것이 있다면 동방의 숲은 맑은 기운을 가진 이라면 그 누구도 해치지 않지만 심연은 그 힘을 이겨 내지 못하는 자는 머물 수조차 없는 곳이다.

그런 심연에 자신이 숨 쉬고 존재하고 있는 것이다. 여의주의 힘으로 그럴 수 있다고 청제가 이야기해 주었었지만 정말로 이곳이 심연이라는 사실을 자각하는 건 쉽지 않았다.

"심연인데 정말 제가 숨을 쉴 수 있는 것입니까?"

동그란 눈을 뜨고 자신을 올려다보며 묻는 나오의 물음에 나른함을 담은 흑제의 검은 눈동자가 나오를 내려다보았다.

"그래 보이는구나. 숨을 쉬지 않고 말하는 재주가 없다면 말이다."

나오의 눈이 아무 표정도 없는 얼굴로 농인지 진심인지 모를 말을 뱉어내는 흑제를 응시했다. 이상했다. 어딘지 청제와 비슷한 느낌이 들었다.

그럴 리가 없는데. 눈에 보이는 모든 것이 다 너무도 다른데……. 기시감인 것일까. 아니면 자신이 너무 그리워 만들어 낸 환영일까 의아했다.

"백제의 보물인 여의주의 힘과 청제의 마음이 너를 이곳에서 버티게 한다던데 모르고 있었나."

"여의주와 청제님의 마음……."

"이곳에서 숨 쉴 수 있는 이는 흔치 않다."

"아……."

이제 조금 이곳에서 자신이 버티고 있는 상황을 제대로 이해한 듯 고개를 끄덕인 나오가 그제야 주변을 둘러보았다.

자신이 누워 있던 곳은 거대한 침상이었다. 수만 년은 되었을 것 같은 나무를 자르지 않고 그 형태 그대로 깎아 만든 듯 보이는 침상은 아래쪽은 침상이었지만 위쪽은 그대로 허공으로 뻗어 있는 나무였다. 끝이 어딘지 알 수 없는 어둠만이 가득한 공간에 덩그러니 놓여 있는 침상은 꼭 어둠의 요람 같았다.

두려움이 한가득 담긴 눈으로 주변을 둘러보는 나오의 모습을 물끄러미 바라보던 흑제가 허공으로 가볍게 손끝을 흔들었다. 그의 손끝에서 짙은 은빛의 물줄기가 솟아나와 주변을 물들이자 이제껏 암흑뿐이었던 공간이 그 모습을 천천히 드러내고 있었다.

"와⋯⋯."

나오의 입에서 감탄이 새어 나왔다.

깊은 계곡 그 어딘가에 와 있는 것 같았다. 거대한 산들이 품고 있는 깊고 깊은 계곡의 밤이 이렇지 않을까 생각되는 모습이었다. 깎아지른 듯한 암벽과 수많은 세월 동안 아마도 저 어둠의 바람에 깎였을 동글동글한 바위들이 서로를 부둥켜안은 듯 아름다웠다.

짙은 어둠뿐인 세상이지만, 푸르름이나 빛이라고는 한 조각도 담겨 있지 않은 공간임에도 아름답다 말할 수밖에 없을 만큼 이 공간은 어둠의 진한 아름다움을 가득 품고 있었다.

"저건 샘입니까?"

조금씩 걸음을 옮기던 나오가 절벽 아래 반짝이는 은빛 어둠을 품고 흐르고 있는 샘을 발견하고는 물었다. 검은 물길이 어둠의 계곡 틈에서 흘러 바위들 틈을 지나 흐르고 있었다. 그 물길이 흐르는 옆에는 검은 이끼들이 가득 피어 있었다.

"광천이다. 어둠의 물이지. 어둠의 기운을 담고 어둠의 세계를 흐르는 나의 물이니까."

"청수와 같은 것이군요."

"그렇게 되나."

흑제의 시선이 조그맣게 몸을 말고 광천의 물길 앞에 쪼그려 앉는 소녀의 등에 닿았다.

조금 전 청제에게서 돌아설 때 저 소녀의 눈빛을 기억한다. 자신을 향해 무엇인가를 애원하던 그 치열하던 눈빛에 자신도 모르게 소매를 열어 저 아이를 품에 품었었다.

그렇게 저 아이는 그를 돌려세웠다. 만약 저 아이가 그렇게 하지 않았다면 분명 청제는 저 아이를 절대 품에서 풀어내지 못했을 것이다. 자멸하는 일이 있더라도.

그저 무심한 시선으로 소녀의 등을 바라보던 흑제의 시선이 살짝 흔들렸다. 그리고 그의 손끝이 아주 약하게 움직이자 어둠의 바람 한 자락이 막 광천에 닿으려는 나오의 손끝을 거세게 휘감았다. 다른 힘에게 손끝을 점령당한 나오의 눈이 그를 향했다.

"손대지 않는 것이 좋을 거다. 어둠의 생명수에 길들여지면 나중에 돌아가고 싶지 않을 테니까. 그러면 안 되는 거 아닌가?"

움찔, 놀라며 나오가 광천에 닿으려던 손을 떼었다. 그녀가 광천에서 멀찍이 떨어지는 것을 보며 흑제가 피식, 입가를 올렸다. 혹여 청제에게 돌아가지 못할까 두려워하는 소녀의 마음이 그 움츠러드는 등으로 확연하게 느껴져 왔다.

"필요한 게 있으면 이놈 등에 적으면 된다."

흑제의 말에 무슨 뜻인가 싶어 눈을 돌린 나오의 눈에 어둠 저 깊은 곳에서 앙증맞게 기어 나오는 동물이 보였다. 납작한 껍데기를 등에 쓰고 있는 동물이었다. 조그마한 머리와 네 다리만이 등판에서 나와 있을 뿐 몸의 모두가 껍데기 안에 갇혀 있는 것 같은 동물은 처음 보는 것이었다.

저 속도로 대체 이 어둠 속을 어찌 다니나 싶게 엉금엉금 천천히 기어 나온 동물이 나오의 앞에서 고개를 길게 내밀었다. 동그란 눈 안에 박힌 점처럼 조그마한 검은 눈동자가 낯선 것의 정체를 확인하고 싶은 듯 데굴데굴 눈 안에서 굴렀다. 앞을 향한 두 개의 콧구멍이 벌름벌름 눈앞의 것에 내음을 확인하는 듯한 모습도 우스웠다.

"어둠에 익숙해져야 할 거다. 오랜 시간 이곳에 있어야 할 테니까."

나직하게 속삭이듯 말하고 흑제가 몸을 돌렸을 때였다.

"이름이 무엇입니까?"

"이름?"

무슨 소리인지 가늠할 수 없다는 듯 미간을 좁히는 흑제의 앞에 조그마한 동물을 손으로 가리키고 있는 나오의 모습이 보였다.

"이 동물의 이름 말입니다."

"이름이 필요한가? 그저 동물일 뿐인데?"

"이름이 없습니까?"

"나는…… 귀라 부른다. 저 녀석을."

마뜩잖은 표정으로 그래도 이름을 가르쳐 주는 흑제의 모습에 나오가 고개를 끄덕였다.

"귀여운 이름이네요."

소녀가 조그마한 동물 앞으로 다가가 앉는 모습을 보며 흑제가 몸을 돌렸다. 어둠 속에 그의 발걸음 소리만이 나직하게 들렸다. 남겨진 소녀에게서는 그 어떤 소리도 들리지 않았다.

"이곳에서 뭐 하는 것입니까."

심연의 입구를 벗어난 흑제가 심연에서 조금 떨어진 곳에 서 있는 길상천녀의 모습을 보고 의아한 듯 물었다. 아무 표정도 없이 차디차게 물어 오는 사내의 말에 길상천녀가 따스한 표정으로 뒤쪽에 무엇인가를 들고 서 있는 궁인을 가리켰다.

"청족 아이가 먹을 만한 것을 준비해 보았습니다."

"……그것을 왜 그대가 합니까."

"저희 수정타의 귀한 손님이니까 제가 챙겨야 되지 않겠습니까."

"저 아이들에게 시키시면 될 일입니다."

"저는…… 이 수정타의 안주인입니다."

"해서요."

더 이상 아무 말도 할 수 없게 차디찬 기운을 품으며 자신을 응시하는 흑제의 눈을 마주한 길상천녀가 살며시 입술을 깨물었다.

"심연의 기운은 천상에 살던 그대에겐 잘못하면 독이 됩니다. 이곳 출입을 삼가세요."

"……."

길상천녀를 외면한 흑제의 시선이 그 뒤에 서 있는 궁인들에게로 돌려졌다.

"조금 있으면 귀가 나올 거다. 귀에게 묶어 보내거라."

"예. 흑제님."

절대 거역할 수 없는 주인의 말에 안주인의 눈치를 살피며 궁인들이 고개를 숙였다.

두 번 다시 자신을 향해서는 고개도 돌리지 않고 처연히 걸음을 옮기는 흑제의 등에 닿은 길상천녀의 눈동자가 거칠게 흔들렸다. 넓고 단단해 보이는 지아비의 등에 닿은 여인의 눈에 물기가 어려 왔다.

사락사락 공간을 울리던 흑제의 옷자락 끌리는 소리도 사라진 공간. 나오가 천천히 고개를 들어 올렸다.

이 지독한 어둠의 공간 안에 존재하는 소리라고는 자신의 숨소리뿐이었다. 암흑은 소리가 없었다. 어둠 속으로 부는 바람도 눈에는 보이는데

소리는 담고 있지 않았다. 분명 흐르고 있는 광천도 소리는 나지 않았다.

소리가 죽어 버린 공간, 소리뿐 아니라 세상이 죽어 버린 공간이었다. 그 끔찍한 현실에 터져 나오지 못한 숨을 삼킨 나오가 눈앞의 동물을 바라보았다.

"귀야."

나오가 조그마한 동물 앞에 쪼그려 앉았다. 웅크린 그녀의 등이 파르르 떨렸다.

"그분은 어디쯤 가셨을까? 힘드시지 않아야 하는데, 내가 없으니까 괜찮으실 거야. 그치? 그분의 독인 내가 이제 옆에 없으니까…… 그러니까. 괜찮으실 거야. 그럴 거야. 그렇지?"

이 어둠의 공간이 너무도 차가워서 떠난 지 얼마 되지 않은 그의 익숙한 품도 떠오르지 않는 모양이었다. 자신이 다가가면 언제나 열어 주던 그 커다랗고 따스한 품이 기억나지 않았다. 그저 차디찬 공간만이 자신을 둘러싸고 있다는 자각은 두려움으로 그녀를 옥죄었다.

'무슨 일이 있어도, 돌아올게. 그러니까 아주 조금만 기다리면 돼.'

그의 목소리가 들린다.

"네. 아주 조금이니까, 아주 조금만 기다리면 되니까. 괜찮아요. 저."

'나오야.'

그가 부른다. 푸른 눈이 너무도 보고 싶어 울컥 심장이 저며 왔다.

"네. 여기서 기다릴게요. 언제까지나 기다릴 수 있어요. 그러니까…… 오실 거지요?"

겨우겨우 버티던 속내가 한꺼번에 무너져 내렸다. 거대한 어둠의 공간을 아프게 울리는 소녀의 울음소리가 너무도 생소해서일까. 귀가 등껍질 안에 폭 파묻고 있던 머리를 삐죽 내밀고 소녀를 바라보았다.

❈ ✖ ❈

—수미산의 시간, 한 시진.

비사가 숨구멍을 틀어막는 거대한 기운들의 저항에 힘겨운 숨을 토해
내며 그 핏빛 눈을 들어 올렸다.

엄청난 속도로 수미산 정상을 향해 비상하는 청룡의 몸에서 떨어지는
푸른 비늘 조각과 핏물들이 거대한 기운 속에서 소용돌이치는 모습이 시
야에 들어왔다.

오방대제들이 아니면 그 누구도 뚫고 오를 수 없다는 제석궁을 감싼 어
마어마한 천기 안으로 파고드는 청룡의 몸부림이 온전히 느껴져 왔다. 한
순간도 지체할 수 없는 청룡의 마음이 저리 피를 뿜어내면서도 거대한 기
운을 정면으로 맞서고 있는 것이다.

— 내 기운과 함께하자. 비사.

— 예? 어찌 그러십니까? 제석궁의 앞까지는 저도 갈 수 있습니다.

— 네 속도로 날 따라올 수 없을 거다.

— ……설마 그 제석궁을 감싸고 있는 천기를 정면으로 뚫고 가시려는
것입니까?

— 아니면? 대제들에게 열리는 그 길을 기다렸다 갈 것이라 생각한 것
이냐?

— 청제님.

— 그대로 뚫고 오를 거니까 내 기운과 함께하든지, 아니면 여기서 기
다려.

— 알겠습니다. 함께하겠습니다.

몸이 터져 버릴 것 같은 거대한 저항에 비사가 겨우 떴던 붉은 눈을 다
시 질끈 감았다.

그의 기운 속에 묻혀 있는 자신의 고통이 이러할진대 이 기운을 온몸으

215

로 버티고 있는 그는 지금 온몸이 부서질 수도 있는 고통을 감수하고 있는 것이다. 한순간이라도 시간을 줄이기 위해 천제의 허락을 구하고 오르는 절차조차 생략한 채 이대로 제석궁까지 갈 모양이었다.

금방이라도 청룡과 자신 모두를 삼켜 버릴 것처럼 휘몰아치는 기운 속에서 스스로가 만든 붉은 길을 따라 끝없이 솟아오르는 청룡의 기운 안에 묻힌 비사의 온몸에서도 붉은 기운이 흩어져 내리고 있었다.

✠ ✠ ✠

"뭐? 찾을 수가…… 없다?"

거칠게 실룩이기 시작하는 백제의 얼굴근육이 파랗게 변해 가는 모습을 두려움을 가득 담은 눈으로 바라보며 사이가 몸을 움츠렸다. 그리고 그 순간, 백제의 손끝에 앉아 있던 편조가 날아오를 틈도 없이 그대로 백제의 손아귀 안으로 끌려 들어갔다.

사내의 새하얀 손마디마디에서 금세 주르륵 붉은 핏물이 흘러내렸다. 순식간에 공간을 물들이는 진한 피 내음에 사이가 질끈 눈을 감았다.

"분명 황금타를 떠났다 했다."

짓이겨진 사내의 으르렁거림이 공간을 울렸다.

"예. 적제와 함께 청제가 황금타를 떠나는 것을 똑똑히 확인했다 하였습니다."

"헌데 그들이 간 곳이 어딘지 모른다?"

"대제들이 현신의 모습으로 움직이면 그 속도를 아무도 따라잡을 수가 없습니다. 그 후에 편조들이 확인하니 적제는 류리타로 바로 돌아온 모양입니다. 헌데 청제의 모습은 어디에서도 찾을 수가 없다고 합니다."

"여의주도 청제도 사라졌다?"

"예. 백제님."

짜증스러움을 참을 수 없는 듯 손안의 것을 팽개치고 눈앞의 술잔을 든 백제가 거칠게 술을 입안으로 부어 넣었다. 백제의 손안에서 바스러져 버린 편조의 비틀린 사체에 닿은 사이의 시선이 아프게 흔들렸다.

“황금타에는 분명 돌아오지 않았고 적제는 홀로 류리타로 돌아왔다. 그렇다면 수정타만 남은 것인가.”

“수정타에도 편조를 보냈지만 아무것도 보이지 않는답니다.”

“수정타에 청제가 오래 머물 수는 없다. 어둠의 공간에 잠시라도 머물 이유도 없을 거고. 대체.”

“어찌할까요. 백제님.”

무슨 생각을 하는지 백제는 손끝으로 자신의 얼굴을 쓸어내렸다. 그의 손에 묻어 있던 핏물이 그의 새하얀 얼굴을 적셨다. 붉은 핏물이 흘러내리는 백제의 얼굴이 기묘하게 일그러졌다.

“수정타라…….”

웃는 것도 아니고 우는 것도 아닌 백제의 표정에 사이가 숨을 삼켰다.

“하긴, 너무 쉬우면 재미없지. 어려울수록 재미있는 법이니. 사이야.”

“예. 백제님.”

“한순간도 수정타에서 시선을 돌리지 말라고 일러라. 그리고 청제를 찾아. 수미산 전체, 아니, 인간계라도 다 뒤져서 청제의 그림자를 찾아라.”

회색빛 눈에 어리는 진득한 집착이 아찔하리만치 무서워 사이가 힘겹게 숨을 내쉬며 고개를 숙였다.

✠ ✠ ✠

—심연의 시간, 보름.

“명부에 드셨던 모양입니다.”

짙은 검은 눈동자 가득 피곤을 담고 자신의 앞에 멈춰 선 흑제를 올려다보며 이든이 부드럽게 웃었다.

이제 등도 굽고 몸도 작아진 자신이 한참을 고개가 아프게 올려다봐야 하는 흑제의 커다란 모습이었다. 그를 이리 올려다볼 때마다 행복한 이든이었다. 아마도 흑제라는 존재로 세상에 처음 태어났던 아기 때부터 그 모습을 보아 왔기 때문일 것이리라.

"완전한 소멸이 꼭 필요한 것들이 있었어."

"천제님께 또 혼이 나시겠습니다. 그리 또 생명들을 소멸시키셨으니."

"그렇겠지. 안 그래도 청제까지 속을 썩여 속이 편치 않으실 텐데."

"아, 그 일로 말씀드릴 것이 있습니다."

청제라는 말에 편안하던 얼굴에 살짝 걱정을 담는 이든의 모습을 보며 흑제가 고개를 기울였다.

"뭔데?"

"며칠이 지났음에도 귀가 한 번도 나오지 않고 있다고 합니다."

"한 번도?"

"예. 보름 전 음식을 들여보낸 후 한 번도 나오지 않았다 합니다."

"……."

문득 몸을 동그랗게 말고 있던 소녀가 떠올랐다.

"들어가 보실 거지요?"

자신의 말에 아무런 대답도 하지 않고 곁을 스쳐 가는 흑제를 향해 이든의 부드러운 목소리가 스며들었다. 들어가 보라는 압박이리라. 흑제가 심드렁하게 고개를 끄덕였다.

"내키면."

"다른 이유도 아니고 청제님의 심장을 가진 이가 흑제님의 심연에서 굶어 죽었다 하면 좀 듣기 곤란하지 않겠습니까."

"이든."

"늙으면 괜한 걱정이 많아져서요."

짜증도 내지 못하게 대구를 하는 노인을 향해 낮게 한숨을 내쉬어 보인 흑제가 천천히 걸음을 옮겼다.

거대한 어둠의 소용돌이 안으로 한 걸음을 내디디며 흑제가 깊게 숨을 들이마셨다. 너무도 편안하고 시원한 내음이 온몸을 돌아 심장으로 퍼져 드는 느낌이 온전하게 느껴져 왔다. 자신의 근원이 이곳임을 느끼고 싶지 않아도 이렇게 온몸이 말하고 있었다.

한 걸음 한 걸음 심연의 안으로 걸어 들어가던 흑제의 미간이 살짝 일그러졌다. 굳이 일부러 느끼려 하지 않아도 이 심연 안에 무엇인가 자신과는 너무도 이질적인 존재가 있음이 온몸으로, 아니, 모든 것으로부터 느껴져 왔다. 처음 느끼는 지독한 이질감서일까. 울컥 짜증이 일었다.

그래서였을 것이다. 홀로 이곳에 머물 때면 지독한 이 어둠이 차라리 편해 절대 하지 않던 짓을 한 것은.

짜증스러움을 담은 흑제의 손끝이 공간을 훑듯 스치자 그의 손끝에서 달빛처럼 은은한 빛이 스며 나와 공간을 물들였다. 은은한 은빛 아래 조금씩 드러나는 공간 안에 그 계집아이가 있었다.

몸을 웅크린 채 침상에 앉아 잠이 든 소녀가 보였다. 그리고 그 옆에서 졸고 있었는지 꼼짝도 하지 않고 있던 귀가 흑제의 기척을 느끼고 그 등껍질 안에서 고개를 쏘옥 내밀었다.

그러나 그뿐이었다. 언제나 흑제가 이 심연의 공간으로 들어서는 기척만 느껴지면 그 느리고 느린 속도로 열심히 그에게 기어 오던 것과는 너무도 다르게 그 조그마한 거북이는 조금도 움직이지 않았다. 소녀를 지키기라도 하려는 것처럼 보였다.

"뭐냐, 너."

흑제가 침상 앞으로 다가가 몸을 구부려 앉았다. 소녀의 몸이 바로 코앞에 있었다. 대체 이 커다란 침상을 두고 그 귀퉁이에 눕지도 못하고 앉은 채 잠이 든 소녀의 모습이 이해할 수 없었다.

'귀야.'

그가 현무의 기운으로 귀를 불렀다. 그물그물 졸고 있던 귀의 눈이 동그랗게 커졌다.

'아무것도 원하지 않더냐.'

'예. 흑제님.'

어둠 속에서 그에게만 들리는 귀의 공명이 울렸다.

'뭘 하며 지내더냐.'

'계속 눈에서 물이 떨어집니다. 그리고 가끔 저에게 말을 거십니다.'

눈에서 떨어지는 물. 귀의 표현에 흑제의 입가에 흐릿한 냉소가 번졌다.

계속 울었다는 뜻이리라. 그의 말만을 알아듣는 귀에게 눈물이란 너무도 낯선 것일 테니 그것이 무엇인지 표현할 수도 없을 것이다. 이상하게 눈에서 물이 자꾸만 떨어진다고밖에는.

'무엇을 먹기는 하더냐.'

며칠 전 길상천이 귀에게 묶어 들여보낸 음식들이 거의 바닥을 드러내고 있는 것이 보였다. 그래도 무엇인가를 먹긴 하는 모양이었다.

'힘들어 보이시는데 그래도 무엇인가를 드십니다. 억지로 드시는 것 같습니다.'

'억지로…….'

'예.'

무심하고 차가운 검은 눈동자가 웅크리고 있는 인영을 내려다보았다. 인영은 이 지독한 어둠 안에서 그대로 사그라들 듯 힘겨워 보이는데 우습게도 그 안에 있는 여의주의 기운은 여전히 강하게 일렁였다.

붉은 기운을 품은 여의주가 금세라도 그 주인을 삼킬 듯 커져 가는 것이 온전히 느껴졌다.

"추……워."

그 순간이었다. 웅크리고 있던 소녀의 입술에서 숨소리보다 그저 조금 큰 소리가 새어 나왔다. 흑제의 시선이 조금 일그러졌다.

왜 침상에 눕지 않는 것인지 이제야 이해가 되었다. 자신에게는 아늑한 어둠의 기운이 이 빛 속에서만 살던 아이에게는 지독하게 춥고 시리기에 소녀는 침상에 눕지 못한 모양이었다. 그래서 저리 더 작아 보이게 웅크리고 있는 것이고.

"하……."

난감함에 살짝 얼굴을 흐린 흑제가 잠시 무엇인가를 생각하다 한숨을 내쉬며 소녀의 옆으로 다가섰다. 그리고 그의 몸을 감싸고 있는 길고 긴 흑색 장의 자락을 들어 올렸다. 어둠의 장막처럼 끝도 없이 길고 넓은 그 장의 자락이 소녀의 몸을 온전히 덮었다.

그저 춥다는 말에 혹여 이 아이가 상하기라도 하면 곤란할까 싶어 생각해 낸 방법이었다. 헌데 막상 소녀에게 자신이 입고 있는 장의의 한끝을 양보하자 커다란 문제가 생겨 버렸다. 입고 있는 옷의 한 자락이기에 소녀의 옆에서 영락없이 움직일 수 없게 된 것이다.

시리도록 차가운 장의지만 그래도 없는 것보다는 나은지 소녀가 장의 안으로 파고들었다. 소녀가 파고들수록 따스하고 보드라운 무엇인가의 온기가 옆구리에 언뜻언뜻 느껴졌다. 그 온기가 난감해 흑제의 얼굴이 이상하게 일그러져 갔다.

'흑제님, 어디 안 좋으십니까?'

어둠 속에서 귀의 목소리가 울렸다. 시선을 들어 올린 흑제의 앞에 눈동자를 동그랗게 뜬 귀가 머리를 빼꼼 내밀고 그를 올려다보고 있었다.

'표정이 이상하십니다.'

'아니다.'

또록또록 눈동자를 굴리는 귀를 외면하며 흑제가 자신의 장의 안에 담겨 있는 나오의 얼굴로 시선을 돌렸다.

꼭 감긴 눈 아래가 제법 파리했다. 아마 며칠 동안 제대로 잠도 자지 못하고 먹는 것도 부실했으니 건강해 보일 리가 없었다.

게다가 이 아이는 여의주를 품고 있다 해도 청족이다. 온전한 빛 아래에서 살아가야 하는 아이에게 어둠뿐인 세상이라니. 여의주가 없었다면 숨조차 쉴 수 없을 이 공간이 눈앞의 아이에게 얼마나 괴로운 곳인지 모르지 않는다.

움직일 수도 없어져 버린 몸을 길게 침상에 누인 흑제가 허공을 올려다보았다. 명부의 골칫거리들을 상대하느라 약해졌던 자신의 기운이 조금씩 차오르는 것이 느껴졌다. 순수한 어둠의 기운이 그를 채워 주고 있는 것이리라.

그렇게 허공을 바라보고 있던 흑제가 자신의 장의 안에서 꼼지락거리는 기운에 고개를 돌린 것은 시간이 조금 지난 후였다.

"음……."

소녀가 깨어나는 모양이었다. 헌데 이상했다. 잠에서 깬 것은 분명한데 자신의 장의 안에서 나오지 못하고 계속 꼼지락거리고만 있었다. 장의 자락이 펄럭이고 잡아당겨지고 열리기도 했다.

당황스러움에 흑제의 눈이 커다랗게 열릴 때쯤에야 장의 자락의 한쪽 끝으로 소녀의 얼굴이 보였다.

"하, 숨 막혀 죽을 뻔했네."

정말 숨을 제대로 내쉬지 못한 듯 빨갛게 물든 소녀의 얼굴이 빼꼼 장의 안에서 나오다 흑제를 보고 그대로 굳어 버렸다.

"뭐 하는 것이냐."

"언제 오셨습니까? 허면 이게…… 그러니까."

소녀가 얼떨떨한 표정으로 겨우 빠져나온 검은 장의를 바라보았다. 정신이 드는 순간 온몸을 어둠이 감고 있는 것같이 답답하고 숨이 쉬어지지 않아 겨우 빠져나왔더니 그것이 어둠이 아니라 흑제의 장의였던 것이다.

난감함에 소녀의 얼굴이 약하게 붉어지는 모습이 어둠 속에서 확연하게 보였다.

"심연에서도 숨을 쉬는 아이가 장의 자락에 갇혀 숨 막혀 죽으면 뭐라 설명해야 할까."

"……그게, 어둠처럼 느껴져서."

"추우면 추위를 가릴 것을 달라 하면 되었을 텐데."

살짝 짜증을 담은 눈매로 묻는 흑제의 말에 나오의 동그란 눈이 아래로 폭 처졌다.

"편하게 있고 싶지 않습니다."

"뭐?"

상상도 하지 못한 대답이었다. 의아한 듯 흑제가 그녀의 눈을 마주 보았다. 동그란 연푸른 눈동자에 천천히 옅은 안개가 꼈다.

"그분이 지금 힘드실 테니, 저도 힘들고 싶거든요."

"……."

조그마한 입술에 아픈 미소가 번졌다.

여전히 자신에게 시선을 주고 있는 흑제를 외면하며 몸을 일으킨 나오가 귀 쪽으로 다가갔다. 몸을 조그맣게 말고 앉는 나오의 앞으로 귀가 엉금엉금 천천히 기어갔다. 목을 쭉 빼고 나오에게 다가가는 모습이 애완동물처럼 친근하게 느껴졌다.

"한데 귀는 어찌 이곳에서 사는 것입니까? 이곳에서 태어났습니까? 왜 귀 혼자입니까?"

자신에게 다가오는 귀를 향해 손을 내주며 나오가 흑제를 향해 물었다.

"한 가지씩 물어라."

"예? 아, 예."

흑제의 무심한 시선이 나오의 손을 핥고 있는 귀에게로 향했다.

223

"선대 흑제들의 기운이 조금씩 광천에 흘러들어 모인 것이 조그마한 알로 태어났는데, 그 알에서 나온 것이 저놈이라더구나. 해서 저 녀석이 얼마나 살아온 것인지는 아무도 모른다. 수십만 년? 수천만 년?"

"헉, 수천만 년요?"

"모른다니까. 그저 내가 태어나기 전부터 이곳에 있었고 아마 내가 소멸하고도 저놈은 이곳에 남겨질 것이란 것만 안다."

"소멸……."

'이곳의 정기 안에서 태어났고 아마도 이곳의 정기 안으로 사라질 테니까.'

동방의 숲에서 아무 의미도 없는 듯 뱉어 내던 청제의 모습이 지금 이 순간 소멸이라는 단어를 당연하게 말하고 있는 흑제와 너무도 닮아 있었다. 가슴 저 깊은 곳이 그때 그의 목소리를 떠올리는 것만으로도 욱신거렸다.

"어디가…… 아픈 거냐."

살짝 찡그려지는 자신의 얼굴을 보고 서늘한 어조로 묻는 흑제의 모습에 나오가 고개를 살레살레 저었다. 본 적 없는 얼음이라는 것이 저리 생기지 않았을까 싶도록 차가운 냉기를 풀풀 풍기면서도 자신에게 조금은 신경을 써 주는 흑제의 모습이 의아했다.

"아닙니다. 그저 그리워서요."

슬쩍 눈가를 만진 나오가 자신이 먹던 음식들 중에서 과일 조각을 집어 귀 쪽으로 내밀었다.

의아한 듯 그 움직임을 바라보는 흑제의 눈에 나오가 내미는 과일 조각을 받아먹는 귀의 모습이 보였다. 이제껏 흑제는 귀가 무엇인가를 입으로 먹는 것을 본 적이 없었다.

"귀는 저처럼 과일을 좋아하나 봅니다. 이곳에는 과일도 없었을 텐데 어떻게 과일을 좋아하는 걸까요?"

편하게 웃으며 나오가 입에 물고 있던 과일의 한 조각을 베어 내 손바닥 위에 올리고 귀 쪽으로 내밀었다. 목을 쏙 내민 귀가 그 과일 조각을 낼름 집어삼켰다.

"귀가 여기 있어서 정말 다행입니다."

귀의 머리를 살살 쓰다듬는 소녀의 손길이 좋은지 귀의 동그란 눈이 게슴츠레하게 가늘어져 있었다.

"나는 그 녀석을 만져 본 적도 없다."

"예?"

"곁에 다가오지도 않으니까."

"정말요?"

믿을 수 없다는 듯 커다란 눈으로 귀를 바라보는 나오의 곁으로 엉금엉금 기어 온 귀가 그녀의 다리에 몸을 기대곤 머리와 팔다리를 등껍질 안으로 밀어 넣었다. 쉬고 싶은 모양이었다.

"아마 그건."

잠시 귀의 모습을 사랑스럽게 바라보던 나오가 흑제를 보며 빙그레 웃었다.

"흑제님은 그저 익숙할 뿐이고."

"……."

"저는, 친구이기 때문일 겁니다."

"친구?"

"함께 있어서 행복하고 즐겁고 헤어지기 싫은 것이 친구라고 하셨습니다."

"누가 그런 말을 한 거냐."

"저희 할아버지께서요."

아, 흑제가 살짝 고개를 끄덕였다.

기억하고 있다. 몇 번 본 적이 있는 그 평안하고 부드러워 보이던 청족 노인을.

이번 회합에는 나오가 따라왔었지만 그 전에는 선대 청제 때부터 그 노인이 시종으로 따라왔었다.

이든이 자신의 모든 결정에 의견을 내며 주인을 이끄는 이라면 청제의 시종인 하로는 그저 그림자처럼 청제의 뒤를 지키고 있는 이였다. 주인의 안색을 살피고 음식을 확인하고 주인이 어떻게 해야 가장 편히 쉴 수 있는지 준비하는 것이 자신이 해야 하는 일이라고 믿는 듯했었다.

"그럼 너는 그런 친구라는 것이 있느냐."

"예전에는 없었지만 지금은 있습니다. 건달바 님과 비사 님이요."

"그들이 너의 친구라고."

"예! 제 소중한 친구들입니다. 하면 혹여 흑제님께도 친구가 있으십니까?"

"그런 게 있어야 하는 거냐."

"없을 때는 왜 있어야 하는지, 있다고 뭐가 다른지 몰랐지만 친구가 생기니까 확실하게 알 수 있었습니다. 친구는 꼭 있어야 하는 거라는 것을요. 여기 있는 귀처럼요."

따스해서, 저 모습을 자신이 아는 다른 말로는 설명할 수 없어서 그렇다고 생각하며 흑제가 나오의 눈을 응시했다. 귀를 향한 그녀의 연푸른 눈동자가 웃고 있었다. 서늘함만이 가득한 이 어둠의 공간에 무언가 빛 하나가 툭 떨어진 느낌. 흑제에게 그건 그런 느낌이었다.

"별 필요한 게 없어도 며칠에 한 번씩은 귀에게 무언가를 적어 내보내라. 밖에서 네가 무사한지 궁금해하니까."

그 빛의 조각에 손끝조차 닿으면 안 된다는 본능의 목소리를 들으며 흑제가 무심하게 말했다. 그리고 몸을 일으켰다.

"그리 오랜 시간이 흐른 줄 몰랐습니다. 시간을…… 가늠할 수가 없어서."

아, 흑제의 시선이 나오의 흐려지는 눈동자를 보았다.

이곳은 어둠뿐인 곳이다. 단 한 번도 빛이라는 것이 새어 들어온 적도 없는 지독한 어둠의 공간. 그런 곳에서 저 아이가 시간을 가늠할 수 있을 리가 없다. 아침도 낮도 저녁도 존재하지 않는 곳이니까. 그저 어둠의 시간만이 존재하는 곳이니까.

"먹는 건 제대로 했으면 좋겠다. 나중에 청제에게 도와주고 욕먹고 싶지 않으니까."

할 말이 없어진 흑제가 아직도 조금 남아 있는 음식 바구니를 보며 타박하듯 말했다. 나오가 고개를 들었다. 옅게 웃고 있는 그녀의 눈동자가 흑제의 눈과 똑바로 마주했다.

"혹여 대제들은 친절하게 말하면 안 된다는 규칙이라도 있습니까?"

소녀의 동그란 입가가 맑게 웃고 있었다 그 웃음이 무슨 의미인지 모르지만 그 미소가 흑제의 시야를 가득 채웠다. 무엇인가가 차디찬 심장으로 스며들었다. 일순간 얼음에 균열이 갔다.

"청제님도 처음에는 무지 무뚝뚝하게 말씀하셨거든요. 해서…… 혹여 그래야 하는 건가 해서."

재미있다는 듯 말하던 나오의 얼굴에 천천히 의아함이 걸렸다. 무심한 얼굴로 자신을 보던 흑제의 표정이 점점 이상하게 일그러지고 있었기 때문이다.

"그런 거 없다."

"그쵸? 하하."

한순간도 자신에게서 시선을 돌리지 못하는 흑제를 향해 조금 어색하게 웃어 보인 나오가 얼른 시선을 귀에게로 돌렸다. 낯선 시선이 당황스러웠기 때문이다.

차디차던 흑제의 시선 안에 무엇인가 다른 색깔이 천천히 담겨 오는 것은 알겠는데 그것이 무엇을 의미하는 것인지 알 수 없기에 순간 불편해진 나오였다.

자신이 혹여 흑제의 심기를 건드린 것은 아닐까 걱정도 되었다. 무슨 일이 있어도 청제가 돌아올 때까지는 이곳에서 버텨야 하는데 이곳의 주인인 흑제를 언짢게라도 해서 쫓겨난다면 큰일이니까.

물론 청제와의 약속이 있기에 자신을 그리 쉽게 쫓아내지는 않는다 해도 이리 자신을 숨겨 주고 있는 이를 화나게 하고 싶지는 않았다.

"아, 그런데 혹여 이곳에 정기를 채우려고 들어오신 것입니까? 제가 방해가 되지요? 저 신경 쓰지 마시고 편하게 계십시오. 저는 귀와 함께 저쪽에서 있으면 됩니다."

갑자기 떠올랐다. 이 공간은 흑제에게 그의 기운을 채워 주는 곳이라는 것이. 동방의 숲처럼. 그런 곳에 이방인이 언제나 머물러 있으니 편할 리 없을 것이다.

나가려던 걸음을 멈추고 흑제가 침상 위에 걸터앉았다.

그저 저 아이의 무사함을 확인하러 온 길이었다. 명부의 귀찮은 존재들 몇을 소멸시키느라 기운을 조금 썼다 해도 그것은 그저 조족지혈에 불과하기에 따로 기운을 채워야 할 정도는 아니다.

헌데 이상하게 아주 조금만 더 이곳에 머물고 싶어졌다. 자신의 요람인 이곳의 기운 때문일까. 아니면 자신의 생각보다 명부에서 기운을 많이 사용한 것일까.

흑제의 전각 앞에 선 길상천녀의 얼굴에 살짝 불안이 어리자 그 곁을 따르던 궁인들이 서로를 바라보았다. 언제나 평온한 얼굴만을 하는 안주인의 얼굴에 보기 드문 불안이 감돌았기 때문이다.

"천녀님 드셨습니까."

그녀가 온 것을 알아차린 것일까. 언제나처럼 세상에서 가장 평화로운 미소를 지으며 다가온 이든이 굽은 허리로 천녀를 향해 고개를 숙였다.

"흑제께선 혹여 아직 명부에서 돌아오시지 않은 것입니까? 무슨 일이 라도."

"아, 아닙니다. 명부에서는 한참 전에 돌아오셨습니다. 잠시 심연에 들 어가셨습니다."

"심……연?"

조금 전 불안을 담던 그녀의 얼굴에 조금은 다른 색깔들이 뒤섞였다.

"명부에 다녀오셨으니 조금은 충전도 필요하실 것이고 또 청족 손님도 잠시 살펴보시려는 모양입니다."

"아……."

살짝 어색함을 담는 안주인의 얼굴을 보며 이든이 부드럽게 웃었다.

"심연에서 돌아오시는 대로 천녀님께 가실 것입니다. 오늘이 흑월임을 흑제께서도 아십니다."

살짝 굳어 오는 길상천녀의 모습을 외면하며 깊이 고개를 숙인 이든이 그녀의 곁을 물러났다.

흑제의 전각 앞에서 굳은 듯 움직이지 않는 안주인을 보는 궁인들의 얼 굴에 당황스러움이 고였다. 분명 안에 흑제가 없다는 것을 확인했는데도 움직이지 않고 무엇을 기다리는지 그녀는 그 자리에 못 박혀 있었다.

"천녀님, 처소로 돌아가시지요. 흑제님을 맞이하실 준비를 하셔야 합 니다."

기다리다 못한 궁인들이 서로를 바라보다 그중 한 명이 용기를 내어 말 하자 그 목소리에 길상천녀의 얼굴이 살짝 뒤로 돌려졌다. 아름다운 얼굴 이 차디차게 굳어 있었다. 아무 표정도 담지 못한 눈이 무심하게 궁인들 을 향했다.

"그래야겠구나."

무감한 눈으로 궁인들을 내려다보던 길상천녀가 허깨비처럼 힘없이 발걸음을 떼었다.

　우스웠다. 기척이 느껴져도, 느껴지지 않아도 신경이 쓰인다는 것은. 이제껏 그 누군가의 기척에 이리 신경을 써 본 적이 없기에, 이렇게 날 선 감각이 짜증스러울 정도였다.
　이 지독한 어둠의 공간 안에는 원래 무엇인가의 기척이 존재하지 않는다. 헌데 지금은 한 존재의 기척이 이곳 전부를 감싸고 있는 것처럼 느껴졌다.
　침상 한 켠에 기대 앉아 있던 흑제가 그 긴 몸을 천천히 일으켰다. 검은 장의도, 긴 검은 머리카락도 그의 움직임을 따라 어둠을 품고 물결쳤다.
　조그마한 등만이 보였다. 무엇을 하고 있는지 가늠이 되지 않는 등이 천천히 물결치듯 떨리고 있었다. 작은 등이 흔들려서인지 등불이 흔들리고 있는 것처럼 보였다. 자신이 약하게 흩어 놓은 어둠의 달빛이 밝혀 주는 공간 가운데 동그란 등은 달 조각 같았다.
　다가서는 그의 기척을 느꼈는지 인영의 옆에 있던 귀의 고개가 살짝 뒤로 돌려져 그를 올려다보았다. 하지만 그저 그뿐이었다. 기척을 확인한 귀의 고개가 곁의 인영에게로 향했다. 등껍질에서 나온 귀가 소녀를 위로라도 하고 싶은 듯 소녀의 다리에 자신의 머리를 비볐다.
　소녀는…… 울고 있었다.
　광천의 물줄기를 내려다보고 있는 소녀의 눈에서 떨어진 물기가 샘을 이루며 흐르는 광천으로 뚝뚝 떨어지고 있었다. 아무 소리도 만들지 않는 어둠에서는 물소리조차 나지 않기에 소녀의 울음은 아무 소리도 담고 있지 않았다.
　멈춰 선 채로 울음을 삼키며 흔들리고 있는 등을 바라보던 흑제가 손끝을 가만히 들어 올려 광천 쪽으로 향했다. 짙은 하늘에서 흐르는 달빛과 같은 기운이 광천으로 흘러들었다. 그리고 그 기운이 광천 물길 위로 누군가의 모습을 그려 놓았다.

"아……."

소녀의 입에서 얕은 물기가 어린 감탄사가 쏟아져 나왔다. 그 소리가 무엇을 의미하는지 흑제는 알고 있었다. 소녀가 눈물을 쏟으며 내려다보고 있는 광천의 물길 위로 어떤 모습이 비춰질지 이미 알고 있기에.

소녀가 입을 틀어막았다. 그녀의 가느다란 손가락이 닿고 싶은 듯 광천의 물길 위로 천천히 내려다가 멈춰졌다. 파들파들 떨리는 그 손끝이 금방이라도 광천에 닿을 것 같았지만 그 손가락은 끝내 닿지는 않았다.

"보고…… 싶어요."

소녀의 목에서 잠기고 잠겨 힘겨운 목소리가 새어 나왔다. 광천의 물줄기 위에 어리는 푸른 머리카락을 가진 청년의 얼굴 위로 소녀의 눈물이 뚝뚝 떨어져 내리며 만들어 낸 물결이 그 푸른 사내의 얼굴을 자꾸만 일그러뜨리고 있었다.

소녀의 손이 자신의 눈가를 자꾸만 매만졌다. 눈물이 떨어져 흐려지는 이의 얼굴을 조금이라도 더 담고 싶은지 소녀가 두 손으로 눈물을 닦고 또 닦아 냈다. 그 모습을 물끄러미 내려다보는 흑제의 얼굴 위로 알 수 없는 그림자가 천천히 드리워지고 있었다.

짙은 어둠의 결계 저편에서 천천히 떠오르는 아침의 기운을 느끼며 궁인들이 안주인의 전각 앞을 서성였다. 당황스럽기만 한 이 상황에서 안주인의 전각 안으로 들어서기가 두려웠기 때문이다.

어젯밤은 흑월이었다. 어둠의 기운이 짙어 검은 달이 뜨는 흑월의 밤, 흑제의 후계자가 잉태될 수 있는 음기가 충만한 밤이다. 흑월이 뜰 때면 흑제는 언제나 길상천녀의 전각을 찾았다. 그녀는 흑제의 후계를 잇기 위해 천제가 맺어 준 그의 반려이기에.

231

헌데 어젯밤 흑제는 그녀를 찾지 않았다. 길상천녀가 이곳 수정타로 온 이후 처음 있는 일이었다.

옅은 빛이 아주 조금씩 새어 들어오는 것도 자각하지 못하는지 허공을 향한 길상천녀의 시선은 조금도 흔들리지 않았다. 그저 무심한 시선을 들어 검은 현무가 아름답게 날고 있는 모습이 조각되어 있는 천장을 올려다보았다.

한 번도 따스한 품을 내어 준 적 없다 해도 좋았다. 어둠의 신인 그에게 그런 것을 기대하거나 바라고 온 것은 아니니까. 그저 그의 반려가 될 수 있음에 너무도 행복해 택한 길이었다.

그 답답한 어둠 속에서 어찌 살려 하냐며 걱정하는 이들을 뒤로하고 어둠만의 세상으로 그를 찾아왔었다. 어렸던 그 어느 날, 제석궁에 왔던 흑제를 본 이후 심장 깊은 곳에 그만을 담아 왔었으니까.

한 달에 단 한 번 채워지던 침상의 한쪽을 더듬는 그녀의 손끝이 아프게 시려 왔다. 어둠보다 더한 냉기가 손끝으로 스며들고 있었다.

⚜ ✠ ⚜

—수미산의 시간, 네 시진.

저 멀리 보이는 눈이 부시게 새하얀 궁전을 올려다보던 비사가 걱정스러운 눈길로 고개를 돌렸다. 온몸에 붉은 흔적들을 새긴 채 겨우 버티고 서서 힘겹게 숨을 토해 내고 있는 청제의 모습 때문이었다.

수미산 중턱을 감싸는 그 어마어마한 기운 속을 그대로 뚫고 온 것이다. 아마 다른 대제들이 들었다면 기함을 했을 것이다. 죽으려 작정한 것이라 여길 테니까. 자신이 왔음을 천제에게 고하는 시간조차 아까워 이 눈앞의 젊은 청룡은 죽음까지 무릅쓴 것이었다.

머리로는 절대 이해할 수 없는 이 젊은 청제의 마음을 돌리지 못하고 이리 휘돌리는 스스로의 모습도 이젠 우스울 지경인 비사였다.

"이걸 좀 들이켜십시오. 한결 괜찮아지실 것입니다."

비사가 허리춤에 차고 있던 호리병을 내밀었다. 이것을 챙겨 온 자신이 너무도 기특해지는 순간이었다.

피 내음이 진하게 풍겨 나오는 거친 숨을 내쉬던 청제가 호리병을 들어 입안으로 부어 넣었다. 핏물과 청수가 함께 그의 입 주위에서 주룩 흘러 내렸다. 저 모습으로 천제 앞에 제대로 갈 수나 있는 것일까 문득 걱정스러워지는 비사였다.

"모양새가 그러셔서 제석궁에 들어가시지도 못하는 거 아닙니까."

"안 열어 주면 부숴 버릴 거야."

"아주 소멸하시려고 작정을 하셨습니다."

"안 되면…… 그럴 수밖에."

"기다리는 이는 어쩌고요."

날카로운 비사의 목소리에 청제가 숨을 멈췄다.

"소멸하시면 소멸하신 것조차 모르고 끝도 없이 기다릴 그 아이는 어쩌시려고 그런 말씀을 하십니까."

"……."

"청제님 스스로를 소중히 여기셔야 합니다. 그래야, 모두가 나오를 소중히 여깁니다."

"비사."

"어서 가십시오. 저는 여기서 기다리고 있겠습니다."

그 붉은 눈동자 안에 따스함을 가득 담고 비사가 하는 말에 청제가 가만히 비사를 바라보았다.

언제부터였는지 모른다. 눈앞의 존재를 이렇게나 의지하고 있었다는 것을 자각한 것이. 스스로의 존재를 자각하면서부터 곁에 있던 하로와 비사, 그리고 건달바는 모두 청제에겐 조금씩 다른 의미였다.

하로가 존재감은 없어도 모든 것을 수족처럼 살펴 주는 이였다면 비사는 때론 무섭게 때론 따스하게 길을 안내해 주는 존재였다. 이런 것을 인간들은 친구라 부른다고 했던가.

"제석궁, 초토화시키시면 안 됩니다."

돌아서는 청제에게 비사가 웃음 섞인 목소리로 말했다. 큭큭, 여전히 너덜너덜 핏물이 묻은 푸른 장의에 감싸인 사내의 커다란 등이 흔들거리는 모습이 흐려지는 비사의 시선 안에 들어왔다.

사내의 모습이 멀어져 갔다. 제석궁의 영역 안으로 들어간 청제의 푸른 모습이 온전히 보이지 않게 되어서야 비사는 힘겨운 몸을 눕힐 수 있었다.

무엇인지 모를 안온한 기운이 온몸과 마음 저 깊은 곳까지를 천천히 적시는 것을 느끼며 청제가 눈앞에 드러나는 새하얀 궁을 올려다보았다. 거대하지도 웅장하지도 않은 성이었다. 우스운 것은 이 성이 먼 곳에서 바라볼 때에는 그 웅장함이 말로 할 수 없을 만큼이라는 것이다.

기이한 현상이리라. 멀어질수록 거대해지는 존재. 막상 바로 앞에 보이는 제석궁은 단아하고 아름다운 전각의 모습이었다.

한 발, 그 조그마한 전각 앞으로 다가서는 청제의 앞에서 제석궁의 문이 열린 것은 그때였다. 빼꼼 열리는 문 사이로 해맑은 얼굴의 소년이 고개를 내밀었다. 투명하리만치 새하얀 소년의 얼굴이 눈부셨다.

"혹여, 청제님이십니까?"

"……그렇다. 그대는."

"와, 정말이군요. 청제님이 오실 거라고 하셨는데 정말 오셨네요."

"누가……."

"천제께서 조금 전에 말씀하셨거든요. 청제께서 곧 오실 거니까 마중을 나가라고."

"……."

놀랄 일도 아닐 것이다. 이 수미산에 들어서는 순간 아마 천제는 자신의 기운을 느꼈을 것이니까.

"저는 월궁이라 합니다. 드십시오."

새하얀 소년이 얼굴보다 더 하얀 이를 가지런히 드러내며 환하게 웃었다.

눈꽃이라도 내린 듯 새하얀 꽃잎들로 가득한 정원 한쪽에 모여 앉아 무엇인가를 조잘거리던 천녀들의 시선이 낯선 사내의 등장에 일제히 청제를 향했다.

피로 얼룩져 있는 그의 모습에 미간을 찡그리는 이도 있었고 그의 얼굴을 보며 발그레 볼을 물들이는 이도 있었다. 낯선 이를 거의 볼 일이 없는 제석궁 안의 생활일 것이다.

"헌데, 혹여 오시다 요괴라도 만나신 것입니까? 어째 모습이."

안 그래도 문에서 볼 때부터 신경이 쓰이던 청제의 모습을 더는 참지 못하고 소년이 그에게 물었다. 이런 처참한 모습으로 천제를 만나러 오는 이는 본 적이 없었기 때문이다.

천왕들이나 신들, 또는 신선들 외에는 올 수도 없는 곳이니 이렇게 붉은 핏물을 그대로 묻힌 채 이곳에 든 이는 자신의 기억에는 분명 처음이었다.

"천기를 뚫고 오느라."

너무도 여유자적 한 소년의 걸음이 못마땅해 속이 끓기 시작한 그였다. 숨이 넘어갈 듯 한시가 급한데 옆의 소년은 물결이 흐르듯 그저 무심하게 걷고 있었기 때문이다.

소년의 물음에 건성으로 대답한 청제가 우뚝 멈춰 서는 소년을 향해 짜증스러운 듯 고개를 돌렸다. 소년의 눈이 더할 수 없이 커다래져 있었다.

"그, 기운을 그대로 뚫고 오셨다는 것입니까? 설마?"

"천제께서는 지금 이곳에 계시는 것이지요?"

자신의 물음에는 대답도 하지 않고 무엇이 급한지 숨조차 빠르게 내쉬는 사내를 잠시 바라보던 소년이 그 맑은 얼굴에 살짝 미소를 지었다. 눈이 부시게 환한 이 제석궁의 밝음조차 무색하게 하는 소년의 미소는 너무도 환하고 고왔다.

"계시긴 합니다만 잠시 오수 중이십니다."

"뭐?"

"잠시만 기다리시면."

"젠장."

"예?"

단연코 이 안에 살면서 단 한 번도 들어 본 적 없는 낯선 단어에 소년의 동그란 눈이 의아함을 담고 커다랗게 열렸다. 그렇게 자신의 말에 굳어 버리는 소년에게는 시선도 주지 않은 청제가 그대로 앞을 향해 달리기 시작했다.

"청제님!"

숨소리 하나조차 들리지 않던 이 고요한 공간 안에 거센 바람의 기운이 불어닥쳤다. 푸른 바람이 질주하며 터져 나오는 바람의 회오리에 모여 앉아 있던 천녀들의 치맛자락과 머리카락이 허공으로 날렸다. 정원 바닥을 눈처럼 가득 메우고 있던 눈꽃들이 허공으로 휘날리며 공간을 새하얗게 물들여 갔다.

세상의 모든 적막은 다 품고 있는 것처럼 보이던 공간이 일순간에 서늘함으로 가득 차는 것을 느끼면서도 청제는 멈추지 않았다. 한순간이 미치도록 아까운데 오수라고?

그 끝없는 시간 동안 나오는 그 어둠 속에서 자신을 기다리고 또 기다릴 텐데 그저 한낮의 오수를 기다리라는 것은 그에겐 심장이 터지는 지옥이었다.

그저 기운으로 느낄 수 있었다. 세상에서 가장 고결하고 가장 깨끗하며, 가장 강한 기운이 뿜어져 나오는 곳을 향해 청제가 달렸다. 세상 그 어떤 더러움도 닿아 본 적 없는 듯 무색의 거대한 문이 눈앞에 드러났다. 그리고 그 앞을 막아서는 새하얀 무리도 함께.

"하아, 하아."

푸른 눈동자가 일렁였다. 눈앞에 자신을 막아서는 새하얀 천군들을 마주한 사내의 온몸에서 푸른 기운이 천천히 끓어오르기 시작하고 있었다.

나오의 여의주에 물든 몸이 아직 제대로 회복되지도 못한 상태였다. 그런 상태로 제석천을 감싼 그 거대한 천제의 결계를 그대로 뚫고 올라온 것이다. 사실 그냥 서 있는 것조차 힘겨운 청제가 지금 자신의 모든 것을 끌어 올려 폭주를 준비하고 있었다.

붉게 물들어 있던 푸른 장의가 연푸른색으로 변하며 천천히 허공으로 흩날렸다. 안개가 그를 감싸고 푸른 연기가 그의 온몸을 보호라도 하는 듯 감싸고 돌기 시작했다. 그 안에서 눈이 시리게 푸른 눈동자의 반짝임이 보였다. 핏빛 숨결을 온전히 품은 푸른 눈이 일렁이며 눈앞의 천군들을 향해 타올랐다.

– 비켜라. 모두 소멸되고 싶지 않으면.

으르렁거림을 담은 청룡의 공명이 공간을 울렸다. 세상 모든 것을 푸른 기운으로 감싸야 할 청룡이 지금 자신의 기운으로 모든 것을 파괴하려 하고 있었다. 그 엄청난 기운 앞에 천군들이 움찔, 서로를 바라보았다.

"청제님! 잠시만!"

하얗게 질린 얼굴로 달려온 소년이 청제를 부른 그때, 거대한 푸른 바람 사이로 보이는 청제의 긴 손안에서 막 푸른 기운이 터져 나오려는 그 순간이었다. 굳게 닫혀 있던 무색의 투명한 문이 천천히 열린 것은.

세상을 삼켜 버릴 듯 거세게 몰아치던 바람이 천천히 잔잔해졌다. 열린 문 사이로 흘러나오는 물결처럼 새하얀 기운에 문 앞을 점령하고 있던 천군들이 그림자처럼 허공으로 스미듯 사라졌다. 그리고 그곳에 눈이 부시게 새하얀 여인이 서 있었다.

"오랜만이다. 꼬마 지국천."

청제의 눈이 가늘어졌다. 그리고 그의 뇌리 속에 아주 오래전, 자신의
기억 속에 담겨 있었다는 것조차 자각하지 못했던 기억이 떠올랐다.

동방의 숲이었고 그곳에 어리고 어린 자신이 서 있었다. 그 앞에 여인
이 있었다. 그때의 그는 여인을 한참이나 올려다보아야 했던 것 같다.

여인의 새하얀 옷도, 눈이 부시게 새하얀 머리카락도, 그리고 빛을 담
으면 여러 가지 색으로 변하는 아름다운 눈동자도 한참을 올려다보아야
했었다.

"네가 꼬마 청룡이로구나."

눈이 부시게 아름다운 모습의 여인은 빛을 모아 만들어 놓은 것처럼 보
였었다. 그저 바라보는 것만으로도 눈이 부셨으니까. 너무 눈이 부셔 제
대로 여인의 모습을 다 눈에 담을 수도 없었다.

그렇지만 따스한 빛의 내음이 풍기는 여인의 곁에 서 있는 것만으로도
알 수 없는 기운이 몸 가득 차오르는 것이 확연하게 다가왔다. 그때가 아
마도, 태어나 1천 년이 막 지났을 때였다.

"당신은…… 누굽니까?"

"내가 누구인지 궁금한 것이냐? 꼬마 청룡?"

빛이 수정에 부딪쳐 여러 가지 색으로 나뉘며 아름답게 퍼져 나가는 것
처럼 여인의 미소는 그렇게 여러 가지 색감을 품고 있었다. 따스함과 서
늘함이 공존하는 낯선 미소. 어린 소년에게 그 미소는 알 수 없는 두려움
이었다.

"나는 너의 주인이다. 제석천, 천제라고도 부르지. 이 세상이 나의 것
이니까."

"당신이 나의 주인이란 말입니까?"

"그래."

"난 주인 따위 필요 없습니다."

"이런…… 꽤나 당돌한 꼬마 청룡이로구나. 재미있어."

깔깔거리며 시원하게 웃음을 터뜨린 여인이 너무도 가벼운 움직임으로 돌아섰었다. 여인의 가느다란 손가락이 허공에 나풀거렸던 것을 기억한다.

"또 보자꾸나. 꼬마 청룡."

허공에 가득하던 그 목소리가 다시 귓가로 스며들고 있었다.

"이런, 이제 꼬마라 부르면 안 되는 것이구나."

여인이 한 발 그에게로 다가섰다. 낯선 이의 다가섬에 한 발 뒤로 물러서고 싶었다. 헌데…… 몸이 움직이지 않았다. 아니, 몸이 아니라 마음이 움직이지 말라 명하는 것 같았다.

"아름다운 얼굴에 이게 뭐니?"

여인의 가늘고 긴 새하얀 손이 들어 올려져 아직도 핏물이 배어 있는 흉터로 가득한 그의 얼굴을 가만히 쓰다듬었다. 차디찬 손길이 부드럽게 그의 얼굴을 쓸어내렸다.

차디찬데 지독하게 부드러운 감각이 피부를 뚫고 확연하게 느껴졌다. 손끝이 피부를 뚫고 안을 훑는 느낌이었다. 그제야 청제가 한 발 뒤로 물러섰다. 그의 움직임에 부드럽던 여인의 눈동자가 꿈틀, 흔들렸다.

"이제 정말 사내로구나."

무엇이 그리 만족스러운지 여인이 자신에게서 한 걸음 뒤로 물러선 청제를 보며 활짝 웃었다. 티끌 하나 없이 그려 놓은 듯 새하얀 얼굴 위로 해맑은 미소가 번졌다.

숨이 막히게 아름다운 그 얼굴의 선 하나하나가 준비된 것처럼 아름답게 조화를 이루는 모습은 그림을 보고 있는 듯 현실감이 느껴지지 않았다.

그때였다. 자신을 응시하고 있는 여인의 뒤로 한 사내가 천천히 다가선 것은. 청제의 눈동자가 눈앞의 존재에 닿았다 뒤를 향했다.

"설마 이자가 그리 아름답다 칭송받는 청제입니까? 저 모습이?"

사내의 비릿하게 끌어 올려진 연황색 입가에 진득한 미소가 담겼다. 여인의 허리를 끌어안는 사내와 조금 전 해맑은 얼굴로 자신을 마중 나왔던 소년의 모습이 똑같음을 자각하는 청제의 얼굴에 의아함이 떠올랐다.

다른 점이라면 조금 전 자신을 마중했던 월궁이라던 소년의 머리색과 입술색이 어두운 은빛을 품고 있고 지금 눈앞에서 노골적으로 자신에게 적대감을 보이며 여인을 품어 안는 이는 붉은 기가 도는 황색의 머리카락과 입술을 하고 있다는 것이었다. 똑같은 얼굴이 전혀 다른 느낌을 주고 있었다.

"내가 아끼는 아이란다."

여전히 청제에게서 시선을 떼지 않고 말하는 여인의 어깨에 입술을 묻으며 사내가 짜증스럽게 고개를 저었다. 붉은 기가 가득한 황색의 곱슬거리는 머리카락이 사내의 움직임에 거칠게 흔들렸다.

"저와의 시간이 아직 끝나지 않으셨습니다."

사내의 단단한 팔이 여인을 놓지 않겠다는 듯 자신 쪽으로 여인의 몸을 끌어당기려 하는 모습에 청제가 한 발을 앞으로 내밀었다. 잠시 내려앉았던 푸른 기운이 다시 넘실거리기 시작했다.

그 기운을 느껴서일까. 여인을 끌어안고 있던 사내의 황색 눈동자가 사납게 청제를 노려보았다.

"그대는 기다려. 천제님은 아직 내 것이니까."

"큭."

아직 세상 그 무엇도 모르는 조그마한 범이 자신의 영역을 지키겠다고 청룡에게 으르렁거리고 있었다. 청제가 나직하게 웃음을 토해 냈다.

붉은 기를 머금은 푸른 눈동자가 사내가 아닌 여인, 천제를 향했다. 치열하게 떨리는 그 눈동자에 서늘함이 가득 고였다.

"제가 시간이 없어서 말입니다. 백제의 여의주. 그걸 청족의 심장에서 어떻게 빼내야 하는지만 알려 주십시오. 그러면 저 꼬마와의 시간 따위 절대 방해하지 않을 테니까요."

"꼬마라 부르지 마."

사내가 으르렁거렸다. 하지만 청제의 시선은 그런 이 따위 신경도 쓰고 있지 않았다. 청제의 눈이 금방이라도 천제를 뚫을 듯 응시했다. 공간이 그 파란 시선에 다 갇히는 것만 같았다.

"그걸 물으려 이 몰골이 되어 온 것이냐."

천제의 붉은 입가에 조롱이 담긴 미소가 번졌다.

"대답, 해 주십시오."

금방이라도 터져 나올 듯 청제의 푸른 눈이 일렁였다. 그의 온몸에서 금방이라도 폭사할 것처럼 제어되지 못하고 조금씩 흘러나오는 기운이 천천히 주변을 감쌌다.

"월광."

"예. 천제님."

불안해 어찌할 줄 모르며 서성이던 소년이 천제의 부름에 급히 고개를 숙였다.

"일광을 데려가거라."

"천제님!"

천제의 말에 일광이라 불린 소년이 비명처럼 천제를 불렀다. 화가 가득한 소년의 얼굴에 낭패감이 가득했다.

"다신 이곳에 돌아오지 못해도 좋으냐. 일광."

"……."

"나는 말을 듣지 않는 아이는 용서하지 않는단다."

절대 물러서지 않으려는 듯 천제를 끌어당기던 사내가 차갑게 공간을 가르는 그녀의 목소리에 움찔 몸을 떨었다.

조금 전까지 부드럽게 울려 나오던 목소리가 아닌 공간을 검으로 자르듯 날카로움이 가득 밴 여인의 목소리는 그 누구도 거역할 수 없는 기운을 품고 있었다. 그녀는 세상의 주인, 천제이기에.

"물러가라."

"……예."

그 고운 붉은빛을 띤 황색의 입술을 악물며 일광이라 불린 사내가 월광의 손에 이끌려 공간을 떠났다.

"이제 우리는 여의주에 대해 이야기를 해 볼까. 지국천?"

천제가 걸음을 옮기기 시작하는 모습에 짜증스럽게 입술을 악문 청제가 아주 잠시 망설이다 그녀를 따라 걸었다. 재촉한다고 쉬이 자신의 말을 들어 줄 리 없을 것이다. 눈앞의 이가 일광이란 이를 내치는 모습으로 확연하게 느낄 수 있었다.

여유로움이 가득 묻어나는 걸음으로 천제가 정원으로 내려서자 조금 전까지 모여서 종알거리고 있던 소녀들이 서둘러 몸을 숙여 예를 취하고는 허공으로 사라져 갔다. 그중에서는 사라지는 마지막 순간까지 청제에게서 시선을 돌리지 못하는 소녀도 있었다.

새하얀 돌로 만들어진 탁자 앞에 고운 자태로 앉은 천제가 그대로 서 있는 청제를 올려다보았다. 환하게 빛나는 빛이 그녀의 눈동자에 닿아 오색의 빛깔로 흩어졌다.

"앉거라. 내 아이야."

"대답만 들으면 갑니다."

청제가 서늘한 표정으로 무감하게 읊조리자 천제의 입가에 연한 비소가 번졌다.

"그 대답, 네가 원하는 것이 아닐 텐데도?"

거칠게 흔들리는 청제의 눈동자를 재미나다는 듯 바라보며 천제가 입을 열었다.

"청족 아이의 심장에 박힌 여의주를 빼고도 청족 아이가 살아 있을 수 있는 방법을 물었더냐."

"……."

"없단다. 그런 방법 따위."

청제의 얼굴이 새파랗게 일그러져 갔다.

❈ ✚ ❈

―심연의 시간, 다섯 달.

명부를 관리하는 수문장들과 마주하고 있던 흑제가 조용히 들어서는 이든을 보며 살짝 눈짓을 했다. 조금 있으면 끝나니 기다리라는 묵시적인 암시였다.

워낙 문제가 자주 일어나는 명부라 웬만한 일들은 보고조차 하지 않는 명부의 수문장들의 보고가 길어지는 것을 보면 이번 싸움은 꽤나 거셌던 모양이었다. 흑제의 성격상 조만간 또 한 번 명부에 소멸의 바람의 불 것임이 자명했다.

명부의 수문장들이 사라지자 서늘함과 어둠으로 가득했던 공간에 이제야 조금 공기다운 공기가 차올랐다. 이든이 마른 가슴을 들썩이며 힘겹게 숨을 들이마셨다. 점점 약해지는 기력 때문인지 기가 강한 이들의 곁에 있을 때면 힘겨운 그였다.

"또 무슨 잔소리를 하려고 그리 버티고 있는 거냐."

"잔소리 들으실 일을 하시긴 하셨지요? 얼마 전에 말입니다."

이든이 무슨 소리를 하고 싶어 온 것인지 확연하게 느껴지는 그 말에 흑제의 얼굴에 살짝 난감함이 떠올랐다. 그 표정을 기다린 듯 이든이 흑

243

제 앞으로 다가섰다.

조금 전까지 숨조차 제대로 내쉬지 못하던 늙은이가 맞는지 의아할 정도로 흑제를 노려보는 이든의 검은 눈동자는 총기가 가득했다.

"오늘은 잊지 않는다."

"당연히 그러셔야지요."

"……."

짜증과 무감함이 함께 어린 흑제의 얼굴이 이든의 말을 외면하고 싶은 듯 아래로 향했다. 어둠 속을 밝히고 있는 진한 은빛 아래 길게 그림자를 드리운 흑제의 새하얀 얼굴에는 아무런 표정도 없었다. 안타까움을 담은 이든의 눈이 그런 흑제를 응시했다.

천제의 명이었다 하나 길상천녀가 한 번의 거절도 없이 흑제의 반려가 된 것이 그녀의 선택임을 모르는 이는 없었다. 그녀의 눈이 모든 것을 말해 주고 있었으니까.

처음 이곳에 왔던 길상천녀의 모습을 기억하는 이든이었다. 그저 무심하게 자신을 맞이하는 흑제에게서 한순간도 시선을 떼지 못하던 그녀의 그 눈이 그녀의 마음을 고스란히 보여 주고 있었다.

오래된 마음임을 모르려야 모를 수가 없었다. 헌데 이 눈앞의 무감한 이는 아직 그것조차 제대로 모르고 있었다. 흑제의 기억엔 그날이 처음이었을 테니까. 그녀를 본 것이.

"오조가 돌아왔습니다."

혹여 이든의 잔소리가 계속될까 일부러 시선을 외면하고 있던 흑제의 눈이 거세게 들어 올려졌다. 기다리고 있던 소식이리라.

"말해."

"황금타와 류리타, 그리고 이곳까지 편조들이 모두 감시를 하고 있는 모양입니다. 인간계에서까지 편조의 움직임이 느껴졌다 합니다."

"큭, 아주 급하셨군. 광목천."

"혹여 광목천이 이곳으로 움직이기라도 하면 어찌할까요."

"그럴 리도 없지만 그런다 해도 상관없어."

"싸우실 생각입니까."

긴장을 담는 이든을 보며 흑제가 피식 웃었다.

"알잖아? 난 이길 수 있는 싸움만 한다. 광목천이 내 상대가 되지 못한다는 것은 모두가 알고 있거든. 광목천 그 자신조차도."

"광목천께서 바보는 아니니까요."

"교활하긴 해도 바보는 아니니까 날 상대로 싸우자고는 하지 않을 거야. 싸우자면…… 멍청이인 것이고."

"그렇겠지요."

"계속 지켜봐. 어떻게 하는지."

"예."

"이제 그만 가서 쉬지? 피곤해 보이는데?"

도대체 자신의 곁에서 떠날 생각을 하지 않는 이든을 짜증스럽게 보며 말하는 흑제의 모습에 이든이 그 주름진 눈가를 가늘게 떴다.

"흑제님께서도 그만 일어나시지요. 오늘 중요한 일이 있지 않으십니까."

"그건 늙은이가 자꾸 거론할 만한 이야기가 아닐 텐데."

비릿하게 짜증을 담아 이든을 노려본 흑제가 거친 걸음으로 자신의 전각을 나섰다. 따스한 미소를 지으며 이든이 뒤따랐다.

"이든 님."

무엇인가 급하게 종종걸음으로 뛰는 듯 걷던 궁인이 흑제와 이든의 모습을 보고 급히 멈춰 섰다.

무심하게 자신에게 고개를 숙이는 이의 곁을 스쳐 지나가려던 흑제의 시선이 궁인의 손에 들린 낯익은 것에 닿았다. 물이 흐르듯 움직이던 흑제의 걸음이 그 자리에 딱 멈춰졌다.

"무슨 일이냐."

이든의 시선도 궁인의 손에 닿았다. 궁인이 손에 조심히 들고 있는 것은 분명 귀였다. 머리와 다리를 몸통 안에 폭 파묻은 귀는 그저 작은 등껍질만이 보였다.

"조금 전 심연에서 나왔는데 이런 게 쓰여 있어서."

궁인의 걱정스러운 목소리를 따라 흑제의 시선이 귀의 등껍질로 향했다. 그 순간 흑제의 미간이 날카롭게 일그러졌다.

'寒(한).'

겨우겨우 알아볼 수 있게 힘겹게 써 내려간 한 글자.

'편하게 있고 싶지 않습니다.'

'그분이 지금 힘드실 테니, 저도 힘들고 싶거든요.'

언제나 힘들다는 말도 내색도 없던 아이였다. 자신 때문에 힘들게 제석천을 올라야 하는 청제를 생각하며 절대 좋은 음식도 따스한 것도 바란 적 없던 아이였다. 헌데…….

"흑제님!"

멍하게 귀의 등에 적힌 글자를 응시하던 흑제가 그대로 뛰기 시작했다. 그의 검은 옷자락이 어둠을 품고 휘날리는 뒤로 이든의 난감한 부름이 뒤따랐다.

언제나 익숙한 고요였다. 한 번도 이 지독한 적막이 싫은 적은 단연코 없었으니까. 세상에 존재하기 시작하며 익숙해진 곳이 이곳이며 이 어둠의 한없는 고요는 자신에겐 너무도 익숙하기만 한 것이었기에. 헌데 지금이 순간 이 고요가 끔찍하게 심장을 내리눌렀다.

거칠게 흑제의 검은 장의가 심연 바닥을 스쳐 갔다. 언제나 물이 공간으로 흘러들듯 움직임조차 느껴지지 않던 그의 발걸음이 아니었다. 급한 그의 마음을 고스란히 담은 그의 발걸음 소리가 숨죽이고 있던 고요를 깨우듯 온 공간 안을 울렸다.

거대한 심연의 침상 앞에서 흑제의 거친 발소리가 거짓말처럼 딱 멈춰졌다.

"하아, 하아. 추워요. 청제……님. 청제님."

조그마한 몸이 보는 것만으로도 미간이 일그러질 정도로 덜덜 떨리고 있었다. 새하얀 얼굴과 새파란 입술이 겨우겨우 토해 내는 숨결 안에서 느껴지는 뜨거운 열기가 조금 떨어진 곳에서조차 느껴질 지경이었다. 대체 저런 모습으로 얼마나 견디고 있었는지 가늠도 되지 않았다. 그것이 더 짜증스러운 흑제였다.

견디다 더 이상 견딜 수 없어 귀의 등에 그리 썼을 것이다. 제대로 글자를 쓰지도 못할 상태로 그 글자를 썼을 것이고 귀가 그 느린 걸음으로 이곳에서 심연의 입구까지 또 얼마나 긴 시간을 기었단 말인가.

대체 너란 아이는!

더 이상 아무 생각도 하지 못한 흑제가 그대로 침상에 몸을 웅크리고 있는 나오를 품으로 안아 들었다. 금방이라도 자신의 살갗을 다 태워 버릴 듯 엄청난 열기를 품고 있는 몸이 그의 품으로 거칠게 파고들었다.

살기 위한 본능일 것이다. 처음 이 심연에서 숨을 내쉬지 못할 때에도 낯선 자신의 말 한 마디 한 마디를 그대로 따르던 그녀였다. 살기 위한 본능적인 움직임임을 너무도 잘 아는데 자신의 가슴 안에 스스로를 묻는 그녀의 움직임에 심장이 덜컹, 울렸다.

"꼬마야. 이봐."

품 안으로 파고들며 자신의 옷자락을 꼭 움켜쥐는 그녀의 주먹조차 덜덜 떨리고 있음이 가슴에 닿는 감각으로도 느껴질 지경이었다. 엄청난 고열이었다.

　이럴 수 있음을 간과했었다. 아니, 생각지 못했다는 것이 맞을 것이다. 여의주를 심장에 품고 있다 해도 이 아이는 그저 평범한 청족의 소녀일 뿐임을.

　하루하루 핼쑥하게 말라 가고 있음을 보면서도, 말도 없어지고 움직임 조차 거의 없어져 감을 알면서도 그저 바라보기만 했었다.

　억지로 웃고 억지로 먹는 것을 알고 있었다. 정말로는 그렇지 않다는 것을 알면서도 그게 이 아이의 운명이라고 생각했다. 자신은 이 아이를 이 안에 보호해 주는 것 외에는 아무것도 해 줄 수 없는 이라고.

　헌데 지금 이 순간 그렇게 방치했던 자신에게 미치도록 화가 났다. 이 아이를 이곳에 버려두고 떠난 청제가 아니라, 이 아이가 얼마나 힘들어하는지 눈앞에서 보면서도 아무것도 해 주지 않은 자신 스스로에게 화가 나고 있었다.

　"하아, 하아. 가지 마요. 나, 나 데리고 가요. 하아."

　청제라 여기는 모양이었다. 눈도 뜨지 못하면서도 꽉 잡은 옷깃을 놓지 않았다. 혹여 그 옷깃을 놓칠세라 힘겹게 떨리는 손으로 겨우겨우 움켜쥐는 소녀의 손마디에 파랗게 힘이 들어갔다.

　그녀가 마음 놓을 수 있도록 하고 싶어서였다. 커다란 품 안으로 조금 더 그 몸을 끌어안은 것은.

　자신의 몸을 태워 버릴 듯 뜨거움을 담고 있는 그 아이를 내려놓을 용기가 지금 이 순간 나지 않았다.

　"하⋯⋯."

　허공을 응시하는 흑제의 검은 동공이 아득하게 흔들렸다. 이 엄청난 열을 내려야 하는데 선택이란 지금 이곳에선 한 가지뿐이었다. 해선 안 되는 선택, 하지만 가슴 저 깊은 곳에서 하라고 자꾸만 속삭이는 선택이 그의 심장을 두드려 댔다.

선택을 마친 흑제가 나오를 품에 안은 채 천천히 몸을 일으켰다. 그의 기다란 검은 장의가 장막처럼 드리워졌다.

광천 앞에 선 흑제의 시선이 물끄러미 은빛 어둠을 품고 고요하게 흐르는 어둠의 물줄기에 닿았다. 세상 모든 어둠의 근원인 광천의 물은 청수와 마찬가지로 치유의 능력이 있었다.

하지만 어둠, 그 삶과는 다른 근원을 흐르는 광천은 중독의 위험도 함께 갖고 있었다. 청제의 기운을 나눠 받은 이 아이라 해도 광천에 물들지 말라는 법은 없을 것이다. 해서 이 근처에도 가지 못하게 했던 것이었다. 헌데⋯⋯.

광천을 바라보던 흑제의 시선이 자신의 품 안에 있는 여인에게 닿았다. 해맑게 웃으면 빛이 부서져 내리는 것 같은 아이.

따스한 눈길로 귀를 바라볼 때면 이 어둠의 공간 안에 한 번도 존재해 본 적 없는 온기라는 것이 온전하게 느껴지는 아이였다.

해서 이상하고 신경이 쓰이고 눈길이 갔다. 이 아이의 심장에 있다는 여의주 때문일까.

"일단 열은 내리고 보자. 꼬마."

흑제가 천천히 몸을 숙였다. 검은 비단 자락처럼 그의 머리카락이 광천에 닿아 젖어 들었다. 검은 물속에 짙푸른빛을 품은 검은 머리카락이 헤엄치듯 흘렀다.

기다란 몸을 숙인 그가 광천 안으로 길고 커다란 손을 내렸다. 검은빛 속에 온전한 어둠을 품은 맑은 물이 반짝였다.

한 손으로는 나오를 안고 나머지 한 손으로 광천수를 손바닥 가득 떠 올린 흑제가 가만히 나오의 입술 위로 그것을 흘려보냈다.

광천수가 바싹 마른 나오의 입술을 타고 입안으로 천천히 흘러 들어갔다. 그를 응시하는 흑제의 시선이 아득함을 담고 약하게 일그러졌다.

조금씩 편안하게 숨을 내쉬는 나오의 모습에 날카로워져 있던 신경이 이제야 조금씩 풀어지는 것을 느끼며 흑제가 손으로 얼굴을 비볐다.

명부의 골칫거리들을 소멸시킬 때보다도 더 피곤이 몰려오고 있었다. 온몸을 가득 채웠던 긴장과 불안이 사라져 가자 그제야 자신이 지금 어디에 있어야 하는지가 떠올랐다. 낭패감이 그의 얼굴을 가득 채웠다.

꿈틀꿈틀, 어느새 심연으로 돌아온 것인지 그 느린 움직임으로 다가온 귀가 나오의 옆에 다가오는 모습이 보였다.

자신의 자리를 찾아가듯 나오의 옆에 몸을 누인 귀의 고개가 흑제를 향해 빼꼼 들어 올려졌다.

'얼마나 오래 이러고 있던 거냐.'

귀를 향해 흑제의 공명이 울렸다. 고개를 갸웃거리는 귀의 동그란 눈이 잠깐 감겼다 떠졌다.

'오래되셨습니다.'

무의미한 질문이었다. 귀에게 시간이란 무의미하니까. 시간적인 개념으로 귀에게 물어봐야 아무 소용이 없음을 알면서도 답답한 마음에 물었던 것이다.

'좀 빨리 다녀라. 제발.'

'그게, 무슨 말씀입니까?'

귀의 동그란 눈이 커다랗게 떠진 채 흑제를 올려다보았다. 하긴 시간의 개념도 없는 이곳에서 사는 귀에게 빨리라는 말은 무슨 뜻인지도 모르는 단어일 것이다.

그저 이곳에 머물며 이곳의 주인이 등에 무엇인가를 적어 주면 심연의 입구로 나간다. 심연의 입구에서 그곳의 이들이 무엇인가를 자신의 등에 매어 주거나 매달아 주면 그것을 이 안으로 끌고 올 뿐이다.

얼마나인지도 모르는 시간 동안 귀는 그것만을 하며 살아왔다. 그런 귀에게 시간의 개념으로 빠르고 느린 것은 조금도 이해할 수 없는 이야기일 것이다.

'아니다. 됐다.'

흑제가 짜증스럽게 고개를 젓자 귀가 목과 다리를 등껍질 안으로 밀어 넣고는 나오의 옆에 누웠다.

잠이 든 나오의 얼굴에 닿은 흑제의 시선이 살짝 일그러졌다. 그녀의 눈 아래 담겨 있는 그늘 때문이었다. 혹여 이 공간 안의 어둠 때문일까.

흑제의 손길이 허공을 스치듯 움직이자 공간을 밝히고 있던 옅은 어둠의 빛들이 강해졌다. 심연을 물들이는 검은빛들이 심연 안의 모든 것을 비추고 있었다.

그 어둠 속에 흐리게 퍼지는 안개처럼 흐린 불빛 아래 드러나는 나오의 얼굴을 흑제의 시선이 천천히 훑어 내렸다.

끈적거리는 것에 붙어 버린 나방의 날갯짓처럼 그녀에게 닿은 흑제의 시선이 파들거렸다. 이 아이의 동그란 눈 언저리에서, 조그마한 코에서 시선은 떨어지지 않았다.

연한 붉은빛이 돌아온 입술이 살짝 움직였다. 흑제의 검은 시선이 그 입술을 따라 흔들렸다.

"청······제님. 가지 마요. 가지······ 마요."

꼭 감겨져 있는 눈에서 흘러내리는 그녀의 눈물이 말라 버린 붉은 입술을 적시고 침상을 적셔 갔다. 꿈속에서조차 그리운 이를 떠올리며 우는 나오를 응시하는 흑제의 눈빛이 점점 어두워져 갔다.

밤을 꼬박 새운 붉은 눈을 힘겹게 감았다 뜨며 길상천녀가 천천히 몸을 일으켰을 때였다.

그녀의 전각 앞에서 흑제를 기다리던 궁인들마저 그가 오지 않을 것임을 자각하고 떠나간 후였다. 굳게 닫혀 있던 문이 거칠게 열린 것은.

놀란 여인의 눈앞에는 이제껏 단 한 번도 본 적 없는 사내의 눈빛이 있었다.

"벗어."

그대로 그녀에게 다가서는 흑제의 입에서 낯선 단어가 흘러나왔다.

"흑제님."

그의 검붉은 입술에서 무슨 말이 새어 나왔는지 길상천녀는 제대로 알아듣지 못했다.

단 한 번도 그는 거친 말을 뱉어 낸 적이 없었다. 지독하게 정중하고 무심한 사람이니까. 그런 그의 투와 너무도 다른 말속에 담긴 뜻이 멍하게 그를 올려다보고 있는 여인의 뇌리에 떠오르지 않음은 어쩌면 당연한 일이었다.

자신을 올려다보는 그녀의 눈동자는 외면한 채 그의 손이 그녀의 침의를 거칠게 벗겨 냈다. 거의 뜯어내듯 그녀의 옷을 벗겨 내며 그가 그녀를 침상 위로 던졌다. 상상도 하지 못한 흑제의 몸짓에 길상천녀의 얼굴에 경악이 어렸다.

"흑! 흑제님. 대체."

"아직 해가 뜨지 않았으니 여전히 월의 밤이 아닙니까?"

언제나 차디차던 그의 숨결이 터질듯 거칠어져 있었다. 붉은 기운이 묻어나는 그의 숨결이 그녀의 목에 부딪쳐 그녀의 새하얀 목에 붉은 흔적들을 아로새겼다.

낯선 감각에 길상천녀의 가는 몸이 잔약하게 떨렸다. 사내의 입술이 닿는 것이 이리 뜨거운 것임을 처음으로 느끼는 그녀였다. 아리고 아팠다.

세차게 자신의 목을 지나 가슴으로 이어지는 그의 입술이 여린 살갗을 빨고 무는 감각은 너무도 지독해서 쾌락보다는 고통에 가까웠다. 하지만 그녀는 그를 밀어내지 못했다.

처음이었다. 그에게 여인이 되는 것은. 맹세코 그녀가 느끼기에 그가 자신을 여인으로 느끼고 이리 탐하는 것은 그의 곁에 있으면서 처음 느끼는 감정이었다.

언제나 의무적으로 그녀를 안던 그였다. 남녀의 관계가 이리 무미건조할 수도 있을까 의아할 정도로 그는 그저 후계를 보기 위해 그녀를 안았다. 한 달에 딱 하루, 흑월의 밤에 너무도 조심스럽고 단순한 움직임으로 그녀를 안고는 등을 돌렸다. 그런 그가 오늘은 불처럼 뜨거웠다.

그런데…… 이상하게 심장이 저릿할 만큼 그가 싫지 않았다. 거칠게 속옷까지 찢어 낸 그가 일말의 망설임도, 전희 따위 없이 그녀의 안으로 스스로를 밀어 넣었지만, 그래서 고통에 이를 악물어야 했지만 그녀는 그것이 좋았다.

"하아, 하아."

거친 숨소리가 그의 가슴에 얼굴을 파묻고 견디고 있는 그녀의 귓가로 스며들었다. 뜨거움에 물든 그의 숨결이 자신의 온몸으로 스며드는 것 같았다.

얼음처럼 차가운 흑제의 안에도 이런 열기가 있었다는 것이 믿기지 않을 만큼 그는 지금 그렇게 뜨거웠다.

그 뜨거움이 자신에게 옮겨진 듯 고통 뒤에 따르는 쾌락을 토해 내지 못하고 입술을 악문 채 그녀가 가는 팔로 그의 커다란 몸을 조심히 안으려던 순간이었다.

"돌려주지 않아. 하아, 절대."

씹어뱉듯 토해 내는 그의 말에 그의 가슴에 닿아 있던 그녀의 시선이 천천히 들어 올려졌다. 뜨거움이 가득한 붉은빛을 띤 검은 눈동자가 보였다.

차마 바라보지 못하던 그의 눈동자를 심장에 담는 순간 길상천녀의 눈동자가 아프게 흔들렸다. 그의 그 아름다운 검은 눈 안에 자신은 담겨 있지 않았다.

―심연의 시간, 일곱 달.

주름이 빈틈없이 가득한 얼굴에 짙은 시름을 담고 이든이 궁인들이 옮기고 있는 짐들을 무심히 바라보았다. 아름다운 수가 가득한 두꺼운 모포들과 수도 없이 많은 아름다운 여인의 옷들, 그리고 대체 그 안에서 저것이 왜 필요할까 싶은 진기한 향내를 품은 향갑까지.

그 거대한 짐을 수레에 싣고 엉금엉금 심연 안으로 기어 들어가는 귀의 모습이 기이할 지경이었다. 저 조그마한 몸의 동물이 어찌 저리 거대한 짐을 옮길 수 있는 것인지.

"명하신 물품들은 다 옮긴 것이냐."

"예. 이든 님."

"천도는 아직 구하지 못했고?"

"예. 그것이 아직."

천도까지 구해 오라는 흑제의 명에 골머리를 썩고 있는 궁인들이었다.

대체 흑제의 땅에서 무슨 수로 천도를 구한단 말인가! 그것 하나를 구하기 위해 천도원까지 가라는 것인가? 아니면 청제의 땅, 지금은 주인이 없어 결계로 막혀 갈 수도 없는 곳에 뚫고 들어가기라도 해야 하는가 말이다.

난감한 얼굴로 물러가는 궁인들의 모습을 가만히 응시하던 이든이 잠시 생각에 잠겼다 이내 몸을 돌렸다.

이든이 올린 명부의 자료를 대충 살피고 막 자리에서 일어나던 흑제가 기척도 없이 자신의 방으로 들어서는 이든의 모습에 미간을 일그러뜨렸다. 들어서는 이든의 표정만으로도 그가 왜 이곳에, 그것도 지금 무례하다 느껴지는 방법으로 들어선 것인지 알기 때문이다.

"뭐냐. 이든."

"말씀드릴 것이 있습니다."

"나중에 하자. 몸이 좋지 않아."

"요즘은 매일 몸이 좋지 않으시니 지금 한 번 정도야 심연에 조금 늦게 드신다고 뭐 달라지겠습니까."

"……뭐?"

"오늘은 꼭 말씀을 드려야겠습니다."

"뭐야."

자신의 말에도 꼼짝 않고 그 자리에 못 박힌 듯 서 있는 사내의 구부러진 몸을 바라보던 흑제가 이기지 못하겠다는 듯 고개를 저으며 이든의 앞에 다가섰다.

구부정한 허리를 천천히 편 이든이 한참을 올려다보아야 하는 자신의 주인을 바라보았다. 애정과 걱정이 가득 고인 노인의 따스한 검은 눈이 은은하게 웃고 있었다.

"조금 전 심연으로 어마어마한 양의 물건들이 들어가더군요."

"……."

흑제의 무심한 듯한 시선이 이든을 향했다. 무심한 듯 가장하고 있지만 그 눈 깊은 곳이 만족스러움으로 반짝이고 있음을 이든은 느낄 수 있었다. 다른 이들은 느끼지 못한다 하여도 자신은 느낄 수 있는 것이다. 이 차가운 현무의 심장이 조금씩 뜨거워지고 있음을.

"추위를 가려 줄 모포는 필요하겠지요. 옷 몇 벌도 필요할 것입니다. 아무리 심연이 그런 것들이 필요 없는 곳이라 해도 말입니다."

"……."

"헌데 향갑은 왜 필요한 것입니까? 혹여 청족의 손님이 그것을 원하신 것입니까."

"그 아이는 아무것도 원하지 않았다."

"헌데 어째서 그리 모든 것을 들여보내시는 것입니까?"

"청족의 손님이라 하지 않았나? 아주 귀한 청제가 맡긴 우리의 손님이니까 손님 대접을 제대로 해야 한다 지금이라도 느낀 것뿐이다."

"뜬금없이 이제 와서 말이십니까? 처음에는 그리 방치 수준이어서 그 손님이 열병을 앓기까지 했었는데요."

"그러니 신경을 쓰는 것이 아니냐. 신경 쓰지 않았다가 변고라도 생기면 청제가 가만있지 않을 거라고 조언했던 것은 누구였더라."

짜증스럽게 뱉어 내는 흑제의 말에 이든의 입가에 조소가 번졌다.

"아, 청제님이 화를 내실까 향갑까지 들여보내시는 것입니까."

"하고 싶은 이야기가 뭐야. 이든."

차디차게 식어 내리는 흑제의 시선이 이든을 노려보았다. 노인의 흐린 시선도 그런 흑제를 똑바로 올려다보았다.

"그 아이가, 마음에 드십니까."

꿈틀, 흑제의 검게 진한 눈썹이 거칠게 흔들렸다. 이든의 얼굴에 난감함이 어려 왔다.

❈ ❈ ❈

─수미산의 시간, 여섯 시진.

"지금, 뭐라 하셨습니까."

파랗게 질린 입술을 바들바들 떨며 힘겹게 묻는 청제의 얼굴을 여전히 한없이 부드럽고 아름다운 미소를 지은 채 바라보며 천제가 다시 입을 열었다. 붉은 입술 안의 새하얀 치아가 눈이 부셨다.

"네가 원하는 그런 방법 따위, 없다고 하였다. 여의주를 빼면, 그 아이는 죽는단다."

"그게 지금……."

청제의 미간이 파르르 떨리며 일그러졌다. 그가 주춤 몸을 움직였다.

256

어쩌지 못하는 커다란 몸이 그 자리를 서성이고 있었다. 터져 나오는 숨을 제대로 삼키지도 못하는 사내가 거칠게 숨을 내쉬었다.

"하아, 하아."

"이런, 그리 놀랄 일이더냐."

"지금! 그게…… 하아. 무슨 말이십니까."

장난스럽게 뱉어 내는 천제를 향해 청제가 나직하게 내뱉는 말이 공기 중으로 차디차게 울려 퍼졌다.

서늘함을 담은 푸른 눈동자가 새하얀 여인을 죽일 듯 노려보고 있었다. 파르르 떨리고 있는 입술을 얼마나 악물었는지 그 입가에 붉은 핏물이 어리기 시작하고 있었지만 당사자는 그런 것도 느끼지 못하는 것 같았다.

청제의 얼굴이 천제의 앞으로 다가왔다. 일렁이는 푸른 불꽃에 천제가 아주 잠시 미간을 찡그리며 손을 내저었다.

"지금 저와 장난하자는 것입니까? 당신은 천제지 않습니까. 헌데 방법이 없다고요?"

"천제가 세상 모든 것을 다 해결할 수 있다고 누가 그러더냐."

"천제시여!"

"난 모든 것을 해결하는 이가 아니라 모든 것을 조율하는 이란다. 세상의 모든 것은 순리라는 것에 맞춰 흘러가게 되어 있고 그것을 거스르면 모든 것의 흐름이 깨지니까. 세상이 제대로 흘러가도록, 물길이 역으로 흐르는 일 따위 없게 조율하는 것뿐이란다."

"그 아이가 여의주 때문에 죽는 게 세상의 순리란 겁니까?"

파들파들 떨리는 청제의 입가에 시리게 차가운 미소가 번졌다. 그 미소를 올려다보며 천제가 부드럽게 입술을 끌어 올렸다.

"품어선 안 되는 여의주를 품고 있으니 어쩌겠느냐."

"그 아이가 원한 것이 아니잖습니까!"

파란 핏줄이 가득한 청제의 얼굴에 분노가 어렸다. 그런 청제의 얼굴을 미소까지 띠며 바라보는 천제였다.

"그래, 알고 있다. 하지만 원하든 원치 않았던 그 아이의 심장에 여의주가 존재하는 것은 어쩔 수 없는 현실이고 그것을 빼면 그 아이가 죽는 것도 현실이다. 아무것도 현재의 상황을 돌이킬 수는 없단다."

"그럼, 그녀의 여의주 곁에 있어도 내가 견딜 수 있는 방법. 그것만이라도 알려 주십시오."

"너의 힘은 이미 여의주를 온전히 이길 수 있단다. 광목천, 증장천, 다문천 역시 그까짓 여의주의 힘을 이기는 데 아무 문제가 없으니까. 네 문제는 여의주 자체가 아니라 네가 그 아이를 심장에 품었다는 것이고 그아이 역시 너를 심장에 품었기 때문이지. 네 곁에 두지 않거나 네 마음을 나누어 주지 않으면 여의주가 아니라 그 무엇을 품고 있어도 상관없었던 거다. 이리 쉬운 걸 왜 그리 어렵게 가는 것이냐."

붉은 입술에서 흘러나오는 말에 청제의 어깨가 들썩였다.

"큭큭. 뭐라고요? 쉬운 것이라 하셨습니까?"

"조금 전 이곳에 있던 아이들을 보았느냐. 한없이 숭고한 이들이란다. 내 곁을 지키는 천녀들이니까. 세상 그 어디에도 없는 존엄함과 아름다움을 가지고 있는 아이들이지. 네 곁에는 그런 아이들이 어울려. 허니 별것도 아닌 일에 그리 힘겨워하지 말고 그 아이들 중 하나를 고르렴. 내가 너에게 주마."

"당신은……."

청제의 얼굴이 괴기하게 일그러졌다. 무서운 것을 보기라도 한 듯 천제를 응시하는 눈에는 경악이 어려 있었다.

"당신이, 당신이 천제라는 걸 믿을 수 없습니다."

"네가 생각하는 천제란 어떤 것이었기에?"

그녀의 물음에 청제의 눈동자가 거칠게 흔들렸다. 한 번도 생각해 보지 않았던 물음이었다. 천제가 어때야 한다고 생각했을까. 어떤 모습이리라 생각하고 이곳에 온 것이었을까. 분명 해답을 가지고 있으리라 생각하고 그 지옥 같은 결계를 뚫고 이리 온 것인가. 이런 말을 들으러?

"내가, 세상 모든 것을 사랑하기에 모든 것을 구해 주는 존재라 여겼던 모양이구나. 다른 이들처럼."

"……."

"세상 모든 것을 사랑한다라. 그게 가능하기나 할까? 하나의 존재를 사랑하기도 이리 어려운 것인데 말이다."

재미있다는 듯 눈가에 미소까지 지으며 천제가 청제를 놀리듯 눈을 찡그렸다. 너무도 고와서 더 끔찍한 그 미소에 청제가 지그시 눈을 감았다.

속에서부터 뜨거운 것이 터져 나올 것만 같았다. 지독한 상실감과 허탈함, 이해할 수 없는 이 현실이 미칠 것처럼 온몸을 태우고 있었다.

"나는 세상 전부를 사랑할 수 없단다. 그렇게 된다면 이 세상 그 무엇도 제대로 흘러갈 수 없을 테니까. 모든 것을 사랑하게 되면 모든 것을 잃어야 하는 것이거든. 해서 나는 그 무엇도 사랑하지 않는다. 그게 천제란다. 아이야."

"하……."

"너를 보렴. 그 아이 하나를 마음에 품어 이리 네가 가진 모든 것을 잃으려 하고 있지 않느냐. 네가 힘을 잃으면 오방대제의 균형이 무너지고 그것은 이 수미산뿐만 아니라 인간계 전체까지 자멸할 수 있는 일이다. 헌데도 그런 사랑놀이를 나에게 도와 달라는 것이냐."

"……세상 따위 상관없으니까요."

"이런, 이런. 이러니 사랑이란 것이 참으로 우매하다 하는 것이란다."

"그래서, 사랑 따위 아무 소용없이 그저 모든 것이 순리대로만 움직이면 된다는 것입니까? 그러면 대답해 보시죠. 천제님. 그 순리라는 것이 대체 왜 지켜져야 하는지."

"청제."

259

"대답, 해 보시란 말입니다. 그저 모든 것이 순리대로만 움직이면 된다고요? 왜 그래야 하는 것입니까! 세상이 순리대로 움직여야 하는 그 이유가 뭐냐고요! 순리가 중요해서, 순리를 지켜야 해서 그 순리라는 것이 필요한 존재 따위 어떻게 되든 상관없는 것이라면, 그런 웃기는 순리 저는 지키지 않을 겁니다. 죽어도."

아득, 아프게 이를 가는 소리가 공간을 울렸다. 살랑이는 바람결에 들려오는 새소리와 푸른 바람의 기운이 넘실거리는 고요하고 투명한 공간에 울리는 이 낯선 소리가 모든 균형을 깨듯 울려 퍼졌다.

"허니, 그 중요하다는 순리를 내가 다 박살 내기 전에, 말해 주십시오. 내가 할 수 있는 그 어떤 것이든."

붉은빛을 가득 품어 이제 더 이상 푸른빛을 내지 못하는 청제의 눈이 비릿한 차가움을 품고 천제를 노려보았다. 천제의 얼굴에서 절대 사라지지 않을 것 같던 미소가 천천히 모습을 감추었다.

※ ✠ ※

"왜? 그러면 안 되는 건가?"

흑제의 입가에 비릿하게 맺히는 지독하게 시린 냉소에 이든이 마른침을 삼켰다. 맹세컨대 눈앞의 이를 주인으로 섬긴 이후 이리 심장이 뛰어 보기도 처음인 그였다.

언제나 지독한 이성과 차가움으로 장막을 두른 듯 사는 주인이었다. 어둠의 제왕인 흑제들이 모두 그러하듯 뜨거움이란 것을 담아 본 적 없는 사내의 심장에 지금 열기가 담겨 있었다.

얼음 속에 갇힌 불꽃이 금방이라도 밖으로 터져 나올 것만 같았다. 저 뜨거움이 곧 차디찬 족쇄인 얼음을 녹일 것이다. 그것은 재앙이 되리라.

"어차피 걱정할 거 없다고 한 것은 그대잖아. 그 아이의 여의주가 나를 담고 있지 않으니까. 해서 내가 그 아이를 곁에 둔다 해도 아무 문제도 없다고 하지 않았나?"

"하지만 그 아이는 청제님의 여인입니다."

"아직 아닐 텐데."

붉은 입술이 비틀렸다.

"그 아이를 곁에 두는 방법, 찾지 못할 수도 있거든. 지국천은."

"그렇게 되면…… 어쩌시려는 것입니까."

두려움이 이든의 따스한 눈동자를 가득 고였다. 불안으로 흔들리는 노인의 흐린 눈동자를 똑바로 마주 보며 흑제가 빙그레, 차디차고 눈이 부시게 아름다운 미소를 담았다.

"내가 지킬 거야."

"……."

"그러면 되는 거 아닌가."

"그 아이가 원하지 않을 것입니다."

"상관없어."

"흑제님!"

이든이 노여움을 품고 고함을 질렀다. 노인의 주름진 얼굴에 푸른 힘줄이 도드라졌다.

"어차피 제대로 지킬 수도 없는 청제의 곁에 있느니 이곳이 낫잖아. 나는 그 아이가 지닌 여의주의 영향을 받는 것도 아니고 광목천에게서 그 아이를 온전히 지킬 수 있고 말이야."

"평생을, 죽는 순간까지 그곳에 있으란 말입니까. 그 아이를."

"모든 것을 다 해 줄 거야. 내가."

"그 아이가 원하는 것은 청제님뿐이란 것을 아실 텐데요."

이든의 나직한 도발에 흑제의 얼굴에 차가운 균열이 갔다. 언제나 아무 표정도 없던 수려하고 차가운 얼굴이 붉게 일그러졌다. 마르고 주름진 주먹을 움켜쥔 이든이 떨리는 숨을 참으며 흑제를 마주 바라보았다.

"그 아이를 그곳에 두시는 건, 그 아이에게도 흑제님께도 지옥이 될 것입니다."

"상관없어."

더 이상 이든을 마주하고 싶지 않은지 흑제가 거칠게 몸을 돌려 버렸다. 검은 장의가 그의 움직임에 물결치며 주인을 감쌌다.

더 이상 아무 이야기도 듣지 않겠다는 듯 검은 어둠 안에 스스로를 묻어 버리는 흑제의 뒷모습을 잠시 바라보던 이든이 몸을 돌렸다.

더 이상의 언급은 필요하지 않을 것이다. 몰라서 하는 선택이 아니니까. 그리고 어쩌면 선택은 주인인 흑제의 것이 아닐 것이기에.

살짝 들뜬 얼굴로 심연의 어둠 속으로 잠기듯 들어서던 흑제의 얼굴이 차디차게 굳었다.

귀가 끌고 들어온 물건들이 한쪽에 무성의하게 놓여 있었기 때문이었다. 하나도 손대지 않은 채 물건들은 고스란히 한쪽에 방치되어 있었다.

물건들에 닿았던 흑제의 시선이 광천 쪽으로 향했다. 언제나처럼 광천의 물길 안으로 금방이라도 빠져들 듯 그 안을 응시하고 있는 나오의 모습이 보였다.

무엇을 응시하고 있는지 보지 않아도 알 수 있는 그였다. 심장 저 깊은 곳에서 알 수 없는 분노가 천천히 끓어올랐다.

심연 전체가 웅웅 울렸다. 심연의 주인이 내뿜는 노기에 반응하는 심연의 어둠이 소용돌이치기 시작하고 있었다. 소리 한 점 없지만 거세게 어둠 속을 흐르는 바람이 일렁였다.

나오의 곁에 웅크리고 있던 귀가 껍질 안에서 빼꼼 고개를 내밀어 주변을 살피고 있었다. 어둠의 일렁임을 느낀 것이리라. 천천히 다가서는 흑제를 확인한 귀가 움찔, 머리를 껍질 안으로 파묻었다.

하지만 그 공간 전부가 흔들리는 느낌에도 나오는 뒤도 돌아보지 않았다. 조그마한 등을 응시하는 흑제의 검은 눈동자가 점점 더 짙어져 갔다.

"물건들이 마음에 들지 않는 거냐."

"……."

그제야 나오의 투명한 눈이 흑제를 올려다보았다. 하지만 여전히 그 눈에 흑제는 담겨 있지 않았다. 푸른 나오의 눈동자 가득 푸른 사내가 담겨 있음을 확인하는 흑제의 시야가 어둡게 젖어 들었다.

"다른 것으로 바꾸라 하마."

"그러지 마십시오."

짜증스럽게 고개를 돌리는 흑제의 뒤로 나오가 일어서는 기척이 느껴졌다.

"저리 좋은 물건들 저는 필요 없습니다. 그러니 그러지 마십시오."

"왜 필요하지 않은 것이냐."

미간을 좁힌 채 묻는 흑제의 물음에 나오가 연한 미소를 지으며 고개를 저었다. 수척해진 얼굴에 고운 미소가 가득 번져 있었다. 해를 보지 못해서일까. 창백해진 나오의 얼굴은 그래서 더 고와 보였다.

"모포 하나와 갈아입을 옷 하나면 족합니다. 그 외에는 제겐 사치일 뿐입니다."

"내가 너에게 주고 싶은 것들이다."

살짝 굳어지는 흑제의 얼굴을 바라보며 나오가 살레살레 고개를 저었다. 언제나 촉촉하게 젖어 투명한 그녀의 눈이 흑제의 시선을 잡았다. 곱고 고와서 심장이 저리는 그 눈빛이 좋았다.

"그러실 필요 없습니다. 이곳에 있게 해 주시는 것만으로도 충분히 감사할 일인걸요."

"이곳이…… 나쁘지 않은가."

"가끔은 해가 보고 싶지만, 나쁘지는 않습니다. 어둡지만 너무도 아름답고 평온한 곳이니까요. 귀도 있어 외롭지 않습니다."

살짝 떨리는 입술에 연한 미소를 담고 말하는 나오의 모습을 흑제가 물끄러미 내려다보았다. 한참을 내려다보아야 할 만큼 조그만 아이였다. 헌데 언제부턴가 이 아이의 모습을 이리 마주하고 있으면 심장에 알 수 없는 분노가 일렁였다.

자신의 영역 안에 온전히 있는데 전혀 자신의 것이 아닌 그 아이의 마음이 너무도 확연하게 느껴져 온다. 그리고 그것을 확인할 때마다 알 수 없는 분노가 그를 괴롭히고 있었다.

"왜 그러십니까?"

천천히 굳어 가는 흑제의 표정에 나오가 조심스럽게 물었다. 무엇이 그의 심기를 건드린 것일까 두려운 것이었다. 무심하기만 하던 흑제의 얼굴에 요즘 들어 자꾸만 표정이 늘어 가고 있었다. 그녀는 그 표정이 두렵고 의아했다.

"너는, 화가 나지 않느냐?"

"예?"

의아한 듯 고개를 드는 나오의 앞으로 흑제가 한 발 다가섰다. 나오가 다가서는 흑제를 말간 눈으로 올려다보았다.

그 투명한 눈빛을 마주한 순간, 흑제가 훅 숨을 참았다. 가까이 다가선 그녀에게서 느껴지는 달큰한 향기에 그대로 그녀의 숨결을 삼켜 버리고 싶은 충동이 온몸을 조였기 때문이다.

흑제의 두 손이 나오의 어깨를 쥐어 잡았다. 갑작스러운 흑제의 움직임에 나오의 두 눈이 동그랗게 커졌다.

"너를 이곳에 두고 떠나 버린 청제가 밉지 않느냔 말이다."

그의 물음에 당황스러운지 눈을 동그랗게 뜬 나오가 잠시 후 부드럽고 가볍게 고개를 저었다. 붉은 입술 끝에 고운 미소가 담겨 있었다.

"그분이 떠나신 것이 아니라 제가 보내 드린 것입니다. 그리고 곧 돌아오실 것인데 왜 믿겠습니까."

"정녕 돌아올 것이라 믿느냐."

"……."

차디차게 묻는 흑제의 물음에 동그란 나오의 눈 속에 담긴 푸른 눈동자가 살짝 흔들렸다.

"너를 이대로 버릴 수도 있다는 것은 생각해 보지 않았나."

"그분은 저를 버리지 않으십니다."

잔인한 흑제의 질문에 나오가 입술을 파르르 떨며 대답했다. 푸르게 변해 가는 그녀의 입술에 닿는 자신의 시선을 힘겹게 돌리며 흑제가 입가를 비틀어 올렸다. 검붉은 그의 아름다운 입술에 조소가 가득 담겼다.

"어떻게 그렇게 확신하지?"

"저는, 그분을 믿으니까요."

쿵, 심장이 저 아래 심연의 바닥으로 떨어지는 것을 느끼며 흑제가 나오의 어깨를 잡고 있던 손을 천천히 풀었다.

어색한 듯 서 있는 흑제의 모습에 살짝 고개를 갸웃거린 나오가 한쪽에 쌓여 있는 물건들 앞으로 걸어갔다. 귀가 가져오는 것을 알면서도 시선도 주지 않던 물건들이었다.

"와, 이걸 귀가 어찌 다 가져온 것입니까? 이 엄청난 것을요?"

어느새 다시 귀여운 새처럼 종알거리며 짐 앞에 서 있는 나오의 목소리에 흑제의 시선이 돌려졌다. 짜증과 화가 나는데 그 곱고 맑은 목소리가 들리니 시선을 주지 않을 수가 없는 것이다. 그런 목소리로 말할 때 그녀의 모습이 얼마나 고운지 이미 너무도 잘 알고 있기에.

"정말 예쁩니다. 이런 옷은 본 적도 없는데. 이곳에 이런 옷도 있었던 것입니까?"

바람의 한 자락을 베어 만든 듯 하늘거림을 담고 있는 옷들을 보며 나오가 물었다. 그녀의 얼굴에 닿은 시선을 돌리지 않은 채 흑제가 무심하게 대답했다.

"길상천의 것들이다."

"길상천이라면…… 흑제님의 반려인 그분 말씀입니까?"

반려. 나오의 입에서 나온 그 말에 흑제의 얼굴이 딱딱하게 굳었다. 다른 이들의 입에서 나올 때에는 아무 감흥도 없던 그 말이 나오의 입에서 나오는 순간 비수처럼 그의 심장에 박혀 들었기 때문이다.

"잠시 내 곁에 머무는 사람이다."

"아…….""

나오가 고개를 까닥거렸다. 예전에 청제에게서 들었던 기억이 났다. 오방대제들은 후계를 잇기 위해 반려를 선택해 잠시 함께할 뿐 그것이 서로를 원해서 가족이 되는 관계는 아니란 것을. 그래서 오방대제들에게 부모란 존재하지 않는다고 청제가 말했었다.

"무척 친절하신 분인 모양입니다. 잠시 머무는 저에게 이리 귀한 것을 내어 주시고. 감사하다고 전해 주시겠습니까? 제가 이곳을 나갈 수 없으니 감사하다는 인사를 직접 할 수가 없으니까요."

"……."

고운 옷들을 보며 나오가 생글 웃었다. 생전 처음 보는 고운 옷들에 이제 소녀에서 여인이 되어 가는 그녀가 마음이 가지 않을 리 없었다. 언제나 선머슴처럼 옷을 입고 있던 자신의 몸에 살랑이는 봄바람 같은 아름다운 옷을 맞춰 보는 그녀의 뺨이 발그레했다. 보고 싶어졌다. 그 옷을 입은 그녀의 모습이.

"입어 보지 않겠느냐."

자신의 몸에 맞지 않을 것 같은지 미간을 좁힌 채 옷을 살피는 나오에게 흑제가 던지듯 말하자 나오의 눈이 커다랗게 열렸다.

"보고, 싶으니까."

나오의 시선이 흑제의 눈길에 닿았다. 짙은 어둠을 품고 반짝이는 숨 막히게 아름다운 검은 눈동자가 자신만을 담고 있음을 느끼는 나오의 심장이 쿵쿵 울렸다.

금방이라도 그 검은 눈동자 안의 불꽃이 자신을 삼킬 것만 같은 두려움에 나오가 고개를 돌렸다. 이 순간 뇌리 가득 푸른 그의 모습이 떠올랐다.

"지금은 아닙니다."

긴장을 담고 흔들리던 나오의 시선은 어느새 투명하고 단단해져 있었다. 아무 갈등도 담기지 않은 소녀의 뚜렷한 미소가 흑제를 향해 맑게 웃고 있었다. 그 미소 안에는 아무것도 담겨 있지 않았다.

"그분이 돌아오시는 날, 그날 입겠습니다."

소녀의 미소가, 그 웃음이 태산보다 더 커다랗고 강하게 흑제의 앞에 버티고 있었다.

❇ ✠ ❇

—수미산의 시간, 여덟 시진.

"어떤 것이라도 할 수 있다 하였느냐."

잠시 굳은 얼굴로 물끄러미 청제를 응시하던 천제의 숨 막히게 아름다운 얼굴에 다시 미묘한 미소가 천천히 번지기 시작했다. 여유롭게 빛나는 천제의 눈동자를 응시하고 있던 청제가 크게 고개를 끄덕였다.

여인의 눈동자가 청색에서 은색으로 변했다. 투명하리만치 고운 그 눈이 재미있는 듯 환하게 웃고 있었다.

"하면, 단 한 가지 방법이 있단다. 여의주를 빼낸 그 아이를 온전한 모습으로 너의 곁에 두는 방법이. 헌데 말이다. 그 방법은 너와 그 아이, 모두를 걸어야 하는 것이란다."

"나와 그 아이 둘 다 말입니까?"

"그래. 둘 다. 둘 다 소멸할 수도 있고, 둘 다 살아남을 수도 있지."

"……."

"소멸까지 각오해야 한단다. 할 수 있겠니."

소멸. 청제의 푸른 눈이 거칠게 흔들렸다.

각오하지 않았던 것은 아니다. 나오를 품에서 놓지 않으면 마지막엔 소멸될 수 있음도 인지하고 있었고 이 제석궁으로 오르다가 혹여 천제의 노여움을 사면 소멸할 수도 있음 역시 각오하고 한 일이었다. 헌데 막상 천제의 입에서 나온 소멸이란 말은 엄청난 무게로 그를 내리눌렀다.

소멸이란 단어에는 그와 나오만의 모든 것이 걸린 것이 아니었다. 동방의 모든 것, 청족의 모든 것 또한 그 단어 안에 존재했다. 그보다 어쩌면 수미산 모든 공간이 그의 소멸을 감당해야 할지도 모른다는 전제가 깔려 있을 것이다. 아직 후계조차 없는 그이기에.

청제의 망설임을 읽은 여인의 눈이 재미있다는 듯 휘어졌다.

"쉽지 않겠지? 허니 그 조그마한 아이 그만 잊고……."

"그 각오, 이미 하고 있습니다."

"그래?"

하, 여인의 붉은 입술에서 긴 한숨이 새어 나왔다. 더 이상 이 철부지 아이를 말릴 수 없다 느끼는 천제였다. 말렸다간 저 성질에 이 수미산을 들었다 놓을 것이 뻔하기에.

살살 고개를 젓는 천제의 움직임에 그녀의 새하얀 머리카락이 물결처럼 그녀의 어깨에서 흔들렸다. 빛이 그 머리카락에 부딪쳐 흩어졌다.

"허니, 알려 주십시오. 그 단 한 가지 방법."

푸른 눈동자가 단단해져 가고 있었다. 그 눈동자를 바라보는 천제의 입가에 만족스러운 미소가 번졌다.

"살아 있던 존재가 죽으면 그 후에 어찌 되는지는 알고 있겠지?"

방법을 알려 줄 것이라 믿고 차디차게 이성을 얼리며 기다리고 있는 그에게 들려온 말에 청제의 미간이 날카롭게 일그러졌다. 누구나 다 아는 일을 왜 지금 굳이 묻고 있는 것인지 이해할 수 없었다. 그의 입술에 다시 한 번 피가 맺혔다.

"당연히 명부로 가겠지요."

"명부에 무엇이 갈까?"

"……예?"

"명부에는 혼만이 간다. 육신은 가지 않지. 헌데 말이다. 만약 명부에 혼과 육신이 함께 든다면…… 어떻게 될 것 같으냐."

"그게, 무슨 말입니까."

대체! 지금 무슨 소리를 하고 싶으냐고 고함을 지르고 싶은 것을 참으며 청제가 한 마디 한 마디를 끊으며 내뱉었다. 심장이 입 밖으로 쏟아져 나올 듯 급한 그의 마음에 천제의 말은 너무도 힘겨웠다.

"그 아이의 심장에 여의주가 있는 한 그 아이는 너의 곁에 머물 수 없다. 그 아이 자신도 곧 여의주에게 먹혀 버리고 말 것이고. 너에 대한 마음이 끝도 없이 커지고 있으니까. 게다가 그 여의주는 광목천의 것이니 광목천에게 돌려주는 것이 순리가 아니겠니."

그놈의 순리. 청제의 미간이 파랗게 일그러졌다.

"해서……."

입이 바짝 말랐다. 자신뿐만 아니라 나오까지 여의주에 먹혀 버릴 것이라는 말은 끔찍했다.

"어떤 이유든 여의주는 빼야 하고, 여의주를 빼면 그 아이의 심장은 멈추게 되어 있단다. 그걸 막을 수 있는 이는 아무도 없거든."

"대체 방법이!"

거친 고함 소리가 청제의 목에서 겨우겨우 토해져 나왔다. 기다리는 이 순간이 미칠 것 같은데 앞에 있는 상대는 장난을 하고 있는 것 같았다. 온몸이 폭사할 것 같은 지독한 고통에 청제가 부르르 몸을 떨었다.

"그 아이의 심장이 멈추기 전, 육신이 완전히 죽기 직전 그 아이의 혼과 육신을 함께 명부에 보내야 한단다. 그리고 네가 그 아이를 찾아가야 해."

"뭐라고요?"

"육신과 함께 명부에 든 이는 온전하게 죽은 게 아니다. 완전하게 명부에 귀속된 것이 아니란 뜻이다. 죽은 것도 산 것도 아닌 상태로 명부를 떠돌게 되지. 물론 시간이 지나고 육신이 사라지고 나면 진정으로 명부에 들게 되겠지만. 그렇게 되면 다신 그 아이를 되찾아 올 수는 없단다."

끔찍한 말을 너무도 아름다운 입술로 태연하게 내뱉는 천제를 청제가 물끄러미 응시했다. 이 여인에게는 절대 익숙해지지 않을 것임을 확신하며.

"그러니 그 전에, 그 아이의 육신이 명부에 녹아들기 전에 그 아이의 육신과 혼을 찾아 데려와야 하는 거란다. 헌데 말이다, 그렇게 하려면 또하나 꼭 지켜져야 할 것이 있거든."

"……."

명부에 보내야 한다는 것으로도 숨이 막힐 지경인데 또 뭐가 있다는 말에 청제가 자신의 심장 위를 지그시 눌렀다. 심장이 더는 뛰지 못할 것처럼 저려 왔다.

피가 온몸에서 펄펄 끓어 넘치는 것 같았다. 터질듯 울리는 머리와 금방이라도 터져 나올 듯한 심장을 누르고 있는 것만으로도 그는 지금 극한에 몰려 있었다.

"그 아이의 혼이 너를 기억해야만 해. 명부에 잠겨 버린 혼은 기억을 되찾아야만 떠오를 수 있으니까. 그리고 말이다. 그 아이의 육신이 사라지기 전까지 그 아이가 너를 기억하지 못하면, 너 역시 명부에서 돌아오지 못한단다."

"……명부."

"그 방법뿐이란다. 내가 알려 줄 수 있는 방법은."

"정말 그 방법뿐인 겁니까."

"다른 방법이 있는데 내가 그걸 숨길 이유가 있는 것일까? 널 소멸시킬 각오까지 하고 말이야."

그녀의 말은 틀리지 않을 것이다. 청제가 소멸까지 각오해야 하는 방법 따위를 천제가 숨길 이유는 없으니까. 그 청족 아이의 존재 따위 천제에겐 아무것도 아닐 것이기에 굳이 죽여야 할 이유도 없을 것이다.

"어떻게 하겠니? 아가야."

"한 가지라지 않으셨습니까. 방법은."

"꼭 그렇게까지 하려는 것이냐."

"물론. 무슨 짓이든 할 거니까요."

이곳에 와서 처음으로 천제의 얼굴에 드리우는 그늘이 느껴졌다. 온전히 천상의 빛을 가득 담고 있는 눈이 부신 얼굴에 어울리지 않는 약한 그늘이 드리워졌다. 물론 그 그늘은 바로 사라져 버렸지만. 그런 천제의 모습을 보며 청제가 푸른 입가에 진한 미소를 담았다.

이곳에 와 처음 미소를 지은 그였다. 상상도 하지 못한 방법이지만, 찾은 것이다. 온전히 나오를 자신의 곁에 둘 수 있는 방법.

"기쁜…… 것이냐."

황당하다는 듯 고개를 저으며 묻는 천제를 향해 청제가 입가를 끌어 올렸다. 행복한 미소가 사내의 얼굴에 가득 담겼다.

"내가 힘들면 된다면서요. 그거면 됐습니다. 내가 그 아이를 찾으면 되니까."

"너란 아이는 정말……."

"돌아가겠습니다."

청제가 몸을 돌렸다. 방법을 알았으니 한시라도 지체할 수 없었다. 이미 오랜 시간을 지체했으니.

"지국천."

용의 모습으로 변하려는 청제의 주변을 푸른 바람이 감싸기 시작했을 때였다. 그의 몸을 감싼 푸른 기운 안으로 스미는 천제의 나직한 부름에 청제가 천천히 고개를 돌렸다.

이미 청룡의 기운이 그의 몸을 감싸기 시작하고 있어서일까. 푸른 동공이 기운 사이로 천제를 바라보았다.

"다음에 만날 땐, 제대로 된 예의를 갖춰 주었으면 한다."

언뜻 보이는 여인의 붉은 입술이 웃고 있다고 청제가 생각했다.

❈ ✜ ❈

―수미산의 시간, 열 시진.

'추악한 기운이네?'

'인간의 내음을 품은 놈이다.'

'이곳에 있어선 안 되는 녀석이야.'

날카로운 비수처럼 자신을 감아 돌며 생채기를 내는 바람의 숨결 속에 담긴 목소리들에 비사가 거세게 미간을 좁혔다. 새하얀 바람들이 날카롭게 비사의 몸을 훑고 지나가면 몸에 하나둘 상처가 생겨났다. 성스러운 공간에 있는 귀신의 존재를 견디지 못하는 속 좁은 이들이리라.

"이것들이 진짜!"

파르르, 비사의 붉은 눈동자가 팽창하기 시작했다. 수미산의 기운 안에 있는 공간이기에 참으려 했었다. 자신은 이런 곳에 머물면 안 되는 잡귀이니까. 이 공간 안의 이들과 마찰을 빚으면 곤란할 테니까.

하지만 점점 한계에 다다르고 있는 그였다.

"수미산의 정기를 품고 산다는 놈들이 성스럽기는커녕 텃세라? 그래, 어디 붙어 볼까? 그 수미산의 정기가 얼마나 대단한지 한번 보자."

붉은 입술을 지그시 악문 비사의 손끝에서 붉은 기운이 뭉실뭉실 피어

오르기 시작했다. 그의 곁을 맴돌며 장난치듯 그를 괴롭히던 기운들이 그에게서 조금 물러나는 것이 확연하게 느껴졌다. 그들은 한 번도 느껴 보지 못한 이계의 기운일 테니까.

"진정 추악한 기운이 어떤 건지 확실히 보여 주지."

아름다운 붉은 눈이 진하게 웃으며 그의 손이 막 허공으로 들어 올려졌을 때였다. 분노로 붉게 이글거리던 그의 눈에 익숙한 무엇인가가 들어온 것은.

너무도 깨끗해서 아무 내음도 느껴지지 않던 수미산의 정기 안에서 푸른 바람의 내음이 맨 처음 그의 코끝을 간지럽혔다. 너무도 익숙하고 숨이 막히게 좋아하는 그 내음에 차디차게 얼어 가던 그의 붉은 눈이 따스함으로 천천히 녹아내렸다. 비소가 번지던 그 붉은 입가가 휘었다.

"이제 오십니까."

손끝의 기운을 천천히 갈무리하며 비사가 고개를 들었다. 하늘 전부를 가리고도 남을 듯 거대한 자신의 주인이 보였다. 눈이 부시게 푸른 청룡이 진한 태양의 빛 아래 엄청난 속도로 날아오는 것이 보였다.

"아, 젠장."

눈 속에 담기는 숨 막히게 아름다운 푸른빛을 넋 놓고 보고 있던 비사가 일순 온몸을 휘감는 바람에 몸을 움츠렸다. 청제가 엄청난 속도로 날아오고 있는 것을 미처 인지하지 못했던 것이다.

청룡의 기운과 속도가 만들어 낸 엄청난 바람에 비사 주위를 맴돌며 그를 자극하던 기운들이 다 허공으로 흩어져 날렸다. 그들은 아마 자신들의 기운을 다시 찾는 데만도 한참의 시간이 필요할 것이다. 저리 다 조각나 버렸으니까.

피식, 기분 좋은 웃음이 비사의 입가에 맺혔다.

"비사!"

"다녀오셨습니까."

"가자."

"방법, 찾으셨습니까."

자신의 앞에 인간의 형상으로 돌아오자마자 다시 돌아가자 재촉하는 청제의 모습에 불안한 눈으로 비사가 물었다. 그가 그리 늦지 않게 돌아온 것은 반갑지만 그가 가져올 대답이 두려웠던 비사였다.

급히 몸을 움직이려던 청제가 잠시 숨을 참았다. 제석궁을 떠나 이곳으로 날면서도 머릿속이 정리되지 않았던 그였다.

천제 앞에서는 호언장담하며 조금의 망설임도 보이지 않았지만 그의 심장에 지금 두려움이란 공포가 가득 담겨 있었다. 겨우 갈무리하고 있는 그 마음이 비사의 따스한 눈빛 앞에 토해지듯 드러나고 있었다.

힘겹게 겨우겨우 숨을 토해 내며 자신을 물끄러미 바라보는 청제의 눈을 마주한 비사의 눈동자가 아프게 일그러졌다. 무엇인가를 삼키느라 이를 악물고 있는 젊은 청제의 눈빛이 비사를 두렵게 했다. 너무도 익숙한 이의 감각은 고스란히 비사에게 전달되어 오고 있었다.

"청제님."

"비사."

"없……답니까."

"그게, 그게 말이다."

한 발, 비사가 청제에게로 다가섰다. 거칠게 흔들리는 푸른 눈동자가 안쓰러웠다. 그래서였다. 처음으로, 정말 처음으로 이런 말도 안 되는 짓을 한 것은.

가늘지만 힘이 있는 팔이 자신을 끌어당기는 힘에 그대로 끌려간 청제가 비사의 어깨에 얼굴을 묻었다. 비사의 얼굴을 보는 순간 날카롭게 당겨져 있던 신경이 툭 끊어져 버린 것이리라.

끈 없는 인형처럼 흔들리며 비사의 어깨에 얼굴을 묻은 청제가 천천히 눈을 감았다.

붉은 피 내음이 코끝을 간지럽혔지만, 자신보다 작은 품에 안겨 있기에 그리 편하지는 않았지만 태어나 처음으로 누군가의 품을 느끼는 청제였다. 터질 것 같던 심장이 이제야 겨우 제대로 뛰고 있었다.

"정말…… 그리하실 것입니까."

천제가 말한 단 하나의 방법에 대해서 들은 비사가 한참 동안이나 말이 없다 처음으로 입을 열고 뱉어 낸 말이었다. 비사의 물음에 청제가 천천히, 그러나 단단하게 고개를 끄덕였다. 이미 그의 대답을 예상하고 있었음에도 비사의 얼굴이 창백하게 일그러졌다.

"내가 할 수 있는 유일한 것이니까."

"꼭, 그렇게까지 하셔야 하겠습니까."

"비사."

"나오가, 허락할까요."

"안 하겠지."

청제의 얼굴에 은은한 미소가 번졌다. 그저 생각하는 것만으로도 행복한 모양이었다. 소녀의 눈동자를 떠올리는지 푸른 청제의 입가에 행복한 미소가 번져 왔다. 저런 존재를 놓을 수 있을 리 없을 것이다.

"그래도, 난 할 거야."

"나오만이 아니라 청제께서도 소멸하실 수 있습니다."

"알아."

해맑게 웃으며 안다고 대답하는 청제를 물끄러미 바라보며 비사가 깊게 한숨을 토해 냈다. 아직 너무도 젊은 것일까. 한 번 마음을 준 것을 절대 포기하지 못하는 저 미련할 정도의 지독한 마음은?

간혹 인간계에서는 저런 지독한 감정들을 보았지만 천계의 이들 중 저런 사랑을 하는 이를 본 적조차 없었다. 헌데 자신의 주인은 대체 누굴

275

닮아 저리 치열한 사랑을 하는 것일까.

"난 지금 바로 수정타로 갈 거야. 아마 지금쯤은 광목천도 움직였을 거니까 되도록 서둘러야겠어. 비사는 적제에게 가 줘. 가서, 황제와 함께 수정타로 와 달라 전해 줘. 광목천에게 여의주를 전해 줄 때 모두가 있어야하니까. 그가 딴마음을 품지 못하도록."

"나오가 오래 기다렸을 것입니다."

"……."

꽉 잠겨 흐르는 듯 나오는 비사의 목소리에 청제가 고개를 끄덕이며 몸을 일으켰다. 한순간도 쉬지 못한 채로 이 거대한 수미산의 기운을 거슬러 가야 하는 것이다.

"가자."

"예."

청룡이 거대한 울음을 토해 내며 수미산의 하늘로 비상했다. 푸른 기운이 세상을 덮을 듯 가득했다 흩어져 간 곳에는 진한 바람의 향기만이 남았다.

재회, 그리고…….

―심연의 시간, 1년.

깎아지른 듯한 절벽 가장자리에 선 채 어둠이 가득한 하늘을 올려다보는 흑제에게로 검은 바람이 모여들었다. 주인의 부름에 응하듯 그의 손길에 세상을 떠돌던 검은 바람들이 그의 몸을 감쌌다.

그 움직임에 칠흑 같은 그의 검은 머리가 갈기처럼 허공으로 나부끼고 긴 장의 자락이 바람을 품고 절벽 위를 쓸듯 흩날렸다. 거대한 바람의 중심에 선 사내를 품은 검은 어둠이 살아 있는 생물처럼 일렁였다.

긴 팔이 들어 올려지자 검은 장의의 소맷자락이 허공으로 물결치며 바람을 품고 날렸다.

기다렸다는 듯 소맷자락 안으로 스미듯 검은 새 한 마리가 날아들었다. 짙은 어둠에서 태어나 온몸이 까만 흑조였다.

주인의 팔에 앉은 흑조가 새하얀 눈 안의 짙은 동공으로 주인을 응시하며 입을 열었다.

어둠이 가득한 허공을 응시하며 흑조의 전언을 듣던 흑제의 얼굴에 날 카로운 균열이 퍼지기 시작했다.

"예?"

주름을 잔뜩 머금고 있던 이든의 눈이 놀라움으로 커다랗게 열렸다. 평생 놀랄 일이 없었던 것을 보상이라도 받는 듯 요즘은 매일을 놀라움의 폭풍 속에 사는 그였다.

수정타의 결계를 누군가 두드리는지 거센 울림에 모두가 기함을 하고 있는 상황이었다. 무슨 일인지 확인하려 흑제에게 달려간 이든의 심장이 또 한 번 덜컹 내려앉는 순간이었다.

"하면, 아시면서도 결계를 열어 놓지 않으신 것입니까?"

"왜? 그러면 안 되는 건가."

"흑제님!"

대제들은 서로의 기운을 먼 곳에서도 느낄 수 있다. 허니 지금 이 울림을 만든 이가 오고 있음을 흑제는 한참 전에 알았을 것이 분명했다. 헌데 결계를 풀어 놓지 않았다는 것이다.

"별로 열어 주고 싶지 않아서."

재미있는 일을 기다리고 있는 듯 검붉은 입술에 진한 미소를 담으며 흑제가 고개를 갸웃거렸다. 진득한 미소 안에 담긴 뜻을 읽을 수 없는 이든의 얼굴이 노랗게 변했다.

"내가 싫어한다는 것 정도는 알았으면 해서."

황당한 말에 이든이 대꾸조차 하지 못했다.

"곧 도착할 거야. 궁인들 입단속 시키고 되도록이면 아무도 눈에 띄지 않게 해. 내가 혼자 맡을 테니까."

"혹여 알고 오는 것일까요."

"확신은 하지 못하겠지만 짐작은 하겠지. 그 어디에서도 찾을 수 없으니 이곳을 의심할밖에."

"어찌하실 것입니까."

"어떻게 할까?"

지금 장난을 할 상황은 아닌 것 같은데 뭔가 재미있는지 입가에 비릿한 미소마저 담고 자신에게 묻는 주인의 모습에 이든이 고개를 저었다. 어려서도 안 하던 반항을 늦게야 하는 것인지 요즘 자신의 주인은 이해할 수 없는 행동들을 많이 하고 있었다.

"혹여, 전쟁이라도 불사하실 작정입니까."

"내 것을 내어놓으라 하면 할 수도. 안 그래?"

"흑제님."

"짜증이 제대로 난 모양인데. 나가 봐야겠어."

수정탑이 금방이라도 부서질 듯 강하게 느껴지는 울림에 흑제의 검은 눈동자가 얼어 가는 모습을 바라보며 이든이 성급히 몸을 일으켰다.

흑제의 궁인 수정탑에 오랜만에 반갑지 않은 손님이 찾아온 것이다. 엄청난 울림과 함께.

"이게 누구십니까."

짙은 어둠으로 만들어진 투명한 결계가 흑제의 손짓에 천천히 흐려져 가는 모습을 짜증스럽게 바라보던 백제가 약해진 결계의 잔여를 거칠게 흐트러뜨리며 안으로 들어섰다.

백제의 뒤를 서늘한 은빛에 감싸인 잿빛 이룡과 사이가 따라 들어오는 모습에 흑제의 눈빛이 차디차게 얼어붙었다.

"손님에 대한 예의가 이상하군. 다문천."

"손님께서도 별로 예의는 갖추지 않고 오신 듯합니다만."

날 선 어둠의 기운이 흑제의 몸 전체에 감돌고 있음을 느낀 백제가 힐끗 자신의 뒤에 있는 이룡을 돌아보았다. 백제의 힘 중 가장 강력해 흑룡이라고도 불리는 이룡들이기에. 싸움이나 겁박의 의미가 아니라면 이룡을 대동하는 것은 거의 없는 일이었다.

서로에게 위협이 될 수도 있는 존재는 동행하지 않는 것이 오방대제들 사이에서 정해져 있는 무언의 규율이기도 했다. 헌데 초대받지도 않은 방문에 이룡이라니. 흑제의 날 선 시선이 계속 이룡에게 닿아 있음을 느끼며 백제가 미소를 지었다.

"아, 이 아이 말인가. 아직 어린아이라네. 제대로 된 힘도 아직 갖지 못한 아이라 세상 구경을 시키려 데리고 온 것뿐이라네."

"아이라. 제게도 저런 아이가 많이 있지요. 다음에 백은타를 방문할 일이 있으면 저 역시 데리고 가겠습니다."

흑제의 입가가 비틀렸다. 실제로도 아직 한참은 어려 보이는 이룡이었다. 이 이룡을 백제가 이곳에 데려온 이유가 어느 정도는 짐작이 되는 흑제였다.

백제 힘의 근간인 이룡은 성체가 되기 위해선 자신만의 여의주가 필요한 존재다. 정화되고 또 정화된 대지의 힘에서 태어나 쇠의 힘만을 가진 이것들은 아직 제대로 된 용일 수 없었다. 해서 용의 진정한 힘인 순수한 여의주를 받아야 제대로 된 이룡이 되는 것이다.

아직 불완전한 존재인 눈앞의 어린 이룡에게 자신을 완전한 존재로 만들어 줄 여의주에 대한 본능적인 탐욕은 상상을 초월할 것이고 백제는 그걸, 원하는 것이리라.

"헌데, 이리 세워 두기만 할 참인가?"

절대 움직이지 않겠다는 듯 허공에 버티고 선 채 뒤를 내어 주지 않는 흑제의 모습에 백제가 주변을 살피며 조심스럽게 물었다. 번들거리는 쇠의 기운을 머금은 회색빛의 눈이 수정타 안을 헤집듯 응시하고 있었다.

"갑자기 오셔서 예는 갖추기 어렵겠습니다. 드시지요."

돌아서는 흑제의 뒤를 백제가 따랐다.

천천히 열리는 거대한 어둠의 문 안으로 들어서며 사이가 힘겹게 숨을 내쉬었다. 처음 느껴지는 심장을 조여 오는 어둠의 힘은 상상을 초월하고 있었다.

오방대제 모두의 힘을 받아들이고 조화롭게 운용하는 황제의 궁에서는 상상도 해 보지 못한 거부감이다. 서로 힘을 합쳐 수미산과 인간계를 지키기도 하지만 때론 서로의 가장 큰 적이 되기도 하는 오방대제들이기에 각자의 힘은 다른 이들에겐 엄청난 고통이 되기도 하는 것이다.

끝도 없는 어둠의 공간에 빨려들듯 들어선 그들을 기다리고 있는 것은 황제의 궁에서 가끔 만나는 흑제의 시종 이든뿐이었다. 거대한 궁 안이 검은 어둠에 잠겨 있어 흡사 죽은 공간 같은 곳에는 숨소리 하나 들려오지 않았다.

살아 있는 이의 기운이 조금도 느껴지지 않는 이상함. 분명 이 공간 안에 흑족들이 존재할 것인데 아무 생명의 기운도 느껴지지 않았다.

"오랜만에 뵙습니다. 백제님."

언제나 그랬듯 주름진 얼굴 가득 그 어떤 느낌도 확인할 수 없는 잔잔한 미소를 담은 채 이든이 공손히 고개를 숙였다. 너무도 부드러워서 소름이 끼치는 느낌에 사이가 몸을 떨었다.

이 공간 안에 들어선 순간부터 온몸이 긴장되어 아파 올 지경이었다. 황제의 궁에서 보았을 때의 모습들과는 너무도 달랐기에.

온몸의 기운을 모아 여의주의 향내를 찾으며 걷던 이룡이 움찔 몸을 움츠렸다. 천천히 앞에서 걸음을 옮기던 흑제의 시선이 그를 향했기 때문이다.

그 순간, 온몸의 피가 얼어 버리는 듯 아찔함이 느껴졌다. 자신의 온몸이 무엇인가에 옥죄어지고 있었다. 거대한 힘이 숨구멍으로 스며들어 내장 마디마디를 채우는 지독한 이물감.

숨을 내쉬는 것만으로도 힘겨워 주변의 다른 기운 따위 느낄 여지조차

없게 만드는 힘에 이룡이 이를 악물었다. 서 있는 것만도 힘겨웠다. 여의
주가 문제가 아니라 이곳에서 살아 나갈 수나 있을지 두려울 지경이었다.

"이쪽으로."

흑제가 손을 가볍게 들어 올리자 그들의 앞에 거대한 공간이 모습을 나
타냈다. 어둠이 물결치듯 흐르고 있는 공간 안에는 검은 탁자만이 놓여
있을 뿐이었다. 어디가 벽인지 문인지도 가늠이 되지 않을 정도로 거대한
공간이건만 그 안에는 바위를 깎아 만든 듯한 원형탁자 하나만이 덩그렇
게 놓여 있었다.

"앉으시지요. 차를 내오게. 이든."

"예. 흑제님."

차디찬 공간에 자리를 잡은 세 사람 앞에 이든이 공손한 손놀림으로 차
를 내려놓았다. 따스함이라고는 한 조각도 담겨 있지 않은 찻잔에 닿은
백제의 시선이 짜증스럽게 일그러졌다. 먹물을 담아 놓은 듯 지독하게 검
은 차는 정녕 마실 수는 있는 것일까 의아할 지경이었다.

"어둠의 정기를 달여 순수한 기운만을 담은 차입니다. 특별한 맛일 테
니 드셔 보시지요."

공손히 새하얀 손을 펴 차를 권하고 자신도 찻잔을 들어 올리는 흑제의
모습에 마지못한 백제가 찻잔을 들었다. 코끝으로 지독한 어둠의 낯선 내
음이 스며들었다. 그 비릿한 내음에 구역이 올라올 것 같았다. 하지만 아
무렇지도 않게 차를 넘기는 흑제의 모습에 백제가 지그시 이를 악물고 찻
잔을 기울였다. 진득한 무엇인가가 목을 타고 흘러들었다.

찻잔을 내려놓고 그 먹빛 장의 소매를 가만히 갈무리한 흑제의 시선이
백제를 응시했다. 그 끝을 알 수 없는 지독하게 검은 눈동자가 백제의 회
색빛 눈동자 안을 헤집듯 파고들었다.

"헌데, 연통 한 번 없이 어쩐 일이십니까. 이 먼 수정타까지."

"내 것을 찾아다니는 중이라네."

"내 것?"

흑제의 짙은 눈썹이 꿈틀거렸다. 차디찬 기운이 그의 온몸에서 스멀스멀 일어나고 있었다.

"혹여 소식을 듣지 못한 것인가. 적제가 말하지 않았을 위인이 아닌데 말이야."

이미 다 알고 있지 않냐는 듯 입가를 틀며 백제가 묻는 말에 흑제가 고개를 갸웃거렸다. 칠흑 같은 검은 머리카락이 그의 새하얀 얼굴에서 살랑거리며 움직였다. 수려한 아름다움을 조금씩 가렸다 드러내는 흑제의 얼굴에 사이의 시선이 잠시 머물렀다 떨어져 나왔다.

황제의 궁에서와는 너무도 다른 흑제의 모습이 그녀의 시선을 자꾸만 당기고 있었다. 그런 사이의 시선을 재미있다는 듯 즐기며 흑제가 붉은 입술을 열었다.

"혹 청족의 조그마한 아이를 말하시는 것입니까?"

헉, 이든의 숨이 막히는 소리가 공간을 울렸다. 제대로 놀라지도 못한 이든의 눈이 깜박거리지도 못한 채 자신의 주인을 바라보고 있었다. 숨겨도 모자랄 판에 스스로 내어 보이고 있는 주인을 이해할 수 없었다. 하지만 정작 그 주인의 표정에는 어떤 흔들림도 없었다.

큭큭, 재미있다는 듯 웃음을 토해 내며 백제가 고개를 끄덕였다. 네 명의 대제들 중 가장 속을 알 수 없는 자가 너무도 무심하게 뱉어 주는 진실이 재미있고 흥미로웠다. 역시, 이곳에 있었다. 그 아이는.

"이런, 이곳에 있었던 것이군. 그러니 내가 찾을 수가 없을밖에."

"그 아이를 찾고 계셨습니까."

"모든 곳을 다 찾았다네. 여기 있는 것을 모르고 말이야."

"헌데…… 왜 그리 찾으신 것입니까?"

정말 모른다는 듯 미간을 좁히는 흑제의 모습에 백제의 웃음기 가득하던 얼굴에 의문이 떠올랐다.

"왜라니, 그게 무슨 말인가. 그 아이가 내 여의주를 가지고 있으니."

"아…… 여의주."

이제야 깨달았다는 듯 흑제가 감탄사를 내질렀다.

갈수록 알 수가 없는 말만을 하는 흑제를 백제도, 이든도 의아한 눈으로 가만히 응시했다. 이 속을 알 수 없는 사내가 대체 지금 왜 이러는지 그 누구도 알 수 없었다.

흑제가 그들을 향해 무심하게 고개를 끄덕였다. 단조롭고 의미 없는 흔들림이었다.

"그건 드려야겠지요."

이든의 얼굴이 파랗게 질렸다. 백제의 얼굴에 미소가 번졌다.

"역시 자네는 이해가 빠르군."

"헌데 조금 오래 기다려 주셔야겠습니다. 한 5천 년 정도?"

"……뭐?"

이제 아예 그 자리에 힘없이 주저앉은 이든이었다. 늙은 다리에 힘이 다 풀려 버린 것이다. 무슨 짓을 하려는 것인지 털끝만큼도 이해되지 않는 주인의 말 한 마디 한 마디가 그의 노쇠한 심장을 덜컹거리게 했다. 이든의 반응 따위는 신경도 쓰지 않으며 흑제가 재미난 듯 말을 이었다.

"그 아이의 수명이 끝나면 그때, 고이 돌려 드리지요."

너무도 아름다워서 보는 이의 심장을 얼어붙게 만드는 흑제의 미소에 시아가 숨도 내쉬지 못하고 그 얼굴을 홀린 듯 바라보았다. 몇 번이나 보았던 이인데 처음 본 것처럼 사내는 낯설었다.

숨 막히게 아름다운 사내의 진한 미소는 그저 바라보는 것만으로도 온몸이 저릿할 만큼 황홀했다. 저런 사내를 두고 풋내가 폴폴 나는 청제에게 관심이 갔다는 것이 황당할 지경이었다.

"나와 장난을 하자는 것인가? 다문천? 헌데 그런 장난은 재미가 없는데 말이야."

"장난이라 하셨습니까? 이런, 그리 들렸다니 죄송합니다. 장난, 아니니까요. 제가 해 드릴 수 있는 최선의 선택일 뿐입니다."

"허면, 그대가 그 아이를 데리고 있는 것은 인정하는 것인가."

"청제에게서 부탁을 받은 제 손님이지요."

"손님이라…… 골치 아픈 손님이구먼."

"글쎄요."

저리 모든 것을 내어 보이며 무엇이 좋은지 언제나 무표정하던 얼굴 가득 진한 미소를 담는 흑제의 눈빛을 백제가 지그시 응시했다. 저 검은 눈빛 안에 무엇이 담겨 있는지 도대체 알 길이 없었다.

푸른 청제의 눈빛도, 붉은 적제의 눈빛도 다 너무도 잘 보이지만 자신이 절대 들여다볼 수 없는 것이 눈앞의 사내가 가진 지독하게도 검은 눈동자였다. 해서 언제나 신경이 가장 거슬리는 녀석이기도 했다. 오늘처럼.

"해서, 그 아이를 그대가 데리고 있지만 내게 내어 줄 수는 없다? 그 말이군."

"예. 그렇습니다."

태연한 흑제의 대답이 들려왔다. 미간을 좁힌 백제가 낮은 한숨을 내쉬며 다시 입을 열었다.

"혹여 말이네. 내가 내 보물을 찾기 위해 그대와 싸우자 하면, 그때도 그 아이를 내어 줄 수 없는가? 청족의 그 하찮은 아이로 인해 이 수정타를 위험에 빠뜨릴 수도 있다는 말로 내가 해석해도 되겠는가?"

설마……하는 믿음을 가지고 백제가 묻고 있었다. 차디찬 이성으로 만들어진 흑제가 이런 선택을 할 리 없다는 것을 너무도 잘 알고 있다는 듯 미소까지 담고 묻는 백제의 능글거리는 웃음을 마주 보며 흑제가 살짝 눈가를 찡그렸다. 잔미소가 번진 눈가가 웃고 있었다.

"예. 그렇습니다."

준비라도 하고 있었던 듯 흑제는 망설임도 없이 내뱉었다.

"이보게 다문천."

"청제의 손님이기에 내어 드릴 수 없다는 우스운 말은 하지 않겠습니다. 그런 약조 따위, 수정탑의 모든 것을 걸고 지켜야 할 정도는 아니니까요."

대체 저 사내가 언제부터 저리 웃음을 머금을 줄 알았을까 백제가 생각하고 있는 사이, 흑제가 다시 눈가를 좁혔다. 진한 핏빛의 입술이 활짝 벌어졌다.

"제 손안에 있으니 제 것이기에 드릴 수 없다는 것입니다. 저는 제 것을 절대 쉬이 내어 주지 않거든요. 그 누구에게도 말입니다."

"그대의 것?"

"현재는 분명 제 것이 맞지 않겠습니까? 청제가 언제 돌아올지도 모르는 일이고 말입니다."

"청제가 수미산으로 향했다는 것은 나도 알고 있네. 그곳에 갔으니 언제 돌아올지는 아무도 모르는 일이겠지."

청제의 푸른 흔적이 수미산 쪽에서 느껴졌다는 보고는 받았었다. 해서 예상할 수 있었다. 어차피 수미산에 그 아이를 데리고 가지는 못했을 것이니 자신의 손이 닿지 못하는 어딘가에 숨겨 놓고 갔을 것임을. 그리고 그런 곳이 이 땅에 딱 한 곳뿐이라는 것도 기억해 냈다. 심연.

"해서, 그 아이를 걸고 전쟁이라도 하시겠다는 것인가? 나와?"

"원하십니까?"

백제가 투명한 입술을 악물었다. 눈앞의 사내가 던지는 이 말도 안 되는 도발에 말려들어서는 안 된다. 분명 뭔가 다른 계획을 가지고 이럴 것이다. 대체 그 꼬맹이 하나를 걸고 흑제가 이럴 이유는 아무것도 없으니까. 자신의 여인도 아닌데······.

순간 떠오른 생각에 백제의 투명한 눈동자가 흑제를 빤히 바라보았다. 입가가 자꾸만 실룩거렸다. 재미있는 상상이 떠올라서.

"다문천, 혹여 자네······."

"손님이 와 계셨습니까."

그때였다. 거대한 검은 문이 가만히 열리며 구슬이 굴러가듯 맑고 청아한 목소리가 어둠과 적막만이 가득하던 공간에 들려온 것은.

이제껏 조금도 흔들리지 않고 미소마저 띤 채 백제를 응시하던 흑제의 얼굴에 약한 균열이 갔다.

"이런, 제가 몸이 좋지 않아 손님이 오신 것도 알지 못했습니다. 귀한 손님이신 것을."

이곳의 습한 어둠과 너무도 어울리지 않는 목소리에 고개를 돌린 사이의 눈이 커다랗게 열렸다.

순백의 빛을 응집해 그것을 솜씨 좋은 이가 간절한 소망과 염원을 담아 오랜 세월 깎아 내면 저런 모습이 될까 싶었다. 상상 속에서조차 만나 보지 못한 아름다움과 고결함을 가득 품은 새하얀 여인이 물결이 흐르듯 부드러운 걸음걸이로 한 발 한 발 그들에게로 다가서고 있었다.

한 톨도 흐트러지지 않게 곱게 올린 머리에는 새하얀 꽃잠과 연홍색 나비잠이 하늘거렸다. 여인의 움직임에 그 선 고운 몸을 따라 흘러내리는 옷깃이 살랑거렸다.

어둠의 진한 내음이 지독하던 공간이 그 여인이 들어서는 순간 시원하고 따사로운 공기를 가득 품었다. 어둠조차 그 여인의 곁에는 머물지 못하는지 여인의 모습은 어둠 속이건만 은은한 빛 속에 잠겨 있었다.

"길상천녀?"

백제의 눈이 놀라움과 반가움을 담고 반짝였다. 그 투명한 눈을 마주하며 길상천녀가 곱게 고개를 숙였다. 여인의 새하얀 목덜미가 반짝였다.

"정말 오랜만에 뵙습니다. 백제님."

"이런, 요만한 꼬마였는데 언제 이리 여인이 되었는가."

세상의 가장 고운 꽃들의 향기만을 모아 품 안에 담은 듯 싱그러운 향기를 뿜어내는 여인을 향한 백제의 시선이 천천히 일렁이고 있었다. 흙

속에서 빛나는 구슬을 찾아낸 듯 사내의 눈이 천천히 열기를 담아 갔다.

자신의 곁으로 다가서는 길상천녀를 무심하게 올려다본 흑제가 다시 백제를 향해 시선을 돌렸다.

조금 전까지 무엇이 그리 재미있는지 옅은 미소마저 띠고 있던 그의 얼굴에 어느새 서늘한 어둠이 내려앉아 있었다.

"길상천을 아십니까."

"알다마다. 내가 마지막으로 제석궁에 갔을 때에는 요만한 꼬마 여자아이였다네. 천제님의 시중을 들던."

"너무도 오래전의 이야기입니다. 백제님."

부드러운 미소를 입가에 지으며 길상천녀가 말했다. 그 모습에 백제의 굳어 있던 얼굴에 진한 미소가 가득 퍼지고 있었다. 사내의 회색빛 눈동자가 일렁였다.

"저리 고와질 줄 알았으면 그때 천제님께 내 반려로 달라 청했을 것인데. 이리 아쉬울 데가."

정말로 서운함을 담고 백제가 말했다. 순간 지독한 서늘함이 흑제의 시선 안에 천천히 고이기 시작했다. 진한 쇠의 기운만이 가득 하던 백제의 눈동자에 어리는 붉은 색감 때문이었다.

흑제가 길상천녀 앞으로 몸을 움직였다. 그의 움직임에 길상천녀의 몸이 흑제의 등 뒤로 가려졌다. 차디찬 흑제의 시선이 백제를 노려보았다. 그에게서 어둠의 기운이 서늘하게 뿜어져 나오고 있었다.

"말씀 가려 하시지요."

"아, 미안하이. 상상도 못 할 만큼 고와진 모습에 내 실언을 했구먼."

길상천녀의 등장으로 조금 밝아지던 공간이 짙은 어둠을 품었다. 흑제에게서 흘러나오는 진한 기운 때문이리라.

흑제의 서늘한 기운을 느낀 백제가 입가에 어색한 미소를 지으며 고개를 저었다. 아쉬움이 그 번들거리는 얼굴 가득 담기는 것을 사이가 무심한 눈으로 바라보고 있었다.

예상하지 못한 흑제의 움직임에 길상천녀의 흔들리는 눈동자가 눈앞에 있는 흑제의 등을 향했다. 세상 그 무엇에도 흔들리지 않을 것처럼 단단하고 넓은 사내의 검은 등이 자신의 앞을 막아서고 있었다. 세상 그 무엇에게도 자신을 내어 보이지 않겠다는 듯.

두근두근 뛰어 대는 심장에 겨우 숨을 토해 내는 그녀의 눈동자가 이해할 수 없는 이 상황에 촉촉하게 젖어 들었다.

"아직 우리가 해야 할 이야기가 남아 있지 않은가. 다문천. 허니……."

길상천녀를 등 뒤로 두고 경계가 가득한 눈으로 백제를 보고 있던 흑제의 차디찬 시선이 그 순간 위로 올려졌다. 허공을 바라보는 흑제의 얼굴에 천천히 균열이 갔다. 백제를 향했을 때와는 다른 어둠이었다.

난감함과 불안함이 그의 수려한 얼굴 가득 맺히는 모습이 그들을 지켜보고 있던 이든의 눈에 들어왔다. 흑제의 변화에 이든의 얼굴에도 불안이 감돌기 시작했다.

"이런, 수정타에 또 손님이 오신 모양이군."

아쉬움에 회색빛 입술을 핥아 대던 백제의 얼굴에 묘한 미소가 번지며 그의 시선 역시 허공으로 들어 올려졌다. 재미있는 장난을 앞둔 개구쟁이처럼 그의 얼굴이 진하게 웃고 있었다.

멀리 보이는 검은 기운 안에 담긴 수정타의 모습에 청룡이 길게 울음을 토해 냈다. 그렇게 잠시 허공에서 수정타를 내려다보던 청룡의 푸른 눈이 아픔을 가득 담고 거칠게 흔들리고 있었다.

하지만 그것도 잠시 거대한 몸이 바람 속을 유영하며 깊게 울고는 그대로 아래로 하강하기 시작했다. 수직으로 떨어져 내리는 푸른 청룡의 몸에서 흘러내리는 푸르름 가득한 빛이 수정타의 결계에 닿으며 산산이 부서져 내렸다.

가만히 검은 장의에 감싸인 팔을 들어 흑제가 결계를 풀어내자 푸른 기운을 담뿍 품은 사내가 천천히 허공에서 흐르듯 그의 앞으로 내려섰다.

"다녀왔습니다, 저."

흑제를 보며 금방이라도 터질 듯 이글거리던 청제의 눈동자가 흑제의 뒤에 선 이를 발견하고 차디차게 굳는 것이 모두의 시선에 들어찼다.

이곳에 모여 선 세 명의 대제들에게서 뿜어져 나오는 기를 느끼며 이든이 힘겹게 고개를 저었다. 수정타 안이 금방이라도 폭발할 듯 울리고 있었다. 흑제의 힘만으로 이 세 개의 거대한 기운을 이기기 어려운 수정타의 결계가 금방이라도 터질듯 울고 있었다.

"어디를 다녀오시는 길인가? 지국천?"

회색의 입술 끝에 잔인한 비소를 담으며 백제가 청제를 올려다보며 물었다. 잠시 흔들리던 청제의 시선이 언제 그랬냐는 듯 흔들림 없이 눈앞에 서 있는 서늘한 회색의 사내를 내려다보았다.

번들거리는 눈동자가 말하고 있었다. 이미 다 알고 있다고. 하지만 이제 그런 것 따위 상관없으니 감출 필요도 없을 것이다.

그렇게 잠시 백제를 향했던 청제의 시선이 흑제 쪽으로 돌려졌다. 백제의 물음 따위 대답할 마음도 없는 그였다.

"그 아이 잘, 있습니까."

첫마디를 내뱉는 청제의 목소리가 아프게 떨렸다. 그 존재를 심장에 담는 것만으로도 이 푸른 사내는 저리 힘겨운 모양이었다. 파랗게 질려 자신을 간절한 시선으로 바라보는 청제의 모습에 흑제가 잠시 숨을 삼켜야 했다. 터질 듯한 간절함이 담긴 푸른 눈이 1년 전보다 더욱 진해져 있었다.

"방법은…… 찾은 건가."

흑제가 차분하게 물었다. 금방이라도 심연 안으로 달려가고 싶은 듯 보이는 청제의 모습에 알 수 없는 짜증이 울컥 일었다.

"예."

푸른 눈동자가 대답했다. 흑제가 지그시 입술을 악물었다.

"다행이군."

"허면, 내 여의주는 곧 돌려줄 수 있는 것인가?"

알 수 없는 긴장을 담고 서로를 마주하고 있는 청제와 흑제 사이로 백제가 끼어들며 청제를 향해 물었다. 흑제를 향해 있던 청제의 시선이 백제를 향하며 차디차게 얼어붙었다. 얼음이 박힌 듯 차디찬 푸른 눈동자가 백제의 앞으로 한 발 다가섰다.

"그래."

지독하게 차가운 기운이 자신의 온몸으로 스미는 것을 느끼며 백제가 한 발 뒤로 물러섰지만 청제는 물러서지 않았다. 들끓고 있는 푸른 기운이 자신을 옥죄어 오는 것을 느끼며 힘겹게 숨을 삼키는 백제의 앞으로 청제의 차디찬 푸른 눈동자가 다가왔다.

"그 빌어먹을 여의주 따위 곧 돌려줄 테니까, 아무 소리 말고 기다려. 여기서."

한 마디 한 마디가 이를 갈며 내뱉어졌다. 얼마나 이를 악물었는지 훅 끼쳐 오는 피 내음에 백제가 얼굴을 찡그렸다.

심연의 입구였다. 짙은 어둠의 소용돌이가 일렁이는 공간을 물끄러미 바라보는 청제의 짙어지는 눈빛을 바라보던 흑제가 심연으로 시선을 돌렸다. 저 깊은 곳, 그 안에 있는 존재가 두 사내의 심장에 가득 담겨 있었다.

"여의주를 빼도 그 아이가 살 수 있는 건가."

"……."

"지국천."

심연을 응시하며 묻는 흑제의 물음에 청제가 아무 대답도 하지 않자 흑제의 시선이 청제 쪽으로 돌려졌다. 푸른 눈이 아득함을 담고 흐려지고 있었다. 심연을 향한 푸른 눈이 아프게 일그러지고 있음을 확인한 흑제가 하, 한숨을 토해 냈다.

방법에 문제가 있는 것이리라. 안도감과 불안감, 두 개의 낯선 감정이 함께 그의 심장을 두근거리게 하고 있었다.

"여기서 기다리게. 잠시면 될 테니."

심연은 흑제만의 공간이다. 막상 눈앞에 드러난 심연의 모습에 목이 멘 청제가 말을 뱉지 못하고 고개를 끄덕였다. 물속으로 스미듯 심연 안으로 사라지는 흑제의 모습에 닿은 청제의 심장이 온몸을 삼킬 듯 아프게 뛰기 시작했다.

언제나처럼 광천만을 뚫어지게 바라보고 있는 등이 보였다. 그 정결하게 어둠을 품은 물 안에 무슨 모습이 비치고 있는지 보지 않아도 흑제는 알고 있었다.

간절히 원하는 것을 비춰 주는 광천의 기운, 그 기운에 중독되어 있는 저 여자아이의 시야에는 늘 그리운 이가 비칠 것이다. 그래서 언젠가부터 나오는 광천 앞에 쪼그려 앉아 있는 날이 늘어갔다.

"나오야."

흑제의 부름이 공간을 울렸다. 하지만 나오에게는 닿지 않는 모양이었다.

나오의 옆에서 언제나처럼 쪼그린 채 자고 있던 귀가 흑제의 기척을 느낀 것인지 껍질 안에서 슬그머니 고개를 내밀었다. 하지만 광천 안만을 빨려들 듯 응시하고 있는 나오는 흑제의 기척도 느끼지 못하는 것 같았다.

잠시 그런 나오의 뒷모습을 바라보던 흑제가 가만히 손가락을 들어 올려 공기를 흔들었다. 그 파장이 광천에 닿는 순간, 그녀가 응시하고 있던 인영의 모습이 거칠게 흐트러지고 나서야 그녀의 고개가 뒤로 돌려졌다.

"오셨습니까."

여전히 마음은 그 광천에 비친 이에게 닿아 있는 아픈 눈동자가 말갛게 웃으며 흑제를 돌아보았다. 파리한 얼굴이 오늘따라 더 힘겨워 보였다.

그녀의 앞으로 다가선 흑제가 물끄러미 나오를 내려다보았다. 1년 동안 그녀가 예전보다 많이 말랐음을, 그렇지만 너무도 아름다워졌음을 실감하는 흑제였다.

파리한 얼굴에 푸른 눈은 한숨이 나올 만큼 고왔고 그 투명함은 더욱더 진해져 있었다. 청제를 그리워하는 마음이 진해질수록 그녀의 여의주도 진해지는지 여의주 향기가 곁에만 다가가도 진하게 느껴질 지경이었다.

그렇게 소녀는 1년 사이에 완연한 여인이 되어 있었다.

"무슨 일이…… 있습니까?"

"그래 보이느냐."

다른 때와 많이 다르게 보였기 때문일 것이다. 그렇게 물은 것은. 언제나 차디찬 얼굴에 아무 감정도 담지 않고 그저 무심하게 자신을 내려다보는 것이 흑제의 모습이었다.

그 마음이 전부 내어 보이는 청제의 푸른 눈동자와 달리 흑제의 검은 눈동자는 그 무엇도 내어 보이지 않으니 아무것도 알 수 없었다. 헌데 오늘따라 그 검은 눈동자가 더 진해져 있었다.

"돌아왔다."

"예?"

자신이 하는 말이 무슨 뜻인지 아직 깨닫지 못한 듯 커다란 눈을 깜박이며 자신을 올려다보는 나오의 모습에 잠시 숨을 멈췄던 흑제가 다시 입을 열었다. 목이 조이듯 힘겨웠지만 말은 해야 하니까.

"청제가, 돌아왔다."

"!"

너무도 작은 목소리였을까. 나오가 제대로 알아듣지 못한 듯 살짝 미간을 좁혔다. 의아함이 가득 담긴 그녀의 눈동자가 어둡게 가라앉는 흑제의 눈을 조금 더 응시했다. 그렇게 자신을 향한 그녀의 시선 안에 자신의 모습이 가득한 것이 좋아 흑제의 심장이 아주 조금 뛰었다.

"지국천이, 돌아왔다. 이곳으로."

"하."

주루룩, 나오의 몸이 아래로 허물어졌다. 몸을 겨우 버티고 있는 팔이 바들바들 떨리고 있는 것이 안타까워 그녀를 부축하려 몸을 숙이는 흑제의 움직임은 느끼지도 못한 듯 앉아 있던 나오가 힘겹게 혼자 힘으로 몸을 일으켰다.

"정말……입니까?"

"그래. 저 심연의 입구에서 너를 기다리고 있다."

흑제의 말이 끝나기도 전에 나오가 그대로 달릴 듯 발을 내밀었다가 주춤 멈춰 섰다. 그녀의 움직임에 그의 심장이 또다시 덜컹 울렸다. 그리고 일말의 희망에 약하게 반짝이는 흑제의 짙은 눈을 돌아본 나오가 빙그레, 촉촉하게 젖은 얼굴에 옅은 미소를 담았다.

"무슨 일이냐."

살짝 들뜬 흑제의 목소리가 그녀를 향했다.

"잠시만, 기다려 주십시오."

그녀가 돌아서 안쪽으로 들어서는 것을 바라보던 흑제의 뇌리에 떠오르는 것이 있었다.

'그분이 돌아오시는 날, 그날 입겠습니다.'

기대와 불안이 동시에 그를 찾아왔다.

얼마의 시간이 흐른 것일까. 흑제에게는 지독하게 짧기도, 끔찍하게 길기도 한 한 다경의 시간이 흐른 후 천천히 안쪽에서 나오가 걸어 나오는 모습이 보였다. 그 모습에 조금의 기대를 담고 짙게 흔들리던 검은 눈동자가 아프게 어둠으로 흐려졌다.

1년 사이에 많이 길어 버린 푸른 기를 머금은 긴 머리카락이 그녀의 가늘고 새하얀 어깨 위로 흘러내려 있었다. 그 새하얀 어깨에 걸쳐진 하늘거리는 옷깃을 따라 야위었지만 시선을 떼지 못하게 아름다운 여인의 몸이 드러났다.

금방 하늘로 날아올라도 이상하지 않을 듯 가벼워 보이는 몸이 한 걸음 한 걸음 자신에게로 다가오는 것을 바라보는 것이 흑제에게는 지옥이었다. 숨 쉴 수 없을 만큼 고운 나오의 모습이었기에.

"제가, 어여쁩니까?"

발그레 물든 그녀의 얼굴이 흑제를 보며 물었다. 여전히 그 커다란 눈 가득 물기를 담고 그녀가 웃고 있었다. 눈물과 웃음이 함께 어린 그녀의 얼굴에 닿은 흑제의 눈이 그녀를 삼키고 싶은 듯 응시했다.

"······그래. 많이, 아주 많이 어여쁘다."

"다행입니다."

그에게 어여쁘게 보이고 싶은 소녀의 설레는 마음. 그 마음에 흑제의 심장이 저미듯 아파 왔다. 그녀의 여의주 때문에 아픈 것이라면 얼마나 좋을까. 문득 흑제가 생각했다.

그의 곁을 그녀가 스쳐 지나갔다. 그녀에게서 진한 여의주의 향이 흘러나와 흑제의 심장으로 스며들었다. 흑제가 숨을 삼켰다.

"이봐, 꼬마."

급히 걸음을 옮기던 나오가 흑제의 부름에 고개를 돌렸다. 기대로 발갛게 물든 나오의 얼굴을 응시하며 흑제가 나직하게 입을 열었다.

"혹시 말이다."

"예?"

나오가 마음이 급한지 다시 입구 쪽을 바라보다 그에게로 시선을 돌렸다. 터질듯 뛰는 심장을 겨우 견디며 흑제가 다시 입을 열었다.

"이곳에 머물면…… 안 되는 거냐?"

"그게…… 무슨 말씀이십니까?"

나오의 동그란 눈이 이해할 수 없다는 듯 살짝 커졌다. 그의 말을 이해하지 못한 것 같았다.

"혹여 청제가 찾은 방법이 너를 힘들게 한다면…… 그냥 지금처럼 이곳에 머물 마음은 없느냐 물었다."

"방법을 찾지 못하셨다고 하던가요?"

발그레 물들었던 나오의 얼굴이 하얗게 바래는 모습에 흑제가 입술을 악물며 고개를 저었다.

"모른다. 하지만, 모든 방법에는 대가가 따르는 법이고 그것이 지금보다 더 힘들 수도 있다. 그러니 그냥 지금처럼, 이곳에 머물러라. 내가 너를 지금처럼 지켜 줄 수 있으니까."

하얗게 바랜 나오의 입술이 살며시 위로 올라갔다. 여전히 불안을 담고 흔들리는 눈동자를 하고도 소녀는 웃고 있었다. 아니, 웃으려 애쓰고 있었다.

"압니다. 찾지 못하셨을 수도 있습니다. 제가, 정말 죽어야 할지도 모른다는 것도 압니다. 하지만 그래도 그분 곁에 있을 것입니다. 찰나지간이라 해도 그분 곁에 머물고 싶습니다. 해서 이곳에는 머물지 않을 것입니다."

"미련하긴."

아프게 미간을 좁히며 내뱉는 흑제의 말에 나오가 이번엔 진짜로 환하게 미소를 머금었다. 오랜만에 보는 나오의 환한 미소가 흑제의 심장을 또 한 번 아프게 했다.

"고작 하루라 해도, 전 그분 곁에 있고 싶습니다. 이곳에서의 수천 년이 아니라."

너무나 어여뻐서 지독하게 아픈 미소를 남기고 몸을 돌린 나오가 뛰기 시작했다. 움직이지 못한 채 그녀를 응시하는 흑제를 뒤로하고.

파란 눈동자가 일그러졌다. 그리고 그 눈동자 가득 천천히 푸른 물이 일렁이기 시작했다. 주르륵, 사내의 마른 볼을 타고 눈물이 흘러내렸다.

"나……오야."

황금타 안의 아름답고 푸른 정원을 나붓거리며 날던 나비가 이곳에 내려앉은 듯 그녀의 모습은 현실감이 없어 보였다.

천상의 선녀들이 입을 법한 새하얀 얇은 천에 감싸인 채 자신을 향해 한 걸음 한 걸음 힘겹게 걸어오는 소녀에게 닿은 청제의 눈이 차오르는 물기를 지우고 싶어 자꾸만 힘겹게 감겼다 다시 떠졌다.

눈물에 그녀의 모습이 흐려지는 것을 참을 수 없었다. 숨조차 쉬지 못할 만큼 곱고 고운 님의 모습이 두려움과 기다림에 지쳐 있던 심장으로 박히는 순간, 청제는 다시 밀려오는 고통을 느껴야 했다.

그런데 우습게도 그 고통이 행복했다. 이제 다시 그녀에게로 돌아왔다는 자각이 밀려들었으니까. 낯익은 고통에 그가 미간을 좁히며 다가오는 여인에게로 손을 내밀었다. 언제나처럼.

"이리 와. 나오야."

그의 푸른 입가에 미소가 번지는 순간, 나오가 그대로 달려 그의 품 안으로 뛰어들었다. 그의 긴 팔이 그녀의 몸을 그대로 품어 안았다.

"흑, 흐윽!"

"미안해. 내가 미안해."

"……."

"늦어서, 너무 늦어서 미안하다."

자신의 품에서 이를 악물고 토해 내는 나오의 울음에 청제가 그녀를 으스러트릴 듯 끌어안으며 귓가에 속삭였다. 그 속삭임에 나오가 고개를 저었다. 그녀의 얼굴이 가슴에 스쳐 가슴이 젖어 갔다.

그의 얼굴을 보고 싶어서일까. 그의 가슴에서 한참을 울던 나오가 천천히 고개를 들었다. 눈물에 촉촉하게 젖은 얼굴이 그를 보며 웃었다. 청제의 손이 나오의 얼굴을 꼭 쥐어 잡았다. 그의 푸른 눈이 그녀의 얼굴을 새기듯 응시하며 안타까움으로 일그러져 갔다.

"왜 이리 마른 것이냐. 왜 이리…… 어여뻐진 것이냐."

"정말 청제님 맞는 거죠? 정말이죠?"

자신의 얼굴을 감싸는 청제의 손 위에 자신의 손을 올리며 나오가 웃었다. 따스하고 단단한 익숙한 그의 손이 주는 감촉이 꼭 거짓 같아서 나오가 자꾸만 그의 손을 쓰다듬었다.

"그래. 나오야."

"청제님."

"그래, 나야."

그가 부드럽게 웃으며 나오의 허리를 잡아당겼다. 그리고 하얗게 바랜 그녀의 입술을 그대로 삼켰다. 뜨거움이 온몸으로 스미는 익숙한 감각에 가만히 눈을 감으며 나오가 그의 목을 끌어안았다.

다시는 놓치지 않겠다는 듯 자신에게 매달려 오는 나오의 가는 몸을 청제가 가슴에 당겨 안았다. 심장이 터질 듯 아파 왔지만, 그래서 더 행복한 그였다.

"지국천!"

힘겹게 숨을 내쉬면서도 나오를 품에서 떼어 내지 못하던 청제가 뒤에서 들리는 낯익은 목소리에 여전히 품 안에 나오를 안은 채 고개를 돌렸다. 어느새 도착한 것인지 적제와 황제의 모습이 보였다. 그들 곁에 서서 자신과 나오를 응시하고 있는 비사의 모습도 눈에 들어왔다.

비사를 보는 청제의 얼굴이 편안한 미소를 담았다. 거대한 힘을 가진 대제들 그 모두보다 비사의 모습 하나가 더 든든하고 편안하게 느껴졌다.

"잠시만 비사와 있어. 금방 돌아올게."

여전히 품 안에서 풀어내지 못하면서 나직하게 속삭이는 청제의 말에 나오가 고개를 끄덕였다. 한순간도 떨어지고 싶지 않지만 그가 해야 할 일이 있을 것이다.

청제의 품에서 떨어져 나오는 나오의 곁으로 비사가 다가서며 청제를 향해 살짝 고개를 숙여 보였다. 아무 걱정 말라는 듯.

눈도 깜박이지 못한 채 청제의 뒷모습만을 좇는 나오의 파리한 얼굴을 바라보던 비사가 자신들의 곁으로 다가서는 이를 보고 급히 고개를 숙였다. 처음 보는 이이지만 그 모습만으로 그녀가 누구인지 한눈에 알아볼 수 있어서였다. 세상의 가장 아름다운 것만을 모아 만든 듯한 여인. 아름답기로 수미산 최고라 불리는 길상천녀일 것이기에.

"나오 님."

힘겹게 겨우겨우 숨을 내쉬며 거대한 문 안으로 사라져 버린 청제에게서 시선을 뗀 나오가 자신을 부르는 여인을 돌아보았다. 힘겹게 숨을 내쉬고 있는 나오를 보는 길상천녀의 얼굴에 안타까움이 어렸다.

"1년이나 이곳에 머물러 계셨었는데 오늘에야 뵙네요."

"아……."

"청제께서 나오 님과 함께 잠시 머물 곳을 부탁하셨습니다. 나오 님을 그곳에서 쉬시게 해 달라 하셨으니 제가 안내하겠습니다."

숨 막히게 아름다운 여인이 나오를 보며 부드럽게 미소 짓고 있었다. 그 따스하고 부드러운 미소에 긴장으로 얼어붙었던 몸이 조금은 풀리는 느낌이 들었다. 한없이 자애롭고 평화로워 보이는 여인의 모습은 그저 바라보는 것만으로도 편안했기에.

"길상천녀십니까."

겨우 숨을 가다듬은 나오가 묻는 말에 길상천녀가 그 고운 입술을 끌어 올렸다. 새하얀 여인의 얼굴에 투명한 미소가 번졌다.

"예. 제가 길상천녀입니다."

"그동안 저를 보살펴 주셨지요."

나오의 말에 무슨 뜻인지 이해할 수 없는 듯 비사가 의아함을 담고 두 여인을 바라보았다. 길상천녀가 부드럽게 고개를 저으며 미소를 지었다.

"제가 해 드린 것이 무엇이라고 그러십니까. 그곳에 계셔서 제대로 살펴 드릴 수도 없었는걸요."

"아닙니다. 천녀님의 정성, 많이 느껴졌습니다."

귀를 통해 들여보낸 음식과 여러 가지 물건들이 여인의 세심한 배려라는 것은 모르려야 모를 수 없는 것들이었다. 그것이 눈앞에 있는 이 따스한 여인의 마음이라는 것도.

세상에 이런 아름다움이 존재할까 싶게 고운 여인의 모습에 나오의 뇌리에 문득 흑제의 모습이 떠올랐다. 눈앞에 있는 이와 흑제의 모습이 함께 있다면, 세상에서 가장 아름다운 모습일 것 같았다.

길상천녀가 안내한 전각 안으로 들어선 나오와 비사가 눈을 동그랗게 뜨고 전각 안을 바라보았다.

흑제의 궁인 수정타 안에 이런 공간이 존재하리라고는 상상도 해 보지 못했었다. 절대 빛이라고는 들어오지 않을 것이라 여긴 수정타 안에 이리 온전히 빛을 품은 공간이 있다니. 게다가 공간 안은 누군가의 손길이 담뿍 느껴질 만큼 단아하고 아름답게 꾸며져 있었다.

놀라는 두 사람의 모습에 길상천녀가 맑게 웃었다.

"처음 수정타의 어둠에 익숙지 않은 저를 위해 만들어 주신 공간입니다. 유일하게 수정타 안에서 태양의 빛을 느낄 수 있는 곳이거든요. 몇 겹의 결계로 감싸여 빛이 이곳을 물들이지는 못하지만 태양의 맑은 빛은 투과될 수 있도록 만들어진 곳입니다. 이곳이라면 지내시기에 힘들지 않으실 것입니다."

천천히 걸음을 옮기며 길상천녀가 손을 들어 올리자 그녀의 손끝을 따라 흘러드는 빛에 아름다운 공간이 그 모습을 드러냈다. 빛이 있어서일까. 전각 안에는 조금이지만 꽃들과 나무들도 보였다. 1년이라는 긴 시간 동안 어둠과 적막 이외에는 아무것도 없는 심연에 있던 나오에게 이제 빛은 차라리 낯선 존재였다.

그래서일까. 빛을 보며 밝게 웃던 나오가 가슴을 쥐어 잡으며 비틀거렸다.

"나오야."

놀란 비사가 흔들리는 나오의 몸을 겨우 붙잡았다. 파르르 떨리는 가냘픈 어깨가 힘겹게 느껴졌다.

"괜찮아요. 비사 님."

"심연에 오래 계셔서 그럴 겁니다. 예전에 이든에게 들은 적이 있습니다. 심연을 흐르는 광천에 중독되면 빛이 힘겨워진다고요."

광천. 나오가 떠올렸다. 한순간도 자신이 눈을 떼지 못했던 광천. 그리움으로 그를 볼 수 있던 곳. 자신이 아플 때면 흑제는 그 광천의 물을 먹였었다. 그래야 견딜 수 있었을 테니까. 어쩔 수 없이 선택했던 광천의 존재가 그녀를 중독시킨 모양이었다.

'손대지 않는 것이 좋을 거다. 어둠의 생명수에 길들여지면 나중에 돌아가고 싶지 않을 테니까. 그러면 안 되는 거 아닌가?'

처음 광천에 다가가던 자신에게 흑제가 했던 말이 이 의미였던 모양이었다. 그 진하고 진한 어둠에 익숙해져 버린 스스로의 몸이 느껴져 왔다. 두려움이 왈칵 밀려드는 나오의 얼굴이 푸르게 보일 정도로 창백해졌다.

"나오야."

"이런 몸이 되어서 청제님을 더 힘들게 하는 걸까요? 제가?"

아프게 흔들리는 눈에 담긴 것이 무엇인지 확인한 비사가 천천히 고개를 저었다. 혹여 그렇다 해도 지금 눈앞에 있는 이에게 그렇다 말할 수는 없었다. 자신의 존재가 그를 힘들게 할까 봐 숨조차 제대로 내쉬는 못하는 눈앞의 이는 그럴 수도 있다는 말 한마디에 조각조각 흩어져 버릴 것처럼 나약해 보였기에.

"그건 걱정하지 않으셔도 될 것입니다."

아프게 서로를 응시하는 나오와 비사의 뒤에서 길상천녀의 따스하고 단단한 목소리가 들려왔다. 두 사람에게 방해가 되지 않으려 숨소리조차 내고 있지 않았지만 나오의 말을 들은 모양이었다.

"그 기운이 대제님들껜 별 영향을 주지 않는다고 알고 있습니다."

"정말……입니까?"

커다란 눈에 투명한 물기를 담은 채 묻는 나오의 앞으로 다가선 길상천녀가 나오의 손을 가만히 쥐어 잡았다. 흑제에게서 느껴지던 차디찬 기운과는 너무도 다른 따스한 길상천녀의 기운에 나오가 온몸에 따스함이 번지는 것을 느꼈다. 심장까지도 따스하게 물드는 것 같았다.

"나오 님이 목숨을 걸고 사랑하시는 청제님은 강하신 분입니다. 오방대제들 모두가 강하시지만 청제께서는 그들 중에서도 가장 강하십니다. 허니 그분만 믿으세요. 제석천을 신들의 시간으로 하루 만에 다녀오시는 분은 처음이었답니다."

"수미산의 정기를 그대로 뚫고 오르셨거든요."

길상천녀의 말을 증명이라도 하려는 듯 비사가 하는 말에 길상천녀의 얼굴에 경악이 어렸다.

"그, 수미산의 기운을 그대로 뚫고 오르셨단 말입니까? 제석천까지?"

"예."

"정말, 엄청나신 분이군요."

놀라움을 담았던 눈에 다시 따스함을 담고 나오를 향한 그녀가 빙그레 환한 미소를 지어 보였다.

"그것 보십시오. 이제껏 그 어떤 대제들도 저리 제석천을 오른 이는 없었습니다. 그만큼 그분은 강하십니다. 나오 님의 존재가 절대 그분을 다치게 하지 않을 것이라 믿으세요. 그래야 그분이 견디실 수 있을 테니까요."

"……."

"나오 님?"

따스한 미소를 짓는 길상천녀를 응시하던 나오가 툭, 고개를 떨구는 모습에 길상천녀가 의아한 듯 나오를 불렀다. 붉게 물든 나오의 눈이 아프게 그녀를 올려다보았다.

"저도, 천녀님처럼 강했으면 좋겠습니다. 그래서 제가 청제님의 힘이 되어 드릴 수 있었으면 좋겠습니다. 아무것도 해 드릴 수 없는 저는, 청제님을 힘들게만 하니까요."

"아니요. 그렇지 않아요. 나오 님은 목숨을 걸고 그분과의 사랑을 지키고 계시잖아요. 그것만으로도 충분합니다. 청제님껜 그 어떤 강한 힘보다도 그런 믿음이, 그런 사랑이 필요하실 테니까요."

길상천녀의 눈이 아프게 웃었다.

"사랑하는 이가 자신을 진정으로 사랑해 주는 것, 그것이면 충분하답니다."

돌아서는 길상천녀의 눈에서 눈물 한 방울이 떨어져 내리는 것을 나오는 알지 못했다.

거대하고 진한 어둠으로 가득한 공간이 다섯 가지의 힘으로 가득 찼다. 금방이라도 어둠을 뚫고 치솟아 오를 것 같은 붉은 불의 힘과 그 불의 힘과 마주한 차디차고 서늘한 쇠의 힘.

그리고 이 공간의 근원을 이루는 어둠의 힘과 이곳에 있는 모든 것을 어우르는 조화의 힘. 그런 그들 모두의 앞에 무엇인가를 내보여야 하기에 거칠게 일렁이고 있는 푸른 바람의 힘까지. 끝을 알 수 없는 어둠 속의 공간이 처음으로 세상 전부로 가득 찬 느낌이었다.

"벌써 돌아오다니, 역시 지국천이군."

대체 어떻게 하고 다닌 것인지 의아할 정도로 온몸이 만신창이의 모습을 하고 있지만 그 푸른 눈동자만큼은 그 어느 때보다도 맑고 투명하게 반짝이는 청제의 모습을 보며 적제가 환한 미소를 지어 보였다.

이곳의 시간으로 1년, 그렇다면 제석천의 시간으로는 하루 만에 모든 것을 확인하고 돌아왔다는 것이리라. 그 거대한 수미산 정상을 오르고 천제를 만난 후 다시 이곳까지 돌아오는 데 겨우 하루. 기함할 만한 시간이니까.

"수정타의 심연에까지 꽁꽁 숨겨 두고 다녀온 성과가 있긴 하였는가?"

백제가 비릿한 냉소를 지으며 고개를 갸웃거렸다. 제석천에 가 천제를 만났다 한들 꼭 방법을 찾았다 보장할 수는 없을 것이다. 자신이 알기에 심장에 있던 여의주를 빼고 살 수 있는 것 자체가 불가능하기에.

대제들인 자신들조차 만에 하나 여의주가 심장에 박혀 있다면 그것을 빼고는 버틸 수 없을 것이다. 한데 인간보다 나을 것도 없는 청족의 아이가 심장에 박힌 여의주를 빼고 살아남을 수 있는 방법은 없다. 분명히.

흑제의 짙게 가라앉은 시선이 청제를 바라보았다. 치열하게 반짝이고 있었지만 그 푸른 눈에 미소나 안도는 담겨 있지 않았다. 그래서 느낄 수 있었다. 그가 찾은 방법이란 것이 절대 안전하지 않다는 것을. 그것이 청제와 나오의 모든 것을 걸어야 할 것이라는 것을.

지금 분명 나오의 존재로 인해 심장이 지독하게 아파야 할 것은 청제일진대 자신의 심장도 피가 흐르는 것처럼 아파 오는 흑제였다.

"말해 보시게. 지국천. 방법을 찾았는가. 우리가 도울 수 있는 것이라면 무엇이라도 도울 것이네."

차디찬 이 공간의 공기를 따뜻하게 덥히며 황제가 부드러운 목소리로 물었다. 그 물음에 청제가 고개를 끄덕였다. 모두의 시선이 그를 향했다. 그가 이 공간에 들어와 처음으로 입을 열었다.

"심장에 지니고 있던 여의주를 빼고도 심장이 뛰는 이는 세상에 존재하지 않는다 합니다."

"지국천!"

"이런……."

억양도 없이 글을 읽듯 내뱉는 청제의 무심한 말에 적제와 황제의 얼굴이 안타까움을 담고 일그러졌다. 청제의 시선이 재미난 것을 구경하듯 일렁이기 시작하는 백제의 연회색 눈동자를 응시했다.

무색의 입가에 미소를 담고 싶은 것을 참느라 꿈틀거리는 백제의 얼굴에 푸른 기운이 박힐 듯 닿자 백제의 얼굴에 만족스러운 미소가 담겼다. 그 미소를 응시하는 청제의 온몸에서 푸른 기운이 넘실거렸다.

"지국천, 허면 어찌할 셈인가."

백제를 타오를 듯한 붉은 시선으로 노려본 적제가 여전히 무표정한 청제의 얼굴을 걱정스럽게 응시하며 물었다. 방법이 없다고 하는 청제의 표정이 예상과 달라 이해가 되지 않는 그였다.

백제를 눈빛으로 녹여 죽일 듯 노려보던 청제가 가만히 시선을 돌려 흑제를 향했다. 아까부터 아무 말도 없이 허공을 응시하고 있는 흑제와 눈빛을 맞추며 청제가 다시 입을 열었다.

"해서, 제가 찾으려 합니다. 죽은 자의 세상에서 제 생명을."

"……뭐?"

흑제의 눈썹이 비틀렸다. 청제의 말을 조금이라도 이해한 것은 아마 흑제뿐일 것이다. 죽은 자의 세상이란 것이 무엇을 말하는지 한순간에 이해하는 것도, 그 세상에서 생명을 찾는다는 것이 의미하는 것이 무엇인지도 그만이 확실하게 알고 있을 테니까.

여전히 흑제에게 시선을 준 채 청제가 계속 말을 이었다.

"여의주를 빼고 그 아이의 숨결이 다 사라지기 전에, 그 아이의 혼과 육신을 함께 명부로 보내야 합니다. 그리고 제가 명부에 들어 그 아이의 혼과 육신을 찾을 생각입니다."

"그, 그게 지금 무슨 말인가."

어느 순간도 흔들림이나 긴장 따위 담아 본 적 없는 황제의 황색 눈동자가 놀라움을 담고 커다랗게 열렸다. 적제는 아예 입도 열지 못하고 멍하게 청제를 바라보고 있었다. 청제의 이야기가 무슨 소리인지 아직 확실하게 이해하지도 못한 모양이었다.

"재미있는 구경거리가 생기려는 모양이군. 뭐, 나야 어쨌든 내 보물을 돌려준다니 감사할 뿐이고."

어둠의 공기마저 숨죽이고 있는 공간에서 나른한 목소리로 백제가 입을 열었다. 잔인한 그 말에 적제가 그대로 몸을 일으켰다. 적제의 몸에서 붉은 기운이 일렁였다.

"말도 아닌 소리를 지껄이는 네놈의 주둥이를 불로 지져 주마!"

그 순간 적제의 손에서 터져 나온 붉은 불꽃이 백제를 향해 날아갔다. 하지만 그 불꽃은 백제의 기운에 닿기도 전에 허공에서 검은 어둠에 감싸여 사라져 버렸다. 붉게 젖은 적제의 시선이 손을 들어 올린 흑제를 노려보았다.

"간섭하지 말게. 다문천."

"제 공간 안에서의 충돌은 제가 허용할 수 없습니다."

"하지만 저자가!"

"고정하시게. 증장천."

여전히 씩씩거리며 백제를 노려보는 적제를 황제가 가만히 말렸다. 분노로 이글거리는 손끝을 겨우 거두어들이며 다시 자리에 앉은 적제의 눈이 안타까움을 담고 청제를 바라보았다.

"이보게. 지국천. 제석궁을 가겠다는 것은 내 말리지 않았지만 이번은 상황이 다르네. 명부라니. 다문천이 아닌 우리에게 명부가 어떤 곳인지 모르고 하는 말인가."

"알고 있습니다."

"그런데도 진정 가겠단 말인가?"

"예."

"지국천!"

벌겋게 상기되는 적제의 얼굴에는 시선도 주지 않고 흑제가 청제를 향했다.

"명부에서 그 아이의 혼백과 육신을 제때 찾지 못하면 그 아이도 지국 천 그대도 소멸하게 된다는 것도 아는 것인가."

흑제의 검붉은 입술에서 새어 나온 말에 적제의 얼굴이 이제 아주 검붉게 변했다. 그런 주변의 놀라움 따위 상관도 없다는 듯 청제가 가볍게 고개를 끄덕였다. 아무 일도 아니라는 듯 푸른 입가에 미소마저 감돌았다.

"다행이지 않습니까. 그 아이를 찾지 못한다면 차라리 소멸되는 것이 편할 테니까요."

"지국천!"

이번에는 청제를 향해 벌떡 몸을 일으킨 적제의 몸에서 붉은 기운이 사방으로 터져 나왔다. 어둠의 공간이 일그러지고 뜨거움이 검은 어둠을 삼켜 어둠의 그림자들이 뚝뚝 떨어져 내렸다. 자신의 공간이 부서져 내리는 모습에 흑제의 얼굴에 균열이 갔다. 그런 그들 사이로 청제의 맑은 목소리가 울렸다.

"너무 걱정하지 마십시오. 저는 그 아이를 절대 놓치지 않을 것이니."

편안해 보이고 있었다. 스스로에게 맹세하듯 환한 미소까지 담으며 말하는 이의 모습은. 그 모습에 그 누구도 그를 말릴 수 없음을 자각하는 대제들이었다.

"대신."

모두를 향해 웃어 보인 청제가 백제를 바라보며 푸른 눈동자에 서늘함을 담았다. 웃음기가 사라진 푸른 눈동자는 차디차게 얼어 있었다.

"사흘의 시간을 주십시오. 그 정도는 기다려 주실 수 있으시리라 생각합니다."

"안 된다고 하면 어찌할 텐가."

놀리듯 백제가 입술을 비틀었다.

"여의주가 박살이 나면 어떤 모습이 됩니까?"

"……."

청제의 굳은 입가가 격하게 비틀렸다. 아직 제석궁을 다녀온 힘겨움이 남은 그 얼굴에 담기는 광기에 백제가 다시 입을 다물었다. 스스로의 소멸도 각오한 이에게 도발이란 멍청한 짓일 것이다.

"사흘이면 되는 것인가."

"예. 그 시간이면 충분합니다."

"우리 모두가 이곳에서 지켜볼 테니 걱정하지 말게. 지국천."

황제가 흑제를 향해 살짝 고개를 끄덕여 보이며 말했다. 오방대제들 사이의 혼란은 절대 피해야 하는 일이다. 해서 그들 모두가 이 문제를 함께 겪어야 하는 것이리라.

황제의 쐐기를 박는 듯한 말에 백제도 더 이상 아무 말도 하지 못했다.

기다리고 있을 이를 생각해서인지 대제들과의 이야기를 마치자마자 청제가 뒤도 돌아보지 않고 그대로 달려 나갔다.

그 뒤로 황제와 적제가 근심 어린 표정으로 어둠의 공간을 나서자 공간 안에는 그림처럼 움직임 없이 앉아 있는 흑제와 백제만이 남았다.

차디차게 굳은 얼굴로 어둠을 응시하고 있는 흑제를 재미나다는 듯 바라보던 백제가 천천히 몸을 일으켰다.

"심연에서 명부라. 어차피 그곳도 자네의 공간이 아닌가. 아니 그런가?

다문천?"

짙은 어둠을 품은 검은 눈동자가 말없이 백제를 올려다보았다.

"어쩌면 더 쉬울 수도 있지 않겠나. 자네에겐."

재미있어 죽겠다는 듯 큭큭거리며 웃음까지 토해 낸 백제마저 떠난 빈 공간에 앉아 있는 흑제의 눈동자가 어둡게 침잠하고 있었다.

눈앞의 광경에 청제가 천천히 감았던 눈을 다시 떴다. 눈이 부신 새하얀 공간에 선 나오가 꽃송이들을 만지고 있었다. 그녀의 작고 가는 손가락이 닿는 꽃송이들이 부러울 지경이었다. 푸른 기를 머금은 긴 머리카락이 그녀의 가늘어진 얼굴선을 따라 흘러내려 빛을 품고 반짝였다.

들어서는 청제를 발견한 비사가 일어서는 모습에 청제가 손을 들어 그를 제지했다. 빛 속에 담긴 그녀의 모습을 흐트러뜨리고 싶지 않았다. 저 고운 모습을 심장 가득 품고 싶어 숨조차 제대로 내쉬지 못하는 청제를 두고 비사가 조용히 그 공간을 떠났다.

한 발, 눈에 담는 것조차 아까우리만치 고운 이에게 다가서는 청제의 심장에 비수처럼 익숙한 통증이 찾아왔다.

"윽."

나직한 신음을 흘리며 청제가 이를 악물었다. 진하게 느껴지는 여의주의 향이 그를 향해 아프게 박혀 들었기 때문이다. 향기는 예전보다 더욱 더 강해져 있었다.

"하아, 하아."

힘겹게 숨을 삼키며 또 한 발 그녀에게 다가서자 그의 심장이 다시 괴성을 질렀지만 청제는 멈추지 않았다. 그리고 그렇게 그녀의 뒤에 섰다. 기척을 느낀 것일까. 그녀의 고개가 천천히 돌려졌다.

"나 왔어."

진하고 진한 푸른 미소가 햇빛과 함께 나오의 얼굴로 쏟아져 내렸다.

나오의 손길이 자꾸만 청제의 상처들 위를 스쳤다. 온몸 가득 베이고 스친 상처들이 가득한 그의 모습이 낯설고 아팠다. 그녀의 가는 손이 그의 얼굴을 가만히 쓰다듬었다. 그 손길의 감각이 좋은지 청제가 부드러운 웃음을 지으며 눈을 감았다.

"이게 다…… 뭐예요."

"별거 아니야."

"제석천의 기운을 그대로 뚫고 갔다면서요."

울먹이며 새어 나오는 나오의 목소리에 청제의 미간에 주름이 갔다.

"망할. 비사가 말했군."

"많이 아프고 힘들었을 텐데."

파르르 떨며 자신의 얼굴에 난 상처 위를 어루만지는 손길에 청제가 천천히 감고 있던 눈을 떴다. 자신을 바라보고 있는 동그란 눈 안에 눈물이 가득 찬 것이 보였다.

그녀의 눈물을 마주한 청제의 얼굴이 아프게 일그러졌다. 우습게도 그녀가 간직한 여의주가 주는 통증보다 그녀의 눈물이 주는 통증이 몇 배는 더 아픈 그였다.

"이까짓 거보다, 너를 보고 싶은 마음이 천만 배는 더 아팠다."

"……."

그녀의 손길이 주춤거렸다.

"그 지독한 제석천의 기운보다 너를 볼 수 없다는 자각이 더 끔직했어."

"……."

주룩, 그를 올려다보는 나오의 눈에서 눈물이 흘러내리는 모습에 청제의 손이 그녀의 볼을 가만히 닦아 내렸다.

그의 뜨거운 손길이 그녀의 얼굴을 지나 목을 감싸 쥐었다. 그녀의 작고 가는 몸이 그에게로 당겨졌다. 단단한 사내의 가슴에 여인의 부드러운 몸이 맞닿았다.

"네가, 나의 전부니까."

"청제님."

청제의 몸이 기울어지기 시작하자 그의 손길에 안겨 있던 나오의 몸도 천천히 뒤로 눕혀졌다. 자신의 몸을 감싼 사내의 심장에서 쿵쿵 거대한 울림이 울리고 있는 것이 확연하게 느껴져 왔다.

그의 뜨거운 숨결이 얼굴에 닿아 흩어지는 것을 느끼는 순간, 그의 숨결이 그녀에게로 밀려들었다.

그녀의 숨결 안에서 느껴지는 지독한 여의주의 향을 느끼지 않으려 숨을 삼키며 청제가 그녀의 몸을 품 안으로 끌어당겼다. 터질 듯 뛰는 심장은 여의주 때문인지 그녀 때문인지 알 길이 없었다.

온몸이 터질 듯한 열기로 가득 차고 있었다. 이대로 그녀를 삼켜야 이 갈증이 조금이라도 가실 것 같았다. 단단한 가슴 안에서 바스락거리는 그녀의 움직임이 지금 얼마나 그를 자극하고 있는지 그녀는 모를 것이다.

"하아, 하아."

끝도 없이 탐할 것 같던 그녀의 숨결에서 천천히 물러난 청제가 힘겨운 숨을 토해 냈다. 감았던 눈을 천천히 뜬 나오의 눈에 그의 입술 가에 흘러내리는 붉디붉은 핏물이 보였다. 그녀의 투명하던 눈동자가 아프게 젖어 들었다.

"괜찮아. 별거 아니야."

자신의 입가를 새하얀 손으로 가만히 닦아 내리는 그녀의 손을 청제가 쥐어 잡았다. 따스함이 서로를 향해 밀려들고 서로를 감쌌다.

"나오야."

"예."

"어디에 있어도."

짙푸른 눈동자가 아프게 일그러졌다. 나오의 손길이 그의 눈가를 가만히 쓸었다. 괜찮다는 듯, 다 괜찮다는 듯.

"나를, 기억해야 해."

"……네."

"무슨 일이 있어도."

"잊지 않아요. 절대."

힘겹게 터져 나오는 그의 숨결에 담긴 핏빛 내음을 삼키며 나오가 그를 보고 웃었다. 맑고 맑게, 그의 아프게 젖어 드는 눈동자를 자신의 웃음으로 감싸 주고 싶은 듯 그녀가 그를 올려다보며 웃고 있었다.

※ ✖ ※

규칙적으로 탁자를 울리는 소리만이 어둠의 공간을 조용히 울렸다. 칠흑 같은 검고 거대한 탁자 앞에 앉은 흑제의 길고 단단한 손가락이 탁자에 닿을 때마다 어둠의 공기가 파장을 이루며 주변으로 흘러들었다.

달칵.

나직한 소리에 흑제의 시선이 들어 올려졌다. 무심한 듯 고개를 든 그의 눈에 들어온 것은 이 어둠과는 너무도 다른 새하얀 빛의 여인이었다.

"무슨 일입니까. 왜 이곳에."

흑제의 눈에 의아함과 불쾌감이 함께 고였다. 이제껏 단 한 번도 길상천녀는 그의 공간에 들어왔던 적이 없었다.

헌데 지금, 기척조차 내지 않고 그녀가 그의 공간으로 들어선 것이다. 그의 허락도 없이.

"두 사람이 겪어 내야 할 일에 대해 들었습니다."

길상천녀의 나직한 목소리에 흑제가 짜증스럽게 미간을 좁혔다. 아마도 적제일 것이다. 아니면 이든이든지. 쓸데없는 이야기를 왜 하고 다니는지 이해할 수가 없는 그였다.

"그대가 상관하실 일이 아닙니다."

"다문천께 신경이 쓰이시는 일이라면 저에게도 그렇습니다."

흑제의 서늘함이 담긴 눈동자가 길상천녀를 노려보았다. 천천히 그의 심장이 일렁이고 있었다. 이제껏 맹세코 단 한 번도 자신에게 저리 말대답을 한 적이 없는 그녀였다.

헌데 지금 그녀의 모습은 절대 물러서지 않겠다는 듯 의연했다. 그 모습이 난감하고 당황스러웠다.

"내가 신경을 쓰고 있다 느끼십니까."

"그것도 아주 많이 쓰고 계시니까요."

"……."

"아니라고 말씀하실 수 있으십니까."

대답하지 못하는 흑제의 모습을 바라보며 잠시 무엇인가를 망설이는 듯하던 길상천녀가 다시 고운 입술을 열었다.

"그 두 분을 도와주세요."

"뭐라고요?"

이해할 수 없는 길상천녀의 말에 흑제의 차디차던 눈에 의아함이 고여 왔다. 눈앞에 있는 여인이 원하는 것이, 하고자 하는 말이 무엇인지 가늠이 되지 않았다. 대체 그녀가 왜 그들의 안위를 저리 걱정하는 것인가.

"이제 두 분을 도와주실 수 있는 것은 다문천뿐이십니다. 허니 도와주세요."

"내가, 왜 그들을 도와야 합니까."

차디찬 검은 눈동자 안에 불길을 가둔 채 힘겹게 평정을 유지하며 묻는 흑제의 모습에 길상천녀의 입가에 쓰리고 쓰린 미소가 천천히 맺혀 왔다. 이런 상황에서도 눈앞에 있는 이가 너무도 그리워서, 그래서 보고 있어도 또 보고 싶어서 그녀의 심장이 뛰었다.

"제가 아프고 싶지 않아서요."

무슨 말이지 이해할 수 없는 길상천녀의 말에 흑제의 얼굴에 의아함이 고였다.

"무슨 뜻입니까. 왜 그들로 인해 그대가 아프다는 것입니까."

"다문천께서 아프시면, 저도 아픕니다."

"내가…… 아프다니요."

"나오 님이 아프시면, 더 많이 아프실 겁니다. 분명히."

"뭐?"

고운 눈 안에 투명한 물기를 가득 담은 채 말갛게 웃는 여인의 입가에 아픈 미소가 맺혔다. 그녀의 미소가 흑제의 심장에 들어와 박혔다.

또 다른 이별

힘겨움이 뚝뚝 묻어나는 얼굴로 빛이 새어 나오는 전각 안으로 들어서던 비사가 그 자리에 굳은 듯 멈춰 섰다.

"정말이라니까요. 귀가 얼마나 귀여운데요. 크기는 요만하고요. 제 곁을 졸졸 따라다니기만 해요. 헌데 그 귀의 나이가 몇 살인지는 흑제님도 절대 모르신대요. 흑제님들의 기운이 뭉치고 뭉쳐 만들어진 아이라 수십만 년이 되었을 수도 있다고 하셨어요."

"허풍 아니야? 무슨 조그마한 녀석이 수십만 년은?"

"아니에요. 진짜예요. 그런데 더 특이한 건 그렇게 조그만데 힘은 엄청나요. 거대한 물건들도 다 끌고 다니거든요."

나오가 팔을 휘저으며 상황을 설명하려 애썼다. 하지만 청제는 고개를 저으며 짐짓 표정을 굳혔다.

"못 믿겠어."

"진짜라니까요!"

나오의 주먹이 청제의 어깨를 내리쳤다. 무척이나 아픈 듯 엄살을 부리는 청제의 볼멘소리가 공간을 가득 울렸다.

눈이 부시게 새하얀 공간이었다. 몇 겹의 결계라 해도 빛이 통과하게 만들어진 특이한 공간을 가득 메운 아름답게 부서져 내리는 빛 아래, 그림 같은 두 사람이 보였다.

수정타에 있다는 것이 믿기지 않을 만큼 탐스럽게 자란 나무 아래 나오가 앉아 있었고 나오의 무릎을 벤 청제가 길게 누워 있었다. 세상에서 가장 편안한 모습으로 서로를 마주하고 있는 두 사람의 얼굴에는 행복한 미소가 가득했다.

동그란 눈을 크게 뜨고 자신의 말이 다 진실이라며 미간을 좁히는 나오의 얼굴에 청제의 손이 닿았다. 세상 가장 소중한 것을 어루만지듯 그녀의 볼을 가만가만 쓰다듬는 청제의 손길에 취한 듯 나오가 가만히 눈을 감았다.

그 순간 그녀의 볼 위로 투명한 물줄기가 주룩 흘러내렸다. 굳은 듯 청제의 손길이 멈춰졌다.

"아이, 너무 오래 심연에 있어서 그런지 빛 아래 있으면 자꾸 눈물이 나요."

나오가 그의 움직임을 느끼고 얼른 두 손으로 자신의 볼 위로 흐른 물기를 닦아 냈다. 하지만 청제를 내려다보며 환하게 웃는 나오의 눈 안에는 여전히 물기가 가득 고여 있었다. 투명한 빛을 품은 그 눈이 너무 어여뻐서 청제의 입가에 진한 미소가 번졌다.

"너무 예뻐져서, 숨이 막혀."

"……정말요?"

"응. 가슴이 꽉 찬 느낌이야."

"아파요?"

살짝 일그러지는 나오의 고운 미간을 보며 청제가 몸을 일으켰다. 그녀와 마주 앉은 청제가 살살 고개를 저었다. 그의 움직임에 푸른 바람의 내음이 공간으로 퍼져 나갔다.

"행복해. 행복해서 가슴이 꽉 차. 너로 내 심장이 차올라."

"······."

붉은 입술 끝에 연한 미소를 담던 나오의 얼굴이 천천히 일그러졌다. 그 얼굴을 바라보는 청제의 행복하던 얼굴도 조금씩 일그러지고 있었다. 이를 악문 청제가 그대로 나오를 품 안으로 당겨 안았다.

심장을 쪼갤 듯 덮쳐 오는 여의주의 향기에 입술을 아프게 씹은 청제가 나오의 머리를 가만히 쓰다듬었다. 너무도 조심스러운 그 움직임에 나오의 떨리는 손길이 그의 옷깃을 꼭 움켜쥐었다.

"너한테······ 해야 할 이야기가 있어."

조그마하게 떨려 나오는 청제의 목소리에 나오의 몸이 그의 품 안에서 움찔 굳어 왔다. 그녀의 움직임을 고스란히 느끼며 이를 악문 청제의 얼굴이 아프게 일그러졌다. 그의 강건한 심장이 쿵쿵, 금방이라도 터질 듯 뛰어 대는 것을 온몸으로 느낀 나오가 고개를 들었다. 하얗게 바랜 그녀의 얼굴이 애써 맑게 웃고 있었다.

"괜찮아요. 뭐든 괜찮아요. 그러니 힘들어하지 마요. 아파하지 마요."

"나오야······."

숨소리조차 내지 못하고 그들을 바라보던 비사가 거칠게 몸을 돌려 뛰기 시작했다. 더 이상은 그곳에서 그들을 보며 숨을 쉴 수 없었다.

아무것도 읽히지 않는 나오의 얼굴을 그저 바라볼 수밖에 없는 청제가 겨우겨우 숨을 토해 냈다. 모든 사실을 들은 그녀가 아무 말도 하지 않고 그저 허공을 응시하고 있었기 때문이다. 울지도 웃지도 화를 내지도 않고 그저 그녀는 그의 말에 고개만 끄덕였다. 그리고 한참 동안 말이 없었다.

그런 그녀 앞에서 울 수도, 웃을 수도, 숨조차 편히 내쉴 수도 없는 그가 터질듯 조여 오는 심장을 견디느라 이를 악물었다. 움켜쥔 주먹이 마비가 되듯 저려 왔지만 그는 주먹조차 펼 수가 없었다.

얼마의 시간이 흐른 것일까. 청제에게는 지옥보다 더 진한 기다림의 시간이 흐른 후 나오의 시선이 그를 향해 돌려졌다. 연푸른 눈동자가 그를 응시했다. 그 아름다운 눈동자에 숨이 막혔다.

"안아 주세요."

처음 그녀의 하얗게 바랜 입술에서 새어 나온 말이었다. 그녀의 말에 그가 천천히 팔을 들어 올렸다. 나오가 그의 품 안으로 숨듯 들어왔다. 서로의 심장이 마주하고 함께 울렸다.

"저한테 약속해 줘요."

"……."

두근, 청제의 심장이 천천히 뛰기 시작했다.

"명부에서 조금만, 아주 조금만 저를 찾다 찾지 못하면 명부를 나온다고."

청제의 몸이 차게 굳었다. 나오의 담담한 목소리가 계속 이어졌다.

"아주 조금만 저를 찾아보다가, 찾을 수 없으면 이곳으로 돌아온다고. 약속해요."

"싫어."

"약속해요. 약속하지 않으면 안 갈 거예요. 그곳에."

"나오야!"

"약속하지 않으시면, 제가 죽어야 해요."

그녀를 안은 청제의 품이 덜덜 떨리기 시작했다. 심장으로 쏟아져 들어오는 격통을 이겨 내는 것보다 그녀의 마음을 품기가 더 힘겨웠다.

조금의 울음도 망설임도 담지 않은 차디찬 그녀의 목소리가 소름 끼치도록 무섭게 들렸다. 그의 귓가에는. 이를 악문 채 그가 겨우 겨우 한 마디를 토해 냈다.

"약속할게."

그제야 그녀가 그를 향해 고개를 들었다. 아무 흔들림도 없는 연푸른 눈동자가 그를 바라보며 미소 지었다.

"연모해요."

"윽!"

그 순간이었다. 거칠게 떨리는 사내의 온몸에서 푸른 기운이 터져 나와 주변을 휩쓸었다. 나무가 부러지고 꽃들이 찢겨 흩날렸다. 흑제의 이 공간을 보호하려 쳐 놓은 결계가 웅웅 커다란 소리로 울었다.

감당할 수 없는 거대한 기운의 폭주에 투명하게 전각 안을 감싸던 결계의 벽이 쩍쩍 갈라져 갔다. 하지만 청제는 품을 풀지 않았다. 세상이 거대한 힘에 흔들리고 있었지만 단단한 품 안의 나오는 그것을 조금도 느낄 수조차 없었다.

콰쾅!

폭사하는 청제의 기운을 이기지 못한 투명한 결계가 거대한 굉음과 함께 무너져 내렸다. 결계가 무너져 내린 곳으로 짙고 습한 어둠이 천천히 밀려 들어오고 있었다. 그 지독한 어둠 속에 조그마한 여인을 품어 안은 사내의 커다란 등만이 놀라서 달려온 이들 앞에 보일 뿐이었다.

"이것으로 괜찮으시겠습니까? 제가 급히 황금타에 다녀올까요."

자신이 가지고 있는 마지막 청수를 목 안으로 부어 넣는 청제의 모습을 바라보며 비사가 걱정스럽게 물었다. 유일하게 빛이 들어오던 공간이 무너져 내린 후 수정타에는 빛을 느낄 수 있는 공간이 없었다.

바람의 기운을 품은 청제에게 어둠의 기운만이 가득한 곳에서 견디는 것은 결코 기분 좋은 일이 아닐 것이다. 게다가 제석천을 다녀오며 자신의 기운을 다 쓰고 이곳에서는 치명적인 독을 지닌 나오를 계속 품에 안고 있는 그였다.

몸 상태가 절대 괜찮을 리 없음은 누구라도 알 수 있는 일이었다. 이제 자신이 챙겨 다녔던 청수마저 바닥나 버렸다.

"돌아오기 전에 내가 명부로 들어가야 할걸."

청수를 들이켜고 나니 조금 편해지는지 입가를 끌어 올리며 청제가 웃었다. 웃을 상황이 아닌데 웃고 있는 그의 모습이 당황스러움을 넘어 두려울 지경이었다.

"제가 무엇을 도와 드리면 됩니까."

나직한 비사의 말에 청제가 비사를 물끄러미 바라보았다.

"이미 충분했어. 언제나."

"청제님."

"비사. 혹여, 내가 돌아오지 않으면."

붉은 눈이 아프게 일그러지며 비사가 입술을 악물었다. 청제의 얼굴은 비사의 표정과 달리 너무도 편안했다.

"황금타를 부탁해. 내가 후계가 없으니 새로운 청룡이 나타날 때까지 누군가 황금타를 지켜야 할 테니까."

"……."

"어, 너무 진지하지 마라. 그냥 해 보는 소리니까. 나 소멸하지 않아. 나오 찾아서 곧 돌아갈 거야. 나 믿지?"

"예. 믿습니다."

"혼자 두기 싫어. 이만 들어갈게."

"예."

나오가 있는 공간으로 천천히 걸어 들어가는 푸른 기운의 마지막 뒷모습을 말없이 응시하던 비사가 몸을 돌려 허공으로 사라져 갔다.

폭풍과도 같은 상황을 견뎌야 해서였을까. 힘겹게 얕은 숨을 내쉬며 잠들어 있는 나오의 곁에 청제가 힘겨운 몸을 눕혔다.

짙은 어둠의 공간이지만 길상천녀와 적제의 능력으로 만들어진 빛 아래 드러나 있는 나오의 얼굴은 힘겨움이 잔뜩 묻어 있었다. 그런데도 너무 어여뻐서 가슴이 저려 오는 청제였다.

"정말…… 예쁘다."

그가 잠든 나오의 얼굴을 물끄러미 바라보며 읊조렸다.

반듯하고 동그란 이마, 꼭 감긴 눈가에 드리운 그늘. 조그마한 콧날과 보드라운 입술. 그 모든 것이 하나하나 청제의 심장으로 박혀 들었다. 절대 잊지 않으려는 듯 그녀의 모든 것을 자신의 심장에 새겨 넣는 그의 숨결이 천천히 거칠어져 갔다.

"나의, 나오."

뿌옇게 흐려지는 눈 안에 그녀를 놓치지 않으려 그가 이를 악물었다. 가만히 들어 올린 그의 손이 그녀의 부드러운 머리카락을 매만진다. 손가락 하나하나에도 그녀를 새기고 싶다. 온몸의 감각이 그녀만을 향해 반응하고 있었다. 머리카락 하나의 느낌도, 살 내음도, 숨결에서 느껴지는 따스함까지 온전히 그녀를 자신의 몸 안에 각인하려는 듯 그가 손으로, 눈으로, 모든 감각으로 그녀를 품었다.

"그곳에서 데리고 나와서는, 매일매일 안을 거야. 한순간도 놓아주지 않을 거야. 네가 싫다고 해도, 힘들다고 해도 안 돼. 내가, 내가 너무 참아서, 너무 아파서 그때는 너 안 봐줘. 각오해라. 나오야."

그녀의 힘겨워 보이는 얼굴에 드리운 머리카락을 가만히 치우며 청제가 속삭였다.

"내가, 내가 금방 갈 거니까…… 울면 안 돼. 나오야."

툭, 청제의 눈에서 흐른 눈물이 나오의 얼굴 위로 떨어져 내렸다.

어느 순간 잠이 들었던 것일까. 소스라치게 놀라며 눈을 뜬 청제의 앞에 맑고 커다란 눈으로 자신을 보고 있는 나오의 모습이 보였다. 꼭 신기

루처럼 너무도 곱고 어여뻐서 차라리 실감이 나지 않는 그녀의 모습이었다. 대제들에게 허락 받은 사흘 동안 수도 없이 만지고 확인한 얼굴인데 지금 눈앞에 있는 그녀의 얼굴은 또 낯설었다. 너무 아름다워서, 너무 소중해서.

"깨시길 기다렸어요."

나오의 입술이 살짝 열렸다.

"보고 싶어서."

먹먹하게 번지는 그녀의 목소리에 청제가 그녀를 그대로 끌어당겼다. 몸을 그의 품 안에 묻으면서도 나오는 고개를 돌리지 않았다. 한순간이라도 그에게서 시선을 떼지 않을 모양이었다.

"잊으면 안 되니까, 보고 또 보려고요."

"……."

차마 대꾸하지 못한 청제가 가만히 고개를 끄덕였다. 숨조차 쉬기 어려워 입을 열 수가 없었다. 목 저 깊은 곳이 무엇인가에 꽉 틀어 막혀 열리지 않았다.

"이제…… 가요."

나오가 그의 손을 이끌었다.

❈ ✠ ❈

"하악, 백, 백제님. 그만."

"왜 그러느냐? 즐기려무나. 하하."

쾌락을 넘어 지독한 고통으로 느껴지는 그의 손길에 사이가 몸을 비틀며 그에게서 벗어나려 하자 백제가 그녀를 잡고 있는 손에 힘을 주어 그녀의 몸을 내리눌렀다.

이상하리만치 흥분된 그의 감정이 번들거리는 회색빛 눈동자에서 고스

322

란히 느껴질 지경이었다. 이제 곧 되찾게 될 자신의 보물 때문일까. 아니면, 청제와 그 소녀의 고통스러운 모습을 즐기게 될 쾌락 때문일까.

온몸에 그의 잇자국이 선명해져 갔다. 이를 세워 참을 수 없다는 듯 물어뜯고 그녀의 비림을 헤집는 손가락은 끝도 없이 늘어 갔다.

무엇인가를 난도질하는 듯 거침없이 그녀의 육신을 유린하면서도 그는 쾌락에 들떠 헉헉거리고 있었다. 상대가 고통스러워하는 만큼 더 쾌락을 느끼는 이. 이런 자에게 이미 길들여져 버린 자신.

"이제 좀 제대로 놀아 볼까."

그의 손길이 자신에게서 떨어지는 순간, 아주 조금의 평화 뒤에 따라오는 더 지독한 고통과 쾌락에 사이가 질끈 눈을 감았다.

빠르게 돌려진 그녀의 허리가 들렸다. 그대로 그가 그녀의 안으로 거칠게 파고들었다.

헌데…… 어느 순간부터 그의 손길과는 다른 또 하나의 손길이 등줄기를 훑어 내리는 것이 무의식적으로 느껴졌다. 정신없이 지독한 쾌락에 빠져 이 공간에 전혀 다른 기운을 품은 것이 함께 있음을 느끼지 못했던 탓이었다.

움찔, 그 너무도 서늘한 낯섦에 고개를 돌린 사이의 눈동자가 경악으로 거칠게 일그러졌다.

"맛있다."

새까만 얼굴에 너무도 붉은 혀. 그 어울리지 않을 듯 너무도 아름답게 어울리는 조합이 코앞에서 웃고 있었다.

그 붉은 혀가 핥고 있는 것은 자신의 목이었다. 백제의 잇자국이 무수한 목 위로 또 다른 흔적들을 만들고 있는 이의 모습이 사이의 시야를 가득 채웠다.

"이 아이가 조금 흥분을 하였구나. 큭큭. 이제 곧 제대로 이룡이 될 것이니 잘 모셔야 할 것이다. 사이야."

처참하게 일그러지는 사이의 얼굴 따위 상관없다는 듯 그녀의 새하얀 가슴을 어린 사내가 움켜쥐었다. 끔찍한 웃음소리와 질척이는 음탕한 비음, 그리고 쾌락과 고통에 짓이겨진 자신의 신음 속에 길고 긴 시간이 흐르고 있었다.

나른한 시선으로 투명하리만치 새하얀 나신 위에 붉은 옷을 걸치는 사이를 잠시 바라보던 백제가 고개를 돌렸다.

아직 어려서인지 아침의 기운이 스미는 지금까지 깊은 잠 속에 빠져 있는 소년이 눈에 들어왔다. 아름답고 풍만한 사이의 육체와 달리 이제 막 소년이 되는 이룡은 아직 제대로 된 몸을 갖추지 못하고 있었다.

그래서 더 재미나기도 했다. 금방이라도 자신의 힘에 부러질 듯한 몸이 여인도 사내도 아니기에. 이제 조금씩 넓어지고 있는 소년의 어깨에는 어젯밤 자신이 만들어 놓은 붉은 화인들이 가득했다.

나른하던 감각이 그 자국들을 보자 또 조금씩 깨어났다. 하지만 이제 곧 재미있는 축제가 시작될 것이기에 시간이 별로 없었다.

아름다운 나신 위에 대충 옷을 걸치고 머리카락을 매만지던 사이가 그대로 자신을 끌어당기는 백제의 움직임에 침상 위로 넘어졌다.

그녀의 위로 올라온 백제가 이제 막 그녀가 올려 묶었던 머리를 풀어 헤쳐 버리자 사이의 얼굴에 경악이 어렸다. 끈적이는 미소를 머금은 백제의 손이 사이의 옷 속으로 파고들었다.

"조금만 더 즐기자꾸나. 시간이 별로 없으니."

이제 막 나신을 가려 주었던 옷이 다시 침상 밑으로 떨어져 내렸다.

❈ ✠ ❈

자신이 만들어 놓은 거대한 결계의 문 앞에 선 흑제가 문을 등지고 선 채 다가오는 이들을 맞이했다.

명부를 눈앞에 둔 공간이었다. 그의 결계가 없다면 그 누구도 견딜 수 없을 것이다. 명부의 지독한 탐욕이 살아 있는 모든 것들을 다 끌어당기려 할 테니까.

그의 손길이 허공 위로 수를 놓았다. 만약의 사태를 위해 한 겹의 결계를 더 치는 것이다.

걱정과 불안이 가득한 얼굴로 다가서는 황제와 적제 뒤로 이룡을 데리고 즐거운 듯 만면에 미소를 띤 백제가 들어섰다.

자신을 진정한 용으로 만들어 줄 여의주를 갖게 될 기대감에 들뜬 이룡을 응시하던 흑제의 시선이 용의 목에 짙게 박힌 붉은 흔적에 닿았다. 흑제의 미간이 짜증스럽게 구겨졌다. 그의 눈빛이 서늘해졌다.

감히 어둠의 신성한 공간에서 저런 난잡한 짓거리를 하다니. 그것을 인지한 스스로의 감각이 더러운 듯 흑제가 거칠게 검은 장의를 털어 냈다.

어둠이 일렁이듯 흑제의 장의가 펄럭이자 공간이 그 움직임을 따라 흔들렸다.

서로가 서로를 향해 긴장을 담고 서 있는 곳으로 청제와 나오가 들어선 것은 그때였다. 모두의 시선이 안타까움을 담고 둘에게로 움직였다.

명부의 어둠으로부터 자신을 보호해야 하기에 그랬을까. 청제의 길고 단단한 몸 위에는 이제껏 그가 한 번도 입지 않은 검푸른 장의가 걸쳐져 있었다. 언제나 맑은 기운을 풍기던 그의 푸른 장의에 익숙해져서인지 검은 기운을 풍기는 청제의 모습은 모두에게 낯설기까지 했다.

그런 모습의 청제가 거의 안다시피 함께 들어오는 여인의 모습에 모두의 시선이 닿았다. 마지막 회합에서 보았던 그 어리던 소녀가 맞는지 의아할 정도로 소녀의 모습은 달라져 있었고 아름다웠다.

한숨이 나올 만큼 만개한 소녀의 모습은 청족의 맑고 투명한 기운을 담뿍 담고 있어 보는 이들을 더 아프게 했다.

곱게 빗어 내린 머리와 아름답고 화사한 옷은 그것이 길상천녀의 작품임을 한눈에 알아볼 수 있을 정도였다. 하지만 파리한 입술을 숨기고 싶은 듯 연지를 곱게 바른 소녀의 얼굴은 백짓장처럼 창백했다.

"늦어서, 죄송합니다."

청제의 바삭하게 마른 목소리가 어둠의 공간에 조용히 울렸다. 하지만 아무도 그 말에 대답을 할 수가 없었다.

금방이라도 그녀를 삼킬 것만 같이 일렁이는 어둠의 문을 가만히 응시한 청제가 품 안에 그녀를 안은 채 문 앞으로 걸음을 옮겼다. 가는 손으로 그런 청제의 팔을 잡은 나오도 흔들리지 않는 걸음으로 그를 따랐다. 둘이 함께 거대한 문 앞에 섰다.

한참을 눈앞의 명부 입구를 응시하던 청제가 모두를 향해 고개를 돌렸다.

"여의주를 빼는 동안, 제 기운으로 그녀의 고통을 나누려 합니다."

아무 표정도 없이 하는 그의 말에 가장 놀라는 것은 대제들이 아닌 나오였다.

커다랗게 열린 그녀의 눈이 그를 올려다보았다. 이제껏 평정심을 유지하는 듯 흔들리지 않던 그녀의 눈동자가 보는 이들이 아플 정도로 힘겹게 떨렸다. 그녀가 거칠게 고개를 저었다.

"하지 마세요."

"함께할 거야."

"청제님."

"하게 해 줘. 그래야, 내가 견딜 수 있으니까."

아프게 일그러진 청제의 눈을 보며 나오는 더 이상 그를 말릴 수 없음을 절감했다. 그렇게라도 하게 하지 않으면 그는 더 고통스러울 것임을 알기에. 그녀 혼자 견디는 고통을 그가 견딜 수 없을 것이다.

천천히 고개를 끄덕이는 나오를 보며 청제가 입가에 진한 미소를 지어 보였다. 행복한 듯 미소 짓는 사내의 붉은 기가 가득한 푸른 눈동자에 지독한 아픔이 고였다 사라져 갔다.

"시작, 할까요."

백제가 환하게 웃으며 두 사람에게로 다가섰다.

허공으로 들어 올려진 백제의 손끝에서 서늘한 쇠의 기운이 몽글몽글 피어올랐다. 빛처럼 느껴지지만 어둠 안에서 진하게 반짝이는 그 진회색의 기운이 어떤 것인지 대제들은 확연하게 느낄 수 있었다.

잔인하리만치 차갑고 단단한, 한 톨의 감정도 담기지 않은 진한 쇠의 날카로운 기운이 그녀의 심장을 가르고 그 안의 여의주를 꺼낼 테니까.

"나를 봐."

품 안에 나오를 안고 무릎을 꿇고 있던 청제가 두려움으로 떨리기 시작하는 나오를 불렀다. 그녀의 하얗게 질린 얼굴이 그를 향했다. 청제가 그녀를 보며 환하게 웃었다.

"나만 봐라. 나오야."

나오가 고개를 끄덕이며 그를 향해 웃으려 애를 썼다. 헌데 입가가 떨려 웃음이 지어지지 않는 모양이었다. 바들바들 떨리는 그녀의 입가에 청제의 입술이 살며시 내려앉았다. 그녀의 떨림을 다 삼키기라도 하려는 듯 그의 입맞춤은 길었다. 그 순간에도 차가운 쇠의 기운은 천천히 그녀를 향해 밀려 들어오고 있었다.

"잊지 마. 우리가 만났던 바람의 언덕을."

차디차고 시린 쇠의 기운이 그녀의 가슴 안으로 스윽 밀려 들어가는 것을 바라본 흑제의 미간이 아프게 일그러진 순간, 청제의 입술이 거칠게 악물어졌다.

그녀를 안은 그의 단단한 팔이 파들파들 떨렸다. 하지만 나오의 얼굴에는 그 어떤 고통도 느껴지지 않았다. 그 순간 대제들은 알 수 있었다. 지금 청제가 자신의 기운으로 그녀의 고통 모두를 온전히 품고 있다는 것을.

"하아, 하아."

피가 배어 나오는 입술을 혀로 핥아 내며 청제가 다시 그녀를 향해 힘겹게 미소 지었다. 청제의 기운에 둘러싸여 아무 고통도 느끼지 못하고 멍하게 뜬 그녀의 눈이 오로지 그만을 담고 있었다.

"하루하루 우리가 함께했던 황금타의 시간들을."

쇠의 기운이 조금 더 깊이 그녀의 심장으로 박혀 들며 그녀의 심장에서 붉은 핏물이 흘러내리기 시작했다. 그 움직임에 이를 악문 청제가 짓이겨진 신음을 토해 냈다. 그러면서도 그의 시선은 자신이 안고 있는 여인에게서 떨어지지 않았다. 그 상황을 지켜보는 이들의 등줄기로 소름이 주룩 흘렀다.

"흑! 하아."

투명한 붉은 핏물이 아름답던 나오의 옷을 점점 물들여 갔다. 푸른 기를 품고 새하얗게 반짝이던 나오의 옷이 붉은 물감을 들인 듯 붉어져 가는 모습에 모두가 숨을 죽였다.

멍하게 뜨여진 나오의 눈은 청제만을 보고 있었다. 청제의 기운이 그녀의 고통을 다 가져가며 그녀의 감각을 완전히 봉인해 버린 모양이었다.

끝없이 흐르는 핏물에 그녀의 하얗던 얼굴이 회색빛이 되어 가는 중에도 그녀의 눈은 청제만을 담고 있었다. 그렇게 삶의 기운이 천천히 사라져 가는 그녀의 귓가에 그가 속삭였다.

"동방의 숲에서 네가 나에게 했던 모든 이야기를, 기억해."

"네."

청제가 아니고는 들리지 않을 만큼 작아진 목소리로 그녀가 대답을 했다. 그녀의 작은 몸에 그리 피가 많았을까 싶게 그녀의 심장에서는 끝도 없이 피가 흘러내리고 있었지만 그녀는 자각하지 못하는 것 같았다.

몸 아래 핏물이 흥건하게 고여 청제의 몸까지 그녀의 피로 물들어 갔지만 두 사람은 서로만을 응시하고 있었다.

"찾았다."

백제의 희열에 가득 찬 목소리가 공간을 울렸다. 나오와 청제에게 닿아 있던 이들의 시선이 그의 손끝으로 향했다.

핏물로 가득 찬 나오의 심장에서 무엇인가가 반짝이며 천천히 들어 올려지는 것이 모두의 시선에 보였다. 눈이 부시게 아름다운 붉은색으로 물든, 조그마한 구슬. 여의주였다.

"흑!"

그때였다. 이제껏 한 번도 힘겨운 얼굴을 하지 않았던 나오의 얼굴이 천천히 굳어지기 시작했다. 여의주가 빠져 버린 심장이 더 이상 뛰지 못하기 때문일 것이다.

그녀를 품에 안은 청제의 감각 안으로 밀려 들어오던 그녀의 심장박동도 더 이상 느껴지지 않았다. 이제 고통이 아닌 절망으로 청제의 얼굴이 천천히 일그러져 가고 있었다. 그녀의 심장에서 빠져나온 붉은빛의 여의주가 백제의 손으로 주인을 찾듯 움직였다.

더 이상 쉬어지지 않는 숨을 내뱉느라 힘겹게 벌어진 나오의 입에서 핏물이 주룩 흘러내려 청제의 손을 적셨다.

"나오야."

"하아, 하아."

더 이상 자신의 말을 들을 수 없는 나오를 향해 청제가 다시 속삭였다.

"내가 갈게."

"하아, 하아."

"나를 기억해. 내가 너를 찾을 테니까."

"……."

천천히 감기는 그녀의 눈 위에 청제의 눈물에 흥건하게 젖은 따스한 입술이 닿았다.

"연모해. 너만을, 오로지 너만을 연모해."

"보내야 하네."

붉은 피에 흠뻑 젖은 몸을 온몸으로 끌어안고 있는 청제의 앞에 검은 그림자가 다가섰다. 어둠의 목소리에 청제가 그를 올려다보았다. 아무것도 담겨 있지 않은 검은 눈동자가 그를 내려다보고 있었다.

"늦기 전에."

그제야 청제의 시선에 흑제의 뒤에 선 명부의 수문장들이 보였다. 육신까지 함께 명부로 들어야 하는 나오는 스스로 명부에 들 수 없어 명부의 수문장들이 그녀를 데려가야 하는 것이다. 청제는 죽은 자가 들어가는 저 문으로는 들어갈 수 없다. 살아 있는 자이기에.

피가 뚝뚝 떨어져 내리는 입술을 또다시 힘겹게 악물며 천천히 나오의 몸을 풀어내는 청제에게서 흑제가 나오를 받아 안았다. 무심한 듯 짙게 가라앉은 검은 눈동자가 온통 붉게 물든 채 축 늘어지는 여인을 물끄러미 내려다보았다. 흑제의 심장 저 깊은 곳에서 무엇인가가 부서져 내렸다.

"하아, 하아. 후우."

겨우겨우 버티고 선 사내의 넓은 어깨가 숨을 제대로 뱉어 내지 못해 거칠게 들썩거렸다. 어둠의 문 안으로 사라져 가는 붉게 물든 여인에게 닿은 그의 시선이 그녀가 사라지고도 돌려지지 못했다.

사내의 온몸에서 일렁이는 푸른 기운에 공간이 거칠게 울리고 귀가 찢어질 듯 바람의 공명이 가득했지만 대제들은 그 누구도 움직이지 않았다. 모두가 함께 그의 고통을 견디듯 움직이지 못했다.

"재미있군."

지독한 적막을 깨듯 백제의 나른한 음성이 흘러들자 모두의 시선이 백제의 손으로 향했다. 백제의 손안에 맑고 영롱한 빛을 내며 떠 있는 여의 주에서 연회색의 기운이 흘러나와 무엇인가를 그리고 있었기 때문이다.

여의주의 기운이 허공에 그림을 그리듯 영상이 맺혔다 사라지길 반복했다. 여의주가 간직한 기억이었다.

백족의 사내가 보였다. 새하얀 머리와 회색빛 눈동자, 그 사내가 조심스러운 움직임으로 여의주를 품 안에 숨기는 모습이 모두의 눈에 들어왔다. 백제의 눈꼬리가 살짝 끌어 올려졌다.

"주이, 너였던 것이냐."

노여움과 짜증이 백제의 얼굴을 뒤덮었다.

허공으로 흩어졌던 여의주의 기억이 또다시 허공에 그려졌다. 이번에는 푸른 기운의 머리를 하고 진한 푸른 눈동자를 가진 아름다운 청족 여인이었다.

어디가 아픈지 힘겹게 누워 있는 여인의 입안으로 아까 여의주를 숨겨왔던 백족 사내가 자신이 품고 있던 여의주를 밀어 넣고 있었다. 여인의 크게 부른 배가 보였다. 여인의 태중에 아이가 있는 모양이었다.

여의주를 삼킨 여인을 소중히 품에 안는 사내의 모습이 보이고 그 순간 무엇인가 위험을 느낀 듯 사내가 여인을 푸른 숲 안으로 밀어 넣었다. 들어가지 않으려는 여인을 향해 사내가 아픈 미소를 지어 보이고 있었다. 그리고 또다시 흩어졌다 다시 허공에 그려진 여의주의 기억 속에 갓난아이와 눈을 감고 있는 청족 여인, 한 늙은 사내의 얼굴이 함께 떠올랐다.

늙은 사내의 얼굴을 본 모든 대제들의 얼굴에 경악이 어린 것은 그때였다. 그 사내는 청제의 시종 하로였다. 여인의 눈이 천천히 감기는 모습이, 갓난아이를 안고 눈을 감은 여인을 향해 울부짖는 하로의 모습이 그 앞에 있는 것처럼 생생하게 보였다.

파팍!

그때였다. 모두가 여의주의 기억에 빠져 있는 순간, 허공에서부터 내리꽂힌 파란 불꽃이 여의주가 허공에 그린 기억을 향해 날아들었다. 여의주가 그린 허공의 기억들이 불꽃에 화르륵 타오르며 재로 변해 허공으로 흩어졌다. 백제의 몸이 그 순간 대지의 결계로 보호받지 못했다면 여의주도 그 불꽃에 박살이 났을 것이었다.

놀란 모두가 고개를 돌린 자리에 여전히 푸른 기운 안에 갇혀 파랗게 이글거리는 청제가 있었다. 사내를 감싼 기운이 금방이라도 이곳의 모든 것을 부숴 버릴 것처럼 거칠게 일렁이고 있었다.

"어디야."

으르렁거리듯 뱉어 내는 청제의 목소리가 조각난 공간을 울렸다. 금방이라도 이 어둠의 공간 전부가 그의 파란 불꽃에 다 터져 버릴 것처럼 그에게서 뿜어져 나오는 기운은 끔찍하게 거대했다. 그리고 그 기운은 그의 몸에 엄청난 무리를 주고 있었다. 이곳은 그의 힘을 삼키는 어둠의 공간이기에.

푸른 입가에선 쉴 새 없이 붉은 피가 흘러내리고 있었지만 그런 것 따위 상관하지 않는 듯 청제의 날카롭게 이글거리는 시선이 흑제를 향했다. 바들바들 떨리는 그의 몸이 한 걸음 흑제에게로 다가서며 공간이 또 한번 울렸다. 대제들의 결계가 주변을 감싸고 있지 않았다면 이 공간은 벌써 박살이 났을 것이리라.

"어디냐고! 명부의 입구!"

터질 듯한 청제의 고함 소리가 피 내음과 함께 확 공간으로 퍼져 갔다. 짙게 가라앉은 눈으로 그렇게 자신을 향해 다가서는 청제를 응시하던 흑제가 몸을 돌렸다. 검은 장의 자락이 파란 기운으로부터 주인을 보호하듯 그의 몸을 감쌌다.

"따라오게."

끝도 없이 내려가고 또 내려갔다. 수정타 안의 어둠 따위 어둠이라고 할 수도 없을 만큼 진득거리는 어둠이 가득한 공간으로 내려가는 흑제를 따라 수정타의 지하 세계로 끝없이 내려가던 청제가 어느 순간 걸음을 멈췄다.

"뭡니까."

"다 왔네."

혹여 그가 자신을 다른 곳으로 인도하는 것인가 의심이 들 정도로 명부의 입구는 청제가 상상하던 모습이 아니었다. 온몸을 감아 도는 끈적임을 담고 있던 어둠이 거짓말처럼 사라진 공간 안에 투명하리만치 밝은 기운이 쏟아져 나오고 있는 문이 보였다.

"이곳이 살아 있는 자가 명부로 들어설 수 있는 유일한 곳이다. 흑제들의 문이지. 다른 이들에게는 존재조차 느껴지지 않는 곳이지만 그대에겐 보이겠지?"

"이곳이 명부라고?"

날카롭게 곤두선 청제의 눈이 밝은 빛이 뿜어져 나오는 곳을 노려보고 있었다. 믿을 수 없지만 거부할 수도 없었다. 흑제의 도움이 없다면 명부로 들어가는 것 자체가 불가능할 테니까.

"믿지 못하겠다면 돌아가면 된다."

아무 감정도 담기지 않은 흑제의 검은 눈동자가 청제의 대답을 기다리고 있었다. 그의 검은 눈이 무엇을 원하는지 전혀 알 수가 없었지만 어차피 지금 대답은 한 가지뿐이었다.

"들어가겠습니다."

"한 가지는 알아야 하네. 이곳은 입구일 뿐, 출구는 아니란 것을. 들어가는 것은 내가 이곳에서 열어 줄 수 있어 가능하지만 돌아올 때에는 그 무엇도 그대를 도울 수 없어."

"어떻게든 제 힘으로 돌아와야 한다는 거군요."

"들어갈 수는 있어도 나올 수는 없는 곳이니까. 그곳은."

"……."

"그리고 그곳에서 자네의 힘은 무용지물이다. 알고 있겠지만."

"압니다."

"헌데 지국천. 꼭…… 이렇게까지 해야 하나."

막 그 투명한 붉은빛을 향해 움직이려던 청제가 흑제의 물음에 고개를 돌렸다. 아득하게 짙어져 있는 사내의 검은 눈동자가 자신을 응시하고 있었다. 언제나 한 조각의 흔들림도 담긴 적 없다 느꼈던 사내의 검은 눈이 오늘따라 이상하게 거친 흔들림을 담고 있는 것처럼 보였다.

"선택 따위 없으니까. 심장이 없는 채 살아갈 수는 없지 않겠습니까."

푸른 사내가 웃었다. 환하고 환하게 웃음을 머금은 채 붉은빛 속으로 사라져 가는 사내의 뒷모습에 닿았던 검은 눈동자가 잔약하게 흔들렸다.

사내가 사라진 공간, 붉게 흘러나오던 빛이 꼭 거짓처럼 사라져 버린 곳은 진득한 어둠만으로 가득 차 있었다. 그 누구도 이곳에 붉은빛이 존재했었다는 것을 믿을 수 없을 것이다.

뒤쪽의 공간이 닫히는 것을 온몸으로 느끼며 한 발을 앞으로 내디딘 청제가 앞에서부터 느껴져 오는 지독한 빛에 한 팔로 눈을 가렸다.

세상의 빛이 아니었다. 눈을 감아도 눈꺼풀을 뚫고 박혀 들 만큼 강한 빛들. 그것도 한 가지 색의 빛이 아니라 수도 없는 여러 가지 빛깔의 빛줄기가 그를 향해 엄청나게 쏟아져 들어왔기 때문이다.

얼마의 시간이 흐른 것일까. 눈도 뜨기 힘들던 빛에 몸이 조금은 익숙해져 감을 느끼며 청제가 천천히 눈을 떴다. 그리고 눈앞에 펼쳐져 있는 모습에 그대로 숨을 멈췄다.

세상에 존재하는 모든 색감의 빛이 그 안에 있었다. 그 셀 수도 없는 빛들이 서로 엉켜 만들어 내는 빛무리는 바깥세상의 것들과는 달리 빛이건만 맑지 않았다.

공간을 환하게 밝히고 있는데, 그 빛 속에는 맑음도 투명함도 없었다. 진한 핏빛처럼, 지독한 어둠처럼 진득한데 너무도 아름다운 빛들 속에 자신이 서 있었다. 그의 시선이 천천히 자신을 내려다보았다. 그리고 큭, 그의 입에서 한숨 섞인 비웃음이 터져 나왔다.

눈이 부시게 아름다운 수많은 빛들 사이에 서 있는 그는 어둠이었다. 자신이 존재하던 세상에서는 끝도 없는 어둠 속에서도 눈이 부신 빛이었던 자신이 이곳에서는 지독한 어둠의 모습을 하고 있었다. 모든 어둠을 품은 듯 그 안에서 자신만이 빛나지 못하고 있었다.

"뭐야?"

"뭐지?"

"육신이 있네?"

빛들이 그를 둘러싸며 속삭이는 소리가 귓가로 들려왔다. 붉은빛이 스치고 황색의 빛이 그의 몸을 감아 돌았다. 하나둘, 낯선 것에 몰려드는 빛들이 늘어 갈수록 그는 숨이 가빴다. 그들의 기운이 그의 숨을 틀어막고 있었다. 움직여야 했다.

뛰듯 움직이는 그를 빛들이 따랐다. 진득하게 따라붙는 그 감촉은 끈적이는 핏물이 묻은 것처럼 짜증스러웠다.

얼마를 걸었을까. 한순간도 긴장을 놓지 않고 주변을 살피는 그의 시선 안에 낯익은 것들이 들어온 것은 그때였다.

혹여 나오의 모습이 어디선가 보이지 않을까, 나타나지 않을까 두근거리는 심장으로 한 걸음 한 걸음을 내딛는 그의 앞에, 이곳에서 절대 보고 싶지 않은 것들이 보였다.

"젠장."

영혼으로 변한 혼백들만 빛으로 존재하는 줄 알았던 공간에 형체를 가진 것들이 있었다. 요괴들이었다.

인간이나 선족들 모두가 혼으로 이곳에 존재하다 때론 소멸하고 때론 다시 태어나는 것과 달리 이곳에 영원히 봉인되는 이들. 오방대제들에 의해 이곳에 봉인되어 영원히 머물거나 가끔은 흑제에 의해 소멸되는 그들의 존재가 지금 자신 앞에 있음을 청제는 실감했다.

봉인되었지만 자신들의 태생적인 습성을 버릴 수 없는 그것들이 서로 엉켜 싸우고 뒹굴고 있었다. 이곳에서는 죽거나 더 이상 다른 형태로 봉인되지 않으니 끝도 없이 저렇게 서로를 물어뜯고 탐하며 지내는 것일 터다. 이런 곳에, 나오가 있다.

상상하지 못했던 존재들의 모습에 마음이 급해진 청제가 몸을 움직이는 순간, 서로 엉켜 있던 존재들의 시선이 그를 향했다.

당연할 것이다. 이곳에는 존재하지 않는 세상의 어둠을 품은 채 살아 있는 존재란 없을 테니까. 그것들의 감각에 느껴지지 않을 리 없다.

"어라? 저게 뭐냐?"

"반가운 얼굴이네."

조금 전까지 서로를 물어뜯느라 입가에 온통 붉은 핏물을 머금은 그들이 그를 보며 재미있다는 듯 웃고 있었다. 하필이면 두 놈 모두 자신이 봉인한 요괴들이었다.

새하얀 뱀의 몸에 인간 여인의 얼굴을 가진 요괴가 그를 보고 재미나다는 듯 환하게 웃었다. 붉은 핏물이 흥건한 입술이 끔찍하게도 열렸다. 아이들만을 삼키던 요괴였다. 수많은 아이들의 혼백으로 만들어진 몸이어서일까, 요괴의 얼굴은 숨이 막히게 아름다웠다.

꿈틀, 꿈틀 요괴가 그를 향해 기어 왔다. 차가운 뱀의 비늘이 바닥을 쓸며 차르륵 소리를 냈다. 방울이 울리듯 공간을 울리는 소리에 청제를 따라오던 빛들이 겁을 먹은 듯 모두 숨듯 어딘가로 사라졌다.

"지국천? 설마!"

기다란 뱀의 움직임이 끔찍하도록 요염하게 그를 향해 움직이는 순간, 그의 팔이 허공으로 뻗었다. 그의 손에서 흘러나온 약한 기운에 짙은 색감을 지닌 검이 나타났다.

청제의 검, 광청검이었다. 헌데 우습게도 이 공간에 나타난 빛의 검은 아무 빛도 담고 있지 않았다. 그저 무색의 검. 그 검을 바라보는 요괴들의 얼굴에 재미나다는 듯 진득한 미소가 번졌다.

"뭐야? 그게 빛의 검인가?"

"물러나라."

자신을 향해 다가오는 요괴를 향해 청제가 낮게 외쳤다.

"왜 그래야 하는데?"

꿈틀꿈틀 기이한 움직임으로 겁도 내지 않고 다가오는 요괴를 향해 그의 검이 그대로 뻗어 나간 것은 그 순간이었다.

"윽!"

검의 끝이 요괴의 몸에 그대로 박혔다 그의 움직임에 다시 빠져나왔다. 울컥, 요괴의 입에서 핏물이 주룩 흘러내렸다. 요괴의 몸에 박히는 검의 모습에 놀란 다른 요괴들이 웅성거리기 시작했다. 아무 힘도 없을 것이라 여긴 모양이었다.

"비켜라. 나와 함께 소멸하고 싶지 않다면."

광청검에 찔린 몸을 어쩌지 못해 괴이하게 몸을 틀며 괴로워하는 요괴를 지나 자신을 바라보고 있는 요괴들 앞으로 다가서며 청제가 낮게 속삭였다. 그의 푸른 눈이 어둠을 품고 검푸르게 일렁이는 모습에 요괴들이 움찔 몸을 떨었다.

만약 저 위의 세상에서 저 광청검에 찔렸다면 그 순간 흔적도 없이 소멸했을 것이다. 아니, 광청검의 빛에 노출만 되어도 고통스러워 견딜 수 없을 것이었다. 헌데 지금의 광청검은 그 빛의 힘을 가지고 있지 않았다. 하지만, 아무리 명부 안이라 해도 청제를 제대로 상대하는 것은 얼마나 위험한 짓인지 요괴들은 모르지 않았다. 이곳이라 해도 그가 전부를 걸면 자신들은 그와 함께 소멸될 것이다. 영원히.

주춤거리며 요괴들이 뒤로 물러서는 공간을 청제가 천천히 걸었다. 숨막히는 고요가 가득한 공간을 천천히 걸으면서도 한순간도 뒤쪽의 기척을 놓치지 않은 청제의 감각 안으로 무엇인가 날카로운 기운이 느껴진 것은 그 순간이었다.

온몸으로 덮쳐 오는 이물감을 온전하게 느끼며 청제가 그대로 뒤쪽을 향해 들고 있던 광청검을 휘둘렀다.

"끼아악!"

붉은 핏물처럼 진득한 기운이 광청검을 타고 주룩 흘러내렸다. 조금 전 검에 베였던 여인의 얼굴을 한 요괴가 그를 덮쳤던 것이다. 검날에 조각난 뱀의 몸통이 서로 붙으려는 듯 꿈틀거렸다.

허공을 배회하는 여인의 얼굴이 청제를 응시하며 눈을 부릅떴다. 몸은 없고 얼굴만 있는 기이한 형체가 그를 보고 소름 끼치게 웃었다.

"이곳에서 뭘 찾는 거지? 지국천? 뭘 잃어버린 건가?"

"시끄러."

"넌 찾지 못할 거야. 영원히. 너 역시 우리와 함께 소멸할 테니까."

큭큭, 공간을 울리며 잔약하게 입술 끝을 떨던 여인의 얼굴이 그대로 청제에게로 달려드는 것을 보며 청제가 무심히 광청검으로 허공을 그어 내리며 눈을 감았다. 지독한 비린내가 온몸으로 확 쏟아져 들어왔다.

"헉, 헉."

끝도 없이 쫓아오는 요괴들을 상대하기에 빛의 힘을 품고 있지 않은 광청검은 너무도 나약했다. 인간들이 적들을 상대하듯 그저 베고 찌르고 한순간도 쉬지 못하고 움직여야 했다.

그의 육체가 힘겨움에 더 이상 견딜 수 없어진 것을 절감하며 청제가 쥐 죽은 듯한 공간에 서서 힘겨운 숨을 내쉬었다.

빛이 없는 이곳에서 그의 몸은 회복이 너무도 느리다. 이런 식으로 끝도 없이 요괴들이 달려든다면, 어느 순간 그는 더 이상 그들을 상대할 수 없을 것이다.

"젠장."

울컥 쏟아져 나오는 뜨거움을 느끼며 고개를 숙인 청제의 목 저 깊은 곳에서 검붉은 핏덩어리가 토해져 나왔다. 검으로 겨우 받치고 있는 몸이 무너져 내릴 것처럼 힘겨웠다.

이곳에 들어와 얼마의 시간이 흐른 것인지도 알 수 없었다. 몇 시진이 지난 것 같기도 하고 수십 일이 지난 것 같기도 했다.

시간의 개념이 존재하지 않는 곳이기 때문일까. 같은 곳을 돌고 도는 것 같다가 생전 처음 보는 곳으로 들어서기도 한 시간들이었다. 이곳에서 버티는 것만으로도 차츰 한계가 오고 있었다.

"하아, 하아."

피 내음에 미간을 찡그리며 고개를 든 청제가 주변을 둘러보았다.

어느 순간부터 이상하게도 그 많던 빛들은 하나도 보이지 않았다. 이곳이 진짜 명부일까 싶게 이 공간 안을 화려함의 극치로 만들던 수만 가지 색의 빛들이 사라진 공간은 진한 회색빛으로 물들어 있었다. 죽음조차 남겨져 있지 않은 공간은 텅 비어 버린 그의 마음처럼 차가웠다.

세상에서 요괴들을 상대할 때에는 한 번도 무겁게 느껴 본 적 없는 광청검이 엄청난 무게로 그를 내리누르는 것 같아 그것을 들고 걷는 것마저 힘겨웠다. 광청검이 딱딱한 돌바닥에 끌리며 내는 지독한 쇳소리가 그의 힘겨운 신경을 날카롭게 곤두서게 했다.

아무것도 없는 공간이 아까 요괴들이 넘쳐나던 공간보다 더 끔찍했다. 왜인지 모르지만 이곳의 고요는 숨이 막혀 왔다.

얼마를 걸었을까. 코끝으로 느껴지는 낯선 향내에 청제가 힘겨운 고개를 들어 올렸다. 뿌옇게 흐려져 있는 눈앞에 빛들이 일렁이는 것이 보였다. 이상했다. 진한 색감의 빛들에서 향내가 풍겨 오는 것 같았다.

향기를 품는 빛이라.

"미치겠네."

그가 거칠게 고개를 저었다. 지독한 고요도 그를 미치게 했지만 조금 전부터 폐부를 찔러 오는 향내는 그의 숨결을 틀어막으려는 듯 그의 신경을 옥죄어 오고 있었기 때문이다.

천성적으로 깨끗하고 맑은 기운 안에서 살아가야 하는 청제의 육신이기에 조금이라도 타락한 공기나 기운은 그에겐 독이다. 헌데 지금 눈앞에 뿌옇게 일렁이는 진하게 밝은 빛들에게서는 그가 지독하게 꺼리는 향내들이 흘러나오고 있었다.

헌데 우습게도 그 향내가 끔찍하면 할수록 자꾸만 모든 감각이 그쪽으로 향하고 있었다. 스스로도 인식하지 못하는 동안 그의 몸이 천천히 그 향내를 좇아 한 발 한 발 힘겹게 내딛고 있었으니까.

편치 않은 따스함이 왈칵 온몸을 덮쳐 왔다. 그리고 무엇인가 물컹거리는 감각들이 그의 온몸을 감아 돌았다. 어느 순간부터인가 향내 짙은 목소리가 귓가에 들려오고 있었다.

"육신이다."

"정말, 육신이네."

"인간인가?"

"설마?"

"아니야. 인간은. 인간의 기운이 이리 맑을 수 없어."

"그럼 뭘까?"

"신선인가?"

"재미있다. 이 육신."

대체 몇 개의 목소리인지 가늠도 되지 않았다. 허공이 그의 앞에서 빙빙 돌았다. 온몸의 기운이라는 기운은 다 빠져 버린 몸 안으로 스미는 지독한 향내는 독처럼 그를 마비시켜 왔다.

촉촉한 감촉과 따스한 온기, 그리고 지독한 향내에 감싸인 청제의 몸이 천천히 무너져 내렸다.

동그란 눈이 휘둥그레지며 뒤로 움찔 몸을 물리던 아이. 그 커다란 눈을 의아한 듯 더욱 크게 뜨고 자신의 눈을 뚫어지게 바라보던 그 조그맣던 아이.

'나오야⋯⋯. 너인 거냐?'

부르고 싶은데, 그 호기심이 가득한 얼굴을 만지고 싶은데 목이 열리지 않았다. 자신을 이리저리 살펴보는 눈동자가 바로 코앞에서 느껴지는데, 그 맑고 달큰한 그녀의 살 내음이 코끝으로 물씬 느껴지는데도 손조차 내밀어지지 않았다. 심장이 뛴다. 눈앞의 이를 놓칠까 봐. 불러야 하는데, 만져 봐야 하는데.

자신이 반응이 없어서일까. 자신을 인지하지 못한 것일까. 자신을 응시하던 그녀의 눈에 담기는 실망스러움이 고스란히 청제의 심장으로 느껴져 왔다. 피가 다 빠져나가는 듯 전신의 기운이 쑤욱 밀려 나갔다. 그녀의 그 허탈한 얼굴에.

몸을 아무리 움직이려 해 보아도 손끝 하나 들기도 힘겨웠다. 목은 무엇인가가 틀어막고 있는 듯 숨소리조차 새어 나오지 못했다.

그렇게 잠시 자신을 응시하던 동그란 눈이 돌아섰다. 청제의 심장이 툭, 바닥으로 곤두박질친다. 멀어져 가는 그 등이 짙은 어둠에 잠기는 것을 보면서도 부르지 못하는, 달려가지 못하는 청제의 온몸이 격하게 떨리기 시작했다.

"어? 이거 왜 이러지?"

"아픈가?"

"죽어 가나 봐."

"어쩌지?"

원하던 이의 숨소리가 멀어진 공간으로 낯선 감각이 밀려 들어오는 것을 인지하며 청제가 천천히 눈꺼풀을 들어 올렸다. 조금 전 그리 떠 보려 애쓸 때에는 꼼짝도 하지 않던 눈꺼풀이 그의 의지대로 조금씩 들어 올려졌다.

"눈 떴다!"

"정말이네?"

공기 속으로 구슬이 굴러가듯 투명한 목소리가 들리고 청제의 눈앞으로 낯선 눈동자가 다가왔다. 아니, 눈 안이 눈동자와 여백이 구별되지 않고 그저 검은색으로 가득한 눈이었다. 눈동자만으로 만들어진 커다란 눈. 그 눈이 자신을 보며 웃고 있었다.

"사내다."

속삭이는 희열에 찬 목소리가 울렸다.

천천히 몸을 일으키며 여전히 깨질듯 아파 오는 머리를 한 손으로 짚는 청제의 주변으로 흩어져 있던 무리가 모여들었다.

똑같이 생긴 것들이었다. 성숙한 여인의 몸을 가지고 있는데 얼굴은 아이의 그것인, 게다가 그것들의 눈은 그저 커다란 눈동자로만 가득 차 있었다.

"인간이 아닌데?"

"그래도 사내인걸?"

"맛있게 생겼네."

꽃에 벌들이 모여들듯 이상한 모양의 요괴들이 청제의 주변을 감싸며 정말 맛있는 것을 보는 것처럼 혀를 날름거렸다. 붉게 물든 입술을 핥는 붉은 혀의 모습이 지독하게도 색정적인 것들이었다.

"이런……."

청제의 미간이 짜증스럽게 일그러졌다. 천천히 자신의 곁으로 다가오며 자신의 몸에 손을 가져다 대는 것들의 정체가 무엇인지 이 순간 떠오른 것이다.

색귀. 인간계나 선족들의 사내를 홀려 관계를 가지며 사내의 정기를 빨아 먹는 요괴들이었다. 끝도 없는 색에 대한 갈증으로 사내를 탐하고 자신이 탐한 사내가 죽어 버리면 또다시 다른 사내를 찾아다니는.

인간이나 선족들에게는 무척이나 위험한 요괴들이지만 이것들 자체가 가진 힘이 거의 없기에 대제들이 직접 처리하거나 하는 일은 없는 요괴들이었다. 청족의 마을에도 이것들이 나타났다는 소식이 들리면 건달바가 가서 처리하곤 했었다.

하지만 이곳에서는 사정이 다르다. 그에게 치명적일 수도 있기에.

소름이 끼치는 손길이 몸에 닿는 순간, 청제가 그대로 손을 뻗었다. 그의 손끝에서 어둠을 품은 연한 푸른빛이 흘러나와 자신을 만지려는 색귀의 손에 닿았다.

"아악!"

청제의 몸에 닿았던 요괴의 손이 파란 기운에 그대로 잘린 채 바닥으로 툭 떨어졌다. 청제를 향해 다가오던 요괴들이 그 모습에 움찔 놀라며 몸을 물렸다.

"물러나라."

여전히 손안에 푸른 기운을 담은 채 청제가 입술을 씹으며 낮게 소리쳤다. 구역질이 올라올 것만 같아 이를 악물어야 했다.

자신을 감싼 요괴들에게서 풍기는 지독한 사향내와 욕정의 기운들이 그의 몸을 갉아먹기 시작하는 모양이었다. 한둘이라면 상관없겠지만 수십의 기운은 지금 청제의 순수한 기운을 뿜어낼 수 없는 그에겐 치명적이었다.

두려움 때문에 쉽게 다가서지도 못하지만 이곳에서 다시는 볼 수 없을 사내의 육신이기에 포기 또한 할 수 없기 때문일까. 그를 둘러싼 요괴들이 몸을 웅크린 채 그를 노려보고 있었다.

기다리고 있는 모양이었다. 청제의 손안에서 타오르는 푸른 기운이 점점 약해지고 있음을 감지했을 것이다. 먹고 싶은 것을 참듯 그 커다랗게 박힌 눈동자를 굴리며 그것들이 움직이지 않았다.

"힘들어?"

자꾸만 흐려지는 정신을 되찾기 위해 고개를 젓는 청제의 귀로 따스하고 다정한 목소리가 들려왔다. 요괴의 목소리임을 아는데 그 목소리가 온몸의 감각을 자꾸만 깨우는 것 같았다. 이를 악문 그가 다시 고개를 거칠게 저었다. 뿌옇게 흐려지는 머리를 깨워야 했다.

"힘들면, 쉬면 되잖아. 바보처럼 왜 그렇게 버티는 건데?"

솜털처럼 가벼운 목소리가 또다시 들려왔다. 그리고 한 요괴가 그를 향해 조심스럽게 기어 오고 있었다.

가늘고 긴 팔과 다리, 그것과 어울리지 않는 출렁일 정도의 탐스러운 가슴과 잘록한 허리, 그런 몸을 그대로 내어 보이며 조금씩 조금씩 그를 향해 기어 오는 여인에게서 지독한 살 내음이 끼쳐 왔다. 꿈틀, 청제의 목울대가 꿈틀댔다.

"즐겁게 해 줄게. 우리가."

"천상을 만나게 될 거거든?"

"우리랑 같이 놀자. 응?"

온몸의 감각 안으로 밀려드는 그것들의 유혹에 근육들이 팽팽하게 당겨져 갔다. 존재하면서 한 번도 느껴 보지 못한 욕망이 그의 몸을 들끓게 만들었다.

이가 악물어지고 손안에 힘이 들어갔다. 금방이라도 눈앞에 달려드는 이것들의 몸 안에 자신을 밀어 넣고 싶은 알 수 없는 욕망이 그를 덮쳐 왔다. 스스로의 몸을 스스로가 통제할 수 없는 기이한 느낌.

"하아, 하아."

피가 배어나도록 이를 악문 청제가 자신의 몸에 그것들의 손길이 닿는 순간, 거칠게 몸을 일으키며 손안에 광청검을 쥐어 잡았다.

"까악!"

광청검의 검날이 그의 손안에서 울었다. 파란 기운이 약하지만 검날을 휘감으며 허공을 가르자 그의 주변으로 몰려들던 색귀들이 모두 그에게서 물러섰다.

"하아, 하아."

뜨거운 숨이 그의 목에서 토해져 나왔다. 붉은 기운을 담은 그의 눈이 힘겹게 주변을 응시하며 살폈다. 도망쳐야 한다. 지금 이곳에서.

이것들을 다 베어 버릴 수도, 소멸시킬 힘도 없는 지금 그는 이곳에서 벗어나야 했다.

"상대를 잘못 골랐어. 나를 품겠다고? 아니. 나를 품을 수 있는 이는 세상에 하나뿐이야. 네깟 것들이 아니라."

힘겨운 몸을 천천히 일으킨 청제가 억겁의 무게처럼 느껴지는 광청검을 들어 올렸다. 온몸을 내리누르는 그 무게가 어깨를 짓눌렀지만 버텨야 했다. 이곳에서 유일하게 자신을 지켜 줄 무기이기에.

제대로 된 빛의 기운을 담지 못했다 해도 광청검은 순수한 푸른빛으로 만들어진 검. 그 존재만으로도 요괴들에게는 엄청난 두려움이니까.

광청검의 존재 때문인지 더 이상 다가오지 못하고 애잔한 표정으로 자신을 응시하고 있는 색귀들의 무리에서 천천히 떨어져 나온 청제가 색귀들의 모습이 어느 정도 멀어지자 그대로 몸을 돌려 달리려 한 순간이었다. 무엇인가가 그의 팔을 잡아당긴 것은.

휘청거리는 몸을 가누지 못하고 그대로 앞으로 고꾸라지려는 그의 몸을 무엇인가가 잡아챘다. 알 수 없는 힘에 이끌려 어둠이 만든 잘려진 틈으로 밀려 들어간 청제의 몸을 인영이 감싸 안았다. 훅, 무엇인지 모를 낯익은 향이 그의 숨결로 파고들었다.

"쫓아!"

"놓치지 마!"

무엇인가의 품에 갇혀 꼼짝할 수도 없어진 청제의 귓가에 조금 떨어진 곳을 지나가며 색귀들이 외치는 소리가 들려왔다. 바로 곁을 지나가면서도 그들은 그의 존재를 알아차리지 못하는 것 같았다.

아마도 자신을 감싼 것의 향기 때문일 것이다. 그 향기는 너무도 지독해서 자신의 체취 따위 느낄 수 없을 테니까. 지독하고 지독한, 그렇지만 너무도 그리운 향기였다.

"맛있는 냄새가 난다. 너."

지독한 향기를 뿜어내는 이의 입술 끝이 진하게 끌어 올려졌다. 그를 품에서 풀어낸 이가 가만히 그를 올려다보며 맛있겠다는 듯 붉은 입술을 핥았다. 얄팍한 입술이 촉촉하게 젖어 반짝였다.

"저것들이 환장할 만하네. 냄새가 너무 좋으니까."

두 눈동자가 그를 올려다보며 반짝였다. 연붉은 눈동자 안에 검붉은 불이 일렁였다. 익숙지 않은데 익숙한 그 눈이 그를 말갛게 바라보고 있었다. 그 입술에서 뜨거움이 흘러나와 청제의 얼굴에 부딪치며 흩어져 갔다.

온몸이 그 뜨거움에 잠식됨을 절감하며 청제가 자신을 올려다보는 붉은 눈동자를 물끄러미 내려다보았다.

울컥, 그의 눈에 물기가 맺혔다.

"나오야."

푸른 눈동자가 있던 자리에 박힌 보석 같은 붉은 눈동자가 아무리 낯설어도, 그를 보며 비웃듯 잔인한 미소를 담은 입술이 믿을 수 없어도 눈앞에 있는 이는 분명, 그의 하나뿐인 심장 나오였다.

"뭐라는 거냐?"

자신을 올려다보던 이의 눈가가 이해할 수 없다는 듯 일그러졌다. 하지만 곧 아무것도 관심 없다는 듯 고개를 젓는 그 모습은 여유롭기까지 했다.

"뭐라는지는 관심 없고. 이봐, 너는 내가 찾았으니 내 거다. 육신 있는 사내."

그녀의 얼굴이 그의 코앞으로 훅 다가왔다. 잔인하리만치 아름다운 얼굴이 그를 보며 만족스럽게 웃고 있었다.

❈ ✠ ❈

"물……."

"이룡님, 이제 정신이 좀 드십니까?"

엄청난 무게로 자신을 내리누르던 뜨거움이 어느 정도 사라진 몸을 인지하며 어린 이룡이 천천히 눈을 떴다. 흑족의 시종이 빤히 자신을 내려다보고 있었다.

"물, 드릴까요?"

시종이 내미는 물그릇을 받아 들기 위해 천천히 몸을 일으키던 이룡이 미간을 찡그리며 낮게 신음을 뱉어 냈다. 온몸의 피부가 공기에 닿는 것만으로도 벼락이 내린 듯 저릿했다. 절로 비명이 내질러졌다.

"윽!"

"아직 힘겨우신 모양이네요. 벌써 사흘이나 죽은 듯 잠들어 계셨는데."

"사흘?"

"예."

"이런……."

이룡의 얼굴에 낭패감이 고였다. 기다리는 것을 끔찍하게 싫어하는 백제를 사흘이나 기다리게 했다는 말에 그것이 여의주보다 더 심장을 짓누르는 것 같아서였다.

여의주를 품는 의식이 절대 쉽지 않으니 백은타로 돌아가 하자는 백제의 말에 고집을 부린 것이 자신이었다. 그 청족 소녀의 심장에서 꺼낸 아

347

름다운 붉은 여의주를 보는 순간 이성이 마비되어 버렸으니까.

심장이 터질듯 그것을 갈구했고 어느 누구의 말도 그 순간 들리지 않았다. 이미 그 소녀의 마음을 먹어 버린 여의주는 그가 보았던 어떤 여의주보다 달콤하고 진한 향내를 품고 있었기에 삼키고 싶은 욕망은 미칠 것처럼 그를 옥죄었었다.

해서 백제의 명을 처음으로 어겼다. 말리는 그의 손에서 여의주를 빼앗아 그대로 삼켜 버렸으니까. 헌데, 그로부터 사흘이나 지났다는 것이다.

"물 필요하시다 하셔서."

너무도 곱고 어여쁜 얼굴을 일그러뜨리는 이룡의 모습에 시종이 조심스럽게 물그릇을 내밀었다. 여의주의 기운을 이기지 못해 쓰러져 사흘을 앓으면서 이룡이 계속 찾던 것이 물이었다.

대지와 쇠의 기운이 근간을 이루는 이룡의 몸에 처음으로 여의주의 강한 기운이 스며들려면 땅 밑 그 깊고 깊은 곳에서 수만 년 동안 잠들어 있던 무결함의 결정체인 처녀수가 필요했다. 여의주가 가진 지독한 기운을 그 무결함으로 정화시켜 주어야 하니까.

헌데 그런 처녀수의 기운 안에서 여의주를 삼켰다 해도 힘들었을 텐데 그것도 가지지 못한 채 여의주를 삼켰으니 여의주가 이룡의 몸을 이루고 있는 모든 기운을 다 빨아들였을 터였다.

그제야 자신의 몸이 처녀수를 원하느라 바짝바짝 타들어 가고 있다는 것을 느낀 이룡이 시종이 건네는 물을 입안으로 거칠게 부어 넣었다.

"으윽!"

끔찍한 것을 삼킨 것처럼 이룡이 그대로 삼킨 물을 토해 냈다. 그의 온몸이 부들부들 떨리기 시작했다.

"이룡님! 어찌 그러십니까!"

"이건……."

"저희 수정궁 안을 흐르는 광천의 기운이 담긴 물입니다."

시종의 대답에 이룡의 얼굴이 아프게 일그러졌다. 그가 들고 있던 물그릇을 바닥으로 던져 버렸다. 이룡의 얼굴 가득 붉은 핏줄이 툭툭 불거져 나오며 숨이 거칠어지기 시작했다.

지금 그에게 필요한 것은 태초부터 암반 속에 숨어 세상 그 무엇에도 더럽혀지지 않은 처녀수였다. 대지가 가진 가장 고결한 기운, 그것이 필요한 것이다.

하지만 생명들 모두의 근원을 품고 있기에 어둠 그 깊은 곳에서 솟아나는 광천의 기운은 지금의 그에겐 차라리 치명적인 독일 뿐이었다.

광천 때문인지 더 지독하게 조여 오는 목을 움켜잡으며 이룡의 얼굴이 다급하게 시종을 바라보았다.

"이곳엔, 처녀수의 기운을 느낄 수 있는 곳이 없느냐."

"처녀수의 기운이요? 처녀수라면 지하에서 수만 년 동안 바위 안에 잠든 물을 말씀하시는 것입니까?"

"그렇다. 혹여 이곳에 그것이 있느냐?"

무엇인가 떠오른 듯 동그란 눈동자를 데굴데굴 굴리는 시종의 모습에 이룡의 얼굴에 기대가 가득 고였다. 물기가 하나 없이 바짝 마른 투명한 입술이 파르르 떨렸다.

"그것이, 혹여 천인들이 사용하는 천수와 비슷한 기운입니까?"

천수. 제석천에 거하는 이들이 사용하는 하늘의 물이 있다 들은 적이 있다. 하늘 위 가장 고결한 기운만이 모여 만들어졌다는 천제의 물이다.

혹여 그 순수함이 자신에게도 도움이 되지 않을까 하는 간절함이 이 순간 이룡의 심장을 지배했다.

"맞다."

간절함을 담고 이룡이 대답했다. 그것이 무엇이든 지금 어떤 선택이라도 해야 했으니까. 하지만 그런 간절함을 놀리는 것인지 시종이 다시 고개를 저었다. 시무룩해지는 그 표정에 이룡의 얼굴에 고통이 어렸다.

"무슨 문제가 있느냐?"

"그것이 원래는 이곳에 존재해선 안 되는 공간이라 그것을 외부인에게 알리는 것을 흑제님이 허락하지 않으실 것 같아서요. 그곳에 천수가 있다고 알고 있습니다."

망설이는 시종에게 이룡의 간절함이 담긴 시선이 닿았다. 바싹 말라 버린 입술이 다시 열렸다.

"나중에, 혹여 아시게 되면 내가 벌을 받을 테니까. 그곳이 어디인지 알려만 다오. 죽을 것 같아서 그런다."

"하지만……."

"내가 찾을 것이다."

이룡이 힘겨운 몸을 일으켰다. 처녀수 안에 잠겨 있어도 힘겨울 몸이 바삭거릴 정도로 말라 있었다. 아직 제대로 자리를 잡지 못한 심장의 여의주가 펄펄 끓고 있으니 온몸이 말라 버릴 지경이었다. 죽지 않으려면 천수라도 필요했다.

"정 그러시다면…… 아주 잠시만 그곳에 들렀다 나오셔야 합니다. 그곳은 길상천녀님만의 공간이기에 그 누구도 함부로 들어가선 안 되는 곳입니다."

"알았다. 알았어."

지금 이룡의 귀에는 어떤 소리도 들리지 않았다. 백제에게 부탁할 수도 없었다. 만약 백제에게 그것을 부탁한다면 백제의 명을 어겨 문제를 만들었다고 엄청난 지탄이 자신에게 쏟아질 것이다.

게다가 백제는 흑제와의 분쟁을 극도로 싫어하는 이이니 만에 하나 흑제가 문제를 삼을 수 있는 행동을 자신이 하는 것을 용납할리 없다.

하지만 지금 이룡은 그 모든 위험을 불사할 만큼 절실하게 처녀수를 대신하는 그 어떤 기운이라도 필요했다.

금방이라도 바스러져 버릴 것 같은 몸을 겨우 움직여 시종을 따르던 이룡이 어느 순간부터 자신의 온몸으로 느껴지는 천수의 기운에 고개를 들었다. 여의주를 따라 온몸이 발작이라도 하듯 움직였던 것처럼 지금 이 순간 타들어 가는 듯한 심장이 처녀수와 비슷한 기운을 찾은 것이다.

언제 힘겹게 시종을 따랐는지 믿을 수 없을 만큼 거칠고 다급한 몸짓으로 이룡이 눈앞에 보이는 거대한 문을 열어젖혔다.

그래서였을 것이다. 자신을 인도하던 시종이 어느새 자신의 주변에서 소리도 없이 사라진 것을 알아차리지 못한 것은.

그리고 정신없이 천수의 기운이 느껴지는 공간으로 달려 들어간 이룡의 눈앞에 천상의 모습이 보였다.

"천녀님!"

천수의 기운으로 촉촉하게 젖어 있는 공간에 날카로운 시종의 비명이 울렸다. 그 비명 소리에 욕의 차림으로 천수 안에 몸을 담고 있던 길상천녀가 놀라 고개를 돌렸다. 경악을 담고 커다랗게 열린 길상천녀의 눈에 침의도 제대로 챙겨 입지 않은 어린 소년 이룡의 모습이 들어왔다.

메말라 있던 어린 이룡의 눈동자가 눈앞의 존재를 향해 커다랗게 열렸다. 세상에 저런 모습이 존재하리라고는 한 번도 상상조차 해 본 적 없던 어린 소년의 심장이 덜컹, 거세게 울렸다.

붉은 여의주를 품은 심장이 터질 듯 뛰기 시작했다. 누군가를 향한 갈망, 지독한 그리움을 아직 기억하는 여의주의 기운이 자신도 모르게 소년의 몸을 움직이게 하고 있었다.

무엇에 홀린 듯 그렇게 천천히 여인을 향해 다가서던 소년의 손끝이 여인을 향해 들어 올려지려는 순간, 소년의 뒤로 그를 삼킬 만큼 커다란 그림자가 드리워졌다.

"천녀님을 보호해!"

놀란 여시종들이 소년의 움직임에 자신들의 몸으로 천녀의 몸을 가리며 막아섰다. 그리고 이룡의 등 뒤로 무엇인가가 다가섰다.

알 수 없는 거대한 힘에 스스로의 몸이 짓눌리는 감각을 느끼며 이룡이 천천히 고개를 돌렸다. 천수에 대한 갈망과 여의주의 기운으로 뿌옇게 흐려진 시선 안에 검은 어둠이 보였다. 이룡이 자리에 그대로 굳어 버렸다.

"이곳에 그런 모습으로 들어와 살아 돌아가길 바란 것은 아니겠지?"

흐린 시선에 검붉은 미소가 번져 들었다. 천수의 기운에 미친 듯 뛰던 심장이 두려움이라는 감정에 차갑게 얼어붙는 것을 느낀 이룡이 막 눈앞의 이를 향해 다급히 입을 열려는 순간, 서늘한 검은 기운이 그대로 이룡을 향해 날아들었다.

"!"

숨도 내쉴 수 없었다. 바짝 말라 있는 온몸이 지독한 어둠의 결계에 꼼짝도 할 수 없게 갇혀 버렸기 때문이다. 손가락 하나, 숨 하나 자신 마음대로 뱉어 낼 수 없는 고통이 소년의 가는 몸을 옥죄어 왔다.

비명이라도 지를 수 있다면 죽어도 좋을 것 같았다. 터질듯 차오르는 심장은 심장이 지니고 있는 여의주 따위 아무것도 아니라는 듯 지금의 상황에 아무 도움도 되지 못하고 있었다.

"이게 대체……."

파랗게 질려 가는 이룡의 고운 얼굴을 물끄러미 내려다보던 흑제의 시선이 경악을 담은 얼굴로 달려 들어오는 이를 보고 설핏 웃었다. 짙은 그의 눈동자가 오랜만에 즐거운 듯 빛을 품었다.

"흑제의 반려를 능욕하고도 살아서 돌아갈 수 있을 거라 기대한 것은 아니겠지."

흑제가 한 걸음 뒤로 물러서 장의 소매 안에 있던 새하얀 손을 들어 올렸다. 허공을 향한 길고 하얀 손에 뭉글뭉글 짙은 어둠의 기운이 몰려들어 무엇인가를 그리기 시작했다. 그것을 바라보는 모두의 시선이 경악으로 일그러져 갔다.

"다문천!"

언제나 차디찬 비소를 머금고 있던 백제의 얼굴이 추하고 아프게 일그러지는 순간, 흑제의 손안에 쥐어진 것은 검은 현무가 그려져 있는 흑우선이었다.

세상 모든 것을 소멸시킬 수 있는 흑제의 비기. 흑우선이 흑제의 손안에서 시원하게 나풀거렸다. 짙게 어둠을 품은 흑제의 눈동자가 자신을 부르는 백제를 물끄러미 바라보았다.

"할 말이 있으십니까. 광목천."

"……."

흑우선을 가만히 들어 올리며 차디찬 표정으로 묻는 흑제의 말에 아무 대답도 할 수 없는 백제였다.

모두가 보지 않았던가. 이룡이 길상천녀의 욕탕으로 뛰어 들어온 것을. 제대로 옷조차 여미지 않은 반라의 차림으로 여인의 욕탕으로 뛰어든 것을 무엇이라 설명할 것인가.

게다가 상대는 흑제의 반려, 수정타의 여주인 길상천녀인 것을.

"네가 치러야 할 대가는, 소멸이다. 꼬마 이룡."

이미 흑제의 기운에 감싸여 숨조차 제대로 내쉬지 못하는 이룡을 향해 흑제가 흑우선을 들어 올렸다. 세상에 존재하는 모든 어둠의 정기를 담은 흑우선에서 터져 나오는 검은 기운이 그대로 굳은 채 서 있는 이룡을 향해 날아드는 순간, 모두가 질끈 눈을 감았다.

아무 소리도, 느낌도 없었다. 무슨 일이 일어난 것인지 확인하고 싶어 천천히 눈을 뜨는 모두의 시선에 여전히 아까 그 모습 그대로 서 있는 이룡의 모습이 들어왔다.

아무것도 변한 것은 없어 보였다. 하지만 그다음 순간, 거짓말처럼 이룡의 몸이 모래처럼 천천히 바닥으로 부서져 내렸다. 그 모습을 멍하게 바라볼 수밖에 없었다.

바닥에 수북이 쌓이는 가루들 사이로 여의주의 잔재인지 붉은 기운이 언뜻 내비쳐지고 있었다.

그 누구도 소리 내지 못하는 공간을 물끄러미 바라보던 흑제가 가볍게 손을 흔들었다. 그의 손길에 검은 기운을 뭉클뭉클 쏟아 내던 흑우선이 언제 존재했었냐는 듯 흑제의 손끝으로 스며들었다. 그렇게 흑우선을 자신의 안으로 갈무리한 그가 길상천녀 쪽으로 몸을 돌리며 여시종들을 향해 말했다.

"내가 모실 테니 물러서라."

"예? 예."

길상천녀의 몸을 가리고 있던 여시종들이 흑제의 말에 놀라며 몸을 물리자 흑제가 여전히 탕 안에 앉아 있는 길상천녀의 몸을 들어 안았다. 그녀의 몸이 흑제의 품 안으로 숨겨졌다. 그의 장의 자락이 그녀의 몸을 감쌌다.

길상천녀를 안고 걸음을 옮기는 흑제의 움직임에 그의 장의 자락 끝에서 바람이 일었다. 그 바람에 바닥에 있던 모래가 사방으로 흩어졌다.

아무 말도 하지 못한 채 멍하게 그 흩어지는 모래알들을 응시하는 백제의 곁을 무심하게 스친 흑제의 검은 그림자가 어둠 속으로 사라져 갔다.

길상천녀의 전각 안으로 들어선 흑제가 조심스러운 움직임으로 그녀를 침상에 가만히 내려놓았다. 놀라서인지 하얗게 바래 있던 여인의 얼굴이 붉은 홍조를 띠고 있는 모습이 보였다.

"괜찮은 것입니까."

아무 느낌도 없는 무심한 목소리가 들려왔다. 길상천녀가 가만히 고개를 끄덕였다.

"괜찮습니다. 조금 놀랐을 뿐입니다."

앉은 채 흑제를 말끄러미 올려다보는 길상천녀의 얼굴을 잠시 응시하던 흑제가 몸을 돌렸다. 그 서늘함에 발갛게 상기되어 있던 고운 그녀의 얼굴에 약한 그늘이 드리웠다. 숨을 삼키며 망설임을 담던 그녀의 입술이 열렸다.

"헌데…… 왜 그렇게까지 하신 것입니까."

"……."

그녀의 물음에 움직이려던 흑제의 걸음이 멈춰졌다.

"혹여 그 이룡의 몸에 여의주가 있는 것이, 싫으셨던 것입니까."

흑제에 닿았던 시선을 아래로 내리며 길상천녀가 조심스럽게 물었다. 무엇인지 모를 간절함을 담은 그녀의 눈동자가 아프게 흔들렸다.

"그 아이의 심장에 있던 것이 존귀하지 못한 것의 몸에 남겨지는 것이 싫었습니다."

차디차게 울려오는 흑제의 대답에 길상천녀가 살며시 입술을 악물었다. 예상하고 있던 답인데도 마음이 아픈 것은 어쩔 수 없는 모양이었다.

"그리고."

눈물이 차오르는 눈을 가만히 감는 길상천녀의 귀에 그의 목소리가 다시 들려왔다.

"그대의 그런 모습을 본 것도."

놀란 길상천녀가 고개를 들었지만 이미 흑제는 사라지고 없었다.

"백제께서 백은타로 돌아가셨습니다."

"……."

술잔을 들어 올린 흑제가 한입에 부어 넣었다. 흑제의 앞에 서 있던 이든의 얼굴에 살짝 의아함이 고였다.

흑제는 원래 술을 거의 하지 않는다. 오방대제들이 모인 자리에서나 그저 입에 대는 정도이지 그가 술을 찾는 것은 그의 곁에 머문 그 긴 시간 동안 거의 본 적이 없었다. 헌데 지금의 모습은 너무도 낯설어서 당혹스러운 그였다.

"헌데 아무리 생각해도 이상합니다."

잠시 눈을 들어 흑제를 응시하던 이든이 다시 입을 열었지만 흑제는 아무런 대답도 하지 않았다.

"시종이 어찌 명도 없이 이룡에게 천녀님의 천수를 알려 주었을까요. 천녀님의 천수욕탕은 수정타 안에서도 아는 이가 거의 없는 곳인데 말입니다."

"……."

"그리고 분명 백제님의 결계가 이룡을 감싸고 있었는데 왜 이룡이 그리 처녀수를 찾았는지도 이해할 수가 없습니다. 백제님의 결계가 여의주의 기운으로부터 이룡을 보호했을 텐데 말입니다. 백제님이 쳐 놓으신 결계가 깨졌다고밖에 이해할 수가 없는데. 이곳에서 그분의 결계를 깰 수 있는 것은 오직……."

"……."

이든의 눈이 의아한 듯 흑제를 올려다보았다. 분명 이 상황은 흑제가 만들어 낸 것이었다. 그 아이의 심장에 있던 여의주가 다른 이의 심장에서 다른 색깔로 물들어 가는 것을 보기 싫었던 것이리라.

헌데 이상한 것은 모든 상황이 그가 원하는 대로 다 이루어졌음에도 어딘지 흑제의 모습에 알 수 없는 흔들림이 담겨 있다는 것이었다.

의문이 풀리지 않은 이든의 눈이 그를 살폈다.

"흑제님."

"혼자 있고 싶다."

다시 거칠게 술을 입안에 부어 넣은 흑제가 나직하게 하는 말에 이든이 더 이상 아무 말도 하지 않고 깊이 몸을 숙이고 뒤로 물러섰다.

탁.

술잔이 거칠게 탁자 위에 놓여졌다. 흑제의 미간이 그 소리만큼이나 날카롭게 일그러졌다.

분명, 자신이 원하던 대로 백제라 해도 어쩔 수 없는 상황을 만들어 그 보기 싫던 어린 이룡을 소멸시켰다. 그 맑은 아이의 심장 안에서 투명하고 맑게 빛나던 여의주가 탁하고 탁한 기운 속에 자리 잡는 것이 싫었을 뿐이었다.

그 아이의 심장에 있지 못한다면, 차라리 세상에서 사라지게 하고 싶었다. 그리고 그렇게 했다.

헌데…… 예상치 못한 느낌이 목 안의 저 깊은 곳에 걸린 듯 편치 않았다.

이룡 앞에 마주했을 때, 그 어린 사내의 눈 안에 담겨 있는 이의 모습을 보았다. 그리고 그 순간 이해할 수 없는 짜증이 울컥 치솟았었다.

자신이 만들어 놓은 덫에 걸린 짐승의 눈에 분명 자신이 의도한 것이 담겨 있었는데 그 모습에 화가 났다. 대체 왜?

"뭐야."

스스로도 이해할 수 없는 그것을 털어 버리려는 듯 흑제가 들어 올리던 술잔을 그대로 집어 던졌다. 어둠의 벽에 부딪쳐 박살이 나며 허공으로 흩어지는 조각들을 물끄러미 바라보는 흑제의 검은 눈동자가 거칠게 흔들리고 있었다.

❈ ✯ ❈

투명한 붉은 눈동자가 자신을 보며 씨익, 진하게 웃었다. 그 웃음이 주는 느낌에 온몸에 소름이 돋으면서도 또 알 수 없는 희열이 일었다.

"헌데, 넌 뭐냐? 여기서 본 적이 없는 종류인데. 혼백도 아니고 요괴도 아니고."

정말 궁금하다는 듯 고개를 갸우뚱하던 이가 청제의 얼굴 가까이 자신의 얼굴을 가져다 댔다. 붉은 눈동자가 다가와서일까. 훅, 뜨거움이 온몸으로 스며드는 것만 같았다.

"근데, 정말 기분 좋은 냄새가 나. 너한테서."

쿵쿵, 붉은 눈동자를 지그시 감은 채 여인이 청제의 냄새를 탐하며 코를 실룩거렸다. 자신의 품에 안기듯 다가오는 몸을 청제가 물끄러미 내려다보았다. 심장이 쿵쿵 울렸다.

"너는…… 뭐냐?"

청제가 자신의 몸에 코를 박다시피 하고 냄새를 맡는 이를 향해 물었다. 눈앞에서 이 존재를 마주한 순간부터 터질듯 뛰고 있는 심장은 이제 몸 밖으로 터져 나올 것 같았다. 자신의 몸에 자꾸만 다가오는 이의 낯익은 체향이 미칠 것만 같았기 때문이다. 익숙한데 익숙지 않은 뜨거움이었다.

청제의 물음에 그의 품에 코를 박고 있던 이가 고개를 들었다. 붉은 입술이 진하게 미소 지었다. 낯선 미소. 청제의 등줄기로 무엇인가가 스윽, 흘러내렸다.

"나? 몰라. 내가 뭔지."

동그란 눈이 아무렇지도 않게 내뱉었다.

"……뭐?"

"나도 모른다고. 내가 뭔지."

너무도 투명해서, 심장이 저릿하게 아플 정도로 아름다운 붉은 눈이 그를 빤히 바라보며 아무렇지도 않은 듯 말했다. 순수함이 가득한 그 눈에 자신의 모든 것이 빨려 들어갈 것만 같았다.

"의식이란 것이 생기고 나서 보니까 여기 있더라고. 헌데 우습잖아? 여긴 다 저런 요괴들이랑 혼백들뿐인데 나는 이렇게 육신을 가지고 있으니까."

세상 가장 태평한 듯한 모습으로 길게 몸을 펴고 누우며 그 붉은 눈동자가 말했다. 청제의 심장이 더 빨리 뛰기 시작했다. 뛰는 심장을 지그시 누르며 청제다 다시 물었다. 간절함이 목구멍을 타고 올라왔다.

"이름이 뭔지는 아는 거냐."

청제의 물음에 그 붉은 눈동자가 짜증스럽게 일그러졌다. 새하얀 얼굴과 너무도 대조적인 붉은 눈동자와 붉은 입술이 그를 비웃듯 비틀렸다.

"이봐, 내가 뭔지도 모른다니까. 헌데 이름? 장난해?"

"그럼…… 이제부터 나오라고 부를게. 어때?"

"나오? 그게 뭐냐?"

아무것도 담겨 있지 않은 붉은 눈동자가 빤히 그를 올려다보았다. 너무 투명해서, 그 무엇도 담겨 있지 않아서 그 눈동자를 바라보는 청제의 심장이 아팠다. 청제의 눈이 아득하게 젖어 갔다.

"내가 찾는 이."

"아, 너도 무엇인가를 찾는 중이구나?"

싱그러운 그녀의 말투가 어둠뿐인 공간을 울렸다.

"그럼, 너도 찾고 있는 것이 있는 거냐?"

청제는 자신의 목소리가 얼마나 떨리고 있는지 느낄 수 없었다. 온몸을 조여 오는 듯한 긴장이 그를 덮치고 있었으니까.

"응."

"뭐를 찾는 건데?"

사내의 얼굴이 이해할 수 없게 간절함을 담는 것을 무심히 보며 붉은 눈동자가 고개를 갸웃거렸다.

"몰라. 헌데 찾아야 할 것이 있다는 것은 알아. 그게 무엇인지, 왜인지 모르지만 찾아야 해."

울컥, 심장이 아려 왔다.

이제껏 자신을 올려다보는 붉은 눈동자에서 어느 정도 거리를 두고 있던 청제가 천천히 그 붉은 눈동자의 곁으로 다가섰다.

"그럼 나와 함께 찾자. 나도 찾아야 할 것이 있거든."

"이봐, 뭘를 착각하는 것 같은데. 넌 이제부터 내 거야. 내가 널 구해 줬잖아. 아니, 가졌거든. 함께가 아니라 네가 내 것이라고."

갑작스러운 움직임 때문일 것이다. 붉은 눈동자가 그를 덮치듯 그의 몸을 밀고 그의 위에 올라탔다. 가벼운 몸이건만 청제는 그 순간 그 몸을 밀어낼 수 없었다.

손끝 하나 움직여지지 않았다. 뜨거운 기운이 흘러나와 그를 가득 덮었다. 장난스러움이 밴 붉은 눈동자가 그를 보며 장난스럽게 웃었다.

"많이 심심했거든. 내가 찾아야 할 것이 무엇인지 모르지만 자꾸만 마음이 급해지고 화가 나기도 하고. 헌데 이제 그리 심심하지 않을 것 같아. 너 무척 맛있고 재미있게 생겼거든. 네가 마음에 들어."

"……."

"냄새까지 죽여줘."

정말 맛있는 것을 먹는 듯 붉은 눈동자가 입술을 내밀었다. 붉은 혀가 그를 스치듯 지나갔다. 자신의 입술을 쓸며 입맛을 다시는 여인의 얼굴이 끔찍하게 아름다웠다.

"해서 말인데…… 너 먹어도 될까?"

여인의 몸이 단단한 청제의 몸 위에 닿았다. 보드랍고 말캉한 느낌이 그의 전신을 휘감았다. 나오를 안을 때면 언제나 느껴지던 그 낯익은 감각. 지독한 고통과 함께 그를 삼키던 그녀의 보드랍던 체취까지 그를 덮쳤다. 온몸의 감각이 날카롭게 곤두섰다.

"한 가지만 허락해 주면."

자신의 가슴 위로 스치는 여인의 손가락을 너무도 생생하게 느끼며 청제가 탁하게 갈라진 목소리로 말했다. 무엇인지 모를 순수한 탐욕에 젖은 여인의 붉은 눈이 그를 내려다보고 있었다.

"뭔데?"

"너를, 나오라고 부르게 해 줘."

투명한 붉은 눈이 물끄러미 그를 내려다보다 픽, 입가를 비틀며 고개를 저었다. 살랑살랑 그녀의 붉은빛을 품은 머리카락이 그의 얼굴 위에서 흔들렸다. 달큰한 내음과 함께.

"싫은데."

쿵, 청제의 심장이 또 한 번 아프게 울렸다.

"이름 따위 관심 없으니까."

"관심 없으니까…… 상관없잖아. 내가 널 뭐라고 불러도."

자신에게서 몸을 떼어 내는 이를 집요하게 바라보며 청제가 낮게 속삭였다.

온몸이 말하고 있었다. 이 내음, 이 감촉. 눈앞에 있는 이의 모든 것이 그녀라고. 자신의 모든 감각이 눈앞의 이를 느끼고 있는데 눈앞의 이는 그녀가 아니라 말한다. 그래서 포기할 수 없는 것이다.

여인의 눈이 웃었다.

"제법이네."

"네가 찾고 있는 것이 나타날 때까지만. 내가 찾는 그녀가 나타날 때까지만 너를 나오라고 부를게."

"나오라. 이름이 그게 뭐냐? 어린 계집아이 이름같이."

"난 그 이름이 언제나 너무도 좋았는걸."

"미친."

나오가, 아니 나오라 부르고 싶은 이가 자리에서 일어나는 것을 보고 청제가 서둘러 몸을 일으켰다. 절대 놓치지 않을 것이다. 혹여 그녀가 정말 나오가 아니라 해도 지금은 저 여인을 쫓는 것 외에는 할 수 있는 일이 없었다.

"나 먹겠다고 하지 않았나?"

금방이라도 어딘가로 사라져 버릴 것 같은 나오의 모습에 청제가 그녀의 팔을 잡으며 묻자 나오가 그를 돌아보았다. 붉은 눈동자에 낯선 긴장이 어려 있었다.

"기다려. 지금은 식욕이 조금 떨어졌어."

"뭐?"

"그것들이 다가오고 있거든."

이제껏 보여 줬던 나른함이 완전히 사라진 나오의 붉은 눈이 서늘하게 빛나고 있었다. 그녀의 말과 눈빛에 의아함을 담고 고개를 돌린 청제의 시야에 귀여운 모습의 여자아이들이 보였다.

서로 장난이라도 치는 듯 생글거리며 다가오는 모습은 꼭 인간계의 아이들 같았다. 하지만 그들이 조금씩 거리를 좁혀 올수록 그들에게서 너무도 어울리지 않는 내음이 강하게 끼쳐 왔다. 지독한 혈 향이었다.

청제가 나오를 돌아보았다.

"뭐냐? 저것들은?"

조그맣게 묻는 청제를 향해 나오가 어깨를 으쓱해 보였다. 그리고 너무도 무심하게 열리는 입술에서 어울리지 않는 대답이 흘러나왔다.

"살인귀."

그 순간이었다. 귀여움이 뚝뚝 흘러나오는 얼굴로 서로를 향해 소곤거리던 조그마한 몸들이 갑자기 그들의 앞으로 달려들듯 다가온 것은.

본능적으로 청제가 나오를 등 뒤로 품으며 광청검을 들어 올렸다. 찬란한 빛을 품고 있지 않다 하여도 광청검이었다. 그 기운에 언제 다가섰냐는 듯 조그마한 모습들이 성큼 뒤로 물러섰다.

하지만 크게 겁이 나진 않는지 커다랗게 여린 동그란 눈이 너무도 해맑게 청제를 올려다보았다.

"내가 싫어?"

청제의 수려한 미간이 짜증스럽게 구겨졌다. 해맑게 웃으며 입술을 끌어 올리는 소녀들의 입안이 온통 핏빛으로 물들어 있었기 때문이다.

이와 혀조차 제대로 구별되지 않는, 온통 끈적거리는 핏물이 가득한 입

을 벌려 환하게 웃는 이들을 응시하는 청제의 손을 나오가 꼭 끌어 잡은
것은 그때였다.

광청검을 잡지 않은 손으로 나오를 감싸듯 막고 있던 청제가 따스한 손
길에 놀라 고개를 돌렸다.

"뭐 해? 뛰어!"

그 순간이었다. 청제의 손을 잡은 나오가 그대로 청제의 몸을 끌어당긴
것과 귀여운 얼굴로 그를 올려다보던 이들이 그 피가 가득한 입을 커다랗
게 벌리고 그를 덮친 것은.

귀여운 얼굴에 조그맣게 자리 잡고 있던 입이 괴이한 모습으로 소녀들
의 몸보다 더 커다랗게 벌어져 있었다. 한입에 청제를 삼킬 수 있을 만큼.

"나랑 놀아! 우리랑 놀아! 가지 마!"

쫓아오는 그 피투성이 입에서 연신 아이의 목소리가 새어 나오고 있었
다. 가냘프고 귀여운 목소리가 어둠이 가득한 공간을 울리며 금방이라도
자신들을 삼킬 듯 뒤쪽에서 들려왔다.

청제의 눈이 자신의 손을 잡고 달리는 나오의 뒷모습을 응시했다. 바람
에 흔들리는 그녀의 칠흑 같은 머리카락이, 간혹 그를 향해 돌려지는 붉
은 눈동자가 너무도 좋아 뒤쪽에서 자신들을 부르는 귀신의 존재 따위 그
에겐 이미 안중에도 없는 일이었다.

절대 놓지 않을 듯 꼭 움켜쥐고 있는 그녀의 손을 청제의 손이 힘주어
움켜쥐었다.

"헉, 헉."

얼마를 달린 것일까. 어둠이 지독하던 공간을 지나 혼령들의 아름다운
빛들이 가득한 곳으로 들어서자 살인귀들은 더 이상 그들을 따라오지 않
았다.

처음 명부로 들어왔을 때에는 너무도 낯설고 감겨드는 감촉조차 끔찍

하던 혼령들의 느낌이 이젠 차라리 편안해졌다. 혼령들이 가득한 곳에는 상대적으로 요괴나 귀들이 잘 나타나지 않는다는 것을 알았기에.

여전히 자신의 손을 잡은 채 가슴을 헐떡이고 있는 나오의 모습을 물끄러미 바라보는 청제의 얼굴에 명부에 들어와 처음으로 행복한 미소가 번졌다.

자신을 기억하지 못하는 그녀라 해도, 혹여 만에 하나 그녀가 아니라 해도 지금 자신의 옆에 있는 나오는 지금의 그에겐 나오가 맞으니까. 그녀와 함께 있다는 것만으로도 이곳이 행복하게 느껴질 지경이었다.

"젠장, 차라리 육신이 없으면 도망치기도 좋을 텐데. 이따위 필요 없는 육신은 왜 있는 건지."

도망치느라 벌겋게 달아오른 얼굴을 하고 털썩 바닥에 드러누우며 나오가 내뱉는 말에 청제의 심장이 쿵, 떨어졌다.

"이거, 이제 좀 놓지?"

짜증스럽게 고개를 젓던 나오가 여전히 자신의 손을 잡고 있는 청제의 모습에 손을 털어 내듯 빼며 말했다. 그녀의 손이 떠나자 심장이 빠져나간 듯 허전함이 밀려들었다. 쓸쓸한 미소를 지으며 청제가 누워 있는 나오를 내려다보았다. 아픈 눈빛과는 달리 청제의 입에서는 장난 같은 말이 새어 나왔다.

"네가 먼저 잡았거든."

"내가? 진짜?"

"기억하지 못하는 것이 한두 가지가 아닌 것 같은데."

"야!"

"야라. 큭."

"너 웃는 거냐?"

앉은 채 어깨를 들썩이며 웃는 청제의 모습에 나오가 벌떡 몸을 일으켰다. 동그랗지만 예전과 달리 펄펄 끓는 기운을 담은 두 눈동자가 청제를 뚫어질 듯 응시했다. 얄팍한 붉은 입술이 옹골차게 다물어져 있었다. 그 낯선 모습이 아프면서도, 나쁘지 않았다.

"나를 야라는 호칭으로 부르는 건 네가 처음이거든."

"그럼 다들 뭐라고 부르는데?"

"……청제님."

그리웠다. 다시 한 번 그녀가 저를 불러 주길 바랐다. 지금 이 순간.

"풋."

"왜?"

"아, 하하하! 아, 미쳐!"

나오가 데굴데굴 바닥을 구르기 시작했다. 무엇이 그리 재미있는지 어쩔 줄 모르고 웃는 모습이 보기 좋아 청제의 얼굴에도 연한 미소가 번졌다. 그저 좋았다. 그녀의 편안해 보이는 모습이.

얼마를 그렇게 웃었을까. 나오가 너무 웃어서 벌겋게 상기된 얼굴로 고개를 들어 청제를 응시했다. 웃음기가 가신 얼굴에는 제법 진지함과 의아함이 묻어났다. 혹여 자신이 들은 것이 진짜인지 의아한 모양이었다.

"그쪽이 청제라고? 설마."

'그쪽이 청제님이라고요? 설마.'

심장이 저릿해 왔다. 연푸른 눈동자를 너무도 맑게 뜨고 자신을 향해 묻던 그 얼굴이 떠올랐다. 지금처럼 아름답지 않았어도, 지금처럼 제대로 여인의 모습을 하고 있지 않았어도 너무도 어여쁘던 그 얼굴이 그의 뇌리에 가득 차올랐다. 물기가 천천히 눈을 가렸다.

"야, 우는 거야?"

당황스러움에 살짝 찡그려진 그녀의 얼굴을 보며 청제가 고개를 저었다.

"눈에 뭐가 들어간 모양이다."

청제가 바싹 마른 자신의 얼굴을 거칠게 쓰다듬었다. 힘겨움이 묻어나는 핏기 없는 청제의 모습을 잠시 바라보던 나오가 머리를 긁적이며 그를 향해 물었다.

"그런데, 청제가 뭐냐?"

"풋."

이번엔 청제의 입에서 웃음이 터져 나왔다. 눈 안에 눈물을 가득 담은 채 무엇이 그리 우스운지 허리를 숙이며 웃음을 토해 내는 사내를 나오의 동그란 눈이 멍하게 바라보았다.

자신들의 주변을 떠다니다 멀어지고 또 다가오곤 하는 여러 가지 색깔의 빛들을 무심하게 바라보던 청제가 옆에 앉아 어둠의 벽에 등을 기대고 있는 나오를 바라보았다. 피곤했던 것인지 지그시 눈을 감고 있는 모습이 보였다.

동그란 이마, 오똑하지만 조그마한 콧날, 윤곽이 뚜렷한 얄팍한 입술. 아무리 보아도 그녀가 맞는데, 그 손길 하나에도 그녀라는 것을 느낄 수 있는데 확신할 수 없는 갑갑함이 그의 심장을 조여 왔다.

그녀라면, 그녀가 맞는다면 한시라도 빨리 그녀의 기억을 되찾아 주어야 한다. 그래야 소멸하기 전에 이곳을 나갈 수 있으니까.

하지만 만약 그녀가 아니라면, 이 눈앞의 존재 곁에 이리 머물 시간 따위 없다. 이 끔찍한 곳을 어서 빨리 뒤지고 뒤져 진짜 나오를 찾아야 할 테니까.

"내가⋯⋯."

눈을 꼭 감고 있던 나오의 입술이 열렸다. 붉은 눈동자가 보이지 않는 그 얼굴은 그가 아는 나오의 모습 그대로였다.

"그렇게 네가 찾는 이와 닮은 거냐?"

"……자고 있는 줄 알았다."

"말해 봐. 내가, 정말 그렇게 닮았어?"

천천히 그녀의 눈이 떠졌다. 또다시 너무도 낯선 붉은 눈동자가 그를 응시했다. 가슴 저 깊은 곳이 욱신거렸다.

"응. 똑같아. 아니, 조금 다른가."

안타까움이 담긴 목소리로 말하며 자신을 더 이상 바라보지 못하고 고개를 돌리는 청제 쪽으로 나오가 몸을 틀었다.

"이곳까지 찾으러 올 거면서 왜 헤어진 거냐? 아, 그리고 너는 어떻게 여기로 들어온 거야? 육신이 있는데?"

"너도 육신이 있잖아."

"난, 기억하지 못하잖아. 왜 여기에 있는지, 어떻게 여기에 오게 된 것인지. 그러니까 네가 말해 봐."

살짝살짝 기대감과 두려움이 교차하는 나오의 눈빛이 그를 향해 묻고 있었다. 아마 그녀도 자신이 그가 찾는 이인지 아닌지 궁금한 모양이었다.

그럴 것이다. 왜 이곳에 이런 모습으로 있는지 스스로 알지 못하는 그녀가 자신을 향해 낯선 이름을 부르는 이에게 기대를 하지 않는다면 그것이 더 이상할 테니까.

"이야기가 긴데."

"밤도 낮도 없는 이곳에서 시간이 무슨 상관이야."

아무렇지도 않게 말하는 나오의 모습에 청제가 살짝 한숨을 뱉어 냈다. 눈앞의 이는 모를 것이다. 육신이 있는 상태로 명부에 들어 있는 이는 시간이 지나면 소멸한다는 것을.

알려 주어야 하는 것일까. 문득 그런 물음이 청제의 뇌리에 떠올랐다.

"우리는…… 바람의 언덕에서 처음 만났다."

아득하게 바래는 청제의 푸른 눈동자가 허공을 향했다. 누군가에게 이렇게 자신들의 이야기를 하게 될 줄은 꿈에도 알지 못했다. 게다가 그녀의 모습을 하고 있는 낯선 이에게.

"그러니까, 여의주란 것을 빼고 죽어 가던 그 여인을 육신과 함께 이곳으로 들여보냈다는 거네. 그 후에 네가 바로 따라 들어온 것이고."

"……."

한참 동안 그의 말을 듣기만 하던 나오가 조금의 시간이 흐른 후 무감한 목소리로 하는 말에 청제가 아무 말도 없이 그저 고개만 끄덕였다.

이제 더 이상 먹먹할 심장도 남아 있지 않은 모양이었다. 아니면 지금 그녀의 곁에 있기 때문에 차라리 아무것도 무서울 것이 없어서일까.

"그 여인을 찾지 못하면 네가 아무리 청제라 해도 이곳에서 소멸해야 하는 것이고, 만약 그 여인을 찾아도 그 여인이 너를 기억하지 못하면 어차피 너와 그 여인 모두 소멸해야 하는 것이란 말이지. 또, 네가 그 여인을 찾아 그 여인이 너를 기억한다 해도 이곳을 나가지 못하면 둘은 함께 소멸하는 거고."

"완전 절망적이네. 그렇게 들으니까."

청제가 얼굴을 무릎 사이에 파묻고는 킥킥 웃었다. 누군가에게 들은 자신의 선택은 우습도록 무모했다.

"그럼 만약에."

살짝 떨리는 듯 느껴지는 나오의 목소리에 청제가 숙이고 있던 고개를 들었다. 투명하게 반짝이는 붉은 핏물 같은 눈동자가 자신을 응시하고 있었다. 그 눈빛만으로도 심장이 요동쳤다.

"내가 네가 찾는 이라고 해도, 내가 그 나오라는 여인이 맞다고 해도 내가 너를 기억하지 못하면 너는 소멸하는 건가?"

"너도 함께일 거다."

"난 아무 아쉬움도 없잖아. 소중한 것도 찾아야 할 것도 기억하지 못하니까. 하지만 너는 아니니까. 너는, 모든 것을 걸고 이곳에 온 거니까."

"……."

"확인해 보자. 우리."

"뭘?"

그녀의 목소리가 탁하게 갈라지는 것을 느끼며 청제가 고개를 갸웃거리는 순간, 청제의 입술에 무엇인가가 닿아 왔다. 말캉하고 따스한, 그리고 끔찍하도록 향기로운 것이. 청제의 입술에 자신의 입술을 가져다 대며 그를 미는 그녀의 움직임에 청제의 몸이 바닥으로 무너져 내렸다.

"내가 너의 그 나오인지 말이야."

따스함이 가장 먼저였다. 이 온기라고는 하나도 없는 어둠의 세상에서 자신의 곁에서 온전히 온기를 나누어 주는 육신이 닿아 오는 감촉은 목이 메일 정도로 따스했다.

따스함에 조금씩 익숙해져 갈 즈음, 천천히 뜨거움이 온몸을 덮쳐 오는 것을 느끼며 청제가 그녀의 몸을 끌어당겼다.

달큰한 체향과 함께 그녀의 혀가 밀려 들어왔다. 무엇인가를 간절히 원하는 듯 어색하지만 열심히 자신의 입안을 훑고 있는 혀의 감촉에 머릿속이 텅 비어 버릴 것만 같은 청제였다.

그녀의 향기를 안고 그녀의 얼굴을 하고 그녀가 해 본 적 없는 움직임을 담는 여인. 그런데 미칠 듯 빠져드는 자신이었다.

약하게 숨을 토해 내며 나오의 얼굴이 들어 올려졌다. 발그레 복숭앗빛을 띤 얼굴이 그를 내려다보고 있었다.

"어때?"

무엇을 묻는지 이해하지 못한 청제가 의아함에 눈썹을 살짝 비틀자 나오의 얼굴에 낭패감이 번져 갔다.

"내가, 너의 그녀인가?"

청제의 눈이 환하게 웃었다. 금방이라도 사내를 잡아먹을 수 있을 듯 굴던 여인의 입에서 새어 나온 말이라 믿기지 않았다. 청제가 그대로 몸을 돌려 그녀를 바닥에 눕혔다. 뭉글하게 자신의 단단한 몸 밑에 느껴지는 부드러운 여체가 뜨거워지기 시작한 그의 몸을 더욱 자극했다.

"아직 모르겠다."

"허면."

"조금 더 확인이 필요해."

청제의 말에 나오의 눈이 동그랗게 커지는 순간, 청제의 입술이 다시 그녀의 입술에 맞닿았다.

숨을 쉴 수가 없었다. 자신이 이 사내에게 하던 접문 따위는 접문이라 말할 수가 없을 만큼 사내의 뜨거움은 모든 것을 삼킬 것처럼 그녀를 덮쳤다.

말캉한 혀를 빨아들이며 강하게 입안을 훑어 내리는 감각에 나오가 그의 어깨를 움켜쥐었다.

"잠…… 잠깐."

말을 제대로 뱉어 낼 수도 없었다. 숨조차 내쉴 수 없는 열기에 그녀가 겨우겨우 뱉어 내는 말들이 타 버리는 모양이었다. 사내의 귀에는 지금 아무것도 들리지 않는 것 같았다.

이상했다. 낯선데. 분명 아무것도 기억나지 않는데 자신을 안아 오는 사내에게서 끔찍함 따위 조금도 느껴지지 않았으니까.

천천히 떠진 눈 안에 사내의 꼭 감긴 눈이 보였다.

길고 섬세한 속눈썹이 사내의 감긴 눈 아래 드리워져 있었다. 푸른빛이 도는 눈이 곱디고왔다. 사내에게는 어울리지 않는 말임을 알지만 다른 말은 생각할 수가 없었다.

그렇게 멍하게 사내의 얼굴을 올려다보던 나오가 낯선 감촉에 흠칫 몸을 떨었다. 언제 들어온 것인지 사내의 손길이 그녀의 옷 속을 더듬었다.

커다랗고 뜨거운 손이 허리를 감싸며 천천히 위로 올라오는 감촉은 뜨거운 무엇인가가 몸 전부를 먹어 들어가는 것처럼 확연한 감각이었다.

그녀의 혀를 겨우 놓아준 사내의 입술이 그녀의 목으로 옮겨졌다. 보드랍고 달큰한 향이 느껴지는 목에 입술을 내리는 사내에게서 뜨거운 숨결이 거칠게 토해져 나왔다.

빗장뼈와 귓가를 덮는 뜨거운 숨결의 감촉. 그렇게 몸을 타고 흐르는 감각에 온몸이 녹아내리는 것 같았다.

손끝부터 조금씩 힘이 빠져나가며 겨우겨우 잡고 있던 사내의 어깨에 닿은 손끝이 흔들렸다. 목을 무는 사내의 움직임에 나오의 목이 훅 뒤로 젖혀졌다.

"아흑!"

아득해지는 머릿속으로 이 순간 모든 것이 함께 소멸해도 괜찮을 것 같다는 낯선 생각이 떠올랐다. 아무것도 기억나지 않는 낯선 사내와 함께 사라져도 아쉬울 것이 하나 없을 것만 같은 우스운 감정.

그런 감정에 취한 채 나오가 청제의 목을 두 팔로 감았다. 그에게서 절대 떨어지지 않겠다는 듯.

심장이 뛰었다. 숨도 제대로 내쉴 수 없을 만큼. 하지만 그것은 고통 때문이 아니라 희열 때문이었다.

"하아, 하아."

자신의 뜨거움을 미처 따라오지 못해 겨우겨우 숨을 토해 내며 자신에게 매달리는 그녀를 안고 끝없이 탐하는데도 고통이 밀려오지 않는 것이 낯선 청제였다.

언제나 나오를 안을 때면 통증이 가득하던 곳에 짙은 희열만이 가득 차고 있었다. 따스하고 한없이 말캉한 입안을 훑고 겨우 그녀에게서 입술을 떼어 낸 그가 새하얀 목덜미에 입술을 가져다 댔다.

훅 끼쳐 오는 살 내음이 전신을 타고 흘러내렸다. 고통이 하나도 담겨 있지 않은 욕망은 멈춰지지 않았다.

그녀의 숨결만으로는 터질 듯 끓어오르는 심장을 잠재울 수 없었다. 그의 입술이 가늘고 새하얀 나오의 목덜미를 물었다. 팔딱팔딱 뛰는 핏줄이 그의 입술에 닿았다.

미치도록 좋은 그 느낌에 온몸에 전율이 일었다. 그 목에 이를 박아 넣고 싶은 본능적인 욕망이 그를 미치게 했다. 자기에게 이런 지독한 갈증이 숨어 있음을 처음 확인하는 그였다.

"이봐."

코끝을 마비시킬 듯 느껴지는 진한 살 내음에 코를 박고 점점 아래로 향하는 그의 입술이 너무도 뜨거워서였을까. 나오가 그의 단단한 가슴을 살짝 밀어내며 그를 불렀다.

하지만 지금 청제에게 그런 나약한 움직임 따위는 느껴지지도 않는 모양이었다. 붉은 그녀의 옷깃이 점점 벌어지며 눈부시게 새하얀 가슴으로 점점 입술을 내리던 청제의 눈동자가 커다랗게 열린 것은 그때였다.

나오의 심장 옆에 상처가 그려져 있었다. 예리한 것이 살결을 베고 지나간 자국이었다. 욕망에 뿌옇게 흐려지던 의식 속에 다시는 떠올리고 싶지 않던 그 순간이 떠올랐다.

온몸의 신경이 날카롭게 곤두섰다. 쇠의 기운이 그녀의 심장으로 파고들어 여의주를 꺼내던 순간, 그 엄청났던 고통. 자신이 대신 견뎌야 했던 그 고통을 나오가 겪어야 했다면 정말 그 순간 혀를 물고 싶었을 것이다.

가장 뜨거운 순간 차디차게 얼어붙게 만드는 기억을 떠올린 청제의 몸이 그녀에게서 떨어졌다.

"뭐……냐?"

금방이라도 모든 것을 삼킬 듯 굴던 사내가 파랗게 질린 채 자신에게서 떠나는 모습을 보고 나오가 물었다.

청제의 푸른 눈동자가 나오를 내려다보았다. 자신의 앞에 여전히 옷깃조차 여미지 않고 반만 몸을 일으킨 그녀의 모습을.

열기를 머금고 있는 숨 막히게 고운 얼굴. 가슴 위로 흐트러진 붉은빛을 품은 머리카락, 무엇을 담고 있는지 느낄 수 없는 낯선 붉은 눈동자, 아직 자신이 새겨 놓은 열기가 가시지 않은지 더운 숨을 토해 내는 얄팍하지만 촉촉하게 젖은 입술, 그리고 가슴이 거의 보일 정도로 아무렇게나 열려 있는 옷깃.

그런 모든 것이 자신이 아는 그녀와는 많이도 다른데, 그녀의 가슴에 새겨진 저 흔적은 뭐라고 설명해야 한단 말인가. 그녀가 아니라면 가질 수 없는 상처일 것이다.

머리가 자꾸만 혼란스러웠다. 이제 여의주가 내뿜는 향기가 아니라 스스로의 혼란이 그를 힘겹게 하고 있었다. 믿고 싶으면서도 외면하고 싶은, 그녀라 확신하면서도 아닐지 모른다는 불안함이 그를 힘겹게 했다.

"내가 아닌 건가?"

나오의 미간이 살짝 일그러졌다. 눈앞 사내의 눈동자가 너무도 힘겹게 흔들리고 있어서 자신이 느낀 느낌은 말하기 어려웠다.

사내의 숨결이 왠지 모르게 익숙하게 느껴졌다는 말도, 그 품이 너무도 기분 좋았다는 말도 꺼낼 수가 없었다. 그런 설명하기 어려운 느낌만을 가지고 사내를 대하기에 사내의 눈동자는 너무도 절실했기에.

"모르겠다."

탁하게 가라앉은 사내의 목소리에 그제야 나오가 몸을 일으켰다. 흐트러진 머리카락을 대충 묶어 올리고 훤하게 벌어진 옷깃을 여미는 그녀의 움직임은 너무도 평온해서 차라리 냉정하게 보였다.

"아니라고 생각하는 거네."

픽, 그녀의 입가가 비틀렸다. 무엇이 이 눈앞의 사내가 찾는 여인과 다른지 모르지만 지금 사내는 그녀를 믿지 않고 있었다. 모든 것을 기억하는 이가 아니라면 아닐 것이다.

사내의 체온이 너무도 따스해서 좋은 것도, 그 품이 황당하리만치 기분 좋은 것도 자신의 사정일 뿐, 눈앞에 있는 이의 사정은 아닐 테니까.

　잠시 잠에 빠졌던 것일까. 눈을 뜬 나오가 주변을 둘러보았다. 어둠은 여전히 짙었고 주변을 떠다니는 혼들의 불빛은 언제나처럼 끈적이듯 자신들을 스치고 지나가곤 했다.
　우스운 것은 처음 이곳에서 의식이란 것을 느낀 순간에는 너무도 겁이 나고 무섭던 그것들이 이제 제법 익숙해졌다는 것이다. 저것들이 주변을 떠다닐 때면 큰 위험 따위 없다는 것도 이제 알기에 그것들의 존재가 반가울 지경이었다.
　자신을 스치는 붉은빛을 살짝 손끝으로 건드린 나오가 자신의 손끝을 지나 날아가는 불빛을 향해 고개를 돌리다 시선을 멈췄다. 눈앞에 그 사내가 잠들어 있었다.
　앉은 채 힘겹게 잠들어 있는 사내의 얼굴에는 피곤이 가득 고여 있었다. 그러고 보니 이 눈앞의 이는 처음 만났던 순간부터 저런 모습이었던 것 같다. 지독하게 힘겨워 보이고 너무도 아파 보이는 모습.
　무엇인가 거대한 힘을 몸 안에 품고 있는 것처럼 느껴지다가도 어느 한 순간 이 어둠 속에서 바스러져 버릴 것처럼 약해 보이기도 하는 이중적인 느낌의 사내였다.
　"당신 정체가 정말로 뭘까?"
　청제라 부른다고 했는데 지금의 그녀로서는 그게 무엇을 의미하는지조차 알 수가 없었다. 혼들이 저 사내의 곁으로 쉽게 다가가지 못한다는 것과 색귀들이 유난히 탐내는 이라는 것만을 알고 있을 뿐이었다.
　"대체 여인을 얼마나 연모하면 여기까지 찾으러 올 수 있는 거냐?"
　나오의 동그란 붉은 눈이 청제의 얼굴에 닿았다. 혹여 자신의 기억 속에 저 사내가 아주 조금이라도 남아 있는 것일까 아무리 떠올려 봐도 머릿속은 그저 텅 빈 공간뿐이었다. 해서 저 사내가 자신의 어떤 것에 희망을 가졌다 어떤 것에 실망하는지 조금도 알 수가 없었다. 그것이 짜증스러웠다.

"나는, 네가 마음에…… 드는데."

알 수 없었다. 왜 눈앞의 사내가 그저 마음에 드는지. 처음 색귀들 무리에 갇혀 있는 순간부터 시선을 잡았던 사내였다. 이 사내가 풍기는 향기가 좋았는데 이젠 그저 이 사내가 좋았다.

해서 자신이 그 여인이면 좋겠다고 우스운 생각을 했었다. 만에 하나 자신이 이 사내가 찾는 여인이라 해도 자신이 기억하지 못하면 아무 소용도 없다는데도.

사내의 입술이 시선에 들어왔다. 힘겨움에 파란 기운을 담고 바싹 말라 있는 그 입술이 자신의 몸을 스치던 감각이 날카로울 정도로 또렷이 기억난다. 이 명부에 존재하면서 육신을 가지고 있다는 것이 반가운 일이 될 수도 있다는 것은 처음 느낀 순간이었다. 육신이 없었다면 그 뜨거운 생생함을 절대 느낄 수 없었을 테니까.

나오의 손길이 앞으로 내밀어졌다. 스스로도 자각하지 못한 채 그녀의 손길이 청제의 입술에 닿았다. 까칠하게 말라 있는 입술. 그 까칠함이 아팠다. 손끝에 걸리는 그의 힘겨움이 느껴지는 것 같아서였다.

툭, 알 수 없는 감정이 심장을 울리며 그녀의 눈에서 이유 모를 물기가 떨어져 내렸다.

"아, 젠장."

당황스러움에 얼굴을 붉히며 눈가를 거칠게 비비던 나오가 놀라며 숨을 참았다. 붉게 충혈된 선명한 푸른 눈동자가 자신을 보고 있었기 때문이다.

저런 푸른색이 존재할 수 있을까 의아할 정도로 투명하게 푸른 눈동자. 그 눈동자에 일순 가슴이 먹먹해져 왔다.

볼에 흘러내린 그녀의 눈물자국을 알아차린 것일까. 무엇인가 편치 않은 듯 미간을 좁히던 청제가 그대로 몸을 돌린 것은 그 순간이었다. 그의 손끝에서 광청검이 무겁게 울었다.

"끼악!"

그들의 머리 위를 덮쳐 온 요괴에게서 끔찍한 비명이 터져 나왔다. 날개같던 요괴의 팔이 광청검의 움직임에 그대로 잘려 나갔기 때문이다. 요괴의 날개가 있던 곳에서 끈적이는 핏물이 터져 나왔다.

"끄윽, 끄윽."

한쪽 팔을 잃은 요괴가 이상한 신음을 흘리며 청제를 노려보고 있었다. 팔이 잘려 나간 몸이 파들파들 떨렸다. 끈적이는 핏물인지 침인지 모를 것들이 요괴의 입에서 줄줄 흘러내리고 있었다. 하나뿐인 요괴의 눈이 번들거렸다. 그 눈에는 증오와 탐욕이 가득했다.

더 이상 다가오지도 못하지만 돌아서지도 않던 요괴가 문득 그 하나뿐인 눈을 들어 청제의 뒤에 있는 나오를 응시했다. 분노와 고통에 일그러져 있던 요괴의 얼굴에 언뜻 웃음이 어리는 것처럼 보였다.

"큭큭, 저건 뭘까? 지국천? 네 것이냐?"

"꺼져라. 소멸되고 싶지 않으면."

"소멸? 그 검으로?"

비웃듯 붉은 입가를 실룩거리던 요괴가 자신의 붉은 혀를 내밀어 스스로의 상처를 핥았다. 상처에서 흘러내리는 핏물이 요괴의 입안으로 스며들었다. 그것을 맛있다는 듯 핥으며 요괴가 킥킥 웃었다.

"네가 나와 함께 소멸되면 저건 혼자 이곳에 남을 텐데? 그래도 괜찮은 거냐? 지국천?"

청제의 얼굴이 거칠게 일그러졌다. 혼자 저것들을 상대할 때는 차라리 겁날 것도 힘겨울 것도 없었다. 하지만 지금은…….

하나의 눈으로 상대의 마음을 읽는 듯 요괴가 괴이하게 입가를 비틀며 웃었다. 자신들이 아는 청제는 분명 그들과 함께 소멸할 수도 있는 이이다. 헌데 지금 무엇인가를 지키려 스스로를 방어하는 청제에게는 그것과는 너무도 다른 절실함이 있었다. 그 기운을 느끼지 못할 요괴가 아니었다.

"재미있어. 너무 재미있어."

금방이라도 그들을 향해 덤벼들려던 것은 다 잊어버린 듯 요괴가 청제와 나오를 한 번씩 바라보더니 행복한 미소를 지으며 뒤로 물러서기 시작했다.

한쪽만 남은 날개처럼 보이는 팔로 허공을 휘젓는 모습이 기이하다 못해 안타깝게 보일 지경이었지만 무엇인가 신이 난 듯 요괴는 흐느적거리면서도 환하게 웃고 있었다.

점점 멀어지는 요괴의 입에서 흘러나오는 소름 끼치는 웃음소리가 그 요괴가 보이지 않을 때까지 귓가에 맴돌았다.

"명부에 있는 요괴란 요괴는 다 모아 올 모양인데."

힘겨운 몸을 광청검에 의지해 버티고 있던 청제가 뒤에서 들리는 목소리에 무심하게 고개를 돌렸다. 아무런 감정도 담기지 않은 표정으로 붉은 입술을 끌어 올리는 나오의 모습이 보였다. 익숙해지지 않는 그 낯선 모습에 또다시 미간이 찡그려졌다.

"그럴 모양이다."

"적이 너무 많다. 넌."

"내가 봉인한 것들이 이 명부의 반은 될 거니까."

"혁."

요괴가 나타나서일까. 주변을 맴돌고 있던 혼들의 불빛이 다 사라진 어둠 속을 밝히려는 듯 청제가 가만히 손을 들어 올렸다. 미약하지만 주변을 식별할 수 있을 정도의 푸른 불꽃이 그의 손바닥 안에서 약하게 솟아올랐다.

움직여야 했다. 이곳에 더 이상 머물 수 없으니까. 언제 다시 아까의 요괴가 돌아올지 알 수 없었다.

"가자."

청제가 앞장을 서며 발을 내딛다 멈춰 섰다. 따라올 것이라 믿었던 나오가 움직이지 않고 있음을 느꼈기 때문이다. 그의 시선이 불안을 담고 뒤쪽의 그녀를 바라보았다.

"왜."

"내가 네가 찾는 그 여인이 아니라고 생각하잖아."

붉은 눈이 차디차게 식어 있었다.

"……."

"그럼 내가 널 따라다닐 필요도 없는 거 아닌가."

"아직 확실하다고 말한 적 없는데."

"……."

"그리고 네가 말했지 않았나. 내가 네 것이라고."

"그럼 내가 네 곁에 머물러도 된다는 거냐?"

"확인할 때까지는, 머물러라."

차디차게 말하고 돌아서는 청제의 뒤를 나오가 천천히 따랐다. 어차피 갈 곳도 없는 자신이니 지금 눈앞의 이를 따라간다고 손해 볼 것도 없을 것 같았다. 아니, 솔직한 마음은 그를 따라가고 싶었다. 자신이 그가 찾는 이가 아니라 해도.

끝도 없는 어둠 속을 걷는 청제의 뒤를 그녀가 따라 걸었다. 혼들의 불빛도 없는 공간을 사내의 손에서 약하게 새어 나오는 푸른 불빛에 의지해 걸으며 나오의 시선이 그를 올려다보았다.

모든 것들이 진득한 빛으로 존재하는 이 공간에서 사내만이 짙고 짙은 어둠을 품고 있었다. 헌데 이상하게 어둠을 품고 있는 사내의 모습이 가끔은 빛을 품은 듯 느껴졌다.

아무리 짙은 어둠 속에 파묻혀 있어도 사내를 알아볼 수 있었다. 저 넓

은 어깨도, 긴 팔다리도, 수려한 얼굴도 너무도 뚜렷해서 알아보지 못할
리가 없을 것이다.

"이런……."

청제만을 응시하며 걷던 나오가 나직하게 새어 나오는 목소리에 그에
게 닿아 있던 시선을 돌렸다. 그녀의 얼굴에 난감함이 어렸다.

한눈에 이곳에 모여 있는 귀신들이 무엇인지 느낄 수 있었다. 어둠이라
고는 한 자락도 찾아볼 수 없게 환한 빛무리를 이루고 있는 것들. 서로 엉
키고 붙어 끝없이 신음하고 있는 것들은 처음 나오가 청제를 만났을 때
그를 그리 탐내고 있던 색귀들이었다.

"이쪽으로."

서로를 탐하느라 정신이 없는 그들이 아직 이쪽의 존재를 알아차리지
못한 듯 보이자 청제가 나오를 막아서며 몸을 틀었다. 나오의 몸이 청제
의 커다란 몸에 가려졌다. 둘의 눈이 마주쳤다.

"서둘러."

무슨 생각을 하는 것인지 알 수 없는 붉은 눈동자로 자신을 올려다보고
있는 나오를 잠시 내려다보던 청제가 뒤쪽의 기척을 깨닫고 나오의 손을
잡았다.

지독하게 화려한 빛들에게서 조금 떨어져 나오자 어둠의 균열이 보였
다. 곳곳에 자리하고 있는 어둠 속의 균열들은 육신을 가지고 있는 그들
이 숨기에 적합한 공간이었다. 청제가 그 어둠의 균열 속으로 그녀를 이
끌었다.

"너…… 괜찮은 거냐?"

어둠의 균열 속에 숨어 색귀들 쪽을 살피는 청제에게서 흘러나오는 숨
결이 규칙적이지 못한 것을 느끼며 나오가 물었다.

자꾸 흐려지는 시선으로 색귀들이 만들어 내는 불빛을 응시하던 청제
가 고개를 저었다. 시선만이 아니라 머릿속까지 자꾸만 뿌옇게 흐려지는

시간이 늘고 있었다.

"아직은."

자신을 감아 도는 기운들을 떨치기라도 하고 싶은 듯 고개를 젓는 청제의 모습을 바라보던 나오가 몸을 돌려 청제의 몸을 자신이 서 있던 틈새로 밀어 넣고 그 앞을 막아섰다. 그녀의 움직임에 이끌리는 청제의 눈꼬리가 흔들렸다.

커다란 자신이 조그마한 그녀에게 가려질 리 없는데 그녀는 색귀들로부터 그를 막기라도 하려는 것처럼 그를 마주하고 서 있었다. 그녀가 그를 올려다보며 조그마한 입술을 열었다.

"좀 더 쉬어야 할 것 같다. 너 아직 네 여인도 찾지 못했잖아. 벌써 소멸되면 큰일 아닌가. 내가 망을 볼 테니까 좀 쉬어라. 넌 너무 좋은 냄새가 나서 저것들이 금방 찾을지도 모르니까."

한순간도 마음을 놓을 수 없는 이곳의 순간들도, 더러움과 추함으로 가득한 이곳의 공기도 그의 숨결을 갉아먹고 있음을 모를 수는 없었다. 맑은 혼들은 이곳에 떨어지기 무섭게 다시 생명을 얻어 세상으로 돌아갈 것이다.

이곳에 오래 남겨지는 혼들이란 탁하고 진한 악취를 풍기는 놈들뿐이기에 투명한 기운으로 만들어진 그에게 이곳의 공기는 그 자체로도 독이었다. 누가 가르쳐 주지 않아도 알 수 있었다. 이 사내의 순수한 기운이 이곳에 절대 맞지 않다는 것은.

세상이었다면 그의 거대한 기운은 아마도 이곳의 전부도 쓸어낼 수 있었겠지만 지금 이곳에서의 그는 그저 자신의 육신을 지탱하는 것만으로도 숨이 차니까.

광청검을 쓰는 것도, 그저 손안에 작은 불꽃을 품는 것도 온몸의 힘을 써야 하는 일이어서일까.

눈앞의 등을 응시하고 있는 눈을 아무리 뜨려 해도 자꾸만 감기는 스스로를 절감하며 청제가 어둠의 벽에 등을 기댔다. 서늘함이 시리도록 등을 덮쳐 왔다. 아주 잠깐은 그녀의 배려를 받아들여야 할 것 같았다.

머리가 복잡해져 오고 있었다. 아무런 기억도 없는 머릿속이 등 뒤에 있는 사내로 가득 차 있었다.

힘겹게 새어 나오는 사내의 약한 숨결이 천둥이 치는 듯 귓가로 스며드는 느낌에 그냥 앉아 있을 수가 없어서였다. 나오가 균열의 틈에서 급하게 몸을 일으켜 그쪽으로 돌아선 것은.

그 순간이었다.

"흑!"

무엇인가가 등 뒤를 감싸 안는 느낌, 그리고 그다음 순간 물컹하고 뜨거운 무엇이 등을 통해 몸 안으로 거칠게 파고드는 것을 느끼며 나오의 몸이 풀썩 쓰러져 내렸다.

뜨거운 무엇인가가 입술에 닿았다 목덜미로 흘러내리는 감각에 청제가 힘겨운 눈꺼풀을 천천히 들어 올렸다. 목 안으로 어둠이 숨이 막힐 듯 엄습해 왔다. 그리고 조금 후, 그 어둠에 천천히 익숙해져 가는 눈 안으로 붉은빛이 투명하게 비쳐 들었다.

이제는 조금 익숙해진 나오의 붉은 눈. 그것이 말갛게 웃고 있었다.

"깼네."

그녀의 입가가 비틀렸다. 헌데…… 순간 온몸으로 주룩 소름이 돋았다. 그녀인데 그녀가 아니었다.

"그저 느낌만으로는 감질나 죽을 뻔했는데 육신이 있으니 이리 잘 느껴지잖아. 하아!"

나오의 손이 청제의 가슴을 천천히 더듬더니 장의를 그대로 벌렸다. 그리고 그대로 뜨거운 입술이 청제의 가슴으로 밀려들었다. 놀란 청제가 거칠게 나오의 몸을 밀어 버리자 그녀의 몸이 바닥으로 나뒹굴었다.

"이 육신, 다쳐도 괜찮은 건가?"

바닥에 쓸린 팔에서 주룩 피가 흘러내렸지만 천천히 몸을 일으키는 나오의 입가에는 여전히 진한 미소가 번져 있었다. 고통 따위 전혀 느끼지 않는 듯한 그녀의 미소에 청제가 놀라며 숨을 멈췄다.

"이 육신 다치면 안 되잖아? 그러니 가만있어야지. 안 그래?"

크큭, 비릿한 입술 끝을 혀로 진득하게 핥으며 다가온 여인이 청제의 장의 매듭에 손을 대자 청제의 손이 그 손을 거칠게 쥐어 잡았다. 차가움이 손 가득 느껴졌다. 체온이 느껴지지 않았다.

"너…… 뭐야?"

"네가 아끼는 이의 육신이잖아. 크큭. 네 생각에 빠져서 내가 다가오는 것도 모르는 바보 같은 계집의 육신."

낼름, 나오의 혀가 자신의 손목을 움켜쥐고 있는 청제의 손등을 쓰윽 핥아 내리자 청제의 손이 그대로 그녀의 몸을 거칠게 밀어냈다.

쿵, 거친 소리를 내며 여인의 몸이 벽에 부딪쳤다. 그렇게 여인의 몸이 자신에게서 떨어져 나가자 청제가 곁에 놓여 있던 광청검을 집어 들었다. 그의 기운에 파르르 광청검이 약하게 울었다.

색귀가 그녀의 몸 안에 스며든 모양이었다. 귀신들이란 아주 잠시라도 방심하고 있는 틈을 타 인간이나 청족의 육신에 스며드는 것을 무척이나 좋아하니까. 제대로 된 육신을 가지고 있지 않기에 다른 이들의 육신으로 색욕을 채우는 것을 무엇보다 좋아하는 그것들이었다.

아무리 힘이 약해져 있다 하여도 자신의 몸에는 깃들 수 없는 그것이 아주 잠시 긴장을 풀고 있던 그녀의 몸에 깃들어 버린 모양이었다.

"제장."

청제의 입에서 피가 맺힌 신음과 같은 욕지기가 터져 나왔다.

서둘러 이곳을 떴어야 했다. 혼들의 기운이 가득한 곳은 요괴들이 출몰하지 않기에 잠시 숨어서 쉬어 가려 했던 것이 이런 사태를 만들었다.

"그걸로 베려고? 재미있겠네. 이 아이의 팔다리 다 잘라 봐. 어려울 것 없잖아?"

벽에 부딪쳤던 나오의 몸에서 핏물이 다리를 타고 바닥으로 흘러내리고 있는데도 그런 것 따위 느껴지지도 않는지 귀신은 여전히 그를 향해 움직이고 있었다. 한 발 앞으로 다가선 여인을 그대로 밀어내려던 청제의 팔이 그녀의 바로 앞에서 멈춰졌다.

팔목을 타고 흐르는 붉은 피, 다리를 타고 흘러내리는 진한 그녀의 핏물이 그의 시선을 잡았다. 지금 영혼은 다른 이에게 잡혀 있다 해도 저 육신은 그녀의 것이다.

"그 아이라고 생각해. 그러면 너도 즐겁잖아. 안 그래?"

훅, 여인의 몸이 다가섰다. 낯선 귀의 기운과 함께 달큰한 살 내음이 함께 코끝으로 스며들었다. 그녀의 따스한 몸이 떠올랐다.

그저 이 모든 것을 잊고 그녀의 몸 안에 스스로를 묻고 아무것도 떠올리고 싶지 않은 유혹이 그를 찾아왔다. 그녀의 몸이, 그녀의 숨결이 그렇게 해도 아쉬울 것 없을 듯 온몸으로 느껴져 오고 있었으니까.

"천상을 느끼게 해 줄게."

핏물이 흘러내리는 그녀의 팔이 그의 가슴을 밀었다. 촉촉하게 번지는 그녀의 피 내음에 그가 얼굴을 일그러뜨린 채 벽에 몸을 기댔다. 서리서리 뜨거움을 품은 몸이 그의 품 안으로 밀려들듯 안겨 왔다. 끈적이는 손길이 그의 몸을 스칠 때마다 그녀의 핏물도 함께 그의 몸에 묻었다.

우스운 일이었다. 그녀의 의지가 아님을 너무도 잘 아는데, 그래도 그녀의 몸이 온몸으로 느껴지는 감각은 싫지 않았다. 자신의 몸을 천천히 쓸어내리는 그녀의 손길이 싫은 것이 아니라, 자꾸만 느끼고 싶어졌다. 머리는 거부하는 것을 몸은 받아들이라고 아우성쳤다.

그녀의 손이 가만히 장의를 벌리며 그의 몸 안으로 들어왔다. 뜨거움이 담긴 작고 가녀린 손이 어울리지 않게 망설임 없이 그의 가슴을 매만지며 점점 그 손길을 아래로 내렸다. 그 낯선 감촉에 청제의 머리가 차갑게 식어 내렸다.

접문만으로도 어쩔 줄 몰라 하며 파르르 떨던 그 나오가 아니었다. 자신이 나오인지 확인하라고 도발하면서도 정작 어떻게 해야 하는지 아무것도 모르는 듯 어설프게 움직이던 조금 전의 그 여인도 아니었다.

사내의 가장 깊은 곳까지 서슴지 않고 파고드는 익숙한 손놀림, 서리서리 뜨겁게 얽혀 드는 지독하게 색정적이며 끔찍한 혀의 감촉, 온몸에서 뭉클뭉클 뿜어내는 색의 구역질 나는 싸구려 향내. 그녀의 얼굴이라 해도, 그녀의 몸이라 해도 그것은 절대 그녀가 될 수 없었다.

그래서였을 것이다. 이런 지독한 향락 따위 느낄 마음이 한 조각도 들지 않는 것은.

자신의 몸을 탐하느라 정신이 없는 색귀를 물끄러미 내려다보며 청제가 천천히 손안에 푸른 기운을 담기 시작했다. 색귀는 그의 손에서 일어나는 푸른 기운을 느끼지 못하고 있었다.

이런 힘도 없는 색귀 따위를 없애는 데 이리 힘겹게 힘을 모아야 한다는 것이 웃기고 화가 나지만 어쩔 수 없었다. 지금은 그럴 수밖에 없으니까.

"아흑! 하아. 좋아."

장의 앞섶을 벌리고 그의 온몸을 핥아 내리던 색귀가 갑갑한지 나오의 몸에 걸친 붉은 옷을 벗으려는 듯 그에게서 아주 잠시 떨어져 나갔다. 그 순간, 광청검을 내려놓은 한 손으로 나오의 등을 받쳐 안은 청제가 다른 한 손에 모인 푸른 기운을 천천히 들어 올렸다.

매듭을 찾고 있는 색귀의 귓가로 청제가 낮게 속삭였다.

"이제, 그 정도면 충분하지 않나?"

"응?"

귓가에 들려오는 청제의 부드러운 목소리에 놀란 그녀가 고개를 든 순간, 청제의 손안에 모여 있던 푸른 기운이 그대로 여인에게로 뻗어 나갔다.

진한 푸른빛에 감싸인 나오의 육신이 발작하듯 떨리기 시작했다. 그런 나오의 몸을 청제가 놓치지 않겠다는 듯 품 안으로 끌어당겼다.

"윽!"

자신이 만든 기운이 온몸을 강타했다. 약해진 몸이 부서질 것처럼 흔들렸지만 청제가 이를 악물며 그녀의 몸을 더욱 깊이 끌어당겼다.

놓치면 그녀의 육신이 상한다. 이 공간 안에서 산산이 부서져 버릴 수도 있을 것이다. 어느 순간, 그녀의 몸이 움직임을 멈췄다.

나오의 육신에서 떠나지 않으려 발작을 해 대던 색귀가 떠나간 것일까. 바들바들 떨리던 나오의 몸이 청제의 품 안에서 축 늘어져 내리는 순간, 나오의 등 뒤로 붉은색의 기운이 터져 나왔다.

그렇게 나오의 몸에서 떨어져 나온 기운이 여러 조각으로 흩어지며 스멀스멀 어둠 속으로 사라져 갔다.

"하아."

나오의 몸을 안은 채 청제가 그 자리에 주저앉았다. 온몸의 기운이 다 소진되어 버린 듯 손끝 하나 움직이기 어려웠지만 그녀의 몸을 놓지 않은 그였다. 그의 기운에 노출된 그녀의 몸이 어떤 손상을 입었는지 알 수 없었다.

게다가 아까 자신이 거칠게 밀어내는 바람에 벽에 부딪쳐 만들어진 나오의 상처에서는 아직도 핏물이 흥건하게 배어 나오고 있었다. 어떤 이유에서건 자신이 만든 상처를 보는 그의 눈이 아프게 일그러졌다.

청제의 손이 그녀의 상처 위를 덮었다. 약하지만 자신의 기운이 그녀를 도와주길, 그는 바랐다.

핏기 하나 없이 새하얀 얼굴, 축 늘어진 몸. 그런 모습으로 자신의 커다란 품 안에 있는 나오를 물끄러미 내려다보던 청제가 가만히 그녀의 얼

굴을 자신의 얼굴에 가져다 댔다. 따스함이 그의 목 언저리를 타고 느껴
져 왔다.

온몸이 따스해지는 느낌. 그녀의 가는 목에서 느껴지는 약한 맥박, 약
한 숨결에서 흘러나오는 익숙하고 따스한 향내.

아무리 아닐지도 모른다 외면하려 해도, 그에게 지금 품 안의 여인은
그녀, 나오였다. 본능이 냉정한 머리에게 속삭이고 있으니까.

자신에 대해 아무것도 담고 있지 않은 텅 빈 붉은 눈동자를 하고 있어
도 그녀는 자신의 나오인 것이다. 그렇지 않다면 그녀를 잃을지도 모른다
는 절박한 순간에 이리 심장이 무너져 내릴 수는 없을 것이다. 그 누구도
자신을 이리 절박하게 만드는 이는 없으니까. 그녀 이외에는.

"나오야."

그가 품 안에 있는 여인을 불렀다. 금방이라도 저 눈이 떠지고 연푸른
눈동자가 자신을 보며 함박웃음을 지어 준다면, 단 한 번만이라도 그런
눈으로 청제님이라고 달콤한 목소리로 불러 준다면, 이 순간 그녀와 함께
영원히 소멸한다 해도 아무 여한도 없을 것 같았다.

주룩, 사내의 푸른 눈에서 흘러내린 투명한 물기가 여인의 하얗게 바랜
얼굴 위로 흘러내렸다.

❖ ✠ ❖

수정타 가장 높은 곳에서 뭉글뭉글 모였다 떨어지는 검은 기운들 사이
로 흑제의 검은 장의 자락이 펄럭였다.

그때 흑제의 손끝에 푸른 바람이 만들어 낸 서신이 쥐어졌다.

바람에 실려 온 새하얀 서신에 닿은 흑제의 시선이 무심하게 그것을 응
시했다.

"황조와 홍조가 다녀갔습니다."

"알아."

"풍백께서 지나가셨습니까."

걱정스러운 얼굴로 흑제의 앞에 다가서던 이든이 흑제의 손끝에 들렸다 허공으로 스며들듯 사라져 가는 새하얀 서신을 보며 조심스럽게 물었다.

황제와 적제가 청제의 소식을 궁금해하는 것은 당연한 일일 것이다. 이 공간 안에서 오방대제의 가장 큰 힘인 청제가 스스로 명부로 걸어 들어갔으니 대제들 중 지금 마음이 편할 이는 하나도 없을 테니까.

청제가 명부로 든 지도 벌써 한 달이 지났다. 헌데 명부에서는 어떤 소식도 들리지 않으니 모두의 신경이 날카롭게 곤두선 것도 당연했다. 그러니 흑제가 이 자리에 오른 후 단 한 번도 소식을 전한 적이라고는 없던 천제까지 풍백에게 서신을 들려 보낸 것이리라.

아직 후계도 없는 청제였다. 선대 청제가 소멸하고 지금의 젊은 청제가 새로운 황금타의 주인이 된 지 이제 겨우 5천 년이 지났을 뿐이니 후계가 있을 리 만무했다.

수미산의 평화와 질서를 지켜야 할 청제가 지금 소멸될지도 모르는 위기에 놓여 있다. 수미산 전체의 평화가 풍전등화인 것이다.

손안에 담긴 서신에는 관심도 없는 듯 몸을 돌리는 흑제에게로 이든의 걱정 어린 눈동자가 닿았다.

"한번 명부에 드셔서 살펴보시는 것이 어떻겠습니까."

"아니."

"흑제님."

"명부의 질서를 해치는 요괴들의 소멸이 아니고는 명부의 모든 질서는 그들 스스로 만들어 가는 것이다. 내가 관여하기 시작하면 명부의 질서는 엉망이 돼. 모르지 않잖아."

"압니다. 몰라서 그러는 것이 아니지 않습니까. 하지만 이번 일은 아무리그래도 흑제께서 도움을 주시는 것이.”

“내가 뭘 도울 수 있을까.”

“……”

“그 스스로 그 아이를 찾아야 하고 그 스스로 그 아이의 잊혀진 기억을 되찾아 주어야 한다. 내가 뭘 할 수 있다고 생각하는 거냐.”

“위험이라도 조금은 줄여 주실 수 있지 않습니까.”

“그게, 누구에게 도움이 될까.”

“흑제님.”

“오늘이, 흑월이던가. 이든?”

“예.”

“길상천에게로 가겠다.”

서둘러 자리에서 일어나는 흑제의 움직임에 이든이 놀라 몸을 물렸다. 한 번도 자신이 먼저 흑월을 챙긴 적 없던 주인의 모습이 의아했다.

좋아해야 할 일이건만 지금 이 상황에 이것이 마냥 좋아해야 할 일인지 가늠이 되지 않는 것이 그의 솔직한 마음이었다.

“천녀님! 흑제님께서 드셨습니다!”

놀라 달려 들어오는 시녀의 목소리에 나른한 몸을 침상에 눕히고 있던 길상천녀가 서둘러 몸을 일으켰다. 언제나 새벽녘이 되어야 마지못한 듯 겨우 자신의 처소로 드는 그이기에 천수에 몸을 담그고 있다 이제 막 자신의 전각으로 돌아온 그녀였다.

그를 맞이할 아무런 준비도 되어 있지 않은데 갑작스럽게 그가 든다는 말에 어찌할 줄 모르는 길상천녀를 두고 시녀들이 모두 물러서자 흑제가 전각 안으로 들어섰다.

조심스럽게 몸을 일으킨 길상천녀가 그를 향해 몸을 숙였다.

“오셨습니까.”

숙였던 고개를 천천히 드는 그녀의 눈앞에 그의 검은 장의가 보였다. 그 모습만으로도 그녀의 심장이 쿵쿵 울리기 시작했다.

"차를, 한잔 주시겠습니까."

깊이 숙이고 있던 길상천녀의 눈이 놀라움을 담고 들어 올려졌다. 짙은 그림자를 드리운 흑제의 검은 눈동자가 그녀를 내려다보고 있었다. 무심함도, 따스함도 담기지 않은 그의 눈에서 느껴지는 것은 이해할 수 없는 의문이었다.

언제나 머리카락 하나 흐트러지지 않은 모습으로 자신을 맞던 그녀와 달리 오늘의 그녀는 아무 장식도 꽂혀 있지 않은 젖은 생머리에 연지조차 바르지 않은 모습이었다.

이제 막 성숙한 여인이 되어 가는 향기가 그녀에게서 진하게 풍겨 나오고 있었다. 그녀의 나이가 자신보다는 무척이나 어리다는 것을 지금 이 순간 다시 한 번 깨닫는 그였다. 그의 검은 시선이 차를 따르고 있는 길상천녀를 응시했다. 단아하고 아름다운 그 모습이 시선을 채웠다.

"때로, 제석궁이 그립지 않으십니까."

그녀가 나고 자란 곳이니 그리울 것이 당연하리라 믿고 묻는 것이었다. 세상 가장 아름다운 공간이고 가장 평화로운 공간에서 나고 자란 그녀가 이곳 어둠의 세계에서 갇혀 사는 것이 절대 행복할 리가 없으니까.

제석궁에서 처음 이곳으로 왔을 때의 그녀와 지금의 그녀가 많이 달라졌음을 그는 느끼고 있었다. 싱그러움이 가득했던 소녀가 물기가 말라 버린 고운 꽃처럼 변해 버렸다는 것을. 쓸쓸함이 입안에 맴돌았다.

"제석궁이 그리운 적은 없지만, 이따금씩 빛이 그립기는 합니다."

나직하게 그녀가 말했다. 그 말에 흑제의 짙은 눈썹이 살짝 흔들렸다.

"아, 그러고 보니 그때 청제의 기운에 그곳이 부서져 버린 후에 고쳐 드리지 못했군요. 곧 손을 보겠습니다."

"아닙니다. 그러지 않으셔도 됩니다."

그녀가 고개를 저었다. 젖은 머리카락이 그녀의 전각을 밝히고 있는 흐린 불빛에 반짝였다. 옅은 천수의 향이 공간을 채웠다.

"빛이 그리우시다 하지 않았습니까."

"이곳에 더 익숙해지고 싶습니다."

"……."

조용한 목소리가 떨렸다. 흑제의 무심한 시선이 그런 그녀를 바라보았다. 붉은 홍조가 맺힌 여인의 볼이 누군가를 떠올리게 했다. 찻잔을 든 흑제의 손이 잠시 멈춰졌다. 여전히 떨리고 있었지만 단호한 목소리가 다시 울렸다.

"제가 머물 곳이니까요."

"후계가 생기고 나면, 언제든 돌아가셔도 좋습니다."

차디찬 사내의 말에 붉게 물들어 있던 여인의 볼이 파리하게 굳었다. 떨리는 여인의 연한 갈색 눈동자가 물끄러미 흑제를 올려다보았다.

촉촉하게 젖어 가는 그 눈동자를 본 순간, 흑제가 고개를 숙였다. 왠지 그녀의 눈을 마주하고 싶지 않았다. 잠시 정적이 흐른 후, 그녀의 목소리가 다시 그의 귓가에 들려왔다.

"제가 돌아가길 원하십니까."

"제 말은, 원하시면 돌아가셔도 무방하다는 것입니다. 그대는 제 후계를 위해 이곳에 오셨으니까요."

"제가 돌아가길 원하……십니까."

숙이고 있던 흑제의 머리가 천천히 들어 올려졌다.

평소의 그녀답지 않은 단호한 되물음에 그의 얼굴이 조금은 난감함을 담고 일그러져 있었다.

흐트러지는 그의 눈동자를 그녀가 놓치지 않겠다는 듯 조금도 흔들리지 않는 아픈 눈으로 응시하고 있었다. 흑제가 마른침을 삼켰다.

무엇인가를 망설이듯 허공을 헤매던 그의 긴 손가락이 길상천녀의 몸을 감싸고 있는 욕의 매듭에 닿았다.

"불을, 끄겠습니다."

그가 몸을 일으키는 움직임에 전각을 밝히고 있던 흐린 불빛들이 한꺼번에 꺼졌다.

어둠이 찾아온 공간 안에서 유일하게 빛을 내는 존재를 흑제가 물끄러미 바라보았다.

빛 아래의 모습은 아니라 해도 이렇게 진한 어둠이 깔린 곳에서의 그녀는 그녀가 빛의 존재임을 여실히 보여 주고 있었다.

자신과는 너무도 다른 순수한 빛. 그런 빛이 자신의 품 안에서 하루하루 빛을 잃어 감을 모르지 않는다.

예상치 못한 그의 방문에 분단장도 하지 못하고 향기마저 지운 그녀의 얼굴은 말갛고 투명했다.

그런 그녀의 새하얀 얼굴에 잠시 머물던 흑제의 시선이 연홍색으로 물들어 있는 그녀의 입술에 닿았다. 연지를 바르지 않은 그저 순수한 홍색의 고운 입술.

그래서였을 것이다. 처음으로 그녀의 입술에 목이 말랐다.

"흡!"

천천히 다가오는 흑제의 시선을 올곧이 응시하던 길상천녀가 너무도 갑작스러운 그의 움직임에 질끈 눈을 감았다. 그의 입술이 그녀의 입술 위로 내려앉았기 때문이다.

두근, 그녀의 심장이 저 심연의 바닥으로 떨어지듯 추락했다. 따스하고 말캉한 숨결이 입안으로 밀려 들어오는 낯선 감각에 그녀의 온몸이 파들파들 떨렸다.

우스운 일이었다. 이미 수없이 그와의 합궁을 치렀는데 접문은 처음이라는 것이. 서로의 숨결을 탐한다는 것이 어떤 의미인지 이제야 길상천녀는 느낄 수 있었다.

천천히 그녀의 입속으로 그의 혀가 밀려 들어왔다. 미끄러지듯 부드럽게 들어선 그의 혀가 그녀의 고른 치아를, 그리고 보드라운 입천장을 가볍게 쓸었다.

그 낯선 움직임에 아득해지는 정신을 느끼며 그녀가 그의 어깨를 붙잡았다. 그녀의 기척에 반응하는 것일까. 그의 움직임이 거세지기 시작했다.

"하아, 하아."

숨을 쉬지 못한 가슴이 거칠게 오르내렸다. 그렇게 그의 움직임에 휩쓸려 흔들리는 그녀의 가슴을 거센 손이 틀어쥐자 그녀가 발작하듯 튕겨 올랐다.

그 움직임을 막기라도 하려는 듯 흑제의 팔이 그녀의 허리 사이로 들어와 몸을 끌어안았다. 자신에게서 벗어나는 것을 허락하지 않겠다는 듯 가는 몸을 밀착시키며 입술을 탐하는 그의 움직임에 그녀는 매달리는 것 이외에는 할 수 있는 것이 없었다.

두근. 두근. 자신의 심장 소리인 줄 알았다. 하지만 정신없이 그의 입맞춤과 손길에 빠져 있던 그녀의 귓가로 낯선 울림이 확연하게 느껴져 왔다. 천천히 그녀가 눈을 열었다.

단단하고 균형 잡힌 근육으로 이루어진 사내의 가슴. 그 품에 자신이 안겨 있음을, 온전히 그 품에 자신이 파묻혀 있음을 깨달은 그녀의 눈에서 천천히 눈물이 흘러내렸다.

"나는……."

뜨거움이 가득한 흑제의 목소리가 약하게 그녀의 귓가로 스치듯 지나갔다. 하지만 그녀는 그의 말을 제대로 들을 수가 없었다. 그가 거칠게 그녀의 가슴 끝을 빨아들이며 비림을 헤집고 들어섰기 때문이다.

"흑, 흑제님."

온몸이 불덩어리를 삼킨 듯 타올랐다. 그의 거친 허릿짓에 온몸이 바스러져 버릴 것만 같았다. 수없이 그녀를 안던 조심스럽고 부드럽던 그의 움직임이 꼭 거짓이었던 것처럼 지금의 그는 들짐승처럼 거칠고 자비란 없었다.

온통 붉은 피멍으로 가득한 가슴을 떠난 그의 입술이 그녀의 새하얀 목덜미에 닿았다. 뜨거운 숨결이 퍼지는 목덜미가 불에 덴 듯 홧홧해져 갔다.

그저 신음을 흘리며 그에게 매달려 갈증처럼 퍼져 가는 그의 숨결을 느낄 뿐, 이 순간 길상천녀 그녀가 할 수 있는 것은 아무것도 없었다.

자신의 맨살을 스치는 그의 검은 머리카락, 그 안에서 짐승의 그것처럼 번들거리며 빛나고 있는 그의 먹빛 눈동자. 붉디붉은 입술에 맺혀 흐르는 뜨거운 숨결.

그 모든 것을 멍하게 뜬 눈으로 응시하던 길상천녀가 하얗게 바래는 의식의 끝을 느끼며 그를 향해 손을 뻗었다. 촉촉하게 땀으로 젖은 그녀의 손끝에 사내의 입술이 닿았다 떨어졌다.

아직 방사의 열기조차 식지 않았는데 천천히 몸을 일으키는 사내의 움직임에 길상천녀가 이를 악물었다. 차디차게 식어 가는 몸 위로 아픈 소름이 돋았다.

천천히 떠지는 눈 안으로 사내의 커다란 등이 보였다. 언제나처럼 차갑고 단단한 등.

그 등에 닿은 아픈 시선을 가만히 내린 그녀는 자신의 시선이 떠난 후 그가 아주 잠시 뒤를 돌아본 것을, 알지 못했다.

심연으로 들어서는 그의 기척을 느꼈던 것일까. 엉금엉금 짧은 다리로 기어 온 귀가 침상에 기대고 눕는 흑제의 곁에 다가와 몸을 움츠렸다.

팔다리는 다 껍질 안에 집어넣고 고개만 내민 귀가 흑제를 올려다보았다.

'그분은 어디 가셨습니까?'

처음이었다. 귀가 그에게 먼저 공명으로 먼저 말을 걸어온 것은. 그저 언제나 그의 물음에 대답만 하던 귀였다.

'글쎄.'

'모르십니까?'

'……'

'언제 돌아오십니까?'

'……'

'그것도 모르십니까?'

더 이상 아무 대답도 없는 흑제를 잠시 올려다보던 귀가 다시 껍질 안에 머리를 파묻고 몸을 웅크렸다.

심연은 아직도 나오의 향기로 가득 차 있었다. 그녀가 이곳에 머문 시간들이 그리 만든 것일까. 아니면 아직도 이곳에 들어오면 광천만을 응시하던 말간 눈으로 자신을 올려다볼 것 같은 나오의 체취가 남아 있어서일까.

심연의 허공을 응시하던 흑제가 몸을 일으켜 광천 앞으로 다가섰다. 한순간도 멈추지 않고 흐르는 광천은 다른 때와 아무것도 변한 것이 없었다.

헌데…… 언제나 광천처럼 아무 변화 없이 흐르던 자신의 마음은 지금 태풍이 치는 바다처럼 한없이 널을 뛰고 있었다.

그가 광천을 향해 몸을 숙였다. 그의 짙은 어둠을 품은 눈이 광천 안을 물끄러미 내려다보았다. 나오가 언제나 바라보고 있던 광천에 나오의 모습이 일렁였다. 그의 마음속에 떠오르는 이의 모습이었다. 광천은 마음을 들여다보는 거울이기에.

동그란 눈동자, 조그마한 콧날, 얄팍한 입술. 한없이 빨려 들어갈 듯 멍하게 광천을 바라보던 흑제의 미간이 천천히 일그러진 것은 그때였다.

눈앞의 모습이 조금씩 달라지고 있었다. 분명 연한 푸르름을 담던 눈동자가 점점 다른 색으로 물들고 있었다.

흑제가 고개를 저었다. 하지만 그 눈동자 색은 푸른색이 아니었다.

광천의 검은 물줄기 위에 그려진 여인의 얼굴에 있는 눈동자 색은……
연한 갈색이었다.

돌아가는 길

'잊지 마. 우리가 만났던 바람의 언덕을.'
'하루하루 우리가 함께했던 황금타를.'

"큭큭."

청제의 푸른 입가에서 허탈한 웃음이 새어 나왔다.

그렇게 흐려져 가는 그녀의 눈을 보며 말한 것은 자신이었다. 울컥울컥 심장에서 핏물을 토해 내고 있는 이에게 자신이 새기고 또 새겼던 말이었다. 자신을 잊지 말라고. 자신을 기억하라고.

그래 놓고 정작 눈앞의 그녀를 의심한 것은 자신이었다.

눈동자 색이 다르다고? 그녀처럼 말하지 않는다고?

자신을 기억하지 못한다고 의심하고 믿지 않았다.

'내가 네가 찾는 그 여인이 아니라고 생각하잖아.'

그랬다. 자신이 그녀냐고 묻는 너에게 내가 대답해 주지 않았다. 모른다고, 모르겠다고 나는 너를 부정하고 싶어 했었다.

"나오야."

아픈 부름이 청제의 입에서 천천히 새어 나왔다. 감은 눈을 뜰 생각조차 없는지 미동도 없는 나오를 보며 청제가 부르고 또 부르고 있었다.

'나오야.'

자신이 부르면 언제나 달려오던 너인데, 그 환한 웃음 지으며 달려오던 너를 기억하지 못한 것은 그녀가 아니라 자신이었다. 그녀는 아무것도 기억하지 못하면서도 자신을 찾아냈다. 그리고 그 무엇도 기억하지 못하면서도 스스로가 나오이기를 바랐다.

머리가 핑그르르 돌고 울컥 입안에서 핏물이 토해져 나왔다. 이곳에서 힘을 운용하는 것은 너무도 위험한 도박이다. 겨우 버티고 있던 몸이 이제 정말 한계에 다다르는 모양이었다. 청제가 무너질 듯 힘겨운 몸을 나오의 곁에 누였다.

그에게서 뿜어져 나왔던 푸른 기운의 잔재 때문일까. 그들의 주변을 어느 정도의 거리를 두고 떠다닐 뿐 색귀들은 그들에게 다가오지 못하고 있었다. 청제의 시선이 그런 그들을 올려다보았다.

수많은 색들이 뒤엉켜 서로를 탐하느라 이글거리는 불빛들은 지독하게 화려하고 아름다웠다. 그것들을 바라보는 것만으로도 숨이 찰 만큼 힘겨웠다. 그것들에 닿았던 청제의 눈이 천천히 감겼다. 곁에서 느껴지는 나오의 숨소리에 온몸이 녹아내리듯 편안해지는 그였다.

'나오야.'

나직한 목소리가 들렸다. 심장 저 어딘가가 따끔거렸다.

'나오야.'

또 들리는 그 목소리. 이젠 심장이 아프다 못해 조여 온다. 울컥, 무엇인가가 심장에서 터져 나오는 모양이었다.

'내가 갈게.'

당신…… 누구야?

'나를 기억해. 내가 너를 찾을 테니까.'

누군지 모르겠는데, 보고 싶어.

'연모해. 너만을, 오로지 너만을 연모해.'

나도, 나도 연모해. 당신을. 헌데, 헌데 당신 대체 누구야? 누군데 떠오르지도 않는 당신 때문에 내가 이렇게 아픈 거야?

여전히 심장 저 어딘가에서 들려오는 목소리를 느끼며 나오가 천천히 눈을 떴다. 눈꺼풀이 젖어 눈을 뜨기가 힘겨웠다. 얼마나 흘러내린 것인지 눈물은 볼을 흠뻑 적시고 있었다.

그녀가 눈물을 닦으려 손을 들다 이내 미간을 찡그렸다. 불에 덴 것처럼 팔이 저릿하게 아파 왔기 때문이다. 의아한 듯 천천히 들어 올린 팔에는 말라붙은 핏자국이 가득했다.

몸을 일으키다 입술을 깨물었다. 등이 부서질 듯 아찔한 고통이 확연하게 느껴져 왔다. 겨우겨우 몸을 일으킨 나오가 천천히 고개를 돌렸다.

자신의 곁에서 잠이 든 사내의 모습이 보였다. 그녀의 눈이 커졌다.

"뭐야, 너?"

그 순간이었다.

"윽!"

나오가 질끈 눈을 감았다. 잠이 든 사내의 푸른 그늘이 자욱한 얼굴이 시야에 들어오는 순간 번개가 머리를 내려치듯 어떤 영상이 머릿속에 떠올라 왔기 때문이다.

너무도 푸르고 아름다운 하늘에 떠 있는 짙푸른 용. 자신을 향해 내려오는 그 거대한 몸짓. 머릿속에 떠오르는 그 모습만으로도 지금 이 순간 숨이 막혀 왔다. 나오가 고개를 흔들었다.

머릿속에 떠올랐던 조각들이 부서지며 흩어져 갔다. 머리가 깨질듯 아파 오기 시작한 것은 그때부터였다.

"으……."

자신도 모르게 짓이겨진 신음이 흘러나왔다. 몸이 움츠러들고 온몸에 식은땀이 흘렀다. 겨우 일으켰던 몸을 다시 누이며 몸을 둥글게 만 나오가 청제의 품으로 파고들었다.

온몸을 감아 오는 서늘함에서 벗어나려면 작은 온기라도 필요해서였다. 본능적으로 무엇인가를 의지하듯 청제의 품 안으로 스스로를 밀어 넣는 나오를 의식이 없는 와중에도 끌어안았다. 그녀가 그에게 의지하듯 그 역시 따스한 품을 찾아 그녀를 품어 안는 모양이었다.

그의 기운 때문일까. 아니면 이곳에서는 유일한 온기 때문일까. 깨질듯 아파 오던 머리가 조금은 편안해지는 것을 느끼며 나오가 힘겹게 숨을 토해 냈다. 익숙하게 느껴지는 단단한 가슴과 강건한 팔, 그리고 낯익은 내음까지. 모든 것이 그녀를 감싸 안았다.

그의 품 안에서 나오가 고개를 들어 여전히 잠든 그를 올려다보았다.

"정말 너라면 좋겠어. 내가 기억해야 하는 이가. 내가 찾아야 하는 이가."

아이가 엄마 품을 찾듯 나오가 그의 품에 얼굴을 묻으며 킁킁 그의 내음을 탐했다. 의문 모를 기시감이 그녀의 온몸을 타고 흘렀다. 그의 옷깃을 잡은 그녀의 손이 그를 놓아주지 않았다.

"청……제님."

나직하게 속삭였다. 처음 만났을 때 그가 말했다. 그리 불러 달라고.

그 순간이었다. 사내의 팔이 그녀를 당겨 그대로 바닥에 눕힌 것은.

"다시 한 번 불러 봐."

시리게 푸른 사내의 눈이 웃고 있었다. 헌데 우습게도 웃는 그 눈에는 눈물이 가득 고여 있었다. 금방이라도 자신의 얼굴에 떨어져 내릴 것처럼 투명하고 고운 사내의 눈물을 올려다보며 나오가 천천히 다시 입을 열었다.

어려운 일은 아니니까. 그 간절함을 담은 눈을 보고 그 부탁을 거절할 수 있는 이는 결단코 없을 것이다.

"청제님."

"한 번만 더."

"청, 제님?"

"찾았다."

사내의 심장에서 바람이 빠지듯 너무도 안도하는 목소리가 새어 나오며 그의 입술이 천천히 그녀를 향해 내려왔다. 푸른 기가 밴 아름다운 윤곽의 입술을 멍하게 바라보던 나오가 질끈 눈을 감았다. 따스하고 말캉한 감촉이 입술에 닿는 순간 온몸에 아찔한 전율이 일었다.

"음…… 하아. 숨, 숨 막혀."

끝도 없이 자신의 숨결을 삼킬 듯 입안을 훑고 빨아들이는 그의 움직임에 겨우겨우 따라가다 그가 입술을 목덜미로 옮기는 움직임에 나오가 막힌 숨을 토해 냈다.

입 안 가득 타오르던 열기가 목 언저리로 옮겨 가고 있었다. 자신의 옷깃을 열어젖히는 손길에 나오가 몸을 움츠렸다. 큭, 그녀의 목을 지그시 베어 물던 사내의 입에서 웃음소리가 새어 나왔다.

그가 살며시 고개를 들었다. 붉게 물든 얼굴이 조금 전의 파리한 얼굴보다 훨씬 보기 좋다고 나오가 생각했다.

"이건 조금 전의 그 귀신이 좋았는데."

"응?"

그녀가 무슨 소리인가 싶은 듯 미간을 좁히자 청제가 그녀의 두 손을 잡아 그녀의 머리 위로 쥐어 잡았다. 움직임이 완전히 차단된 나오의 눈이 놀람으로 동그랗게 열렸다.

"이 손이 내 몸 깊은 곳까지 더듬었거든."

"헉."

"어디까지였는지 궁금하지 않나?"

"……전혀."

나오가 고개를 저었다. 귀까지 붉어진 그녀의 얼굴이 너무도 사랑스러워 청제의 얼굴에 진한 미소가 번졌다.

"나오야."

그가 부드럽게 웃으며 그녀를 불렀다. 하지만 그녀는 웃을 수 없었다. 그의 부름에 대답이 나오지 않았다.

"나오야."

또다시 부르는 그의 부름에 나오가 고개를 저었다. 열기로 붉어져 있던 그녀의 눈동자가 약하게 물기로 번들거렸다.

"나 아직 아무것도 기억하지 못해."

"알아. 상관없어."

"내가 아닐지도 모르잖아."

"아니, 넌 내 나오다."

"어떻게 알아?"

청제가 머리 위로 들어 올렸던 나오의 손 하나를 내려 자신의 심장에 가져다 댔다. 쿵쿵 힘차게 울리는 청제의 심장 고동이 그녀의 손바닥을 통해 온전히 느껴져 왔다.

"내 심장이 너라고 말하니까. 이곳에서 너를 처음 본 순간부터 내 심장이 너라고 했는데…… 내가 늦은 거야."

"하지만 그래도 내가 너를 기억하지 못하잖아."

"상관없다니까."

"소멸한다며. 네가."

"괜찮아. 소멸한다 해도 상관없어."

"뭐?"

너무도 편안한 표정으로 재미있다는 듯 말하는 청제의 모습을 나오가 경악이 어린 얼굴로 올려다볼 뿐이었다.

"너와 함께할 수만 있다면 무엇이든 상관없거든. 함께하지 못하는 수만 년보다 지금 이순간이면 충분하니까."

'고작 하루라 해도, 전 그분 곁에 있고 싶습니다. 이곳에서의 수천 년이 아니라.'

찡, 머릿속 어딘가가 울려왔다. 어디서 누구에게 한 말인지는 기억나지 않지만 분명 자신이 누군가에게 한 말이었다. 지금 눈앞의 이처럼 행복한 마음으로.

"가자. 세상으로 돌아가는 길을 찾아야겠어."

청제가 내민 손을 나오가 물끄러미 바라보았다. 단단하고 커다란 손이 자신을 향해 내밀어져 있었다. 그 손을 잡고 싶다. 그 손안에 모든 것을 맡기고 싶다. 하지만······.

"하지만 내가 기억을 찾지 못하면 어차피 돌아가지 못하는 거 아닌가?"

"찾을 거야. 네 기억도, 우리가 돌아갈 길도."

"······아무것도 떠오르지 않아."

"내가 떠오르게 해 줄 거다. 그러니 걱정 마."

그의 얼굴엔 이제 아무 흔들림도 없었다. 조금의 흔들림도 담기지 않은 찬란한 그의 푸른 눈이 좋았다. 심장이 녹아 버릴 만큼.

그녀가 머뭇거리며 내미는 손을 그가 그대로 끌어당겼다.

"내 나오는 이렇게 겁쟁이가 아닌데."

"알아."

알고 있다. 자신도 그러니까. 이 무시무시한 공간에 혼자 툭 떨어졌을 때에도 겁나지 않았었다. 헌데 지금은 심장이 떨리게 겁이 난다. 자신이 눈앞의 이를 기억해 내지 못할까 봐, 그래서 눈앞에 있는 이가 소멸되어 버릴까 봐.

차라리 자신을 만나지 못했다면, 자신이 나오라고 인정치 않았다면 그는 혼자 돌아갈 수도 있는 이이니까.

"서둘러야겠다. 시간이 별로 없어."

청제의 고갯짓에 그쪽으로 시선을 돌린 나오가 얼굴을 찡그렸다. 색귀들의 불빛이 어딘가로 도망가기 시작하고 있었다. 그것은 요괴들이 이곳으로 다가오고 있다는 신호와도 같은 것이었다. 이곳에서 멀어져야 한다.

"가자."

그가 웃었다. 이곳에서 처음으로 그가 환하게 미소 짓는 것을 보았다. 그 모습이 너무 아름다워서 나오의 심장이 두근, 떨려 왔다.

※ ✠ ※

"저를 보자 하셨습니까. 천녀님."

전각 안으로 들어설 때부터 고개도 들지 않고 조심스러운 걸음으로 자신의 앞에 서는 이든을 길상천녀가 따스한 눈빛으로 바라보았다. 한순간도 흐트러짐이라고는 담지 않는 노신의 모습은 그 존재만으로도 든든했다. 처음 이 수정타 낯선 곳에 왔을 때에도 어느 것 하나 부족함 없이 그녀를 살폈던 것은 눈앞에 있는 이 노신이었다.

"여쭤 보고 싶은 게 있어서요. 이든."

"하명하십시오."

"명부에 든 육체는…… 명부에서 얼마나 견딜 수 있는지 아십니까?"

전각 안으로 들어설 때부터 지금까지 한 번도 들리지 않았던 이든의 얼굴이 놀란 듯 들어 올려졌다. 놀라움이 천천히 번지는 노신의 얼굴을 보며 길상천녀가 살짝 한숨을 토해 냈다.

"다른 곳도 아니고 흑제께서 관할하시는 명부에서 청제께서 소멸하시는 일은 없어야 하지 않겠습니까."

"그렇지요."

"청제께선 다른 이들보다는 오래 버티실 수 있으시겠지요?"

"그것이…… 사실은 청제이시기에 더 힘드실 수도 있습니다."

"네?"

놀라는 길상천녀의 얼굴이 파랗게 질렸다.

"빛의 기운이 청제님의 근원이기에 빛 한 자락 들어가지 못하는 그곳에서 견디시는 것이 한계이실 겁니다. 만약 흑제께서 빛만이 가득한 곳에서 견디셔야 한다면 그것 또한 최악의 상황인 것과 같습니다."

"그렇다면, 벌써 시일이 한참이나 지났는데……."

불안이 감도는 천녀의 목소리에 이든이 깊게 한숨을 내쉬었다.

"흑제께서 아무것도 느끼시지 못한 것을 보면 아직은 버티고 계시는 듯 느껴지지만 오래는 힘드실 것입니다."

"나오 님은 혹여 돌아오시지 못해도 청제님만은 돌아오셔야 하는 것이 아닙니까."

"그래야 하지요. 수미산 전부를 생각한다면 청제께서 꼭 돌아오셔야 합니다. 청제께서 돌아오시지 못하신다면 어떤 혼란이 올지는 상상도 되지 않으니까요."

"밖에서 그분을 도울 방법은 전혀 없습니까."

"명부는 출구 자체가 없는 곳입니다. 소멸 아니면 환생인 곳이니까요."

"흑제님께서도 그들을 도우실 수 없습니까?"

막힘없이 답을 하던 이든의 말이 끊어졌다. 절대 도울 수 없다 말할 수도, 도울 수 있다 말하기도 어렵기 때문이다. 그것은 오로지 흑제의 의지에 달린 문제이니까. 잔잔한 이든의 시선이 걱정스러움을 가득 담은 따스한 길상천녀와 시선을 맞췄다.

"태초부터 내려온 명부의 규정대로라면 흑제께서도 도우실 수 없습니다. 그 어떤 것도 천리를 어기면 그것으로 인한 문제가 생길 수 있으니까요. 하지만 살아 계신 청제께서 명부로 드신 것 자체가 이미 천리를 어기신 것이기에, 흑제께서도 만약 천리를 어기시더라도 그들을 도우실 의지가 있다면…… 조금은 가능하실 수도 있으실 것입니다."

"천리를 어기는 일이군요."

"그렇습니다."

"위험을 감수해야 하는 일이고요."

"예. 청제께서 소멸을 각오하시고 들어가신 것처럼 만에 하나 흑제께서 이 일에 관여하신다면 흑제께서도 그것으로 인한 문제를 각오하셔야 합니다."

길상천녀가 고개를 숙였다. 청제가 위험을 감수하는 이유는 그녀 때문이니 가능한 일일 것이다. 하지만 흑제는 그럴 이유가 없는 것이다.

실망을 가득 담은 얼굴로 허공을 응시하던 길상천녀가 무슨 생각이 떠오른 듯 다시 이든을 바라보았다.

"조금 전에 청제님의 근원은 빛이라 하셨습니다."

"예."

"하면, 혹여 명부에서라도 조금의 빛만 있다면 청제께 힘이 실릴 수 있다는 것입니까."

"물론입니다. 순수한 빛이라면 그것은 청제께 커다란 힘이 될 수 있는 것입니다."

"빛…… 순수한 빛의 힘이 필요한 것이군요."

"예. 그렇습니다. 불가능한 일이지만 말입니다."

무슨 생각을 하는지 투명한 갈색 눈에 빛을 담는 여인을 물끄러미 바라보던 이든이 조심스럽게 몸을 일으켰다.

이든이 떠난 자리를 물끄러미 바라보던 길상천녀가 가만히 손을 흔들었다. 그녀의 손끝에서 곱고 고운 비단 서신이 흘러나와 그녀의 앞에 펼쳐지자 그녀가 가만히 붓을 들었다. 유려하고 고운 서체가 비단 위를 수놓았다.

❈ ❖ ❈

얼마를 걸은 것일까. 끝도 없는 어둠 속을 걷고 또 걸어도 그 끝은 또 똑같은 어둠일 뿐이었다.

"이쪽으로."

주변을 살피며 자신을 이끌던 청제가 어느 순간 휘청거리는 것을 느끼며 나오가 그를 끌었다. 그녀가 느끼기에 차라리 이곳에서는 자신이 견디기가 더 쉬운 모양이었다. 푸른 기운을 품은 그에게 이곳의 탁한 기운과 어둠은 독인 듯 시간이 지날수록 그의 모습은 점점 더 파리해져 갔다.

거대한 어둠들이 켜켜이 싸여 만들어진 공간들에는 무슨 이유에서인지 몰라도 곳곳에 움푹 파인 동굴과 같은 곳들이 있었다. 요괴들이 싸우며 만들어진 상처 같기도 하고 어둠이 서로 엉키며 만들어진 자국 같기도 했다. 그런 곳들이 있는 것이 지금은 얼마나 고마운지 모를 일이었다. 명부 어디서나 눈에 띄는 청제가 숨을 수 있는 유일한 공간들이니까.

"이리 와."

힘겨운 숨을 토해 내며 벽에 등을 기댄 청제가 주변을 살피는 그녀를 향해 손을 내밀었다. 돌아보는 그녀의 눈이 잠시 망설이는 듯 느껴져 청제가 한 손에 들고 있던 광청검을 손안으로 갈무리하고는 두 팔을 펼쳤다. 그의 품이 그녀를 향해 열렸다.

"나오야."

차디차기만 한 공간이 일순 따스하게 물드는 부름이었다. 그녀가 주춤거리며 그에게 다가가자 그가 품 안으로 그녀를 끌어당겼다. 쿵쿵 거칠게 울리는 사내의 심장 소리를 들으며 그녀가 그의 가슴에 얼굴을 묻었다.

"내 심장에 여의주가 있었다고 했지."

"……응."

"그 여의주 때문에 많이 아팠겠네."

"많이 아프고 많이 행복했지. 그 지독한 향기에 이끌려 너를 좋아하게 되었을 테니까."

"내가 아니라 여의주에 끌렸다는 건가?"

살짝 퉁명스러움을 담은 나오의 목소리에 청제가 크게 고개를 끄덕였다. 그의 품에 파묻혀 있던 고개를 든 나오의 눈이 청제를 노려보았다. 빛깔은 다르지만 익숙한 그 눈빛이 그의 심장에 파문처럼 번졌다.

"여의주가 아니라면 글쎄, 볼품없고 이리 조그만 너에게 내가 끌릴 이유가 있었을까?"

재미있어 죽겠다는 듯 큭큭거리는 청제의 얼굴을 나오가 물끄러미 바라보았다.

눈이 부시게 아름다운 이가 숨이 막힐 만큼 예쁘게 웃고 있었다. 장난기가 가득한 그 눈이 얼마나 심장을 뛰게 하는지 눈앞의 이는 모를 것이다. 아마 기억 저편의 자신이 눈앞의 이를 목숨을 걸고 연모했다면 지금 같은 모습 때문이었을 것이다.

이 지독한 공간에서 유일하게 낯선 어둠을 품고 있지만 그 무엇보다도 빛나고 있는 존재. 그래서 이 사내를 사랑했을 테니까.

"이야기해 줘."

잠시 청제를 바라보던 나오가 다시 청제의 품에 얼굴을 묻으며 속삭였다. 힘겹게 내쉬고 있는 그의 숨결 안에 섞여 있는 푸른 내음이 좋았다. 어느 순간 소멸할지도 모르고 어느 곳에서 요괴가 뛰어나올지 알 수 없는 이 순간에도 마음 저 깊은 곳이 잔잔한 바다처럼 평안한 것은 눈앞의 사내가 있기 때문일 것이다.

"뭘?"

두근두근, 그의 강건한 심장박동에 온몸에 나른한 평화가 느껴졌다.

"우리가 함께했던 것들."

그녀의 말에 청제의 가슴에 두근거림이 되살아났다. 처음 그녀가 천도에 취해 자신에게 내뱉었던 말이 떠올랐다. 그녀의 달큰한 내음에 숨이 막힐 것 같았던 그 순간이 올곧이 떠오르며 그때처럼 온몸에 짜릿한 전율이 일었다.

청제가 누워 있던 몸을 반만 일으켜 그녀를 내려다보았다. 여전히 익숙지 않은 붉은 눈동자가 자신을 올려다보고 있었다. 헌데 우습게도 이제 그 눈이 언제나 그 자리에 있었던 것처럼 편안했다. 푸른 눈동자도 붉은 눈동자도 다 그녀이기에.

"이야기로만? 몸으로 하면 안 되나?"

"헉."

나오의 눈이 동그랗게 커지는 모습에 청제가 풋, 입가를 끌어 올렸다.

"뭘 그리 놀라는 거냐? 이곳에서 처음 만나던 순간에 나를 먹고 싶다고 했던 것이 너 아니었나? 아, 생각하니 궁금해지네. 먹고 싶다던 그 말, 그게 무슨 뜻이었던 거냐?"

"그, 그건."

"분명 먹고 싶다고 했는데. 나 똑똑히 기억하고 있다."

"배! 배가 고팠으니까."

"배가 고파서 나를 잡아먹겠다는 말이었다고?"

"……."

"지금도 역시 배가 고플 텐데, 지금은 잡아먹고 싶지 않나?"

그의 푸른 눈이 일렁이고 있었다. 아무 빛도 없는 공간에서 스스로가 피워 올리는 그 뜨거운 불에 이 순간 온몸이 녹아내릴 것만 같았다. 나오가 꿀꺽 마른침을 삼키며 잠시 청제를 올려다보다 혀를 내밀어 입술을 핥았다. 상상하지 못했던 그녀의 행동이었을까. 청제의 눈이 놀라움으로 커다랗게 열렸다.

"먹고 싶어. 여전히."

"먹어. 지금 당장."

그의 뜨거운 숨결이 그녀의 얼굴 위로 부서져 내리며 그의 입술이 그녀의 입술을 삼켰다.

숨결이 삼켜지는 것만으로도 모든 것이 그의 몸 안으로 먹혀 들어가는 것 같은 느낌은 낯설었다. 그의 뜨거운 손길에, 눈빛에, 체취에 몸 마디마디가 그의 영혼 속으로 스며드는 것 같았다. 원래 있었던 자리인 듯 그의 품 안은 너무도 편안했고 그의 손길은 온몸이 저릿할 만큼 행복했다.

얼마를 그의 뜨거움에 취해 있었던 걸까. 갑작스럽게 자신에게서 떨어져 나가는 그의 몸을 느끼고 눈을 뜬 나오의 눈에 자신을 넘어 허공을 향해 굳은 듯 시선을 주고 있는 그의 모습이 보였다.

그의 눈동자가 거칠게 흔들리며 무엇인가를 느낀 듯 몸 전체가 경직되어 있었다. 불안이 그녀를 엄습해 왔다.

"뭐야?"

"빛."

"응?"

당연히 귀신이나 요괴들을 느꼈을 것이라 생각했던 그의 입에서 나온 너무도 생소한 말에 나오가 고개를 들었다.

지금의 그녀에게 빛이란 혼들이 내뿜는 그것 이외에는 생각할 수도 없는 것이지만 그것을 보고 하는 말은 아닌 것 같았다. 이 명부 안에 가득한 그것을 새삼스럽게 저리 느낄 이유도 없을 테니까.

"분명, 빛이었는데."

간절함이 담긴 눈으로 주변을 거칠게 살피는 그의 모습을 물끄러미 바라보던 나오가 일어나 앉아 흐트러진 옷매무새를 고쳤다.

착각이었는지 아닌지는 모르지만 그에게 빛이 얼마나 간절한 것인지 한눈에 느낄 수 있을 만큼 그는 다급해져 있었다. 이곳에 존재할 리 없는 빛의 한 줄기를 느낀 것일까.

"이곳에 빛이 존재할 리 없잖아."

"알아. 그래서 절대 헛것일 리는 없어. 기대한 적 없으니 허상으로 보일 리도 없을 테니까."

차라리 나오의 모습은 헛것으로라도 보일 때가 있었다. 처음 이곳에 들어와 요괴들을 피해 다닐 때 가끔 그의 눈에 헛것처럼 울고 있는 나오가 보이기도 했고 자신을 보며 웃고 있는 그녀의 모습이 보이기도 했었다. 다가서면 거짓말처럼 사라지던 허상들. 그것이 간절함을 담고 있기에 보이는 것이란 것을 그는 잘 알고 있었다.

하지만 빛은 다르다. 그는 이곳에 들어와 정말 단 한 번도 빛을 기대해 본 적은 없었다. 그런 것이 이 안에 존재할 리 없으니까. 스스로가 이곳을 뚫고 나가기 전에는 그것은 절대 이루어질 수 없는 것이니까.

헌데…… 분명 온몸이 빛을 느꼈었다. 거짓말처럼.

"그럼 찾아야지."

나오가 몸을 일으켰다. 하지만 그렇게 서둘러 일어서는 그녀의 얼굴에는 조금 전 그의 품 안에서 짓던 행복한 표정 따위 사라지고 없었다. 서늘함을 가득 담은 그녀의 눈빛은 붉은 얼음처럼 차가웠다.

청제가 몸을 일으키려는 그녀의 손을 잡았다. 청제가 손을 잡았는데도 그녀는 고개를 돌리지 않았다.

"무슨 생각 하는 거야."

"빛이 있어도 내가 기억을 찾지 못하면 나가지 못하는 거잖아."

"……."

411

"날, 공격해 줘."

"뭐?"

그를 바라보지 못하고 한참을 망설이던 그녀가 그를 향해 내뱉은 말에 그가 놀란 눈으로 그녀를 보았다. 그제야 그녀가 그를 향해 고개를 돌렸다. 알 수 없는 단단함이 가득한 그녀의 붉은 눈이 그를 올려다보았다.

"너 혼자 나가라도 해도 나가지 않을 거잖아. 내가 없이 넌 나가지 않을 생각이니까."

"……."

"헌데 난, 기억을 찾지 못하면 나갈 수 없고."

"……."

"아직 아무것도 기억나지 않아. 아무리 생각하려 해도, 너를 느끼고 너를 만지는데도 기억나지 않아. 그러니까 이젠 뭔가 해야 해. 네 기운이면 날 깨울 수 있을지도 모르잖아. 그 충격에 내가 기억해 낼 수도 있잖아."

"너무 위험해."

"다른 방법이 없잖아. 시간도 없어. 그러니까 그렇게 해. 기억해 내면 함께 갈 수 있는 거고, 만에 하나 그렇게 해도 기억하지 못하면…… 나는 너의 나오가 아닐지도 모르니까. 그럼 나는 사라지는 게 더 나아. 너도 나를 포기하는 게 나을 거고."

"나오야."

"아무것도 해 보지 않고 그냥 여기서 소멸하자고? 그건 바보짓이잖아. 그런다고 내가 행복할 것 같아? 아니. 만약 내가 너의 나오가 아니라 해도 그건 알 수 있어. 정말 나오라면 네가 나로 인해 이렇게 아무것도 해보지 못하고 소멸하는 거 절대 원하지 않을 거란 거. 그리고 만약 내가 너와 함께 그렇게 소멸하게 된다면, 나는 다음 생에서는 절대 너를 사랑하지 않을 거야. 절대."

너무도 차디차고 메마르게 쏟아 내고 있는 나오의 말이었지만 그 안에서 그녀의 피가 철철 흘러내리고 있음을 청제는 확연하게 느낄 수 있었다. 그리고 그 말이 틀리지 않기에 대답할 말도 없었다. 하지만…… 만에하나 자신의 기에 그녀가 소멸된다면. 아니 다치기라도 한다면 어떻게 견디란 말인가.

이곳에서 만난 후로 한 번도 그에게서 떨어지지 않았던 그녀가 그에게서 멀어졌다. 몇 걸음이었지만 어둠이 가로막고 있는 이 공간에서의 거리는 수만 년만큼이나 크게 느껴지는 그였다. 멀어지는 그녀를 향해 그가서둘러 손을 내밀었지만 그녀가 고개를 저었다.

"기억해 내고 싶어. 죽을 만큼 간절하게 너를 기억하고 싶어. 그러니까…… 나를 깨워."

"네가 다칠 수도 있어. 제발."

간절함을 담는 청제의 얼굴이 아프게 일그러졌다. 그런 그의 얼굴과 다르게 그녀의 얼굴은 평온하게 웃고 있었다.

"다쳐도, 조각이 나도 너를 기억해 내고 싶어."

"나오야."

"아마 너의 기억 속의 나오는 이렇게 말했겠지? 너를…… 연모한다고?그 말을 기억할 수 있도록 해 줘. 내 목숨을 걸고 지켰을 그 맹세를 내가다시 너에게 할 수 있게."

'여기서, 여기서 기다리고 있을 테니까. 아무 데도 안 가고 여기서 청제님만 기다리고 있을 테니까…… 제 걱정, 하지 마세요. 아셨죠?'

'가세요. 이제.'

눈앞에서 눈물 한 방울 흘리지 않고 웃고 있는 나오를 응시하는 청제의뇌리에 지금처럼 눈물조차 담지 않고 웃으며 말하던 그날 나오의 모습이떠올랐다.

언제 돌아올지 기약할 수도 없으면서 그 어두운 심연에 혼자 두고 떠날 때도 웃어 주던 아이였다. 언제나 그랬다. 언제나 나오는 자신보다 용감하고 강했다. 한 번도 자신의 마음을, 힘을 의심해 본 적 없었다. 그녀는. 지금처럼.

순간, 청제와 나오의 눈이 동시에 허공으로 향했다. 분명 아주 약하지만 어딘가에서 빛이 느껴졌다. 조금 전에 느꼈던 느낌이 절대 허상이 아님을 확인하며 청제가 나오를 바라보았다. 그가 바라보는 곳을 향해 그녀의 눈도 반짝이고 있었다.

"저게 빛인 거냐."

"……."

그녀와 눈을 맞춘 청제가 고개를 끄덕이자 나오의 입가에 진한 미소가 번졌다. 붉디붉은 눈과 입매가 지독하게 곱게 웃고 있었다.

"가고 싶어. 너와 같이 저 빛 속으로."

그녀의 눈만을 바라보았기 때문일 것이다. 그녀만이 시야를 가득 채웠기에 보지 못했을 것이다. 너무도 아름답게 웃고 있는 사랑의 모습이 너무도 환해서 그 뒤의 지독한 어둠 속을 보지 못한 것이리라. 그 어둠 속의 그 무엇인가가 자신에게서 멀어진 나오의 몸 안으로 스며드는 것도.

"큭큭큭."

그녀만을 응시하던 청제의 미간이 순간, 어지럽게 일그러졌다. 그녀가 담기던 그의 푸른 눈동자에 지독한 통증이 고여 들고 있었다.

투명하던 나오의 붉은 입술에서 탁한 웃음이 새어 나오며 그 입술이 끔찍하게 비틀렸다. 아프게 일그러진 눈을 한 청제의 손에 어느새 광청검이 쥐어져 있었다. 빛을 품지 못한다 하여도 광청검의 날은 이 어둠 속에서도 은은한 빛을 뿜어내고 있었다.

"설마 이 육신을 공격하기라도 하려는 건가? 지국천?"

나오의 몸 뒤쪽에서 날개도 팔도 아닌 것으로 바닥을 짚으며 기어 나오는 요괴의 모습이 보였다. 얼마 전 광청검에 한쪽 날개를 잃고 도망쳤던 요괴였다. 나오를 보며 재미있다며 큭큭거리던 모습이 떠올랐다. 붉은 핏물이 가득 고인 입에서는 여전히 핏물인지 침인지 모를 것들이 줄줄 흐르고 있었다.

"난 그저 구경하려는 거야. 이 육신 안에 들어간 놈이 꼭 너를 만나게 해 달라 해서 말이지."

한쪽만 남은 손을 휘저으며 재미있다는 듯 뒤로 물러서는 요괴에 닿았던 청제의 시선이 나오의 몸에 닿았다. 여전히 입가를 비틀며 웃음을 토해 내고 있는 나오의 모습은 한눈에도 그녀가 아니었다.

"킥킥."

나오의 붉은 입술이 비틀렸다. 그녀의 몸이 꼭 뱀이 기듯 흐물거리며 그에게로 다가서고 있었다. 한 발 뒤로 물러선 청제가 광청검을 들어 올렸지만 그의 손은 무섭게 떨리고 있었다.

"이놈은 이미 육신이 없어. 네가 소멸시켜 버렸잖아? 해서 무서울 것도 없다니까. 큭큭."

요괴의 말이 끝나기가 무섭게 나오의 몸이 그대로 그를 향해 돌진해 왔다. 그 순간 청제가 광청검을 쥔 손을 몸 뒤로 물렸다.

"윽!"

끔찍한 힘이 그대로 그를 가격했다. 뒤로 밀린 청제의 몸이 거세게 어둠의 벽에 부딪치며 어둠의 공간이 거대한 소리와 함께 크게 흔들렸다.

"크아악!"

자신에게 광청검을 쓰지 못한다는 것을 인지한 것일까. 붉은 눈을 번득이며 다시 나오의 몸을 뒤집어쓴 요괴가 그를 향해 달려들었다. 그대로 몸을 일으킨 청제가 날듯 그녀의 몸을 타고 올라 뒤로 떨어져 내렸다.

"하아. 하아."

청제가 고개를 내저었다. 요괴의 몸에서 흘러나오는 지독한 악취와 기운이 그의 몸을 휘감아 도는 것만으로도 숨을 쉬기 어려웠다.

"벌써 지치면 재미없잖아. 지국천. 이 육신이 너덜거릴 정도는 되어야 하는 거 아니야?"

그를 자극하려는 듯 한 팔이 없는 요괴가 그의 곁으로 천천히 다가섰다. 나오의 몸 쪽으로 모든 신경을 모으고 있던 청제가 다가오는 요괴를 향해 본능적으로 광청검을 들어 올렸다.

그 순간이었다. 청제의 의식이 팔 없는 요괴 쪽으로 향한 순간 나오의 몸을 가진 요괴가 득달같이 달려들어 그의 팔을 물어뜯은 것은.

고통 때문이었을까. 자신도 모르게 청제의 손에서 푸른 기운이 흘러나와 나오의 몸을 그대로 강타했다.

쿵.

나오의 몸이 바닥으로 곤두박질치는 순간, 청제가 몸을 날려 그녀의 몸을 받아 안았다. 엄청난 소리와 함께 청제의 몸이 바닥에 정면으로 떨어져 내렸다.

"으......."

등을 강타하는 거대한 고통으로 일그러진 청제의 얼굴 앞에 나오의 고운 얼굴이 다가왔다. 하지만 그 얼굴에 맺힌 것은 지독한 살기와 끔찍한 웃음이었다.

다가온 나오의 입에서 붉은 혀가 나와 청제의 목덜미를 핥았다. 광청검을 들고 있지 않은 그의 팔이 그녀의 몸을 붙잡았다. 거칠게 밀어낼 수도 끌어안을 수도 없는 몸이 그의 팔에 붙잡혀 파들거렸다.

그 순간이었다. 나오의 몸을 잡고 있는 청제의 머리 위로 팔 없는 요괴가 달려든 것은.

"죽어!"

요괴의 남은 한 팔이 그의 어깨를 잡고 목덜미를 물어뜯는 순간 청제의 광청검이 들어 올려졌다.

"까악!"

나오의 몸을 안고 있기에 제대로 뿜어져 나오지 못하고 그저 요괴의 몸에 닿아 오는 광청검의 기운에 화들짝 놀라며 요괴가 떨어져 나갔다. 하지만 요괴가 물어뜯은 청제의 목덜미에서는 주룩 붉은 핏물이 흘러내렸다. 핏물에 자극을 받아서일까. 나오의 몸을 차지한 요괴가 더욱 극성스럽게 그를 향해 달려들었다.

달려드는 그녀의 팔을 잡으며 그가 그녀의 몸을 바닥으로 밀어뜨리고 그 위에 올라탔다. 자신을 물어뜯으려 버둥거리는 요괴의 몸을 제어하기 위해 그의 손이 그녀의 가는 목을 쥐어 잡은 순간, 나오의 입에서 약한 소리가 새어 나왔다.

"아……파."

움찔, 놀란 청제가 그녀의 목에서 손을 떼었다. 분명 지금 들린 것은 나오의 목소리였다. 그의 푸른 눈이 아프게 흔들리며 천천히 몸을 일으키는 나오를 응시했다.

육신을 완전히 차지했다 해도 그 혼이 아직 그 안에 있다면 육신 안에는 두 개의 혼이 존재하는 것이다. 그래서 어느 순간 그녀가 되었다가 다음 순간 요괴가 나타날 수도 있는 것이다.

"젠장."

조금 전 분명 나오의 목소리를 뱉어 냈던 요괴가 언제 그랬냐는 듯 다시 그를 향해 붉은 혀를 낼름거리며 다가서고 있었다. 광청검의 기운에 잠시 떨어져 나갔던 한 팔 없는 요괴가 그런 나오의 몸 곁에 조심스럽게 다가서더니 냉큼 그녀의 등에 올라탔다.

"큭큭. 이제 시작이야. 아직 멀었는데 벌써 지치면 안 되거든?"

그들이 달려오고 있었다. 나오의 몸을 꼭 붙잡은 팔 없는 요괴가 거대한 입을 벌리며 낄낄 웃음을 토해 냈다. 그를 삼켜 버릴 듯 달려드는 그들을 향해 차마 들어 올리지 못한 광청검이 그의 손안에서 힘겹게 울었다.

417

주인의 위험을 감지하고 스스로 떨리는 검의 움직임을 막으려는 듯 청제가 광청검을 더욱 움켜쥐었다. 그들에게 몸을 내어 줄지언정 그녀에게 광청검을 쓸 수는 없으니까.

그 순간이었다. 그를 향해 달려들던 나오의 몸이 그의 눈앞에서 굳은 듯 멈춰 선 것은. 한 치도 되지 않는 그 앞에 멈춰 선 그녀의 눈이 그를 바라보고 있었다.

투명한 붉은 눈이 그만을 담고 있었다.

"그만해!"

"뭐야!"

두 개의 목소리가 동시에 울렸다. 이상한 표정이었다. 나오의 표정이 아프게 일그러졌다가 다시 눈을 희번덕거렸다. 무엇인가가 잘못된 듯 가는 몸이 선 채로 덜덜 떨렸다. 청제를 향해 들어 올린 오른팔을 왼팔이 막기라도 하려는 듯 쥐어 잡는 모습에 청제가 입술을 씹었다. 그녀의 혼이, 버티고 있는 것이다.

"나오야."

그가 나오의 몸을 보며 불렀다. 아프게 일그러진 붉은 눈동자가 그를 바라보았다. 하지만 그것도 잠시 그 붉은 눈 안에 지독한 살기가 스미며 나오의 몸이 다시 그를 향해 움직이기 시작했다. 광청검을 쓰지 못하는 그를 향해 나오의 몸이 달려드는 순간, 그 등에 올라타고 있던 요괴가 그대로 그를 덮쳤다.

"으윽!"

끈적거리는 팔다리로 그의 몸을 휘감고 조여 오는 요괴의 힘은 상상을 초월했다. 아니, 이곳이기 때문일 것이다. 세상에서도 어둠의 힘으로 버티던 놈들이 이곳의 어둠도 자신들의 힘으로 쓰고 있을 테니까.

지금 이곳이 명부만 아니라면 그의 손길 하나에 소멸될 수도 있는 것들이 지금 그의 숨통을 조이며 낄낄거리고 있었다. 요괴와 함께 넘어지며 놓쳐 버린 광청검을 찾아 청제의 피로 물든 손이 바닥을 더듬거렸다.

어디로 떨어진 것인지 손에 닿지 않는 광청검을 포기하고 자신의 목을 물어뜯고 있는 요괴의 몸을 두 팔로 잡은 청제가 그대로 요괴를 뜯어내 허공으로 내던졌다.

"하아. 하아."

피 내음이 사방으로 퍼져 나갔다. 벽을 짚으며 겨우겨우 일어선 청제가 한 손으로 목을 만졌다. 물어뜯긴 곳에서 핏물이 흥건하게 배어 나오고 있었다. 머리가 핑글 돌며 정신이 아득해져 갔다. 그런 그의 귀에 너무도 익숙한 목소리가 들려왔다.

"청제님."

그의 고개가 번쩍 들어 올려졌다.

푸른 눈이 그를 보고 있었다. 연푸르고 물기가 가득 번져 있는 푸른 눈. 너무도 그립고 그립던 그 눈이 그의 앞에 있었다. 믿을 수 없는 것을 보듯 청제의 얼굴이 일그러졌다.

"나오야?"

"도망쳐요! 가세요!"

멍하게 그녀를 응시하는 그를 향해 그녀의 얇고 가는 입술에서 비명처럼 소리가 터져 나왔다. 스스로의 팔을 다른 팔로 잡은 채 그녀가 그를 향해 고함을 질렀다. 기괴하게 비틀린 그녀의 몸이 무엇이 잡고 있기라도 하는지 더 이상 그에게 다가오지 못하고 꿈틀거렸다. 악물린 그녀의 입술에서 핏물이 배어 나오고 있었다.

간절함을 담은 그녀의 눈을 마주 바라보며 그가 웃었다. 온몸에 피 칠갑을 한 사내의 얼굴이 세상에서 가장 행복한 미소를 담고 있었다.

"아니, 가지 않아."

그 모습에 팔 없는 요괴가 지독하게 미소를 지으며 그에게로 한 발 다가섰다.

419

그런 주변의 모든 상황은 눈에 보이지도 않는지 아무 상관도 않은 채 자신만을 향해 걸어오는 청제를 보는 나오의 눈이 경악을 담았다.

붉은 핏물처럼 그녀의 눈에서 눈물이 주룩 흘러내렸다. 그녀가 거세게 고개를 저으며 비명처럼 그를 향해 외쳤다.

"가요! 제발."

"너와 함께 갈 거야."

자신을 향해 달려들려는 요괴 따위 상관도 없는 듯 그쪽으로는 시선도 주지 않은 청제가 나오에게로 다가섰다. 자기 자신의 몸을 스스로 막으려는 듯 한 발을 뒤로 물리는 그녀의 얼굴이 아프게 일그러져 갔다. 그녀의 저항에도 그녀의 몸은 자꾸만 그를 향해 다가섰다.

그렇게 그를 향해 허공을 허우적거리는 자신의 팔을 거칠게 쥐어 잡은 나오가 그 순간 스스로의 입으로 자신의 팔을 거칠게 물어뜯었다. 너무도 절박해 보이는 그녀의 움직임에 청제의 눈이 핏빛으로 물들었다. 그녀의 팔에서 붉디붉은 핏물이 주르륵 흘러내렸다.

"하지 마! 나오야!"

그 순간이었다. 그에게서 조금이라도 멀어지려고 뒤로 물러서는 나오의 몸을 달려간 청제가 그대로 품 안으로 끌어당긴 것은. 그리고 그런 청제에게로 팔 없는 요괴가 뛰어든 것도.

번쩍!

"까아악!"

어둠의 공간을 찢듯 끔찍한 비명 소리가 울려 퍼졌다.

그저 본능적인 움직임이었을 뿐이었다. 그녀 스스로 자신의 팔을 물어뜯는 모습에 더 이상 아무것도 생각할 수 없었으니까. 자신을 향해 달려드는 한 팔 없는 요괴도 그녀의 몸 안에 들어간 요괴의 존재도 다 생각하지 못하고 그저 그녀만을 보고 달렸을 뿐이었다.

품 안의 꿈틀거림이 맨 처음 느껴지는 감각이었다. 작고 보드라운 것이 단단한 가슴 위에서 움직이고 있었다. 자신의 존재를 알리려는 듯. 청제가 천천히 품 안의 것을 내려다보았다. 푸른 눈동자가 자신을 말끄러미 올려다보고 있었다. 툭, 심장 저 깊은 곳에서 무엇인가가 터져 나왔다.

"청제님. 우리…… 소멸된 건가요?"

"풋."

동그란 눈이 묻는 말에 지금 상황과 너무도 어울리지 않게 웃음이 터져 나왔다. 지금 자신을 올려다보며 묻고 있는 그 눈이 그때를 떠올리게 했기 때문이다.

'저기…… 여기가 혹시 천상입니까?'

그때의 그 맑고 투명하던 푸른 눈이 눈앞에 있었다. 붉은 눈이 있던 자리에 아름답게 박힌 연푸른 눈동자는 어둠 속에서도 눈부시게 맑았다.

"요괴들은……."

그의 웃음에 홀린 듯 잠시 멍하게 그만을 올려다보던 나오가 그제야 기억이 났는지 주변을 둘러보았다.

주위는 언제 무슨 일이 있었냐는 듯 짙은 어둠을 품고 있을 뿐이었다. 공기 중에 조금 남겨진 비릿한 피 내음만이 조금 전 이 공간에서 끔찍한 싸움이 있었음을 확인시켜 주었다.

청제가 아주 잠깐 어둠의 허공을 응시하다 다시 그녀를 내려다보았다.

"글쎄, 빛 때문인 것 같다."

"빛……."

"아주 약하다 해도 세상의 빛에 닿으면 명부의 그것들은 견디지 못하니까."

"헌데 지금은…… 보이지 않는걸요."

실망한 듯 얼굴을 찡그리는 나오의 얼굴을 잠시 바라보던 청제가 손을 들어 그녀의 이마 위로 흩어져 있는 머리카락을 걷어 올렸다. 반듯하게 넓은 이마 아래 투명한 푸른 눈이 더 선명하게 보였다.

"내 나오, 맞네."

"하아."

심장이 녹아내릴 듯 따스하게 귓가를 파고드는 그의 목소리에 나오가 청제의 가슴에 얼굴을 묻으며 그대로 주르륵 흘러내렸다. 한 조각의 힘도 남아 있지 않은 듯 풀어져 내리는 나오의 몸을 청제가 받아 안았다.

축 늘어진 채 깊은 잠에 빠진 나오를 안고 청제가 어둠 속의 허공을 응시했다. 또다시 언제 빛이 스며들지 알지 못하기에 한순간도 긴장을 놓을 수 없었다.

무슨 빛인지 알 길은 없었다. 하지만 분명 이곳 명부 안의 빛은 아니었다. 그런 빛에 강력한 요괴가 두 마리나 소멸할 리는 없으니까. 그리고 자신이 이곳의 빛과 세상의 빛을 구별 못 할 리도 없었다. 세상의 빛이 명부로 뚫고 들어오고 있었다. 그 빛을 타고 오른다면 지금 자신의 힘으로도 명부를 나가는 것이 가능할지도 모를 일이었다.

아직 조금 전 빛의 기운이 이 공간에 떠돌고 있어서인지 요괴들의 기척은 전혀 느껴지지 않았다. 만에 하나 요괴들의 기척이 확연하게 느껴진다 해도 지금은 이곳을 떠날 수 없었다. 이곳에서 느낀 빛의 기운을 다시 기다려야 하니까. 청제의 피곤을 가득 담은 푸른 눈동자가 품 안의 나오를 내려다보았다.

굳게 닫힌 눈이 아쉬웠다. 조금 전 보았던 푸른 눈동자가 꿈이었을까 봐. 다시 그곳에 붉은 눈동자가 담겨 있을까 두려웠다. 붉은 눈동자도 그녀가 맞다고 스스로에게 다짐하고 또 다짐했었건만 연푸른 눈동자로 자신을 청제님이라 부르는 그녀를 보는 순간, 붉은 눈동자는 기억 속에서 사라져 버렸다.

자신의 기운으로 출혈은 대충 막았지만 여전히 벌겋게 상처를 드러내고 있는 그녀의 팔에 그의 아픈 시선이 닿았다. 자신의 팔을 스스로 물어뜯던 그녀의 모습이 떠오른다. 아마 검이 있었다면 그녀는 자신의 목을 스스로 직접 베어 버렸을지도 모를 일이었다.

"너는 정말."

한숨 속에 그리움을 가득 담아 청제가 투명하게 맑은 나오의 이마에 가만히 입술을 내렸다. 따스하고 달큰한 온기. 온전히 그리운 온기만을 담은 그 감촉이 몸이 떨리게 좋았다. 그리운 온기를 머금은 몸이 살짝 흔들렸다.

"좋다."

나른하면서도 웃음기 어린 목소리가 들려오자 청제가 편안한 얼굴로 그녀를 바라보았다. 푸른 눈동자가 거기 있었다. 혹여 꿈일까 두려워서였을까. 조금 힘겹게 뛰던 그의 심장이 편안하게 울렸다. 망각에서 깨어난 그녀의 몸이 이제 조금 회복된 듯 느껴졌다.

"잘 잔 거냐?"

"예."

까닥까닥 그녀의 머리가 흔들렸다. 청제의 입술이 다시 한 번 그녀의 이마에 닿았다 떨어졌다. 그러고는 천천히 그녀의 보드라운 입술로 내려갔다. 그를 기다리고 있었던 듯 살며시 열리는 입술 안으로 그의 혀가 미끄러져 들어갔다.

"어디까지 기억하는 거냐?"

마주 앉은 청제의 물음을 들으며 나오가 그의 품 안으로 바짝 다가앉아 그의 목에 난 끔찍한 상처를 가만히 어루만졌다. 자신과 팔 없는 요괴가 물어뜯은 그의 목에는 흉측한 상처가 커다랗게 벌어져 있었다.

청제 스스로의 회복 능력으로 피는 더 이상 나지 않았지만 자신의 잇자국이 새겨져 있는 상처를 보는 것만으로도 그녀의 심장은 여전히 쿵쿵 아프게 울렸다.

"다 기억합니다."

"이곳에서의 시간도?"

"예."

행복한 얼굴로 대답하던 나오의 얼굴이 일순 붉어지는 것을 보며 청제가 입꼬리를 올렸다. 진짜 다 기억하는 모양이었다. 붉은 눈을 하고 있던 시간의 기억까지도.

"나름 좋았는데. 이곳에서의 나오가."

"예?"

"그런 모습의 너는 상상해 보지 않았는데, 나쁘지 않았어."

"……."

"돌아가면."

붉어진 얼굴로 자꾸만 뒤로 몸을 물리는 나오의 허리를 잡은 청제가 그녀를 더 깊이 끌어안았다. 단단한 가슴에 그녀의 말랑한 몸이 온전하게 느껴졌다.

"그때의 너를 기대해도 되는 건가?"

"청제님!"

붉어진 그녀의 목에 청제가 입술을 가져다 댔다. 잘 익은 봉숭아보다 더 달큰한 향내가 코끝으로 스며들었다. 자신의 입술을 팔딱이는 그녀의 박동에 가져다 대고 깊게 숨을 내쉬자 자꾸만 흐려지던 머릿속이 조금은 맑아지는 것 같았다.

"이상했습니다."

그의 품을 마주 안은 채 나오가 꿈이라도 꾸는 듯 속삭였다. 그녀의 숨결과 따스한 온기를 탐하며 그가 대답도 없이 그녀의 말을 들었다.

"아무것도 기억나지 않았는데, 당신이 누구인지도 몰랐는데 처음 본 순간부터 빠져들어 버렸으니까요. 당신이 찾고 있다고 하는 이가 질투 났

424

습니다.”

“큭큭.”

“그래서 간절히 바랐습니다. 내가, 당신이 찾는 그 여인이기를.”

마지막 말이 그녀의 목에서 떨리며 흘러나왔다. 그녀의 목에서 입술을
뗀 청제의 눈이 그녀를 바라보았다. 투명한 물기가 맺힌 그녀의 눈이 웃
고 있었다. 웃음을 담은 채 일그러지는 얼굴에 그녀의 눈에 가득 고였던
눈물이 주룩 볼을 타고 흘러내렸다. 그의 손이 그녀의 보드라운 볼을 감
쌌다.

“나 역시 그랬다. 그러면서도 불안했다. 만약 네가 아니라면, 내가 네
가 아닌 다른 여인에 빠져 너를 찾는 것을 잊는다면 어떻게 할까하고. 네
가 아닌데 그리 빠질 리가 없는 건데.”

“그 여인을 대하시는 청제님은 저를 대하실 때와는 조금 달랐습니다.
저 다 기억합니다.”

무엇이 떠오른 것인지 물기가 마르지 않은 나오의 얼굴에 약한 심술이
돋아났다. 샐쭉하게 떠지는 그녀의 눈꼬리가 익숙해 그가 그 눈꼬리에 살
며시 입을 맞췄다. 어떤 모습이라도 좋았다. 그녀면 되니까.

“그리 색기가 넘치시는지 정말 몰랐습니다.”

“이런, 내 본모습을 몰랐던 거로구나. 걱정 마라. 이제 황금타로 돌아
가면 질리게 느끼게 해 줄 테니까.”

그녀는 모를 것이다. 얼마나 많은 시간을 그가 그녀를 안고 싶은 마음
을 잘라야 했는지. 처음에는 그녀가 두려워할까 봐, 그녀가 놀랄까 봐 생
각도 할 수 없었다. 여의주가 있다는 것을 알고 나서는 더더욱 그럴 수 없
었다. 품에 안는 것만으로도 심장이 터지게 고통스러웠으니까.

“일전에 말하지 않았던가. 이제 황금타로 돌아가면 절대 도망가지 못
하게 할 거라고. 한순간도 내 품에서 떼어 놓지 않을 거니까. 한시도 나에
게서 떨어질 생각일랑 말아라.”

"약속하십시오. 정말 그러실 거라고요. 한시도 떼어 놓지 않겠다고."

나오가 그의 목에 두 팔을 감고 그를 올려다보며 하는 말에 청제가 크게 고개를 끄덕였다. 행복하면서도 지우지 못하는 그녀의 불안이 엿보였다. 그럴 것이다. 그를 사랑한 순간부터 지금까지 그녀에겐 한시도 불안하지 않은 시간이란 없을 것이니까. 안타까움을 담은 아름다운 사내의 푸른 눈이 진하게 미소를 담았다.

"나를 소멸시킬 수는 있어도 그 누구도 너를 나에게서 떼어 놓을 수는 없다. 이제 절대."

그녀가 그의 목에 팔을 두르고 그를 끌어안았다. 다시는 헤어지지 않아도 된다는 것이 그녀를 이리 행복하게 하는 모양이었다. 긴 심연의 시간이, 이곳에서의 기약할 수 없는 두려움의 시간이 이 아이에게 얼마나 커다란 두려움이었을지 생각하는 것만으로도 심장이 난도질을 당하는 듯 아파 왔다.

우르릉.

품 안에 나오를 꼭 끌어안고 있던 청제가 천천히 고개를 들었다. 공간이 울리고 있었다. 무엇인가가 이 공간을 흔들고 있는 것 같았다. 그가 그녀를 안은 채 몸을 일으켰다.

끝도 없어 보이던 위쪽이 흔들리고 있었다. 어디가 끝인지, 그곳이 어떻게 흔들릴 수 있는지 알 길은 없었지만 분명 어둠의 공간이 무슨 충격인가에 거칠게 흔들리며 공명하고 있었다. 이제껏 느꼈던 빛과는 다른 크기의 빛이 쏟아져 내릴 모양이었다.

"꽉 잡고 있어라."

"걱정 마세요. 절대 놓지 않을 거예요."

그가 푸른 장의 자락 안에 그녀를 감싸고 한 손으로 그녀의 몸을, 나머지 한 손에는 광청검을 들었다. 그리고 거칠게 흔들리기 시작하는 공간 한가운데 섰다.

출구를 찾을 수도, 찾을 힘도 없었다. 어쩌면 이곳에는 출구 따위 없는지도 모를 일이었다. 만에 하나 그가 출구를 찾을 수 있다 해도 그때까지 그녀가 버틸 수 없을 것이기도 했다.

이번이 마지막 기회일 것이다. 누가 무슨 이유로 이 균열을, 이 빛을 이 안으로 쏟아지게 하고 있는지는 모르지만 이 빛이 아니라면 그 무엇으로도 이 안에서 자신이 온전히 힘을 가질 기회는 다시 오지 않을 테니까.

저 멀리, 그 끝이 어딘지도 모를 곳에서부터 아주 조금씩 빛이 새어 들어오고 있었다. 어둠의 공간이 균열하며 점점 빛이 조각조각 아래로 흩어지듯 쏟아져 내린다.

흘러내리기 시작한 눈이 부신 빛 아래 선 청제가 나오를 안은 팔에 힘을 준 채 광청검을 들어 올렸다. 그가 들어 올린 광청검을 타고 천천히 푸른 기운이 물결치듯 흘러나오기 시작하며 그 푸른 기운이 약하게 흘러드는 빛을 향해 움직이는 것이 보였다.

스스로의 힘을 찾기 위해 청룡의 기운이 움직이고 있었다. 그의 고개가 빛을 향해 들어 올려졌다.

"나, 동방의 청제 지국천이 명한다. 지상의 빛은 그 빛의 주인인 나를 품어 세상으로 인도하라!"

칼날 같은 그의 외침이 공간을 울리자 조각조각 흩어진 채 명부 안으로 쏟아져 내리던 빛줄기가 하나로 뭉치기 시작했다. 거대한 빛의 회오리가 어둠의 공간을 휘몰아치자 그 공간 안의 어둠이 파열하듯 터져 나가며 끔찍한 비명이 웅웅 울렸다.

귀를 찢을 듯 울려오는 어둠의 울음에 청제가 미간을 찡그리며 품 안의 나오를 더 강하게 끌어당겼다. 자신에게는 해가 되지 않을 이 울음도 그녀에겐 고통으로 다가올 수 있었다. 그것을 증명이라도 하는 듯 품 안의 나오가 자신의 품 안으로 더욱 움츠러드는 것이 느껴졌다. 그녀의 약한 육체가 오래는 견딜 수 없을 것이다. 서둘러야 한다.

청제가 빛을 향하며 손을 들어 올렸다. 그 손짓에 주인을 기다리기라도 한 듯 빛줄기가 그를 향해 모여 그의 손안으로 스며들었다. 그의 손끝이 진한 푸른빛으로 물들어 갔다.

끝없이 스며드는 빛의 줄기를 삼키는 그의 몸 전체가 서서히 푸른빛에 둘러싸였다. 어둠뿐이던 그의 모습이 점점 푸른 기운에 잠기며 그의 온몸을 감싼 푸른 장막이 만들어졌다. 그렇게 눈이 부신 푸른빛이 어둠뿐인 명부 안에 가득 찬 순간.

"出(출)."

뭉글뭉글 끝없이 그의 손끝에 감기는 푸른 기운을 향해 그가 나직하게 명령했다. 그리고 그 순간 푸른 바람을 타고 그의 몸이 그대로 허공으로 솟구치기 시작했다.

어둠 속의 푸른빛이 거대한 명부의 공간을 뚫고 오르는 모습에 명부 안의 모든 것이 몸을 숙였다. 닿기만 해도 소멸할 수 있는 지상의 빛에 경의를 표하며 두려움을 나타내는 것이리라.

명부 밖에서 쏟아져 들어오는 진한 붉은색의 빛과 명부 안에서 세상으로 뚫고 오르는 푸른빛이 어둠뿐인 명부를 가득 채웠다가 어느 순간 거짓말처럼 사그라들었다.

푸른빛이 사라진 명부는 언제나처럼 짙은 어둠만이 가득했다.

혼란

막 전각 안으로 들어서던 이든이 잠시 걸음을 멈췄다. 등을 보이고 있는 주인의 모습 때문이었다. 뭉글뭉글 주인을 감싸고 있는 어둠의 기운이 사라질 때까지는 주인에게 다가갈 수 없는 것이다. 아마 명부의 기운을 느끼고 있을 것이다. 해서 더 다가갈 수 없었다.

그 청족 아이가 죽음의 목전에서 명부로 들고 그 뒤를 청제가 따라간 이후 주인의 신경은 계속 날카롭게 곤두서 있었다.

헌데 그 이유를 알 수 없는 이든이었다. 그들이 돌아오기를 바라는 것 같다가도 또 그러지 않길 기원하는 것처럼 보이기도 했기 때문이다.

한참을 그렇게 눈앞의 기운을 응시하던 흑제가 손을 들어 허공을 휘젓자 그의 앞에 따리를 틀고 있던 어둠이 흔적도 없이 흩어져 갔다. 다가서는 이든을 향해 흑제가 입을 연 것은 그때였다.

"적제가 명부에 길을 만들고 있다."

"……."

"놀라지 않는 거냐. 이든."

서늘한 흑제의 검은 눈이 거칠게 이든을 돌아보았다. 이든이 흠칫 숨을 삼켰다. 거대한 무엇인가가 목 줄기를 쥐어 잡는 것처럼 두려움이 그의 온몸을 강타했기 때문이다. 자신의 주인에게서 한 번도 느껴 보지 못한 낯선 두려움. 그것에 노신의 몸이 부들부들 떨렸다.

하지만 그것을 애써 누르며 이든이 의아한 듯 고개를 들었다. 총명함이 가득한 그의 눈이 차디찬 주인의 눈빛을 녹이고 싶은 듯 따스하게 그를 올려다보았다.

"세상을 오래 살다 보면 웬만한 일에는 놀라지 않는 법이지요. 그래서, 적제께서 성공하실 것 같으십니까."

"길을 만들어도 그 길을 타고 오를 이가 없다면 아무 소용 없겠지."

섬뜩한 검이 꽂히듯 느껴지는 말투였다.

"청제께서 돌아오지 못하실 거라 생각하시는 것입니까."

"아직 아무것도 보이지 않는다. 사라진 흔적도, 남겨진 흔적도."

잠시 세상을 얼릴 듯 지독하게 차가웠던 표정이 다시 무감해지는 것을 보며 이든이 나직하게 물었다.

"돌아오실 수 있을까요."

"……."

흑제의 검은 눈동자가 거칠게 흔들렸다.

스스로도 스스로의 마음을 알지 못하니 대답할 말이 없는 그였다. 자신이 바라는 것은 대체 무엇일까. 둘 다 돌아오는 것? 아니면 둘 다 돌아오지 못하는 것?

순간 흑제의 미간이 아프게 일그러졌다. 그의 손이 자신의 가슴 위를 지그시 눌렀다. 심장에 통증이 느껴지는 모양이었다. 그의 모습에 놀란 이든이 고개를 들었다. 짙게 숨을 내쉰 흑제가 천천히 손을 들어 올렸다.

무엇인가를 찾는 듯 들어 올려진 흑제의 손끝이 파르르 떨리고 있었다.

"왜 그러십니까."

"아니야."

흑제가 떨리는 자신의 손을 꽉 움켜쥐었다. 이든이 걱정스러운 표정으로 그런 흑제를 응시했다. 적제의 기운이 명부를 강타한 모양이었다.

흑제의 힘은 심연과 명부에 근원을 둔다. 모태 속에서 모든 생명이 탯줄로 연결되어 있듯 흑제는 자신의 근본인 심연이나 명부와 그 기운이 연결되어 있는 것이다. 그러니 그곳에 조금의 자극이라도 주인에게 그대로 느껴질 것이다.

짜증스럽게 눈을 찡그리는 주인의 모습을 보며 이든이 그가 눈치채지 못하게 한숨을 토해 냈다.

적제가 명부에 빛의 힘을 쏟아부은 지 꽤 시일이 지났음을 알고 있는 이든이었다. 그런데도 아무 변화도 일어나지 않고 있었다.

그렇다면 청제가 아직도 그 소녀를 찾지 못했다는 것일까. 아니면 찾았어도 청제를 기억하지 못하거나, 둘 다 소멸한 것일까. 그건 아닐 것이라 믿고 싶었다. 소녀는 모르지만 청제가 그리 쉽게 소멸할 리는 없으니까.

"그건 그렇고 오늘은 또 뭐야."

차디차던 시선이 조금은 따스함을 담는 것을 느끼며 이든이 고개를 숙였다.

"길상천녀께서 잘 드시지 못한 지 며칠이 지났다고 합니다."

무심한 흑제의 시선이 이든을 향했다. 그 무심함에 이든이 속으로 한숨을 내쉬었다.

"시녀들의 걱정이 많습니다. 한번 들러 보십시오."

"……알았어."

"정말 모르시는 것은 아니시지요?"

"뭘?"

이든의 난데없는 물음에 흑제가 의아함을 담고 그를 보았다. 노신의 반짝이는 눈 안에 담긴 것이 무엇인지 읽히지 않았다. 정말 모르는 듯 의문을 가득 담은 흑제의 시선에 이든이 깊게 한숨을 내쉬며 고개를 저었다.

"길상천녀께서 흑제님을 얼마나 연모하고 계시는지를 말입니다."

"……뭐?"

사내의 얼굴에 난감함이 어렸다.

"이 수정타에서 그것을 모르는 이는 흑제님뿐이실 것입니다."

"그게 무슨, 윽!"

그 순간이었다. 언제나 차디차게 새하얗기만 하던 얼굴에 연한 붉은 기운을 담던 흑제가 이를 악물며 머리를 감싼 것은.

이든의 눈이 커다랗게 열렸다.

"흑제님!"

"하아, 하아."

잠깐 동안 그렇게 머리를 쥐어 잡고 고통을 참는 듯 움직이지 않던 흑제의 시선이 천천히 들어 올려진 모습을 보는 이든의 심장이 쿵, 내려앉았다. 언제나 차디차게 흔들림 없던 흑제의 눈동자가 거칠게 들끓고 있었다. 그의 검은 눈동자에 뜨거운 불이 일렁였다.

"그가, 돌아왔다."

"예?"

"명부의 하늘을 박살 내면서."

얼마나 악물었는지 붉은 핏물이 배어 나오는 그의 입술이 비틀렸다. 언제나 무표정하던 그 얼굴에 이렇게도 진한 표정이 담길 수 있음에 놀라는 이든이었다. 희열과 고통, 짜증과 두려움 그 모든 것이 지금 흑제의 얼굴에 가득 번지고 있었으니까.

"내 것을 부숴 놓았으니, 대가는 받아야겠지?"

"흑제님!"

무슨 생각을 한 것일까. 아주 잠깐 허공을 응시하던 그의 눈이 차갑게 식어 내리는 것을 보는 이든의 심장이 두근두근 떨렸다.

어지럽게 흔들리던 그의 표정이 하나의 표정으로 굳어 가는 것은 소름 끼치는 광경이었다. 그리고 그 표정이 의미하는 것을 깨달은 이든의 얼굴에는 끔찍한 두려움이 고여 왔다.

검은 장의가 바람을 일으키며 달려 나가는 모습을 차마 막지 못한 이든의 얼굴에 막막함이 가득 어렸다.

"흑제님! 잠시만!"

기척도 없이 거칠게 열리는 문 안으로 다급하게 여시종의 목소리가 울렸다. 그녀가 몸이 좋지 않음을 알기에 기척조차 조심하던 이의 날카로운 목소리에 힘겨운 눈을 겨우 뜨며 길상천녀가 침상에서 몸을 일으켰다.

"비켜라."

흑제였다. 어둠보다 더 진한 서늘함을 품은 그가 자신의 앞을 막아서는 여시종을 향해 나직하게 명령하자 난감함을 담은 새하얀 여시종의 얼굴이 천녀를 향해 돌려졌다. 그녀가 여시종을 향해 살짝 고개를 저어 보였다.

세상이 다가오는 것만 같았다. 무거움이 바닥을 뚫을 수도 있을 것 같은 무게를 품고 흑제가 자신에게 다가오고 있었다. 힘겨운 몸을 움직여 길상천녀가 일어섰다. 다리에 힘이 들어가지 않았지만 지금의 그 앞에 앉아 있을 수는 없었다.

"그대입니까."

서늘하고 무거운 기운이 온몸을 강타하는 느낌일까. 한 발 자신에게 다가서는 그에게서 뿜어져 나오는 분노를 느끼며 길상천녀가 파래진 입술을 가만히 열었다.

파리한 입술이 파르르 떨리고 있었지만 그녀는 그를 향해 있는 시선을 돌리지 않았다. 그가 무엇을 말하는 것인지 온전하게 느껴져 왔다.

"예."

"그대가 상관할 일이 아닐 텐데요."

그의 이마에 푸른 힘줄이 돋아나 있었다. 악문 이 사이로 힘겨운 숨을 토해 내는 그의 눈에서 시선을 돌리지 않으며 길상천녀가 그를 올려다보았다.

그에게선 고통과 분노, 그 이질적인 감정들이 소용돌이치고 있었다. 그저 바라보는 것만으로도 그의 기운에 눌려 숨을 내쉬는 것조차 힘겨웠지만 그녀는 그에게서 시선을 돌리지 않았다. 그를 붙잡듯 그녀의 시선이 그를 감싸고 있었다.

"청제님과 나오 님을 도와 드리고 싶었을 뿐입니다. 흑제께서 도우실 수 없는 일이라 하여서."

"도울 수 없다? 큭큭. 아니요. 잘못 아신 겁니다. 도울 수 없는 것이 아니라 돕지 않은 것입니다."

"예?"

놀라 커다랗게 열리는 길상천녀의 눈 가까이 흑제의 얼굴이 다가왔다. 서늘하게 빛나는 흑제의 검은 눈동자가 이해할 수 없는 광기로 흔들리고 있는 것이 보였다. 무엇인지 알 수 없는 불안과 불규칙적인 그의 호흡. 무엇인가 잘못되었다.

"심연도, 명부도 마음대로 들어갈 수는 있어도 마음대로 나갈 수는 없습니다. 내가 허락한 적 없는 그런 방법으로 모든 것을 박살 내면서는 더더욱 말입니다."

"......."

"해서, 대가를 치르게 할 생각입니다."

잔인하리만치 서늘한 냉소가 그의 입가에 흘렀다. 그리고 그가 몸을 돌리는 순간, 길상천녀의 손이 그의 옷깃을 잡았다. 의아한 듯 약하게 일그러진 흑제의 시선이 그녀를 돌아보았다.

"대가라는 것이."

"왜요? 궁금합니까."

"나오 님인 것입니까?"

길상천녀의 눈동자가 아프게 가라앉았다. 그녀의 말에 대답을 하지 않고 흑제가 몸을 돌리려는 순간이었다. 비명처럼 그녀의 목소리가 공간을 울렸다.

"제가 있잖아요!"

굳어 버린 검은 눈동자가 자신만을 담고 있는 갈색 눈동자를 멍하게 내려다보았다. 붉은 기운을 품은 눈동자에 눈물이 가득 고였다 흘러내리고 또 고여 왔다.

"언제나 당신만을 바라보고, 당신만을 연모하는 제가 여기, 당신 곁에 있습니다. 헌데 왜."

"그대는 떠날 테니까."

흔들리던 검은 눈동자가 일순간 차갑게 식어 내렸다.

"내 모계처럼 아무 미련도 없이."

"……."

"하지만 그 아이는 스스로의 힘으로 떠날 수 없을 테니까. 내가 놓지 않는 한."

아름다운 사내의 입매에 담기는 조소를 보며 길상천녀가 고개를 저었다. 다급함에 입안이 바싹 말라 갔다.

"저는 흑제님 곁을 떠나지 않습니다."

간절함을 담은 그녀의 시선 때문이었을까. 아주 잠깐 사내의 검은 눈동자가 혼란스러움을 담고 흔들렸다. 하지만 이내 사내의 눈은 다시 서늘하게 식어 내렸다. 조금 전의 흔들림을 잊고 싶은 듯.

"이 어둠 속에서 그 누구도 흑제의 곁에 끝까지 머문 이는 없습니다."

길상천녀의 얼굴에 아득함이 고였다.

그랬다. 이제껏 모든 흑제의 반려가 그래 왔다. 이 숨 막히는 어둠이 싫어 그 어떤 반려도 흑제들의 곁에 오랜 시간 머문 이는 없었다. 그저 후계를 만들어 주고 떠나 버렸을 뿐. 눈앞의 이도 그렇게 혼자 태어나 혼자 이곳을 지켜 왔기에 그 누구도 믿지 못하는 것이리라.

"저는, 저는 머물 것입니다."

길상천녀가 움직이려는 흑제의 몸을 끌어안으며 그의 가슴에 얼굴을 묻었다. 단단한 사내의 가슴이 부드러운 볼 위로 느껴졌다. 짙은 어둠의 향기가 그녀의 코끝으로 가득 차 왔다. 그의 향기였다.

"제가 소멸하는 그 순간까지 당신 곁에 머물 것입니다."

그 자리에 굳어 버린 듯 움직이지 못하는 사내의 몸을 여전히 그 가는 팔로 꼭 끌어안은 채 길상천녀가 천천히 고개를 들었다.

무엇인지 확인할 수 없는 감정의 소용돌이가 가득한 검은 눈동자가 자신을 내려다보고 있었다. 그 눈빛 안에 자신이 있었다. 그녀의 심장 저 깊은 곳에서 아주 약한 불씨가 천천히 피어올랐다.

"제 안에 당신의……."

자신이 담겨 있는 그의 눈동자를 올려다보며 길상천녀가 바싹 마른 입술을 천천히 떼었다. 그에게 지금, 이 순간 꼭 해야 할 말이 있었다. 그에게 전해야 하는 말이.

"윽!"

그녀가 막 입을 열려던 순간이었다. 그가 자신의 심장을 부여잡으며 이를 악문 것은. 그의 몸이 걷잡을 수 없이 떨리는 것이 그녀의 팔에 온전히 느껴질 지경이었다.

"하아, 하아."

아주 잠시 몸을 숙이고 힘겨운 숨을 토해 낸 흑제가 천천히 몸을 일으켰다. 그리고 그렇게 들어 올려진 그의 눈동자가 다시 그녀의 시야에 들어왔다. 그녀가 숨을 삼켰다.

그녀에게 닿아 있던 그 약하게 흔들리던 눈동자가 아니었다. 붉은 기운을 가득 품고 광기로 번들거리는 눈동자는 너무도 낯설었다. 그 붉은 기운 안에 담긴 것은 광기뿐이었다. 금방이라도 터져 나올 듯 일렁이는 지독한 어둠의 광기가 그 눈에 가득 차 있었다.

"미치겠군."

주룩, 비틀리는 그의 입술에서 핏물이 흘러내리는 모습에 무의식적으로 그에게 다가선 그녀를 그의 팔이 거칠게 털어 냈다. 길상천녀의 가는 몸이 속절없이 뒤로 밀려났다.

아무렇지도 않은 듯 자신의 입가의 핏물을 손등으로 닦아 낸 그가 몸을 뒤로 돌렸다. 다시는 돌아서지 않을 것처럼 차갑고 단단한 등이 그녀를 향해 있었다. 핏물이 묻은 그의 긴 손가락이 허공을 가르자 어둠이 그를 감싸기 시작했다. 그리고 그녀가 그를 부르기도 전에 그 어둠 속으로 그의 모습이 사라져 갔다.

"흑제님!"

정신없이 자신의 전각을 달려 나가던 길상천녀가 낯익은 이의 모습에 그 자리에 멈춰 섰다. 거친 숨결을 겨우겨우 토해 내며 아득한 눈으로 자신을 바라보는 이든의 앞에 선 길상천녀의 얼굴은 백지처럼 지독하게 바래 있었다.

"이든."

"알지 못했습니다."

노신의 주름진 얼굴에 지독한 고통이 고이는 것을 보는 길상천녀의 심장이 서늘하게 굳어 갔다. 그가 모르고 있었다는 그 말이 무거운 추가 내려앉듯 심장을 내리눌렀다. 그다음 말에 귀를 막고 싶은 충동이 일었다.

"청제님이 그곳을 나오실 때의 충격을, 그 충격이 흑제님에게 어떤 고통을 만들 것인지도 말입니다."

몰랐다. 아니, 알 수가 없었던 것이리라. 이제까지 수십만 년 동안 그 누구도 명부에 들었다 나온 이는 없었으니까. 명부가 빛의 힘에 무너졌던 적도 없었기에.

"제가 생각했었어야 합니다. 빛의 힘이 나오려면 명부가 부서질 수도 있을 것이라는 것을. 명부의 거대한 균열이 흑제님에게 어떤 영향을 끼칠지도. 그것을 생각하지 못한 제 불찰입니다."

노신의 눈에서 툭, 물기가 떨어져 내렸다. 후회와 스스로의 불찰에 대한 분노가 그의 몸을 온전히 휘어 감고 있었다. 그 모습에 길상천녀가 주춤주춤 뒤로 물러섰다. 두려움이 온몸을 감아 왔기 때문이다.

"안 돼."

한숨처럼 속삭인 길상천녀가 달리기 시작했다. 꽃잎이 지듯 허공으로 스며드는 그녀의 옷자락에 닿은 노신의 시선이 아득하게 흐려졌다.

"하아, 하아."

온몸이 터질 듯한 강렬한 충격에 그저 그의 품만을 움켜쥐고 견디던 나오가 겨우겨우 숨을 토해 냈다. 무슨 일이 벌어진 것인지, 이 순간 뒤에는 어떤 일이 벌어질 것인지도 그녀는 알지 못했다.

하지만 그의 품 안이었다. 이 순간 온몸이 바스러져 허공으로 흩어진다 해도 후회도 두려울 것도 없었다.

그리고 그렇게 버틴 후, 무엇인가 달라져 있었다.

숨도 제대로 내쉬지 못한 채 붉은빛을 뿜어내는 적제 뒤에서 허공을 응시하고 있던 비사의 눈에 무엇인가가 들어온 것은 그때였다. 원래도 붉은 비사의 눈은 이제 하얀 부분은 찾을 수도 없을 만큼 가득 핏물이 차 있었다.

벌써 며칠째 심장이 바짝바짝 말라 가는 그였다. 온몸의 정기가 말라 바삭거림이 입안에서까지 느껴질 지경이었지만 물러설 수도 포기할 수도 없는 그는 그저 적제만을 믿을 수밖에 없었다.

　적제가 보낸 홍조의 서신에 득달같이 이곳으로 날아온 지 벌써 열흘이 었다. 청제의 성물을 가져오라는 기별에 적제가 무엇을 하려는 것인지 느낄 수 있었다. 청제의 흔적을 찾으려는 것이리라.

　"나도 갈 거야."

　"넌 여길 지켜."

　"싫어! 결계를 쳐 놓으면 되잖아! 어차피 청제님이 계시지 않으면 이 황금타의 안위가 무슨 의미인데! 이번엔 나도 간다고!"

　버럭버럭 고함을 치며 따라나서는 건달바를 이번에는 말리지 않았다. 건달바의 말이 틀리지 않았기 때문이다. 청제가 없는 황금타의 안위 따위 아무 의미도 없는 것이니까. 본체가 없는 껍질을 안고 뭘 한단 말인가.

　"무엇을 하시려는 것입니까."

　수정타의 외곽에서 기다리고 있던 적제에게 청제의 성물을 건네며 묻는 비사에게 적제가 한 통의 서신을 보여 주었었다. 가지런하고 고운 서체. 그것은 수정타의 안주인 길상천녀의 것이었다.

　"청제님의 힘만으로는 불가능한 일이라는 말씀입니까? 명부에서의 귀환이?"

　서신을 살피다 놀라서 묻는 비사에게 적제의 잔뜩 일그러진 얼굴이 보였다. 안 그래도 주름이 많은 붉은 중년 사내의 얼굴은 짙은 수심에 잠겨 있었다.

　"힘의 근간이 빛인 지국천이나 나에겐 명부의 어둠은 지독한 독이니까. 아무리 지국천이라 해도 그곳에서 돌아오는 것은 쉬운 일이 아니네. 게다가 이미 명부에 혼과 육신이 함께 든 그 아이를 데리고서는."

　"하지만 가능하다 하지 않으셨습니까. 모두."

　"혼자 돌아오는 것이라면 가능할 것이라 여겼다네. 헌데 이리 지체되는 것을 보면 절대 혼자 돌아올 생각은 없는 것이고. 그때도 어려울 것이라 알고 있었지만 말릴 수가 없었을 뿐이네. 말린다고 들을 지국천인가.”

“허면 방법이 없는 것입니까.”

하얗게 질리는 비사의 모습을 보며 적제가 아래를 내려다보았다. 저 아래, 끝도 없는 땅 밑 그 어딘가에 명부가 있을 것이다.

“내가 그를 조금은 도울 수 있을 것 같아 그대에게 연통을 한 것이네.”

“허면 흑제께서는 아무것도 해 주지 않으시는 겁니까.”

나오를 심연에 숨어 있게 해 주었고 나오와 청제가 명부에 드는 것도 도와준 것이 흑제였다. 헌데 명부에서 나오는 것은 그가 도와줄 수 없다는 것인가? 명부는 그의 세계인데도?

“자기 스스로가 만들어 놓은 명부의 천리를 자신이 깨는 것은 쉬운 일이 아니지. 흑제 스스로 명부의 근간을 뒤흔든다면 그것은 더 엄청난 결과를 가져올 수도 있으니까.”

“허면 어떻게…….”

“지금 해 볼 수 있는 방법은 내 힘을 이용하는 것뿐이네.”

비사의 시선이 거칠게 흔들렸다. 어쩌면, 정말 어쩌면 그럴 수도 있을 것이란 기대가 심장 저 깊은 곳을 두드리고 있었기 때문이다.

오방대제들 중 가장 서로의 힘에 가까운 것은 청제와 적제다. 바람과 불이 두 대제의 힘의 근간이지만 그것을 가능하게 해 주는 근원은 이 세상의 빛이니까.

맑은 빛이 있기에 청제의 푸른 기운이 힘을 가지는 것이고 뜨거움이 가득한 빛이 있기에 적제의 불꽃이 힘을 품는 것이다.

어둠이 힘의 근간인 흑제나, 대지와 쇠의 힘이 근간인 백제와는 함께할 수 있는 것이 없다 하여도 적제와는 그 힘을 함께할 수 있다.

그래서일까. 선대 때부터 적제와 청제들은 다른 대제들보다 가까웠다.

그렇게 청제의 성물로 그의 흔적을 찾으며 저 끝도 없는 어둠의 공간으로 적제의 기운인 불꽃이 스며든 지 열흘, 뚫리지도 않는 명부를 향해 붉은빛의 힘을 쏟아부으며 지쳐 가는 적제도 아무 흔적도 찾을 수 없는 현 상황도 힘겹기만 한 비사였다.

그런 비사의 눈에 무엇인가 이제까지와는 다른 어떤 것이 보인 것은 그 순간이었다.

온통 붉은빛무리만이 지상을 향해 내리꽂히는 것을 본 것이 열흘이었다. 적제의 손끝에서 흘러나온 붉은빛이 태양 빛을 받아 힘을 키우고 그 빛이 그대로 땅을 향해 내리꽂히면 사방이 빛의 파편을 맞아 빛의 일렁임을 드러냈다.

곧게 퍼져 나가지 못하고 일그러져 허공을 유영하는 빛이라니. 하지만 분명 땅을 뚫고 그 어딘지도 모르는 명부를 향해 내리꽂히는 빛줄기는 강력한 저항에 부딪치면 그 형태가 휘며 일그러지곤 했다. 그리고 그 저항의 힘은 고스란히 힘을 쏟아부은 적제에게로 쏟아져 들어온다.

그런 상황에 지금 열흘 이상 노출되어 있는 적제의 모습은 보기에도 힘겨울 지경이었다. 정말 이제 더 이상은 그가 버틸 수 없을 것 같았다.

그렇게 조금 남아 있던 희망이 천천히 사라져 가던 순간이었다. 이 열흘 동안 한 번도 본 적 없는 다른 빛깔의 빛이 적제의 빛을 타고 모습을 보인 것은.

"적제님!"

거대한 푸른 빛줄기가 엄청난 울림을 뿜어 대며 허공으로 치솟아 오르자 허공에 멈춰 선 채 명부를 향해 붉은빛을 쏟아 내던 적제가 성큼 몸을 뒤로 물렸다.

눈이 부시게 짙푸른 거대한 기운. 넋을 놓은 듯 그 기운을 시선에 담은 세 사람의 눈 안에 푸른 기운 속에 담겨 있는 거대한 용의 모습이 보였다. 거대하고 숨이 막히게 아름다운 푸른 용이 빛을 품고 비상하고 있었다.

"끼아악!"

날카로운 용의 울음이 세상을 삼킬 듯 공간으로 울려 퍼졌다. 거대한 푸른 몸이 꿈틀거리며 푸른빛 속에서 날아올라 허공으로 솟구쳤다. 그 용을 반기듯 바람들이 그의 주변으로 모여들어 그를 감쌌다.

세상 어떤 힘에서도 그 푸른 용을 보호하려는 듯 용을 감싸는 푸른 바람을 타고 천천히 허공에서 내려오는 용의 모습에 비사와 건달바의 눈에서 주룩 눈물이 흘러내렸다.

"아, 젠장! 왜 눈에서 물이 나오는 거냐!"

비사가 털을 축축하게 적시는 눈물을 짜증스럽다는 듯 닦아 내며 비사를 향해 고개를 돌렸다. 털에 파묻혀 잘 보이지 않는 건달바의 눈이 환하게 웃고 있음을 비사는 느낄 수 있었다.

용을 감싸던 푸른 기운이 천천히 허공으로 흩어진 곳에 푸른 장의를 펄럭이며 품 안에 무엇인가를 소중히 안은 사내가 섰다.

온몸에 수많은 상처와 혈흔을 새기고 있음에도 지금 이 순간 가장 강해 보이는 사내의 얼굴에는 연한 미소가 올라와 있었다.

"청제님!"

"지국천!"

자신을 향해 달려오는 반가운 이들의 얼굴을 확인한 후에야 청제는 천천히 팔에 힘을 풀었다. 하지만 그래도 불안한지 그의 한 손이 허공에 커다란 원을 그리자 그의 품 안에서 빼꼼 고개를 내미는 나오의 주변으로 바람의 결계가 둘러쳐졌다.

"다녀오셨습니까."

온몸 가득 피비린내를 풍기며 서 있는 주인을 바라보는 비사의 눈에 붉은 물기가 촉촉하게 젖어 들었다. 그 품에 여전히 나오를 안고 있는 모습이 애틋하고 대견할 지경이었다.

어려서도 자주 저런 모습이었다. 제대로 바람의 힘을 운용하지 못해 바람에 쓸리고 부딪혀 온몸에 상처를 달고 살던 어리던 그를 기억한다. 떼를 쓸 이도, 어리광을 부릴 이도 없던 안쓰럽고 어리던 주인.

그러던 주인이 이제 세상 그 어떤 것에서도 연모하는 이를 지켜 내 저리 품고 있는 모습은 가슴이 저릿할 만큼 대견하고 행복했다.

"비사 님! 건달바 님!"

"나오야!"

이제 막 빛에 닿은 눈이 부신지 미간을 좁힌 채 한참을 그의 품 안에 있던 나오가 천천히 고개를 들더니 비사와 건달바를 보고 함박웃음을 지었다. 너무도 아름답고 고운 미소에 마주 보며 고개를 끄덕여 주는 비사와 달리 건달바는 급하게 나오의 곁으로 달려갔다.

쿵!

반가움에 환한 미소를 담고 달려가던 건달바의 거대한 몸이 보이지 않는 결계에 막혀 뒤로 거세게 팅겼다. 그의 몸이 바닥으로 나뒹굴었다.

"청제님!"

"기다려."

낮게 청제가 속삭였다. 이제 막 세상에 나온 나오였다. 그동안 긴 시간 심연 안에서 견뎌야 했고 그곳에서 나오자마자 다시 죽어 가는 몸으로 명부에 한참을 갇혀 있어야 했던 그녀의 몸이 급작스러운 변화에 어떻게 반응할지 두려운 그였다. 그래서 자신의 결계로 외부의 자극을 차단하고 있는 것이다.

"아무리 그래도 반가워서 그러는 건데! 너무하십니다! 청제님은!"

아픈 머리를 만지며 씩씩거리면서도 건달바가 환하게 웃었다. 자신을 보고 환하게 웃는 나오의 모습이 그저 좋았다.

비사와 건달바 뒤로 자신들에게 다가서는 적제의 모습에 청제가 깊이 고개를 숙였다.

"혹시나 했었는데 역시 중장천이셨군요."

"고생이 말이 아니었나 보군. 자네의 모습을 보니 말이야."

"그런가요."

그렇게 말하는 적제의 모습도 말이 아니긴 마찬가지였다. 대체 얼마나 이렇게 힘을 쏟아부으며 견딘 것인지 언제나 붉게 타오르던 거대한 적제의 기운이 거의 느껴지지 않을 지경이었다. 빛의 기운 자체를 거부하는 명부로 빛을 들여보낸다는 것도 적제가 아니라면 그 누구도 상상조차 해볼 수 없는 일이었을 테니까.

"그래도 늦지 않아서 정말 다행이네. 혹여 자네가 소멸했을까 얼마나 두려웠는지 아는가."

"조금만 늦었다면 그랬을지도 모릅니다."

"그 아이, 기어이 찾은 것이군."

청제가 힘겨워 보이는 파리한 입술을 하고 여전히 품 안에서 풀어내지 않고 있는 여인에게로 시선을 옮기며 적제가 감탄을 섞어 고개를 저었다.

"예."

적제의 말에 힘겨운 얼굴에 미소를 담으며 청제가 다시 한 번 품 안의 그녀를 끌어당겼다. 순간순간 자신의 품에 그녀가 있음을 확인해야 마음이 놓이는 그였다. 그런 모습을 재미있다는 듯 바라보며 적제가 붉은 손을 내저었다.

"어서 황금타로 돌아가게. 지금 자네 상태가 이러고 있을 때가 아니야. 다른 대제들과 제석궁에는 내가 기별을 할 터이니."

"감사합니다."

"말로만은 안 되네. 내 꼭 동방의 숲에서 자네와 한잔 할 테니까."

"기다리겠습니다."

피로가 가득한 얼굴로 청제가 미소를 지었다.

적제가 느끼듯이 지금 자신의 온몸은 한마디로 만신창이였다. 이리 버티고 있는 것도 쉽지 않을 만큼. 적제의 불의 기운이 도와주었다 해도 그 기운을 타고 명부를 뚫고 오른 것은 온전히 그의 힘이었다.

아주 미세하게 생긴 균열의 틈으로 빛의 도움을 받아 세상까지 치고 올라오는 것은 정말 끔찍한 경험이었다.

이질적인 것을 밀어내려는 세상의 힘과 자신의 것이 빠져나가지 않게 하려는 어둠의 힘이 그를 당기고 밀어내려 했다. 그 틈 사이로 그녀를 온전히 품고 오르는 것은 온몸이 부서져 내리는 고통을 견뎌 낸 결과였다.

콰쾅!

그렇게 막 서로를 등지고 적제와 청제가 돌아서는 순간이었다. 그들에게로 거대한 어둠의 힘이 들이닥친 것은.

온몸으로 확연하게 쏟아져 내리는 거대한 힘을 느낀 적제와 청제가 만들어 낸 거대한 결계가 그 순간 그들 전부를 덮었다. 두 대제가 만든 결계가 부서질 듯 엄청난 굉음을 울리며 거칠게 흔들렸다.

결계를 덮쳤던 거대한 어둠의 기운이 뭉글뭉글 제자리를 찾아가듯 뭉치는 곳으로 시선을 돌린 모두의 눈앞에 상상조차 해 보지 않은 이의 모습이 보였다.

금방이라도 세상을 다 뒤덮을 듯 시커멓고 거대한 검은 어둠을 군대처럼 뒤로 거느린 채 그들 앞에 서 있는 것은 흑제, 다문천이었다.

"다문……천?"

금방이라도 세상 전부를 어둠으로 감쌀 것처럼 흑제의 검은 장의가 바람을 타고 펄럭이자 그 움직임을 따라 흔들리듯 그의 뒤에 거대하게 모여 있는 어둠도 함께 일렁거리기 시작했다.

그렇게 눈앞의 먹이를 두고 간절하게 덤벼들고 싶은 짐승처럼 일렁이는 어둠을 향해 흑제가 손에 들고 있던 흑우선을 흔들자 어둠이 그들을 향해 덮쳐 왔다. 경악이 어린 모두를 응시하고 있는 흑제의 검은 눈동자에는 온 세상을 얼려 버릴 듯한 차가움만이 가득했다.

우루릉! 콰악!

하늘에서 푸른 바람이 휘몰아치고 거대한 붉은 불꽃이 내리꽂혔다. 세상이 이대로 끝날 것처럼 거대한 힘들이 부딪치는 끔찍한 기운에 휘말리지 않으려 비사와 건달바가 몸을 웅크렸다.

어느새 푸른 기운을 가득 담고 있는 광청검이 청제의 손안에 들려 있었다. 거대한 세상의 기운을 갈무리한 그 빛의 검이 뿜어내는 기운 때문일까. 광청검과 적제의 월도의 힘에 사방으로 흩어진 어둠의 기운이 쉽게 그들에게 다가서지 못하고 꿈틀꿈틀 흑제의 주변을 맴돌았다.

주인의 신호를 기다리듯 자신을 감싸는 어둠의 기운에게로 흑제가 손을 내밀자 기다리고 있었던 듯 어둠의 기운들이 그의 손으로 스며들었다.

"이게 대체 무슨 짓인가! 다문천! 자네 지금 제정신인가!"

터질듯 이글거리는 붉은 눈동자로 금방이라도 흑제를 태워 죽일 듯 노려보며 적제가 일갈했다. 힘겨움이 가득하던 그의 붉은 눈에 거대한 분노가 가득 차올랐다.

금방이라도 자신을 향해 그 거대한 월도를 들이밀듯 호흡조차 거친 적제에게는 시선도 주지 않은 흑제였다.

그런 그가 이 상상도 하지 못한 상황에도 한 치의 흔들림도 없이 품 안에 나오를 안은 채 자신을 응시하고 있는 청제를 바라보았다. 흑제의 진한 광기가 어린 검은 눈동자에 두 사람의 모습이 담겼다.

명부에서의 시간이 어떠했는지 청제의 모습만으로도 충분히 짐작할 수 있었다. 여기저기 요괴들에 물어뜯긴 지독한 상처를 품고 한계에 다다른 푸른 기운으로 버티고 선 사내. 흑제의 입가에 비릿한 냉소가 천천히 퍼져 갔다.

"남의 것을 다 부숴 놓은 채 남의 것을 가져가려면 최소한 주인의 허락을 받아야 하는 것이 아닌가. 지국천."

"그게 무슨 소리야! 대체!"

청제를 향해 묻는 흑제의 말에 적제가 고함을 치며 화를 이기지 못해 월도를 공중으로 거칠게 흔들었다. 월도에서 흘러나온 붉은 불꽃들이 사방으로 퍼지며 주변이 붉게 물들었다.

타오르는 검은 어둠들에게서 비명이 터져 나왔다. 하지만 자신의 힘들에게서 쏟아져 나오는 비명은 아무 상관 없다는 듯 무시하며 흑제가 비릿한 미소로 적제를 향해 물었다.

"명부에 든 모든 혼의 주인이 누구인지 잊으신 것입니까."

"뭐?"

"그 혼들이 다시 태어날지, 온전히 소멸할지를 결정하는 것은 제 권한입니다. 한번 죽은 자는 모두 저의 것이니까요."

"다문천, 지금 자네."

"심연의 기운도, 명부의 기운도 다 품은 저 아이가 제 것이 아니라 말씀하실 수 있으십니까."

"그게 무슨 말인가. 아무리 그렇다 해도 저 아이는……."

파팍!

그 순간이었다. 거대한 푸른 기운이 하늘에서 그대로 내리꽂혔다. 거대한 푸른빛이 그들 주변을 감싸고는 엄청난 소리를 내며 점멸했다.

"청제님."

나오가 순간 끔찍한 두려움을 느끼며 청제의 푸른 옷깃을 쥐어 잡았다. 자신을 품고 있는 그의 품이 차가워지는 것이 느껴져 왔기 때문이다.

여전히 품 안에 그녀를 꼭 안고 있었지만 그의 심장은 더 이상 뛰지 않는 것만 같았다. 차다차게 식어 버린 그의 심장에서 서늘한 냉기가 터져 나와 공간을 얼리려는 모양이었다. 그녀가 그 엄청난 기운에 몸을 움츠렸다. 청제가 차다차게 언 눈동자로 흑제를 바라보았다.

"그러니까, 지금, 저에게 이 아이를 내어 달라 하시는 것입니까?"

"그렇네."

파아악!

허공으로 들어 올려진 광청검에서 또다시 푸른빛이 터져 나와 흑제의 바로 옆의 어둠을 꿰뚫었다. 흑제의 곁을 감싸던 어둠들이 주룩 녹아내렸다. 다시 청제의 푸른 입술이 열렸다.

"제 심장인 것을 아십니다."

"……."

"제가 절대 놓지 않을 것임도 이미 알고 계십니다."

"지국천, 어쩌려는 것인가."

한 마디 한 마디를 피를 토해 내듯 뱉어 내는 청제를 걱정스럽게 바라보며 적제가 물었다. 흑제를 눈으로라도 뚫어 버릴 듯 응시하던 청제가 적제를 보며 피식, 그 푸른 입술을 끌어 올렸다.

"제가 어떻게 할 것 같으십니까."

이 상황에 소름 끼치는 미소를 담는 청제의 푸른 입가에 닿은 적제의 시선이 두려움으로 떨렸다. 이 사내의 성정을 모르지 않기에 저 미소 뒤의 상황이 그려져 왔다. 청제에게서 고개를 돌린 적제의 눈이 흑제를 노려보았다.

"다문천! 대체 왜 이러는 것인지나 알아야겠네. 아무리 저 아이가 심연과 명부의 기운을 품었다 하나 그것도 어쩔 수 없는 상황이었기에 그런 것이 아닌가. 대체 이제 와서 왜…… 설마 자네."

절대 이해할 수 없다는 듯 의아함을 담고 흑제를 바라보던 적제의 얼굴에 천천히 경악이 어리기 시작한 것은 그때였다. 적제가 놀라는 이유를 이미 알고 있다는 듯 청제의 얼굴에는 어떤 변화도 없었다.

이해할 수 없는 광기로 일렁이는 흑제의 눈과 차디차게 얼어 있는 청제의 푸른 눈을 바라보는 적제의 얼굴이 난감함으로 일그러졌다. 흑제가 그 비틀린 입술을 청제를 향해 다시 열었다.

"자네가 명부로 들어가며 말했었지. 심장을 떼어 놓고는 살 수 없기에 명부로라도 들어가야 한다고."

"……."

청제의 번들거리는 시선이 흑제를 바라보았다. 그 터질듯 일렁이는 푸른 눈동자에 약한 두려움이 드리워졌다.

"나도 같은 이유라고 할까? 뛰어 본 적 없던 내 심장을 뛰게 해 준 존재다, 그 아이는. 해서 쉽게 그대에게 내어 줄 수가 없어졌어. 내가 안 되겠거든. 아무리 생각해도 그건 아닌 것 같아서."

검붉은 흑제의 입술에 흐릿한 미소가 번지며 그의 시선이 청제의 품 안에 있는 나오를 바라보았다.

"허면, 데려가 보시지요."

흑제의 시선이 나오를 향한 것을 참을 수 없다는 듯 청제가 나오를 감싸며 천천히 오른팔을 들어 올렸다.

푸른 기운을 그 검날에 천천히 담으며 그의 손에 들린 광청검이 거세게 허공을 향해 울었다. 하늘을 찢을 듯 울리는 그 울림에 하늘의 기운이 광청검을 향해 모여들기 시작했다.

"하아, 하아."

파랗게 질린 입술에서 힘겹게 토해져 나오는 청제의 숨결을 느낀 나오가 그의 품 안에서 고개를 들었다. 조금의 흔들림도 느껴지지 않을 만큼 그의 품에서 보호 받고 있었지만 느낄 수 있었다. 그의 몸이 지금 얼마나 지쳐 가고 있는지, 그의 힘의 한계가 얼마나 가까이 다가와 있는지.

푸른 기운을 뿜는 광청검을 든 그의 팔이 가늘게 떨리고 있었다.

"괜찮아."

나오가 올려다보는 것을 의식한 듯 그가 입가에 연한 미소를 지어 보이며 그녀를 내려다보았다. 그리고 그 순간, 거칠게 터져 나오는 흑제의 검은 기운을 향해 그가 다시 광청검을 들어 올렸다.

거대한 기운이 광청검의 기운에 막혀 터질 듯 거세게 울리는 충격에 나오가 겨우 뜨고 있던 눈을 다시 질끈 감았다. 그의 몸이 힘겹게 흔들렸다. 터질듯 뛰어 대는 그의 심장 고동도 그녀의 심장에 그대로 느껴질 지경이었다.

겨우겨우 검은 기운을 막아서며 버티고 있는 청제를 보다 못한 적제가 월도를 잡은 채 청제와 흑제 사이로 스며들었다.

"그만하게, 다문천!"

그의 붉은 기운이 거대한 물결을 이루며 공간을 일렁였다. 거대한 붉은 몸이 타는 불꽃 속에 잠겨 있는 듯 그의 몸은 온통 붉은 불이었다. 언제나 헝클어져 있던 붉은 머리카락들이 불길을 타고 허공으로 흩날렸다. 금방이라도 세상을 불꽃 안에 삼킬 것처럼 그렇게 커다란 불꽃을 뿜어내며 자신의 앞을 막아서는 적제의 모습에도 흑제는 아무 두려움도 없는 듯 그저 웃기만 할 뿐이었다.

다른 이라면 모를까 흑제가 적제의 상태를 느끼지 못할 리가 없었다. 열흘이 넘는 동안 끝도 없이 명부를 향해 자신의 힘을 쏟아부은 그가 지금 자신을 상대할 수 없음은 그 누구라도 알 수 있을 것이다.

게다가 만약 보통 때의 상태라 해도 자신을 제대로 상대할 수 있는 이는 오방대제들 중 청제가 유일하다. 그러니 지금 상태의 적제가 자신을 향해 아무리 화를 낸들 눈썹 하나 까딱할 필요가 없는 흑제였다. 일렁이는 적제의 붉은 기운을 바라보는 흑제의 얼굴에 조소가 떠올랐다.

"저와 싸우기라도 하시렵니까?"

"싸움은 자네가 먼저 건 것이 아닌가."

"해서 여쭙지 않습니까. 저를 적으로 싸우실 생각이신지."

"싸워야 한다면 싸워야지."

"적제님!"

적제가 손에 들고 있던 거대한 월도를 들어 올리자 적제의 뒤에 서 있던 적제의 시종이 경악이 어린 비명처럼 그를 불렀다. 지금 흑제를 상대한다는 것은 자멸을 자초하는 길이다.

안 그래도 청제나 흑제보다는 전투력이 약한 적제였다. 그런 그가 지금 열흘 넘게 자신의 모든 힘을 끌어 모아 명부에 길을 내준 것도 이미 한계에 다다른 것인데 이제 그런 상태로 또다시 흑제를 상대하겠다니. 그것도 자신의 일이 아닌 싸움이 아닌가.

시종이 황급히 적제의 앞을 막아섰다.

"저를 죽이고 가십시오. 지금의 몸으로는 무리십니다. 절대 안 되십니다. 제발."

"비켜라."

"적제님!"

노여움이 일렁이는 적제의 눈이 눈앞에 버티고 선 시종을 노려보자 시종의 몸이 그대로 벼락이라도 맞은 듯 옆으로 튕겨 나갔다.

금방이라도 터져 버릴 것처럼 붉게 물든 얼굴을 하고 다시 흑제의 앞에 월도를 들어 올리는 적제의 온몸에서 세상을 태울 듯 붉은 불꽃이 거세게 일어났다.

그리고 그 순간, 적제의 검붉은 얼굴이 일그러지며 그의 몸이 풀썩 무너져 내렸다. 터져 나오던 불꽃은 안개처럼 스러져 버렸다.

"적제님!"

옆으로 튕겨 나갔던 시종이 급히 그의 곁으로 다가와 그를 부축했다. 그의 몸을 감싸고 있는 불의 색깔이 점점 어두워지고 있었다. 그것은 그의 몸이 자신의 기운을 견디지 못한다는 뜻이다. 이러다가는 분명 엄청난 사태가 벌어질 수도 있을 것이다.

"일어나셔야 저와 싸우기라도 하실 것 아니십니까."

조롱하듯 뱉어 내는 흑제의 말에 적제가 일어서려 안간힘을 썼지만 불가항력인 모양이었다. 이제 적제 따위 상관도 없다는 듯 흑제의 시선이 다시 청제를 향했다. 푸르게 바랜 입술을 악물고 서 있는 젊은 대제의 모습이 아름답지만 우스워 보였다.

저런 모습으로 자신을 상대하겠다니.

흑제가 손에 든 흑우선을 살랑살랑 부쳤다. 흑우선에서 흘러나온 어둠을 가득 머금은 검은 구름이 무엇인가를 삼키고 싶어 안달이 난 듯 천천히 세상을 뒤덮기 시작했다.

그렇게 하늘이 온통 검은 구름으로 뒤덮인 순간, 흑제가 흑우선을 허공으로 거칠게 들어 올렸다.

흑우선이 부르기라도 하는 듯 검은 구름에서 뻗어 나온 기운이 흑우선으로 모여들더니 그대로 날카로운 검이 되어 청제를 향해 날아들었다.

"으윽!"

꼭 감고 있는 눈앞에 벼락이 친 듯 번쩍이는 것을 느끼며 몸을 움츠리던 나오의 귀에 익숙한 이의 신음 소리가 들렸다. 그것은 위쪽이 아니라 앞쪽에서 들려온 것이었다. 하지만 그것은 청제의 소리가 아니었다.

"비사!"

온몸으로 청제를 막아서며 흑제의 기운을 자신의 안으로 빨아들인 비사가 온몸을 틀며 허우적거렸다. 그런 비사의 몸을 청제의 기운이 받아내는 순간 건달바가 달려와 그의 몸을 부둥켜안았다.

"비사 님!"

아프게 울리는 나오의 부름을 들은 것일까. 파들거리며 보기에도 아프게 떨리는 몸을 한 비사가 나오 쪽으로 고개를 돌렸다. 붉은 핏물이 줄줄 흘러내린 비사의 온몸이 붉게 물들기 시작하고 있었다. 나오의 눈에 눈물이 차올랐다.

"괜……찮아. 나 괜찮아. 나오야."

힘겹게 손을 들려는 비사의 움직임과, 청제의 품 안 결계에 갇혀 그저 비사를 향해 손을 내미는 나오의 모습을 물끄러미 내려다보던 청제의 푸른 눈동자가 흑제를 향했다. 지독하게 차갑고 낮게 공간을 울리는 청제의 목소리가 모두의 귓가에 들렸다.

"당신에 대한 제 마지막 배려를, 버립니다."

"배려라……."

"당신이 원하는 것은 제가 살기 위해, 살아남기 위해 이 아이의 손을 놓는 것이겠지요."

"……."

"헌데 잊으신 것이 있습니다. 저는, 소멸을 각오했던 자입니다. 이 아이와 함께하기 위해서. 그것을 또다시 택하는 것이 저에게 결코 어려운 결정이 아니란 것을 간과하셨습니다. 다문천."

이 공간에 마주 선 이후 처음으로 흑제의 검고 짙은 눈썹이 꿈틀 흔들렸다.

청제의 푸름을 담던 입술이 살며시 옆으로 벌어졌다. 이 절대절명의 순간 절대 지을 수 없을 너무도 행복하고 환한 미소를 짓는 그의 모습에 흑제가 흠칫, 숨을 들이마셨다.

이제 흑제의 존재 따위 상관없다는 듯 진한 미소를 띤 얼굴로 청제가 품 안의 나오를 내려다보았다. 행복함이 고인 사내의 얼굴이 자신의 소중한 이를 응시했다.

"나오야."

"예."

"나오야."

"……."

너무도 부드럽고 따스해서 눈물이 날 만큼 부드러운 그의 목소리에 나오는 제대로 대답을 할 수가 없었다.

자신을 안은 그의 팔에 더욱 힘이 들어갔다. 온몸이 부서지는 한이 있어도 놓지 않겠다는 듯 자신을 품 안에 가둔 채 그가 그녀의 정수리에 가만히 입술을 내렸다. 따스하고 보드라운 숨결이 머리 위에서부터 발끝까지 스며드는 것 같았다.

"날 꼭 붙잡고 있어. 무슨 일이 있어도 내게서 떨어지지 마."

나직하게 속삭이듯 말하는 그의 몸에서 천천히 뜨거운 기운이 스며 나오기 시작하고 있었다.

한 번도 느껴 보지 못한 낯선 그의 기운에 그녀가 몸을 움츠리며 결계 밖의 비사와 건달바를 돌아보았다. 경악이 어린 비사와 건달바의 눈이 말하고 있었다. 지금 그가 택하려는 방법이 무엇인지를.

뜨거움. 그의 푸른 기운에서는 절대 만들어질 수 없는, 만들어져서는 안 되는 거대한 열기가 그의 몸을 감아 돌기 시작했다.

그의 푸른 장의가 더운 바람에 점점 색감을 짙게 했다. 검푸른색으로 점점 변하는 그의 몸에서 일렁이는 검은 기운이 그의 숨결에 스미자 그의 눈빛도 어둡게 가라앉았다.

그 순간이었다. 나오가 그에게서 거칠게 몸을 떼어 낸 것은.

모든 기운을 뜨거움에 쏟고 있어서일까. 서로를 묶고 있던 결계가 느슨해지며 나오의 몸이 청제의 앞으로 튕겨져 나올 수 있었던 것은? 순식간에 움직인 그녀를 청제는 미처 잡지 못했다.

"나오야!"

벼락처럼 그녀를 부르는 청제를 돌아보지 않고 나오가 그에게서 조금 떨어진 공간에 멈춰 선 채 자신을 바라보고 있는 흑제를 응시했다. 자신의 행동에 놀란 듯 흔들리는 흑제의 검은 눈동자에 나오의 눈동자가 박혀 들었다.

그녀가 청제까지 외면한 채 바라보고 있는 것이 자신이라는 자각은 그의 심장에 희열을 안겨 주고 있었다.

그가 그녀를 향해 천천히 손을 내밀었다. 검은 기운이 뭉글뭉글 피어오르는 그의 긴 손가락이 그녀를 향해 내밀어졌다. 은은한 미소를 지은 그의 얼굴이 아주 조금은 행복해 보였다.

자신을 향해 내밀어진 흑제의 손을 물끄러미 바라보던 나오의 입가에 풋, 낯선 조소가 담겼다.

"귀가 왜 한 번도 흑제님 곁에 가지 않았는지 이제 정말 알 수 있을 것 같아요."

자신에게 오려는 것인 줄 알았던 흑제의 얼굴이 이해할 수 없는 말을 내뱉는 나오의 모습에 의아함을 담고 굳어 갔다. 초조함에 그녀의 곁으로 다가서는 청제를 향해 나오가 손으로 그를 막으며 고개를 저었다.

주변의 모든 것이 그녀의 상상도 하지 못한 행동에 숨을 죽였다. 청제를 밀어낸 그녀가 다시 흑제를 바라보았다. 투명하고 맑은 그녀의 시선이 비수처럼 그에게로 향했다.

"흑제님은 절대 그 누구와도 친구가 될 수 없는 분이에요."

"……."

"다른 이의 감정 따위 아무 상관 없으니까."

"……."

"정말 저를 아끼시는 것이라면 이러실 수 없어요. 그냥 제가 갖고 싶으신 것이죠. 한 번도 가져 본 적 없는 장난감이 자기 손에 들어왔다 다시 주인에게 돌아가는 걸 참을 수가 없을 뿐이에요. 내 손에 쥐여졌으니 그것은 분명 내 것이라는 생각. 그 장난감의 마음 따위와는 상관없이, 그 장난감의 진짜 주인이 누군지는 아무 상관 없이 말이에요."

나오의 말에 흑제의 얼굴이 처참하게 일그러졌다.

"이봐. 꼬마."

"저는 흑제님이 따스하고 자상한 분이라 생각했어요. 그래서 그분이, 그분이 그렇게나 연모하시는 거구나. 그래서 이리 낯선 내게 너무도 잘해 주시는 것이구나 생각했거든요."

"……뭐?"

"아무리 차갑고 무섭게 보여도, 모두가 그런 분이라 여겨도 진짜로는 그런 분이 아니라고 믿었었어요. 바보같이."

붉은 기운을 담은 나오의 눈이 잠시 흐려졌다 다시 맑게 개었다. 언제 눈물을 보였냐는 듯 나오가 흑제를 투명한 눈으로 바라보며 웃음을 지었다.

"아무리 생각해도 이건 아닌 것 같다고 하셨지요? 저 역시 이건 아닌 것 같아요. 그래서 가지 않아요. 흑제님께. 절대로."

"……현명한 선택은 아니라고 생각한다. 꼬마야."

"연모에는 현명한 선택, 그런 건 없어요. 흑제님."

"그런가?"

짜증과 분노가 흑제의 얼굴에 천천히 어리기 시작했다. 모르고 있었던 것도 아닌데 끔찍한 화가 치밀어 올랐다. 차라리 청제를 살려 달라 애원이라도 할 줄 알았는데 저리 눈을 똑바로 뜨고 그를 선택하는 그녀의 모습이 미치도록 화가 났다.

화가 나는데 그 모습이 너무 고와서 더 미칠 것 같았다. 죽어도 그녀는 자신의 것이 되지 않을 것이라는 확신이 드는 순간이었다.

그래, 그렇게 갖지 못할 거라면 다른 이도 갖지 못하게 하면 된다. 그럼 미련 따위 남는 법은 없으니까.

이제껏 언제나 그래 왔던 것처럼. 그녀의 여의주를 그렇게 재로 만들어 버렸던 그때처럼. 너는 재로 변하고 그럼 저 녀석도 너를 갖지 못하면 되는 거 아닌가. 공평하게 말이다.

허탈한 웃음이 흑제의 마른 입술에 맺혔다. 아주 잠시 고개를 저으며 허공을 응시하던 흑제가 다시 나오를 향했다.

"그게 너의 선택이라면, 이게 내 선택이다."

허공에서 흑우선이 아름답게 펄럭였다. 거대한 검은 새의 깃털들이 하나하나 살아 움직이는 듯, 금방이라도 날아오를 듯 허공을 향해 춤을 추며 움직이는 사이사이로 먹빛보다 검고 어둠보다 짙은 기운들이 천천히 흘러나와 허공에서 뭉쳐 갔다. 숨이 막힐 듯 거대해져 가는 그 기운을 마주한 나오가 주먹을 꼭 움켜쥐었다.

"나오야. 이리 와."

자신의 결계 밖에서 움직이지 않는 나오를 향해 청제가 간절함을 담고 불렀다. 지금 이 순간은 그녀를 결계 안으로 불러들일 힘도 여유도 남아 있지 않았다. 그녀 스스로 그의 결계 안으로 돌아와야 한다. 헌데 그녀가 움직이지 않고 있었다.

"이리 와. 제발."

나오가 고개를 돌렸다. 그리고 그를 보며 환하게 웃었다. 너무도 예뻐서 심장이 터질 것처럼 고운 미소였다. 그렇게 고운 미소를 보여 준 나오가 다시 흑제를 향해 몸을 틀었다. 청제의 심장이 추락했다.

우스운 광경이었다. 거대한 흑제의 기운 앞을 막아선 너무나도 조그마한 청족 소녀의 모습은 거대한 바람 앞에 선 꽃잎 같았다.

그 몸으로 무엇을 할 수 있다고 저러는 것일까. 자신이 청제를 몸으로 보호하기라도 하겠다는 것일까? 흑제가 킥킥 웃음을 뱉어 내며 손끝을 들어 올렸다.

이 한 방이면 모든 것이 끝난다. 저 나비 같은 아이도, 가끔 눈에 거슬리던 저 푸른 바람의 녀석도 다 소멸시켜 버리면 미련도 후회도 아무것도 남지 않을 테니까.

그의 심장을 가득 메운 광기가 그에게 재촉하고 있었다. 욱신거리는 심장의 비명이 그를 몰아세웠다. 명부의 상처를 고스란히 안은 그의 심장이 붉은 피를 원하고 있었다.

"젠장."

들어 올린 손끝에 뭉글뭉글 거대한 어둠이 소용돌이치며 빨리 내보내 달라고 성화를 부리는데, 손이 움직이지 않았다. 그저 손끝만 움직이면 모든 것이 끝날 순간인데 자꾸만 눈 안에 저 인영의 모습이 어른거리며 그의 손을 놓아주지 않는 것이다.

"하아, 하아."

스스로를 제어하지 못한 채 그가 힘겨운 숨을 토해 냈다. 거대하게 그에게로 모여든 힘을 토해 내야만 하는데 그러지 못하는 육체가 그 거대한 물결에 밀리듯 흔들렸다. 그 순간, 휘청거리는 흑제의 모습을 말없이 지켜보고 있던 청제가 흑제를 향해 그대로 광청검을 올렸다.

광청검에서 솟아오른 푸른빛이 하늘 위로 터져 올랐다가 그대로 흑제를 향해 날아들었다. 숨이 막히게 거대한 빛무리에 감싸인 세상이 새하얗게 변하며 모두의 눈 안에 끔찍하도록 환한 빛이 쏟아져 들어왔다. 거대한 빛을 견디지 못한 모두가 질끈 눈을 감았다.

정신까지 아득해지는 지독한 빛이 천천히 사그라드는 것을 눈이 아닌 몸으로 느끼는 나오의 등 뒤로 익숙한 온기가 찾아들었다. 너무도 익숙해서, 너무도 따스해서 숨이 막힐 듯 울컥 눈물이 솟구쳤다.

자신이 살아 있는지는 중요하지 않았다. 소멸했다 해도 상관없었다. 지금 등 뒤로 느껴지는 이와 함께라면 그 어디라도 아무 상관없으니까.

"청제님!"

나오의 부드러운 목덜미에 입술을 묻고 있던 청제의 귀에 놀라움이 가득 담긴 커다란 건달바의 목소리가 들려온 것은 그때였다. 그의 시선이 그녀를 떠나 앞으로 들어 올려졌다.

세상을 삼킬 듯 거대하게 일렁이던 흑제의 검은 기운이 산산 조각나 허공으로 날리고 있는 사이로 무엇인가를 안은 흑제의 모습이 보였다. 수많은 상처에 찢겨진 검의 장의와 그 위로 흐르는 핏물들이 보였다.

그런 모습으로 무엇인가를 소중하게 안고 있는 거대한 사내의 검은 어깨가 떨리고 있었다. 혹여 그 모습이 자신의 착각일까 의아한 청제였다. 상상조차 해 본 적 없는 모습이기에.

그렇게 흔들리고 있는 사내의 품에 안겨 있는 것은 분명, 여인이었다.

"길상천녀인 것…… 같습니다."

건달바의 부축으로 천천히 몸을 일으킨 비사가 피가 흐르는 입가를 닦아 내며 청제에게 하는 말에 놀란 것은 나오였다. 그녀의 눈이 거칠게 흑제를 향했다. 나오의 시선에 흑제의 품에 안겨 있는 이의 옷자락이 보였다.

찢기고 붉은 핏물로 얼룩져 있었지만 분명 여인이 입고 있는 것은 새하얀 날개옷이었다. 은색과 푸른 바람으로 수놓인 곱고 고운 천상 여인의 장옷. 그것을 입고 자신을 향해 아름답게 미소 짓던 어떤 여인의 모습이 뇌리에 스쳐 지나갔다. 경악을 담은 얼굴로 달려 나가려는 나오를 청제가 품 안으로 당겨 안았다.

"혼자는 안 돼."

청제가 나오를 안은 채 그녀의 주변으로 결계를 쳤다. 그러고 나서야 그는 나오를 안은 그대로 천천히 흑제에게로 다가섰다.

"흡!"

나오가 입을 막았다. 그런 나오를 청제가 품 안으로 당겨 안고는 눈앞에 펼쳐진 이들을 응시했다.

흑제의 긴 손가락이 덜덜 떨리며 품에 안고 있는 여인의 새하얀 볼 위에 흘러내리는 붉은 핏물을 닦아 내고 있었다.

그의 손길이 좋은 것일까. 흐릿하게 웃는 길상천녀의 입가에서 핏물이 주룩 흘러내렸다. 너무도 곱고 새하얀 얼굴과는 전혀 어울리지 않는 핏빛. 그런데도 그녀는 너무도 아름다웠다.

그녀의 입에서 울컥울컥 쏟아져 나오는 핏물이 흑제의 검은 장의에 자꾸만 스며들고 있었다.

"무슨 짓을 한 거요. 당신이 왜."

파랗게 질린 입술을 악물며 흑제가 아프게 일그러진 눈으로 그녀를 내려다보았다. 숨조차 제대로 내쉬지 못하는 여인이 아프게 가슴을 들썩이며 힘겹게 손을 들어 올렸다. 새하얗고 너무도 가녀린 손이 흑제의 얼굴에 닿았다.

언제나 따스함을 담고 있던 그 손에서 느껴지는 지독한 한기에 흑제가 부르르 몸을 떨었다. 너무도 낯선 한기가 그의 심장을 아프게 조여 왔다.

마지막 일격을 머뭇거리는 사이, 자신을 향해 날아들었던 청제의 푸른 기운 앞을 무엇인가가 막아섰다. 거대한 빛무리 앞에 자신도 모르게 감겨지던 눈에 남은 마지막 잔상이었다.

그리고 분명 자신의 온몸을 강타했어야 할 청제의 기운이 무엇인가에 부딪치며 약해진 채 자신에게로 스며드는 것을 그는 확연하게 느낄 수 있었다.

자신의 앞을 막으며 청제의 기운을 흡수한 것이 무엇인지 알고 싶어서였을까. 아니, 어쩌면 눈부신 빛 아래 마지막으로 눈동자에 박힌 잔영이 무엇인지 이미 자신은 알고 있었던 것일까.

그 인영이 무엇인지 확인하기 전 이미 심장은 거칠게 뛰어 대기 시작하고 있었다.

"당신 곁에 있을 수 있어서…… 좋았어요. 조금만 더 함께 있고 싶었는데. 욕심인지 알면서도 그래도, 그래도 조금만 더 곁에 있고 싶었는데."

"하아, 하아."

온통 피에 절어 있으면서도 환하게 웃는 길상천녀와 달리 흑제는 제대로 숨조차 내쉬지 못하고 있었다. 덜덜 떨리는 그의 손이 그녀를 놓칠까 어쩔 줄 몰라 하며 그녀의 가는 몸을 받치고 그녀를 자신의 품에 더 깊이 안았다.

혹여 떨어뜨릴까 두려운 듯 자신의 가슴 안으로 그녀를 끌어들이는 그의 모습에 그 모습을 바라보고 있던 나오가 입술을 물었다.

"당신의 반려가 되게 해 달라고, 천제님께 제가 얼마나 조른 줄 아세요? 흑암을 보내야겠다고 하시는데 제가 가겠다고 몇 날 며칠을 졸랐거든요."

그녀의 고운 눈이 붉은 핏물을 담고 웃었다. 안 그래도 새하얀 얼굴이 파리해졌지만 그녀의 얼굴은 행복해 보였다.

"처음, 그때 제석궁에 오셨을 때, 그때부터 당신이 좋았어요."

"길상천, 나는……."

"알아요. 저 연모하지 않으신 거. 하지만 괜찮아요."

어쩔 줄 모르는 듯 거칠게 흔들리는 흑제의 눈동자를 올려다보며 맑게 웃던 길상천녀가 순간, 이를 악물며 그의 옷깃을 쥐어 잡았다. 가는 손에 핏줄이 서도록, 세게. 겨우겨우 토해 내는 그녀의 숨결 속에는 숨결보다 핏물이 더 많았다.

"하아, 하아. 당신한테 해야 할 말이 있어요. 해야 하는데, 당신한테."

고통스러운지 입술을 악물며 뱉어 내는 그녀의 말끝마다 핏물이 줄줄 흘러내렸다. 어떻게 해야 하는지 모르는 아이처럼 흑제의 손이 그녀의 핏물을 그저 닦고 또 닦고 있었다.

"말, 하지 말아요. 피가."

툭, 그녀의 푸른 얼굴 위로 뜨거운 사내의 눈물이 떨어져 내렸다. 그런 사내를 눈물을 닦아 주고 싶은 것일까. 힘겹게 덜덜 떨리는 손을 들어 올리던 길상천녀가 거칠게 뒤로 몸을 휘었다.

그녀의 손아귀가 그의 옷자락을 거칠게 움켜쥐었다. 파들파들 떨리는 그 손가락만으로도 그녀의 고통을 느낄 수 있을 정도였다.

"허억! 가기, 싫어요. 하아. 당신 곁에, 조금만 더 있고 싶은데. 당신하고 같이 우리 아기……."

보기에도 힘겹게 덜덜 떨리는 그녀의 가는 손이 자신의 아랫배로 향하자 흑제의 표정이 기이하게 일그러졌다.

아무것도 떠오르지 않는 듯 짙게 가라앉은 그의 눈이 그녀의 얼굴을 바라보았다. 그녀의 아랫배를 배회하며 금방이라도 부서질 듯 흔들리는 모습은 차라리 우는 게 더 나을 것만 같았다.

"……가지 마."

숨조차 내쉬지 못하고 있는 것 같던 흑제의 입에서 깊게 잠긴 쉰 목소리가 터져 나왔다. 그의 가슴이 거칠게 요동쳤다. 단단하고 한 번도 흔들린 적 없던 그의 심장이 거칠게 포효하고 있는 모양이었다.

"가지 말라고!"

비명처럼 흑제의 목소리가 공간을 울렸다.

모두가 숨조차 제대로 내쉬지 못하고 지켜보는 앞에 흑제가 길상천녀를 안고 천천히 몸을 일으켰다.

누가 보아도 이제 길상천녀는 시간이 남아 있지 않았다. 그저 흑제를 보고 싶다는 일념으로 버티고 있을 뿐, 그녀의 숨결은 거의 느껴지지 않을 정도로 미약했다.

그런 길상천녀를 안고 아무 말도 없이 걸음을 옮기기 시작하는 흑제를 적제가 다급하게 불렀다.

"다문천!"

흐르듯 움직이던 흑제가 무심한 시선으로 그들을 돌아보았다. 아무것도 담겨 있지 않은 그의 얼어 버린 듯한 검은 눈동자가 그 누구에게도 닿지 못한 채 허공을 배회했다.

"어찌하려는 것인가. 대체 어딜 가는 것이야."

"……명부로 데려가려 합니다."

"뭐?"

"지금 데려가야, 육신을 가지고 있을 때 데려가야 제가 찾을 수 있지 않겠습니까."

슬픔도 괴로움도 아무것도 담겨 있지 않은 흑제의 무심한 표정이 더 끔찍해 나오가 숨을 삼키며 청제의 품 안으로 파고들었다. 바싹 메말라 있는 흑제의 눈에서 꼭 피눈물이 흘러나오는 것처럼 느껴졌기 때문이다.

"자네."

"이미 심장 안에 누군가 있었다는 것도 모르는 바보인 저를, 그녀가 기억해 줄까요."

버석거리는 말투로 스스로를 조롱하듯 뱉어 내며 흑제가 다시 몸을 돌렸다.

너무도 소중하게 그녀를 품 안에 품은 채 흑제가 부서져 내린 명부 안으로 스며들듯 들어서는 모습이 모두의 눈에 들어왔다.

흑제의 기운이 명부 안으로 사라지자 명부 안에서 끝없이 솟아 나오던 어둠의 기운이 그를 따라 땅 저 깊은 곳으로 스며들었다.

언제 벌건 살갗처럼 명부의 모습을 내어 보였냐는 듯 땅 위는 아무 흔적도 남아 있지 않았다.

진정한 반려

　세상을 모두 삼켜 버릴 듯 이글거리던 세 개의 기운이 사라진 수정타의 하늘은 언제나 그랬듯 검고 투명한 아름다움을 뿜어내며 반짝였다. 그 하늘 아래 선 적제와 청제가 서로를 향해 두 손을 모으며 고개를 숙였다.

　"도와주신 은혜 꼭 갚을 날이 있을 것이라 생각합니다."

　"모두를 위한 결정이었네. 은혜라 할 것이 뭐 있어."

　"진심으로 감사드립니다."

　"자네 몸이 제대로 돌아오려면 한참이 걸리겠군. 뭐 무엇보다 잘 듣는 약이 옆에 있으니 걱정은 하지 않아도 되겠지만 말이야."

　아직도 그 조그마한 여인을 풀어 줄 생각 따위 없는 듯 품에 안고 있는 모습을 난감하다는 듯 응시하며 적제가 장난스럽게 말했다.

　이 나이 많은 대제로서는 눈앞에 있는 청제의 선택도 조금 전 죽은 자의 세상으로 아무 망설임 없이 들어선 흑제의 선택도 도저히 이해되지 않았다. 하지만 어쩌랴. 저리 간절한 것을.

적제의 말에 다시 한 번 자신의 품 안에 있는 나오를 내려다본 청제가 그녀를 품에 안은 채 건달바와 비사를 바라보았다. 여전히 핏물에 절어 있는 비사의 모습이 불안해 보였기 때문이다.

"내 기운 안에 들어오는 게 낫지 않을까. 비사."

"황금타로 가는 것쯤은 문제없습니다. 이 무거운 놈을 데려가야 하는 것이 조금 힘들겠지만."

"야!"

언제나 아름답게 붉던 입술 끝에 푸른 기운을 담고 있었지만 이제 조금 살 만한지 비사가 부드럽게 웃으며 건달바를 툭 건드렸다.

두 사람의 모습에 나오가 행복한 듯 깔깔 웃음을 내뱉는 모습에 청제의 시선이 머물렀다. 이제야 숨을 쉴 수 있을 것 같았다.

"돌아가자. 나오. 우리 집으로."

"네."

그녀가 행복한 얼굴로 그를 올려다보며 자신의 몸을 그의 품 안에 묻었다. 자신의 옷깃을 놓치지 않겠다는 듯 꼭 움켜잡는 그녀를 한 팔로 안은 채 그가 허공으로 비상했다.

날아오르는 그의 뒤로 푸른 바람이 숨이 막히게 아름다운 푸른빛을 뿜어내며 길게 흩날렸다. 푸른 바람의 뒤를 따라 붉은 정기가 숨어들듯 공간 안으로 사라져 갔다. 텅 비어 버린 어둠의 공간을 말없이 응시하던 적제가 시종을 돌아보았다.

"우리도 돌아가자. 쉬어야겠다."

"적제님, 저기."

긴장이 풀어진 몸에 느껴지는 지독한 고통에 미간을 좁히며 몸을 틀려던 적제가 시종이 가리키는 쪽으로 시선을 돌렸다. 그리고 그 순간 그의 주름진 눈꼬리가 아프게 일그러졌다.

언제나 조그마하던 이였다. 하지만 몸집은 그래도 그 기운은 절대 작게 느껴 본 적 없는 거대한 기운과 연륜을 풍기는, 오방대제는 물론 그 안하 무인인 백제마저 한 번도 소홀하게 대해 본 적 없는 흑제의 시종 이든.

말이 시종 자격으로 따라오는 것이지, 그가 흑제의 모든 결정을 관할한 다는 것은 이 수미산의 모두가 아는 일이었다.

그런 그가 지금 적제의 눈에 너무도 힘없고 노쇠한 노인으로 보였다. 그의 굽은 등이 초라할 정도로 떨리고 있었기에.

"이든."

"제 주인이 어디로 가셨는지 아십니까."

언제나 총명함을 담던 주름진 눈가에 물기가 맺혀 있음을 보며 적제가 힘겹게 고개를 끄덕였다.

"길상천녀와 함께 명부로 들어갔네."

"……그랬군요."

이미 다 알고 있다는 듯 노인은 놀라지 않았다. 하지만 지팡이를 짚고 있는 그의 주름 가득한 손이 파르르 떨리고 있음을 적제는 알아보았다.

"곧 돌아올 거네. 다문천이 누구인가. 지국천도 해낸 일을 다문천이 명 부에서 해내지 못할 리가 없으니까."

"예."

"무슨 일이 있으면 당장 연통하게. 내 득달같이 황제와 함께 달려와 도 와줄 것이니."

"감사합니다. 적제님."

몸을 더 조그맣게 말며 깊이 고개를 숙여 보인 이든이 몸을 돌려 천천 히 걸음을 옮겼다. 금방이라도 쓰러질듯 지팡이에 의지해 걷는 노인의 뒷 모습은 지독하게도 아파 보였다.

주인이 돌아왔음을 안 것일까. 결계 안으로 청제가 들어서자 황금타의 푸르름이 푸른 물감을 풀어놓듯 싱그럽게 물결쳤다.

반짝임 없이 늘어져 있던 나뭇잎들이 비가 내려 생기를 찾듯 하늘을 향해 흔들리며 주인을 맞이하는 모습은 아름다웠다. 허공에서 천천히 내려서는 주인의 주변을 감싸는 새들의 지저귐도 귀가 따가울 지경이었다.

"아, 시끄러워! 저리들 좀 가! 피곤하시다고!"

황금타의 정원으로 내려선 청제의 주변으로 몰려드는 새들을 향해 건달바가 거칠게 팔을 내저었다. 새들이 그의 움직임에 그제야 청제의 곁에서 조금 물러나 정원 쪽으로 날아갔다.

"우리, 집에 돌아온 거예요?"

살랑거리는 바람의 움직임도 느끼지 못할 만큼 조심스럽게 그녀를 정원 한가운데 내려놓는 청제를 올려다보며 나오가 물었다. 붉고 조그마한 입술이 벌어지며 함박웃음을 담는 그 모습이 어여뻐 청제가 그녀의 입술에 살짝 입술을 가져다 댔다.

"우리 여기 옆에 있거든요. 청제님. 제발 좀."

퉁명스러운 건달바의 목소리가 웅웅거리며 울려왔다. 여전히 힘겨워보이는 붉은 기운을 안고 있지만 환하게 웃는 비사도 그의 곁에 서서 청제와 나오를 바라보고 있었다.

나오의 시선이 주변을 둘러보았다. 아무것도 변한 것이 없는 황금타의 모습에 가슴이 찡 아프게 울려왔다. 너무도 많은 일들이 있었는데 이렇게 돌아온 곳은 언제나처럼 똑같은 모습이었다. 그립고 그리웠던 곳. 그곳에 그와 함께 돌아온 것이다.

"이리, 아."

자신의 품에서 떠나 정원 안쪽으로 걸어가는 나오를 뒤따라 걸음을 떼던 청제가 순간 휘청거리며 머리를 짚었다. 고개를 돌린 나오의 눈이 휘둥그레졌다.

"청제님!"

정원 바닥에 주르륵 쓰러져 내리는 청제의 모습에 놀란 나오가 그에게
로 달렸다. 하얗게 바랜 입술을 파르르 떨며 자신의 곁에 쓰러지듯 주저
앉는 나오의 모습에 청제가 힘겹게 고개를 저었다.

"괜……찮아. 그저 조금, 아주 조금 쉬면 되니까. 걱정 마."

"아프세요? 많이 아파요?"

투둑, 그녀의 눈물이 그의 가슴 위로 떨어져 내렸다. 미간을 좁힌 청제
가 고개를 저으며 그녀의 볼을 가만히 쓰다듬었다.

"괜찮다니까. 울지 마. 그냥 좀 피곤해서 그래. 긴장이 풀려서 그런지
무지 피곤하다."

"그럼 안으로."

"아니, 네 무릎 베고 여기서 좀 자고 싶은데."

"……."

"무릎……."

청제가 나오를 올려다보며 장난스럽게 웃었다.

"야."

가는 나오의 다리를 베고 기분 좋은지 편하게 눈을 감는 청제의 모습을
재미나다는 듯 바라보는 건달바를 비사가 툭 건드렸다.

여전히 건달바의 팔에 의지해 있는 비사였다. 흑제의 기운을 온몸으로
받아 냈으니 지금 몸 안의 기운이 다 헝클어져 사실 버티고 있는 것도 힘
겨운 그였다. 어서 자신의 거처로 돌아가 인간의 깨끗한 정기를 수십 번
은 들이마셔야 조금 살 만할 것이다.

무슨 말이 하고 싶은 듯 자신을 바라보는 비사의 눈짓에 건달바가 의아
함을 담은 눈을 들어 그를 바라보았다.

"뭐? 뭐 필요하냐? 많이 아픈 거야?"

"눈치 좀 있어라."

"뭔 소리야?"

"우린 이제 사라지자고."

"왜?"

"죽을래? 여기서?"

"에이, 좀 재미있는 구경하고 싶은데."

"빨리 와. 나 정말 죽을 것 같으니까."

"알았어. 근데 너 아까 쬐금 멋지더라. 아주 쬐금."

"쬐금? 설마. 아주 많이였을 텐데."

"그건 아니거든? 한 방에 픽 갔으면서 뭘."

"야!"

공기가 날카롭게 쩌렁 울렸다. 놀란 나오의 눈이 그들을 올려다보는 모습에 굳게 닫혀 있던 청제의 눈동자가 다시 열렸다. 그리고 아까 흑제를 노려보던 눈빛보다 더 서늘한 푸른 눈동자가 비사와 건달바를 죽일 듯 노려보았다.

"갑니다. 가요."

건달바가 비틀거리는 비사를 거의 들쳐 업은 채 황금타의 정원을 빠져나갔다.

눈부시다는 표현만으로는 너무도 부족한 황금타의 햇빛을 온몸으로 느끼며 나오가 깊게 심호흡을 했다.

이렇게 깨끗하고 시원한 빛을 다시는 보지 못했을 수도 있으리라. 울긋불긋 화사한 색감을 서로 자랑이라도 하는 듯 흐드러지게 피어 있는 꽃봉오리들도 금방이라도 청록의 물이 뚝뚝 떨어져 내릴 것 같은 나뭇잎들도 너무 좋아서 자꾸만 입가에 미소가 번졌다.

"뭐냐? 나보다 꽃이나 나무가 더 좋은 것 같다?"

진한 햇볕에 지그시 눈을 뜨고 정원을 바라보고 있던 나오가 퉁명스럽게 들려오는 청제의 목소리에 그제야 그를 향해 시선을 내렸다.

뾰로통하게 일그러져 있는 그의 입술이 보였다. 파리하게 말라 버린 그의 입술은 금방이라도 찢어질 것처럼 보였다.

"그럴지도 모릅니다."

"뭐?"

"바보처럼 이렇게 자꾸 힘들고 아파서 제 가슴을 힘들게 하는 누구보다 아무 걱정도 하게 하지 않는 꽃들이 더 어여쁩니다."

"……."

그녀의 보드라운 손끝이 그의 까칠한 입술을 조심스럽게 매만졌다.

"아프지 않으십니까?"

걱정 어린 그녀의 눈에 물기가 차오르는 것을 보며 청제가 자신의 입술 위를 아프게 서성이는 그녀의 손을 꼭 잡았다. 그녀에게 해 주어야 할 말이 있는데 잊고 있었다.

"너에게 알려 줘야 할 게 있어."

"무엇입니까?"

살짝 긴장하는 그녀의 얼굴을 청제의 거친 손이 가만히 쓰다듬었다.

"너의 부모님이 어떤 분들인지 알았거든. 네가 명부로 들고 나서 여의주가 보여 주었어."

"예?"

안 그래도 동그란 그녀의 눈이 더욱 동그랗게 커졌다. 나오에게 닿아 있던 시선을 허공으로 향하며 청제가 천천히 입을 열었다.

그녀를 명부로 들여보내고 그 짧고도 길었던 시간 동안 보았던 여의주가 만들던 기억이 떠올랐다. 그 순간을 다시는 떠올리고 싶지 않을 것 같았는데 우습게도 지금은 그 순간마저 소중했다.

"너의 아버지는 백족이었다."

"예?"

너무도 의외의 말에 나오의 눈이 동그래졌다.

"그래서 네 눈 빛깔이 다른 청족들보다 옅었던 거였어. 네가 날지 못한 것도 그런 이유였고."

"대체 어떻게……."

청족과 백족이 만나 혼인을 했다는 이야기는 맹세코 들어 본 적도 없었다. 사는 곳도 전혀 다르고 가지고 있는 여러 가지 능력이나 신체도 다르기에 다른 종족끼리는 만나는 것도 쉽지 않은 일이니까. 헌데 어떻게 자신의 아비가 백족일 수 있단 말인가.

"아마 백제가 이곳에 첩자를 들여보냈던 모양이야. 네 아버지가 그렇게 들어왔다가 네 어머니와 사랑에 빠졌고 너를 잉태했는데…… 다른 종족의 아이를 잉태한 네 어머니의 몸이 그걸 견디지 못했을 거다. 마음이 급해진 네 아버지는 모든 병을 고쳐 줄 수 있는 힘을 가진 백제의 보물인 여의주를 훔쳐 네 어머니에게 삼키게 했던 거고."

"……."

주먹을 꼭 움켜쥐는 나오의 움직임에 청제가 그녀의 손을 자신의 손안에 가두었다. 긴장을 담은 그녀의 손에 촉촉하게 땀이 차올랐다.

"여의주를 훔쳤으니 백제의 무사들이 그 뒤를 쫓았을 건 당연하고. 그래도 네 어머니를 안전하게 숨겨서 네 어머니가 너를 낳을 수 있던 거였어."

"그럼 아버지는요?"

"……."

청제는 더 이상 대답을 할 수가 없었다.

주룩, 그녀의 볼 위로 눈물이 흘러내렸다. 그녀의 눈물을 손으로 닦아 내며 청제가 허공을 응시했다. 여의주를 삼킨 여인을 숨기며 울부짖는 여인을 향해 미소를 지어 주던 사내의 얼굴이 떠올랐다.

살아야 한다고, 살아가라고 말하던 그 눈. 이제 그 눈빛을 온전히 이해할 수 있는 자신이었다. 축축하게 젖어 가는 그녀의 볼을 매만지며 그가 말을 이었다.

"헌데 너의 어머니가 삼킨 여의주는 네 심장에 자리를 잡았고, 너를 낳음으로써 여의주의 기운을 잃은 네 어머니는 버틸 힘이 없어져 버린 거지."

"그랬던 거군요."

청제의 걱정과 달리 그녀의 목소리는 많이 흔들리지 않았다. 아주 잠시 눈물을 흘렸을 뿐 더 이상 나오는 아무 말도 하지 않았다. 그래서 더 불안한 청제였다.

"괜……찮아?"

부모에 대해 듣고도 아무 말도 없이 그저 정원만을 응시하는 나오를 향해 그녀의 무릎을 베고 누운 채 그가 묻자 그녀가 붉게 젖은 눈을 들어 그를 보며 빙그레 웃었다. 물기 어린 눈을 하고 있었지만 그녀의 눈 속에 아픔이나 슬픔은 담겨 있지 않았다.

"부모님은 서로를 많이 아끼신 거고 저를 잃고 싶지 않았던 거네요. 그러면 됐어요. 제가 사랑으로 만들어진 아이란 것을 알았으니까. 두 분의 애틋한 사랑으로 만들어져 할아버지의 커다란 사랑 안에서 컸으니 전 많이 행복한 아이였네요."

"그러니까. 질투가 날 만큼."

그의 손이 그녀의 볼을 살짝 팅기듯 건드렸다. 장난스러운 그 행동 안에 묻어나는 그의 마음을 느끼며 나오가 살며시 얼굴을 내려 그의 거칠게 말라 버린 입술 위에 자신의 입술을 가져다 댔다. 그렇게 그의 입술에 자신의 입술을 가져다 댄 나오의 얼굴이 살짝 일그러졌다.

"열이 높으세요."

"알아."

"청수궁에 들어가셔야 해요."

"조금만 있다가."

"청제님."

"아주 조금만 이렇게 있다가 갈게."

개구쟁이처럼 아프면서도 자꾸 조르는 그의 모습을 밀어내지 못한 나오가 가만히 그의 머리카락을 쓰다듬었다. 핏물이 배어 있는 그의 검푸른 머리카락이 그녀의 손끝에 감겨 왔다. 그의 숨결 하나, 이렇게 감촉 하나가 다 소중하고 새삼스러웠다. 그가 지금 자신의 곁에 이렇게 있다는 것조차도.

"몸이 회복되시면 우리 바람의 언덕에 가요."

"……그래."

"동방의 숲에도 갈 거예요. 선도가 너무 먹고 싶거든요. 많이 따 주실 거지요?"

"……응."

"이제 매일매일 안아 달라고 조를 거고, 매일 옆에 딱 붙어 있을 거예요. 이젠 저 때문에 아프지 않으시니까."

푸른 물이 주룩 흘러내릴 것처럼 푸르고 맑은 하늘을 올려다보며 속삭이듯 말하던 나오가 아무 대답도 없는 청제를 내려다보았다.

짙게 닫힌 그의 눈이 보였다. 힘겨움에 파리하게 질린 그의 입술에서 뜨거운 숨결이 흘러나오고 있었다. 그의 야윈 얼굴에 닿은 그녀의 아픈 시선이 파르르 떨렸다.

❀ ✠ ❀

"좀 더 먹지?"

음식에 거의 손도 대지 않고 자리에서 일어나는 나오를 보고 비사가 미간을 찡그렸다. 먹는 시늉만 하는 것이 며칠째 이어지고 있었다. 며칠 사이에 야윈 나오의 얼굴이 확연하게 느껴질 지경이기에 걱정이 많아지는 그였다.

"괜찮아요."

"뭐야? 이게 먹은 거야?"

비사의 말에 어느새 나오의 곁으로 다가온 건달바가 눈을 커다랗게 뜨고 음식 그릇을 내려다보았다. 비사가 열심히 만든 맛있게 생긴 음식들이 손도 대지 않은 모습으로 덩그러니 놓여 있었다.

"저 정원에 나가 볼게요."

힘없는 걸음으로 정원 쪽으로 걸어가는 나오를 바라보는 건달바와 비사의 얼굴에 근심이 가득 어렸다.

"저러다 나오 쓰러지겠다."

"그럴 만하지."

볼멘소리로 걱정을 하는 건달바의 말에 비사가 깊게 한숨을 토해 냈다.

청제가 청수궁에 들어간 지 벌써 열흘이 지났다. 그녀가 불안에 극도로 날카로워지고 있음은 어쩌면 당연한 일일 것이다.

살아서 이곳으로 돌아온 것이 기적이라고 느껴질 만큼 청제가 견뎌야 했던 시간들은 그의 몸을 처참히 망가뜨렸을 것이다. 그것을 누구보다 잘 아는 그녀이기에 어쩌면 더 불안한 것이겠지. 자신들은 명부에서 그가 어떻게 버티고 어떤 싸움을 했어야 했는지 모르니까.

그 거대한 명부의 기운 속에서 그곳의 기운과는 정반대인 푸른 바람의 힘을 근원으로 하는 그가 버틴 것만으로도 아찔할 지경이기에.

"대체 얼마나 걸릴까."

"모르겠다. 나도."

"저러다 나오가 먼저 말라 죽겠어."

걱정이 되어 죽을 것 같은 울상으로 건달바가 정원 쪽으로 힘없이 걷는 나오를 응시했다. 이제 좀 편해지나 했더니 그것도 아닌 모양이었다.

"그건 그렇고, 넌 어때? 괜찮은 거냐?"

"……아직 조금."

비사가 연붉은 입술을 올리며 웃었다. 핏빛의 반짝이는 입술이어야 할 그의 입술 색은 아직 제 색을 찾지 못하고 있었다. 건달바가 고개를 끄덕였다.

"하긴 너 같은 귀신이 흑제의 기운에 정면으로 맞았는데 살아 있는 것이 용하지."

"죽었어야 당연하다는 소리로 들린다."

"야! 내가 지금 하는 말이지만 제정신으로 할 수 있는 짓이냐? 그게? 어딜 흑제 앞을 막아서냐. 막아서길. 흔적도 없이 소멸할 뻔했잖아! 겁도 없이."

"맨정신이면 못 했지. 그 순간 살짝 돌았으니까 한 거지."

"내가! 심장이 내려앉는 줄 알았다고, 이 무정한 놈아!"

다시 그 순간이 떠오르는지 건달바가 발을 구르며 버럭 고함을 쳤다. 그 거대한 몸에 어울리지 않게 두려움을 가득 담은 건달바의 눈을 바라보며 비사가 피식 웃음을 흘렸다. 따스함이 가득 심장으로 밀려들었다.

"이번에 수미산이 아주 난리가 났다. 황금탑이 비었다가 이번엔 또 수정탑이 비어 있으니. 천제께서 화가 단단히 나시겠어."

"내 살다 살다 이런 난리는 또 처음이다. 요괴들이 인간계에 출몰해서 인간계가 박살이 날 뻔했던 때에도 이런 지경은 아니었던 것 같은데."

"흑제님이 빨리 돌아오셔야 할 텐데. 심연도 명부도 그리 오래 주인이 없이는 위험하니까."

걱정이 가득한 얼굴로 말하는 비사를 물끄러미 바라보던 건달바가 고개를 주억거렸다.

"그러게. 아, 젠장. 골치 아픈 일은 여기도 많으니 흑제까진 생각하지 말자."

"그러네. 아무래도 오늘쯤은 수정궁에 잠깐 들어가 볼까?"

"그래라, 비사. 내가 미치겠다니까."

"헌데 결계를 쳐 놓으셨으면 소용없다."

"젠장."

금방이라도 허공으로 바스러질 것처럼 힘없는 모습으로 정원 안의 꽃나무들 사이를 거니는 나오에게로 시선을 준 채 비사가 깊은 한숨을 내쉬었다.

맑은 소리로 짹짹거리며 자신의 주변을 맴도는 청조들을 향해 나오가 손을 내밀자 유난히 조그마한 청조 한 마리가 그녀의 손끝에 앉았다.

푸른 깃털이 기름이라도 발라 놓은 듯 아름답게 반짝이고 있는 새였다. 그 몸집에 어울리는 너무도 조그마한 눈동자를 또르륵 굴리며 나오를 바라보며 새가 날개를 흔들었다. 고운 빛이 그 날개 사이로 스며들었다.

"청조야."

나오가 다른 손으로 청조의 깃털을 쓰다듬었지만 새는 도망가지 않았다. 나오의 손길을 즐기듯 고개를 쳐들며 입을 열어 맑은 소리를 냈다.

"왜 이렇게 마음이 불안한 걸까? 다 괜찮은 건데. 아무 일도 없으실 건데. 그렇지?"

그녀의 말을 알아듣기라도 하는 듯 청조가 맑은 소리로 다시 한 번 울었다. 구슬이 굴러가듯 허공을 울리는 소리가 맑고 투명했다.

"하……."

털썩, 정원 바닥에 주저앉은 나오의 시선이 정원으로 들어서는 문에 닿았다. 저 문 너머 조금만 가면 청수궁이 있다. 그가 있는 곳.

그쪽을 잠시 바라보던 나오가 그대로 몸을 일으켰다.

"나오야, 어디 가는 거야?"

청수궁에서 나오던 비사가 놀란 듯 거칠게 달려 들어오는 나오의 모습에 걸음을 멈추고 그녀의 앞을 막아섰다. 새하얗던 나오의 얼굴이 얼마나 달린 것인지 연붉은색으로 물들어 있었고 그녀의 입에서는 힘겨운 숨결이 흩어져 나오고 있었다.

"……."

가쁜 숨만을 내뱉을 뿐 대답하지 않는 나오의 눈이 어디를 향하고 있는지 비사는 알 수 있었다. 지금 그녀는 청수궁으로 들어가려 하는 것이다.

기다림에 지쳐 버린 모양이었다. 들어가선 안 되는 청수궁에 들어가려는 것을 보니. 비사의 얼굴이 난감함을 담고 찡그려졌다.

"결계를 쳐 놓으셔서 어차피 못 들어간다."

청제의 상태를 살피고 싶어 조심스럽게 청수궁에 다가갔다 온 비사였다. 대체 얼마나 내상이 심한 것인지, 또 얼마나 그곳에 더 머물러야 할 것이지 확인하고 싶었는데 청제가 쳐 놓은 결계가 그를 막아 들어서지도 못하고 돌아오는 길이었다.

그저 결계를 저리 확실하게 쳐 놓을 수 있을 정도면 기운이 조금은 남아 있을 테니 크게 위험한 상황은 아니라는 것만으로 위안을 삼고 돌아오는 길이었다.

비사의 말에 나오의 얼굴에 살짝 아쉬움이 담겼지만 나오는 여전히 그쪽을 바라보았다.

"못 들어가도 괜찮아요. 그냥…… 가까이 있고 싶어서요."

"그래야 마음이 편하면 그러든지."

비사가 그녀를 막고 있던 몸을 옆으로 옮겼다. 안으로 달려 들어가는 여인의 뒷모습이 조금은 행복해 보였다.

처음 들어와 보는 청수궁이었다. 청제들만의 순결한 공간이기에 가까이 오는 것조차 상상도 해 보지 않은 공간이다.

게다가 황금타에 머물던 때는 자신의 심장 안에 여의주가 있어서 이곳

주변에는 얼씬도 할 수 없었고 해서도 안 되었다. 이곳의 순결한 기운을 흐트러트릴 테니까. 그에게 독이 될 테니까.

하지만 이제 그럴 위험은 없기에 용기를 낸 것이다.

"하······."

눈앞에 보이는 조그마한 궁의 모습에 나오가 손으로 입을 가리며 나직한 한숨을 토해 냈다. 눈이 부신 하얀빛무리가 한곳에 모여 만들어진 곳처럼 청수궁은 새하얀 모습을 하고 있었다.

순결하지 않은 것은 그 무엇도 접근할 수 없을 듯 빛을 담은 수정으로 만들어진 공간은 바라보는 것만으로도 눈이 부셨다. 그 새하얀 궁의 꼭대기에 조각되어 있는 푸른 용은 이 공간을 보호하고 있는 듯 아름다웠다. 그가 청룡의 모습으로 변했을 때처럼.

들어갈 수는 없을 것이다. 결계가 쳐져 있다 비사가 말하지 않았던가. 세상의 모든 기운에서 청제를 보호해 주는 결계가 이곳을 보호하고 있을 것이다. 아쉽지만 그저 저 안에 그가 있다는 것만으로도, 그의 곁에 가까이 있다는 것만으로도 좋았다.

청수궁의 새하얀 문 앞에 선 나오가 애틋한 시선으로 문을 응시했다. 지금 이 순간 그가 너무도 보고 싶어서 심장이 아려 왔다. 저 문으로 들어서면 그가 있는데도 보지 못한다는 사실이 더 힘겨웠다. 이럴 줄 알았으면 오지 않았을 텐데.

그저 그의 기운을 조금이라도 더 느껴 보고 싶어서였다. 그녀가 가만히 손을 들어 청수궁의 문에 가져다 댄 것은.

끼익—

흠칫, 자신의 손이 닿자마자 천천히 열리기 시작하는 청수궁의 문 앞에 선 나오의 눈이 놀라움으로 커다랗게 커졌다.

절대 그 무엇에도 열리지 않을 것이라 생각했던 수정궁의 문이 이렇게 쉽게 열릴 수 있다니. 상상도 해 보지 않았던 일이었다. 그리고 분명 비사가 결계가 쳐져 있어 들어가지도 못한다고 하지 않았던가.

하지만 그런 모든 의아함과 두려움을 잊게 만드는 것은 그를 볼 수 있을지도 모른다는 지독한 유혹이었다. 나오가 열린 문 안으로 들어섰다.

청수궁으로 들어선 그녀를 가장 먼저 맞은 것은 온몸으로 스미는 푸른 바람의 내음이었다. 그리고 그 바람 속에는 시리도록 차갑고 깨끗한 기운이 담겨 있었다.

온몸이 차갑게 시린 물 안에 잠기듯 청수의 기운이 그녀의 온몸과 심장 저 깊은 곳까지를 가득 채워 오는 느낌은 이상하리만치 편안했다. 그렇게 그녀의 발걸음이 한 발 두 발…… 안쪽으로 향했다.

"아!"

조심스럽게 옮겨지던 그녀의 발걸음이 멈춰졌다. 꿈속에서조차 제대로 보이지 않아 애가 타고 힘겹던 이의 모습이 그녀의 눈앞에 있었다.

눈이 시리게 푸른 물 안에 그가 앉아 있었다. 반쯤 흘러내린 욕의를 대충 걸친 그의 몸이 푸른 물 안으로 훤히 보였다.

단단하고 긴 몸이 푸른 기운을 품고 있는 모습은 상상했던 것보다 더 아름답고 편안해 보였다. 그의 모습을 보는 것만으로도 심장은 금방이라도 터져 나올 듯 뛰기 시작했으니까.

그녀의 심장이 두근대는 울림이 그에게까지 닿은 것일까. 굳게 닫힌 눈가에 물기를 머금고 있던 그의 속눈썹이 나오의 눈앞에서 천천히 열렸다. 그리고 그의 시리도록 푸른 눈이 그녀를 향해 들어 올려졌다.

"저, 저는 그냥."

자신을 응시하는 그의 모습에 놀란 나오가 한 발을 뒤로 물러서려 했을 때였다. 청수 안에서 일어서며 그가 들어 올린 손끝에서 흘러나온 푸른 바람이 돌아서려던 그녀를 막으며 몸을 감싼 것은.

그렇게 그녀를 감싸 안은 바람이 그녀를 조심스럽게 그의 앞으로 데려다 놓았다. 당연하다는 듯 그의 팔이 자신에게 다가온 나오를 안았다.

"그냥?"

붉은 그의 입가가 재미있는 장난을 하고 싶은 듯 끌어 올려진다고 느낀 순간, 그녀의 몸은 그의 품에 안긴 채 청수 안으로 빠져들고 있었다.

"헉!"

온몸이 물 안으로 잠겨 드는 느낌에 놀란 나오가 팔을 들어 그의 목을 감싸 안았다. 청수는 몸이 시리게 차가웠고 또 뜨거웠다. 처음 몸에 닿는 감각은 이가 시리게 차가웠는데 그의 품에 안겨 점점 빠져드는 청수 안은 따스함이 가득했다. 이렇게 깊은 물속에 잠겨 본 적 없는 그녀가 두려움을 담고 그를 끌어안는 모습에 청제의 얼굴에 미소가 번졌다.

"고개 좀 들지. 보고 싶은데."

물속으로 끝도 없이 빠져드는 것 같은 느낌에 그의 품 안에 웅크린 채 안겨 있던 나오가 그의 목소리에 그제야 천천히 고개를 들었다.

발이 닿지 않는 물속이기에 여전히 그의 품 안에 매달려 있는 그녀였다. 두려움에 그의 목에 감긴 팔을 풀 생각 따위 할 수도 없었다. 그저 고개만을 조금 들어 그를 올려다볼 수 있었다.

막상 그의 얼굴을 보자 울컥 눈물이 솟구쳐 입술을 악문 그녀가 다시 그의 차가운 어깨에 얼굴을 묻었다. 아파 보이지 않는 그의 모습에 기뻐야 하는데, 마냥 좋아야 하는데 이상하게 가슴이 먹먹해졌다.

눈물샘에 구멍이라도 난 것일까. 끝도 없이 흐르는 눈물을 막지 못한 그녀가 더 이상 참지 못하고 울음을 터뜨렸다.

"아앙. 흐흑!"

대체 무엇이 그리 서러운 것인지 끝없이 커다란 소리를 내며 울음을 쏟아 내는 나오를 안은 청제의 얼굴에 조금씩 난감함이 고여 왔다. 물속에서 그녀를 안고 있는 이 자세가 문제였다. 푹 젖은 그녀의 몸이 그대로 그의 몸에 온전히 닿아 있었기 때문이다.

"나오야."

"엉엉."

그가 부르자 더 커진 그녀의 울음소리가 귓가를 때렸다. 온통 젖은 기운으로 가득한 청수궁이기에 소리는 더욱 큰 공명을 담는다. 세상이 떠나갈 듯 울어 대는 그녀의 울음소리가 공간을 울리고 그의 심장까지 울리고 있었다. 그의 손이 그녀의 머리를 가만가만 쓰다듬었다.

"그만 울어. 나오야."

"흑, 보고 싶었어요. 너무 보고 싶어서. 흑."

겨우겨우 토해 내는 그녀의 마음이 들려오는 순간, 그의 입가에 진한 미소가 번졌다. 이 곱고 어여쁜 이를 대체 어찌해야 하는 것일까.

"나도 무지 보고 싶었거든? 그러니까 얼굴 좀 보여 주지?"

나오가 천천히 그의 품 안에서 고개를 들었다. 눈물로 촉촉하게 젖은 연붉은 얼굴이 청제의 시야를 가득 채워 왔다. 그 얼굴을 마주하니 가슴이 뻐근해지는 그였다.

"왜 이렇게 예뻐진 거냐."

"아직, 힘드신 거예요?"

여전히 울먹이는 목소리로 묻는 나오의 말에 청제가 천천히 고개를 저었다. 물에 젖은 그의 짙푸른 머리카락이 그의 젖은 어깨에서 물결쳤다.

"이제 괜찮아. 헌데 대체 어떻게 들어온 거야? 여긴?"

"그냥, 손을 대니까 열리던걸요."

"하, 이런."

청제가 고개를 흔들며 낮게 웃었다. 자신의 기운으로 만들어 놓은 결계가 그녀에게는 통하지 않는 것이다. 자신의 주인에게만 반응하는 결계를 아무 저항 없이 뚫었다는 것은 그의 결계가 그녀를 주인으로 인식한다는 것이리라. 어쩌면 당연한 일일 것이다. 이미 제 심장을 가진 주인은 그녀이니까.

482

더 이상 힘겨워 보이지 않는 청제의 모습이 믿기지 않는지 나오의 손길이 그의 얼굴을 가만히 쓰다듬었다. 열도 나지 않고 끔찍하게 새겨져 있던 상처들도 보이지 않았다.

그녀의 손이 그의 길고 단단한 목에 닿았다. 요괴와 자신이 물어뜯었던 상처가 선명했던 곳이다. 헌데 이제 그 흔적들은 다 사라지고 없었다.

강인하고 아름다운 사내의 목이 그녀의 손끝에 닿았다. 손끝에서 느껴지는 강한 박동에 놀란 그녀가 손을 거두려 하자 그의 손이 그녀의 손을 쥐어 잡았다. 동그랗게 커지는 눈을 응시한 채 그녀의 가는 손을 제 가슴 위에 가져다 댔다.

쿵쿵, 너무도 단단하고 강한 울림이 나오의 손바닥을 통해 온몸으로 전해져 왔다. 너무도 진해서일까. 온몸으로 전율이 주룩 흘러들었다.

"더는, 안 되겠다."

"예?"

"죽을 것 같아서."

그의 말이 무슨 뜻인지 알지 못한 그녀의 얼굴이 놀라서 굳어지는 순간, 그의 입술이 그녀의 입술을 가르고 들어섰다. 망설이지도, 조심스러움도 담지 않은 그의 숨결이 그대로 그녀의 숨결 속으로 파고들었다. 그의 어깨를 잡고 있던 그녀의 손끝에 힘이 들어갔다.

그녀를 물 안으로 안고 이끌 때부터 이 선택이 잘못되었음을 절감하고 있던 청제였다. 물 안에서 느껴지는 그녀의 온몸은 그야말로 그에겐 지독한 환약과 같았다.

숨조차 내쉬기 힘들었던 명부에서조차 그녀의 곁에 있는 것만으로도 지독한 욕망에 시달리던 그가 아닌가. 헌데 이제 완전하게 그의 것이 될 수 있는 그녀가, 촉촉하게 물기를 머금고 그의 품에 안겨 있는 것이다.

물 안에서 느껴지는 그녀의 피부는 숨이 막힐 만큼 부드러웠다. 따스하고 향긋한 청수 안에 담겨 있는데도 그녀의 살 내음은 그의 코끝으로 잔인하리만치 확연하게 스며들고 있었다. 그런데 또 자꾸만 그의 목을 감싸 안고 그의 어깨에 얼굴을 묻는다. 대체 어찌 견디라는 것인지.

이곳이 청제들의 가장 성스러운 공간인 청수라는 것조차 지금 그에겐 아무 의미 없었다. 지금 그녀를 안지 않으면, 이 순간 그녀가 자신의 품에서 떠나기라도 하면 바로 숨이 멈출 것만 같은 지독한 욕망이 그를 내달리게 했다.

그녀의 숨결만으로는 너무도 부족한 그의 입술이 물기에 젖어 자꾸만 흘러내리는 그녀의 옷깃을 젖히고 어깨로 내려갔다.

이미 명부에서 맛보았던 새하얀 어깨와 봉긋한 가슴이 달큰한 살 내음을 품은 채 그의 입술 끝을 간지럽혔다. 자신의 온몸에서 더 이상 참을 수 없는 열기가 천천히 끓어 넘칠 것만 같았다.

"하아, 청제님. 여, 여긴…… 청수궁이에요."

자꾸만 거추장스럽게 감겨 오는 그녀의 옷깃을 걷어 내려는 청제의 다급한 손길을 막았다. 불같이 뜨거워져 델 것만 같은 그의 손을 가만히 잡으며 나오가 약하게 고개를 저었다.

그의 끝없는 입맞춤과 이곳의 촉촉한 공기 때문에 붉게 부풀어 있는 그녀의 입술이 약하게 악물어진 모습이 그의 눈에 들어왔다.

"젠장. 미치겠네."

그녀에게서 떨어지면 죽을 것 같은 몸을 떼어 내지는 못하고 그대로 그녀의 입술에 입을 맞추며 그가 몸을 일으켰다.

그와 나오의 몸을 타고 푸른 물이 주르륵 흘러내렸다.

"야, 비사."

붉은 초롱꽃을 들고 있던 비사의 귀에 귀신이라도 본 듯한 건달바의 딱딱하게 굳은 목소리가 들려왔다.

지금 막 최고의 진미를 맛보려고 하는데! 대체 왜 방해를 하는 것인지.

와락 짜증이 솟구친 비사가 벌떡 몸을 일으켰다.

"뭐야! 귀신이라도 본 거야? 귀신은 여기 있거든? 네 바로 옆에!"

"아니, 저기. 귀신보다 더 무서운 걸 본 것 같아."

"응?"

무엇을 보고 있는지 시선도 돌리지 못한 채 한쪽으로 가리키는 건달바의 모습에 비사가 고개를 돌렸다. 툭. 그의 새하얀 손에서 붉디붉은 초롱꽃이 바닥으로 떨어져 또르르 굴렀다.

하늘이라도 내려앉는 듯 급하게 자신의 침전으로 달려 들어가는 청제의 모습이 보였다. 열흘 동안 수정궁에서 꼼짝도 못 하던 이라면 대체 누가 믿을까.

욕의 그대로 청수를 온몸에서 뚝뚝 떨어뜨리며 그들 앞을 스쳐 지나가는 청제의 팔 안에 안긴 것은 분명 자신들이 너무도 잘 아는 이였다.

헌데 그렇게 잘 아는 이가 낯설어 보였다. 왜냐하면 그녀 역시 청수에 흠뻑 젖은 모습으로 청제의 목을 꼭 끌어안고 그의 품에 얼굴을 묻고 있었으니까.

푸른 바람이 황금타의 안으로 스몄다 사라진 것일까. 너무도 빠른 순간 자신들 앞에 스쳐 침전 안으로 사라져 버린 이들의 뒷모습을 멍하게 바라보던 비사와 건달바가 서로를 향해 멍한 표정을 돌렸다.

"지금 그러니까, 우리가 본 게 맞는 거지?"

"청수 안에서…… 설마?"

"헉!"

자신의 침전 안으로 들어서며 청제가 손끝을 가볍게 흔들어 결계를 쳤다. 그의 손끝에서 흘러나온 싱그러운 푸른 기운이 침전을 몇 겹으로 둘러쌌다. 아마 천제가 와도 뚫지 못할 것 같았다.

침상 앞에 선 청제가 가만히 시선을 내렸다. 그의 가슴에 얼굴을 파묻고 있던 나오도 시선을 들어 그를 올려다보았다. 붉게 물든 그녀의 동그란 눈이 수줍음과 떨림을 함께 담고 그를 바라보고 있었다.

투명한 눈에 약하게 어린 열기가 미칠 듯 곱고 아름다웠다. 문득 명부에서의 그녀가 떠올랐다. 청제가 나오를 가만히 침상 위에 내려놓았다.

"내 침상에 누운 여인은 네가 처음이다."

"……."

뜨거움이 가득한 그의 손길이 그녀의 얼굴을 가만히 쓸어내렸다. 동그란 이마와 고운 속눈썹, 오똑한 콧날과 붉게 물든 입술을 스치는 그의 손길에 나오가 가만히 눈을 감았다.

그저 얼굴을 쓰다듬는 손길만으로도 온몸이 나른하게 젖어 드는 것 같았다. 그의 손길이 천천히 그녀를 침상에 눕혔다.

"나오야."

솜털이 피부 위를 간지럽히듯 부드럽게 새어 나오는 그의 목소리에 나오의 눈꺼풀이 파르르 떨리며 들어 올려졌다. 붉은 기운을 담은 그녀의 눈 안에 청제의 아름다운 모습이 가득 찼다.

"내 반려가 되어 줄 터냐."

"……청제님."

"너만이 내 반려가 될 수 있다."

"하지만 저는……."

예상하지 못한 청제의 말에 나오의 눈동자가 거칠게 흔들렸다. 그저 그를 연모할 뿐 반려는 생각도 해 보지 못했었다.

그는 수미산의 청룡이다. 수미산 전체를 지키며 하늘을 수호하는 지국천이다. 헌데 그런 그의 반려라니. 자신은 그저 일개 청족일 뿐인데.

"너 이외에 그 누구도 내 반려가 될 수 없다. 너만이 내 곁에 있을 수 있고 내 후계를 잉태할 수 있다. 너만을 내 곁에 둘 것이다."

뜨거움을 가득 품은 숨결로 심장 속의 말을 토해 낸 청제가 두 손으로 그녀의 얼굴을 받쳐 들었다. 그리고 그대로 그녀의 입술을 삼켰다.

나오는 언제 자신의 겉옷이 벗겨져 침상 밑으로 떨어졌는지 인식하지 못했다. 숨 막힐 듯 그녀의 숨결을 삼키며 자신의 혀끝을 빨아들이는 청제의 움직임을 따라가며 숨을 쉬는 것조차 힘겨웠기 때문이다.

그저 할 수 있는 것이라고는 그의 목에 매달리고 그의 어깨에 손톱을 박는 것뿐, 신음마저 그의 입술에 먹혀 버리기에.

연분홍색을 띤 그녀의 가슴이 그의 눈앞에 온전하게 드러났다.

명부에서 아주 잠깐 맛보았던, 그 입안이 녹아내리듯 부드럽고 말캉한 감각에 그가 이를 세우자 그녀의 허리가 거칠게 들어 올려졌다.

"하아, 하아."

그의 열기를 버티기도 힘겨운 듯 자꾸만 무너져 내리는 그녀의 허리를 한 팔로 끌어안고 그가 그녀의 가슴을 거칠게 베어 물며 마지막 옷자락을 잡아 뜯었다.

어떻게 하면 이리 아름다울 수 있는 걸까. 자신의 두 눈에 가득 담겨 오는 나오의 새하얀 나신을 응시하며 청제가 숨을 들이마셨다.

심장 가득 통증이 느껴져 올 지경이 되어서야 자신이 숨 쉬는 것조차 잊고 있었음을 자각한 그였다.

청수에 촉촉하게 젖어 어깨와 가슴 위로 흘러내린 푸른 기가 도는 짙은 머리카락에 반쯤 가려진 그녀의 가슴이 그의 시선을 잡아당겼다.

다른 여인의 가슴은 본 적도 없지만 그 어느 여인의 가슴도 이보다 더 아름다울 수는 없을 것이 확실했다.

"어떻게 이리 예쁜 거냐. 넌."

"……청제님."

"숨이 막혀."

정말 그는 숨을 제대로 쉬지 못하고 있었다. 그의 앞에 나신으로 있는 자신의 모습에 쑥스러움을 견딜 수 없어 몸을 웅크리던 나오가 조심스럽게 손을 들어 올려 그의 깎인 듯 날렵한 얼굴선을 가만히 어루만졌다.

이 사내가 자신의 사내였다. 세상에서 가장 아름답고 가장 강한 사내가 자신의 앞에서 숨조차 제대로 내쉬지 못하고 있었다. 심장 저 깊은 곳에서부터 뿌듯한 행복이 천천히 차올랐다.

"안아 주세요. 절."

"넌, 진짜."

안 그래도 온몸이 터질 것 같은데 볼을 붉게 물들이며 나직하게 속삭이는 그녀의 목소리는 최음제 같았다. 그 한마디에 몸이 자신의 의지와는 상관없이 움직이기 시작했으니까.

그녀의 이마에 입을 맞추기 시작한 그의 입술이 천천히 아래로 내려갔다. 눈가에, 코 위에, 그리고 입술 위에 잠시 머물던 그의 뜨거운 입술이 가만히 그녀의 연홍색 가슴 위로 옮겨진 순간, 청제를 붙잡고 있던 인내의 끈은 그대로 끊어져 내렸다.

"아흑, 하아."

자신의 가슴을 다 삼켜 버리기라도 하려는 듯 거칠게 탐하는 그의 머리를 나오가 꼭 안았다. 무엇인가를 붙잡고 어딘가에 매달리지 않으면 이 숨 막히는 감각에 기절이라도 할 것만 같았기 때문이다.

그렇게 그녀의 가슴에 매달리던 그의 손이 천천히 아래로 내려간 것은 아마도 본능적인 움직임이었을 것이다. 암컷의 비림을 찾는 수컷의 무의식적인 움직임.

잘록한 허리를 지나 동그란 둔부를 거친 그의 손이 조심스럽게 그녀의 다리 사이로 찾아들었다. 가슴에 전해지는 끔찍하도록 진한 쾌감에 정신없이 그의 목을 끌어안고 매달리던 그녀가 낯선 곳에 닿는 손길에 저도 모르게 몸을 움츠리며 그의 팔을 잡았다.

간절히 원하는데 그만큼 두려움이 함께 스미는 낯선 감정. 죽을 것처럼 그를 원하면서도 그것이 또 낯선 두려움으로 찾아들고 있었다.

"전에, 내가, 말했었지."

헐떡이는 숨결 때문에 그의 말이 한 마디 한 마디 끊어진 채 새어 나왔다. 거친 그의 숨결은 너무도 뜨거워 세상을 다 태울 것만 같았다.

그의 손길이 비림을 스쳤다. 파르르, 그녀의 온몸이 전율했다.

"이곳으로 돌아오면 다시는 내 품에서 놓아주지 않겠다고. 한시도 널 품에서 놓지 않을 거라고."

촉촉하게 젖어 가는 그녀의 깊은 곳으로 그의 긴 손가락이 스미듯 들어섰다. 그녀가 몸을 뒤로 휘었다.

"하악!"

따스하고 말캉하고, 또 끝없이 자신을 부르는 그녀의 몸은 미약보다 더 강했다. 미약 따위 자신의 기운으로 얼마든지 이길 수 있지만 지금 자신의 품에서 짙은 쾌감을 이기지 못해 헐떡이는 조그마한 여체에서 흘러나오는 짙은 향기는 아무리 애를 써도 이길 수 없으니까.

그가 몸을 들어 올리며 그녀의 다리를 가만히 벌렸다. 붉은 꽃이 핀 듯 곱디고운 그녀의 몸이 시야를 채워 왔다.

숨 막힐 듯한 전율이 머리끝부터 발끝까지 그를 가득 채웠다. 세상에 태어나 한 번도 느껴 본 적 없는 만족감이 심장을 조여 왔다.

"너만이 내 유일한 반려야. 내 사랑아."

그의 몸이 그녀의 몸 안으로 천천히 파고들었다.

"연……모해요. 하아. 당신을……."

붉게 물든 얼굴을 일그러뜨린 채 겨우겨우 숨결과 함께 말을 뱉어 내는 그녀를 내려다보며 청제가 더욱 깊이 그녀의 안에 자신을 밀어 넣었다.

"아흑!"

자지러지는 그녀의 얼굴이 좋았다. 붉은 기를 가득 담고 흐느끼는 그녀의 울음이 소름 끼치게 아름답게 들렸다.

이상했다. 그녀의 고통이 죽기보다 싫은데 자신의 품에 안겨 내지르는 그녀의 신음 섞인 비명은 지독한 쾌감을 만들어 준다는 것이.

도리질을 치고 눈물을 흘리며 자신을 밀어내는 그녀의 손길을 마주 잡았다. 끈적이는 두 개의 손이 허공에서 서로를 놓치지 않으려는 듯 움켜 쥐었다.

그의 허릿짓이 강해질수록 그녀의 손에 실리는 힘도 강해졌다. 그 손을 꼭 쥐어 잡은 청제가 그녀의 가슴으로 입술을 내렸다.

"그, 그만. 하악."

작은 몸이 그의 몸 아래에서 물결쳤다. 온몸이 이 사내의 몸에 갇혀 사내의 몸짓에 흔들리고 신음을 흘린다.

눈물과 땀으로 범벅이 된 그녀의 볼을 따라 사내의 혀가 그 체취를 탐닉하듯 핥아 내렸다. 죽도록 사랑스럽다는 말은 이럴 때 쓰는 것이리라.

마시고 또 마셔도 끝나지 않을 듯한 갈증을 향해 사내의 온몸이 끝없이 질주하고 있었다.

온몸에 붉은 흔적들을 가득 담고 겨우겨우 숨을 내쉬며 자신의 품에 안겨 있는 여인을 물끄러미 내려다보는 청제의 심장이 알 수 없는 뿌듯함으로 가득 차올랐다.

지독한 환락의 시간이 아직도 어색해서일까. 여전히 그녀의 나신을 가만가만 쓰다듬는 그에게서 벗어나고 싶은지 그녀가 꼼지락거렸다.

그녀의 작은 움직임도 확연하게 느끼는 그의 온몸이 다시 천천히 타오르기 시작했다. 하지만 그녀는 아무것도 모르는 모양이었다.

"그만 움직여. 나 못 참으니까."

흠칫, 그의 말에 그녀의 움직임이 딱 멈춰졌다. 긴장으로 딱딱하게 굳는 그녀의 가느다란 등줄기를 그의 손이 부드럽게 쓸었다.

"하, 그립다."

"……뭐가 말입니까?"

쑥스러워 고개도 들지 못하면서도 뭔가 무척이나 아쉬운 듯 한숨을 토해 내는 청제의 모습이 신경 쓰이는지 그녀가 물었다.

발그레 물들어 땀으로 촉촉하게 젖어 있는 그녀의 뺨을 손가락으로 가만히 쓸며 그가 입꼬리를 말아 올렸다.

"명부에서의 그 색기 어린 나오가."

"……예?"

"나를 먹고 싶다던 그 나오 말이야."

청제의 촉촉하게 젖은 눈동자가 발갛게 달아올랐다. 이제껏 끝도 없이 담던 열기는 그저 시작이었다고 말하는 것처럼 다시 천천히 일렁이기 시작하는 사내의 눈을 가만히 응시하던 나오가 그의 품에서 몸을 떼어 내 천천히 일어나 앉았다.

예상치 못한 그녀의 행동 때문일까. 놀란 청제가 그녀를 따라 몸을 일으키는 순간, 나오의 손이 그의 가슴을 그대로 밀어 버렸다.

그가 힘없이 풀썩 침상으로 넘겨졌다. 놀란 그의 시선이 나오를 채 다 담기도 전에 그녀가 그의 몸 위로 올라탔다.

"저, 말입니까?"

그녀의 부푼 붉은 입술이 진하게 말려 올라가는 모습에 청제의 눈이 커다랗게 열렸다.

작고 작은 몸 안에 불을 담은 것일까, 문득 그런 생각이 청제의 뇌리에 떠올랐다. 분명 푸른 눈동자의 그녀인데 그 눈동자가 파랗게 타오르고 있었다. 자신을 보며.

끝없던 자신의 접문에 발갛게 부어오른 그녀의 입술이 천천히 자신을 향해 내려오고 있었다. 촉촉하게 젖은 새하얀 얼굴 가득 진한 미소를 담은 그녀는 낯설면서도 아름다웠다.

길게 풀어 헤쳐진 그녀의 검은 머리가 그의 가슴 위로 드리워졌다. 자신의 가슴 위로 지나가는 그 너무도 흐릿한 감촉에도 그의 몸은 또다시 그녀를 원하기 시작했다.

기다리기가 너무 힘겨워서였을 것이다. 천천히, 자신의 심장을 조이듯 내려오는 그녀의 붉은 입술을 그대로 삼키지 않으면 숨이 막혀 심장이 터질 테니까.

이 순간 정말 죽어 버릴지도 모를 만큼 절박한 자신의 상태를 그녀는 모르고 있는 모양이었다. 그의 손이 다급히 그녀의 뒷머리를 잡아당겼다.

"흡!"

따스하고 말랑한 가슴이 그의 단단한 가슴에 내려왔다. 가슴을 간질이는 그 감각에 단전 아래가 고통스러울 만큼 뻐근하게 차올랐다.

젠장. 이가 갈리듯 온몸이 들끓어 댔다.

이미 흥분할 대로 흥분한 자신의 몸을 주체하지 못해 허겁지겁 그녀의 입안을 탐하던 청제가 흠칫, 낯선 그녀의 움직임에 자신의 몸짓을 멈췄다.

새의 혀가 이러할까. 너무도 조그맣고 날렵한 혀가 자신의 입안에서 가만가만 탐색하듯 움직이는 감각에 그의 머릿속이 쭈뼛 곤두섰다.

그저 어설프게 훑어 내릴 뿐인데…… 머리에 벼락이 치듯 온 감각이 그녀의 움직임을 쫓아 질주한다.

떠날 듯 머물 듯 살짝살짝 자신을 건드리는 혀를 그가 거세게 잡아챘다. 지금 그녀의 혀가 떠나면 참을 수 없을 것이다.

거세게 그녀를 잡아채 자신의 입안에 머물게 하려는 움직임에 숨이 막혀 버린 그녀가 그의 어깨를 밀었다. 그녀의 움직임에 기운을 잃은 사내의 입술에서 그녀의 입술이 겨우 떨어져 나올 수 있었다.

"하아, 하아."

붉은 얼굴을 들어 나오가 그를 가만히 내려다보았다. 이미 열기로 벌겋게 달아오른 사내의 눈에는 자신만이 담겨 있었다.

송두리째 자신을 삼켜도 모자랄 것처럼 일렁이는 사내의 욕망이 고스란히 보이는 그 눈빛이 좋았다. 숨이 막히게.

"여기서, 끝낼까요?"

혀로 자신의 입술을 살짝 핥으며 내뱉는 그녀의 탁하게 가라앉은 목소리에 청제의 미간이 더할 수 없이 짙게 일그러졌다.

"나 죽으라고?"

그의 붉은 입술이 보기 좋게 뒤틀렸다. 나오가 웃었다.

자신이 가장 좋아하는 모습이었다. 입술이 비틀리며 눈가에 진한 욕망이 가득 담기는 모습. 이 모습은 절대 그 누구에게도 보여 주지 않을 것이다. 그녀의 입술이 다시 그의 입술로 내려앉았다.

"온몸이 붉은 꽃으로 뒤덮인 것 같다."

자신의 무릎 위에 등을 보이고 앉아 있는 그녀의 가는 몸을 감싸 안은 채 그가 그녀의 뒷목에 입술을 내리며 속삭였다. 금방이라도 쓰러져 내릴 것 같은 몸을 그의 가슴에 기대고 앉는 그녀였다.

길고 단단한 그의 다리 위에 그녀의 새하얗고 가는 다리가 올려져 있었다. 그녀의 상체를 안은 그의 손이 쓰다듬는 가슴은 이제 쓰라릴 지경이었다.

헌데 우습게도, 그렇게 아픈데도 여전히 좋았다. 쾌감의 유혹은 끝이 없는 모양이었다.

그의 혀가 붉은 꽃 위를 스쳤다. 그녀의 가는 어깨가 팔딱거리며 흔들렸다. 그 움직임이 짜릿하게 몸 안쪽으로 느껴지는 감각에 청제가 나른한 숨을 토해 냈다. 놀란 그녀의 몸이 움츠러들었다.

아직 그녀의 안에 남아 있는 그의 몸 끝이 다시 욕망을 담는 것이 온전히 느껴져 왔기 때문일 것이다.

"크크."

"웃지 마십시오."

그녀의 어깨에 얼굴을 묻으며 웃음을 흘려 내는 그에게 낮게 잠긴 그녀의 퉁명스러운 목소리가 들렸다. 끝이 나지 않는 그의 욕망을 건드린 벌을 받아야 할 것임을 알고 있을 터였다.

"이제 알았거든."

조곤조곤 말을 뱉어 내면서도 그의 손은 쉬지 않았다. 그녀의 가슴부터 허리를 지나 다리 사이로 스며든 손이 가만가만 그녀를 어루만졌다. 그녀의 손이 그의 팔을 쥐어 잡으며 허리를 휘었다.

"무엇을……! 하익!"

파르르 떨며 자신의 팔에 손톱을 박는 그녀의 움직임에도 그의 목소리는 평화롭기 그지없었다.

"명부에서의 나오도 너였다는 것을."

"예?"

그를 향해 고개를 돌리려던 그녀가 헉, 심호흡을 뱉어 내며 몸을 틀었다. 너무도 자극적인 그의 움직임에 온몸이 덜덜 떨릴 지경이었다.

자신은 이리 숨조차 내쉬지 못하게 만들어 놓고도 그는 숨소리 하나 흐트러지지 않는 것이 억울했지만 지금의 그녀는 그 어떤 움직임도 마음대로 취할 수가 없었다. 그저 그에게 의지해 견딜 뿐.

"푸른 눈의 나오도, 붉은 눈의 나오도 모두 너다. 내가 사랑하는 나의 반려."

온몸을 감아 오는 지독한 쾌락 속에서도 눈물이 났다. 그의 따스한 숨결이 뒷목에 부딪쳐 부서져 내렸다.

천천히 뜨거워지는 그의 숨결이 그녀의 몸을 감싸기 시작했다.

❖ ✠ ❖

정원을 거니는 전혀 어울리지 않는 두 인영의 모습을 물끄러미 바라보고 있는 청제의 곁으로 비사가 다가섰다.

꽃향기를 좇아 코를 벌름거리며 정원을 누비는 건달바의 곁에서 편안하고 즐거운 듯 꽃차에 쓰일 꽃잎들을 모으고 있는 나오의 모습에 닿은 청제의 시선이 살짝 일그러져 있음을 확연하게 느끼는 비사였다.

그가 부드러운 움직임으로 청제의 곁에 앉았다.

"풍백이 다녀갔습니다."

"알아. 재미없는 향이 난다 생각했어."

무감한 청제의 목소리가 관심 없다는 듯 들려왔다. 이미 풍백의 기운을 느꼈던 모양이었다.

자신을 바라보지도 않은 그의 시선이 그녀만을 좇고 있었다. 벌이 꽃을 탐하듯 한순간도 저 여인에게서 떠나지 못하는 사내의 연정이 그 눈빛에서 고스란히 읽힐 지경이었다.

"천제님의 전갈이랍니다."

비사가 손끝을 흔들자 그의 앞에 투명한 서한이 놓여졌다. 허공에 떠있는 서한을 슬쩍 바라본 청제가 그대로 서한을 밀어내자 푸른 바람이 그것을 흩어 놓았다.

"보지 않으십니까."

"필요 없어."

"청제님."

그의 얼굴이 아주 잠시 차디차게 굳었다가 자신을 돌아보는 나오의 모습에 다시 환하게 풀리는 모습을 보며 비사가 살짝 미간을 찡그렸다. 혹여 자신이 생각하는 그 문제일까 두려운 그였다.

"혹, 반려에 대한 일입니까."

"……."

"알고 계셨습니까."

"마음이 급해졌겠지. 다문천이 아직도 명부에서 돌아오지 못하고 있으니까."

"……."

"신경 쓸 거 없어. 풍백 따위 백 번이 아니라 천 번을 보내도 나는 관심 없으니까."

"하지만."

"다문천뿐 아니라 나까지 잃고 싶으면 고집을 부리라고 해."

더 이상 그것에 대해 이야기하고 싶지 않다는 듯 청제가 자릴 털고 일어나 나오의 곁으로 다가서는 것을 바라보는 비사의 얼굴에 그늘이 드리웠다.

반려. 나오를 곁에 두고 그의 여인으로 삼는 것은 그 누구도 뭐라 할 수 없는 일이었다. 대제가 여인을 수십을 두든 수백을 두든 그것은 그 누구도 상관할 일이 아니니까.

황제는 수십의 여인을 거느리고 있었고 백제는 셀 수도 없는 여인을 품었다 버리길 반복하기로 유명한 이였다.

그렇지만 대제들의 반려는 다르다. 그다음 대를 잇기 위해 천제가 정해 주는 이가 대제들의 반려가 되어야 하는 것은 암묵적인 약속이었다. 마음을 나눌 필요도, 삶을 함께할 의무도 없지만 순수한 천계의 핏줄을 이어받은 후계를 얻어야 하기에 맺는 관계. 그것이 대제들의 반려였다.

청제 역시 그렇게 태어났고 그렇게 청제가 되었다. 비사는 기억하고 있었다. 천제가 정해 준 반려와 선대 청제가 합방을 하고 그 반려는 동방의 숲에서 청제를 낳은 후 그대로 떠나 버렸다. 아무 미련도 없이.

당연한 일이었다. 어차피 대제들의 반려는 후계를 위한 존재일 뿐 대제들에게 그 어떤 의미도 없는 존재이기에. 가끔은 그렇게 후계를 생산하고도 대제들의 곁에 머무는 반려들도 있었지만 그것은 어차피 드문 일이었다.

헌데 지금 청제는 그 당연한 것을 거스르려 하는 것이다. 천제가 아닌 자신이 자신의 의지로 반려를 정하고 그 반려에게서 후계를 보고 그 반려와 평생을 함께하려 하고 있었다.

"산 넘어 산이군."

비사가 고개를 저었다.

"향기가 좋다."

꽃향기를 맡고 있던 나오가 자신의 허리를 잡아당겨 안는 청제의 움직임에 그대로 그의 품 안으로 파묻혔다. 꽃향기에 섞인 그녀의 향내에 취한 청제의 입술이 그녀의 목덜미를 짙게 빨아들였다. 새하얀 뒷목에 또하나의 붉은 흔적이 새겨졌다.

"아주 흡혈을 하시지 그러십니까."

꽃향기로 배를 채우던 건달바가 못 볼 것을 본 듯 얼굴을 왕창 찡그리며 고개를 저었다. 거대한 덩치에 어울리지 않게 섬세한 손짓으로 꽃들을 만지는 건달바의 모습에 청제도 미간을 좁혔다.

"여기 꽃들 다 없애 버린다. 너 배 쫄쫄 굶게."

"아! 진짜. 네. 네. 저는 가 보겠습니다. 편히 이것저것 다 하십시오."

자신의 존재가 거슬린다는 테를 확연하게 내는 청제의 모습에 건달바가 쿵쾅거리는 걸음걸이로 정원을 빠져나갔다. 나오가 청제의 손을 가볍게 쳤다.

"심하셨습니다."

"괜찮아. 뒤쪽에도 꽃은 지천인걸."

"이쪽 정원의 꽃들이 향기가 제일 좋은걸요. 빛이 제일 잘 들어서 그런 모양입니다."

"꽃보다 네가 더 향기로워."

그녀의 뒷목에 입술을 대는 것만으로 만족하지 못하겠는지 청제가 나오를 돌려세웠다. 눈부신 햇살 아래 반짝반짝 빛나는 그녀의 눈이 그를 동그랗게 올려다보고 있었다. 그 연푸른 눈동자를 보는 것만으로도 가슴이 뻐근하게 차오르는 그였다.

"우리 이렇게 살자. 하루하루 너랑 함께."

그녀가 환하게 웃으며 크게 고개를 끄덕였다. 그의 입술이 그녀의 입술 위에 가만히 내려앉았다.

천천히 돌아오는 의식의 끝을 즐기고 싶은 듯 나오가 가만히 팔을 들어 옆을 더듬었다.

언제나 그곳에 있는 단단하고 따스한 감각이 그리웠다. 밤새 자신을 품에 안고 잠드는 그의 숨결을 느끼며 잠이 들고 그의 숨결을 느끼며 잠이 깨는 시간들이었다. 그래서 이제 의식이 돌아오는 순간 본능적으로 그의 자취를 찾곤 하는 그녀였다.

헌데…… 차가운 감촉이 그녀의 손끝에 감겨들었다. 낯선 감각에 감겨 있던 그녀의 눈이 열렸다.

그녀의 단잠을 지키려 빛이 들어오지 못하게 막아 놓은 그의 결계는 여전한데 그가 없는 공간은 이상하리만치 서늘하고 차갑게 느껴졌다. 나오가 오싹해지는 몸을 웅크리며 고개를 들었다. 그가 없는 텅 빈 공간이 주는 고요함이 그녀의 심장을 옥죄어 왔다.

어디에도 없는 그를 찾아 헤매다 문득 떠올라 올라온 길이었다. 그가 아주 가끔 이곳에 올라 청족 마을을 내려다보고 청조가 물어 오는 많은 소식을 듣곤 했다는 것이 떠올라서였다.

자신과의 시간 때문에 한동안 살피지 못한 청족 마을의 안부를 살피는 것일까 하는 생각을 하고 오른 곳에 그가 있었다.

높디높은 황금타 안에서도 가장 높은 곳에 서서 허공을 향해 있는 그의 모습은 숨이 막히게 아름다웠다. 바람을 품은 사내의 짙푸른 머리카락과 푸른색 장의가 이곳을 감도는 바람을 타고 허공으로 흩날리고 있었다.

바람 속에 있어야 가장 아름다운 자신의 사내를 바라보며 행복한 미소로 다가서던 나오가 걸음을 멈춘 것은 그의 곁으로 다가오는 한 자락 바람 때문이었다.

허공에서 그를 향해 날아온 푸른 바람이 그의 앞에 멈춰 서서히 사람의 모습을 만드는 광경은 기이하고도 아름다웠다. 온통 연한 푸른 바람으로 만들어진 이였다.

푸른 바람처럼 투명한 머리카락과 눈이 부시게 연푸른 얼굴, 물처럼 연푸른색의 투명한 눈동자를 가진 사내의 모습은 바람으로 빚어 놓은 아름다운 조각 같았다. 무게감도 느껴지지 않는 푸른 사내가 청제의 앞에 깊이 고개를 숙여 보였다.

하지만 사내를 보는 청제의 눈은 반가움 따윈 하나도 담고 있지 않았다. 금방이라도 상대를 죽여 버릴 듯 살기마저 담은 그의 앞에 바람의 사내가 무엇인가를 내밀었다.

구름의 한 조각을 베어 만든 듯 보이는 서한이었다. 사내가 펼쳐 보이는 그 서한을 아주 잠시 응시한 청제가 그대로 그 서한을 향해 거칠게 손을 내저었다.

사내가 그것을 잡을 사이도 없이 서한은 먼지처럼 산산이 조각나 허공으로 날아가 버렸다. 사내의 얼굴에 경악이 어리는 모습이 나오의 시선 안에 똑똑히 들어왔다.

"한 번만 더 가져오면, 서한이 아니라 그대를 박살 내 주겠다. 풍백."

"청제님."

"가서 분명히 전해. 내 반려는 내가 정한다고."

"예."

난감한 표정으로 잠시 청제를 응시하던 사내가 고개를 숙이며 다시 바람의 모습으로 사라졌다.

치미는 화를 참느라 파래질 정도로 손을 꽉 쥐고 있던 그가 거칠게 장의를 쳐 내며 몸을 돌렸다. 그리고 그 자리에 우뚝 멈춰 섰다.

"나오야."

굳어 있던 청제의 얼굴에 살짝 난감함을 담은 어색한 미소가 번져 갔다. 자신의 앞에 서 있는 나오의 모습 때문이었다. 새하얀 침의 차림 그대로의 그녀를 이렇게 밝은 빛 아래에서 보게 될 줄은 몰랐다.

꽃잠 하나 꽂혀 있지 않은 긴 머리카락을 그대로 흐트러뜨린 채 새하얀 장의를 이 높은 곳을 스쳐 가는 바람에 날리며 서 있는 여인의 모습은 그 어떤 요괴를 만나도 놀라지 않는 사내의 심장을 두 가지 이유로 터질 듯 울리게 하고도 남았다.

"뭐야? 이런 모습으로."

급히 다가간 청제가 자신의 장의 속으로 그녀를 가두듯 안았다. 황금탑 꼭대기를 스치는 차가운 바람에 그녀가 한기를 느낄 것 같아서였다.

"당신이 보이지 않아서요."

당신. 그녀가 요즘 가끔 부르는 그 호칭에 청제의 얼굴에 환한 미소가 어렸다.

"큰일이네. 이제 내가 한시도 없으면 안 되는 모양이지."

"……"

살짝 고개를 끄덕인 나오가 그의 품에 고개를 기댔다.

쿵, 쿵 일정하게 뛰는 강한 그의 심장박동이 온몸으로 느껴져 왔다. 이렇게 아주 가끔 그녀는 그의 존재를 확인하곤 했다.

심연의 공간에서 그저 광천에 떠오르던 그 모습이 아닐까 두려워서, 명부에서 언제 소멸되어 자신의 눈앞에서 사라져 버릴까 불안했던 마음을 잊지 못해 그녀는 이렇게 자신의 곁에 존재하는 그를 확인하는 버릇이 있었다.

"춥다. 들어가자."

그가 그녀를 들어 안았다. 아무 말도 묻지 않는 그녀의 모습이 조금 불안한 그였다. 분명 자신이 풍백과 이야기하는 것을 들은 것 같은데 나오는 아무것도 묻지 않았다. 그저 자신의 품에 얼굴을 묻고 그의 목을 끌어 안을 뿐이었다.

"어디를 다녀오십니까. 그런 모습으로."

황금탑 안으로 들어선 두 사람을 보고 놀란 비사가 달려왔다. 서늘한 바람의 향기를 품고 있는 청제가 누구를 만났는지 바로 느낄 수 있기에 그런 향기를 품고 나오를 안고 있는 것이 불안한 그였다.

"별거 아니야."

걱정스러운 얼굴을 하고 있는 비사를 뒤로하고 청제가 나오를 안은 채 침전 안으로 들어섰다.

품에 안고 있었는데도 차가운 기운을 풍기는 나오를 가만히 침상에 내려놓은 청제가 침상 아래로 무릎을 꿇은 채 그녀를 마주 바라보았다.

짙게 가라앉아 있는 나오의 눈을 똑바로 마주 보며 청제가 천천히 입을 열었다.

"제석천에서 풍백이 다녀갔어."

"……."

나오의 눈이 청제의 푸른 눈동자를 말갛게 바라보았다. 연한 미소를 지으며 자신에게 모든 것을 이야기하는 그의 모습이 행복했다.

"얼마 전부터 천제께서 정하신 반려를 보내겠다고 하는 걸 거절하고 있었거든."

알고 있었는데도 심장이 툭 떨어지는 감각을 스스로 막을 수 없었다. 대제들에게 반려가 어떤 의미인지 이미 오래전 그에게서 들었으니까.

그리고 조금 전 청제가 풍백에게 하는 말로 이미 알고 있었다. 풍백이 그에게 전하고자 하는 소식이 무엇인지.

이미 다 알고 있는 일이건만 그의 입에서 나온 반려라는 말은 그녀의 온몸을 긴장하게 했다. 그런 그녀의 기척을 느낀 것일까. 그녀의 손을 잡은 청제의 손에 힘이 들어갔다. 아무 걱정 말라는 듯 꼭 움켜쥐는 그의 손은 너무도 따스하고 단단했다.

"다시 가져오면 박살을 낸다고 했으니까 다시 오진 않겠지."

"반려는……."

"신경 쓰지 마. 나한텐 너 이외의 반려는 존재하지 않으니까."

그녀의 반응에 날카롭게 청제가 내뱉는 말에 나오가 천천히 고개를 저었다.

"누구라도 당신 곁에 나 이외의 여인이 있는 건 싫어요."

"……."

예상하지 못한 말이어서일까. 청제의 눈이 커다랗게 열렸다.

"마음을 주지 않는다 해도, 그저 후계를 위한 존재라 해도 난 절대 싫어요."

"나오야."

"그러니까, 내 말은."

"내가, 너만의 것이어야 한다는 거네. 그렇지?"

무엇이 그리 좋은지 청제의 입가에 함박웃음이 번졌다. 조금 전 그녀의 그 서늘한 표정을 본 이후로 가슴 저 깊은 곳에 돌덩이가 매달린 듯 편치 않았던 마음이 맑게 개는 것 같았기 때문이다. 그리고 지금 이렇게 여전히 두려움을 담고도 자신의 마음 전부를 내어 보이는 그녀의 모습이 미치도록 사랑스러워서이기도 했다.

"네."

"왜 이리 예쁜 거야. 미친다. 진짜."

얇팍한 입술을 지그시 깨물며 단단한 눈빛으로 고개를 끄덕이는 그녀의 모습에 청제가 그대로 그녀의 입술에 입을 맞췄다. 그리고 그녀를 품에 안은 채 침상으로 쓰러져 내렸다.

"아침이에요."

자신의 침의 자락을 거칠게 벗겨 내는 그의 손길에 놀란 나오가 그의 손을 잡자 청제의 입가에 사악한 미소가 번졌다.

"아무도 내 곁에 오지 못하게 하려면 내 아이를 열 명은 낳아야 하지 않겠어?"

"헉."

놀라는 나오의 벌어진 입술 사이로 청제의 숨결이 밀려들었다.

※ ✖ ※

"크아악!"

끔찍한 이빨을 갈며 달려드는 거대한 요괴를 향해 광청검의 푸른빛이 그대로 날아들었다. 그러자 눈이 부신 거대한 빛무리가 요괴를 그대로 삼켜 버렸다.

청족의 마을에 나타난 거대한 요괴 때문에 오랜만에 비사와 함께 청족 마을에 내려온 청제였다. 나오의 곁을 떠나기 싫어 비사와 건달바에게 맡기려 했지만 이번 요괴는 그 기운이 너무 커서 비사만으로는 위험할 것 같았기 때문이다.

광청검을 손안으로 거두어들인 청제가 손을 들어 허공에 무엇인가를 쓰자 요괴 때문에 엉망이 된 호수가 다시 제 모습을 찾았다. 청족들에게 절대 없어서는 안 되는 호수인데 한동안 이 호수에 물을 뜨러 오는 이들을 삼키는 요괴 때문에 고생이 많던 청족들이었다.

예전의 모습을 찾은 호수로 몰려드는 청족들을 피해 허공으로 몸을 날린 청제가 허공에 선 채 그들을 물끄러미 내려다보았다.

삼삼오오 모여 멱도 감고 수영도 하며 즐기는 모습이 편안해 보였다. 어린아이들과 여인들의 모습이 유독 눈을 끌고 있었다. 그들을 보고 있으니 나오의 모습이 떠올랐다.

"나오도 저리 지냈겠지? 이곳에서?"

"그랬겠지요. 하로가 있을 때는."

"부모가 있었으면 더 행복했을 텐데."

아쉬움을 담고 청족들을 응시하며 혼잣말처럼 되뇌는 청제의 말에 비사가 흐릿한 미소를 지었다. 자신도 부모라는 것을 가져 보지 못했으면서 나오가 외롭게 큰 것을 안타까워하는 청제의 마음이 너무도 절실하게 보였다.

저리 소중하게 여길 수 있을까.

"나오의 부모님 이야기 들었습니다. 그런 사연으로 여의주가 나오의 심장에 있었다니, 상상도 해 보지 못했던 일입니다."

"누가 상상할 수 있었겠어."

"행복하다더군요. 그런 사랑 속에 태어난 게 자신이라서."

"그래서인가 봐. 그렇게 예쁜 아이인 걸 보면."

"큭."

"왜?"

웃음을 참지 못하는 비사를 보며 의아한 듯 청제가 묻자 비사가 청제의 반짝이는 푸른 눈동자를 마주 보며 진한 미소를 지어 보였다.

"나오의 마음도 예쁘지만 청제님의 마음도 그 못지않으십니다."

"그런가."

"나오야 그런 사랑 속에 태어나 하로의 사랑 속에 자라서 그런다고 하지만 청제님은 조금의 사랑도."

아, 비사가 말을 하다 순간 입을 다물었다. 너무 솔직하게 말하는 스스로의 모습이 당황스러웠다. 그런 비사의 반응에 청제가 입꼬리를 살짝 비틀며 고개를 끄덕였다.

"그래서 몰랐잖아. 처음에. 제대로 된 마음이 무엇인지도."

"⋯⋯."

"그래서 아무 마음도 없는 반려 따위 맞을 생각 없어. 그렇게 내 후계를 만들 생각은 더더욱 없고."

"천제께서 허락하실까요."

"허락 따위 필요 없으니까."

"하지만."

그 순간이었다. 편안하게 말을 잇던 청제의 시선이 황금타 쪽으로 거칠게 향한 것은. 그리고 걱정스러운 얼굴로 청제를 바라보던 비사의 눈앞에 갑자기 용의 모습을 변하며 허공으로 날아오르는 청제의 모습이 보였다.

놀란 그도 그대로 청제의 뒤를 따라 날아올랐다. 푸른 용을 따르는 붉은빛 잔영이 허공에 아름답게 수놓였다.

황금타가 거대한 오색의 빛무리에 감싸여 있었다. 그 아름다움과 화려함은 이 세상에 존재하지 않는 것들이었다.

그렇게 금빛과 은빛이 하나하나 수를 놓듯 황금타를 감싸고 있는 속으로 푸른 용이 파고들듯 들어서자 황금타를 감싸고 있던 아름다운 빛들이 용이 만든 파장에 어지럽게 일그러졌다.

자신을 따라오던 비사가 황금타를 감싸고 있는 빛을 통과하지 못하고 거세게 튕겨져 나가는 것을 느낀 청제가 급히 손을 들어 올리자 그의 손에서 뿜어져 나온 푸른 기운이 빛을 뚫고 비사를 감쌌다.

청제의 손길에 푸른 기운이 은빛 빛무리 속으로 천천히 스며 들어와 비사를 내려놓았다.

"하아, 이게 대체."

하얗게 바랜 입술 가에 흐르는 핏물을 닦아 내며 겨우 일어서는 비사의 상태를 확인한 청제가 그대로 황금타 안으로 달려 들어갔다. 힘겨운 걸음으로 비사도 그 뒤를 따랐다. 그의 표정에 경악이 어려 있었다.

황금타를 감싸고 있는 청제의 결계가 아무 저항 없이 뚫렸다. 그럴 수 있는 존재는 이 세상에 단 하나뿐이다.

"늦었구나. 지국천."

황금타 안을 가득 메운 지독하게 화려한 빛에 짜증스럽게 고개를 돌리며 빛을 지우기라도 할 듯 허공으로 손을 내젓는 청제의 귓가에 낯익은, 하지만 절대 반갑지 않은 이의 목소리가 들려왔다. 그의 서늘한 시선이 앞을 향했다.

"오랜만이구나."

세상의 빛이란 빛은 다 모아 만든 듯한 새하얀 천의를 입은 천제가 황금타 안 정원에 편안한 모습으로 앉아 있는 것이 청제의 시야에 가득 차왔다.

점점 차갑게 일렁이기 시작한 청제의 푸른 눈이 천제의 앞에 무릎을 꿇고 있는 나오에게 닿으며 더욱 사납게 흔들렸다.

자신을 향해 연한 미소를 지어 보이는 천제 따위 관심도 없다는 듯 청제가 급히 나오의 앞으로 달리듯 다가섰다. 거대한 기운 앞에 그녀의 몸이 더욱 작게 보이는 것은 터질 듯 뛰기 시작한 그의 마음 때문일 것이다.

자신의 앞에 그늘을 드리우는 존재를 느낀 것일까. 깊이 고개를 숙이고 있던 나오가 조심스럽게 시선을 들어 올렸다.

"일어나거라."

청제가 자신을 올려다보는 나오의 앞에 손을 내밀었다. 커다란 손이 어서 잡으라는 듯 그녀 앞에 손바닥을 보이고 있었다.

"청룡의 반려는 그 누구 앞에서도 무릎을 꿇지 않는다."

"지국천."

차디차게 나오를 향해 말하는 청제의 뒤에서 세상을 얼려 버릴 듯 소름 끼치게 냉정한 목소리가 들려왔다. 청제의 이글거리는 푸른 눈이 자신을 부르는 이를 향했다.

506

서늘한 미소를 품은 아름다운 여인이 나른한 시선으로 그를 보고 있었다.

"먼저 예를 취하거라. 아가야."

"예를 갖추지 않으신 것은 그쪽이 먼저입니다. 아무 연통도 없이 이런 식의 방문은 인간도 하지 않는 짓입니다."

"예를, 취하라 했다."

분명 눈앞에 있는 여인에게서 흘러나오는 말이었지만 하늘에서 흘러나오듯 공간을 웅웅 울리는 목소리에 잠시 미간을 좁히던 청제가 두 손을 모으고 살짝 고개를 숙였다.

"동방의 청룡 지국천, 하늘 위 고귀하신 천제를 뵈옵니다."

청제의 말에 그의 뒤로 들어서던 비사가 급히 몸을 바닥으로 숙였다. 청제의 손끝이 비사와 건달바를 향해 들어 올려지며 그의 손끝에서 흘러나온 푸른 결계가 그들을 꼼꼼하게 감쌌다.

이계의 존재들인 건달바와 비사는 원래대로라면 천제의 앞에서는 존재할 수 없다. 그래서 혹여 천제의 기운에 그들이 소멸할까 두려워 미리 결계를 치는 청제였다. 하늘의 기준으로 정갈하지 않은 자는 천제의 공간에 있을 수 없으니까.

"내 서한에 대한 답이 아주 흥미롭더구나."

눈이 부시게 새하얀 피부와 붉디붉은 입술이 지독하게 대조를 이루며 숨이 막힐 듯한 아름다움을 주고 있는 이였지만 볼 때마다 느끼는 것은 그 아름다움이 전혀 살아 있는 자의 것이 아니라는 것이었다.

언제나처럼 선이 뚜렷한 핏빛 입술을 열어 나직하게 속삭이듯 말하는 천제를 응시하며 청제가 비릿하게 미소를 지었다.

사내의 얼굴에 어리는 장난스러우면서도 서늘한 미소가 주변을 얼릴 지경이었다. 거대한 신들의 차가운 기가 서로를 향해 치열하게 마주하고 있는 것이 그 자리에 있는 모두에게 느껴졌다. 공간은 쥐 죽은 듯 고요했지만 그 안에 있는 이들은 숨이 턱턱 막혀 왔다.

"재미있으셨다니 다행입니다."

"저 아이로구나. 그때 그렇게 너를 숨도 못 쉬게 하던 여의주를 품었던 이가."

천제의 투명해서 더 차가운 눈동자가 나오를 응시하는 기척에 청제가 주먹을 꼭 움켜쥐었다. 자꾸만 몸 안에서 터져 나오려는 기를 누르는 것만으로도 지금 이 순간이 힘겨운 그였다.

눈앞의 상황은 상상도 하지 못했던 일이었다. 천제가 제석궁을 떠나 황금타로 직접 올 것이라는 것을 누가 예상이나 했을까.

자신을 불러들일 수는 있다고 예상하고 있었다. 부르면 안 가면 그만이었다. 헌데…… 수미산의 주인이 직접 황금타까지 온 것이다. 단 한 번도 없던 상황. 그것은 쉽게 자신의 고집을 받아들여 주지 않겠다는 확답과 같음을 모르지 않는다.

"제 반려, 나오입니다."

한 치의 흔들림도 담지 않고 내뱉는 청제의 목소리에 그 자리에 있는 모두의 얼굴이 사색이 되었다. 청제의 결계 덕분에 숨을 쉬는 것이 힘겹지 않아진 비사가 살짝 시선을 들어 주변을 살폈다.

천제의 뒤에 서 있는 몇 명의 여인들과 천궁의 무사들이 보였다. 여인들 몇 중에는 아마도 천제가 청제의 반려로 생각하고 있는 이도 있을 것이다.

천제의 뒤에 서 있는 여인들 중 가장 어리게 보이고 가장 아름다운 소녀가 눈에 들어왔다. 아마도 저 소녀일 것이다. 천제가 정해 놓은 청제의 반려는.

그 소녀의 시선이 처음부터 줄곧 청제에게만 향해 있는 것을 비사는 알고 있었다. 설렘과 안타까움이 자꾸만 교차하는 소녀의 시선은 안쓰러울 지경이었다.

"내가 허락하지 않은 대제의 반려라. 이런. 지국천."

"그저 수태를 위해 존재하는 이를 반려라 부르는 것은 아마도 천제님 뿐이실 것입니다. 수미산의 가장 미약한 존재인 인간들마저 반려를 그리 취급하지는 않으니까요."

"수미산과 세상을 지키는 대제들의 후계를 생산하는 일이 가장 숭고하기에 그리 부르는 것이다."

"항상 그러시지요. 언제나 수미산과 세상을 지키는 것이 가장 숭고한 일이라고. 헌데 또 언제나 상관없으시지요. 그것을 그렇게 모든 것을 걸고 지켜야 하는 의미 따위는."

"지국천."

"세상을 지켜야 하는 것도, 소중한 후계를 생산해야 하는 것도 그 세상이 자신에게 가장 소중한 의미이기 때문입니다. 그것을 그저 존재를 위해 지켜야 하는 것이라면 대체 무슨 의미가 있습니까."

"존재란 그 존재 자체가 가장 숭고한 의미다."

"아니요. 존재가 숭고한 이유는 존재해야 하는 이유가 있기 때문입니다. 그 어떤 존재도 무엇인가에게는 가장 소중하기에 그 존재가 의미가 있는 것이고요."

눈이 부시게 반짝이고 있었다. 지금 이 순간 청제의 모든 것은.

"해서 저는 제 곁에, 가능하다면 제가 소멸하기 전까지 함께하고 싶은 존재를 반려로 맞이할 것입니다. 그리고 그 반려와 저의 연모로 잉태되고 태어나 저희에게 세상에서 가장 소중한 존재가 될 수 있는 후계를 만들 생각입니다."

"풋."

천제가 입술을 비틀며 웃었다.

"아직도 꿈을 꾸는구나. 너는."

"소멸할 때까지 꿀 것입니다. 저는. 누군가를 사랑하고. 그 사랑으로

509

내 후계를 만들고 또 그 존재로 살아가는 의미를 찾는 꿈을. 그리고 그렇게 제가 사랑하는 이들이 존재하기에 이 황금타도 수미산도 제게 가장 소중한 의미가 될 것입니다."

미간을 좁힌 천제가 살짝 한숨을 토해 냈다. 찡그려진 얼굴조차 숨이 막히게 아름다운 모습이었지만 그 눈빛에서 느껴지는 서늘함은 이 거대한 황금타 전체를 얼리고도 남을 정도였다.

자꾸만 떨리는 온몸에 힘을 주며 버티던 나오가 결계를 넘어 자신의 손을 잡아 오는 건달바의 기척에 고개를 돌렸다. 털이 가득한 그의 손이 그녀의 손을 꼭 쥐었다. 아무 걱정 말라는 듯 웃고 있는 그의 눈동자가 그녀에게만 보였다.

언제나 그랬다. 다른 이들은 털에 가린 건달바의 눈빛을 잘 읽지 못했지만 나오는 잘 알 수 있었다. 처음 만났을 때부터 그랬다. 그 털 속에 가려져 있는 눈이 그녀를 보며 아무 걱정 말라고 웃어 주고 있었다. 털이 가득한 건달바의 손을 나오도 꼭 마주 잡았다.

"내가 허락하지 않은 반려의 존재가 대제로서의 네 위치를 흔들 수도 있다는 생각은 하지 않는 것이냐."

조롱하듯 뱉어 내며 천제가 청제가 아닌 나오를 응시했다. 어차피 청제가 흔들릴 것이라고는 기대하지 않고 나선 길이었다. 소멸까지 각오했던 바보가 자신의 협박에 넘어갈 리는 없으니까. 천제가 노린 것은 나오, 그녀였다.

청제가 명부에서 그 청족의 여인을 찾아 돌아왔다는 소식을 들었을 때 알았다. 청제의 마음만이 아니라 그 청족 여인의 마음도 순수하게 그만을 연모한다는 것을. 그렇지 않다면 명부의 유혹을, 소멸의 위험을 벗어날 수 없었을 것이다. 그 마음이 지금 천제의 의중을 관철시킬 힘이 될 수도 있을 것이다.

천제의 예상대로 무릎을 꿇고 엎드려 있는 여인의 몸이 천천히 떨리기 시작하고 있었다. 갈등하고 있을 것이다. 자신의 연모가 그를 삼킬 수도 있음을 확인했을 테니까. 자신이 연모하는 이가 그저 하나의 사내가 아니라 이 수미산 전체의 안위를 지키는 신, 지국천임을 온전히 되새겨 주어야 했다.

"소멸까지 각오했던 제게, 대제의 자리가 뭐 그리 중하겠습니까."

"청족의 아이야, 너는? 너는 어찌 생각하느냐."

"저와 이야기하십시오."

나오를 향해 묻는 천제의 행동에 놀란 청제가 나오의 앞을 막아섰다. 그녀의 그림자조차 천제에게 내어 보이지 않겠다는 듯 그 커다란 몸으로 나오를 감싸는 청제의 모습에 천제의 뒤에 서 있던 소녀의 얼굴이 하얗게 바랬다.

실망이 역력한 그 얼굴을 일말의 망설임도 없이 외면하며 청제가 이를 악물었다.

"너의 반려라 하지 않았나? 청제의 반려가 그저 청제의 뒤에 숨어 스스로의 말조차 하지 못하는 존재란 것이냐."

청제의 온몸에서 푸른 기운이 금방이라도 폭사할 듯 뿜어져 나오기 시작했다. 천제가 나오를 두고 그를 도발하고 있었다. 거친 청제의 기운을 느끼며 비사가 놀라 청제를 부르려 할 때였다.

나오가 거의 바닥에 닿을 듯 숙이고 있던 상체를 천천히 일으켰다. 가느다랗고 조그마한 그녀가 곧게 허리를 펴고 무릎을 꿇은 채 천제를 향해 고개를 들었다. 비 온 후 눈부시게 깨끗해진 하늘처럼 순수함을 가득 담은 연푸른 눈동자로 자신을 보는 나오의 모습에 천제의 얼굴에 살짝 흔들림이 담겼다.

"청족 나오, 수미산의 하늘이신 천제님께 말씀 올립니다."

"말해 보거라."

자신의 도발에도 한 점 흔들림도 없는 그 눈동자가 마음에 든다고 천제가 생각했다. 저 눈빛만큼은 천상의 그 누구보다 맑음을 인정하지 않을 수 없었다.

"청제님은 이 수미산의 수호신이며 동방의 청룡이십니다. 그분만이 수미산을 온전히 지키실 수 있다 알고 있습니다. 천제께서 그런 힘과 권위를 주셨습니다. 제가 알고 있는 것이 맞는 것입니까."

무엇을 말하고 싶은지 이해할 수 없는 나오의 물음에 천제뿐 아니라 청제까지 그녀를 향해 고개를 돌렸다. 살짝 붉어진 그녀의 얼굴은 긴장을 담고 있었지만 떨고 있지는 않았다.

"네가 알고 있는 그대로다. 해서?"

재미있는 일을 눈앞에 둔 것처럼 천제의 얼굴에 해사한 미소가 번져 왔다. 눈앞에 있는 이 여인이 꽤 재미있게 느껴지기 시작했기 때문이다.

"그런 청제님의 선택을, 천제께서는 믿지 못하시는 것입니까?"

"뭐라?"

"저는 청제님의 선택을 믿습니다. 해서 그 선택이 절대 스스로를 흔들지 않을 것임을 압니다."

모두의 얼굴에 당황스러움이 담겼다. 천제가 그녀에게 한 방 제대로 먹은 것이다.

천제가 하늘의 기운에 도움을 받아 스스로의 힘을 나누어 만든 것이 오방대제이며 그 오방대제들이 천제의 세상인 수미산을 나누어 지키고 다스리고 있는 것이다. 곧 오방대제는 천제의 대리인이며 천제의 힘을 상징하는 존재들이다.

해서 오방대제를 부정하는 것은 천제 자신 스스로를 부정하는 일이 되는 것임을 나오가 모두의 앞에 일깨운 것이었다.

"재미있는 아이구나."

천제가 자리에서 일어나자 주변의 모두가 몸을 숙였다. 흐르듯 움직인 천제가 나오의 앞에 다가서는 모습에 청제의 기운이 날카롭게 곤두섰다.

금방이라도 이 자리로 내리꽂힐 것처럼 허공을 울리는 청제의 기운이 느껴지는데도 천제는 아무 일도 아니라는 듯 신경조차 쓰지 않은 채 나오의 앞에 몸을 숙였다.

안개가 온몸을 감싸듯 차갑고 청량함을 가득 지닌 기운이 자신에게 닿는 것을 느끼며 나오가 자신에게 시선을 맞추는 천제의 얼굴을 마주 바라보았다. 얼음 조각처럼 차가운 눈이 그녀의 심장으로 박혀 드는 것만 같았다.

심장이 쩍쩍 갈라진다면 이런 느낌일까. 나오가 파르르 떨리는 손을 꼭 움켜쥐고 이를 악물었다. 그러지 않으면 심장이 터져 나올 것만 같았기 때문이다.

오방대제들 전부에게서 쏟아지던 기운보다도 더 강한 기운이 그녀의 몸속을 파고드는 느낌은 끔찍했다. 하지만 나오는 신음 소리조차 내뱉지 않았다. 자신이 내뱉는 신음 소리 한 자락이 겨우 버티고 있는 그의 인내를 끝장낼 것임을 너무도 잘 알기 때문이다.

"이런……."

파들파들 떨리는 눈동자를 하고도 이를 악문 채 자신의 기운을 버티는 나오를 잠시 응시하던 천제가 한숨처럼 낮게 속삭이며 그녀에게서 몸을 떼었다.

천제가 나오를 응시하는 그 한순간이 지옥처럼 느껴지던 청제가 천제가 그녀에게서 몸을 떼는 순간 나오를 감싸 안았다. 어찌 버티고 있었는지 신기할 만큼 그녀의 온몸은 금방이라도 부서질 것처럼 떨리고 있었다. 그 움직임에 절로 살기가 끓어올랐다.

"이 아이도 저리 믿는다는 너를 내가 믿지 못하면 그것도 우스운 일이겠지. 내가 나를 부정하는 일이 될 테니까. 그렇다고 내가 너를 완전히 믿는다는 것은 아니다. 지국천. 또다시 예전처럼 무모한 행동은 두 번 다시는 용서 안 한다."

자신이 있다는 것도 인지하지 못하는 듯 자신의 여인을 품 안에 가두는 청제의 모습을 혀를 차며 바라보던 천제가 몸을 돌린 채 무감하게 말했다. 아무 감정도 들어가 있지 않은 천제의 목소리는 허공을 흐르는 바람처럼 공간 안으로 퍼져 나갔다. 세상 모두가 들으라는 듯이.

자신의 고집을 어느 정도 천제가 받아들였음을 확인한 청제가 대답 없이 천제를 바라보았다. 허공을 응시하던 천제의 시선이 아주 잠시 뒤로 돌려져 나오를 안고 있는 청제에게 닿았다 무심하게 멀어졌다.

"그리고 다문천이 돌아올 때까지 수정타의 안위도 함께 살펴라. 모든 것을 네 마음대로 했으니 그 정도의 벌은 받아야겠지."

"걱정 마십시오."

"걱정? 내가 너를?"

웃음기가 어린 목소리가 들렸다. 차디찬 울림이지만 그 깊은 곳 어딘가에서 따스함이 느껴지는 천제의 냉정한 말에 청제가 고개를 저었다.

돌아서 있지만 천제의 마음을 어느 정도는 헤아릴 수 있는 청제였다. 아직 흑제가 명부에서 돌아오지 않았다. 언제 돌아올 수 있을지 아무도 알 수 없을 것이다. 천제라 해도 어쩔 수 없는 그의 선택이었으니까.

흑제의 부재. 그것은 수미산 전체의 안위와도 직결되는 일이기에 천제가 자신의 반려를 정하는 문제도 서둘렀음을 알고 있다. 받아들일 수 없는 일이기에 고집을 부린 것이지만.

"지국천."

고요한 부름이 공간에 울렸다.

"내가 수미산 주인의 이름으로 그 아이를 네 반려로 인정한다. 허나, 네가 했던 모든 말들이 허언이 아니어야 할 것이다."

"명심……하겠습니다."

"그리 말을 안 듣더니, 제법이구나."

"예?"

이해할 수 없는 마지막 말에 청제가 의아함을 담고 고개를 드는 순간 천제가 허공을 향해 손을 내밀었다.

"제석궁으로 돌아가자."

천제의 손길에 황금타를 감싸고 있던 하얀빛의 무리가 천천히 뭉치기 시작하더니 곧 천제의 주변으로 모여들었다. 그리고 구름과도 같은 새하얀 기운이 천제와 그 일행을 감싸고 그대로 허공으로 날아올랐다.

황금타 전부를 숨 막힐 만큼 진한 빛으로 물들이던 천제의 기운이 사라져 버리는 순간, 나오가 청제의 품 안에서 그대로 쓰러져 내렸다.

"나오야!"

"많이 긴장하고 힘들어서 그런 모양입니다. 너무 걱정하지 않으셔도 될 것 같습니다. 청제님."

"젠장! 젠장."

나오의 상태를 살핀 비사가 말했지만 아까부터 한순간도 서 있지 못하고 거칠게 공간 안을 왔다 갔다 하고 있는 청제의 입에서는 참지 못한 화가 자꾸만 터져 나왔다.

요괴를 처리하러 청족 마을로 내려가지 않았다면 천제가 도착하기 전에 감지했을 것이다. 그랬다면 미리 나오를 빼돌려 천제를 만나지 못하게 했을 수도 있었을 것이다. 비사나 건달바도 감당할 수 없는 천제의 기운 앞에 고스란히 노출된 나오가 그것을 견뎌 낼 수 있을 리 만무하니까.

"그래도 천제께서 허락하셨으니 다행이지 않습니까."

"다행? 어차피 천제가 허락하든 말든 상관없는 문제였거든. 누구든 황금타로 보냈다가는 당장 소멸시켜 버렸을 테니까."

"그러다 청제께서 소멸되실 텐데요."

"나오와 함께라면 뭐든 상관없어."

여전히 하얗게 질린 얼굴로 침상에 누운 채 조금의 움직임도 없는 나오에게 닿은 청제의 시선이 불안하게 흔들렸다.

세상의 주인 앞에서도 기가 죽지 않는 사내가 조그만 여인으로 인해 천계와 명부를 오가는 듯한 모습은 우습기도 하고 안타깝기도 했다.

"청제님의 기운이 도움이 될 테니 꼭 안고 계십시오."

저 사내를 진정시키는 길은 그것뿐임을 아는 비사가 빙그레 미소를 지으며 청제의 전각을 빠져나왔다.

나오의 곁에 누워 품 안으로 나오의 몸을 가둔 청제가 가만히 그녀의 얼굴을 바라보았다.

파랗게 질린 입술로 천제의 앞에서 그녀가 하던 말들이 떠올랐다.

'저는 청제님의 선택을 믿습니다. 해서 그 선택이 절대 스스로를 흔들지 않을 것임을 압니다.'

그랬다. 그녀는 언제나 자신을 올곧이 믿었다. 흑제의 궁에 남겨 두고 언제 돌아올지 모르는 길을 떠났을 때도, 명부에 들어 기억조차 못 하면서도 그를 기다리고 그를 믿어 주었다. 아마 세상이 전부 자신을 믿지 않는다 해도 그녀만은 그를 믿어 줄 것이다.

"이런 너를 두고 다른 반려라고? 그게 말이 되겠느냐."

청제의 푸른 눈에 천천히 물기가 번졌다. 그가 가만히 고개를 내려 나오의 이마에 입술을 댔다. 약하게 느껴지는 그녀의 체온이 입술 끝을 통해 온몸으로 전해지는 감각에 긴장으로 꽁꽁 얼어 있던 심장이 이제야 조금 풀어지는 것 같았다.

이제 거의 사색을 넘어 미칠 것처럼 얼굴을 붉으락푸르락 일그러뜨리던 청제가 그대로 황금타 밖으로 달려 나가려는 듯 몸을 움직였다.

"건달바! 청제님 막아!"

나오 곁에 있느라 움직이지 못하는 비사의 날카로운 외침에 건달바가 청제의 앞을 막아서다 그대로 거칠게 뒤로 튕겨 나갔다. 건달바의 거대한 몸이 벽에 부딪쳐 벽이 울렸다.

"무슨 짓을 한 건지, 알아야 하잖아!"

청제의 일갈이 황금타 안을 가득 울렸다.

문제는 나오가 깨어나고 시작되었다. 나오가 깨어나는 모습에 그제야 한숨 돌린 청제의 앞에서 비사가 정성스럽게 만든 죽을 나오가 삼키지 못하고 다 토해 냈기 때문이다.

힘겨워하는 나오의 상태를 살피랴 당장 제석궁에 쳐들어가 천제가 그녀에게 무슨 짓을 했는지 확인해야겠다고 난리를 치는 청제를 말리느라 천제 앞에서도 나가지 않았던 혼이 쏙 빠져나갈 판이었다.

"너, 어제도 뭘 잘못 먹었던 것 같은데."

무슨 생각이 났는지 비사가 묻는 말에 나오가 천천히 고개를 끄덕였다. 그녀의 걱정스러운 시선이 여전히 씩씩거리며 건달바와 씨름을 하고 있는 청제에게 닿아 있었다. 그의 반응이 두려운 모양이었다. 아마 며칠 전부터 몸이 좋지 않았는데 청제가 걱정할까 봐 내색하지 않았으리라.

"며칠 전부터 조금 그랬어요."

"며칠 전?"

의아한 듯 고개를 갸웃거리던 비사가 갑자기 무슨 생각이 났는지 두 손을 펼쳐 나오의 몸 위에 가져다 댔다. 건달바와 실랑이를 벌이던 청제가 그 모습에 놀라 비사의 앞으로 달려왔다.

"뭐야?"

"잠시만 좀 진정하십시요. 청제님 때문에 정신이 사나워서 제가 기운을 제대로 느끼지 못한단 말입니다."

"그러니까! 뭐가 이상해서 그러는 건데!"

"청제님, 저 이 황금타를 떠날까요?"

517

"……알았어."

금방 시무룩해지며 한 발 뒤로 물러서는 청제의 모습에 그제야 한숨을 내쉬며 비사가 두 손을 나오의 몸 위에 놓았다.

그의 손에서 붉은 기운이 천천히 흘러나와 나오의 온몸을 감아 돌았다. 주인의 명대로 움직이는 기운이 그녀의 온몸을 타고 기운을 흡수하고 내뱉으며 기운의 움직임을 확인하고 있는 것이다.

한동안 아무 움직임 없이 나오의 몸을 살피던 비사의 눈동자가 약하게 흔들린 것은 그 순간이었다.

긴장을 담고 모두가 그를 지켜보는 가운데 천천히 무슨 생각인가에 빠져 있던 비사가 고개를 돌려 건달바를 불렀다.

"건달바. 청족 마을에 가서 의원을 좀 데려와."

"알았어! 당장 끌고 올게."

"끌고 오는 게 아니라 데려오라고."

"알았다고!"

황금타가 울릴 정도로 달려 나가는 건달바의 모습을 응시하던 청제가 더 이상 구겨질 수 없을 만큼 얼굴을 구기며 비사를 노려보았다.

"뭐가…… 이상한가?"

"인간이라면 제가 확실하게 느낄 수 있는데 나오는 청족인 데다 청제 님의 기운이 함께 묻어나기에 확실한 것을 알 수가 없습니다. 청족 의원이 저보다 정확할 수 있으니까요."

"뭐가 불안해서 그러는 것인데?"

"불안한 것이 아니라."

"불안한 것이 아닌데 의원은 왜?"

"……."

"비사!"

"확인이 되면 말씀드리겠습니다."

더는 말하지 않겠다는 듯 그 붉은 입술을 꼭 다물어 버리는 비사의 모습에 청제가 머리를 짚으며 짜증스럽게 나오의 곁으로 다가섰다.

비사의 고집을 알고 있었다. 부드럽고 자상한 비사지만 한 번 안 한다고 하면 절대 하지 않는다. 겁을 주거나 좋은 말로 꼬드기면 바로 넘어오는 건달바와는 전혀 다르기에 더 이상 아무것도 묻지 않는 것이 나은 것이다.

"저 괜찮아요. 너무 걱정하지 마세요. 조금 놀라서 그럴 거예요."

나오가 자신의 앞에 앉는 청제의 손을 꼭 쥐며 연한 미소를 지어 보였다. 물조차 제대로 넘기지 못하는 자신보다 눈앞에 있는 커다란 사내가 더 금방 죽을 듯한 얼굴을 하고 있었기 때문이다.

태산보다 더 강하고 단단한 모습을 보이다가도 한순간 자신의 말 한마디에도 세상이 무너지는 이 눈앞의 사내가 이럴 때는 가슴이 아플 만큼 안쓰러워지곤 했다. 사랑을 잃을 수도 있다는 것에 대한 불안함. 그가 가지고 있는 그 감정의 빈 곳이 보이기에.

"비사!"

우당탕, 쿵쾅. 황금타가 또다시 울렸다.

"젠장. 저러다가 황금타 다 부서질 거야."

안 그래도 짜증스럽고 불안해 머리가 아플 지경인데 자꾸만 소음을 만드는 건달바의 모습에 푸른 눈에 불을 담고 청제가 달려 들어오는 건달바를 노려보았다.

노인을 들쳐 업은 건달바의 모습에 비사가 머리를 저었다. 혹여 의원이 심장마비로 죽거나 한 것은 아닌지 불안해지는 순간이었다.

바들바들 온몸을 떨며 나오를 진맥하는 의원의 모습에 청제의 하얗게 바랜 입술이 바짝바짝 타들어 가고 있었다.

대체 무슨 문제가 있을지 가늠도 되지 않으니 그것이 더 미칠 노릇이었다. 여의주도 없는데, 이제 제대로 반려로도 인정받았는데 또 시련이 기다리고 있다는 것인가.

자신이 치러야 할 일이라면 그 무엇도 겁날 것이 없지만 나오라면 이야기가 다르다. 나오의 손끝에 가시가 박힌다 해도 심장이 아플 정도로 힘들고 견디기 어려우니까.

언제나 먹성이 좋았던 나오가 물조차 제대로 삼키지 못하고 다 토해 내는 것도 미칠 노릇인데 이제 청족의 의원까지 불러 진맥을 하고 있는 이 상황이 그를 미칠 듯 불안하게 만들고 있었다.

정신이 들면서 자신이 있는 곳이 황금타라는 것을 인식한 의원이 거의 숨이 넘어갈듯 놀라는 것을 잘 달래고 안심을 시킨 것은 비사였다. 부드럽기로 세상 제일이라고 할 수 있는 그의 미소와 말투가 다행히 의원을 무장해제 시키고 나서야 의원은 나오의 진맥을 시작했다.

일각도 되지 않은 시각이 청제에게는 숨이 넘어가고도 남을 만큼 길고 긴 기다림이었다. 나오의 손목을 쥐고 있던 의원이 조심스럽게 나오의 손목을 놓고 뒤로 돌아앉는 순간, 청제의 얼굴이 긴장으로 딱딱하게 굳었다.

"무슨 문제인지 알겠습니다."

"내가 생각한 것이 맞는가."

비사의 물음에 의원이 크게 고개를 주억거리자 그 순간 비사의 붉은 입매가 끝도 없이 하늘을 향해 치솟았다.

"뭐······야?"

불안해서 제대로 묻지도 못하는 청제의 모습을 보면서도 비사는 아무 대답도 없이 부드럽게 손끝을 들어 의원의 얼굴을 향해 흔들었다. 비사의 손길에서 흘러나오는 붉은 기운이 의원의 코와 입 속으로 흘러들자 의원의 몸이 그대로 폭 고꾸라졌다.

"데려다줘. 건달바."

비사의 말에 아무 반항도 없이 건달바가 다시 의원을 들쳐 메고 달려 나갔다.

두려움 때문인지 차마 다시 묻지도 못하고 자신의 눈치만 살피고 있는 청제의 모습에 비사가 자꾸만 터져 나오려는 웃음을 참느라 이를 악물었다.

금방이라도 세상이 무너질 듯 두려움을 가득 품고 있는 그 눈이 몇 시진 전 세상의 주인인 천제를 향해 금방이라도 덤벼들 듯 굴던 서늘한 눈이라고 누가 믿을까. 놀려 주고 싶다가도 그 눈이 너무도 힘겨워 보여 그럴 수 없는 비사였다.

"드릴 말씀이 있습니다."

"……해."

"나오가."

"…….."

그의 강건한 목울대가 꿀꺽 마른침을 삼키는 것이 보였다. 긴장으로 바삭하게 마른 그 눈이 금방이라도 바스러질 것 같았다.

"청제님의 후계를 품은 듯합니다."

"그러니까 나오가 내 후계를! 뭐……어?"

비사의 말을 따라 하던 청제의 목소리가 콱 막혀 힘겹게 새어 나왔다.

"정말이에요? 비사 님?"

물기가 가득한 나오의 목소리에 비사가 나오 쪽으로 몸을 돌렸다. 힘겨운 몸을 일으켜 앉는 나오의 연푸른 눈동자가 촉촉하게 젖어 들기 시작했다. 그런 나오를 행복한 표정으로 바라보며 비사가 천천히 고개를 끄덕였다.

"내가 느낀 기운도 그랬는데 의원도 그렇다니 확실한 것 같다. 네 증상도 그렇고."

나오의 붉어진 눈이 멍하게 서 있는 청제를 향해 돌려지는 것을 보며 비사가 연기처럼 조용히 그들의 곁을 떠났다.

자신을 바라보고 있으면서도 움직이지 못하고 그 자리에 굳은 듯 서 있는 청제를 보며 나오가 천천히 몸을 일으키려다 어지러운지 휘청거렸다. 그녀에게 다가서지 못하던 청제가 그 순간 그녀의 곁으로 달려와 그녀의 몸을 받아 안았다.

"괜……찮아?"

걱정스럽게 묻는 청제의 목소리에 나오가 쿵쿵 힘차게 울리는 그의 심장 소리를 들으며 넓은 가슴에 얼굴을 파묻었다. 그의 두 팔이 그렇게 자신의 품 안으로 파묻혀 오는 나오를 꼭 끌어안았다.

"사실은, 저 두려웠어요."

"뭐가?"

"내가 청제님의 후계를 품을 수 있을까. 여의주를 품고 있었던 제 몸이, 그저 일개 청족에 지나지 않는 제 몸이 청제님의 후계를 품지 못한다면 진정한 반려가 될 수 없으니까요."

"후계를 품지 못했다 해도 내 반려는 너 하나야."

"그래서 더 두려웠어요."

파르르 떨리는 그녀의 심장 고동을 느끼며 청제가 가만가만 품 안의 나오를 다독거렸다.

그녀의 마음이 온전히 이해가 되었다. 후계를 잇지 못하는 반려란 그 누구도 인정치 않을 것이다. 아무리 청제가 고집을 부려도 그 누구도 제대로 인정하지 않는다면 나오 그녀 스스로가 반려의 자리를 지키기 어려울 것이었을 테니까.

"헌데 난 네가 품고 있다는 그 녀석 벌써 마음에 안 든다."

"예?"

뜻밖의 말이어서일까. 청제의 가슴에 안겨 있던 나오가 여전히 촉촉함을 지닌 눈을 동그랗게 뜨고 그를 올려다보았다. 그녀의 시선 안에 미간을 구긴 청제의 얼굴이 보였다.

"널 힘들게 하니까. 용서가 안 되려고 해."

※ ✖ ※

황금타의 하늘 위로 거대한 청룡의 그림자가 드리우자 비사가 급한 걸음으로 그를 마중 나갔다. 다행히 전갈을 보내기 전에 돌아온 청제가 반갑기 그지없는 비사였다.

수정타에서 온 급한 연통에 어쩔 수 없이 청제가 황금타를 비운 사이 나오에게서 출산의 기미가 보인 것이다.

"오셨습니까."

"뭐야?"

무엇인가 급박한 상황인 듯 느껴지는 황금타의 모습에 불안을 담고 묻는 청제의 물음에 비사가 환하게 웃음을 지었다.

"동방의 숲으로 나오를 데려가셔야 할 것 같습니다."

흑, 청제가 숨을 삼켰다. 시간이 되었다는 뜻일 것이다.

"잘하실 수 있으시겠지요?"

놀림 반 진담 반이 느껴지는 비사의 말에 청제가 깊게 한숨을 토해 내며 고개를 끄덕였다.

급히 몸을 숙이며 예를 취하는 궁인들의 모습을 뒤로하고 청제가 나오가 있는 자신의 전각으로 달려 들어갔다.

나오가 회임을 한 이후로 그녀를 돕게 하기 위해 청족 마을에서 궁인을 몇 뽑아 황금타 안에 머물게 했다. 선대 청제들 때에는 궁인들이 많았다고 하지만 낯선 이들이 있는 것이 싫은 청제가 황금타의 주인이 되면서는 하로만을 곁에 두었었다.

후계가 태어나고 나면 더 손이 많이 필요할 것이니 미리 준비해야 한다는 비사의 말에 어쩔 수 없이 허락했던 청제였다.

들어서는 자신을 보고 환한 미소를 지어 보이다 이내 미간을 찡그리며 아랫배를 감싸는 나오의 모습에 청제가 그녀에게로 달려갔다.

"괜찮습니다. 걱정 마세요."

발그레 물든 고운 얼굴로 나오가 그를 보며 편안한 미소를 보여 주었다.

처음에는 물조차 제대로 삼키지 못하던 나오 때문에 심장이 바짝바짝 말라 가던 청제였다. 헌데 우습게도 그 문제를 해결해 준 것은 천제였다. 제석궁으로 돌아간 천제가 이미 알고 있었다는 듯 풍백을 통해 선차를 보낸 것이었다. 마시면 신선이 된다는 천제의 차, 선차.

'그리 말을 안 듣더니, 제법이구나.'

천제가 황금타를 떠나며 마지막으로 남겼던 이해할 수 없는 말의 뜻이 그제야 이해되었다. 천제는 이미 그녀의 몸에 청제의 후계가 담겨 있음을 알았던 것이리라. 일개 청족의 몸으로 그녀가 후계의 기운을 제대로 이겨 내지 못할 것임도.

"가자."

"예."

청제가 나오를 두 팔로 조심히 안았다. 그리고 그가 허공으로 손을 움직이자 푸른 바람이 둘을 감쌌다.

새로운 주인을 기다리기라도 한 듯 동방의 숲이 고요함과 청명함으로 그들을 맞이했다.

살랑거리는 바람에 짙푸른 나무들의 내음이 공간을 물들이고 그 너무도 편안한 느낌에 힘겹게 뛰던 나오의 심장박동이 완만해져 갔다.

그녀를 품에 안고 커다란 나무에 기대앉은 청제가 한 번씩 힘겨움에 움츠러드는 나오의 귓가에 가만가만 옛날이야기들을 풀어놓았다.

"너에게 향하는 내 심장의 고동을 처음 느꼈던 곳이 여기다. 기억하지? 우리 둘 어렸을 때의 이야기를 했었잖아. 어머니, 아버지란 존재가 뭔지 내가 너에게 물었었고."

"하아, 하아."

꼭 쥔 청제의 손에 의지해 힘겨움을 토해 내면서도 그녀는 그의 말에 귀를 기울였다. 행복함이 밀려들면 들수록 고통은 옅어져 갔다.

"난 아버지가 될 거다. 네가 말했던 것처럼 한없이 태산처럼 지켜 주는 아버지가 될 거고 너는 심장이 따스하게 가슴에 품어 주는 어머니가 될 거야. 우리 우리의 아이에게 그렇게 해 주자."

"네."

선대 청제였을 뿐이다. 한 번도 아버지란 이름으로 불러 보지도, 마주해 보지도 않은 존재는. 그 품도 눈빛도 기억 속에 존재하지 않는다. 자신이 기억하는 것은 건달바의 품과 비사의 눈빛, 하로의 손길뿐이다. 그런 존재에게서 물려받은 청제라는 위치가 소중할 리가 없지 않은가.

"기억해? 네가 날 밀어내며 기다릴 테니 다녀오라고 했던 말. 수정타에 너를 두고 돌아서던 내게 네가 했던 말."

"……."

대답하지 못하는 나오의 몸을 청제가 품 안으로 조금 더 당겨 안았다. 그 순간을 떠올리는 것만으로도 그녀의 심장이 아파 옴을 확인할 수 있었다. 그만큼 자신의 심장도 아파 온다. 하지만 그래서 그녀의 존재가 더 소중한 것이리라.

"그 순간들이 모두 아픈데, 그래서 더 소중해. 모든 것이 너와 함께 했던 시간들이니까. 명부에서의 너도, 처음 내 곁에 왔던 너도 꿈처럼 너무도 소중해서 지금의 네가 더 소중한 거잖아. 그렇지?"

"네. 하악."

그녀의 호흡이 빨라졌다. 그녀의 온몸이 경련하듯 떨리기 시작했다.

청제는 느낄 수 있었다. 거대한 힘이 그녀의 몸 안에서 꿈틀대고 있다는 것을. 자신의 기운과 너무도 닮은 기운이 서서히 기지개를 펴며 이 세상으로 터져 나오고 있다는 것을.

"아악!"

그녀의 입에서 비명이 터져 나왔고, 진하디진한 푸른 내음이 그의 숨결 속으로 훅 밀려 들어왔다. 그리고 그 순간 동방의 숲속 모든 나무들이 일제히 몸을 숙였다.

"응애!"

동방의 새 주인이 태어났다.

바람이 실어 온 이야기

거대한 바람이 바람의 언덕을 휘몰아치고 그늘을 드리웠다. 그 푸른 언덕의 나무들과 꽃잎들이 그 바람을 품고 아름답게 일렁이며 주인을 맞이하는 것이 기쁜 듯 진한 내음을 풍겨 내는 속으로 거대한 청룡이 천천히 내려앉았다.

"와!"

청제의 몸이 언덕 위로 다 내려오기도 전에 몸을 그대로 던지듯 아래로 뛰어내린 어린 소년이 자신을 반기듯 감싸고도는 시원한 바람에 기분 좋은 함성을 내질렀다. 그리고 폭신한 풀 위에 대자로 풀썩 드러누워 버렸다.

금방이라도 푸른 물이 뚝뚝 떨어져 내릴 것처럼 시리게 짙푸른 하늘을 올려다보는 소년의 눈 안에 지금 바라보고 있는 하늘보다 더 푸른 눈동자를 가진 거대한 사내가 들어왔다.

언제나처럼 잔잔하지만 조금의 흔들림도 담기지 않은 지독하게 강하고 따스한 푸른 눈이 자신을 내려다보고 있었다. 그 눈빛이 주는 편안함에 소년이 장난스러운 미소를 지었다.

"무엇을 보고 있는 걸까. 꼬마 청룡은?"

"세상을 보고 있습니다. 아버지."

"세상?"

"예. 너무 넓고 푸르고 또 거대한 세상이 저에게 오라고 손짓하는 것 같거든요."

소년이 두 팔을 들어 올려 하늘을 향해 뻗었다. 짧지만 야무진 팔이 하늘을 그 두 손으로 떠받치기라도 하려는 듯 허공을 움켜쥐었다. 바람이 그 손안에 감기며 소년의 옷소매를 흔들었다.

아들을 내려다보는 청제의 얼굴에 환한 미소가 번졌다. 이곳에서 저런 모습으로 대자로 누워 있던 어떤 소녀의 모습이 떠올랐기 때문이다. 청제의 기운이 모여 있는 이 바람의 언덕 위에 겁도 없이 대자로 누워 청룡을 맞이하던 그 어떤 황당한 소녀의 모습이 순간 그리워지는 그였다.

"저 하늘이 온전히 너의 것인데, 지켜 갈 수 있을 것 같으냐. 태호야."

청제가 여전히 하늘을 올려다보고 있는 아들 곁에 앉았다. 주인을 맞이하는 언덕의 바람들이 그의 곁으로 몰려들었다. 푸른 기운과 함께 그의 짙푸른 머리카락과 푸른 장의가 하늘로 날아오를 듯 나부꼈다.

"아버지께서 함께해 주시면 얼마든지요."

"내가 있으면 그 무엇도 겁이 나지 않는다는 것이냐?"

"그럼요. 수미산에서 가장 강한 동방의 청제가 제 아버지이신데 제가 겁날 것이 무엇이겠습니까? 제가 세상에서 겁내는 것은, 하나뿐입니다."

몸을 일으켜 아버지와 똑같이 가부좌를 틀고 앉으며 소년 태호가 청제를 바라보았다. 똑같이 푸른 눈동자가 서로를 응시하고 있었다. 주인들 사이를 스치는 바람이 진한 향기를 뿜어냈다.

"하나가 무엇인데?"

재미있다는 듯 청제가 물었다. 세상 아무것도 무서워하지 않는 못 말리는 개구쟁이인 아들이 무서워하는 것이 무엇인지 궁금해지는 그였다.

"기하가 우는 거요."

그때였다. 소년의 말을 기다리기라도 한 듯 앙칼진 아이의 울음소리가 바람의 언덕을 울렸다.

"앙앙. 아버지!"

울음소리 뒤로 들려오는 여자아이의 목소리에 청제가 급히 몸을 일으켰다.

자신의 곁에 있던 몸을 급히 일으켜 소리가 나는 쪽으로 달려가는 아버지의 모습을 바라보던 꼬마 태호가 얼굴을 찡그리며 툴툴거렸다.

"저러니까 제일 무섭지. 아버지와 어머니를 맨날 빼앗아 가니까."

다가오는 청제를 기다리기라도 한 듯 짧은 두 팔을 벌려 아비를 향해 몸부림을 치는 딸 기하를 청제의 팔에 넘겨준 나오가 그제야 시선을 들어 바람의 언덕을 둘러보았다.

너무도 오랜만에 와 보는 바람의 언덕이었다. 바람의 언덕 이곳저곳을 살피던 그녀의 눈이 꼬마 여자아이를 안은 채 소년의 옆으로 걸어가는 청제에게 닿았다. 따스함과 설렘이 그녀의 연푸른 눈동자에 가득 담겼다.

이곳에서 그를 처음 만나고 그의 곁에 있게 되었다. 거대한 청룡의 눈동자에 자신이 가득 들어차 있던 그 순간, 어쩌면 그때부터였는지 모른다. 자신이 그를 심장에 담은 것은. 눈이 부시게 푸르고 숨이 막히게 아름답던 그 커다란 청룡의 눈을 마주하고 반하지 않는 이가 세상에 있을까.

"꽃! 꽃!"

아비의 품도 잠시 잠깐 이내 지루해진 듯 기하가 언덕 위에 지천으로 피어 있는 꽃들을 가리키며 청제의 팔 안에서 나가려 발버둥을 쳤다. 이제 겨우 제대로 걷기 시작한 기하의 뒤뚱거리는 모습에 입술을 뚱하게 내밀면서도 따라 일어서는 태호의 움직임에 행복한 미소를 지으며 나오가 청제의 곁에 다가앉았다. 다가오는 그녀를 그의 팔이 그대로 끌어 품 안으로 가두었다.

말릴 사이도 없이 그의 입술이 그녀의 입술을 가르고 숨결을 탐하기 시작했다. 언제나 그는 그렇게 그녀에게 갈급한 사람처럼 그녀를 탐했다. 그녀가 사라지기라도 할까 두려운 사람처럼.

"하아."

얼마를 그리 그녀의 숨결 속에 빠져 있었을까. 조금 만족스러운지 진한 미소를 지으며 자신의 입술을 핥아 올리면서 자신에게서 입술을 떼어 내는 청제의 팔을 나오가 가볍게 쳤다.

"내가 뭘 잘못한 건가? 내 반려에게 애정을 담아 접문을 한 것인데?"

"못 말려요."

"여기만 오면 심장이 막 뛰어. 아까 태호가 이곳에 누워 있던 거 봤지? 그때 당신이 딱 그런 모습으로 이곳에 누워 있었거든. 기가 막혔지. 어떤 건방진 녀석이 내 구역에 저런 모습으로 누워 있나 해서."

"큭큭."

자신이 생각해도 우습기만 한지 고개를 숙이며 웃음을 토해 내는 나오의 정수리에 청제가 가만히 입을 맞췄다. 아이가 둘인 지금도 그녀를 안고 있으면 터질듯 뛰어 대는 심장이 주체할 수 없는 그였다.

"내가 진짜 청제냐고 의심까지 했었지."

"상상도 못 했거든요. 그리 잘생기고 아직은 어려 보이는 청년이 청제일 거라고는."

"털북숭이가 청제라고 청족 마을에 소문이 다 나 있었다며."

"그것도 다 기억해요?"

"그럼. 나랑 건달바를 혼동하다니, 기가 막혔으니까."

"아직도 가끔은 꿈을 꿔요. 심연에 있는 꿈, 명부에 있는 꿈."

나직하게 새어 나오는 나오의 말에 청제가 그녀를 깊이 품 안으로 끌어

530

당겼다. 어쩌면 영원히 그녀의 심장에 각인되었을 그 아프고 힘겨웠던 시간들을 지워 주지 못하기에 안타까운 그였다. 명부에서 아무것도 기억하지 못하는 나오 그대로였다면 차라리 나았을까 하는 생각도 가끔은 한다. 자신은 그녀를 기억하고 사랑하니까 상관없기에.

"그런데 그 꿈 마지막엔 언제나 당신이 있어요. 나를 향해 달려오는 당신이. 해서 제 꿈은 언제나 행복하게 끝나요."

"다행이군."

나오의 가느다란 손이 청제의 손을 다독였다. 따스함이 서로의 손을 타고 서로의 심장으로 스미는 기분이었다.

"제법이네. 저 녀석."

그의 품에 안겨 눈을 감고 있던 나오가 청제의 목소리에 눈을 뜨자 눈앞에 어른 몸 크기만 한 청룡이 보였다.

아직 푸른 기운이 제대로 스며 나오지 못하는 작고 조금은 볼품없는, 그렇지만 영락없는 청룡의 자태를 지닌 용이. 태호가 청룡으로 변해 몸을 숙이고 있자 기하가 태호의 몸 위로 올라타느라 낑낑거리고 있었다.

"바람도 부르던걸요."

"곧 광청검도 쓸 수 있을 것 같아."

"광청검은 아직 멀었어요. 너무 위험하니까 천천히 가르치세요."

"풋."

청제가 고개를 숙이며 큭큭 웃음을 터뜨렸다.

"건달바와 비사가 그러던데. 우리가 꼭 인간계의 부모처럼 군다고. 아버지는 아이들을 세상에 내어놓고 키우고 싶어 하고 어머니는 품 안에 들여놓고 키우고 싶어 하는데 우리가 꼭 그런다잖아."

"그런가요?"

따스한 미소가 그녀의 얼굴에 가득 번졌다. 이제 그녀는 어린 소녀가 아니었다. 두 아이의 엄마가 된 나오는 이제 완연하게 성숙한 여인의 모습을 그대로 보여 주고 있었다. 그렇게 변하는 그녀의 모습이 또 다르게 설레는 청제였다. 두 아이의 엄마가 된 그녀는 더 아름다워지고 더 풍만해졌으니까. 그녀의 목에 코를 박으며 청제가 온몸으로 그녀의 향기를 들이마시려는 순간이었다.

"아무래도, 위험해 보이지 않아요?"

나오의 불안함이 가득 고인 목소리에 고개를 든 청제의 눈에 아직 제대로 단단해지지 않은 자신의 등에 기하를 태우고 막 날아오르려는 태호의 모습이 보였다. 땅을 디딘 발에 힘을 주고 막 태호가 몸을 솟구치려는 순간, 기하의 몸이 기우뚱 중심을 잃으며 태호의 몸도 기울어지기 시작했다.

휘익!

그대로 청제의 몸이 아이들을 향해 움직인 것과 동시에 어디선가 날아온 바람 한 자락이 두 아이의 몸을 감쌌다. 청제와 바람에게 둘러싸인 태호와 기하가 안전하게 언덕 위로 내려왔다.

아이들이 무사한 것을 확인한 청제가 아이들을 품고 있던 몸을 풀어내자 아이들을 감싸던 바람도 천천히 형태를 드러냈다.

푸른 바람처럼 투명한 머리카락과 눈이 부시게 연푸른 얼굴, 물처럼 투명함이 가득한 연푸른 눈동자를 가진 사내의 모습에 태호와 기하의 눈이 커다랗게 열렸다.

"바람의 전령 풍백, 동방의 주인이신 청제를 뵙습니다."

바람의 사내가 공손히 청제를 향해 몸을 숙였다. 거의 색이 느껴지지 않는 풍백의 머리카락이 바닥으로 내려오자 기하가 손을 들어 그 머리카락을 잡아당겼다.

그 곁에 서 있던 태호가 급히 기하의 손을 잡아당겼지만 기하는 고집을 부리며 그 손을 놓지 않았다. 그 모습에 청제가 나직하게 기하를 불렀다.

"기하야."

부드러운 눈빛이었지만 그 눈빛을 느낀 기하가 꼭 움켜쥐고 있던 풍백의 머리카락을 풀어냈다. 풍백의 얼굴에 연한 미소가 번졌다. 투명하게 느껴지는 사내의 얼굴에 맺히는 미소가 조금은 이상하게 보였다.

"어쩐 일인가. 내게 전할 말이 없을 텐데."

살짝 일그러지는 청제의 눈길에 풍백이 부드럽게 웃으며 고개를 저었다. 반려를 맞이하는 일로 청제가 아직도 천제에게 감정이 남아 있음을 느끼는 풍백이었다.

"아닙니다. 그저 수미산을 돌며 유람을 하고 있을 뿐입니다. 지나다가 너무도 아름다운 광경에 잠시 내려온 것입니다."

"유람이라. 재미있겠군."

이내 편하게 자리를 잡는 풍백과 청제 앞에 나오가 가져온 차를 내어놓았다. 온통 꽃 향으로 가득한 언덕이건만 차에서 우러나는 차향은 또 다른 느낌으로 공간을 가득 메워 왔다.

"세상 구경한 이야기나 좀 해 보게. 나야 이곳 황금타에서만 머무르고 통 다른 곳에 가 보지 않아서 세상의 소식을 모르니까."

"세상 전부를 돌고 돌아 제석천으로 돌아가는 길이었습니다. 대제님들의 소식을 다 담아 가는 중이지요. 천제님께 전해 드릴 소식이 한가득입니다."

따스하게 데운 차를 음미하듯 입술로 맛보는 풍백의 모습은 여유롭고 한가해 보였다. 바람의 모습으로 언제나 세상을 돌아다니는 그가 조금은 부럽기도 한 청제였다.

"재미있는 일들이 많다는 소리로 들리는군. 궁금해지는데."

"그럼 짧은 이야기부터 해 볼까요. 아, 아무래도 백제님의 이야기가 가장 궁금하지 않으십니까."

살짝 청제의 눈치를 살피며 풍백이 내뱉는 말에 청제가 탁 소리가 나도록 찻잔을 내려놓았다. 부드럽게 반짝이던 푸른 눈이 싸늘하게 변하는 모습에 풍백이 투명한 입가에 미소를 지었다. 백제라는 이름만으로도 기분이 상하는 모양이었다. 그런 청제의 솔직한 감정 표현에 풍백이 빙그레 웃었다.

"들으시면 기분이 좋아지실 것입니다."

의외라는 듯 미간을 좁히는 청제의 얼굴에 닿았던 풍백의 시선이 나오와 조금 떨어진 곳에서 깔깔거리며 숨바꼭질을 하고 있는 꼬마들을 바라보았다. 그저 바라보는 것만으로도 미소가 지어지는 이곳의 풍경과 너무도 대조적이던 백은타의 모습이 떠올랐기 때문이다.

"그럼, 들어 볼까."

"청제님의 반려께서 심장에 품고 계시던 여의주를 백제님의 어린 이룡이 품었던 것은 아시지요?"

"……."

생각하는 것만으로도 기분이 나쁜지 미간을 좁히는 청제의 반응에 풍백이 미소를 지으며 손을 들어 시원한 바람을 청제 쪽으로 보냈다. 기분을 풀어 주고 싶은 듯 자신을 감아 도는 시원한 바람에 청제가 다시 시선을 들어 풍백을 응시했다.

"헌데, 그 이룡을 흑제께서 소멸시켜 버리신 것은 혹여 아십니까? 여의주를 품은 지 며칠 되지도 않았을 때였지요."

"소……멸?"

자신이 명부로 들어간 후에 일어난 일일 것이다. 백제나 흑제의 일은 관심도 가져 보지 않아서 이제껏 몰랐던 일이었다. 그러면 나오가 품고 있던 여의주는?

"여의주도 그때 이룡과 함께 가루가 되었다 합니다."

청제의 얼굴에 의아함이 번졌다.

"광목천이 그런 상황을 아무 반항도 하지 않고 받아들였다는 건가?"

"백제께서도 어쩔 수 없는 상황이셨다 합니다. 어린 이룡이 제대로 의

복도 갖춰 입지 않은 모습으로 흑제님의 반려이신 길상천녀의 천수전각에 들어갔다지 뭡니까."

"이런……."

"어쩌다 그런 일이 벌어진 것이지는 그 누구도 정확하게는 모르지만 백제께서 그런 상황에서 어떻게 하실 수 있었겠습니까. 이룡을 포기하지 않으실 수 없었던 것이지요. 그렇게 힘겹게 다시 찾았던 여의주도, 백제님의 힘의 상징인 이룡도 잃고 백은타로 돌아가신 백제님의 이야기입니다."

바람의 언덕을 타고 흐르는 푸른 바람처럼 시원하고 청아한 풍백의 목소리가 천천히 울려 나오기 시작했다.

❈ ✚ ❈

"사이 님!"

온몸을 적신 요괴들의 피를 거칠게 닦아 내고 있던 사이가 다급하게 자신을 부르는 소리에 고개를 들었다. 자신과 함께 대지의 요괴를 상대하느라 온몸이 만신창이인 부관이 하얗게 바랜 얼굴로 그의 숙소로 달려 들어오는 모습이 보였다.

"무슨 일인데 아직도 그 꼴이냐. 좀 쉬라니까. 몸이 말이 아닌 거 아는데."

"백제께서."

"백제님께서 뭐……."

뭔가 일이 터진 모양이었다. 이번에는 또 무슨 일일지 순간 두려움과 짜증, 그리고 화가 치밀어 오르는 사이였다.

어린 이룡과 여의주를 함께 잃고 백은타로 돌아온 후 자신의 거처에 틀어박혀 외부의 일은 아무것도 신경 쓰지 않는 그였다. 요괴들이 판을 쳐

서 백족 마을이 몰살을 당해도, 요괴의 기운을 이기지 못해 백제의 군대가 만신창이가 되어 돌아와도 백제의 전각에서는 아무 움직임도 없었다. 그 모든 일들을 혼자 수습하고 있는 것은 사이, 그녀 혼자뿐이었다.

지금도 대지의 요괴가 마을을 공격한다는 소식에 백족의 군사들을 모아 겨우 요괴를 처치하고 오는 길이었다. 자신의 수하 수십을 잃었다. 자신의 몸도 지금 만신창이였다. 헌데 또 무슨 일이 터진 것일까.

"이번에 소멸을 기다리시는 청하 이룡님의 여의주를, 교이 님께 준다고 하셨답니다."

"……뭐?"

"그게 말이 됩니까! 지금 백은타 안이 난리가 났습니다. 청하 이룡님의 후계가 수정타에서 소멸한 것도 난리가 날 일인데 청하 이룡님의 그 귀한 여의주를 간사하고 무능한 교이 님께 준다니요. 다들 이럴 수는 없다고 원성이 높습니다."

"하아……."

길고 깊게 한숨을 토해 낸 사이가 들고 있던 피 묻은 수건을 그대로 던져 버렸다.

숨결 안으로 지독하게 밀려 들어오는 미약의 내음에 구역질이 올라올 것만 같았다. 대체 얼마나 미약을 피워 놓으면 이리 온 공간이 미약으로 가득할 수 있을지 상상도 되지 않았다.

아마 수정타에서 돌아온 후부터 줄곧 미약에 취해 있는 모양이었다. 미약에서 자유로울 시간이 없는 것은 스스로의 선택이기도 하겠지만 그 곁에 붙어 백제를 미약에서 헤어 나오지 못하게 하는 이의 술수도 한몫 했을 터였다.

"아유, 피 냄새 진짜."

다가서는 자신을 올려다보며 코를 쥐어 잡는 젊은 사내의 모습에 사이가 차디찬 시선으로 사내를 노려보았다.

금방이라도 자신의 목을 조인 다음 내던져 버릴 수 있을 만큼의 힘이 있는 여인임을 알기에 사내의 얼굴에 아주 잠깐 두려움이 스쳐 지나갔지만 그저 그 순간뿐이었다.

눈앞에 선 여인이 강하다 해도 자신이 기대고 있는 무릎의 주인은 지금 눈앞의 여인을 손짓 하나로 소멸시켜 버릴 수도 있는 이이기에.

지그시 감고 있던 눈을 뜬 백제가 사이를 물끄러미 올려다보았다. 한때는 투명하고 지독하리만치 서늘하게 맑던 눈이 안개가 낀 것처럼 흐려진 모습이 사이의 시선에 들어왔다.

조금 잔혹하고 욕심이 많지만 영리하고 치밀하던 자신의 주인은 이제 저 눈 안에 없었다. 백제의 흐릿한 입술이 열렸다.

"무슨 일이 있었더냐? 그 피는 다 뭐냐."

"요괴가 마을을 습격하였습니다. 마을이, 쑥대밭이 되었습니다."

"아, 그래?"

아, 그래? 할 말이 없었다. 자신의 종족들이 다 요괴에게 도륙이 되었다는데 그들의 수장인 이의 입에서 나온 말이 고작 이것이다. 만약 그들이 지금 백제의 모습을 보았다면 어떻게 되었을까.

"고생했구나. 가서 쉬어라."

"드릴 말씀이 있습니다. 곁을 물러 주십시오."

노골적으로 젊은 사내를 노려보며 사이가 이를 악물고 내뱉었다. 자신이 들어왔으면 분명 무엇인가 백제에게 할 말이 있어서일 것이라는 것은 이미 알고 있을 것이다.

헌데도 나가기는커녕 물끄러미 자신이 백제에게 하는 이야기를 듣고 있는 녀석이 이 순간 목을 조르고 싶을 정도로 짜증이 나는 사이였다. 그 속내가 너무도 뻔히 보이기에.

"무슨 일이든 교이가 들어서 무엇이 문제더냐. 내 수족과 같은 아이인데. 그냥 말하거라. 무슨 문제가 있느냐."

몸에 잔뜩 묻어 있는 피 내음 때문일까. 치솟는 엄청난 살기를 겨우 누르며 사이가 질끈 입술을 악물었다. 이제 한계에 다다랐음을 그녀는 절감했다. 이미 만신창이가 된 백제의 땅을 더는 두고 볼 수는 없었다. 마지막 기회를 주인에게 주려 하지만, 어차피 기대는 하지 않는다.

힘겨운 숨을 천천히 내쉬며 사이가 고개를 들어 백제를 물끄러미 응시했다. 차디찬 범의 시선으로 진한 대지와 쇠의 기운이 담겨 있었어야 할 눈동자였다. 하지만 지금은 그저 공허한 뿌연 눈동자일 뿐. 그 눈동자를 사이가 똑바로 내려다보았다.

"혹여 청하님의 여의주를, 교이에게 주실 거라 하셨습니까?"

아무것도 모르는 듯 말간 얼굴을 하고 사이를 올려다보던 젊은 사내의 표정이 순간 딱딱하게 굳었다. 아마 이렇게 직접적으로 자신도 있는 자리에서 사이가 말을 꺼낼 것이라고는 생각지 못한 모양이었다. 이제껏 모든 문제를 그저 참고 인내하며 견디던 사이였음을 알기에 더 그랬을 것이다.

생각지 못했던 질문인 듯 백제의 눈이 가늘어지더니 그 입가에 진득한 미소가 번졌다.

"벌써 온 백은타에 소문이라도 낸 것이냐."

귀여운 것을 어르듯 자신의 무릎을 베고 있는 젊은 사내의 손등을 토닥토닥 두드린 백제가 무심한 시선으로 사이를 바라보았다.

"그래, 내가 그러겠다고 이 아이에게 약조를 하였다. 그것이 무슨 문제가 되느냐."

"교이는 아직 어리고 아무 전공도 세우지 못한 어린 살쾡이일 뿐입니다. 그런 교이에게 어찌 보물인 여의주를 넘기신다는 것입니까."

"내 보물을 내가 주고 싶은 이에게 주는 것이 무엇이 문제라고."

"소이룡의 소멸을 벌써 잊으셨습니까. 제대로 자격이 갖추어지지 않은 이가 보물을 가져서 어찌 되었습니까. 그리 어렵게 되찾으신 보물이 한순간에 가루로 변했습니다. 또다시 그런 실수를 범하실 생각이십니까."

"사이, 네가 오늘 이상하구나."

백제의 흐릿하던 눈에 서서히 열기가 오르기 시작했다. 사이가 한 번도 지금과 같이 자신이 한 일에 대해 적나라하게 비판하는 것을 본 적이 없었다. 헌데 지금 자신의 가장 아픈 곳을 찌르며 자신이 하고자 하는 일에 반대를 하고 있는 것이다.

"모두가 인정하지 못하고 있습니다. 다시 생각해 주십시오. 백제님."

"감히!"

백제의 손끝이 그 순간 사이를 향해 들어 올려지자 사이가 그 자리에 고꾸라지듯 쓰러졌다. 목을 조이는 거대한 기운에 이를 악문 사이의 입에서 핏물이 주룩 흘러내렸다.

"으윽, 하아."

재미있는 구경을 그저 앉아서 하는 것이 싫은지 백제가 천천히 몸을 일으켰다. 그리고 바닥에 쓰러진 채 괴로움에 온몸을 비트는 사이의 앞으로 다가갔다. 핏물이 맺힌 사이의 눈이 백제를 아프게 올려다보았다.

"이런, 이런."

사이의 앞에 몸을 숙여 앉은 백제가 손가락으로 사이의 얼굴을 가만히 들어 올렸다. 곱고 아름다운 사이의 얼굴이 푸르게 변해 가는 모습을 물끄러미 바라보며 백제가 가만히 사이의 입술에 입을 맞췄다. 그 모습에 젊은 청년의 얼굴이 차갑게 일그러졌다.

"맛있구나."

자신의 입술에 묻은 사이의 핏물을 혀끝으로 핥아 올리며 백제가 나른하게 웃었다. 고통에 온몸을 비트는 여인의 앞에서 맛있는 것을 탐닉하듯 바라보고 있는 백제의 모습은 끔찍하리만치 이질적이었다.

"내가 너를 많이 아낀다. 알지 않느냐. 사이야. 허니, 나를 화나게 하는 짓은 하지 말아야지. 내가 너를 필요하지 않다 느끼면 어쩌려고. 아니 그러하냐. 응?”

“하아, 하아.”

구역질 나는 미소를 짓는 백제의 얼굴에서 사이가 고개를 돌리고 싶어 몸을 틀었지만 억센 손으로 백제가 쥐고 있는 얼굴은 돌려지지 않았다. 곱디고운 사이의 얼굴이 절망감에 아프게 일그러졌다.

“내 보물은 내가 알아서 할 터이니 너는 네가 할 일을 하거라. 그리하면 될 일이야.”

자신의 손끝으로 사이의 입술에서 흐르는 핏물을 가볍게 한번 문지른 백제가 그녀의 핏물이 묻은 손끝을 허공으로 들어 올려 가볍게 흔들었다. 그 손짓에 고통이 사라진 사이의 몸이 바닥으로 쓰러져 내렸다.

힘없이 늘어져 있는 사이의 몸을 가만히 받쳐 안은 백제가 그녀의 입술을 가르며 자신의 혀를 밀어 넣었다. 갈증이 난 듯 그녀의 숨결을 탐닉하는 백제의 등을 젊은 사내의 터질 듯한 눈이 노려보고 있었다.

“나는 너를 아낀단다. 너를 잃는 우를 범하기 싫거든.”

간절한 듯 그녀를 탐하던 것이 허상인 것처럼 무심하게 그녀의 입술에서 자신의 입술을 떼어 낸 백제가 던지듯 그녀의 몸을 바닥으로 밀어 버리고는 자리에서 일어나며 다시 한 번 속삭이듯 말했다.

“왜 저리 건방진 계집을 그대로 두시는 것인지 이해할 수가 없습니다.”

몸을 제대로 가누지 못하는 사이를 부관이 들쳐 안고 나가는 모습을 눈을 치뜨고 노려보던 교이가 백제에게 어리광을 부리듯 퉁명스러운 목소리로 말하자 백제가 큭큭 웃음을 토해 냈다.

“건방지긴 해도 가장 믿을 수 있으니까. 저 아이가 내 곁에 함께한 시간이 얼마인지 아느냐? 네가 태어나기 전부터 저 아이는 나를 지켰다.”

“……..”

“저 아이만큼 나를 숨 막히게 하는 아이도 없고 나를 만족시키는 아이도 없다. 게다가 실력도 백은타 최고이니 어찌 소멸시키겠느냐.”

“하면, 왜 사이에게 여의주를 주지 않으시는 것입니까?”

교이가 조심스럽게 물었다. 사실 모두가 알고 있는 일이었다. 소이룡이 소멸해 버린 지금 백제의 호위 이룡인 청하 이룡의 여의주를 받을 만한 자격이 있는 것은 사이뿐임을.

너무도 오랜 세월 백제의 곁에서 시종으로 때론 여인으로 필요할 때에는 전사가 되어 백은타를 지키고 있는 것이 사이임을 모르는 이는 없었다. 백제마자도 그걸 확실하게 인정하고 있는 것이다. 헌데 대체 왜…….

“그래서 줄 수가 없는 것이다. 저 아이가 여의주의 힘을 가지면, 나를 넘어서려 할 테니까.”

백제의 반짝임 없는 연회색 입술이 실룩거렸다.

“괜……찮으십니까.”

안타까움과 걱정이 가득 고인 눈으로 자신을 내려다보며 어쩔 줄 몰라 하는 부관의 모습을 힘없이 뜬 눈으로 올려다보던 사이가 천천히 고개를 끄덕였다. 이런 일을 당한 것이 어디 한두 번이던가.

전투를 치르고 온 후라서 더 고통이 심했고 고통이 지난 후에도 회복이 더딜 뿐, 그녀에게는 새삼스러운 일도 아니었다.

“이제 이대로는 안 됩니다. 사이 님.”

“…….”

“백은타뿐만 아니라 우리 백족 모두가 멸망할 수도 있다는 위기감에 모두가 두려워하고 있습니다. 이제 아무도 백제님을 믿지 않습니다. 헌데 어찌 백제께서 우리의 수장이라 할 수 있단 말입니까.”

“그분이 아직은 대제니까.”

“이 상황을 천제께서 아셔야 합니다.”

모든 것을 각오한 듯 절대 해서는 안 될 마지막 말까지를 뱉어 내는 부관을 그저 물끄러미 올려다보던 사이가 천천히 눈을 감았다.

피곤이 몰려오고 있었다. 온몸이 부서져 내릴 것 같았다.

"쉬고 싶으니 나가라."

"사이 님."

"조금만 나에게 시간을 다오."

"……예."

짙은 어둠 속으로 빠져 들어가는 사이의 얼굴을 바라보던 부관이 조용히 곁을 떠났다.

힘겨운 몸을 누인 사이가 허공을 올려다보았다.

"킥킥."

신음과 같은 웃음소리가 사이의 입에서 새어 나왔다.

오랜 시간 자신의 주인이라 여긴 자에게 더할 수 없는 충성을 바치며 살아왔다. 여인으로, 종으로 그리 살았다. 그것이 옳다고, 그래야 한다고 알고 있었으니까. 서방의 주인인 그만이 오로지 자신의 주인이기에.

헌데…… 그 모든 시간들이 허무하게 사라져 가고 있었다.

대지와 쇠의 기운으로 가득한 백은타 안으로 힘겹게 날아 들어오는 이룡의 모습에 백족 군사들 모두가 무릎을 꿇어 그를 맞이했다. 가쁜 숨을 토해 내는 진한 흙빛 이룡의 거대한 몸짓이 대지의 기운과 함께 공간을 가득 채우는 광경은 가슴이 벅차게 아름다웠다.

그 누구라도 그 앞에 무릎을 꿇지 않을 수 없을 만큼 너무도 오랜 세월 백은타를 지켜 왔던 이룡은 마지막 순간까지도 아름답고 고귀한 자태를 잃지 않았으니까.

오래된 친구를 맞이하듯 백제가 손을 올려 재단 앞으로 다가오는 이룡의 움직임을 도왔다. 수만 년을 살아온 이룡의 마지막 길은 언제나 그의 주인인 백제가 함께하는 것이기에.

조심스러운 움직임으로 재단 위에 누운 이룡이 힘겨운 눈을 들어 모여 있는 이들을 바라보았다. 젊었을 때에는 그리도 투명하고 아름답게 은회색으로 반짝이던 이룡의 눈은 이제 그 은빛을 잃고 흐릿해져 있었지만 그 따스함을 담은 온기만은 여전했다.

　선대 백제부터 지금까지 온전히 백은타를 그 힘으로 지켜 왔던 이룡의 마지막에 벌써 군사들 사이에서는 오열이 흘러나오고 있었다. 모든 전장에 그들과 함께했던 그들의 수호신인 청하 이룡이었기에.

　"잘 가시게. 친구."

　아주 잠깐 애틋함을 담은 눈으로 숨이 꺼져 가는 이룡을 응시하던 백제가 천천히 손끝을 들어 올렸다. 백제의 손끝에서 새어 나오는 서늘한 은회색의 칼날 같은 기운이 천천히 일렁이다 이룡의 심장 쪽으로 다가가는 모습이 모두의 시선에 들어왔다.

　숨소리 하나조차 들리지 않는 공간에 커다랗게 울리는 이룡의 심장 소리만이 가득했다. 마지막을 향해 가는 그 거대하고 불규칙적인 거친 숨소리는 이제 이룡의 시간이 다되었음을 알려 주고 있었다. 저 심장에서 여의주가 빠지는 순간, 이룡은 소멸할 것이다. 영원히.

　"헉!"

　단말마 비명이 이룡에게서 새어 나오는 순간, 백제의 은회색 대지의 기운이 새하얗게 반짝이는 여의주를 꺼내 드는 것이 모두의 눈에 보였다. 그리고 그렇게 여의주가 빠져 버린 이룡의 거대한 검은 몸이 연기가 흩어지듯 공간 안으로 흩어져 날아갔다.

　조금 전까지 재단을 가득 채웠던 이룡의 거대한 몸이 사라져 버린 곳에는 아무것도 남아 있지 않았다.

　재단 아래 깊이 몸을 숙인 채 이 순간을 기다리고 있던 교이가 환한 미소를 지으며 몸을 일으키는 모습이 사이의 눈에 들어왔다. 그리고 그렇게 일어선 교이의 앞으로 여의주를 든 백제가 한 발 다가서는 것도.

그 순간이었다. 쥐 죽은 듯한 고요를 뚫고 사이의 부관이 자리에서 그대로 일어선 것은.

"모두 사이 님을 보호하라!"

백족 군사들을 향해 외치는 부관의 난데없는 함성에 백제와 교이의 의아함을 담은 시선이 그쪽으로 향하는 순간, 사이가 그대로 백제 쪽으로 날아들어 백제의 손안에 담겨 있던 여의주를 잡아챘다.

군사들의 반응에 신경이 분산되어 있던 통에 그 순간 여의주를 움켜쥐지 못한 백제가 여의주를 잡아채 날아오르는 사이를 향해 그대로 팔을 들어 올렸다.

예기치 못한 사태에 짜증과 분노가 어린 그의 입가가 진하게 비틀어지며 그의 손에서 진한 은회색의 칼날 같은 기운이 흘러나오기 시작했다.

하지만 그 기운은 제대로 뻗어 나가지도 못한 채 일순 사그라들고 말았다. 어딘가에서 날아든 은빛의 기운들이 그의 온몸을 강타했기 때문이다.

"으윽!"

자신의 몸을 조여 오는 낯선 기운들에 밀려 뒤로 움찔 몸을 움직인 백제의 시선이 경악을 담고 앞을 향했다. 상상도 할 수 없는 광경이 눈앞에 펼쳐져 있었기 때문이다.

자신의 앞에 모여 있던 백족의 모든 군사들이 자신을 향해 검을 들어 올리고 있었다. 하나하나로 보면 고작 작은 요괴나 귀신을 벨 수 있는 힘을 가졌을 뿐인 백족 군사들의 은검이었지만 그것들 수천이 모인 힘은 대제인 그조차 감당할 수 없을 만큼 거대하고 강했다. 조각으로 흩어져 있는 쇠의 기운들이 하나로 뭉쳐진 힘은 절대 약하지 않았으니까.

"뭐, 뭐 하는 짓이냐! 백제님이다! 우리의 주인이란 말이다!"

눈을 희번덕거리며 군사들을 향해 괴성을 내지르는 교이를 향해 사이의 부관이 그대로 몸을 움직여 앞으로 달려 나갔다. 수많은 요괴들을 상대하며 단련된 부관의 팔이 이 상황에 어찌할 줄 모르고 덜덜 떨고 있는 교이의 목덜미를 쥐어 잡았다.

"으윽! 놔라!"

교이가 온몸의 힘을 끌어모아 자신을 붙잡고 있는 부관을 향해 내리쳤지만 부관은 끄덕도 하지 않았다. 사이보다는 강하지 않지만 백제의 기운을 나누어 받은 교이였다.

교이의 날카로운 이빨이 부관의 목을 물어뜯었다. 그가 내뿜는 삶의 기운이 부관의 온몸으로 파고들었지만 그는 교이를 잡고 있는 손을 풀지 않았다. 목을 물어뜯겨 울컥울컥 피를 토하면서도 자신을 놓지 않는 부관의 몸을 끌어안은 채 교이의 몸이 요동을 쳤다.

서로의 기운을 이기지 못한 교이와 부관의 몸이 본체인 삶의 형태로 변해 서로를 조여들기 시작했다. 검은빛을 띠는 거대한 삶과 황색의 조그마한 삶이 서로를 잡고 상대의 목을 물려는 모습은 끔찍한 광경이었다.

서로가 뿜어내는 피와 독이 엉켜 두 마리 다 피부가 녹기 시작했지만 황색의 삶은 검은 삶을 절대 놓지 않았다.

"네놈들이!"

수많은 기운들에 둘러싸여 힘겨워하던 백제의 입에서 세상을 토해 내듯 거친 일갈이 쏟아져 나왔다. 그리고 수천의 기운에 둘러싸여 있던 그의 몸이 천천히 부풀어 오르기 시작했다.

인간의 모습을 하고 있던 그가 현신인 거대한 백호의 모습으로 천천히 변해 가자 모든 군사들의 얼굴에 두려움이 일렁였다. 거의 현신의 모습을 보이지 않는 백제가 자신의 본체를 드러낸 것이다. 그것은 그가 견딜 수 없는 극도의 분노를 느끼고 있다는 방증이기도 했다.

거대한 백호의 입이 붉은 핏물을 담고 커다랗게 열렸다.

"크아아!"

핏빛 눈동자를 한 백호의 거대한 몸이 그대로 군사들을 향해 돌진하기 시작했다.

"그 후에 어떤 일이 일어났을지 궁금하지 않으십니까."

긴 이야기를 끝마치며 그 연푸른 눈동자에 진한 미소를 담는 풍백을 잠시 응시한 청제가 비어 버린 찻잔을 가만히 내려놓았다. 어느새 곁으로 온 것인지 나오가 빈 그의 찻잔에 다시 따스한 차를 따르는 모습이 보였다. 곱게 빗어 내린 나오의 긴 머리카락이 햇빛을 품고 반짝였다.

"궁금하다기보다, 두렵군. 그 이야기의 끝을 아는 것이."

"그 자리에 있던 백족의 군사 모두가 전멸하였답니다. 한 명도 살아남지 못했다지요. 백은타가 핏물로 바다를 이룬 듯하였다고 들었습니다."

"이런……."

곁에서 풍백의 말을 들은 나오가 손으로 입을 가리는 모습에 청제가 그녀의 몸을 끌어당겨 품에 안았다. 그녀가 놀라는 것을 용납하지 않겠다는 듯 자신의 여인을 품에 안고 가만가만 다독이는 그 모습을 물끄러미 바라보며 풍백이 부드러운 미소를 지었다. 눈앞에 있는 두 사람의 모습은 아무리 보아도 질리지 않을 것 같았다.

"군사들의 희생으로 무사히 도망친 사이는 외해에 머물던 소백제님을 찾아갔답니다. 백제께서 후계가 태어나자마자 외해로 보냈다는 이야기는 유명하지요. 그렇게 사이는 여의주를 소백제께 전하며 모든 상황을 알렸고, 기회만을 기다리던 소백제가 이 절호의 기회를 놓칠 리가 없지요. 소백제의 전언에 이 모든 상황을 아신 천제께서 백제님의 힘을 봉인하신 상태입니다."

"천제께서 또 많이 화가 나시지는 않았는가."

자신과 흑제가 그리 속을 썩였는데 이제 그 정도는 상대도 되지 않을 일이 벌어졌으니 천제의 화가 얼마나 컸을지는 충분히 상상이 되었다. 천제의 힘을 나누어 받은 대제들이다. 그들이 그 힘을 이용해 자신의 영지를 쑥대밭으로 만드는 것을 그 누가 상상이나 할 수 있었을까.

"뭐, 별로 그러실 것 같지도 않습니다. 어차피 일어난 일이고 후계도 있으니 수습하시면 된다고 하실 겁니다. 아시지 않습니까. 천제님을."

"하긴, 그분은 그러실지도."

철저하게 계산하고 흐트러짐 없이 일처리를 하지만 만에 하나 풀 수 없는 문제가 생기면 깨끗이 포기하는 것, 그것이 지금 천제의 성격이었다. 지독하게 이성적이고 차가운 이니까.

"해서 아마 곧 대제님들을 모두 소환하실지도 모르겠습니다."

"그렇겠군."

나이가 너무 들어 더 이상 존재의 가치가 없어져 소멸하는 것과는 차원이 전혀 다른 문제일 것이다.

대제의 횡포를 견디지 못한 백족 병사 모두가 반기를 든 상황에 그 군사들 모두를 주군인 백제가 몰살했다. 그리고 백은타의 보물인 여의주는 이미 후계인 소백제의 손에 들어갔다. 그 상황이 지금의 백제를 그대로 두고는 절대 정리될 수 없을 테니 천제가 내릴 결론은 딱 하나일 것이다. 백제에게 소멸을 명하고 새 백제를 세우는 것.

문득 처음 나오를 데리고 황제의 궁에 갔을 때의 일이 떠올랐다.

자신이 시킨 일임을 발뺌하기 위해 충복인 사이의 목을 조이던 백제였다. 충복조차 자신의 기분이나 상황을 위해 그리 쉽게 대하는 이에게 충성을 바칠 이가 누가 있을까. 그 수많은 이들의 한이 억겁이 되어 그런 상황을 만들었을 것이다.

"재미없는 이야기를 해 드렸으니 이젠 좀 재미있는 이야기를 할까요?"

백제의 이야기에 차갑게 굳어 있는 청제의 얼굴을 보며 풍백이 장난스럽게 말했다. 그 말에 반응을 보인 것은 그의 품에 있던 나오였다.

동그란 눈이 이제 신선의 기품까지 담고 아름다운 빛을 뿜어내는 모습이 세상 모든 것을 보아 온 풍백의 눈에도 가슴이 설레게 아름다웠다.

하지만 지금 자신의 기분을 눈앞의 푸른 사내에게 전한다면 아마 자신은 그 재미난 이야기도 전하지 못한 채 쫓겨날 것이 분명했다. 아니, 쫓겨나면 다행일 터였다. 제석천으로 돌아가지 못할 수도 있으리라.

"재미있는 이야기라면……."

나오가 묻는 말에 풍백이 푸른 하늘을 올려다보며 행복한 미소를 지어 보였다. 지금 하고자 하는 이야기는 떠올리는 것만으로도 기분이 좋아지는 이야기였다. 눈앞에 있는 이 아름다운 가족을 보는 것만큼이나.

"혹여 적제님의 첫사랑에 대해 들으셨습니까?"

"뭐?"

백제의 일을 들었을 때보다 더 놀라는 청제의 모습에 풍백이 웃음을 토해 냈다. 차라리 백제의 소멸은 어느 정도는 예상이 되는 일이라면 적제의 사랑 이야기는 그런 예상조차 할 수 없는 일이라는 방증일 것이다.

기가 막힌지 찻잔도 들지 못하고 멍하게 자신을 보는 청제에게로 시선을 돌린 풍백이 그 푸른 눈을 살짝 찡그리며 입가에 장난스러운 미소를 담았다.

"아주 절절한 첫사랑 이야기랍니다."

❊ ✖ ❊

"여기까지 어쩐 일이십니까. 증장천."

반가운 손님이 왔다는 전갈에 부리나케 달려 나온 황제가 막 들어서는 붉은 사내를 향해 환한 미소를 지어 보였다.

천 년에 한 번씩 대제들의 회합이 있을 때 외에는 거의 얼굴을 볼 일이 없는 대제들이지만 이 붉은 기운의 사내는 조금 다르기에 반가울 뿐이었다.

청제와 흑제는 아직 어리다 느낄 정도로 젊기에 자신들과 잘 어울리기 힘들고 백제는 기본적인 성향 자체가 너무도 달라 함께하기 어려운 이였다. 그래서일까. 연배가 비슷한 적제와는 그중 가장 편하게 지내는 사이였다. 그래서 흑제의 궁에서 청제가 명부로 들어가는 그 엄청난 일이 있을 때에도 적제와 함께 움직였던 그였다.

"좋은 술이 생겨서 함께 마실 친구가 그립지 뭡니까. 하하."

언제나처럼 호탕한 웃음을 터뜨리며 적제가 손끝을 흔들었다. 적제의 손끝에서 흘러나온 붉은 기운이 공간에 커다란 항아리를 만들어 내자 황제의 곁에 서 있던 시종들이 급히 그 항아리를 받아 들었다.

어찌나 무거운지 항아리를 받아 든 시종의 몸이 휘청거리는 모습에 황제가 고개를 저었다. 오늘 또 저 항아리에 있는 술이 다 없어지기 전에는 잠들 수 없을 것이기에.

얼마의 술이 들어가고 나서일까. 그저 기분이 좋은지 호탕하게 웃으며 이런저런 세상 사는 이야기를 하던 적제가 깊은 한숨을 토해 내며 허공을 응시했다. 그 모습에 황제의 시선이 의아함을 담고 적제를 향했다.

"대체 그놈의 연모라는 것이 무엇인지, 나는 도저히 이해할 수가 없습니다. 지국천도, 다문천도."

"저 역시 그런 연모는 모르지요. 하하."

아직 흑제가 돌아오지 못하고 있는 것을 말하고 있는 것이리라. 청제와는 원래도 사이가 좋았다. 하지만 흑제와는 거의 왕래도 한 적이 없는 것으로 알고 있는데 흑제의 일에 마음이 많이 쓰이는 모양이었다.

"다문천의 그 마지막 눈빛이 잊히지가 않아서. 지국천처럼 어서 그 힘겨움에서 벗어나면 좋으련만."

"그러게 말입니다. 아, 이번에 지국천이 후계를 보았다지요."

"그리 죽고 못 살더니 바로 후계를 만들고, 역시 젊은 혈기라서인지. 하하."

"천제께서 쉬이 허락하지 않으실 줄 알았는데 그래도 다행입니다."

"누가 말립니까. 지국천을. 명부까지 가서 찾아온 이를 반려로 삼겠다는데. 원래 청룡들이 고집이 세지 않습니까."

흑제를 생각하며 살짝 어두워졌던 적제의 얼굴이 청제의 이야기에 다시 붉은 기운을 가득 담으며 환하게 밝아졌다. 그들의 행복에 자신도 일조를 했으니 더 감개가 무량할 것이다. 만약 적제가 돕지 않았다면 청제가 명부에서 나오지 못했을지도 모르니까.

"천제께서 제 막내딸을 지국천의 반려로 생각하셨던 모양입니다. 그 아이가 제석궁에 온 지국천을 보고 한눈에 반해 천제께 조른 모양이에요."

"이런……."

"제가 괜히 입장이 난감할 뻔했습니다. 다행히 천제께서 후계가 생긴 걸 아시고는 포기하신 것이 천운입니다."

"모두에게 다행이지요. 지국천의 고집에 황금타에 반려가 되어 갔더라도 쳐다보지도 않았을 텐데 그 고통은 또 어쩝니까. 하하. 다른 좋은 곳으로 보내셔야지요."

"꽤나 상심이 되었는지 이번에 제 고모와 함께 이곳에 잠시 돌아와 있습니다."

"고모라면, 그대의 누이 아라한 님 말입니까? 그 천군의 수장인?"

적제의 눈이 커다랗게 열렸다. 소문으로만 듣던 천군의 수장을 혹여 만날 수도 있을 것이라는 기대가 그 붉은 눈에 가득 고여 있었다. 무공이 높은 이에 대한 그의 흠모는 유명한 일이었다.

아마 그가 청룡을 좋아하는 것도 청룡이 오방대제들 중 가장 뛰어난 무공을 지닌 존재이기 때문일 것이다. 술수나 신력보다 무예가 진짜 실력이라고 믿는 그이기에.

"예. 오랜만에 잠시 돌아왔답니다. 천제께서 곁으로 불러 가신 후 한 번도 오지 못했었으니까요."

그때였다. 시종이 아뢰지도 않았는데 황제의 전각 안으로 누군가가 거칠게 들어서는 기척이 느껴졌다.

"혼자만 도화주를 드시다니 너무하시는 거 아닙니까? 오라버니?"

시원하고 맑은 여인의 목소리가 공간을 울렸다. 그리고 새하얀 갑옷에 감싸인 이가 두 사람의 앞으로 다가서는 모습이 적제의 시선에 들어왔다.

눈부시게 하얀 무복에 그 무복을 감싼 은빛 갑옷을 입은 무사였다. 아니, 무사처럼 보이는 여인이었다. 그 목소리도, 얼굴도 분명 사내는 아니었기에.

웃음을 가득 담고 환하게 다가서던 여인의 커다란 눈동자가 낯선 이의 존재를 확인하고는 더 커다랗게 열렸다. 하늘을 가득 담아 놓은 듯한 여인의 눈은 시원한 바람을 담고 있는 것처럼 보였다. 바람이 흘러나올 것처럼 시원한 연갈색 눈동자에 적제의 시선이 닿았다. 그의 붉은 눈동자가 살짝 흔들렸다.

"넌 어찌 기척도 하지 않느냐. 손님이 계시거늘."

"아, 손님이 계신 줄 몰랐습니다. 죄송합니다. 도화주의 향이 너무 좋아 그만."

황급히 두 손을 들어 적제를 향해 무사처럼 고개를 숙여 보인 여인이 뒤로 돌려 하는 순간, 적제가 다급하게 입을 열었다.

"아직 도화주가 많이 남았는데, 함께하시지 않겠습니까."

약간의 긴장을 담은 적제의 목소리가 공간을 울렸다. 그 목소리에 황제도 여인도 놀라 고개를 돌렸다.

꽤나 독한 도화주를 한 번에 입안으로 털어 넣는 거침없는 움직임, 황제의 장난에 공간이 울리도록 환하고 커다랗게 토해 내는 시원하고 진한 웃음소리, 가늘지만 얼마나 검을 잡았는지 옹이가 가득한 손. 눈앞에 있는 그 모든 것들에 적제의 시선이 자꾸만 흔들려 갔다.

"아니 그러합니까? 증장천?"

"······."

"증장천?"

이야기를 하다 자신이 부르는 소리에도 반응이 없는 적제를 황제가 이상하다는 듯 바라보았다. 그러고 보니 조금 전부터 자신과 누이만이 이야기를 하고 있었고 적제는 아무 말도 하지 않았었다.

언제나 이런 자리에서는 거침없이 쏟아 내는 적제의 입담이 당연했는데 오늘의 적제는 무엇인가 이상했다.

멍하게 눈앞의 여인을 응시하던 적제가 황제의 부름에 고개를 돌렸다. 의아함을 가득 담고 자신을 바라보는 황제의 모습에 그제야 자신이 그들의 이야기도 듣고 있지 않았다는 것이 기억났다. 눈앞에 있는 이의 손짓 하나, 얼굴 표정 하나에 정신이 팔려 아무것도 들리지 않았던 것이다.

"아, 무어라 하셨습니까?"

"이 수미산에서 월도를 가장 잘 쓰는 것은 누가 뭐라 해도 증장천이라고 제가 설명하는 중입니다. 헌데 자꾸만 이 아이가 검은 지국천이 가장 잘 쓴다고 해서."

순간, 여전히 눈앞의 여인을 바라보고 있던 적제의 눈가가 거칠게 일그러졌다.

"월도란 원래 힘의 검이지 빠른 검은 아니니까요. 검은 속도가 가장 중요하지 않겠습니까. 어찌 생각하십니까. 적제님."

부드럽지만 자신의 말 한 마디 한 마디에 힘을 싣고 말하는 아라한의 목소리는 거역할 수 없는 그 어떤 힘이 있었다. 아마도 저런 모습이기에 천제의 군대인 천군을 호령하는 것일 터였다.

하지만, 그녀의 말에 그대로 수긍해 줄 수는 없었다. 왠지, 그러고 싶지 않았다. 아마 검사의 자존심이리라.

"검은 속도도 중요하지만 힘과 정확도도 중요하지 않겠습니까."

"속도와 힘, 그리고 정확도가 갖추어져 있다면 그것이 최고의 검이겠지요. 혹시 적제님께서 그런 검을 보여 주실 수 있으시겠습니까? 무례한 부탁일까요? 소문이 자자한 적제님의 적월도가 무척이나 궁금했답니다."

아라한이 그 맑고 커다란 연갈색 눈동자를 빛내며 물었다. 그 얼굴에 어리는 미소가 너무 좋아 거절할 수가 없는 적제였다.

"손님에게 그 무슨 결례냐. 게다가 지금 약주까지 드셨는데."

황당한 얼굴로 아라한을 꾸짖던 황제가 갑자기 자리에서 일어나는 적제의 모습에 놀라 고개를 들었다. 도화주 때문인지 살짝 붉어진 얼굴의 적제가 아라한을 내려다보며 말했다.

"천군 제일이라는 아라한 님의 검을 보고 싶은 것은 저 역시 마찬가지입니다. 한 수 배워 볼까요?"

무인이어서일까. 검을 청하는 상대를 거절할 수 없는 듯 아라한이 가볍게 몸을 일으켜 적제 앞에 섰다. 여인임에도 작지 않은 키와 몸을 가진 아라한이었지만 거대한 적제의 앞에 서자 그녀도 어쩔 수 없는 가냘픈 여인의 모습이었다. 하지만 아라한의 눈에는 붉은 기운을 뿜어내는 거대한 사내에 대한 두려움 따위 한 조각도 담겨 있지 않았다.

바람이 일었다. 시원하게 황제 궁 정원을 가로지르며 그들 사이를 스쳐가는 바람에 길게 풀어 내린 아라한의 연갈색 머리가 그녀의 가는 몸을 휘감으며 날았다.

꼭 아름다운 새가 비상하는 듯 고운 모습에 멍하게 눈앞의 그녀를 바라보던 적제가 그녀의 손끝에서 흘러나오는 새하얀 검날을 보고 그제야 자신의 기운을 운용했다.

적제가 그 투박하고 커다란 손을 허공으로 들어 올리자 그의 손끝에서 붉은 기운과 함께 커다란 월도가 모습을 드러냈다. 적제의 적이 되면 절대 그 누구도 살아서 돌아가게 하지 않는다는 적제의 적월도였다.

하늘의 심장인 붉은 달을 한 조각 베어 만들었다고 전해지는 적제의 보물. 천상의 바람을 모아 만들었다는 광청검과 함께 수미산을 지키는 두 개의 검 중 하나다.

"제가 먼저 들어가겠습니다."

아라한이 고개를 살짝 숙여 보이며 입가를 끌어 올렸다. 아무 두려움도 걱정도 담기지 않은 환하고 진한 미소가 번진 그녀의 입술에 적제의 시선이 닿은 순간, 아라한의 몸이 그대로 허공으로 날아올랐다.

카캉!

하얀빛의 검이 붉은 적월도를 그대로 부실 것처럼 강하게 내리꽂히는 힘에 적제가 움찔, 한 발 뒤로 물러섰다. 아라한이 쥐고 있는 빛의 검에서 부서져 내린 빛의 조각들이 허공을 화려하게 물들이며 바닥으로 떨어져 내렸다.

새털처럼 가벼운 움직임으로 바닥에 착지한 아라한이 다시 검을 들어 올리며 자신을 향해 뛰어오르려 하는 것을 바라본 적제가 몸을 움직인 것은 그 순간이었다.

적제의 붉은 머리털이 햇빛에 반짝이며 다가온다고 아라한이 느끼는 순간, 붉은빛이 심장으로 훅 스며들듯 월도가 그녀의 앞으로 들이닥쳤다. 무의식적으로 그녀가 검을 들어 올렸지만 조금 늦어 버린 것일까. 차디차게 얼어 버린 그녀의 목 바로 앞에 붉은 월도가 놓여 있었다.

새하얀 그녀의 목이 더 하얗게 보이는 것은 아마도 붉은 월도의 기운 때문일 것이다.

"월도가 이긴 것입니까?"

"글쎄요."

자신이 확실하게 기선을 잡았다 느끼며 적제가 환하게 웃음을 담은 얼굴로 묻자 아라한이 피식, 입가를 휘었다.

예상치 못한 그 웃음에 의아함을 느끼며 고개를 살짝 내린 적제의 눈에 그제야 자신의 심장을 정확하게 겨누며 품 안으로 스며들어 있는 빛의 검 날이 보였다.

그녀를 감싸 안듯 버티고 선 자신과 아라한의 사이로 가늘고 긴 검날이 아름다운 은빛을 뿜어내고 있었다.

그 검날이 담는 빛줄기 때문일까. 천천히 고개를 든 적제의 시선에 아라한의 연갈색 눈이 숨이 막히게 아름다워 보이는 것은?

"막상막하란 이런 것을 말하는 것이군요."

황제가 고개를 저으며 감탄을 터뜨렸다. 그저 두 합을 겨룬 것이었지만 그것만으로도 두 사람의 실력이 어느 정도인지 확연하게 느껴져 왔다.

검은 거의 쓰지 못하는 자신의 눈에도 적제와 아라한, 두 사람의 검술은 가히 수미산 최고임이 분명했다. 아마 이곳에 청제가 있었다면 정말 숨이 막히게 멋진 광경들을 더 볼 수 있었을 것이리라.

숨도 차지 않을 시간이었다. 단지 두 합, 그것도 그녀가 들어오는 것을 막아 냈을 뿐이고 그녀를 향해 단 한 번 치고 들어갔을 뿐이니까. 아주 약간의 숨결도 흐트러지지 않을 움직임이었다.

헌데…… 적제는 거칠게 뛰기 시작한 심장을 어찌할 줄 모르고 있었다.

숨결도 확연하게 느껴질 공간에 그녀의 얼굴이 있었다. 자신이 비쳐 보일 정도로 맑고 커다란 연갈색 눈동자와 시원한 웃음을 머금을 때면 그 어떤 여인보다 아름다운 입매를 가진 여인. 이 수미산 최고의 미녀라 불리는 길상천녀 앞에서조차 한 번도 움직여지지 않던 적제의 심장이 지금 쿵쿵, 난리를 치고 있었다.

그녀가 그의 시선을 느낀 것인지 조금 뒤로 물러섰다. 그녀가 자신에게서 물러나고 더 강해지기만 하는 심장의 움직임이 당황스러워 적제의 얼굴이 벌겋게 달아올랐다.

"증장천, 어디가 불편하십니까. 혹여 상처를 입으신 것은 아닙니까? 얼굴이 어찌 그리."

벌겋게 달아올라 어쩔 줄 몰라 하며 숨을 거칠게 내쉬는 적제의 모습에 황제가 당황했다. 아라한의 눈도 적제를 향했다. 분명 검을 마주하고 있을 때에 그의 숨결은 조금도 흔들리지 않았었다.

헌데 이렇게 검을 내려놓은 지금 수십 합은 겨룬 이처럼 달아오르다니 의아할 뿐이었다. 혹여 자신의 검이 그를 상처 입힌 것일까.

"혹여, 다치셨습니까?"

훅, 그녀가 자신에게로 다시 다가서는 감각에 적제의 눈이 커다랗게 열렸다. 심장이…… 이러다 멈출지도 모를 일이었다.

여인이 없었던 것은 절대 아니었다. 젊은 시절 천제가 정해 줬던 반려와 한동안을 지냈고 후계가 생기고서 반려가 떠나갔어도 그의 주변에 여인은 넘쳐났다.

적족의 여인들은 워낙 자신의 감정에 충실해 적제의 곁을 원하며 다가오는 여인은 수도 없었다. 나이가 든 지금도 손만 내밀면 여인들은 넘쳐날 지경이었다.

하지만 젊어서의 혈기가 사라져 버린 지금은 그저 몸이 원해 여인을 안는 것에도 흥미를 잃은 지 오래였다. 해서 그는 청제와 흑제의 그 죽음도 불사하는 연모란 감정을 도저히 이해할 수 없었다.

헌데…… 지금 이 순간, 그저 눈앞에 있는 여인의 향기만으로도 심장이 터질 것 같은 낯선 감정에 온몸이 휘말리는 적제였다.

사내를 유혹하기 위해 향내를 풍기는 여인들과는 너무도 다른 청아한 바람의 내음과 빛의 내음을 풍기는 여인. 세상 많은 것을 이미 알고 있기에 차분하고 부드럽게 반짝이는 여인의 성숙한 눈동자가 이리 아름다울 수 있다는 것도 처음 느끼는 감정이었다.

"적제님? 정말…… 어디가 상하신 것입니까?"

"아, 아닙니다. 아무 데도 상하지 않았습니다."

"다행입니다. 편치 않아 보이셔서 제가 혹여 상처를 만들어 드렸나 걱정했습니다."

"상처는 만드신 것은 맞습니다."

"······예?"

아무 일도 없다는 적제의 말에 가슴을 쓸어내리며 한 발 뒤로 물러서던 아라한의 귀에 이해할 수 없는 말이 들려온 것은 그때였다.

"자자, 멋진 승부를 보여 주셨으니 이번에는 제가 좋은 술을 대접하겠습니다. 어서 오시지요. 증장천."

이해할 수 없는 말을 던지고 아라한 앞에서 머뭇거리는 적제의 팔을 황제가 끌어당겼다. 사내는 황제의 손에 이끌려 가면서도 여인에게 닿은 시선을 거두지 못했다.

"또 뭐가 그렇게 기분을 상하게 한 거니?"

아라한이 조금 전 적제의 월도를 받아 내느라 시큰거리는 손목을 쥐어잡고 전각 안으로 들어서다 축 처진 얼굴로 허공을 바라보고 있는 조카 화희를 보며 고개를 저었다. 조금 나아지는 것 같더니 다시 기분이 좋지 않아 보였기 때문이다.

아라한의 말 따위 상관도 없는 듯 다탁 위에 쓰러지듯 엎드린 화희가 땅이 꺼질듯 한숨을 내쉬었다. 아직 어리고 곱기만 한 조카가 감정의 상처에서 벗어나지 못하는 모습이 안타깝기만 한 아라한이었다.

"왜 그러는데."

"소식 들었는데 나한테 알려 주지 않은 거지?"

"무슨 소식?"

짐짓 아무것도 모른다는 듯 아라한이 시치미를 떼며 조카를 바라보았다. 자신이 들었던 그 소식을 이제야 들은 모양이었다. 아무것도 모르는 척하는 아라한을 날카롭게 노려본 화희가 고개를 파묻고 엎드려 버렸다.

"청제님이 후계를 보셨다면서."

생각만으로도 눈물이 나려는지 벌써 꽉 잠긴 조카의 목소리에 아라한이 한숨을 내쉬며 고개를 저었다. 후계가 생기지 않았다 해도 이미 물 건

너간 일이건만 저리 아직도 미련을 버리지 못했던 모양이다.

"반려로 인정받았다 해도 후계를 제대로 생산하지 못하면 다시 나를 반려로 맞이해 주셨을지도 모르잖아. 청제님이."

"꿈 좀 깰래? 후계가 없었어도 지국천은 너 아니라고. 그 유명한 일화도 모르는 건 아니지? 지국천이 그 여인을 찾으러 명부까지 들었었다는 거 말이야. 소멸까지 각오했던 사내가 그 여인을 버릴 것 같아? 후계가 없다고?"

"그래도, 후계는 있으셔야 하니까."

"그래. 후계가 없었으면 혹여 모르지. 하지만 이제 후계도 확실하게 태어났거든? 그러니 이제 그만 잊어라."

"고모는 모르니까 그래. 연모가 뭔지 조금도 모르니까."

"알고 싶지도 않다. 너나 지국천이나 그게 무슨 짓인지."

"그래. 그렇게 혼자 늙은이로 늙어라. 아니지. 벌써 늙은이지."

늙은이. 뭐 틀린 말은 아니라는 생각에 아라한이 피식 웃음을 지었다. 이제 고작 5천 년도 살지 못한 조카가 보기엔 자신은 늙은이일 것이다. 몇 만 년을 살아온 자신이니까.

"그래. 차라리 늙은이로 살련다. 어떻게 한번, 그것도 말도 한마디 안 섞어 본 사내에게 그리 마음이 온전히 다 갈 수가 있는지 난 이해가 안 되거든. 그건 연모라 아니라 그냥 꿈인 거야. 너 혼자 꾼 꿈."

"고모는 죽어도 이해 못 해. 청제님이 온몸에 피 칠갑을 하고 제석궁으로 달려 들어오시던 모습을 보지 못했으니까. 옆에 있던 월광이 꼬마처럼 보였다면 믿겠어?"

"헌데 어쩌니. 아무래도 천제께선 이제 널 월광의 반려로 생각하시는 듯하던데. 꼬마의 반려가 되어야 하겠네?"

"월광은 절대 싫다고! 그 어린아이 같은 애가 사내로 보여야 말이지. 차라리 일광이라면 모를까."

"일광은 내가 안 돼."

아라한이 차디차게 못을 박듯 말했다. 화희의 얼굴이 샐쭉해졌다.

"왜? 일광이 얼마나 멋진데."

"큭, 멋지다고? 그 잔인하고 성질 더러운 놈이 멋지다고 하는 걸 보면 넌 사내를 몰라. 고집부리지 말고 천제께서 월광과 맺어 주시면 조용히 들어. 월광은 널 소중히 여겨 줄 거니까. 그저 후계를 위한 임시 반려로는 여기지 않을 거다. 월광이라면 한번 인연을 맺은 반려를 그리 대하지 않을 테니까."

아라한의 말에 아주 잠시 흔들리는 듯하던 화희의 눈빛이 다시 어둡게 가라앉았다.

"알아. 나도. 월광은 정말 착한 이라는 걸. 그래도, 나는 청제님의 그날의 모습이 잊히지가 않는걸. 그게 문제라고."

"열 번만 더 들으면 천 번이다. 그날의 광경."

아무리 들어 주고 꿈이라 말해 주어도 조카는 여전히 열병에서 헤어 나오지 못하고 있었다. 오죽했으면 천제께서 곁에 두기 힘겹다며 황궁에 잠시 돌려 보내셨을까. 어쩔 수 없는 모양이었다. 시간이 흘러야 할 뿐.

"바람 쐬러 가지 않을래? 안에 있으면 갑갑하니까."

"됐어. 난 여기 있을래."

"그래라. 가슴앓이 하고 또 해라. 많이 해서 그 가슴이 너덜너덜해져야 빨리 벗어나겠지."

"고모!"

앙칼지게 고함을 치는 조카를 뒤로하고 밖으로 나온 아라한이 갑갑한 듯 거칠게 걸음을 옮겨 궁의 뒤뜰로 향했다.

천군을 이끌고 수미산뿐만 아니라 외해까지 거침없이 누비던 그녀에게 이곳은 좁고 갑갑한 곳이었다. 너무도 오랜 세월 천군의 수장으로만 살아 온 그녀에게 휴식이 필요하다 느낀 천제가 화희를 데려다주고 쉬고 돌아오라 한 길이었다.

이번 천제의 결정에 일광의 입김이 큰 몫을 한 것을 알고 있다. 천제님을 독차지하고 싶은 그 욕심 많은 청년은 언제나 천제님 곁을 지키는 자신의 존재가 짜증스러웠던 것이리라.

그 변덕스럽고 거칠며 자신밖에 모르는 어린 철부지를 대체 왜 곁에 두시는 것인지 아라한은 이해할 수 없었다. 천제의 남성 취향은 아마 저가 소멸할 때까지 이해 불가일 것이다.

"暉(휘)."

아무도 없는 고요한 정원에 선 아라한이 살며시 입술을 열어 허공을 부르며 손을 들어 올렸다. 그 부름에 응답하듯 그녀의 손안에서부터 천천히 은빛 검이 모습을 드러냈다.

천군의 수장에게 전해 내려오는 순수한 빛의 기운만을 모아 만든 휘검이다. 일명 천 검이라 불리는 그 검이 아라한의 무기였다. 이것으로 세상의 주인 천제를 지키는 것이다.

청제의 광청검이 푸른 바람의 기운과 빛의 기운을 함께 담은 무거운 검이라면 그녀의 휘검은 온전히 빛으로만 만들어진 검이었다. 그녀의 검이 뻗어 나갈 때면 세상이 빛의 힘에 갈라지는 것이다.

불어오는 바람의 감각에 온전히 몸을 맡기며 그녀가 눈을 감고 천천히 빛의 검을 들어 올렸다.

검날을 스치는 바람과 햇빛의 감각이 모두 그 검날을 통해 그녀에게로 쏟아져 들어온다. 그 진하고 시원한 감각이 온몸을 가득 채우는 느낌에 만족스럽게 미소를 지으며 그녀가 천천히 눈을 떴다.

그 순간, 낯선 무엇인가가 자신의 기운 안에 들어왔음을 자각한 그녀의 몸이 허공으로 뛰어올랐다. 휘검이 그대로 허공을 갈랐다.

"하아!"

카캉!

거대한 파열음이 공간을 울렸다. 하얀빛과 붉은빛이 허공에서 서로를 감듯 엉켜드는 모습이 후원을 가득 채웠다. 두 개의 빛에 불이라도 난 듯 후원이 붉게 물들었다.

"적제님?"

무엇인지 모를 강력한 힘에 부딪치며 그대로 튕겨 나온 아라한이 다시 자리를 잡고 앞으로 달려들려던 몸을 겨우 멈춰 세웠다. 붉은 기운이 눈앞에 느껴졌다. 월도를 든 적제가 당황스러운 얼굴로 그녀를 바라보았다.

"미안합니다. 술을 깨고 싶어 잠시 나온 길에 그만. 일부러 보거나 방해하려던 것은 아닌데 검법이 너무 아름다워서."

중년 사내의 붉은 기를 담은 얼굴이 아예 검붉은색으로 변해 있었다. 자신을 향해 제대로 눈도 맞추지 못하는 적제의 모습이 순간 귀엽게 느껴지는 아라한이었다.

이 거대하고 강한 사내가 귀여워 보이다니. 하지만 분명 자신의 눈앞에서 시선을 어찌해야 할지 갈피를 잡지 못하고 있는 적제는 귀여웠다.

"절 방해하신 것은 맞습니다. 무예를 하는 이는 자신의 검법을 쉬이 내어 보이지 않는 법이니까요."

"……."

난감함에 시선도 마주하지 못하는 적제의 모습을 보며 아라한이 정색을 하고 말했다. 그녀의 입에서는 차가운 목소리가 흘러나오고 있었지만 그녀의 눈은 재미있는 장난을 하는 아이처럼 웃고 있었다.

하지만 그녀의 눈을 바라보지 못하고 있는 적제는 그것을 알지 못했다. 아라한이 짐짓 심각한 척 다시 입을 열었다.

"해서, 제게 하신 무례를 대신해 제 소원 한 가지를 들어주셔야겠습니다."

아라한의 담백한 목소리에 적제가 놀란 듯 고개를 들었다. 나직하고 단단함이 느껴지는 그녀의 목소리는 묘하게 상대를 제압하는 힘이 있었다. 온전히 무사인 여인이어서일까.

"소원이라 하시면."

"불꽃의 현신인 주작을 타고 하늘을 날아 보고 싶습니다."

커다랗게 열리는 적제의 붉은 눈 안에 환하게 웃는 여인의 모습이 담겼다.

금방이라도 타오를 듯 아름답게 붉은빛을 뿜어내는 커다란 새의 등 위에 선 채 아라한이 벌린 입을 다물지 못했다. 하늘을 온통 붉게 물들이며 지평선으로 져 가는 해를 향해 날아가는 기분은 아득할 만큼 경이로웠으니까.

해의 붉은 기운이 모두 자신의 안으로 스미는 감각. 그 형용할 수 없는 기분에 아라한의 눈에 천천히 물기가 어려 왔다. 이해할 수 없는 무엇인가가 온몸을 가득 채우는 이 낯선 감각에 심장이 벅차올랐다.

─ 우는 겁니까.

허공을 타고 자신의 심장으로 울려오는 목소리에 아라한이 흠칫 놀라며 고개를 돌렸다. 주작의 머리가 뒤로 돌려져 자신을 바라보고 있었다. 그 이글거리는 붉은 눈이 온전히 자신만을 보고 있었다.

그 눈빛에 온전히 불타 버릴 것만 같은 이상한 기분을 느끼며 아라한이 고개를 저었다. 그녀의 눈에서 흐른 물기가 볼을 타고 흘러내렸다.

"너무 멋져서요. 기뻐서 그러는 것입니다."

─ 그래도, 울지 말아요.

나직하지만 왠지 젖어 있는 듯한 주작의 공명. 아라한이 미소를 지으며 고개를 끄덕였다.

"까아악!"

주작이 불꽃같은 날개를 더욱 크게 펼치며 허공을 향해 비명처럼 뇌성을 질렀다. 그 거대한 힘의 울림에 세상이 고요해지는 것 같았다.

그녀를 태운 채 허공으로 비상하는 주작의 거센 움직임을 견디지 못한 아라한이 주작의 목을 끌어안았다.

뜨거움에 델 것 같았지만 싫지 않았다. 짙은 열기와 엄청난 기운이 자신을 감아 보호해 주는 느낌. 누군가를 보호해 본 적은 있어도 누군가에게 보호받아 본 적은 없는 그녀에겐 너무도 낯선 느낌이었다.

붉은 불꽃을 뿜어내며 져 가는 태양을 향해 날아오르는 주작의 모습이 그 어느 때보다도 아름답다고 하늘을 올려다보는 모든 이들이 생각했을 터였다.

아직 눈앞에 펼쳐져 있던 해의 잔영이 그녀의 얼굴에 남은 것일까. 붉게 물든 아라한의 얼굴을 향해 막 현신의 모습에서 인간의 형상으로 변한 적제가 다가섰다.

이제 해가 졌지만 주작의 기운이 여전히 남아 있는 적제의 몸에서 흩어지듯 흘러나오는 붉은빛이 주변을 붉게 물들이고 있었다. 그 빛에 물든 아라한의 모습이 꼭 붉은 예복을 입은 것 같다고 적제는 생각했다.

적제의 반려들이 입는 붉은 예복. 자신의 후계를 생산했던 반려가 입었던 예복 따위는 지금 이 순간 생각나지 않았다. 그저 눈앞에 있는 이의 새하얀 빛의 무복이 붉게 물든 모습만이 가득할 뿐.

"감사했습니다."

아라한이 고개를 숙였다. 그리고 막 몸을 돌리려 했을 때였다.

"아라한 님."

사내의 굵은 음성이 떨리고 있었다. 그 목소리에 그녀가 고개를 돌렸다.

"내일도, 저와 함께 지는 해를 보러 가시겠습니까."

건장한 사내의 얼굴이 소년의 그것처럼 조금 붉어져 있었다. 약한 홍조가 어린 얼굴과 붉디붉은 눈동자를 가만히 바라보던 아라한이 약하게 고개를 저었다. 그저 고개를 젓는 그녀의 단순한 움직임에 눈앞에 있는 붉은 눈동자가 어둡게 가라앉았다.

"내일은 다시 제석궁으로 돌아가려 합니다."

"벌……써 말입니까."

"천제께서 기한을 주신 것은 아니지만 제가 이곳에 오래 머물 이유도 없는 것이고, 제가 있어야 할 자리가 그곳이니까요."

그녀의 웃음에 적제가 아프게 미간을 좁혔다. 그 웃음이 지금 자신의 심장을 얼마나 아프게 하는지 그녀는 모르는 것 같았다.

이해할 수 없는 고통이 심장을 지나 온몸으로 퍼져 나가는 낯선 느낌에 적제가 힘겹게 숨을 삼키며 돌아서 걸어가는 아라한의 곧은 등을 응시했다.

"증장, 지금 뭐라고 하셨습니까."

침의를 입은 모습으로 굳은 듯 멈춰 선 황제의 눈이 더 커질 수 없을 만큼 커져 있었다.

늦은 밤 갑자기 자신의 전각으로 쳐들어오다시피 들어선 적제의 모습도 당황스러웠다. 헌데 그가 토해 내는 말은 그 어떤 일에도 거의 놀라는 법이 없는 황제를 더욱더 기함하게 만들었다.

"나 남방의 주인인 주작 증장천이 황제의 가문에 청혼을 한다고 했습니다."

"청혼이라니요? 대체 그게."

너무도 어이없다는 듯 미간을 좁히는 황제의 모습에 적제가 다시 한 번 숨을 들이마시고 입을 열었다. 맹세코 태어나 지금처럼 붉은 심장이 뛰어 본 적은 없을 것이었다.

"그대의 누이인 아라한 님에게 청혼을 하는 것입니다."

"아라한, 이라고요? 게다가 청혼이라니 그게."

갈수록 태산이란 말은 이럴 때 하는 말일 것이었다. 상상도 하지 못한 청혼에 그 상대가 천군의 수장인 누이 아라한이라니. 차라리 세상이 다 뒤집혔다고 하는 것이 더 놀랍지 않을 것만 같았다.

황제의 반응이 불안한 것일까. 적제가 고개를 가볍게 저었다.

"천제께는 내가 허락을 받을 것입니다."

"증장, 잠시만."

간절함을 가득 담은 적제의 눈을 보며 황제가 황급히 손을 들어 그의 말을 제지했다.

"증장, 갑자기 이러시는 연유를 알아야 하지 않겠습니까. 이리 앉아서 이야기를 하십시다."

"시간이 없습니다. 아라한 님이 제석궁으로 돌아가시면……."

황제가 거세게 흔들리는 적제의 붉은 눈동자를 물끄러미 바라보았다. 맹세코 눈앞에 있는 이를 알고 나서 지금처럼 저 붉은 눈동자가 치열하게 떨리는 것을 본 적은 없었다. 수만 년의 시간 동안 알아 왔던 이였다.

오방대제들 중 자신이 가장 잘 아는 이가 적제라고 그 누구에게도 자신 할 수 있다 생각했다. 헌데 지금 이 순간 황제는 전혀 낯선 이를 보고 있 는 것 같았다.

"제 누이가 혹여 마음에 드신 것입니까."

황제의 조심스러운 물음에 적제가 고개를 저었다. 의아함이 가득한 황 제의 얼굴이 다시 일그러졌다.

"모르겠습니다. 이 마음이 뭔지. 심장이 왜 이리 아픈지. 헌데 그것 하 나만은 알 수 있습니다. 지금 그녀를 제석궁으로 보내면 견딜 수 없을 것 이라는 것을."

"……."

아프게 일그러지는 붉은 눈동자를 바라보던 황제가 깊고 깊은 숨을 내쉬었다.

"싫습니다."

한 치의 망설임도 없이 차갑게 내뱉는 누이의 말에 황제가 차갑게 표정을 얼렸다. 이런 반응이 나오리라 예상하고 있었기에 놀랍지도 난감하지도 않았다. 누이를 모르지 않기에 당연하게 예상했던 수순일 뿐이었다.

"이미 천제께는 연통을 보냈다. 내가 당분간 더 데리고 있겠다고."

"오라버니!"

연갈색 눈동자에 노기를 가득 담고 아라한이 외쳤다. 말도 안 되는 상황이기에 더욱 그러했다.

"남방의 주인이 우리에게 정식으로 청혼을 넣은 것이다. 그것을 이런식으로 거절할 수는 없는 법이니 시간이 필요하다."

"저는 천군의 수장입니다. 그런 제게 대체 무슨 혼인을."

"천군의 수장이기도 하지만 내 누이이기도 하고, 혼인하지 않은 상태의 여인이기도 하다. 그런 이에게 청혼이 들어오는 것을 거부할 수는 없는 법이다."

"아시지 않습니까. 저는 혼인 같은 거 절대 하지 않을 것임을요."

"내가 아는 증장천은 스스로가 인정하기 전에는 절대 한번 뱉은 말을 주워 담는 이가 아니다. 해서 원하지 않는다면 네가 증장을 설득해야 할 것이다."

"대체 왜……."

"어떤 방법이든 증장이 청혼을 거두게 하면 된다."

황제의 단호한 말에 아라한이 잠시 생각에 잠겼다. 대제들 사이에 정식 청혼은 그리 쉽게 하는 것도 아니고 쉽게 거절할 수도 없는 사안임은 알고 있는 일이었다.

하지만 이해할 수 없는 것은 자신이 그저 보통의 천족 여인이 아님을 너무도 잘 알면서 청혼이라는 것을 했다는 것이었다.

청혼이라니. 후계를 보기 위해 천제가 정해 주는 반려도 아니고, 그저 하룻밤의 상대도 아닌, 인간들이나 천족들이 평생을 함께하고 싶은 이들에게 청한다는 청혼.

그것을 지금 자신이 받은 것이다. 그것도 다른 이도 아닌 남방의 주작 적제에게.

'내일도, 지는 해를 보러 가시겠습니까.'

그 말을 뱉어 내던 사내의 홍조를 띤 얼굴을 기억한다. 원래 붉던 얼굴이지만 그 홍조는 분명 다른 색깔이었다. 설마. 아라한의 얼굴이 난감함에 일그러졌다.

"알겠습니다. 제가 곧 없던 일이 되도록 하겠습니다. 그러면 되는 것이지요."

단호함을 담고 반짝이는 누이의 연갈색 눈동자를 보며 황제가 고개를 끄덕였다. 이제 자신이 해 줄 수 있는 일은 다 한 것이다. 이 아이의 마음을 얻을지 잃을지는 오로지 적제의 몫이다.

손끝에 닿아 있는 찻잔이 싸늘하게 식어 버린 것은 벌써 한참 전이었다. 따스하던 차가 이리 식어 버릴 동안에도 적제는 차 한 모금 머금지 못하고 있었다.

자신을 만나자며 청해 온 아라한의 부름에 득달같이 달려온 자신 앞에서 두 식경이 지나도록 입을 열지 않는 그녀 때문이었다.

크고 골격이 강해 보이는 사내의 손이 찻잔의 끝만을 만지작거리고 있었다. 무엇을 어찌해야 하는지 가늠도 되지 않는 사내의 붉은 눈동자가 허공을 헤맸다.

자꾸만 바짝바짝 말라 가는 입술을 차로 적실 생각도 하지 못한 듯 사내는 그저 찻잔만을 내려다보고 있을 뿐이었다.

그렇게 얼마의 시간이 지났을까.

달칵. 아라한의 손이 이제야 찻잔을 다탁 위에 내려놓았다.

"제게, 청혼을 하셨다 들었습니다."

"흡."

터지려는 기침을 참느라 적제의 손이 자신의 입을 틀어막았다. 그 모습이 난감해 아라한의 이마에 금이 좍 그어졌다. 천군 제일이라는 자신의 검조차 쉬이 막아 내던 사내가 눈앞에 앉아 있는 이가 맞는지 의아할 지경이었다.

"헌데 어찌할까요. 저는 혼인 따위 할 마음이 없습니다."

"……왜입니까."

틀어 막힌 목을 겨우 벌린 듯 힘겨운 사내의 목소리가 새어 나왔다. 붉은 기를 담고 있던 사내의 얼굴이 창백하게 변해 가는 것을 보며 아라한이 다시 입을 열었다.

"아시지 않습니까. 저는 천군의 수장 아라한입니다. 천제님을 보호하고 수미산을 수호해야 하는 것이 저의 일입니다. 그런 저에게 혼인이라는 것이 어울릴 리가 없으니까요."

"천군의 수장만이 그대의 삶입니까."

"……."

붉은 눈동자가 반짝이기 시작한다고 아라한이 생각했다. 금방 불타오를 듯 열기가 가득한 붉은 눈이 아니라 차디차게 얼어 버린 홍보석 같은 눈이 앞에 있었다. 열기가 사라진 그 눈이 더 무섭게 느껴졌다.

"내게 길고 긴 그대의 시간에서 아주 잠깐의 시간만 허락해 주십시오. 그대에겐 찰나지간일 테니 그리 어려운 일이 아니지 않겠습니까. 그 시간 후에도 그대가 나와 혼인하지 않겠다 하면…… 그 청혼 반려하겠습니다."

너무도 진지해서 그것이 그저 하는 말이라고는 절대 생각할 수 없는 표정으로 적제가 그녀를 향해 말했다.

　잠깐의 시간. 아라한이 살짝 한숨을 토해 냈다. 다른 이도 아니고 오라비와 가장 우애가 돈독한 적제였다. 오방대제이기도 하고. 그런 이에게 이 작은 부탁조차 거부한다면 그것 역시 예는 아닐 것이다.

　"그 말씀, 믿어도 되겠습니까."

　"예."

　"좋습니다."

　어차피 한 번의 말로 설득될 사내라고는 기대하지도 않았다. 대제들의 고집을 그 누가 말릴 수 있을까. 원래부터 강한 기를 타고났고 그 기운으로 세상을 지키고 있는 이들이니 말이다. 아직은 조금의 시간이 필요할 터였다.

　"그 약속, 믿겠습니다."

　이제야 아주 약하게 입가에 미소를 담는 아라한의 모습을 적제가 물끄러미 바라보았다.

　"이런……."

　검술 연습을 마치고 흐르는 땀을 거칠게 닦아 내며 자신의 전각 안으로 들어서던 아라한이 그대로 숨을 멈추며 그 자리에 멈춰 섰다.

　넓고 넓은 자신의 전각 안이 붉은 꽃들로 가득 차 있었다. 대체 어디서 저런 붉은 기가 가득한 꽃만을 가져왔는지 알 수 없을 만큼 전각 안을 채운 꽃들은 핏빛처럼 붉었다. 발 디딜 틈도 거의 없을 만큼 가득 찬 꽃 때문에 숨 쉬는 것조차 어려울 지경이었다.

　"조금 전에 적제님의 시종들이 이것을 다 가져왔지 뭡니까? 저희 황궁에는 이런 꽃이 없는데 어디서 가져온 것이냐고 물었더니 글쎄, 류리타의 정원에 있는 것을 다 가져온 것이랍니다. 정원 한 개를 다 옮겨 놓은 것이라던걸요?"

"미쳐……."

아라한이 머리를 짚으며 고개를 저었다. 하지만 시녀들은 행복한 듯 입가에 미소를 지우지 못했다.

"헌데 정말 예쁘지 않으십니까, 아라한 님? 향기까지 정말."

"치워라."

"예?"

시녀들이 아라한의 말에 기겁을 하며 고개를 들었다.

"머리가 아파서 견딜 수가 없으니까 다 치우라고."

"적제께서 보내신 것인데요? 게다가 저걸 다 어디로 치웁니까?"

"그건 내 알 바 아니고. 치워. 모두."

"……예."

싸늘한 아라한의 말에 시녀들이 황급히 꽃들을 나르기 시작했다.

황조가 가져온 제석궁의 장계들을 살피던 아라한이 갑자기 들려오는 새들의 소리에 고개를 들었다.

들어 본 적이 없는 새소리였다. 아니, 새들의 노랫소리가 분명했다.

곱고 높은 새들의 소리가 어우러져 천상의 바람이 스쳐 가듯 아름다운 선율이 전각을 가득 채우고 있었다.

"아라한 님! 좀 나와 보셔요!"

시녀들의 부름이 곧 들려왔다. 장계를 내려놓고 막 방을 나서던 아라한의 걸음이 우뚝 멈춰졌다.

붉은 물결이 나부끼고 있는 것 같았다. 수천, 아니 수만은 되어 보이는 아름다운 붉은 새들이 자신의 전각을 가득 둘러싸고 노래를 부르고 있었다.

햇빛을 받아 투명한 붉은빛으로 물든 새들의 몸이 움직일 때마다 공간이 붉게 물드는 것 같았다.

"어쩜, 저리 아름다울까요?"

시녀들의 감탄사에 아라한이 깊게 한숨을 토해 내며 짜증스러운 듯 거칠게 손을 들어 올렸다. 빛의 기운으로 새들을 쫓아낼 심산이었다. 헌데 그 순간, 붉은 새의 모습이 그녀의 시선에 들어왔다.

새의 동그란 붉은 눈이 그녀를 보고 있었다. 홍보석같이 맑고 투명한 눈동자. 그 눈동자를 바라보는 아라한의 머릿속에 저것과 동일한 붉은빛의 또 다른 눈동자가 떠올랐다.

그 눈동자를 바라보는 아라한의 심장으로 무엇인가 따스한 빛이 아주 조금 스며들었다.

❆ ✠ ❆

놀란 눈을 커다랗게 뜨고 자신을 바라보고 있는 청제와 나오의 모습에 풍백이 큭큭 몸을 흔들며 웃음을 토해 냈다.

이런 반응이 나오리라 예상하고 있었지만 막상 입까지 떡 벌리고 놀라는 두 사람의 모습이 많이 재미있었기 때문이다.

"해서, 여전히 두 사람의 신경전은 진행 중인 건가?"

"그런 듯 보입니다. 양쪽 다 고집이 보통이 아닌 분들이니 쉽게 결정이 나지 않으리라고 생각합니다. 요즘 그 두 분 때문에 아주 황궁이 난리인 모양입니다."

"적제께서 그럼 아예 황제님의 궁에서 지내신다는 것인가요? 류리타를 비워 두고요?"

이제껏 그저 듣고만 있던 나오가 묻는 말에 풍백이 크게 고개를 끄덕였다. 푸른 기를 머금은 풍백의 투명한 머리카락이 그의 움직임에 살랑살랑 물결치듯 흔들렸다.

"그러니 류리타도 난리겠지요. 모든 일을 황제님의 궁까지 전해야 하고 그곳에서 지시를 받아 가야 하니까요. 적제께서 요지부동이시니 그 누구도 말릴 수가 없는 듯합니다."

"그 마음이 쉬이 접힐 리가 없지. 아주 센 상대를 만나셨군. 증장천. 큭큭."

청제가 시원한 웃음을 토해 내며 하늘을 올려다보았다. 나오를 포기하지 못하는 자신에게 여인 하나가 뭐라고 청제의 모든 것을 거냐고 난리를 치던 모습이 선했다. 그랬던 그가 지금 처음으로 심장을 흔드는 첫사랑에 엄청난 시련을 겪고 있는 것이리라.

"얼마 전에는 홍보석을 아라한 님의 전각 바닥에 다 깔아 놓으셨답니다. 상상해 보십시오. 그 거친 무사의 걸음으로 홍보석을 밟고 다녀야 하는 아라한 님의 표정을. 그 무표정한 분의 얼굴이 어떻게 되셨을지 너무 보고 싶을 지경입니다."

"류리타가 거덜이 나겠군. 이러다."

청제가 고개를 저으며 나오를 향해 미소를 지어 보였다. 누군가의 사랑 이야기처럼 재미있는 것은 없을 것이다. 자신의 연모는 심장이 찢기는 듯 아프지만 다른 이의 연모는 그것이 힘겨울수록 더 재미있는 법이니까.

"과연 아라한 님이 그 연모를 받아들이실까요?"

나오가 부드러운 미소를 지으며 청제의 어깨에 머리를 기대며 물었다. 자신의 어깨에 기댄 나오를 그가 팔을 벌려 끌어안았다.

"모르지. 다른 이의 마음이란 것이 자신의 마음대로 되는 것이 아니니."

"받아들여 주시지 않으면 적제님 안타까워서 어떻게 해요."

"그것도 어쩔 수 없는 것이고. 애원한다고 받아들일 수 있는 것이 마음이면 네가 다문천을 그리 밀어낼 수 있었을까."

다문천. 그 익숙하면서도 떠올리는 것만으로도 가슴 한쪽이 아려 오는 이름에 나오가 살짝 아픈 숨을 토해 냈다.

"아뿌지!"

이제 오라비와 노는 것이 싫증이 난 것일까. 뒤뚱거리며 청제에게로 뛰어온 기하가 그대로 그의 품으로 몸을 날렸다.

두 팔을 벌려 가볍게 자신을 안아 드는 아비의 품이 넓고 단단해서 편한 것일까. 기하가 까르르 따스한 빛이 부서져 내리듯 예쁜 웃음을 토해 냈다. 곱게 휘어지는 반달 같은 눈, 조그마한 코, 얄팍하지만 선이 뚜렷한 고운 입술선.

눈앞에 있는 청제의 반려를 조그맣게 줄여 놓은 듯 보이는 기하에게 닿은 풍백의 입가에 씁쓸한 미소가 번졌다. 지금쯤 저런 고운 아이를 안고 있어야 했을 어떤 아픈 사랑의 이들이 떠올라서였다.

"수정타는 어떠하던가?"

망설이고 있는 풍백의 마음을 읽은 것일까. 뛰어노느라 피곤했는지 이내 자신의 품에서 새근새근 잠들어 버리는 기하를 품에 안은 채 청제가 물었다.

풍백의 푸른 시선이 청제와 그 곁의 나오를 바라보았다. 눈앞의 이들처럼 아름다울 수 있었던 두 사람의 아직도 힘겨운 사랑이 눈앞에 있는 것처럼 느껴졌기 때문이다. 가장 힘겨운 이야기가 풍백의 푸른 입술에서 흘러나오기 시작했다.

"명부의 수문장들과 수정타의 시종들이 전해 준 이야기입니다."

무심한 듯, 하지만 안타까움을 차마 떨치지 못한 목소리가 흘러나오기 시작했다.

❈ ✳ ❈

무너져 내린 명부의 안은 아비규환이었다. 순결한 지상의 빛에 닿아 그대로 영혼마저 소멸해 버리는 귀신들과 요괴들의 끔찍한 비명이 명부를 가득 메우고 있었다. 그 안으로 한 걸음 한 걸음 지친 걸음을 옮기는 흑제의 모습은 금방이라도 무너져 내릴 것처럼 보였다.

흑제가 들어서며 벌겋게 빛에 노출되어 있던 명부의 상처들이 천천히 아물듯 덮여 갔다. 그의 몸에서 흘러나온 기운이 임시라도 벽을 만들고 명부의 어둠을 가두었기 때문이다. 지독하게 울리던 비명 소리들이 조금씩 약해져 갔다.

하지만 그런 명부의 변화 따위 지금 흑제에게는 아무 의미도 없었다. 명부의 어둠 속으로 스미듯 들어선 그가 무심한 시선으로 자신의 팔 안을 내려다보았다.

굳게 닫혀 버린 길상천녀의 눈만이 보였다. 숨이 막히게 아름다운 눈동자로 가득 찼던 곳에는 짙은 어둠만이 고여 있었다. 다시는 그 눈을 볼 수 없을지도 모른다는 두려움이 순간 흑제의 심장으로 밀어닥쳤다.

"큭."

그의 어깨가 파르르 떨렸다. 그녀를 안은 팔에서 주욱 힘이 빠져나가는 것을 느낀 그가 황급히 그녀의 몸을 품 안으로 당겨 안았다. 허깨비처럼 아무 반응도 없는 그녀의 몸이 그의 품으로 안겨 들었다.

앞만을 향한 그의 시선이 두려움을 담고 망설이듯 흔들렸다. 감겨 있는 그녀의 눈을 확인하는 것이 너무도 두려워 그녀를 내려다볼 수가 없었다. 손끝으로 느껴지는 그녀의 육신은 아직 체온이 느껴지지만 숨결조차 제대로 느껴지지 않는다. 두려움이 왈칵 그를 뒤덮었다.

그때였다. 그의 앞으로 어둠이 다가서듯 명부의 수문장들이 다가온 것은. 움찔, 그의 커다란 몸이 뒤로 물러섰다. 너무도 익숙한 이들에게서 처음으로 두려움을 느끼는 그였다.

"그 육신을 내어 주셔야 합니다. 흑제님."

"……싫다."

574

"아시지 않습니까. 그 육신은 온전히 명부에 들어야 다시 깨어날 수 있다는 것을."

길상천녀를 안고 있는 흑제의 팔이 덜덜 떨리기 시작했다. 금방이라도 그 팔에서 그녀의 몸이 떨어질 것처럼 위태롭게 흔들리자 흑제가 그녀의 몸을 가슴으로 끌어당겼다. 가는 그녀의 몸을 품에 안은 흑제가 그녀의 가냘픈 어깨에 얼굴을 묻었다.

"나를, 미워해도 좋고. 나를 증오해도 상관없으니까…… 나를 잊지 말아요. 나를 기억해. 제발."

사내의 어깨가 덜덜 떨려 왔다. 품 안의 이를 내어 주어야 한다는 것을 그 누구보다 잘 알기에 거부할 수도 거부해서도 안 되는 이 순간의 선택이 그를 두려움에 떨게 하고 있었다. 이 세상에 존재하면서 이렇게 두려워 본 적이 있었을까.

어쩌면, 정말 어쩌면 이제 다시는 그녀를 볼 수도, 품에 안을 수도 없을지 모른다는 사실은 그를 숨 막히게 했다. 그리고 떠올랐다. 품 안의 붉은 피로 물든 그 소녀를 내어놓지 못하던 푸른 눈의 사내가.

"흑제님. 시간이 없습니다."

그녀의 육신에서 혼이 떠나가면 다 소용 없어지는 것이다. 명부의 수문장들의 눈에 그녀의 육체가 천천히 죽어 가는 것이 느껴질 지경이었다. 그들에게 느껴지는 것이 그에게 느껴지지 않을 리 없었다. 느끼지 않으려 애를 쓰는 것일 뿐.

"조심히, 상하지 않게 모셔라."

"명, 받자옵니다."

그가 품 안의 여인을 풀어내자 명부의 수문장이 그 육신을 받아 안았다. 축 늘어진 채 수문장의 팔에 안긴 이를 보는 흑제의 얼굴이 창백하게 굳어 왔다.

"길상……."

그녀를 향해 그가 떨리는 손을 내미는 순간, 그의 앞에서 그녀를 안은 수문장이 어둠 속으로 스미듯 사라져 갔다.

주룩, 그의 길고 검은 몸이 바닥으로 쓰러져 내렸다. 자신의 주인을 알아차리는 것일까. 어둠이 뭉글뭉글 그를 둘러싸며 모여들었다. 동질의 기운을 찾는 본능적인 움직임일 것이다.

"하아, 하아."

흑제가 가슴을 부여잡았다. 핏발이 가득 선 검은 눈동자가 허공을 응시한 채 이제는 볼 수 없는 이를 찾아 헤맸다.

"큭, 큭."

부들부들 떨리는 손으로 가슴을 쥐어 잡고 힘겹게 숨을 토해 내던 그의 입에서 짓이겨진 비틀린 웃음이 새어 나왔다. 그 웃음은 점점 더 커져 갔다.

"큭큭큭, 아하하하."

사내의 검은 어깨가 격렬하게 떨리는 움직임에 사내를 향해 모여들던 어둠이 두려운 듯 사내에게서 조금 물러났다. 어둠 속임에도 그 번들거림이 온전하게 느껴지는 사내의 눈이 천천히 들어 올려졌다. 그 눈에 맺힌 것은, 눈물이었다.

"어머, 저분이 새로 수정타의 주인이 되셨다는 흑제님이신가 봐."

"어쩜 저리 서늘한 기운이 풀풀 날리는 걸까? 무섭지 않니?"

"난 혹여 천제께서 흑제의 반려가 되라고 하실까 두려워진다. 정말 싫어."

다 들리도록 수다를 떨고 있는 여인들의 모습 따위 아무 관심도 없었다. 그저 수정타의 온전한 주인이 되었음을 천제에게 알리러 제석궁을 찾은 것뿐, 자신에겐 독이 되는 이 지독한 빛 안에 오래 머물 마음 따위 없었으니까.

그렇게 스치듯 여인들을 지나 걸음을 옮기다 무심히 뒤를 돌아보았을 때였다.

풍백의 장난이었는지 허공으로 날리는 검은 장의 자락이 엉키는 것을 풀기 위해 짜증스럽게 돌린 시선 안에 투명한 눈으로 자신을 응시하고 있는 아름다운 소녀가 보였다.

자신을 향해 조잘거리는 다른 소녀들과는 조금 다른 눈으로 자신을 바라보던 숨이 막히게 아름답던 소녀.

그뿐이었다. 그때는.

"큭큭."

우스웠다. 그 첫 만남이 자신의 뇌리에 남아 있는지도 모르고 있었다. 그저 그녀를 처음 본 것이 그녀가 반려로 정해져 수정타에 온 날이라고만 생각했었다. 자신의 뇌리 속에 남겨져 있던 기억 따위 스스로 꺼내 볼 생각조차 하지 않았었으니까.

빌어먹을.

힘이 풀려 자꾸만 주저앉아지는 다리를 겨우 일으킨 흑제가 걷기 시작했다. 이 끝없는 어둠 속 어딘가에 그녀가 있다. 어둠 속으로 파묻히듯 사라진 그녀가 이곳 어디에 있는지 알지 못하지만 찾아야 한다. 그의 온몸을 감아 도는 검은 기운이 폭사할 듯 들끓어 대기 시작했다.

대체 얼마의 시간이 흐른 것일까. 흑제의 발길이 닿는 곳마다 모든 영혼들이 숨을 죽였다. 그의 손길 한 번으로 소멸될 수도 있는 자신들이기에.

이곳의 주인인 그의 기척은 그들 모두에게는 지독한 두려움이었다. 무엇인가를 찾아 끝도 없이 명부를 헤매는 흑제의 존재는 그것만으로도 명부에 있는 모든 존재들에게는 공포일 테니까.

"어디 있어."

텅 비어 버린 공간에 흑제의 떨리는 목소리가 울리기 시작했다. 거대한 공명이 어둠의 공간을 가득 물들이며 허공으로 흩어져 갔다. 지쳐 가는 그의 목소리가 이제 명부의 일상이 되어 버린 지 오래였다.

"어디 있냐고!"

피가 터져 나오 듯 그의 절규가 어둠을 뚫고 허공을 찢었다. 공간을 가득 물들이는 그의 짙은 기운에 약한 영혼들이 산산조각 나며 그들의 비명 소리가 터져 나왔다.

"까아악!"

"길상천!"

"시끄러!"

비명처럼 그녀의 이름을 부르던 흑제가 그 순간 얼어붙듯 멈춰 섰다. 그리고 들려온 목소리를 따라 천천히 몸을 돌렸다.

그녀였다. 이 명부로 들어서던 그 순간 자신의 품 안에 있던 그 모습 그 대로 길상천녀가 자신을 바라보고 서 있었다.

자신을 대신해 청제의 기운을 막아 내느라 흘린 핏물로 얼룩이 져 원래 의 색을 알아볼 수 없는 옷에 여전히 감싸인 채 그녀가 자신을 보고 있었 다. 헝클어진 머리와 창백한 얼굴도 분명 그대로였다.

흑제의 얼굴에 천천히 미소가 번져 갔다.

"길상……."

그가 그녀를 향해 손을 내밀며 한 발 다가선 순간이었다. 어둠의 심장 으로 무엇인가 서늘한 것이 쑤욱 밀려 들어오는 것 같은 고통을 느끼며 흑제가 그 자리에 멈춰 섰다.

하지만 그것은 진짜로 느껴지는 고통이 아니었다. 그 고통의 이유 는…… 자신을 보고 있는 그녀의 눈빛이었다.

"오지 마!"

서늘하다 못해 심장이 쩍쩍 갈라질듯 차가운 목소리로 길상천녀가 그를 노려보며 외쳤다. 그녀의 붉은 기를 담은 눈동자가 금방이라도 흑제를 죽일 수 있을 듯 거대한 증오를 담고 일렁였다.

　언제나 연갈색 투명한 빛으로 반짝이던 그녀의 고운 눈은 그곳에 없었다. 처절한 증오와 아픔만이 가득한 붉은 눈을 가진 낯선 이, 흑제가 한 번도 보지 못했던 다른 여인이었다.

　"길상천?"

　"큭큭. 길상천이라. 우습네요. 나는 죽어서야 당신한테 이렇게 이름을 불릴 수 있는 건가요?"

　"……."

　"당신이, 왜 여기 계십니까? 설마 날 찾으시는 거예요?"

　기괴한 표정을 지으며 이해할 수 없다는 듯 붉은 입꼬리를 끌어 올리는 길상천녀 앞에서 더 이상 입을 열지 못한 흑제가 천천히, 너무도 힘겹게 고개를 끄덕였다.

　그녀는 자신을 기억하고 있었다. 기억을…… 잃지 않았다.

　육신을 가진 채 명부로 들면 모든 기억을 잃는다. 헌데 그녀는 기억을 잃지 않았다. 대체 왜.

　"헌데 어쩌지요? 전 돌아갈 마음이 없는데. 당신이 계신 그곳으로는."

　머릿속이 마구 엉켜 가던 흑제의 귓가로 믿을 수 없는, 아니 상상조차 해 보지 못했던 말이 들려왔다.

　그의 검은 눈동자가 눈앞에 있는 낯선 붉은 눈을 바라보았다. 그대로 멈춰 버린 그의 눈동자와 달리 붉은 눈은 웃고 있었다. 잔인한 미소를 담고.

　"다시 그 지옥으로 갈 마음이 없다고요. 이 지옥이 차라리 더 좋으니까."

　"내가…… 그대를."

"하지 말아요. 아무 말도."

"……."

겨우겨우 열리던 흑제의 입술이 굳게 닫혔다. 핏기 하나 없는 사내의 얼굴이 일그러지고 있는 것을 재미나다는 듯 응시하며 길상천이 한 발을 뒤로 물렀다. 그 순간 흑제의 시선이 흔들렸다.

"날 놓아주세요."

"싫어."

꽉 막힌 흑제의 목에서 겨우겨우 목소리가 새어 나왔다. 이 공간이 고요하지 않았다면 아마 들리지 않았을 것이다. 그의 대답에 길상천녀가 비릿하게 웃었다.

"왜요? 이제 그 아이가 없으니까 제가 대신해 드려야 해서요?"

"길상천."

"아니, 싫습니다. 다신 그렇게 당신 옆에 있지 않을 겁니다. 죽어도."

그녀가 거칠게 고개를 저었다. 눈물인지 핏물인지 모를 것들이 그녀의 얼굴에서 흘러내렸다.

그래서였을 것이다. 흑제가 그녀에게로 움직인 것은.

자신에게로 다가서는 흑제의 움직임을 느낀 길상천녀가 그대로 손을 들어 올렸다. 그녀의 손끝에서 투명하지 못하고 탁하게 물든 잿빛의 빛줄기가 그대로 터져 나와 흑제의 가슴으로 날아들었다.

"으윽!"

고스란히 그녀의 빛을 품은 흑제의 몸이 파르르 떨렸다. 그저 미간을 좁히며 약한 신음을 뱉어 냈지만 그의 입가에서는 붉은 핏물이 죽죽 흘러내렸다.

조금도 피하지 않은 채 자신의 공격을 고스란히 받아 내는 흑제의 모습에 길상천의 얼굴에 아주 살짝 어둠이 내려앉았다. 짜증스럽다는 듯 그녀가 이를 악물었다.

"더 이상 다가오지 말아요. 당신을 다치게 하고 싶지는 않으니까."

흑제가 고통으로 일그러진 얼굴을 천천히 들어 올리며 몸을 펴 그녀를 마주하고 섰다. 그리고 손을 들어 자신의 입술을 타고 흐르는 핏물을 거칠게 닦아 냈다.

다가갈 수가 없었다. 그녀가 자신을 공격할 것이기에.

그녀의 공격이 무서워서가 아니었다. 그녀의 공격쯤, 자신의 힘의 근원인 이곳에서 그에겐 아무것도 아니었다.

하지만 빛이 힘의 원천인 길상천녀는 이곳에서 제대로 힘을 쓸 수가 없다. 청제가 그랬던 것처럼. 이곳은 그녀가 가진 힘의 근원이 조금씩 사라져 가는 곳이다. 해서…… 두려운 것이다. 그녀가 힘을 쓰면 쓸수록 그녀의 소멸의 시간은 더 빨라질 것이다.

"다가가지 않을 테니 힘을 쓰지 말아요. 힘을 쓰면 이곳에서 버티지 못하니까."

"그럼, 더 잘되었네요."

가볍게 손을 들어 올리며 그녀를 향해 나직하게 속삭인 흑제의 말에 길상천녀의 얼굴에 처음으로 진한 미소가 번졌다. 곱디고운 그녀의 얼굴을 가득 메운 아름다운 미소. 하지만 그 미소 뒤에 찾아온 지독한 선택은 그를 기함하게 했다.

그녀가 천천히 두 팔을 들어 올렸다. 빛이라고는 한 조각도 느껴지지 않는 곳에서 그녀 스스로를 태워 만들어 내는 빛은 약하고 약했다. 잿빛의 빛이 그녀의 손끝에서 흘러나와 천천히 그녀의 주위를 감싸기 시작하는 모습에 흑제의 눈이 커다랗게 열렸다.

"하지 말아요. 제발."

"그냥 죽게 두었어야 했어요. 절."

"제발, 길상천."

다가서지도, 물러서지도 못한 흑제의 손이 그녀를 향해 내밀어졌다.

커다랗고 단단한 손에 그녀의 시선이 닿았다. 그녀의 붉어진 눈동자가 약하게 떨리기 시작했다.

"조금만 일찍, 아주 조금만 일찍 그 손을 내밀어 주었었다면 너무나 행복했을 거예요. 헌데 어쩌죠? 너무 늦어 버린걸요."

"나한테 시간을 주시오. 제발 내게 시간을 줘요. 길상천."

"2만 년을 기다렸어요. 당신 등만 보면서 그 시간 동안 숨도 쉬지 못하고 기다렸었어요."

"……."

그녀의 붉은 눈에서 붉은 물기가 주룩 흘러내렸다. 앞으로 들어 올렸던 손을 내려 그녀가 자신의 배를 감쌌다. 그녀의 움직임에 알 수 없는 불안을 담은 흑제의 시선이 그녀의 손길을 따라 움직였다.

"겨우, 우리 아기가 우릴 찾아왔었는데. 당신이 다 망쳐 버렸어."

'길상천녀께서 잘 드시지 못한 지 며칠이 지났다고 합니다.'

'하아, 하아. 당신한테 해야 할 말이 있어요. 해야 하는데, 당신한테.'

'하아. 곁에 조금만 더 있고 싶은데. 당신하고 같이 우리 아기…….'

머릿속을 웅웅 울리는 목소리에 흑제가 멍하게 눈을 뜬 채 연신 자신의 아랫배를 쓰다듬는 길상천녀를 바라보았다.

끝없이 흐르는 그녀의 눈물이 새하얗게 바랜 얼굴을 더 창백하게 보이게 하고 있었다.

"다 망쳐 버렸다고!"

그 순간이었다. 절규하듯 소리를 내지르며 길상천녀가 거칠게 손을 들어 올린 것과 흑제가 그대로 그녀를 향해 달린 것은.

"으윽!"

그녀의 손에서 터져 나오는 빛을 그대로 자신의 온몸으로 흡수하며 흑제가 길상천녀를 품 안으로 끌어안았다. 채 터져 나오지 못한 잿빛의 빛무리가 흑제의 몸속으로 스며들었다. 그녀의 기운이 어둠의 기운 속으로 흩어져 가는 것을 그가 자신의 몸으로 막은 것이었다.

"쿨럭!"

그의 입에서 검붉은 핏물이 주룩 흘러 길상천녀의 어깨를 적셨다. 흑제에겐 약한 빛이라 해도 그것을 온몸으로 흡수하는 것은 미친 짓이었다. 그의 기운이 모두 흐트러지는 것이니까.

"놔주세요."

고통을 참느라 힘겹게 거친 숨을 내쉬는 흑제의 가슴을 길상천녀가 밀었다. 하지만 흑제는 숨조차 제대로 내쉬지 못하면서도 그녀를 가슴에서 풀어내지 않았다.

그의 고통이 두려운지 잠시 멈칫거리며 그를 밀지 못하던 길상천녀가 움직이지 않는 그의 가슴을 거칠게 내리치기 시작했다. 절규처럼 퍼져 가는 그녀의 울음소리가 명부의 어둠 속을 가득 채웠다.

얼마를 그렇게 울었을까. 남겨진 기운을 다 소진했는지 축 늘어져 내리는 길상천녀를 품에 안은 흑제가 검은 소매 안에 그녀를 숨기듯 감싸 안고 허공을 향해 손을 들어 올렸다.

파도가 치듯 거대한 검은 물결들이 그를 향해 몰려들었다. 어둠의 짙은 내음이 주변을 감싸고 두 사람을 감쌌다.

자신에게는 거대한 힘이지만 그녀에게는 독. 그것들에게서 그녀를 보호하려는 듯 길상천녀를 품 안에 파묻듯 안은 흑제가 그대로 허공으로 몸을 솟구쳤다.

웅—

어둠이 갈라지고 허공이 일렁였다. 주인의 명에 길을 여는 어둠들의 기운이 명부의 하늘로 날아오르는 흑제의 주변을 감싸며 그를 보호했다.

어둠의 길이 끝난 곳에 선 흑제에게로 어둠을 품고 반짝이는 수정타의 별빛이 부서져 내렸다.

"다녀……오셨습니까."

목이 메는지 제대로 된 예도 갖추지 못하고 깊이 고개를 숙이는 이든의 모습에 흑제가 천천히 고개를 끄덕였다. 비쩍 마른 이든의 얼굴을 보니 이제 정말 집으로 돌아왔다는 실감이 났다.

품 안에 길상천녀를 소중히 안고 침전 쪽으로 걸음을 옮기는 주인의 모습에 수정타 안 모두가 반가움과 행복에 미소를 지었다. 오랜 시간 텅 비어 있던 수정타가 다시 주인을 찾은 것이다.

"천녀님!"

흑제가 조심스럽게 길상천녀를 침상에 내려놓자 그녀의 시녀들이 우르르 그녀의 곁으로 다가섰다. 그리 가슴을 조이며 기다리던 주인이 돌아온 것이 무척이나 반가운 그들이었다. 한없이 인자하고 자애롭던 안주인은 이 수정타의 보물이었으니까.

길상천녀를 내려다보는 흑제의 간절함이 담긴 눈빛만으로도 그들은 이제 두 사람에게 행복만이 남았음을 믿어 의심치 않았었다. 그때까지는.

"아직 아무것도 드시지 않는 것이냐."

손도 대지 않은 채 차갑게 식은 음식 그릇을 들고 길상천녀의 전각을 나서던 시녀가 눈앞에 드리워지는 검은 그림자에 화들짝 놀라며 고개를 숙였다.

지독히도 낮게 드리워진 사내의 눈 안에 담기는 안타까움에 자신의 심장이 조여들 지경이었다.

"예. 흑제님."

"……."

닫힌 문 앞에 선 흑제가 깊고 깊은 심호흡을 뱉어 냈다. 이제 제법 익숙해질 만도 한데 이 시간은 도통 익숙해지지가 않았다.

잠시 멈칫거리던 그의 기다란 손가락이 문고리를 잡았다.

쨍그랑!

무엇인가 자신에게 날아오는 것을 느낀 흑제가 설핏 몸을 틀었다. 그의 옆얼굴을 스친 찻잔이 그대로 문에 부딪치며 박살 나 바닥으로 떨어져 내렸다. 흑제의 얼굴에서 붉은 핏물이 한 줄기 주룩 흘러내렸다.

눈물처럼 핏물을 담은 흑제의 얼굴을 아프게 응시하며 길상천녀가 낮게 말했다.

"가요."

파들파들 떨리는 목소리에는 힘이 하나도 들어가 있지 않았다. 그럴 수밖에 없을 것이다. 저리 숨 쉬는 것조차 힘겨울 정도로 아무것도 먹고 있지 않으니까.

먹지도 자지도 못하는 그녀의 모습은 그녀가 과연 수미산 최고의 미녀라는 길상천녀가 맞을까 의심이 될 지경이 되어 있었다. 자신의 눈앞에 드러나는 벌건 지옥을 물끄러미 응시하며 흑제가 그녀의 앞으로 한 걸음 더 다가섰다. 그의 지옥은 아직 끝나지 않은 채였다.

"나가라고!"

비명처럼 그를 향해 고함을 지르던 길상천녀의 몸이 바삭 마른 나뭇잎이 흩날리듯 허공으로 쓰러져 내렸다. 그 순간, 흑제가 허깨비처럼 무너져 내리는 그녀를 받아 안았다.

"날, 놔줘요. 싫어. 당신……."

눈도 제대로 뜨지 못하며 헐떡이듯 뱉어 내는 그녀의 말에 흑제가 이를 악물며 그녀를 품에 안았다. 부피감이라고는 아무것도 느껴지지 않는 몸이 조금만 힘을 주면 부서질 것 같아 힘조차 제대로 줄 수 없었다.

흑월의 밤이면 수줍어하면서도 자신의 품에서 약한 신음을 흘리던 그녀가 아니었다.

그 부드럽고 향기로운 체취로 가득하던 이는 이제 없었다. 검은 그늘이 가득한 그녀의 꼭 감긴 눈, 파리하게 말라 버린 얇은 입술, 그리고 거죽만 남은 듯 움푹 파인 볼과 금방이라도 부러질 듯 가는 목까지.

그 모든 것에 닿는 흑제의 시선이 아프게 흔들렸다. 아무 무게감도 느껴지지 않는 그녀를 안고 흑제가 몸을 일으켰다.

"흑제님, 이것만은 제발."

얼굴 가득 치열함을 담고 이든이 흑제를 막아섰다. 그가 들어서려는 공간에서 새어 나오는 빛 때문에 다른 흑족들은 아무도 다가설 용기조차 내지 못하는 곳이었다.

"비켜라. 이든."

"차라리 제가 모시겠습니다. 허니 제발."

"오늘 장사 치르라고?"

흑제의 푸른 기가 밴 입술이 비웃듯 비틀렸다. 지금의 이든은 저 공간 안에서 일각도 버티지 못한다.

바들바들 떨리는 몸으로 겨우 버티고 서 있던 이든이 간절함을 담은 눈으로 흑제를 올려다보았다. 노인의 흐려진 눈에 눈물이 가득 고여 있었다.

"꼭 이렇게까지, 하셔야 합니까."

결단코 비켜나지 않겠다는 듯 물러서지 않는 이든의 모습에 연한 미소를 지으며 흑제가 멍하게 자신의 앞에 있는 문을 응시했다.

이 수정타에 존재할 수 없지만 존재하는 곳. 빛의 공간이었다. 청제의 기운에 부서져 버렸던 공간을 그가 다시 재생해 놓았다. 그녀에게는 빛의 힘이 필요하니까.

헌데 문제는, 명부의 기운에 물들어 쇠약해질 대로 쇠약해진 길상천녀가 그 빛의 공간에서 홀로 버틸 수 없다는 것이었다. 그 빛이 필요한데, 또 그 빛에서 그녀를 보호할 어둠의 결계가 필요했다. 그 때문에 흑제가 그녀와 함께 이 공간에 들어야 하는 것이다. 그에겐 순간순간이 지옥인 빛의 공간에 말이다.

"견딜 만해."

"반복되시다 보면 아무리 흑제님이라 해도 현무의 기운에 커다란 문제가 생깁니다."

모르지 않는 일이다. 하지만, 선택 따윈 애초부터 없었다.

"날 너무 쉽게 보는 거 아니냐, 이든. 몇 번 정도에 그리 쉽게 어떻게 되지 않아."

아무 일도 아니라는 듯 자신을 지나쳐 빛의 공간으로 들어서 버리는 흑제의 뒷모습에 닿은 이든의 시선이 굳게 일그러졌다.

"이든 님!"

겨우 버티고 서 있던 몸이 무너지듯 쓰러지는 모습에 시종들이 달려와 이든을 부축했다.

"괜······찮다. 하아. 괜찮아."

아직은 저분을 놓고 갈 수가 없으니까. 견뎌야 했다. 힘겨운 숨을 토해 낸 이든이 시종들의 부축에 몸을 기댔다.

낯설고 거북한 기운이 훅, 거칠게 온몸으로 밀려 들어오는 것을 느끼며 흑제가 숨을 참았다. 그러면서도 품 안의 이는 놓지 않겠다는 듯 팔에는 힘을 풀지 않았다.

정화된 어둠의 결계로 몇 겹이나 감쌌지만 이 공간은 빛이 들어올 수 있는 곳이었다. 빛의 기운이 꼭 필요한 길상천녀를 위해 이 공간과 천수의 공간을 만들던 처음의 시간이 떠올랐다.

그저 자신의 반려로 정해져 의지와는 상관없이 어둠뿐인 이곳에서 지내야 하는 그녀를 위한 무심한 배려였다.

빛의 기운에 아름답게 꽃을 피운 꽃나무 아래 앉은 흑제가 여전히 힘겨운 얼굴로 눈을 뜨지 못하는 길상천녀를 물끄러미 내려다보았다.

우스웠다. 하나도 기억 속에 담겨 있지 않은 줄 알았던 모습들 하나하나가 자신에게 각인되어 있었다는 것을 실감하는 요즘이었다.

처음 수정타에 도착해 자신에게 인사하며 수줍게 물들던 그녀의 고운 얼굴이, 이 공간을 보고 환하게 미소 짓던 그 싱그럽던 미소가 떠오른다. 그리고 이제야 깨달았다. 처음 이 눈이 부시게 고운 이를 보았을 때 자신의 심장이 아주 조금은 설레었던 것을.

천천히 길상천녀의 눈이 떠지는 것을 보며 흑제가 행복함에 젖어 있던 얼굴에 긴장을 품었다.

그녀의 눈이 몇 번 깜박이는가 싶더니 그를 발견한 그녀의 가는 몸이 튕겨지듯 일으켜졌다.

그러고는 그녀가 그에게서 도망이라도 치고 싶은 듯 몸을 뒤로 물렸다. 아프고 힘겨운 흑제의 시선이 그런 그녀를 물끄러미 바라보았다.

"뭐, 예요. 왜 또 여기 있는 건데! 당신이!"

"그대에게 결계가 필요해."

"필요 없어요."

"길상천."

"그렇게 부르지 마!"

그녀의 목에서 피 내음이 확 일어났다. 온몸의 힘을 모아 지르는 날카로운 비명 속에 핏물이 섞여 흘렀다. 그 핏물을 바라보는 흑제의 얼굴에 끝없는 아픔이 고였다.

상처 입은 어린 들짐승이 스스로를 보호하려는 듯 날카롭게 살기를 뿜어내는 모습에 흑제가 그녀에게 다가가지 못했다. 하지만 떠날 수도 없다. 그녀의 몸을 지키고 있는 어둠의 결계를 유지해야 하니까.

어둠의 결계에 감싸인 채 저 빛을 느껴야 한다. 그녀는. 그녀를 위해, 그리고…… 그녀의 몸 안에서 성장을 멈춰버린 그들의 아이를 위해.

'모체가 엄청난 기운의 공격을 받은 순간, 자신을 보호하기 위해 스스로를 봉인한 모양입니다. 명부에 계속 계셨다면 모체와 함께 소멸했겠지요. 헌데…… 지금도 언제 소멸할지 모르는 불안한 상태입니다. 너무 위험한 상황이기에 봉인이 풀릴 수가 없으니까요. 일단 모체이신 길상천녀님이 몸을 회복하셔야 배 속의 태아도 희망을 가져 볼 수 있을 것 같습니다.'

수정타로 돌아와 알았다. 그녀의 배 속 아이가 아직 그녀의 태 안에 존재하고 있음을. 하지만…… 그 생명은 성장은커녕 언제 소멸할지 모르는 존재가 되어 있었다. 그렇게 나약한 상태로 아직 어미의 태 안에 남아 있었던 것이다.

아직 그녀에게 이 사실을 알리지도 못한 흑제였다. 지금처럼 불안정한 그녀가 태아의 존재를 어찌 받아들일지 알 수 없으니까.

끔찍하게 거부하는 자신의 아이였다. 그 아이의 존재가 그녀를 살릴 수 있을지, 아니면 지금의 평화조차 지키지 못하게 할지 흑제는 자신할 수 없었으니까.

그리고 만에 하나 아이가 있다는 사실을 그녀가 안 후 문제가 생겨 아이가 소멸하게 된다면 그녀는…… 더 이상 자신의 곁에 머물 리가 없을 것이기에.

"하아, 하아."

빛이 불편한 것인지 자신이 곁에 있는 것이 힘겨운 것인지 밭은 숨을 토해 내던 길상천녀가 천천히 몸을 펴 꽃나무 밑에 앉았다. 힘이 겨운 모양이었다.

그렇게 고운 꽃나무 아래 앉은 길상천녀의 야위고 핼쑥한 얼굴에 흑제의 시선이 아득하게 젖어 들었다.

겨우겨우 숨을 토해 내며 그녀가 그를 향해 또다시 아픈 말을 내뱉었다. 언제나처럼.

"나를, 보내 줘요."

거칠게 말라 버린 길상천녀의 입에서 나온 말에 흑제의 시선이 차디차게 얼어붙었다.

"제석궁으로 돌아가게 해 줘요."

"……안 돼."

"왜요? 이런 모습의 내가 왜 필요한데요?"

더 이상 악을 쓸 힘도 남아 있지 않은지 그녀가 파리한 입술을 비틀며 조롱하듯 그를 향해 고개를 들었다.

분노와 회한, 그리고 여전히 그에 대해 남은 미련과 미움이 뒤섞인 그녀의 눈동자는 예전의 투명함 따위 담겨 있지 않았다.

헌데 우습게도 그런 그녀의 눈이 더 아름다워 보이는 그였다. 짙은 애증이 가득 담긴 그녀의 눈에서 그는 희망을 보기에. 미움이 남았기에 기다릴 수 있는 것이다.

"나를 미워해도 좋고, 증오해도 좋아요. 평생토록 당신에게 손 하나 대지 말라 하면 안 댈 테니까, 그래도 좋으니까…… 상관없으니까. 내 곁에서 떠나지만 말아요."

"큭, 큭큭큭."

그녀의 야윈 어깨가 거칠게 흔들렸다. 울음인지 웃음인지 모를 것들이 그녀의 입에서 터져 나왔다. 그리고 그를 향한 그녀의 눈에 가득 고인 것이 그의 시선을 잡았다. 투명하게 일렁이는 눈물, 그리고 그 눈물 속에 담겨 있는 것은 자신이었다.

흑제의 몸이 자신도 모르게 그녀에게로 다가갔다. 그리고 떨리고 있는 그녀의 어깨를 끌어안은 그가 그대로 그녀의 입술을 삼켰다. 눈물로 촉촉하게 젖은 그녀의 입술은 아프게 썼다.

"내 마음을 너무 늦게 알아서, 그대를 너무 많이 아프게 해서…… 미안합니다. 그리고 그대를, 연모합니다."

차마 그녀의 눈을 바라보지 못한 그가 그녀를 품에 안은 채 허공을 향해 말했다.

❈ ❈ ❈

"그래서, 수정타의 전쟁은 아직 끝나지 않았다 합니다."

풍백이 이미 식어 버린 찻잔을 가만히 내려놓으며 부드럽게 미소 지었다. 흑제와 길상천녀의 아픈 사랑 이야기를 듣는 내내 반려의 손을 놓지 않는 청제의 모습이 그의 눈을 가득 채우고 있었기 때문이다.

"이런, 너무 오래 머물렀군요. 해가 지기 전에 제석궁으로 돌아가려 했던 계획이었는데."

풍백이 몸을 일으키자 그의 주변으로 시원한 바람의 기운이 물결치듯 모여들었다. 바람에 감겨드는 사내의 모습이 점점 투명해져 갔다. 바람과 하나가 되고 있는 모양이었다.

그 모습이 신기한지 태호와 기하가 숨도 쉬지 못하고 커다랗게 눈을 떠 그 모습을 올려다보았다. 청제가 한 손을 내려 기하의 몸을 들어 안았다.

"와……."

동그랗고 조그마한 기하의 입에서 자신을 향해 흘러나오는 감탄사에 행복한 미소를 지으며 풍백이 청제와 나오를 향해 깊이 고개를 숙였다. 이제 몸은 바람에 스며들어 얼굴만이 보이는 풍백이었다.

"풍백님."

그때였다. 막 바람을 품고 날아오르려는 풍백을 태호가 불러 세웠다. 풍백의 연푸른 눈동자가 의문을 담고 자신을 올려다보는 어린 청룡을 향했다.

"말씀하십시오. 소청제님."

"자주 오셔서 세상에 대한 많은 이야기를 저에게 들려주십시오. 세상을 알아야 황금타를, 모두를 잘 지킬 수 있으니까요."

어린아이의 입에서 흘러나오는 말에 풍백이 진한 미소를 지으며 고개를 끄덕였다. 총명한 눈빛으로 자신을 보는 어린 청제의 모습이 한참 동안 기억 속에 남을 것임을 그는 믿어 의심치 않았다.

"언제든지 부르시면 달려오겠습니다."

풍백의 시원한 목소리가 바람 속에서 웅웅 울려왔다. 모습은 이미 바람 사이로 스며들어 보이지 않았지만 소리는 공간을 가득 채우며 울렸기 때문이다.

"우리도 돌아갈까?"

풍백이 사라진 하늘을 한참 동안 올려다보는 태호의 머리를 가만히 쓰다듬은 청제가 나오를 돌아보았다. 무슨 생각을 하는지 살짝 젖어 있던 나오의 눈이 그를 보며 부드럽게 웃었다.

"아버지, 전 아버지 등에 타고 가도 될까요?"

태호가 묻는 말에 청제가 크게 고개를 끄덕였다. 이제 제법 바람도 부를 줄 알고 청룡으로서의 움직임도 익숙해져 가는 모습을 보고 싶었다.

― 괜찮으냐.

눈앞에 보이는 황금타를 향해 하강을 시작하며 청룡이 고개를 돌렸다. 자신의 짙푸른 갈기를 잡고 등에 매달려 있는 태호의 모습을 확인하는 것이었다.

조그마한 팔과 다리로 청룡의 갈기를 움켜잡고 있는 태호가 고개를 끄덕였다. 푸른 바람에 감싸인 몸이 자신의 등에 닿아 있는 느낌이 확연하게 느껴져 왔다. 자신의 힘을 나눈 듯 강하고 맑은 기운이었다.

― 너무 신나요. 아버지.

신이 나는지 한없이 투명한 아들의 공명이 청제의 심장으로 전해져 왔다.

그 누구와도 나눌 수 없는 청룡의 공명을 아들과 나누는 기분. 그것은 세상 그 무엇보다도 뿌듯하고 기분 좋은 일이었다.

거대한 용이 너무도 조심스러운 움직임으로 발톱을 펴자 나오가 기하를 안은 채 정원으로 내려섰다. 태호가 아비의 목에서 성큼 뛰어내려 어미의 곁으로 다가섰다.

"정말 신나는 시간이었어요. 어머니."

아직 푸른 바람의 기운을 다 떨쳐 내지 못한 아들의 푸른 눈동자가 시원하게 반짝이는 모습에 나오가 환하게 미소를 지었다.

청제를 그대로 빼닮은 태호의 눈빛이 처음 청제를 만났을 때의 개구진 느낌을 담고 있어서 그 눈을 볼 때면 언제나 행복해지는 나오였다. 본 적 없는 그의 어렸을 때를 보는 마음. 자신이 알지 못하는 그의 시간을 공유하는 기분이 드니까.

"청제님!"

"다녀오셨습니까!"

청룡의 기운을 느꼈을 비사와 건달바가 달려 나왔다. 인간의 모습으로 돌아온 청제가 나오의 품 안에 있는 기하를 향해 팔을 뻗었다. 헌데 어쩐 일인지 기하가 그에게서 홱 고개를 돌리며 비사를 향해 팔을 벌렸다.

"뭐야?"

한 번도 아비를 외면해 본 적 없는 아비바라기 기하의 난데없는 행동에 거부당한 청제도, 갑자기 선택당한 비사도 당황스럽기는 마찬가지였다.

"비사 아찌!"

연신 비사를 향해 팔을 버둥거리는 기하를 비사가 조심스럽게 품에 안자 기하가 그 품 안으로 고개를 묻었다. 절대 아비를 보지 않겠다는 시위처럼 느껴졌다. 청제의 얼굴이 거세게 일그러졌다.

"태호만 등에 태우셨다고 화가 난 거예요."

"뭐?"

"저 심술꾸러기."

태호가 기하를 향해 낼름 혀를 내밀었다. 태호의 놀림에 기하가 씩씩거리며 비사의 품 안으로 더욱더 파고들었다. 아무래도 한참 동안 화가 풀리지 않을 모양이었다. 고집 세기로 유명한 기하니까.

"그럼 우리 꼬마 기하 님, 선도 먹으러 갈까요?"

여전히 화를 풀지 못한 채 꼿꼿하게 굳은 기하를 토닥이며 비사가 말했다. 그 말에 움찔, 조그마한 몸이 흔들리는 것이 온전히 느껴져 왔다.

비사가 눈을 찡긋거리며 청제를 바라보았다. 기하를 달래는 것은 비사를 당할 이가 없었다.

"우리도 가자."

태호가 건달바의 손을 잡아끌었다. 털이 수북한 건달바의 손을 잡아 쥐는 태호의 손에 제법 힘이 실려 있었다. 그 손을 더욱 힘껏 마주 잡으며 건달바가 크게 고개를 끄덕였다. 잘 보이지 않는 건달바의 미소가 태호를 향해 있었다.

"두 분도 가시렵니까?"

"야!"

눈치도 없이 해맑은 표정으로 청제와 나오를 향해 묻는 건달바를 향해 비사가 버럭 고함을 쳤다. 자신이 뭘 잘못한지 모르는 건달바가 의아한 눈으로 비사를 보자 그가 턱으로 청제를 슬쩍 가리켰다.

비사의 신호에 천천히 고개를 돌린 건달바의 눈에 자신을 태워 버릴 듯 노려보는 푸른 눈동자가 보였다.

"제가 뭘……."

"됐다. 가자. 너 소멸하는 꼴 못 보니까."

여전히 무슨 문제인지 파악하지 못한 건달바를 향해 비사가 재촉하며 태호를 내려다보았다.

"오늘은 태호 님이 한번 우리를 도원까지 데려가 보시겠습니까?"

"정말? 그래도 될까?"

태호가 신나는 얼굴로 아비를 올려다보았다. 허락을 기다리는 푸른 눈이 기대로 반짝였다.

"비사가 있으니 혹여 네 힘이 부족해도 별일은 없을 거다. 해 보거라."

"와."

태호가 신나는 눈으로 비사와 건달바를 잡아당겨 자신의 곁으로 오게 했다. 그리고 그 손을 천천히 들어 올렸다.

몽글몽글, 작지만 이제 제법 사내의 테가 담기는 손안에서 푸른 기운이 솟아올랐다. 크기도 능력도 아직 아비에 미치려면 한참 멀었지만 그래도 푸른 바람의 기운인 것은 분명했다.

태호의 손에서 뿜어져 나오는 기운이 빈틈없이 네 사람을 감싸는 것을 물끄러미 바라보던 청제가 떠오르는 기운을 향해 아주 약하게 손을 내저었다. 안에서는 느끼지 못할 푸른 결계가 한 겹 더 그 기운을 감싸는 모습이 청제의 곁에 서 있는 나오에게만 보였다. 태호가 보지 못하게 하려는 배려가 느껴졌다.

"비사가 있어서 걱정 없다면서요."

나오가 미소를 지으며 묻자 청제가 그런 나오를 품 안으로 끌어안으며 입가를 올렸다.

"아직 조금 약해. 그래도 스스로의 힘을 믿게 해 주고 싶어서."

"당신은 좋은 아버지예요."

"좋은 아버지란 게 무엇인지 그대도 모르지 않나?"

청제의 눈이 금방이라도 눈앞의 것을 잡아먹고 싶은 듯 일렁였다. 그 눈빛을 확연하게 온몸으로 느끼는 나오의 심장이 또 쿵쿵 뛰었다. 두 아이를 낳은 후이건만 눈앞에 있는 사내의 눈빛만 보면 심장은 여전히 거세게 뛰었다.

"저 역시 잘 모르지만, 당신이 좋은 아버지라는 것은 알 수 있어요."

"좋은 아버지인 것은 알 수 있다라. 그럼 좋은 남편인 건?"

무슨 뜻인지 모를 말을 하며 자신에게로 다가오는 청제의 얼굴을 나오가 동그란 눈을 들어 올려다보았다. 청제의 따스한 입술 끝이 나오의 입술 끝을 살짝 스쳤다. 바람의 내음을 품은 숨결이 그녀의 얼굴에 닿아 흩어져 갔다.

"좋은 남편인 것도 확실하게 확인시켜 주고 싶은데."

청명함을 담던 그의 숨결 안에 조금씩 스미는 뜨거움을 나오가 알아챈 순간, 이미 나오의 입술은 청제의 입술에 갇혀 있었다.

그렇게 그녀의 숨결을 삼키며 청제가 나오의 몸을 들어 안고 달리기 시작했다. 텅 비어 버린 황금타의 정원 안으로 진한 열기를 머금은 바람이 불어왔다.

정신없이 그녀의 입술을 탐하며 자신의 장의를 벗어 던진 청제가 나오를 안아 들고 침상으로 올라갔다. 한순간도 그녀에게서 입술을 떼지 않은 그였다. 지금 그녀를 놓아주면 세상이 뒤집히기라도 하는 듯 그의 움직임은 절박했다.

그렇게 숨 가쁘게 달리듯 자신을 탐해 가는 청제의 어깨를 나오가 가만히 밀었다.

"뭐야?"

"눈동자, 보고 싶어요."

"응?"

다시 그녀에게 입술을 내리려던 청제의 눈이 의아함을 담고 동그랗게 커지자 나오가 진한 웃음을 지었다. 귀엽게 일그러지는 청제의 붉어진 얼굴이 귀엽게 느껴졌다.

"한순간도 놓치지 않고 당신을 담고 싶으니까요."

길상천녀의 모습을 떠올려서일까. 잔약하게 흔들리는 나오의 눈빛을 마주 보며 청제가 가만히 그녀의 얼굴을 감싸 쥐었다.

"만약, 아주 만약에 말이에요."

"응."

살짝 떨리는 그녀의 입술에 아주 잠깐 내려앉았던 그의 입술이 그녀의 움직임에 천천히 그녀에게서 떠나갔다. 차분한 눈빛으로 응시하는 청제를 올곧이 마주 보며 나오가 다시 입을 열었다. 무엇을 떠올리는지 그녀의 눈이 젖어 들었다.

"명부에서 내가 당신을 찾지 못했다면……."

"……."

천천히 물기가 번지는 나오의 눈가를 청제의 기다란 손가락이 천천히 쓸었다. 반짝이는 눈동자 안에 차오르는 물기가 아팠다. 그때의 지옥 같던 순간들을 떠올리고 있을 그녀의 마음이 보였기에.

"어떻게 되었을까 생각했어요."

목이 메는 듯한 나오의 말에 청제가 연한 미소를 지어 보이며 고개를 저었다.

"찾지 못했을 리도 없지만 만약 네가 소멸했다 해도 난 너를 찾아갔을 거야. 명부가 아니라 그 어디라도 너를 찾았을 테니까."

그 어디라도 갔을 것이다. 소멸해야 널 만날 수 있다면 기꺼이 행복하게 소멸했을 것이다. 한순간의 망설임도 없었을 것임을 그는 알고 있었다.

"넌 내 생명이니까."

그의 입술이 눈물로 촉촉하게 젖은 그녀의 입술에 내려앉았다.

간절함을 가득 담아 그녀를 내려다보는 사내의 눈이 뜨거움과 애틋함으로 붉게 물들어 있었다. 자신의 품 안에서 옅은 신음을 흘리는 여인의 고운 모습을 한순간이라도 놓치지 않겠다는 듯 사내의 눈이 여인의 몸 구석구석을 소중히 담는다.

"나오야."

따스하고 뜨거운 부름에 잔약하게 흔들리고 있던 여인의 눈꺼풀이 자신을 부르는 목소리에 천천히 떠졌다.

붉은 열기로 번들거리는 눈과 가쁜 숨을 토해 내는 그녀의 모습을 바라보는 청제의 눈길이 곱게 휘어졌다. 심장이 덜컹거릴 만큼 여인의 모습은 그를 유혹하기에 충분했다.

"하아."

그녀의 붉은 입술에서 신음처럼 숨이 토해져 나왔다. 천천히, 그렇지만 조금의 양보도 없이 그녀의 안을 꽉 채우고 있는 그를 온전히 느끼는 여인의 온몸이 약하게 흔들리고 있었다.

"연모해."

속삭이듯 그녀의 귓가에 뜨겁게 마음을 토해 내며 그가 그녀의 허리를 끌어당겼다.

부드럽게 흔들리던 그녀의 몸이 거칠게 요동치기 시작했다. 이제까지의 부드러움 따위 거짓말인 듯 거칠게 움직이는 그의 몸짓 때문이었다. 새하얀 나신이 부서질 듯 침상 위에서 흔들리며 뜨거운 열기가 전각 안을 가득 물들였다.

"으음……."

살짝 몸을 틀며 미간을 찡그리는 나오의 모습에 청제가 손을 들어 올렸다. 창으로 스며 들어오는 늦은 오후의 붉은 햇살이 그녀의 잠을 방해하게 하고 싶지 않았기 때문이다.

그렇게 그가 만든 그늘이 그녀의 얼굴 위로 드리웠다. 꼭 감긴 눈 아래 곱게 드리운 가지런한 속눈썹과 조그마한 코, 그리고 그가 끝없이 탐해 조금 부풀어 오른 도톰한 붉은 입술이 그의 시선을 가득 채웠다.

그녀의 얼굴을 지나 붉은 꽃들이 수없이 피어 있는 그녀의 어깨와 가슴에 닿은 그의 시선이 잔약하게 흔들렸다. 끝이 없을 듯 그녀를 탐하고 또 탐했건만 붉은빛 아래 드러난 그녀의 고운 모습에 또다시 그녀를 향한 욕망이 치솟고 있었다.

하지만 지금은 참아야 한다. 더 이상 그녀를 괴롭힌다면 접근 금지령이 내려질지도 모르니까. 그의 뜨거움을 더 이상 견디지 못한 그녀가 까무룩 기절하듯 잠에 빠질 때까지 안고 또 안지 않았던가.

그의 시선이 닿아 있는 그녀의 얼굴 위로 약한 움직임이 느껴졌다. 숱 많은 속눈썹이 파르르 떨렸다. 그리고 그 떨림의 끝에 연푸른 눈동자가 그의 시야에 들어왔다. 심장 저 언저리가 두근, 울렸다. 언제나처럼.

"잘 잤어?"

"음…… 잔 거 아니에요."

꼭 잠겨 힘겹게 들리는 그녀의 목소리에 청제가 가만히 손가락으로 그녀의 부푼 입술을 쓸었다. 나오가 샐쭉하게 그를 노려보았다.

"기절한 거였거든요."

"큭큭."

"진짜, 미워."

나오의 주먹이 청제의 맨가슴을 살짝 쳤다. 단단한 가슴에 닿는 그녀의 감촉조차 사랑스러워 청제가 입가를 끌어 올렸다.

그녀의 따스한 몸을 꼭 끌어안은 청제가 그녀의 정수리에 가만히 입을 맞췄다. 사랑스러움이 가득 묻어나는 그의 행동에 나오가 그의 가슴에 얼굴을 묻었다.

"아이들은 아직 돌아오지 않았을까요."

"오늘은 일찍 올 리가 없을걸. 비사가 우리에게 시간을 준 것이니까."

"고생이 많겠어요. 기하가 또 고집을 얼마나 부릴지 모르니까."

"그 녀석은 대체 누굴 닮은 걸까? 그리 고집불통이니."

청제의 말에 나오가 그의 품에서 얼굴을 들어 올려 그를 바라보았다.

황당하다는 듯한 눈으로 자신을 올려다보는 나오의 모습에 청제의 눈썹이 치켜 올라갔다.

"뭐야? 혹시 나라고 생각하는 거야?"

"비사 님과 건달바 님이 매일 하는 말이 있거든요."

"뭔데?"

"고집은 청룡 가문의 유전이라고요."

"……."

더 이상 할 말이 없어진 청제가 나오의 입술에 자신의 입술을 가져다 대다 그대로 밀려났다.

"할 말 없으니까 또."

"풋."

청제가 촉촉하게 젖은 채 그녀의 이마에 붙어 있는 머리카락을 가만히 쓸어 넘기며 그녀를 내려다보았다.

문득, 오늘 바람의 언덕에서 들었던 두 가지의 사랑 이야기가 떠올랐다. 두근거리는 연홍색 첫사랑과 핏빛으로 여전히 아프고 아픈 지독한 사랑 이야기.

저와 나오는 그 두 가지를 다 지난 것일까. 이젠.

"무슨 생각 하세요?"

자신에게 닿아 있지만 무엇인가 다른 것을 담고 있는 청제의 푸른 눈을 올려다보며 나오가 물었다.

"글쎄."

"궁금한 게 하나 있어요."

"뭘까?"

"흑제님과 길상천녀님의 이야기에서, 왜 길상천녀께서는 기억을 잃지 않았을까요? 분명 육신을 가진 채로 명부로 들면 기억을 잃을 수밖에 없다고 했잖아요. 내가 그랬던 것처럼."

"그렇지."

"헌데 왜 그 아픈 기억을 다 가지고 있었던 걸까요."

"아마도…… 스스로의 선택이었을 거야."

"네?"

청제가 나오의 머리를 가만가만 쓰다듬었다. 손안에 감기는 그녀의 머리카락에서 은은한 향내가 풍겨 왔다.

"명부로 들 때 기억을 잃게 하는 것은 배려니까. 미련 따위 다 잊고 새로운 시간을 살라는. 헌데 그녀 스스로 그 고통을 놓지 않았던 거지. 그녀는 천녀니까 가능했을 테고."

"아……."

나오가 이제야 이해가 된다는 듯 고개를 끄덕였다. 그런 나오의 이마에 청제가 다시 입을 맞췄다. 가만가만 닿아 오는 촉촉한 입술의 감촉에 조금 전 숨이 넘어갈 듯 자신을 파고들던 그의 뜨거움이 떠올랐다.

"놓을 수 있었는데, 다 놓을 수 있었는데 그를 사랑한 그 아픈 기억을 놓지 못한 그녀의 미련이겠지. 그래서 여전히 아파야 하는 거겠지만."

"다행이에요."

"다……행?"

편안한 목소리로 말하는 나오를 청제가 물끄러미 내려다보았다. 그것이 다행일까?

"아파도 다시 시작할 수 있으니까요. 흑제님 곁에 존재할 수 있을 테니까요."

"그런가……."

"아무리 고통스러워도, 아무리 끔찍해도 보지 못하고 사는 것보다, 곁에 있지 못하고 사는 것보다 나을 테니까요. 미워하고 증오하며 곁에 있는 것이."

둘의 푸른 눈동자가 마주쳤다. 하늘을 옮겨 놓은 듯 짙푸른 눈동자가 바다를 담아 놓은 것처럼 연하고 맑은 푸른 눈동자를 응시했다. 서로가 서로의 눈에 담겨 있었다.

"나오야."

"……네?"

"부탁이 있다."

"하지 마요."

그녀가 몸을 틀었다. 하지만 자신을 꽉 끌어안고 있는 그의 힘에서 빠져나갈 길은 요원했다.

"뭘 줄 알고?"

"뭐라도 하지 마요."

"…….."

냉정하게 자르는 나오의 모습에 청제의 얼굴이 울상으로 거칠게 일그러지는 순간, 청제의 불이 난 가슴에 번개가 치는 소리가 들려왔다.

"아뿌지!"

창백하게 굳어지는 청제의 얼굴 위로 나오의 맑은 웃음소리가 울려 퍼졌다.

외전. 오라버니는 못 말려

"오라버니?"

하늘을 수놓던 연푸른 옷자락이 허공에서 멈췄다.

바람을 품고 하늘거리는 옷자락 사이로 조그마한 얼굴을 들어 올린 기하의 눈이 난감함을 담고 허공을 이리저리 둘러보았다.

"아, 씨. 기다리지 않고 혼자 간 거야? 진짜?"

분명 조금 전까지 오라비, 태호의 푸른 기운이 앞쪽에서 느껴졌다. 그냥 그 기운을 따라가기만 하면 되었다.

헌데…… 어느 순간부터 그 기운이 어디에서도 느껴지지 않았다. 문제는 이곳이 어디인지도 모르겠다는 것.

"가만 안 둘 거야. 아버지한테 다 이를 거야."

당황스러움에 입술을 잘근 씹으며 기하가 눈을 감았다.

눈에 들어오지 않으니 기운을 모아 자신을 부르는 푸른 기운을 찾아야 했다. 다른 이도 아니고 오라비의 기운이니 빨리 알아차릴 수 있을 테니까.

살짝 일그러진 고운 아미가 꿈틀거렸다. 온몸의 기운을 모아 찾고 있는 데도 오라비의 기운은 느껴지지 않았다. 그의 기운이 아주 조금이라도 이 공간에 남아 있다면 찾을 수 있을 것인데 전혀 느껴지지 않았다.

"대체!"

그 순간이었다. 허공을 향해 발을 구르던 기하가 그대로 몸을 돌려 허공으로 치솟아 올랐다. 온몸 가득 느껴지는 낯선 위험신호 때문이었다.

"끼악!"

하늘을 잠식하듯 지독한 괴성이 울렸다. 얼굴을 찡그린 기하의 눈에 시뻘건 입을 벌리고 자신을 노려보고 있는 요괴의 모습이 고스란히 들어왔다.

"뭐냐? 너 왜 여기 있냐?"

기하가 고개를 갸웃거렸다.

오라비가 쫓고 있는 놈이 눈앞의 요괴라는 것을 한눈에 알아볼 수 있었다. 저리 괴기하고 이상한 모습은 이 세상에 흔하지 않으니.

범의 다리, 새의 몸통, 뱀의 머리를 가진 요괴. 청조들이 알려 준 요괴의 모습은 정확했다.

문제는…… 요괴 출몰 장소가 틀렸다는 것. 분명 외해에 있다던 요괴가 내해도 벗어나지 않은 곳에서 모습을 드러낸 것이다.

"끄아악!"

하지만 그런 한가로운 생각 따위에 빠져 있을 시간은 없었다. 붉은 혀를 날름거리며 먹이를 찾는 듯 두리번거리던 요괴의 눈이 자신을 향해 빛나기 시작했다.

"미쳐. 미쳐."

손끝을 들어 올려 푸른 기운을 모으면서 기하가 짜증스럽게 이를 악물었다.

오라버니는 아비의 광청검도, 자신의 휘검도 부를 수 있지만 그녀는 그저 푸른 바람만 부를 수 있었다. 아직 천기를 자유자재로 쓸 수 없는 그녀에게 강한 기운은 스스로를 베는 위험이 될 수 있다며 그녀의 힘을 묶어 놓았기 때문이다.

새처럼 나는 것인지, 뱀처럼 기는 것인지 모르지만 엄청난 속도로 자신을 향해 달려드는 요괴의 움직임을 한순간도 놓치지 않고 응시하며 기하가 손끝으로 푸른 기운을 점점 크게 키웠다.

'절대 먼저 움직이면 안 돼. 언제나 적의 움직임을 마지막까지 놓치지 않아야 해. 그래야 확실하게 도망칠 수 있어.'

오라비가 언제나 말했었다. 절대 먼저 도망가면 안 된다고. 절대 먼저 눈을 감아도 안 된다고. 끝까지, 마지막 순간까지 적의 움직임을 직시해야 확실하게 피할 수 있다고.

"오라비야. 제발 좀 빨리 와라. 제발."

그녀가 콩닥콩닥 뛰는 심장으로 허공을 향해 속삭였다. 이렇게 요괴가 모습을 드러냈으니 외해로 향하던 오라비가 느끼지 못했을 리 없다. 오라비가 올 때까지만 도망 다니면 된다.

"크아악!"

요괴의 거대하고 붉은 이빨이 거칠게 벌어진 순간, 그대로 치솟아 오르던 그녀를 누군가가 끌어당겼다. 그녀를 안은 이에게서 뿜어져 나온 거대한 기운이 요괴를 향한 것도 그 순간이었다.

콰쾅! 우르릉!

세상이 무너지는 모양이다. 정체 모를 품 안에 안긴 기하의 머릿속에 문득 떠오른 생각이었다.

궁금함에 감지 않았던 눈 안으로 짙은 어둠이 훅 스며들었다. 그리고 코끝으로 느껴지는 너무도 낯선 내음. 그런데 온통 이질적인 감각으로 가득한 누군가의 품 안이 황당하게도 참 편안했다.

"괜찮은 겁니까."

머리 위에서 목소리가 들렸다. 낮고 낮아서 가슴 저 깊은 곳이 간질거리는 어떤 목소리가.

기하의 동그란 눈이 위로 향했다. 숨 막히게 검은 눈동자가 자신을 내려다보고 있었다. 너무 까매서 그런 것일까. 언뜻언뜻 햇빛에 반사된 것처럼 그 검은 눈동자가 푸른빛을 띠는 것은?

"이봐요."

얼마의 시간이 흐른 것일까. 한 번도 본 적 없는 낯설고 아름다운 그 눈동자에 빠져 숨도 제대로 내쉬지 못하던 기하가 남자의 붉은 입술이 열리는 모습에 그제야 겨우 숨을 토해 냈다.

"혹 다친 겁니까?"

자신의 얼굴을 바라보기만 할 뿐 아무 움직임도 없는 기하를 의아한 듯 바라보던 사내가 그녀의 어깨를 살짝 흔들었다.

혹여 눈을 뜨고 기절이라도 한 것이라 여기는지 걱정과 난감함을 담은 그 눈빛에 정신이 돌아온 것일까. 그녀가 고개를 저었다.

"아, 아니요."

그제야 상황을 파악한 기하가 급히 몸을 뗀 순간, 자신에게서 물러서려는 기하를 잡아당기며 사내가 그대로 몸을 돌렸다.

눈앞에 확 다가온 사내의 넓은 등에 가려 아무것도 보이지 않는 기하의 귀로 끔직한 소리만이 들려왔다.

"끼끼익. 끄르륵."

무엇인가 쇠를 긁는 것도 같고 스스로의 내장을 긁는 것도 같은 이상하고 끔직한 소리였다. 그리고 훅 끼쳐 오는 거북한 내음. 그것이 혈 향임을 인지한 기하가 사내의 어깨 위로 살며시 고개를 내밀었다.

"헉."

분명 조금 전 자신 앞에 있었던 요괴가 너덜거리는 몸을 이끌고 자신들에게 다가오고 있었다.

무엇인가의 기운에 부서져 버린 듯 온몸이 조각조각 기워 놓은 것처럼 보이는 요괴는 붉은 핏물에 감싸인 채 끝없이 피를 흘리고 있었다.

진한 피 내음에 구역질이 올라오려 했다.

"저기요."

"조용히."

"예?"

일단 그냥 도망가자고 하려던 기하의 눈에 사내의 긴 손가락이 허공으로 향하는 모습이 보였다. 유난히 길고 새하얀 손가락이었다. 오라비의 것보다 더 크고 긴 손가락은 태어나 처음 보았다.

"黑(흑)."

조용히 속삭인 사내의 손이 허공에 글씨를 새겼다. 그러자 검은 덩어리들이 사내의 손안으로 뭉실뭉실 모여들기 시작했다.

알 수 없는 그것들이 뿜어내는 기운에 놀란 기하의 눈이 커다랗게 열린 순간, 사내의 손끝에서 거대한 어둠의 불꽃이 터져 나왔다.

"와."

은빛을 담은 거대한 물길이 터지는 것만 같았다. 넘쳐흐르듯 사내의 손끝에서 뿜어져 나온 검은 기운이 그대로 뻗어 나가 자신들을 향해 달려드는 요괴를 감쌌다. 그것으로 끝이었다.

아무 소리도, 움직임도 느껴지지 않았다. 그 어둠이 먹이를 먹어 치우듯 요괴를 삼키는 모습만이 사내의 어깨 너머로 언뜻언뜻 보일 뿐이었다.

"헌데……."

어느새 흔적도 없이 요괴를 삼켜 버린 검은 기운들이 사내의 손끝으로 사라져 가는 것을 빠끔히 고개를 내밀어 보던 기하가 갑자기 돌아선 사내를 보고 움찔 몸을 뒤로 물렸다.

"요괴들이 많이 나오는 이곳에 대체 왜 혼자 있는 것입니까, 그쪽은."

사내가 그녀를 내려다보았다. 이제야 사내의 모든 것이 보였다.

가까이 있어서였을까. 눈앞의 사내가 꽤 큰 키를 가졌다는 것도, 눈뿐이 아니라 긴 머리카락과 입고 있는 옷 역시 지독하게 검다는 것도 그때서야 확연하게 알 수 있었다.

빛 아래여서일까. 조금 전 가까이 다가서서 보았을 때와 달리 사내의 검은 눈동자는 왠지 모르게 탁해 보였다.

그제야 기하는 알 수 있었다. 눈앞의 이가 앳되다고 할 만큼 아직 어리다는 것을. 오라비보다도 어려 보이는 이였다.

"누굴 좀 따라가다 놓쳐서 그럽니다."

"어서 돌아가요. 이곳은 위험합니다."

"그게……."

"설마 돌아가는 길을…… 모릅니까?"

사내의 얼굴에 황당함이 어리는 모습에 기하가 발끈 고개를 들었다.

어쩌면 자신보다 어릴지 모르는 사내 앞에서 왠지 자존심이 상하는 그녀였다. 저 자신도 못 지키고, 돌아가는 길도 모르는 이로 비치는 것이.

"걱정 마십시오. 곧 저를 찾으러 올 테니까요."

"누가 말입니까?"

그때였다. 그녀를 향해 있던 사내의 검은 눈동자가 뒤로 돌려진 것은. 그 순간 그녀를 안은 사내가 날아올랐다. 사내의 검은 장의 자락이 그들을 감싸는 순간 언뜻 기하의 눈에 익숙한 푸른 기운이 들어왔다.

'젠장.'

요괴를 마주했던 그 순간 그리도 간절하던 기운이 지금 이 순간은 너무도 짜증스러운 기하였다. 필요할 땐 오지도 않더니 왜 하필 이 순간이란 말인가.

"누구냐. 넌."

익숙한 목소리가 공간을 울렸다.

기하가 빠끔히 사내의 등 뒤로 고개를 내밀었다.

아니나 다를까. 지금 이 순간 하나도 반갑지 않은 이가 허공에 선 채 자신을 안은 사내를 노려보고 있었다. 사내가 그쪽을 향해 움직이는 것이 느껴졌지만 기하는 사내의 품에서 벗어나지 않았다.

"내가 그쪽에게 그것을 알려 줘야 할 이유가 있나."

또다시 땅속 저 깊은 곳에서 울려 나오는 듯 지독하게 낮은 목소리가 그녀를 안고 있는 사내의 입에서 흘러나왔다. 가슴 깊은 곳에서 흘러나오는 사내의 공명이 기하의 온몸으로 스미는 것 같았다.

"그런가. 하긴 그쪽이 누구인지는 상관없다. 헌데 그 아이는 좀 달라서 말이지. 그 아이에게서 물러나 주었으면 한다. 내가 화나기 전에."

사내의 검은 장의가 거칠게 펄럭이기 시작했다. 고요했던 숲속에서 바람이 웅웅 거세게 불어오기 시작했기 때문이다.

푸른 바람의 기운이 허공을 채우며 사내를 날려 버릴 듯 감싸고 돌기 시작하자 입술을 악문 기하의 시선이 조심스럽게 들어 올려졌다.

오라비가 내뿜는 거센 기운이 사내를 힘겹게 할 거 같아 걱정스러웠다. 하지만 그녀의 걱정 따위 기우라는 듯 사내의 표정은 조금도 변하지 않았다. 새하얀 얼굴 가득 퍼져 있는 비소가 숨이 막히게 아름다울 뿐.

바람에 흩날리는 사내의 먹빛 머리카락이 그녀의 얼굴을 스쳐 지나갔다. 습한 어둠의 내음이 그녀의 코끝으로 밀려 들어왔다.

"싫은데."

그때였다. 믿을 수 없는 말이 사내의 입에서 흘러나온 것은.

"뭐?"

오라비의 얼굴이 거칠게 일그러지며 온몸이 푸른 기운에 천천히 감싸이는 것을 본 기하가 기함을 하며 사내 앞으로 달려 나갔다.

기하의 움직임에 두 사내의 눈이 그녀를 좇았다. 그녀가 두 팔로 사내를 감싸듯 막으며 오라비 태호를 노려보았다.

"하지 마! 이분이 나를 구했단 말이야. 그러니 예를 취해, 오라버니."

"너를 구해 줘?"

"오라버니?"

두 사내의 입에서 그녀를 향한 질문이 동시에 터져 나왔다.

거대한 아름드리 느티나무들이 숲을 이룬 곳으로 스며들듯 들어선 세 사람이 어느 정도의 거리를 두고 마주 앉았다.

눈짓으로 자신 옆으로 오라는 오라비의 신호를 일부러 못 본 척하며 기하가 사내의 곁으로 아주 조금 다가앉았다.

보지 않아도 지금 오라비의 얼굴이 어떻게 일그러졌을지는 알고 있지만 그래도 지금은 눈앞의 사내가 궁금하고 관심이 가니 어쩔 수 없었다.

얼마나 오래 살아왔는지 가늠도 되지 않는 느티나무들의 오래된 가지 위에 걸터앉은 태호가 짜증 어린 얼굴로 누이를 노려보다 사내에게로 고개를 돌렸다.

처음에는 너무도 낯선 기운의 이가 누이를 안고 있는 것에 놀랐지만 이리 제대로 마주하니 눈앞의 이가 가진 기운의 원천이 무엇인지 확연하게 느껴져 왔다.

세상에서 가장 강한 어둠의 힘. 그것을 저렇게 뿜어내는 이는 현재 세상에 둘뿐인 것으로 알고 있다. 북방의 흑제와, 그 후계자.

"그대가 북방의 후계자……."

"운이다."

살짝 고개를 끄덕이며 사내가 대답했다. 기하의 눈과 입이 커다랗게 열렸다. 누이의 반응에 미간을 좁힌 태호가 사내를 가만히 응시했다.

자신이 아는 대로라면 흑제의 후계자는 자신보다 한참이나 어리다. 아니, 기하보다도 늦게 태어났다고 알고 있다.

눈앞에 있는 이에게서 풍기는 느낌은 절대 어린 소년의 그것이 아니었다. 하지만 사내에게서 뿜어져 나오는 거대한 어둠의 기운은 흑제의 후계자가 아니라면 설명할 길이 없었다.

"헌데 북방의 후계자가 여기까지 무슨 일인가? 설마 요괴를 잡으러 여기까지 온 건가?"

"설마. 요괴 따위 설치든 말든 그게 뭐라고."

비틀리는 사내의 붉은 입술에 울컥 화가 치솟았지만 내리눌렀다. 부정하고 싶어도 기하를 구해 준 것은 부정할 수가 없으니까.

너무 서두르느라 이곳에서 느껴지는 요괴의 체취를 놓치고 청조가 말한 외해까지 가서야 기하가 미처 따라오지 못했다는 것을 알았다. 그리고 느껴지던 요괴의 기운.

숨이 막혔다. 기하는 아직 그런 요괴들을 상대하지 못하니까.

"그럼 이곳은 왜 온 건가?"

"그냥, 세상을 유람하는 중이라고 할까?"

너무도 느긋하게 들려서일까. 그 목소리에서 어둠과는 어울리지 않게 바람의 내음이 느껴진다고 기하가 생각했다. 그러고 보니 품에 안겨 올려다본 사내의 검은 눈동자에서 푸른 기운을 느꼈던 것도 같다.

착각이라고 생각했는데. 지금 또 그에게서 푸른 바람의 내음이 분명 느껴지고 있었다.

"그러면 황금타에 가 보지 않으실래요?"

불쑥 나온 말이었다. 금방이라도 일어나자고 할 거 같은 오라비 때문에 조바심이 나서. 기하의 말에 또다시 두 사내의 눈이 기하를 향했다.

말도 안 된다는 듯 거칠게 일그러지는 태호의 눈과, 생각지 못한 제의에 황당하다는 듯한 사내의 두 눈. 그 찌를 듯한 시선들을 아무렇지도 않게 받으며 기하가 활기차게 말을 이었다.

"저를 구해 주셨으니 저희 부모님께서 엄청난 환대를 해 주실 거예요. 세상 유람에 동방이 빠지면 안 되지 않을까요?"

동그란 눈을 들어 거리낌 없이 말하는 기하를 검은 눈의 사내가 물끄러미 내려다보았다.

이상한 여인이었다. 아니, 아직 여인이라고 하기엔 어린 소녀였다. 세상에서 가장 치열한 눈빛으로 자신을 경계하는 눈앞 푸른 녀석의 누이라는 것도 안다.

녀석이 풍기는 기운이 분명 거대한 푸른 바람의 기운이니 그가 청제의 후계자라는 것도 마주한 순간 느낄 수 있었다. 그렇다면 누이라는 이 소녀는 청제의 여식일 터였다.

헌데 소녀에게서는 청족의 기운이 거의 느껴지지 않았다. 차라리 인간들의 기운에 더 가깝게 느껴졌다. 이상하고 신기했다.

"안 그래? 오라버니?"

"……."

"저분이 아니셨으면 내가 어떻게 되었을지 어떻게 알겠어? 아버지가 그 말을 들으시면 엄청나게 환대하실 것이 분명하잖아. 그렇지?"

태호가 짜증스럽게 얼굴을 쓸었다.

지금 협박을 하고 있는 것이다. 동의하지 않으면 자신을 제대로 데리고 다니지 않았다는 것을 아버지께 알리겠다는 협박.

"헌데……."

깊게 한숨을 내쉰 태호가 입을 열려는 순간 운이 입을 열었다.

"부모? 아버지라는 것이 청제님을 칭하는 것인가?"

"당연하죠. 아버지 어머니를 부모라 하지, 그럼 누굴 부모라고 해요?"

이상한 것을 묻는다는 듯 고개를 갸웃거리는 기하의 말에 운의 얼굴에 이상한 표정이 떠올랐다. 웃는 것도 아니고 우는 것도 아닌, 무엇인지 설명할 길 없는 표정이었다.

"우리는 그렇게 부른다. 어려서부터 그리 가르치셨으니까."

태호가 설명했다. 언제인지 모르지만 비사가 스치듯 한 말을 기억한다.

아버지인 청제는 그 누구에게도 아버지란 말을 해 본 적이 없다고. 대제들에겐 후계자와 선대만 있을 뿐, 부모라는 존재는 없다는 것을.

아마 눈앞의 이도 그렇게 컸을 것이다.

"우리만 그렇게 부르는 거야?"

기하가 놀란 눈으로 물었다.

자신은 모르던 일이었다. 당연히 모두 그렇게 부르는 줄 알았다. 그렇다면 눈앞에 있는 이 북방의 후계는 부모를 뭐라고 부르는 것일까?

"나 역시 초대하고 싶은데. 어떤가. 황금타도 한번 구경하기에는 나쁘지 않은 곳일 텐데."

기하의 물음에는 대꾸도 않은 채 태호가 물었다. 아직 후계일 뿐이지만 어느 날인가 자신과 함께 수미산을 지켜 갈 또 다른 주인을 조금 더 알 수 있는 기회를 놓칠 필요가 없었다. 이런 기회가 또 올 일은 없을 것이다.

자신의 물음에 시선도 주지 않는 태호를 노려보던 기하의 입이 커다랗게 열렸다. 반대할 줄 알았던 오라비가 먼저 제안해 주다니. 간절함을 담은 기하의 시선이 운을 바라보았다.

"황금타도 세상의 일부이니 나쁘지 않겠지."

"우와!"

시원하게 흘러나오는 운의 대답에 기하의 입에서 환호성이 터져 나왔다. 그런 기하를 보며 태호가 짜증스럽게 고개를 저었다.

— 또 뒤처져서 고생시키지 말고 내 등에 타라.

거대한 청룡이 몸을 틀며 기하 앞에 멈췄다. 청룡에게서 흘러나오는 공명이 기하를 향했다. 청룡의 발톱보다도 작은 기하가 샐쭉한 시선으로 청룡의 거대한 눈을 응시하며 날름 혀를 내밀었다.

"나 혼자 갈 수 있어."

— 기하야.

청룡의 서늘한 눈이 기하를 똑바로 바라보았다.

때론 아버지보다 더 엄한 오라비였다. 이미 한 번 문제가 있었으니 절대 혼자 가는 것을 허락하지 않을 것이다.

기하가 마지못해 고개를 끄덕이고는 청룡의 등에 올라탔다. 그리고는 뒤쪽을 바라보았다.

푸르름이 가득하기만 하던 공간에 세상 어디서 온 것인지 모를 어둠의 그림자가 뭉글뭉글 피어오르는 모습은 기이하면서도 이상하게 아름다웠다. 빛을 받아 반짝이는 검은 형태는 정말 먹물을 떨어뜨려 놓은 듯 지독하게 까맸지만 그 검은 빛깔이 담고 있는 느낌은 이 공간을 물들인 햇빛보다 더 아름답고 고왔다.

그런 검은 형태가 사내를 둘러싸는 순간, 말로만 들어 본 현무가 모습을 드러냈다. 거대한 등껍질을 가진 짐승의 목과 꼬리는 뱀의 그것이었다. 뱀의 눈처럼 가늘고 지독하게 검은 동공. 반가움에 기하가 활짝 미소를 짓는 순간, 스치듯 그녀를 지나간 현무의 눈이 허공을 향했다.

"피."

왠지 모를 허탈함에 고개를 떨군 기하가 날아오르는 오라비의 움직임에 놀라 비늘을 꽉 움켜쥐었다.

"아버지!"

채 바닥에 내려앉기도 전에 그대로 태호의 등에서 뛰어내리는 기하를 보고 고개를 저으며 손을 들어 올리려던 청제가 잠시 움직임을 멈췄다.

꽃잎이 나풀거리며 떨어지듯 바람을 타고 조심스럽게 정원으로 내려앉는 기하의 움직임이 무척이나 안정적으로 보였다.

그의 입가에 부드러운 미소가 번졌다.

"이제 제법이구나."

"이런 것은 아무것도 아닌걸요. 아, 아버지. 그런데요."

"손님이 계시구나."

호들갑스럽게 다가서는 기하를 향해 청제가 미소 지었다.

이곳에서는 존재할 수 없는 기운이 결계 가까이로 다가오는데 느끼지 못할 그가 아니었다. 다만 그 기운이 태호의 기운과 함께하기에 결계를 열어 놓은 것뿐이었다.

"흑제님의 후계자예요."

무엇이 그리 신나는지 볼까지 발갛게 물든 기하의 말에 청제의 시선이 허공에서 천천히 내려오고 있는 검은 그림자에게로 돌려졌다.

거대한 몸통에 긴 목과 꼬리를 가진 현무가 다가오며 인간의 형상으로 돌아오는 모습이 그의 시선에 박혀 들었다.

낯선데 낯익은 이의 모습에 청제의 얼굴에 알 수 없는 감정이 흘렀다.

"북방의 후계자 전운, 동방의 주인이신 청제님을 뵙습니다."

검은 장의를 조심스럽게 갈무리하며 운이 청제 앞에 무릎을 꿇었다.

"어서 오게. 귀한 손님이 황금타를 찾았군."

인자한 미소가 가득 번지는 청제의 얼굴을 올려다본 운이 천천히 몸을 일으켰다. 그때서야 태호가 그들의 옆으로 다가섰다.

"요괴는 처리하였느냐."

"그것이."

막 태호가 설명을 하려던 순간 기하가 그들 사이로 톡 튀어나왔다.

"요괴는 운 님께서 처리하셨어요. 오라버니는 요괴의 기운 따위 살피지도 않고 외해로 날아가시는 바람에 제가 엄청 위험할 뻔하였고요."

"……."

태호의 눈꼬리가 더 올라갈 곳이 없을 듯 하늘로 치켜 올라갔다. 하지만 그런 태호의 반응 따위 상관도 없다는 듯 기하가 의기양양하게 운을 돌아보았다.

"그래서 막 요괴가 덤벼들려는 순간, 운 님이 나타나신 거예요. 후, 운 님이 나타나지 않으셨으면 전 정말 큰일 날 뻔하였다니까요. 다시는 아버지 얼굴도 못 보는 줄 알았는걸요."

"이런……."

청제가 살짝 고개를 저으며 태호를 바라보았다. 태호가 어깨를 으쓱해 보이고는 깊이 한숨을 토해 냈다.

"정말 귀한 손님이시구나. 우리 기하의 생명을 구해 주셨다니."

"과찬이십니다. 청제님. 제가 보기에 기하천녀는 제가 없었다 해도 분명 무사히 요괴에게서 도망칠 수 있었을 것입니다. 저리 상황 파악이 빠르니까요."

운의 무심한 듯한 말에 태호의 어깨가 살짝 흔들렸다. 무슨 일이 있냐는 듯 아무 표정도 없이 자신을 바라보는 운과, 애써 웃음을 참느라 이상한 표정을 짓고 있는 태호를 번갈아 보는 기하의 눈이 동그랗게 커졌다.

"귀한 손님을 이리 세워 두는 법은 어디에도 없다. 안으로 모셔라. 태호야."

"예."

깍듯하게 청제를 향해 고개를 숙여 보인 태호와 달리 아비의 옆에 귀여운 강아지처럼 매달리는 기하의 모습이 운의 시선에 들어왔다.

나풀거리는 그녀의 옷깃이 주인에게 애교를 부리는 조그마한 강아지의 꼬리 같다고 말하면 저 여인의 입에서 어떤 말이 나올까 문득 궁금해지는 운이었다.

진하디진한 빛이 가득한 공간으로 들어서던 운이 살짝 미간을 좁혔다.

수정타를 떠나 처음으로 세상에 나섰을 때에는 이 빛이 무척이나 힘겨웠던 것이 사실이다. 하지만 곧 익숙해졌고 이상하리만치 힘겹다는 느낌은 거의 받은 적이 없었다.

헌데 이곳의 빛은 그 기운이 달랐다. 황금타 안에서도 청제의 기운이 가장 강한 공간이니 그럴 것이다.

"괜찮은 건가?"

자리를 잡고 앉은 운의 곁에 다가앉은 태호가 살짝 속삭이듯 물었다.

생각지 못했던 일이었다. 자신들에게는 너무도 편안한 이 빛이 어둠의 기운을 가진 그에겐 힘들 수도 있다는 것을. 그것은 아마도 처음 만나던 순간부터 빛에 아무 반응도 보이지 않는 운의 모습 때문일 것이다.

걱정스러운 듯 묻는 태호의 말에 운이 고개를 끄덕여 보였다. 들어서는 순간 살짝 거슬렸을 뿐 거부감을 느낄 정도는 아니었다.

"귀 비사, 북방의 후계자께 인사 올립니다."

낯설고 부드러운 목소리에 운이 고개를 들었다. 온통 붉은빛으로 감싸인 사내가 자신의 앞에 공손히 고개를 숙이고 있는 모습이 보였다.

수많은 세월을 살아온 듯 사내의 붉은 눈에는 세상이 가득 담겨 있지만 그 모습은 한숨이 나올 만큼 아름다웠다.

사내를 지나간 운의 시선이 사내 뒤에 서 있는 거대한 털북숭이에게 닿았다. 털 속에 갇혀 있어 표정을 읽을 수 없었지만 비사처럼 공손하게 숙이지 않는 몸의 움직임으로 보아 눈앞의 이가 자신을 별로 좋아하지 않는다는 것은 확연하게 느낄 수 있었다.

"건달바, 북방의 후계를 뵙습니다."

퉁명스러운 거친 목소리가 울렸다. 그 목소리가 난감한지 비사의 얼굴이 살짝 일그러지는 것을 보며 운이 그들에게 마주 고개를 숙였다.

"수정타는 여전히 강건한가. 흑제께서도."

흔들림 없는 모습으로 찻잔을 드는 운을 잠시 응시하던 청제가 그를 향해 물었다. 정확하게 집어낼 수 없는 감정들이 청제의 눈동자에 가득 흐르고 있었다.

그 감정들의 색깔을 곱씹듯 응시하며 운이 살짝 고개를 숙였다. 그의 검은 머리카락이 얼굴을 타고 흘러내렸다.

"모두 무탈하십니다."

무탈이라는 단어가 몸의 이상을 말하는 것이라면 맞는 말일 것이라고 운이 무심히 생각했다.

여전히 다 아물지 못한 상처로 힘겨워하면서도 곁을 떠나지 못하는 모체 길상천녀도, 그런 그녀를 놓지 못하고 아직도 용서를 기다리는 흑제도 육신은 강건하니까.

"그대가 불안정한 상태로 태어나 심연에 오래도록 머물렀다는 이야기는 들었네."

심연. 그 익숙한 공간을 말하는 청제의 목소리에 운이 살짝 시선을 들어 올리다 자신을 보고 있는 기하의 시선과 마주쳤다.

조금의 망설임도 두려움도 없이 자신을 뚫어 버리기라도 할 듯 응시하고 있는 푸른 눈동자가 유난히 맑았다.

"모체의 태 안에서는 봉인이 되어 견딜 수 있었지만 태어나서부터는 그럴 수 없었습니다. 해서 성체가 되어 제 안에 담긴 다른 기운을 견딜 수 있게 될 때까지 심연에 있어야 했습니다. 심연에서 나온 지 얼마 되지 않았습니다."

"그대가 모체의 태 안에서 봉인되었던 이유가 무엇인지는 알고 있나."

갑작스러운 청제의 말에 가장 놀란 것은 비사였다. 그가 스스로 그것에 대해 묻고 있었다.

붉게 흔들리는 비사의 시선을 외면하며 청제가 운을 바라보았다. 운의 흔들림 없는 눈이 청제를 향해 있었다.

"알고, 있습니다. 청제님의 기운이 모체에 스며들어 제가 봉인되었다는 것을요."

"누가 알려 주었는가."

"이든이 말해 주었습니다."

"그랬군."

너무도 편안해 보이는 대화였다. 그저 일상적인 소식을 전하는 듯 엄청난 것들을 태연하게 이야기하는 두 사람을 보며 경악 어린 표정을 짓는 것은 오히려 태호와 기하였다.

"빛에 대한 거부감이 이제까지 존재했던 어떤 흑제보다 없는 것은 그 때문일 것이라고 하더군요."

"빛에 대한 거부감이 없다?"

"예. 저는 그렇습니다."

청제의 얼굴에 살짝 당혹스러움이 스쳐 갔지만 그는 이내 편안한 미소를 지었다.

"그대를 반가워할 사람이 오는군."

청제의 입에서 흘러나온 말과 그의 눈 가득 담기는 행복감을 보며 고개를 든 운의 앞에 전각 안으로 들어서는 여인의 모습이 보였다.

눈앞에 앉아 있는 소녀가 조금 더 나이가 든다면 딱 저런 모습일 것이라 느껴지는 여인이었다.

누가 말해 주지 않아도 한눈에 알 수 있었다. 그녀가 이곳 황금타의 안주인, 청제가 모든 것을 걸고 지켜 냈다는 그의 반려라는 것을.

천천히 앉아 있는 이들에게로 다가서던 여인의 눈이 운에게 멈췄다.

여인의 푸른 눈이 살짝 흔들리는 것을 느낀 것일까. 급히 일어난 청제가 여인에게 다가가 그녀의 어깨를 감싸 안았다.

팔을 들어 여인의 가는 어깨를 감싸는 그의 움직임에는 여인에 대한 사랑이 가득 배어 있었다.

"다문천의 후계자요. 나오."

그의 속삭임에 여인의 눈이 커다랗게 열렸다. 그리고 그 커다란 눈에 천천히 물기가 어리는 모습이 운의 눈에 들어왔다. 순수함이 가득한 그 푸른 눈동자에 어리는 물기는 너무도 투명해서 빛을 받은 보석 같았다.

"그럼, 그때 그 봉인되었다던……."

"그렇소."

행복한 미소가 번지는 여인의 볼 위로 투명한 눈물이 주룩 흘러내렸다.

청제의 전각을 나가는 젊은 무리들을 말없이 바라보던 나오가 긴장을 내려놓듯 청제의 어깨에 머리를 기댔다. 그녀의 시선이 무슨 이야기인가를 나누며 걸어가고 있는 태호와 운의 뒷모습에 닿아 있었다.

비슷한 키와 비슷한 체격, 게다가 연배도 비슷해 보이는 두 아이였다. 태어난 것은 태호가 훨씬 먼저이지만 모체의 태 안에 생긴 것은 흑제의 후계, 운이 더 먼저였다.

아마도 그래서일 것이다. 태호보다 한참 늦게 태어났지만 어떤 면은 태호보다 더 성숙해 보이고 어른스러워 보이는 것은.

"이제야 마음이 편하네요."

"그런가."

나직하게 울리는 나오의 목소리에 청제가 그녀의 머리카락을 가만히 쓰다듬었다.

그녀가 무엇을 말하는지 설명하지 않아도 알 수 있는 그였다. 어쩔 수 없었다 해도 태아를 품고 있는 길상천녀를 공격한 것은 그였으니까.

그의 푸른 기운이 그녀에게 닿아 태아가 봉인되었다는 진실은 그들에게 너무도 고통스러운 소식이었다.

"흑제님과 길상천녀님을 빼닮아서인지 많이 수려하네요."

"그래서 문제인 거 같은데."

"네?"

살짝 짜증이 어린 청제의 목소리에 의아함을 담고 고개를 든 나오에게 청제가 눈짓으로 앞을 가리켰다.

고개를 돌린 나오의 눈에 수려한 두 청년을 따라 행복한 듯 팔랑거리며 걸어가고 있는 기하의 모습이 보였다.

무엇이 그리 좋은지 투명하게 웃고 있는 기하의 눈이 검은 모습의 사내에게서 떨어질 줄 몰랐다. 그 모습을 보는 나오의 눈에 미소가 번졌다.

"우리 기하도 이제 여인이 되려나 보네요."

"싫은데……."

퉁명스럽게 말하며 미간을 찡그리는 청제의 얼굴에 나오가 가만히 입을 맞췄다. 토닥토닥 달래듯 닿아 오는 그녀의 입술을 음미하듯 눈을 감고 있던 청제가 천천히 눈을 뜨며 그녀를 내려다보았다.

"이러면 안 되는 거요. 내가 참을 수가 없어지니까."

그의 손이 허공을 스쳤다. 그리고 그의 손에서 흘러나온 푸른 바람이 채 주변을 결계로 감싸기도 전에 나오의 몸이 나풀거리며 침상 위로 쓰러져 내렸다.

❈ ❈ ❈

청제의 전각을 나선 태호가 기하를 향해 돌아섰다.

"나는 아까 잡은 요괴를 봉인해야 하니 네가 손님께 황금타를 안내해 드려라."

"예! 오라버니."

"……어쩐 일이냐? 내 말에 그리 시원하게 대답을 잘하고?"

"저야 언제나 오라버니 말에 순종하지 않습니까!"

눈을 가늘게 뜨며 태호가 놀리는 소리에 기하가 눈을 동그랗게 뜨며 입에 거품을 물었다.

"순종이라. 언제부터 짜증을 내고 도망을 가고 발뺌을 하는 것이 순종이 된 것일까? 비사?"

"기하 님이 태어나시면서부터이니 2천 년이 조금 안 되었을 것입니다. 태호 님."

"비사!"

울상이 된 기하가 발을 굴렀다. 모두의 웃음소리가 황금타를 가득 매우는 오후였다.

숨 막히게 진한 꽃향기가 진동하는 황금타 정원에 들어선 운이 진하게 내리쬐는 빛에 손을 들어 올렸다. 눈이 부셔 제대로 뜰 수가 없어서였다.

그런 운이 걱정스러운 듯 기하가 다가섰다. 종종거리며 자신의 옆으로 다가서는 기하에게서 햇빛 내음이 난다고 운이 생각했다.

"빛이 너무 강해서 싫으십니까? 안으로 들어갈까요?"

"아닙니다. 나쁘지 않습니다."

"원래 흑족들은 빛을 힘들어한다 들었는데 운 님은 아닌 모양입니다?"

정말 궁금한지 그 푸른 눈에 의아함이 가득 담겨 있는 것을 본 운이 옅은 미소를 지었다.

"저는 어둠의 기운과 함께 청제님의 푸른 기운도 품고 태어났으니까요."

"아까도 그 이야기를 들었는데 그게 무슨 말입니까? 대체 왜 흑제님의 후계이신 운 님에게 저희 아버지의 기운이 담겨 있다는 것입니까?"

"오래전에 그런 일이 있었다고 들었습니다. 저 역시 그 이유를 자세히는 모릅니다. 헌데 기하천녀께서는 아직 푸른 기운을 제대로 쓰지 못하시는 것입니까?"

궁금한 것은 확실히 알아야 직성이 풀린다는 의지를 가득 담은 눈으로 계속 물어 올 기세인 기하를 향해 운이 말을 돌렸다. 그 이야기는 더 이상 하고 싶지 않으니까.

아니, 그것보다 그녀가 그 이야기를 알게 하는 것이 별로 좋지 않을 것 같았기 때문이었다.

왠지 그랬다. 자신들의 선대가 서로를 죽이려 했었다는 이야기를 이 눈앞의 투명한 소녀에겐 알게 하고 싶지 않았다.

"그건, 제가 조금 덜렁거리고 실수를 많이 해서, 물론 제가 일부러 그러는 것은 절대 아닙니다. 제가 조금 호기심이 많다 보니. 그래서 아버지께서 제 힘을 봉인해 두셨다가 조금씩 풀어 주고 계십니다."

살짝 붉어진 얼굴로 대답하는 기하의 목소리가 자꾸만 기어 들어가듯 작아지는 모습에 운이 옅게 미소를 지었다.

얼마나 문제를 일으키고 다녔으면 청제의 딸인 그녀의 기운을 청제가 봉인하였을지 상상이 되는 그였다.

그녀에게 닿았던 시선을 멀리 던지며 운이 깊게 숨을 들이마셨다. 따스하고 시원한 기운이 폐 속까지 담기는 느낌이 좋았다.

"이곳은 인간계의 모습과 비슷합니다. 아버지, 어머니. 그런 것들이 존재하는 곳이 수미산 안에도 있을 것이라곤 상상하지 못했는데 말입니다."

"저는 모두가 그리 부르는 줄 알았습니다. 저희만 그런 줄은 몰랐으니까요. 그러면, 운 님은 흑제님을 어떻게 부르십니까? 어머님은요?"

"흑제님은 다른 이들처럼 흑제님이라 부르고 저를 잉태하고 낳아 주신 분은 모계라 부릅니다."

"헉."

황당하다는 듯 숨을 토해 내는 기하의 얼굴에 닿은 운의 시선이 따스하게 물들었다.

어둠의 기운이라고는 한 조각도 담겨 있지 않은 이 공간과 기하의 모습이 얼마나 잘 어울리는지 그녀는 모를 것이다.

진하디진한 빛과, 그 빛보다 더 곱고 투명한 눈을 가진 소녀의 모습. 순수한 푸른빛을 가득 품은 그녀는 바라보는 것만으로도 가슴 저 깊은 곳을 따스하게 만들어 주는 이였다.

시선을 들어 맑디맑은 황금타의 푸른 하늘을 올려다보던 기하가 온몸으로 강하게 느껴지는 시선에 고개를 돌렸다. 그를 뚫어지게 바라보던 기하의 시선이 채 피하지 못하고 그의 시선과 정면으로 마주쳤다.

"제가 이상합니까."

의아한 듯 묻는 운의 말에 기하가 고개를 저었다. 귀여운 귀밑머리가 살랑살랑 그녀의 움직임에 흔들렸다.

"아마 그래서였나 봅니다. 요괴 앞에서 운 님이 저를 품 안으로 숨겨 주셨을 때 그리도 편안했던 것이요. 운 님께서 제게 익숙한 푸른 기운을 품고 계시니까요."

"……."

말갛게 웃는 기하의 얼굴에 운의 검은 눈동자가 닿았다. 태어나 처음으로 누군가의 눈에 자신이 비치는 것을 본 운이었다.

"비사."

막 정원으로 들어서던 걸음을 멈춘 채 부르는 태호의 목소리에 비사가 고개를 돌렸다. 정원 한가운데 앉아 이야기에 빠져 있는 젊은 남녀의 모습은 그 누구라도 시선을 빼앗기지 않을 수 없을 만큼 아름다웠다.

"예. 태호 님."

"저게 가능한 거야? 흑제의 기운 속에 청제의 기운이 함께 담긴다는 것이 말이야."

"저 역시 처음 듣고 보는 일입니다. 한 번도 없었던 일이니까요. 서로 전혀 다른 힘이 하나의 힘으로 합쳐질 수 있다는 것은 상상하지 못했던 일입니다."

"분명 두 가지 힘을 몸 안에 품고 있거든. 확연하게 느껴질 만큼."

"예. 저도 느꼈습니다."

"그의 힘이 기하에게 독이 되는 것은 아니겠지?"

태호가 무엇을 걱정하는 건지 알 수 있었다. 지금 눈앞에 있는 기하는 정말 꿀이 뚝뚝 떨어지는 눈으로 흑제의 후계를 올려다보고 있었으니까.

언제나 조심성이 많은 태호로서는 어린 누이가 걱정되는 모양이었다.

비사의 얼굴에 미소가 번졌다.

"대제님들의 힘이 그 자체로 서로에게 독이 되지는 않습니다. 물론 적대감을 갖고 그 힘으로 상대를 공격한다면 무서운 무기가 되지만요. 그렇다면 조화를 이뤄 이 수미산을 지킬 수 없을 테니까 말입니다."

"그렇겠지."

"어차피 천제님에게서 나누어진 힘인 것을요. 근원은 하나였으니 아마 저분의 경우도 가능했다 생각됩니다."

"어둠의 힘도, 빛의 힘도 함께 가졌다……. 왠지 부러워지는데?"

걸음을 옮기기 시작하는 태호의 등을 보며 비사가 고개를 저었다.

강한 기운에 본능적으로 이끌리는 청룡의 기질을 온전히 가진 태호였다. 그러니 당연히 강한 이에게 매력을 느끼고 있을 것이다. 강한 힘에 대한 끝없는 욕망이 온전히 느껴져 왔다.

"이 아이가 혹여 불편하게 해 드린 것은 없습니까."

다가서며 웃음을 흘리는 태호의 모습에 고개를 저으며 눈을 치켜뜨는 기하를 운이 바라보았다.

귀엽고 사랑스러운 눈으로 오라비를 흘겨보는 모습이 이제 제법 익숙해지고 있었다. 말 한 마디 지지 않으려는 오누이. 한데 그 모습이 가슴 시리도록 부럽고 행복해 보인다면 자신이 너무 외로운 것일까.

"묵으실 곳을 준비해 두었습니다. 쉬고 싶지 않으십니까."

세상을 구경하며 다니고 있다 하였으니 혹 피곤하지 않을까 염려하는 태호였다. 그런 태호에게 운의 시선이 가만히 닿았다.

한 점의 흐트러짐도 담지 않은 푸른 바람의 모습 그대로였다. 어둠이라고는 느껴 본 적조차 없어 보이는 맑은 눈빛과 강건하게 느껴지는 기운이 그가 얼마나 스스로를 잘 절제하며 힘을 운용하는 이인지를 알려 주었다.

하지만 자유로워 보이지는 않았다. 그런 점에서는 곁에 있는 누이 기하가 훨씬 자유로운 바람처럼 느껴졌다.

"괜찮습니다. 이곳의 기운이 평안해서인지 몸이 가볍습니다."

"그러면 동방의 숲에 가 보시지 않겠습니까? 황금타에 오셔서 그곳을 구경하지 않으시면 구경하셨다고 말할 수가 없을 것입니다."

"청제들의 힘이 태어나는 곳 말입니까?"

"예. 오라비도 저도 그곳에서 태어났답니다."

거침없이 제안을 하며 몸을 일으키는 기하의 모습에 놀란 태호가 기하를 막으려는 순간 운이 자리에서 몸을 일으켰다.

그의 길고 단단한 몸을 감고 있는 검은 장의가 그의 움직임에 물결처럼 흔들렸다. 어둠이 바람 속을 흐르는 것 같았다.

"무척 궁금해지는군요."

운이 그녀를 향해 옅은 미소를 지어 보였다. 그 미소에 기하가 얼어붙듯 숨을 멈췄다.

빛이 쏟아져 내리는 황금타의 가장 아름다운 정원 안에서 빛을 품고 반짝이는 검은 눈동자가 그리 아름다울 수 있다는 것이 믿기지 않았다.

칠흑 같은 어둠이 세상 그 어떤 빛보다 진하게 반짝였다. 그 검은빛이 그녀의 가슴에 파문을 일으키며 박혀 들었다.

바람의 힘을 타고 떠오르는 운과 기하를 살핀 후 자신의 바람을 부르려 손을 들어 올리던 태호가 자신을 향해 달려오는 건달바의 모습에 손을 내렸다.

그에게로 모여들던 바람이 허공으로 흩어져 갔다.

"무슨 일이야."

"그게, 청조가 급한 전갈을 가져온 모양인데 청제님께 아뢸 수가 없어서 비사가 태호 님께서 오셔야 한답니다."

"아버지는 왜?"

"또 전각에 결계를 쳐 놓으셨습니다. 그것도 아주 강하게."

"풋."

짜증스럽게 고개를 젓는 건달바의 모습에 태호가 손으로 입을 막았다.

종종 있는 일이었다. 그럴 때의 아버지와 어머니의 시간을 방해하면 큰 일 난다는 것을 모두가 알고 있었다.

중요하지 않은 일은 비사가 알아서 해결하곤 하지만 아무래도 신경이 쓰이는 일은 이제 태호가 그 결정권을 쥐고 있었다.

"조금 불안하긴 한데…… 흑제의 후계가 함께 있으니 괜찮겠지?"

태호의 눈이 저 멀리 사라져 가는 운과 기하를 바라보았다.

❈ ✠ ❈

푸른 바람 한 조각이 하늘에 나풀거리는 것 같았다. 허공을 나는 기하의 모습은 그랬다.

바람에 실려 푸른 기가 도는 긴 머리카락이, 새하얀 장의가 날리는 모습이 검은 어둠을 타고 나는 운의 시야를 가득 채웠다.

무엇인가를 이렇게 아무 이유 없이 시선에 끝없이 담고 있는 것은 처음이었다. 분명 그의 기억 속에서는.

짙푸른 녹색의 내음이 코끝으로 스며 폐 저 깊은 곳까지 파고들 정도로 가득함을 깨달으며 시선을 내린 운의 눈에 동방의 숲이 보였다.

누가 가르쳐 주지 않아도 알 수밖에 없을 것이다. 빈틈없이 수많은 나무들로 가득 차 있는 이 거대한 숲이 태고 때부터 존재한 곳이라는 것은.

"운 님."

숲을 향해 내려갈 준비를 하는지 환하게 웃으며 그를 향해 손을 흔드는 그녀를 보며 그가 천천히 아래로 내려갈 때였다.

숲을 보호하며 감싸고 있던 푸른 기운이 그대로 그를 향해 거칠게 뿜어져 나왔다.

낯선 기운에 대한 거부반응이었을까. 그대로 자신을 향해 날아드는 푸른 기운을 온몸을 열어 그대로 흡수한 운이 손끝을 들었다. 그러곤 진한 어둠과 섞인 푸른 기운을 불러냈다.

그에게서 품어져 나온 검푸른 기운이 숲에서 흘러나오는 기운과 섞여들었다. 진한 푸른빛과 옅은 푸른빛이 서로를 탐색하듯 마주하는 모습은 장관이었다.

그 순간이었다. 두 개의 기운이 마주치며 만들어 낸 거센 회오리바람에 이쪽으로 다가오던 기하가 말려들어 버린 것은.

"엄마!"

그녀의 몸이 허공에서 맴돌기 시작했다. 가벼운 그녀의 몸이 그 바람들 사이에 끼어 버린 것이다.

"이런."

그 모습을 확인한 운이 그대로 몸을 움직였다. 바람의 저항 따위 아무 상관도 없는 듯 휘몰아치는 회오리 안으로 스미듯 들어선 그가 강한 팔로 그녀를 끌어안았다. 그리고 그녀를 안은 채 회오리에서 벗어났다.

"괜찮은 겁니까."

겨우겨우 숨을 내쉬느라 파랗게 질려 버린 그녀의 얼굴을 보며 운이 걱정스럽게 물었다. 자신의 옷소매를 움켜쥔 손이 여전히 파르르 떨리고 있었다. 심한 충격을 받은 모양이었다.

"하아, 하아. 예."

힘겨운 목소리로 그녀가 대답을 했다. 두 팔로 그녀를 안전하게 끌어안은 채 운이 천천히 숲 안으로 내려섰다. 그의 기운을 확인한 숲은 이제 그를 편안하게 맞이해 주고 있었다.

얼마의 시간이 흐른 것일까. 난감함에 미간을 좁힌 운이 여전히 자신의 품 안에 있는 기하를 물끄러미 내려다보았다.

보기에도 안쓰럽게 떨리던 어깨는 이제 더 이상 떨림을 담고 있지 않았다. 새하얗게 바랬던 입술도 붉은 기운이 다시 돌아왔고, 백지처럼 창백하던 얼굴은 연한 홍색으로 물들어 있기까지 했다.

아니, 이제 얼굴은 진하디진한 홍색으로 물들어 가고 있었다. 헌데, 그런 모습임에도 그녀는 자신의 품에서 일어날 생각이 없는 모양이었다.

자신의 기운 때문에 그녀가 놀랐기에 밀어내지도 못하는 운의 얼굴이 점점 일그러졌다.

두근, 두근. 강하게 뛰는 그의 심장 소리가 귓가를 울렸다. 어지러움에 질끈 감았던 눈은 이제 편안하게 감겨 있었다. 눈을 뜨는 데 아무 무리도 없음을 그녀 스스로 느끼고 있었다.

하지만 왠지 뜨고 싶지 않았다. 아주 조금만 더 이 단단한 품에 안겨 심장 소리와 향내에 취하고 싶었다.

이상했다. 어려서부터 아비의 품과 오라비의 품에 수도 없이 안겼던 기하였다. 아비의 품은 자신의 요람처럼 언제나 열려 있는 곳이었으니까.

조금 크면서는 문제를 일으킬 때마다 오라비의 품이 그녀를 보호했었다. 지금 자신을 안고 있는 품처럼 오라비의 품도 단단하고 언제나 강인해 편안했다.

헌데, 이상하게도 같으면서도 다른 이 품에서는 알 수 없는 설렘이 느껴져 왔다. 그의 심장이 뛰는 소리에 맞춰 자신의 심장도 함께 뛰는 것 같은 착각.

코끝으로 스미는 낯설지만 기분 좋아지는 내음에 기하가 코를 벌름거렸다. 무슨 내음인지 모르지만 온몸으로 퍼지는 이 사내의 내음은 기분이 좋아지니까.

"기하천녀."

"……."

조심스러운 그의 부름에 놀란 기하가 편하게 내쉬던 숨을 꾹 눌러 참았다.

아직 깨어나지 못했다고 느끼게 하고 싶었다. 아주 조금만 더 이대로 안겨 있고 싶으니까. 하지만 숨을 참는 것은 한계가 있었다.

조금 후 사내의 차갑고 무덤덤한 목소리가 울려왔다.

"깨어 있는 거 다 압니다만."

"픕!"

그의 말에 참고 있던 숨이 토하듯 터져 나왔다.

머뭇거리며 자신의 품에서 떨어져 나오는 기하의 모습에 운의 얼굴에 미소가 번졌다. 새빨갛게 물든 그녀의 조그마한 얼굴은 너무도 귀여웠다.

"소청제님은 안 오시려는 모양이군요."

하늘도 거의 보이지 않는 숲 밖으로 그가 시선을 돌렸다. 분명 바로 뒤 따라올 줄 알았던 태호가 보이지 않았기 때문이다.

"글쎄요."

쑥스러움에 그를 똑바로 쳐다보지 못한 채 기하가 조그마한 목소리로 말했다.

"세상에서 가장 맑은 기운이 가득한 곳이군요. 이곳은."

"동방의 숲이니까요."

편안하게 나무 그루터기에 걸터앉는 운의 움직임에 기하도 따라 그의 곁에 앉았다. 시원하고 청명한 기운이 두 사람을 감쌌다.

아무 거부감 없이 운을 받아들이는 동방의 기운이 그저 신기한 그녀였다. 낯설거나 깨끗하지 못한 기운은 절대 허용하지 않는 곳이 이곳인데, 그런 동방의 숲이 그를 아무 거부감 없이 품어 주고 있었다.

"청제가 태어나고 소멸하는 곳이라고 알고 있습니다."

"네. 선대 청제들도, 저희 아버지도, 또 오라버니도 이곳에서 태어났고 이곳에서 소멸하겠죠."

기하가 세상을 가득 메운 듯 거대하게 뻗어 있는 아름드리나무를 가만히 쓰다듬었다. 따스함과 다정함이 가득한 그녀의 손길이 닿아서일까. 나무들의 푸르름이 더욱 진해지는 것 같았다.

"부럽군요. 이런 곳에서 태어나고 소멸할 수 있다니."

"부러우시다고요? 운 님이 태어나신 심연도 멋지지 않나요? 어둠의 근원인데요."

기하의 동그랗게 뜬 눈을 응시하며 운이 고개를 저었다. 그의 입가에 맺히는 씁쓸함이 왠지 슬퍼 보인다고 기하가 생각했다.

"어둠만이 가득한 끝없는 공간이 어떤 곳인지 상상할 수 없을 것입니다. 기하천녀께서는. 모르겠습니다. 다른 흑제들에게는 가장 편안한 안식처였는지 모르겠지만 제겐 너무도 힘겨운 시간이었으니까요. 제가 푸른 바람의 기운을 품고 있어서였을지도 모르겠습니다."

"그곳에서 얼마나 계셔야 했는데요?"

심연을 이야기하는 운의 눈이 유난히 짙어지는 것을 느끼며 기하가 조심스럽게 물었다. 순간 괜한 것을 물었다는 자책이 들 만큼 자신을 돌아보는 운의 눈동자는 어둡게 가라앉아 있었다.

"태어나 이번에 수정타를 떠나기 전까지였으니까…… 2천 년 가까운 시간이었습니다."

씁쓸한 미소를 담은 그의 얼굴이 너무도 담담해서일 것이다. 그 담담함이 갑자기 울컥 서러운 기하였다. 그의 눈이 그 긴 시간들을 떠올리는 것조차 힘겨워 보였으니까.

너무도 무심해서 서늘한 그의 목소리가 다시 울렸다.

"그 시간 동안 귀와 단둘뿐이었습니다. 그곳에서."

"부모님은요?"

"부모라는 게 뭔지는 이번에 인간계에 가서야 알았습니다."

"……."

"아주 가끔, 흑제께서 내가 살아 있는지 확인하시는 것이 전부였으니까요."

자신의 일인데 다른 이의 일을 이야기하는 듯 아무 표정도 없이 무심하게 뱉어 내는 운의 말에 기하가 고개를 돌렸다. 울음이 터질 것 같아 그의 얼굴을 볼 수가 없었다.

"기하천녀의 이야기를 해 주십시오. 궁금합니다."

자신을 보지 못하고 있는 기하를 향해 운이 물었다. 동그란 정수리를 보이며 고개를 돌리고 있던 기하가 그의 말에 천천히 그를 향해 몸을 돌렸다.

자신을 향한 그녀의 얼굴을 확인한 운의 얼굴에 의아함과 난감함이 함께 고였다. 그녀의 눈에 가득 고인 물기 때문이었다.

"왜 그러십니까?"

"혼자 그리 긴 시간 동안 계셨다면서요. 전 상상도 할 수 없는 시간이거든요."

투둑, 그녀의 커다란 눈에서 떨어져 내린 눈물이 그녀의 손등 위를 적셔 가는 모습을 운이 물끄러미 바라보았다.

맑은 구슬이 또르륵 구르는 듯 그녀의 눈물은 맑고 아름다웠다. 헌데 이상하게 가슴 저 깊은 곳이 약하게 저려 왔다.

"그때는 혼자라는 것이 당연하다 여겼습니다. 해서 그리 힘겹지 않았습니다."

"하지만! 그리 긴 시간인데요."

"지금의 저는 이곳에 있으니, 아무려면 어떻습니까."

그가 웃었다. 부드럽고 편안하게. 그 웃음이 좋아서 기하의 가슴이 천천히 편안해져 갔다.

"저는, 운 님처럼 혼자 견뎌야 했다면 버티지 못했을 것 같습니다. 한 번도 혼자였던 적이 없으니까요."

"그러셨을 것 같습니다."

"제 존재에 대한 자각이 생기면서부터 언제나 제 곁엔 누군가가 있었습니다. 아버지 어머니는 물론 언제나 오라버니와 비사, 건달바 그리고 수많은 이들이 함께했었으니까요."

너무도 당연했던 것들이 다른 이에게는 한 번도 가져 보지 못했던 꿈처럼 소중한 것들이라는 자각에 기하가 발갛게 볼을 물들였다. 그의 앞에서 이런 이야기를 한다는 것이 미안함으로 다가왔기 때문이다.

"기하천녀의 부모님은, 부모님이란 말이 정말 잘 어울리는 분들이십니다."

"……그렇죠."

"그래서일 겁니다. 기하천녀가 봄볕처럼 그리 반짝이시는 것은요."

사내의 검은 눈동자가 약하게 웃었다. 그 미소가 너무 좋아서 기하의 입가에 진하고 진한 웃음이 가득 번졌다.

"인간계는 정말 시간이 빨리 흐르더군요. 아마 저희가 사는 곳과는 시간이 달라서겠지요. 그곳에서 맞이해 본 봄이란 시간이 정말 아름다웠습니다. 차가운 시간이 흐르고 모두에게 공평하게 찾아오는 진하고 고운 봄볕은 정말…… 따스하더군요. 꼭 기하천녀처럼."

아주 잠깐 망설이는 듯하던 그의 말끝에 맺히는 자신의 존재에 그녀가 환한 미소를 보였다.

"그럼, 저와 함께 있는 이 시간도 봄볕을 쬐는 것처럼 편안하십니까?"

기하가 말갛게 뜬 눈으로 물었다. 자신이 눈앞의 이에게 그런 존재였으면 하는 간절함이 그녀의 눈에 가득 담겨 있었다. 운이 가만가만 고개를 끄덕였다.

"예. 그렇습니다."

행복이 가득한 말간 웃음이 기하의 연붉은 입가에 가득 번지는 모습을 운이 물끄러미 바라보았다.

빛이 심장에 스며들듯 그녀의 웃음이 그의 심장에 천천히 물들어 가고 있음을 그는 확연하게 느낄 수 있었다.

꼬르륵.

난데없이 울리는 소리에 기하가 흠칫 얼굴을 붉혔다. 자신의 배에서 흘러나온 소리였다.

"기운이 거의 다 봉인되어 있다 보니 전 그냥 평범한 청족과 많이 다를 것도 없답니다. 이렇게요."

변명이라도 하고 싶었다. 바라보는 것만으로도 가슴이 알 수 없게 콩닥거리는 사내 앞에서 이 무슨 난데없는 창피란 말인가. 자신의 힘을 봉인해 놓은 아버지가 엄청나게 원망스러워지는 순간이었다.

발갛게 물든 얼굴로 변명처럼 속삭이는 기하를 보며 운이 고개를 저었다. 그녀의 붉어진 얼굴이 너무도 사랑스러워 가슴이 찌릿했다.

"저도 제법 배가 고프던 참입니다."

"그러셨어요? 그럼 혹시 선도 드시지 않겠습니까? 저쪽으로 가면 선도가 주렁주렁 열려 있거든요. 저와 어머니가 가장 좋아하는 것이 선도랍니다."

"그럴까요?"

그의 웃음에 기하의 가슴에 우르릉 번개가 쳤다.

숲이 너무 우거져, 나는 것이 걷는 것보다 더 힘겨워서였을 것이다. 둘 다 아무 말도 없이 곁에 서서 걷기 시작한 것은.

제법 먼 거리를 걸어야 했기에 다른 때라면 바람을 타고 갔을 길이건만 오늘은 왠지 서두르고 싶은 마음이 들지 않는 기하였다. 그런 기하를 따라 그녀의 뒤쪽에서 걸음을 옮기는 운의 걸음도 느긋하기만 했다.

바스락바스락 말라 버린 나뭇잎이 기하의 발에 밟혀 바스러지는 소리만이 울렸다. 묵직한 운의 걸음은 땅을 강하게 딛고 걸어서인지 거의 들리지 않았다.

무엇이 그리 즐거운지 노래를 흥얼거리며 걸어가는 기하의 모습에 운의 시선이 닿았다.

나풀거리는 나비가 하늘을 날아가는 듯 느껴지는 그녀의 모습은 낯설지 않았다. 처음 요괴의 기운을 느껴 달려갔던 그곳에서도 그녀는 저런 모습으로 허공에 떠 있었으니까.

커다란 나비가 허공에서 날고 있는 줄 알았다면 조금 과한 표현일까. 하지만 분명 처음에는 그렇게 보였었다.

자신의 어깨에도 미치지 않을 정도로 작고, 조그마한 얼굴을 가진 그녀. 동그란 눈 가득 맺혀 있는 순수함과 맑은 빛이 동방의 하늘 그 어느 곳보다 더 푸르러 보였다. 그녀에게 닿은 운의 시선이 자꾸만 미소를 머금었다. 스스로도 자신이 이리 웃음이 많은 이인 줄 몰랐었다. 그녀를 보고 있으면 자꾸만 흘러나오는 웃음이 난감할 지경이었다.

얼마를 걸었을까. 그녀가 멈춰 서 그를 돌아보았다. 함박웃음이 담긴 얼굴로 손을 들어 어딘가를 가리켰다. 그의 시선이 그녀의 손끝을 따라 움직이다 멈췄다.

연홍색 꽃들이 만발한 공간. 그렇게 꽃이 가득한 나무들 사이로 꽃잎은 떨어져 비어 버린 가지에 탐스러운 선도들이 주렁주렁 열려 있었다. 수미산과 인간계 모두에 소문이 자자한, 그 동방의 숲에서 난다는 선도였다.

거대한 고목들이 넓은 숲을 가득 메우고 있었다. 신기하고 환상적인 장관이었다. 꽃과 열매가 함께 맺혀 있는 낯선 모습은 이곳이기에 가능할 것이다.

"저는 평생 이것만 먹고 살아야 한다고 해도 좋을 것 같습니다."

탐스러운 열매가 너무도 많이 맺혀 길게 늘어진 가지를 감싸 안으며 기하가 하는 말에 운이 웃음을 토해 냈다.

"풋, 평생 선도만 먹는다는 것은 좀 힘들지 않겠습니까."

"어머니도 저도 이것을 제일 좋아합니다. 어머니께서 처음에 이 선도를 먹고 너무 맛있어 몇 개나 드셨다가 선도의 기운에 취하신 적도 있었다고 들었습니다. 그때는 신선이 되지 않으셨을 때라서 아버지의 기운이 선도에 취한 어머니를 치료해야 했답니다."

"저런……."

"제가 사고를 치고 덜렁거릴 때마다 아버지는 제가 어머니를 닮아서 그렇다고 하신답니다. 하지만 지금의 어머니는 제가 보기엔 절대 그러셨을 것 같지 않거든요."

"기하천녀보다 심하기야 하셨겠습니까. 설마."

"……예?"

신나게 커다란 선도를 따던 기하가 운의 말에 고개를 돌렸다. 말뜻을 알아챈 듯 그녀의 눈꼬리가 새침하게 가늘어지는 모습에 운이 큭큭 웃음을 삼켰다.

"하, 이제 살겠습니다."

커다란 선도를 한입 가득 베어 문 기하가 한숨을 토해 내며 신나게 말했다. 그녀의 새하얀 치아가 나뭇잎들 사이로 쏟아져 들어오는 햇빛에 반짝였다.

진한 선도 향과 소녀의 맑은 웃음소리, 그리고 눈부시게 환한 햇살. 이 순간 모든 것이 이대로 멈춰도 좋을 것 같다고, 운이 생각했다.

❈ ✛ ❈

"운 님! 저 들어갑니다!"

대답도 듣지 않고 커다란 문을 열어젖히며 달려 들어간 기하의 걸음이 거짓말처럼 딱 멈춰졌다.

"오셨습니까."

웃고 있는 운의 얼굴에 닿지 못한 기하의 푸른 눈동자가 거칠게 흔들렸다. 환하게 미소가 걸렸던 그녀의 얼굴이 싸늘하게 식었다.

운이 황금타에 머문 지도 한 달이 다 되어 가고 있었다. 그 매일 매일이 꼭 꿈만 같던 기하였다.

헌데…… 지금 그는 이곳에 왔을 때의 차림 그대로 그녀 앞에 서 있었다. 떠날 준비를 모두 마친 모습으로.

"너무 오래 신세를 졌습니다. 이제 떠나야지요."

"하지만, 아무 말씀도 없이 이러실 수는 없습니다."

"아쉬움을 남기지 않는 것이 좋지 않겠습니까."

금방이라도 눈물을 떨굴 듯 일그러지는 그녀의 얼굴을 애써 외면하며 운이 말했다.

상상도 해 보지 못했던 일이었다. 따스함이 가득한 이들 사이에서 산다는 것이 무엇인지 온몸으로 느끼며 심장 저 깊은 곳까지 온기가 가득 차던 시간들이었다.

강하면서도 한없이 자애로운 청제, 어미라는 것이 어떤 것인지를 온전하게 알려 주는 그의 반려. 그리고 형제가 있었다면 이런 느낌이지 않았을까 싶을 정도로 든든하고 친근했던 소청제 태호는 그에게 너무도 소중한 추억이 되어 주었다.

언제나 이곳으로 돌아오면 반겨 줄 이들이 생겼다는 자각은 황홀하도록 행복했다. 인간계에서 보았던 가족이라는 이들이 생긴 착각이 들 정도로.

하지만…… 그 모든 따스함을 뒤로하고 하루라도 더 이곳에 머물러선 안 되는 이유가 생겨 버렸다.

어느 순간부터였는지는 알 수 없었다. 그저 어느 날부터 느낄 수 있었다. 그녀, 기하를 보면 심장이 요동친다는 것을.

그녀의 목소리로 하루가 시작되고 그녀의 맑은 눈빛으로 하루가 마감되었다. 그것이 너무도 행복하고 설레었다. 헌데 그렇게 하루하루 그녀에게 젖어들어 가는 스스로를 확인한 순간, 깨달았다. 더 이상 그녀 곁에 머물면 떠날 수 없으리라는 것을.

"너무 오래 머물렀습니다. 세상을 구경하러 떠났던 길인데 말입니다."

"……."

아프게 자신에게 닿아 오는 그녀의 눈을 외면하며 그가 고개를 숙여 보였다. 너무도 차분하고 확실한 그의 표현에 그녀가 더 이상 말을 잇지 못하고 입술을 악물었다.

"청제님과 반려님께 인사를 드리고 떠나겠습니다. 태호 님은 청족 마을에서 돌아오셨는지 모르겠군요."

아무렇지도 않게 미소까지 지어 보이며 운이 그녀의 앞을 스치듯 지나갔다.

울지도 못하고 그저 멍하게 텅 빈 문을 응시하고 있는 기하 곁으로 비사가 달려왔다. 떠날 채비를 하고 청제에게 가는 운을 본 것이었다.

"기하 님. 운 님이 떠나시려는 것입니까?"

"……비사."

"예."

붉게 물든 그녀의 눈이 금방이라도 물기를 떨어뜨릴 것 같아 비사가 안쓰러운 표정으로 대답했다.

"내게, 심장이 시키는 대로 살라고 했지."

"……예."

그녀가 무엇을 말하려는 것인지 묻지 않아도 알 수 있는 비사가 조심스럽게 대답했다. 그녀는 그렇게 커 왔다. 스스로의 순수한 감정을 언제나 소중히 여겨 주는 이곳에서.

비사를 돌아보는 촉촉하게 젖은 기하의 푸른 눈이 웃고 있었다. 그녀가 바람처럼 그의 앞을 달려 나갔다.

"운 님!"

청제와 그 반려 앞에 깊이 몸을 숙여 예를 취하고 일어서던 운이 뒤에서 들리는 다급한 목소리에 고개를 돌렸다.

얼마를 뛰어온 것인지 붉게 물든 얼굴로 힘겹게 숨을 토해 내는 기하가 문 앞에 서 있었다. 흐트러진 머리카락과 붉어진 그녀의 눈이 그들 앞에 있었다.

"기하야."

청제와 나오 옆에 서 있던 태호가 미간을 찡그린 채 기하를 불렀다. 예의도 없이 아버지의 전각에 그대로 달려 들어온 누이를 나무라는 것이었다.

하지만 그런 오라비의 얼굴 따위 상관도 없는 듯 운의 앞으로 달려 나온 기하가 운을 말없이 올려다보았다.

칠흑같이 검은 눈동자와 맑고 푸르른 눈동자가 강하게 서로를 마주했다. 아무것도 읽히지 않는 검은 눈동자를 올려다보는 푸른 눈동자에는 수많은 감정이 넘실거렸다.

자신의 심장으로 숨 막히게 쏟아져 들어오는 그녀의 감정이 버거워 운이 겨우 숨을 들이마셨다. 그를 응시하던 그녀의 시선이 청제 쪽으로 돌려졌다.

"아버지."

"……."

"저, 운 님 따라갈래요."

"기하야!"

아주 잠깐 지독한 고요가 감돌던 공간에 태호의 고함 소리가 울려 퍼졌다. 하지만 오라비의 노여움 따위 상관없다는 듯 기하가 청제와 나오를 보며 다시 말을 이었다.

간절함을 가득 담은 그녀의 눈에서 물기가 천천히 흘러내렸다.

"심장이 말해요. 이 사람 놓치지 말라고. 이 사람이 제 운명이라고. 그러니까…… 확인해 볼게요."

"네 마음을 확인할 시간이 필요하다는 것이냐."

예상과는 달리 너무도 담담한 청제의 음성에 놀란 것은 운이었다. 벼락이 떨어질 것이라 여긴 공간은 너무도 평온했다.

이번에는 그의 짙고 검은 눈동자가 흔들리기 시작했다.

"예. 운 님이 허락하시면…… 함께 세상을 구경하고 싶어요. 그렇게 세상과 제 마음을 함께 마주해 볼게요. 허락, 해 주세요."

"소흑제."

간절함을 담은 기하의 말 뒤로 청제의 시선이 흔들리고 있는 운의 눈동자에 닿았다.

"예. 청제님."

"그대의 마음은 어떠한지 물어도 되겠는가."

"……."

"솔직하게 말해 주세요. 우리 기하를 위해."

나오의 부드러운 목소리가 그의 심장으로 스며들었다.

그녀가 하는 말이 무슨 뜻인지 충분히 이해할 수 있었다. 허락과 거절을 떠나 솔직하게 스스로의 마음을 들여다보라는 말일 것이다. 그것이 자신의 딸에게도 좋을 테니까.

운이 살며시 입술을 악물었다.

상상도 하지 못한 상황에 머릿속이 뒤엉켜 있었다.

하지만 한 가지는 분명했다. 떠나려던 이유도, 지금 청제의 물음에 망설이는 이유도 어차피 하나였다. 그 역시 그녀의 곁에 머물고 싶은 지독한 갈망 때문이니까.

"저는……."

운의 입술이 천천히 열렸다. 금방이라도 숨이 멎을 듯 긴장한 기하의 기운이 온전히 곁에서 느껴져 왔다. 그녀의 그 떨림이 아프고 좋았다.

"한 번도 누군가의 곁에서 머물 욕심을 내 본 적이 없었습니다. 그것은 제게 허락되지 않는 일이라고 생각했으니까요. 그 누구도 제 곁에 머물러 줄 이는 없다고, 그렇게 생각해 왔습니다."

"……."

"그런데, 자꾸만 욕심이 나고 있습니다. 따스한 햇볕에 익숙해져 버린 몸이, 심장이 이제 다시는 차가운 곳으로 들어가지 말라고. 다시 혼자가 되면 숨도 쉬지 못할 거 같다고. 해서 도망치려 했습니다. 조금만 더 이 따스함 곁에 있으면 다시는 차가움이 가득한 곳으로 돌아갈 수 없을 테니까요."

"……운 님."

울먹이는 기하의 얼굴에 주룩 눈물이 흘러내리는 모습에 운이 가만히 손을 들어 올렸다. 그의 커다란 손이 곁에 서서 자신을 올려다보는 그녀의 볼에 닿았다.

따스하고 강인한 손이 촉촉하게 젖은 그녀의 볼을 가만히 쓰다듬었다. 차가워야 할 그의 손에 담긴 온기가 그녀의 눈물을 가만가만 닦아 내었다.

"그렇지만 허락하신다면, 욕심을 내 보고 싶습니다. 그 온기를 제 곁에 묶어 두고 싶습니다. 저 역시 확인해야 하니까요. 그 온기 없이 제가 살아갈 수 있을지 말입니다."

그의 따스한 눈이 그녀를 내려다보며 부드럽게 웃었다. 그 봄볕처럼 맑은 웃음에 기하의 얼굴에 진하디진한 꽃이 피어올랐다.

"하지만 젊은 두 남녀만의 여행이라니 이것은 선례가 없는 일입니다. 아버님."

그 순간이었다. 따스한 미소를 가득 담았던 기하가 파랗게 질리며 오라비 태호를 돌아본 것은. 그런 기하의 눈빛 따위 상관없다는 듯 시원하게 입가에 미소를 지으며 태호가 다시 입을 열었다.

"해서 저도 두 사람과 함께 세상 여행에 동행할까 합니다. 그러면 모든 문제가 해결되지 않겠습니까."

얄밉도록 아름답고 진한 미소를 담은 짙푸른 눈동자가 기하와 운을 바라보았다.

경악으로 커다랗게 열린 기하의 동그란 눈과, 의아함과 당혹함을 담은 운의 검은 눈을 함께 바라보는 태호의 얼굴에 세상에서 가장 사악한 미소가 번지고 있었다.

"그럼 출발, 할까요?"

외전. 또 다른 시작

"여기가, 수미산 정상이라는 거야?"

자신의 몸을 감고 있던 청룡의 결계가 풀어지자 그제야 제대로 수미산을 마주한 기하가 황당하다는 목소리로 둘을 돌아보았다.

태호가 강력하게 주장했던 여정이었다. 수미산 제석천의 궁에 가 보자고. 세상의 중심이 어떤 곳인지 꼭 가 보고 싶다고 운을 설득했었다. 많은 곳을 여행한 운도 가 보지 못한 세상의 중심.

딱히 어딘가를 목적으로 하지 않았던 운이었기에 태호의 간절한 설득에 거절할 명분도 없었다는 것이 맞을 것이다. 기하야 운이 가는 곳이라면 어디라도 상관없었고.

"혹시 오라버니, 길을 잘못 든 것 아니야?"

"맞거든!"

실망이 가득한 얼굴로 미간을 좁힌 채 묻는 기하에게 태호가 버럭 고함을 쳤다. 안 그래도 눈앞의 정경이 마음에 들지 않는 것은 태호가 더했다.

분명 멀리에서 보았을 때에는 세상의 중심답게 웅장하고 거대하기가 어마어마했다. 황금탑의 몇 배는 되어 보였으니까. 헌데 막상 보니 수미산의 정상은……정말 작았다.

"세상의 중심이기에 보는 이들에 따라 그 모습을 달리한다 들었습니다."

"정말요?"

운의 나직한 말에 바로 고개를 끄덕이며 수긍하는 기하를 태호가 하얗게 치켜뜬 눈으로 노려보았다.

"한데, 제석천을 뵈려면 허락을 구해야 하지 않겠습니까."

운의 물음에 기하가 고개를 거세게 저었다. 물결치듯 날리는 그녀의 갈색 머리카락이 시원해 보였다.

"저희 아버지께서는 5천 년 전, 수미산의 기운을 그대로 거슬러 오르셨다던걸요? 우리도 그렇게 올라가면 되지 않을까요?"

"소멸하고 싶으면 혼자 해라. 아버지는 소멸까지 각오하신 상태였고 시간이 없으셔서 택한 방법이었다고 합니다. 우리는 허락을 얻고 올라야지요."

기하를 보며 미간을 좁힌 태호가 운을 보면서는 부드럽게 웃어 보였다.

"제 친구가 도와줄 것입니다."

무슨 말인가 의아한 기하와 운 앞에 태호가 천천히 손을 들어 올렸다. 그의 손끝에서 푸른 바람이 흘러나와 허공에 푸른 기운의 원이 만들어졌다. 그리고 태호의 손끝이 그 원을 가만히 건드리자 물방울이 터지듯 수많은 푸른빛이 허공을 수놓았다.

"풍백."

낮고 조용한 태호의 목소리가 공간을 울렸다. 누군가를 부르는 모양이었다. 그리고 그 순간, 그의 목소리에 이끌려 나온 듯 푸른빛 사이로 서서히 형체가 그려지기 시작했다.

바람의 한 조각을 떼어 내면 저런 모습일까. 투명한 빛깔의 머리카락과 눈이 부시게 하얀 얼굴, 물처럼 투명함이 가득한 연푸른 눈동자를 가진 사내의 모습이 그들 앞에 나타났다.

"바람의 전령 풍백, 소청제님과 소흑제님, 그리고 기하천녀님을 뵙니다."

투명한 눈동자로는 기하를 응시하며 태호와 운을 향해 풍백이 고개를 숙였다. 이미 이곳에 그들이 있음을 알고 온 듯한 행동이었다.

"뭐야? 알고 있었어?"

황당하다는 듯한 태호의 말에 풍백이 빙그레 웃었다.

"제석천께서 마중을 나가라 이르셨습니다."

"우리가 올 것을 알고 계셨다는 거군요."

운이 나직하게 말했다. 풍백의 눈동자가 기하에게서 운에게로 돌려졌다. 숨이 막히게 검은 눈동자와 속이 다 들여다보일 듯 투명한 눈동자가 서로를 향해 반짝였다.

"예. 기다리고 계십니다."

풍백을 따라 막 걸음을 옮기려던 순간이었다. 자신을 향해 내밀어지는 운의 손에 기하의 걸음이 멈췄다. 검은 소매 안에서 내밀어진 커다랗고 긴 손이 그녀의 시야에 가득 찼다.

"잡으시는 게 좋을 것 같습니다."

무슨 뜻인지 알 길이 없었지만 그래야 할 것 같았다. 아니, 좋았다. 그래서였다. 그 커다란 손안에 자신의 손을 밀어 넣은 것은. 시리도록 차갑지만 단단한 손이 그녀의 조그만 손을 꼭 잡았다.

분명 거칠고 거대한 기운들이었다. 수미산을 오르는 동안 끝없이 그들에게 다가오고 속삭이는 것들은.

하지만 운의 기운이 그녀를 감싸고 있어서일 것이다. 자신에게 가까이 다가오지 못하고 멀리서 바라보거나 튕겨 나가는 기운들의 모습에 기하가 가슴을 쓸어내렸다.

그런 그녀의 움직임을 느낀 것일까. 운이 손에 힘을 주었다. 절대 놓치지 않겠다는 듯. 기하의 얼굴에 함박웃음이 번졌다.

얼마를 올랐을까. 끝도 없을 것 같은 길을 지나 풍백이 새하얗고 조그마한 문 앞에 그들을 인도했다.

"여기서부터는 다른 이가 모실 것입니다."

다른 이라는 것이 누구냐고 물어볼 사이도 없었다. 풍백이 바람 속으로 스미듯 형체도 없이 사라져 버렸기 때문이다. 투명한 공간 속에서 소리도 없이 나왔듯 그렇게 공간 안으로 사라진 풍백의 말을 되씹기도 전에 새하얀 문이 덜컹, 큰 소리를 내며 거칠게 열렸다.

"이게 누구실까."

삐딱하게 문에 기대선 사내의 비틀린 입술에서 새어 나온 말에 태호와 운의 눈빛이 날카롭게 곤두섰다.

숨 막히게 뜨거운 열기를 가진 이였다. 금방이라도 타오를 듯 붉은빛이 도는 황금색의 머리카락과 눈동자가 자신들을 노려보고 있었다. 처음 보는 이인데 그 눈빛에서 느껴지는 것은 분명 적개심이었다.

그래서였을 것이다. 운과 기하의 앞을 태호가 막아선 것도, 운이 기하를 자신의 품 안으로 끌어당긴 것도. 그 움직임 때문이었을까. 사내의 눈빛이 기하를 향했다.

"제석천을 뵈러 왔다."

사내의 시선에 기하가 담기는 것이 편치 않은 태호가 한 발 앞으로 움직였다. 아무 긴장도 담고 있지 않던 황금빛 사내의 눈동자가 일순 거칠게 흔들렸다. 태호의 기운에 사내의 몸이 훅 뒤로 밀렸다. 이를 악문 사내에게서 고통스러움이 느껴졌다.

"우리를 제석천께 안내해 주었으면 하는데."

646

"따라와."

입술을 짓씹으며 사내가 앞장을 섰다.

눈이 내리는 것 같았다. 어려서 언제인가 아비의 등에 타고 인간계에 아주 잠시 다니러 갔을 때 본 적이 있었다. 하늘에서 내리는 새하얀 얼음 송이들을.

황금타에서는 절대 볼 수 없는 그 광경에 넋을 놓고 어머니와 함께 비명을 질렀었다. 그때처럼 조그맣고 새하얀 꽃잎들이 궁 안에 소록소록 내리고 있는 모습은 숨 막히게 아름다웠다.

"정말, 예쁘다."

기하가 운에게 잡혀 있지 않은 손을 허공으로 들어 올렸다. 그녀의 손바닥 위로 꽃잎들이 하나둘 떨어져 내렸다.

"그렇, 군요."

운이 꼭 다물고 있던 입술을 잠깐 열었다 다시 굳게 닫았다. 눈앞의 광경에 뛰어 대는 심장을 눌러야 했기 때문이다. 내리는 꽃송이가 아닌 그 날리는 꽃송이 사이에 있는 기하의 모습에 그의 차디찬 심장에 천천히 열기가 퍼지기 시작했다.

세상에서 가장 아름다운 꽃들만을 모아 만든 듯한 정원이었다. 그 정원 안 깊은 곳에 그림처럼 앉아 무엇인가를 허공에 그리고 있는 여인의 모습이 모두의 눈에 들어왔다.

바라보는 것만으로도 숨이 막힐 만큼 새하얗게 빛나는 여인. 자신들의 눈으로 보면서도 믿기지 않는 그 존재가 천제임을 그들은 한눈에 알 수 있었다. 천제가 아니라면 그 존재에 대해 설명할 길이 없었으니까.

여인의 손끝이 스치듯 지나가자 허공에 그려지던 것들이 연기처럼 사라졌다. 여인의 시선이 가만히 그들 쪽으로 돌았다. 셀 수도 없을 만큼 수많은 색들이 그 여인의 눈동자에서 일렁였다.

"어서 오너라."

부드럽게 여인이 손끝을 흔들며 그들을 불렀다. 너무도 아름다운 미소를 머금고 부르는데, 거부할 수 없을 만큼 강한 무엇인가가 느껴졌다. 태호와 운이 서로를 바라보았다.

"이리 오라는데도."

거역할 수 없었다. 그 찬란한 미소가 너무도 강하게 자신들을 끌어당기고 있음을 느끼며 태호와 운이 걸음을 내디뎠다. 운이 꼭 잡고 있는 기하의 손에 닿은 천제의 시선에 잔잔한 웃음기가 번졌다.

"어찌 이리 부계들을 빼다 박았을까. 재미있구나. 호호."

"소청제 태호, 수미산의 수호자 천제를 뵙습니다."

"소흑제 전운, 천제님을 뵙습니다."

"황금타의 기하, 천제님을……."

"되었다."

새하얗고 얄팍한 입술에서 나직한 목소리가 새어 나왔다. 곱게 고개를 숙이던 기하가 고개를 들었다. 연푸른 그녀의 눈동자가 파르르 떨렸다.

"무엇이 되었습니까."

막 기하가 입을 열려는 순간 운의 입술이 먼저 열렸다. 공간을 얼려 버릴 듯 차디찬 운의 음색에 정원을 날던 새들의 소음이 잔잔해졌다. 공간 가득 적막이 찾아왔다.

그의 곁에 있는 기하는 느낄 수 있었다. 지금 운에게서 어둠의 기운이 약하게 흘러나오고 있음을. 이곳과는 너무도 이질적인 기운에 제석천의 모든 것이 긴장하고 있었다.

천제의 입가에서 미소가 천천히 사라져 갔다. 당황으로 움찔거리는 기하의 손을 운이 더욱 꼭 쥐어 잡았다.

"그래. 기하라 하였느냐. 이제 보니 모계를 그대로 빼닮았구나."

"황금타의 기하이옵니다."

떨렸지만 용기를 내 한 마디 한 마디 내뱉을 수 있었다. 그의 기운이 자신을 감싸고 있었으니까.

"헌데, 소대제들이 이곳엔 어쩐 일이냐."

"세상을 배우기 위해 여행을 하는 중입니다."

태호가 시원하게 반짝이는 눈으로 말했다. 천제의 시선이 그런 태호를 물끄러미 바라보았다. 온몸에 상처를 새긴 채 자신에게 달려오던 청제의 모습이 떠올랐다. 그때의 푸른 눈동자가 다시 앞에 있었다.

"세상 전부를 알고 싶은 것이구나. 한데, 그럴 필요가 있을까."

"세상의 순리를 모두 알아야 그것이 잘못된 길로 갈 때 바로잡을 수 있지 않겠습니까."

태호의 말에 천제의 얼굴이 약하게 일그러졌다. 새하얀 입술 끝에 비릿한 냉소가 번졌다.

"웃기는군. 순리가 잘못될 수도 있다라."

뒤쪽에서 비틀린 목소리가 들려왔다. 정원 입구에 걸터앉아 있는 황금빛 사내에게서였다.

"5천 년 전에도 저런 바보 같은 소리를 하는 이가 한 명 있지 않았습니까? 천제님?"

"일광."

계속 이죽거리는 사내를 향해 천제가 낮게 이름을 불렀다. 사내의 입이 그제야 다물어졌다.

"제석천을 찾아오신 귀한 손님들이시다. 월광에게 차 대접을 하라 이르거라."

무엇이 그리 마음에 들지 않는지 거칠게 일어난 사내가 마지못한 걸음으로 그들 앞에 섰다. 붉은 기운을 품고 일렁이는 구불구불한 머리카락이 그의 마음처럼 꼬여 있었다.

"또 보자꾸나. 아이들아."

천제가 가느다란 손끝을 들어 올려 살랑살랑 흔들었다. 그 손끝을 따라 안개 같은 기운이 뭉실뭉실 피어오른다 느낀 순간 그들의 눈앞에서 천제의 모습이 흔적도 없이 사라졌다.

황금빛 물결 같았다. 눈앞의 사내가 걸음을 옮길 때마다 빛을 품고 반짝이는 곱슬머리는 춤을 추듯 흔들렸다. 불이 타는 것처럼 머리카락 하나하나가 허공으로 흩날리다 뭉쳐지고 또 흩어지는 모습이 재미있었다.

기하의 시선이 자신도 모르게 자꾸만 그 황금빛에 닿았다. 꼭 화가 날 때면 마구 휘날리는 건달바의 푸른 털을 보는 것 같았다.

그렇게 사내를 따라 걷던 세 사람이 자신들을 향해 다가오는 이의 모습에 멈춰 섰다. 세 사람의 눈이 동그랗게 커졌다.

"어서 오십시요. 소청제님, 소흑제님. 그리고 기하천녀님. 귀하신 손님을 맞이하게 되어 영광입니다. 월광이라 불러 주십시오."

월광이라 말하는 사내의 모습에 닿았던 모두의 시선이 황금빛 머리카락을 가진 이에게로 옮겨졌다. 똑같은 얼굴을 하고 있는 너무도 다른 두 사람.

"우린 쌍둥이거든. 난 일광. 이놈은 월광."

"아……."

그제야 상황이 이해가 된 기하의 입에서 맑은 감탄사가 터져 나왔다. 붉은 일광의 눈이 잠시 기하를 응시했다. 붉은 기가 가득한 눈빛이 어색해 기하가 고개를 돌렸다.

"이쪽으로 오십시요. 차를 준비해 놓았습니다."

짙은 은빛의 입술에 해맑은 미소를 담으며 월광이 그들을 조심스럽게 인도했다. 멀어져 가는 그들을 바라보는 일광의 눈이 기하의 뒷모습에 닿았다. 그의 붉은 입술 끝이 약하게 비틀렸다.

은은한 달빛이 담뿍 비치는 공간이었다. 제석천의 궁 안에 이런 곳이 있을 것이라고는 상상하지 못했기에 놀라울 뿐이었다.

"소흑제께선 이곳이 조금 더 편하실 것입니다. 달빛의 공간이니까요."

월광의 따스한 시선이 운에게 닿는 것을 느끼며 고개를 돌린 기하가 커다랗게 입을 벌렸다.

운의 온몸에서 옅은 은빛 어둠이 살랑거리며 물결치고 있었다. 은실로 수를 놓아도 이보다 아름다울 수는 없을 것 같았다. 그저 짙은 어둠뿐이던 그의 장의가 숨 막히게 아름다웠다.

처음 보는 그의 모습이었다. 어둠 속에서의 그는, 이런 모습인 것일까.

"제석천의 도원에서 천 년에 한 번 피어나는 도화로 만든 차입니다. 우리 선인들에게도 귀한 차이지요."

찻잎 몇 개만을 다관에 넣은 것인데도 그 향기가 공간 전부를 물들일 정도로 강했다. 진한 향기가 편치 않은지 약하게 미간을 좁히는 운에게서 기하의 시선이 떨어지지 못했다.

그의 칠흑 같은 눈동자가 은빛을 품고 반짝인다. 검은 눈동자에 연한 은빛 기운이 가득 머금어져 있었다. 그 모습에 심장이 자꾸만 요동쳐 제대로 숨 쉬는 것조차 힘겨운 기하였다. 자신의 손끝에서 그 심장의 떨림이 고스란히 그에게 전해질 것만 같았다.

그래서였다. 운의 손안에 있던 자신의 손을 조심히 빼내 가만히 심장께를 누른 것은.

"어?"

눈앞에 다가온 무엇인가를 느낀 기하가 눈을 질끈 감았다 다시 떴다. 어디서 날아온 것인지 알 수 없는 작은 새 한 마리가 그녀의 눈앞에서 귀여운 날갯짓을 했다.

손가락 한 마디만 한 새였다. 벌레만 한데 분명 새였다. 그 작은 날개로 날갯짓을 할 때마다 그 끝이 불이라도 붙은 듯 타고 있었다. 붉은 불빛이 새를 응시하는 기하의 눈동자 속으로 파고들었다.

"기하 님! 만지지 마십시오!"

그 순간이었다. 기하의 손이 아름답게 일렁이는 새의 깃털에 닿는 것을 본 일광의 커다란 목소리가 공간을 울린 것은.

"윽!"

눈부시게 붉은 기운이 폭발하듯 주변을 가득 덮었다. 다급히 기하를 향해 손을 내밀던 운이 고통스럽게 눈을 감았다. 뜨거움과 지독한 밝음이 주변을 가득 채웠다. 숨조차 제대로 내쉴 수 없을 만큼의 열기였다. 그리고 그 다음 순간, 거짓말처럼 열기가 사라졌다.

"기하야?"

태호의 불안 섞인 목소리가 빈 공간으로 흘러나왔다. 그 공간에는 조금 전까지 기하가 앉아 있던 곳을 향해 뻗은 운의 커다란 손만이 놓여 있다. 그곳에 있었던 기하의 모습이 흔적도 없이 사라진 것이다.

"이게 대체……."

거칠게 자리에서 일어나는 태호에게서 참지 못하고 터져 나온 바람의 기운이 공간을 휘감았다. 전각을 곱게 물들인 꽃잎들이 거세게 휘날리며 약한 가지들이 뚝뚝 부러져 나갔다. 감당하기 어려운 바람의 기운에 겨우 몸을 추스르며 월광이 태호의 앞을 막아섰다.

"진정하십시요. 소청제님. 별일 아닙니다."

"별일 아니라고? 무슨 일인지 안다는 말이군."

태호가 손을 들어 올리자 주변을 휘감던 바람이 천천히 잦아들었다. 서늘함이 가득한 태호의 푸른 눈이 월광 앞으로 한걸음에 다가섰다. 숨통을 틀어막을 듯 덮쳐 오는 기운에 월광의 얼굴이 새하얗게 변했다.

"말해. 무슨 장난인지."

"그자입니다."

푸른 열기를 가득 담고 월광을 노려보던 태호의 시선이 뒤쪽으로 돌았다. 나직하지만 소름 끼치게 억눌린 운의 목소리가 들려왔기 때문이다.

운의 긴 손가락이 기하의 흔적을 찾듯 그녀가 앉아 있었던 공간을 가만가만 어루만졌다. 열기가 아직 담겨서일까. 푸른 기운을 품은 그의 손끝이 붉게 물들어 있었다. 고통스러울 것이 분명한데도 운은 손을 거두지 않았다.

그렇게 잠시 허공을 더듬던 손을 꽉 움켜쥔 운이 천천히 시선을 들어 태호를 올려다보았다. 붉은 핏기가 가득한 눈동자는 보는 것만으로도 지독하게 아파 보였다. 무릎 위에 올려진 그의 손이 파르르 떨리고 있었다.

"열기를 머금은 자. 일광. 그자의 기운입니다."

그저 눈을 한번 깜빡였을 뿐이었다. 그 찰나의 순간 눈앞의 모든 것이 변해 있었다. 눈을 뜨고 꿈을 꾸는 것처럼.

붉디붉은 세상. 그저 붉은 기운만이 가득한 공간에 자신이 있음이 아직 이해되지 않는 기하였다. 오라비도 운도 보이지 않았다. 공포가 심장으로 밀려들었다.

"오라버니?"

"그 녀석을 부를 줄 알았는데…… 아닌가?"

태호를 부르던 기하가 고개를 돌렸다. 낯익은 목소리가 들려왔기 때문이다.

"당신은……일광?"

조금 전 들었는데 용케 기억이 났다. 꼬불거리던 황금빛 머리카락이 여전히 그의 머리에서 나풀거리고 있었다.

"좀 궁금해서 말이야. 그쪽 모계가 아주 유명하잖아. 천하의 청제가 소멸까지 각오하고 명부까지 박살을 내면서 찾아올 만큼 그리 연모했다는데. 그쪽도 그 모계만큼 대단한가 궁금해서 참을 수가 있어야지."

"해서, 나를 당신의 결계 안에 가둔 건가요?"

손끝을 스치는 날카로운 열기로 느낄 수 있었다. 이곳은 눈앞의 사내가 만든 결계라는 것을. 태양의 힘으로 만든 열의 공간이었다.

이 정도의 기운이라면, 자신 혼자의 힘으로 이곳을 나간다는 것은 어림도 없을 것이다.

"그 녀석 옆에서는 그쪽을 제대로 알 수가 없을 것 같아서."

성큼, 자신의 앞으로 다가서는 이에게서 느껴지는 열기에 기하가 한 걸음 뒤로 물러서려 움직였다. 하지만 등 뒤에서 느껴지는 열기는 그녀의 움직임을 더 이상 허용하지 않았다.

"가만있지. 다치기 싫으면."

"뭘 알고 싶은 건가요? 이런 식으로?"

파들파들 떨리는 손끝을 꼭 움켜쥐며 기하가 하얗게 치켜뜬 눈으로 일광을 노려보았다. 아주 잠깐만 기다리면 될 것이다. 오라비와 운 님이 바로 올 것이니까.

"흥미로워서. 보통의 천녀들과는 많이 다르니까. 그쪽."

"……."

"헌데, 혹 벌써 소흑제와 마음이라도 나눈 건가?"

"……그분을 좋아해요."

"풋. 푸하하!"

일광이 허리를 굽히며 커다랗게 웃음을 토해 냈다. 그의 기분 때문일까, 결계 안의 열기가 더 강해지고 있었다. 푸른 기운을 머금은 기하에겐 편치 않은 상황이었다.

"빛이 그대의 근본인데, 어둠의 근원인 흑제에게 마음을 주었다? 예전에도 그런 멍청이가 하나 있었지. 그렇게 흑제의 곁으로 보내 달라 고집을 부리더니. 행복해지기는 개뿔."

붉은 입가가 비틀렸다. 무엇인가 편치 않은 기억을 떠올리는 모양이었다. 어떻게 하면 이곳을 빠져나갈 수 있을까 골몰하는 기하는 일광의 말이 누구를 말하는 것인지 깨달을 수 없었다.

"빛은 빛과 어울리는 것이 순리야. 왜 다들 그렇게 쉬운 순리를 어기려는 걸까. 그래서 얻는 것이 뭐라고."

"그래서 당신은 행복한가요?"

"뭐?"

기하의 물음에 일광의 눈매가 날카롭게 일그러졌다. 붉은 기운이 넘실거리는 그 눈을 마주 보는 것만으로도 무서움이 일었지만 기하는 시선을 돌리지 않았다. 서리서리 차가운 푸른 눈동자에 닿은 붉은 열기가 흔들리고 있었다.

"그저 순리대로, 편한 대로 사는 당신의 삶은 행복하냐고요."

"우린 신이야. 인간들이나 매달리는 행복이라는 우스운 단어가 뭐라고."

"헌데 제 눈에는 그 하찮은 인간들보다 당신이 더 불쌍하고 안쓰러워 보이니 어떻게 할까요."

"……뭐?"

천천히 사내에게서 더 진한 열기가 퍼져 나왔다. 편하게 숨을 내쉬는 것조차 조금씩 힘들어지고 있었지만 기하는 사내를 노려보는 것을 멈추지 않았다. 어쩌면, 정말 어쩌면 저 사내의 기운이 커질수록 태호와 운이 이 결계를 찾는 것이 더 쉬울지도 모른다는 생각이 번개처럼 머릿속을 스쳤기 때문이다.

"소멸까지 각오하고 어머니를 찾으신 우리 아버지는 어머니 곁에 계실 때 세상에서 가장 행복해 보여요. 신이나 청제라는 허울 때문이 아니라 한 여인을 연모하는 사내로서. 그렇게 내 모든 것을 걸고 지키고 싶은 존재가 당신에겐 있나요."

"그것 때문에 불행해지기도 하거든? 순리에 어긋나는 상대를 연모해서 말이야. 그대가 마음을 주었다 하는 그 녀석의 모계가 어떻게 되었는지

알기나 하나? 그놈의 연모라는 우스운 감정 때문에 아직도 아프고 힘들
어하면서 살아. 어둠 따위 어울릴 리 없는데! 그놈에게 가서!"

벌겋게 일그러지는 사내의 눈 안에서 붉은 아픔이 넘실거렸다. 그 열기
가 고통의 또 다른 모습임을 느낄 수 있었다. 심장이 그의 눈빛만큼이나
벌건 상처로 가득 물들어 있는 듯했다.

문득 사내가 불쌍해 보였다.

"그분을…… 연모하셨나요."

움찔, 일광의 얼굴이 실룩거렸다. 스스로도 이해할 수 없는 감정이 몰
아치는지 잠깐 동안 멍하게 허공을 응시하던 사내가 입술을 거칠게 비틀
었다. 웃는 것도 우는 것도 아닌 이상한 사내의 얼굴이 많이도 아파 보였
다.

"연모? 그런 우스운 감정을 내가? 그런 우습지도 않은 것에 모든 것을
거는 이들이 하찮다는 거야! 그런 것 때문에 화가 나는 것뿐이고!"

"그 하찮은 것 때문에 그런 선택을 한 그분이 일광 님 곁에 있었다
면…… 행복했을까요? 아파도, 힘겨워도 그분은 자신의 선택을 후회하지
않으실 거예요. 스스로 선택한 연모하는 이와의 삶이니까요."

"뭐? 네까짓게 그걸 어떻게 알아?"

"아니라면 그분은 왜 그 아픈 사랑을 버리고 떠나지 못하시는 걸까요?"

"……."

"여전히 그분은 자신의 연모를 지키고 계시는 거예요."

"아니야!"

파팍!

숨이 막히게 뜨거운 불꽃이 일광의 몸에서 터져 나왔다. 기하가 두 손
을 들어 자신의 몸을 감쌌다. 약한 바람이 그녀의 몸을 감아 돌았다. 아주
미약한 힘이지만 버텨야 하기에 자신이 할 수 있는 것은 무엇이라도 해야
했다.

벌겋게 달아오른 눈을 한 일광이 또 한 걸음 기하 앞으로 다가가 붉은 불꽃을 담은 손을 내밀었을 때였다. 툭, 무엇인가가 끊어지는 소리가 귓전을 울렸다.

쩌어억!

뒤이어 붉은 공간이 아가리를 벌리듯 거칠게 찢기기 시작했다. 결계가 조금씩 부서져 내렸다. 불꽃들이 허공으로 날리며 흩어져 가는 사이로 언뜻 짙은 어둠과 바람의 내음이 스며들었다.

"벌써 온 거야?"

일광의 얼굴에 붉은 균열이 가기 시작했다. 조각 같은 얼굴에 붉은 줄이 하나둘 그어졌다. 몸속에서 터져 나오는 기운을 누르지 못하는 그의 몸은 금방이라도 터질 것만 같았다.

"기하야!"

자신의 앞을 막고 선 일광의 어깨 너머로 태호와 운의 모습이 가물가물 보였다. 그제야 이를 악물고 있던 기하의 눈이 약하게 일그러졌다. 가슴 한쪽이 툭 끊어지는 것처럼 힘이 풀렸다.

"생각보다 능력이 좋네, 둘 다. 이곳에서는 내 힘을 찾기가 쉽지 않았을 텐데."

일광의 몸에서 퍼져 나오는 열기가 끔찍할 지경이었다. 기하가 숨을 참으며 고개를 돌렸다.

"내 동생에게서 물러나."

태호의 손에서 천천히 바람이 퍼져 나왔다. 그의 손안에서 휘몰아치던 바람이 점점 그 크기를 키워 가자 제석궁 안의 모든 것들이 허공으로 휘날리기 시작했다. 그 바람은 일광을 향하고 있었다. 붉은 기운이 바람을 맞으며 넘실거렸다. 일광의 미간이 조금씩 더 구겨져 갔다.

"이곳은 제석천이다. 여기선 네놈들의 힘을 온전히 쓸 수 없어! 그것이 이곳의 법이다."

"법? 누구 맘대로?"

입술을 비틀며 웃음을 흘린 태호가 그대로 손바닥을 앞으로 향했다. 천천히 흘러나오던 푸른 기운이 그대로 앞을 향해 뻗어 나갔다. 거대한 푸른 기운이 붉은 열기를 감싸 안았다. 그리고 그 순간, 숨죽인 채 태호 뒤에 서 있던 운이 앞을 향해 달렸다.

"우욱!"

검은 어둠이 일광의 몸통을 그대로 꿰뚫고 지나갔다. 숨도 내쉬지 못하고 멈춰 선 일광의 입에서 검붉은 핏물이 주룩 흘러내렸다. 그리고 어느새 일광의 뒤에 서 있던 기하의 앞에 운이 서 있었다.

주변이 온통 흩날리는 불꽃으로 아수라장인데도 기하를 내려다보는 운의 검은 눈동자는 조금의 흔들림도 없었다. 아무 일도 없는 것처럼 무심한 표정으로 운이 그녀를 바라보았다.

"괜찮은 겁니까."

하지만, 그의 말끝이 아주 조금 떨리고 있음을 기하는 느꼈다. 담담함을 가득 담은 그 눈동자도 자세히 보니 약하게 떨린다. 그 모습에 심장 저 깊은 곳이 간질거렸다.

"괜찮아요. 저."

운의 커다란 품이 기하를 그대로 끌어당겼다. 짙은 어둠뿐인 장의 안으로 기하의 몸이 사라졌다.

"큭큭."

입가에 흐르는 핏물을 천천히 닦아 낸 일광이 구부리고 있던 몸을 천천히 폈다. 흩어져 가던 붉은 열기가 다시 그에게로 천천히 모이고 있었다. 제석천 힘의 근원이 그에게 모여들어 일광의 상처를 치유해 주고 있는 모양이었다.

"눈물 나는군. 가슴 시린 연모라."

아직 고통이 다 가라앉지 않았는지 입술을 악문 채 일광이 조롱하듯 내

뺕었다. 그런 일광의 모습에 표정조차 변하지 않는 운과 달리 태호의 눈에 노기가 파랗게 일렁였다.

"입 닥쳐."

"그런데 말이야. 누이가 한 점 빛도 없는 세상에서 차디찬 심장을 가진 저 녀석만 보며 살아가도 괜찮은 건가?"

"……뭐?"

예상치 못한 말이었던 걸까. 태호의 눈썹이 비틀렸다.

"심연, 명부. 그렇게 빛 하나 들어오지 않는 곳의 수호자다, 저 녀석은. 그게 저 녀석 힘의 원천이고. 헌데…… 과연 청제의 기운을 가진 네 누이가 견디기 쉬울 것 같나? 아. 저 녀석에게 물어보면 되겠군. 자신의 모계가 어찌 지내는지."

마지막 일광의 말에 운의 얼굴이 차디차게 굳었다. 그의 심장박동이 거세지기 시작한 것을 느낀 기하가 그에게 매달리듯 장의 깃을 움켜쥐었다. 일광의 말 따위 상관하지 말고 자신만을 느껴 달라는 듯. 하지만 그녀의 머리 위로 낮게 퍼지는 운의 숨결은 조금씩 더 차가워지고 있었다.

"그대의 모계, 길상천녀가…… 행복해 보이던가?"

움찔, 굳어 버린 운을 느낀 기하가 그의 옷깃을 거칠게 잡아당겼다. 운의 아득한 시선이 기하를 향했다.

"전 행복할 거예요."

속삭이는 기하의 목소리가 운의 귓가에 천둥소리처럼 울렸다. 그녀의 환한 웃음이 세상 전부가 되어 그의 심장으로 박혀 왔다.

"당신 곁에 있으니까."

연푸른 눈동자가 자신만을 바라보며 웃고 있었다. 세상 모든 것이 의미가 없어진 이 순간, 그 눈동자만이 보였다. 운이 천천히 뒤를 돌아보았다.

"내 아비와 어미의 행복 따위 내가 알 바 아니고."

검푸른 운의 입술이 약하게 달싹였다. 여유로운 목소리에는 짙은 어둠의 힘이 가득 고여 있었다. 듣는 것만으로도 소름이 끼칠 만큼.

"난 포기 못 해. 아니, 안 해. 혼자가 되는 일 따위 이제 죽어도 못 견디겠으니까."

고개를 돌려 차디차게 일광을 바라보고 있었지만 운은 품에서 기하를 절대 내어놓지 않았다. 장의 안에 감싸고 있는 것만으로도 불안한지 그의 길고 단단한 두 팔이 그녀를 꼭 끌어안았다.

"그래? 훗! 그럼 어디 한번 여기서 저 아일 데리고 나가 봐. 가능하다면."

어느새 기운이 회복되었는지 일광이 천천히 두 손을 들어 올리자 그 안에 둥그런 불꽃이 담겼다. 태양의 온전한 기운이 그의 손안에 고였다. 온 세상을 태울 수 있을 것처럼 뜨거운 열기가 주변을 가득 채웠다.

그녀를 보호해야 한다는 본능인지, 운의 주변으로 뭉글뭉글 어둠이 몰려들기 시작했다.

"동생을 진짜로 저 녀석에게 보내줘야 할지는 아직 잘 모르겠지만, 너는 죽어도 아니야. 그러니까 나도 상대해야 할 거야. 일광."

잠시 일광과 운을 살피던 태호가 허공으로 두 손을 천천히 들어 올렸다. 세상을 떠돌던 푸른 바람의 기운들이 그의 손끝을 푸르게 물들이며 하나둘 모여들기 시작했다. 그의 푸른 옷자락이, 푸른 머리카락이 허공으로 치솟아 올랐다. 그리고 그 기운에 주변의 모든 것들이 날리기 시작했다.

"輝(휘)."

바람 속에서 낮고 단단한 태호의 부름이 울렸다. 그리고 그 부름을 기다리고 있기라도 한 것처럼 그의 손끝에 은색 검이 모습을 드러냈다. 광청검 힘의 일부를 떼어 내 만든 소청제 태호의 검, 휘검이었다.

재미난 장난을 기대하는 듯 반짝이는 눈으로 휘검을 응시하던 태호가 은빛 검을 천천히 들어 올렸다. 검날에 푸른 기운이 모여들었다. 진한 바람의 기운을 품고 웅웅 울리는 휘검의 울음이 금방이라도 터져 나올 것처럼 진해져 갔다.

"휘, 가라."

허공에서 한 바퀴 맴돈 휘검이 그대로 일광을 향해 뻗어 나갔다. 숨 막히도록 푸르고 거센 바람이 그대로 불어닥쳤다.

"으윽!"

손안에 담고 있던 붉은 기운으로 겨우겨우 휘의 기운을 받아 내며 옆으로 몸을 움직인 일광이 거칠게 신음을 토해 냈다. 그저 스친 것뿐인데도 온몸을 부실 것처럼 강한 기운 때문이었다.

겨우 숨을 다잡은 일광이 힘겹게 몸을 펴며 뒤쪽에 있는 운을 바라보았다. 힘겨움에 하얗게 변한 일광의 입술 끝에는 무엇인가를 기대하는 비소가 담겨 있었다.

계산이었다. 자신이 태호의 기운을 정면으로 받는 것처럼 마주 서 있다가 비켜서면 그 기운이 뒤쪽의 운을 강타할 것이라는 기대. 그리고 다행히 자신의 움직임은 틀리지 않았다. 끔찍한 고통은 뒤따랐지만 태호의 기운을 뒤쪽으로 향하게 하는 데 성공한 것이다.

만족스러운 미소에 눈을 빛내며 운을 응시하던 일광의 입가에서 천천히 비소가 사라져 간 것은 조금 후의 일이었다. 여전히 기하를 품에 안은 채 꼼짝도 하지 않던 운의 뒷모습은 그 무엇도 속단할 수 없게 했으니까. 그리고 조금 후, 천천히 돌아서는 운을 바라보던 일광의 눈이 일그러지기 시작했다.

"뭐야……."

분명 시커매야 할 운의 눈동자가 푸른빛을 띠고 있었다. 그 모습엔 태호도 놀랄 수밖에 없었다. 하지만 곧 태호는 고개를 저으며 한 걸음 뒤로 물러섰다. 운의 새하얀 손끝에 맺히는 기운을 보았기 때문이다.

어둠을 잔뜩 머금은 채 뭉실뭉실 주인을 찾아 모인 힘을 감싼 것은 자신의 푸른빛이었다. 두 가지 힘이 하나로 모여 점점 커지는 모습은 보는 것만으로도 감탄이 나올 만큼 웅장한 광경이었다.

푸른빛이 감돌던 운의 눈동자가 다시 검은빛을 띠었지만 언뜻언뜻 내비치는 눈동자 안의 푸른 기운은 서늘하리만치 차갑고 강했다.

"몰랐나 본데, 나는 청룡의 기운과 현무의 기운을 함께 갖고 있다. 태어나기 전부터 그랬거든."

"그게 무슨!"

"난 구경만 하면 되는 건가, 이제?"

재미있어 죽겠다는 목소리로 태호가 말했다. 자신의 힘이 운에게 타격이 되는 것이 아니라 힘을 키워 주는 역할을 한 것이었다. 그가 자신의 힘을 흡수할 수 있기에.

"이건, 말도 안 되……."

"그럴까?"

푸른빛으로 감싸인 검은 기운이 그대로 일광을 향해 퍼져 나가기 시작했다. 거대한 구름이 해를 감싸는 것처럼, 일광의 손에서 눈부시게 일렁이던 붉은 기운들이 검은 기운에 먹히기 시작했다. 게걸스럽게 일광의 기운을 다 먹어 치운 검은 기운들이 이제 본체인 일광을 향해 움직이기 시작할 때였다.

그들이 모여 있는 곳으로 숨 막히게 새하얀 빛의 장막이 쏟아져 들어왔다. 운이 반사적으로 장의를 펼쳐 기하를 감쌌다.

– 소흑제, 멈춰라.

모습은 보이지 않았지만 공간을 가득 울리는 목소리가 누구의 것인지는 알 수 있었다. 조금 전 만났던 천제였다. 어차피 눈을 뜰 수도 없는 강한 빛 때문에 천제의 모습이 공간 안에 존재한다 해도 보지 못하는 것은 마찬가지였을 것이다.

– 감히 나의 궁 안에서 너희들의 힘을 내어 보이는 것이냐.

싸늘한 천제의 목소리는 빛 속에 갇힌 모두의 숨통을 조일 듯 날카로웠다. 그녀가 무척이나 화가 났음을 느낄 수 있을 정도로.

검은 기운 앞에 숨조차 제대로 내쉬지 못하던 일광이 그 순간을 놓치지 않고 몸을 뒤로 물렸다. 더 이상 퍼져 나가지 못하고 빛의 힘 안에 갇힌 검은 기운이 주인인 운의 손 안으로 빨려 들어갔다. 어둠이 사라진 공간 안에는 새하얀 빛만이 가득했다.

– 그 대가는 각오하고 있겠지.

순간 빛줄기가 폭발하듯 일렁였다. 태호와 운이 이를 악물며 질끈 눈을 감았다.

"젠장."

태호의 악문 이 사이에서 핏물이 주룩 흘러내렸다. 휘검을 움켜쥔 그의 손이 파들파들 떨렸다.

"운 님."

"가만히."

자신을 안고 있는 운의 기운이 거칠게 흐트러지는 것을 느낀 기하가 운을 불렀다. 하지만 운의 손은 그녀를 풀지 않았다. 힘겨움이 고스란히 느껴지는 심장을 어쩌지 못한 채 운이 가만히 손바닥을 폈다.

조금 전 그의 손안으로 갈무리되었던 기운이 흘러나와 장의 안을 채웠다. 자신의 기운으로 기하를 온전히 감싸려는 것이었다. 그 작은 움직임조차 끔찍한 빛의 힘 안에서는 너무도 힘겨웠지만 운은 멈추지 않았다.

"이봐요. 천제님."

태호가 빛을 향해 일그러진 얼굴을 들어 올렸다. 푸른 눈동자 안으로 쏟아져 들어오는 빛은 비수처럼 날카로웠지만 지금은 자신이 나서야 했다. 빛을 견디는 것은 자신이 더 쉬울 테고, 지금 운은 기하를 보호하는 것만으로도 충분히 힘겨울 테니까.

"지금 무슨 실수를 하고 계신지 모르시는 것 같은데."

– 실수라?

화가 섞인 천제의 웃음소리는 끔찍하게 차가웠다. 입가의 핏물을 거칠게 닦아 낸 태호가 고개를 천천히 끄덕였다.

"손님을 허락 없이 결계에 가둔 것은 천제님의 수족입니다. 헌데 그 손님이 누구인지 제대로 몰랐던 모양입니다."

여유로운 태호의 말에 일광의 얼굴이 일그러졌다.

"무슨 소리야!"

"수미산 동쪽 황금타의 주인이며 청룡의 화신인 저희 아버지께서 우리 기하를 얼마나 아끼는지 확인하고 싶으신 겁니까. 저자가 열의 결계에 기하를 가두고 겁박하였다는 것을 아시게 된다면 우리 아버지께서 어찌 나오실지는 천제께서 더 잘 아실 텐데요. 저희 기하가 어머님을 똑 닮았다는 것도 잊지 마십시오."

끔찍하게 그들을 조여 오던 빛이 수많은 색으로 일렁였다. 천제의 마음이 흔들리고 있는 것이리라.

그때였다. 숨소리조차 내지 않고 있던 운이 빛을 향해 고개를 돌렸다. 푸르게 변한 그의 입술에서 낮고 차디찬 목소리가 새어 나왔다.

"그 손님은 다음 대 수정타의 안주인이 될 소흑제의 반려이기도 합니다."

운의 목소리에 놀란 것은 천제만이 아니었다. 빛을 뚫어지게 노려보던 태호의 푸른 눈이 커다랗게 열렸다.

"해서 수정타 역시 가만있지는 않을 것입니다."

"자, 이래도 그 대가 받으셔야겠습니까."

잠깐 멍한 표정으로 운을 바라보던 태호가 빛 쪽으로 고개를 돌렸다. 환하게 미소까지 짓고 있는 태호의 얼굴 그 어디에도 두려움은 보이지 않았다.

모두의 숨통을 쥐어짜던 빛무리가 천천히 약해져 가며 수많은 색의 향연이 공간을 감쌌다. 눈부시게 아름다운 빛들이 그들 모두를 감싸고 돌았다. 기하가 운의 장의 안에서 고개를 내밀고 그 빛을 바라보았다.

– 순리를 어겼으니 누군가는 대가를 치러야 한다.

나직한 목소리가 천천히 공간을 울리며 멀어져 가는 순간, 일광의 몸을 새하얀 빛이 그대로 삼켜 버렸다.

"아악!"

비명 소리가 채 끝나지도 않았는데 그의 모습은 흔적도 없이 사라지고 없었다.

"죄송했습니다. 두 소대제님. 남은 여행 무사히 마치시길 기원하겠습니다."

창백하게 질렸음에도 정중한 예를 잊지 않는 월광이었다. 수도 없이 문제를 일으켰던 일광이었지만 그가 벌을 받는 것은 쌍둥이인 월광에게도 힘겨운 일이었다. 게다가 아수라장이 되어 버린 제석천의 궁을 손보는 것도 그의 몫이었다.

제석천의 궁이 닫혔다. 다시는 열리지 않을 것처럼.

❀ ✠ ❀

"재미있는 일이라도 있으셨습니까."

씩씩거리며 운과 기하에게로 다가서던 태호가 자신을 감싸는 싱그러운 기운에 잠시 멈춰 섰다.

그의 몸을 다정하게 감싸고 돈 기운이 천천히 형체를 만들어 갔다. 풍백이었다. 풍백의 모습에 태호의 얼굴에 그제야 여유로움이 돌아왔다.

"말도 마."

"제석궁 안이 아주 난리가 났다고 지나가던 바람이 전해 주던데요."

"제석천을 날려 버릴 뻔했어."

"청제님들은 이곳 제석천과 맞지 않는 모양입니다. 5천 년에 한 번씩 제석천을 이리 쑥대밭으로 만들어 놓으시니."

"내 잘못 아니거든? 저 녀석이……."

거칠게 운과 기하 쪽으로 고개를 돌린 태호가 급히 풍백 쪽으로 몸을 돌리며 그의 시야를 막았다.

"우린 빠져야겠네."

고개를 젓는 태호의 입가에 진한 미소가 피어올랐다.

궁 문이 닫히자마자 운이 급히 장의 자락을 열었다. 제석천 궁 안에서는 그 누구의 기운도 닿지 않게 하려 어둠의 힘 안에 그녀를 감싸 두었었다. 하지만 그녀에게 자신의 어둠이 편하지 않았을 수도 있다는 자각은 그를 불안하게 했다.

"괜찮은 겁니까."

"네."

걱정이 한가득 어린 눈으로 자신을 내려다보는 운을 마주 보며 웃던 기하의 얼굴에 약한 그늘이 드리웠다. 그녀의 새하얀 손가락이 그의 얼굴에 닿았다. 하얗게 질린 운의 얼굴이 보였기 때문이다.

"힘드십니까."

아프게 일그러진 얼굴로 기하가 묻자 운이 천천히 고개를 저었다. 눈물이라도 흘릴 것처럼 힘들어 보이는 기하의 얼굴이 더 아픈 그였다. 운이 손을 들어 기하의 손을 감쌌다.

"그 일각도 안 되는 시간이, 끔찍하게 길었습니다."

이제껏 흔들리지 않던 그의 검은 눈동자가 거칠게 떨리고 있었다. 그가 말하는 일각의 시간이 언제를 말하는지 알 수 있는 기하였다. 자신이 일광의 결계에 갇혀 있던 그 짧았던 순간.

"그대를 잃을 수도 있다는 자각이, 나를 숨 쉴 수 없게 했습니다."

"운 님."

"두 번은 견딜 수 없을 것 같습니다. 그러니."

운이 가만히 손을 들어 그녀의 조그마한 얼굴을 쓸어내렸다. 단단한 손끝에 닿는 따스하고 부드러운 감촉이 그의 온몸으로 스며들었다. 그 따스함에 이끌림과 동시에 그의 입술이 가만히 그녀의 입술에 닿았다.

차가움과 뜨거움이 함께하는 낯선 감각. 기하가 눈을 감으며 그의 옷자락을 움켜쥐었다. 입술에 닿는 감각은 분명 차가움인데 입술을 타고 스며드는 숨결은 지독하게도 뜨거웠다. 숨이 막힐 만큼.

아득해지는 감각에 그녀가 휘청이자 그의 단단한 팔이 그녀의 가는 몸을 감싸 안았다.

"그대를 다시는 놓치지 않도록, 나의 반려가 되어 주겠습니까."

기하가 뿌옇게 흐려지는 눈을 깜박였다. 그의 모습을 보고 싶어서였다. 그 움직임에 그녀의 커다란 눈 가득 담겨 있던 물기가 주룩 볼을 타고 흘러내렸다.

대답을 하고 싶은데 목이 막힌 것처럼 말이 터지지 않았다. 기하가 불안하게 흔들리는 시선으로 자신을 보며 기다리는 운을 향해 크게 고개를 끄덕였다.

"내가 원하는 것은 그대의 부모님처럼 소멸할 때까지, 아니, 소멸 후 후생에서조차 한순간도 떨어지지 않는 진정한 반려를 말하는 것입니다. 허니 잘 생각해 보고……."

간절함을 담고 조심스럽게 말을 이어 가던 운은 더 이상 말할 수 없었다. 그의 옷깃을 잡아당긴 기하가 그대로 그에게 입을 맞추었기 때문이다.

부끄러움 때문이었을까. 아주 잠시 닿았다 떨어지는 기하의 몸을 그대로 운이 당겨 안았다. 그녀가 고스란히 그의 단단한 품 안에 갇혔다. 서로의 설렘이 서로에게로 스며들었다.

"대답, 받았습니다."

운이 입가에 진한 미소를 가득 담은 채 다시 그녀의 입술을 삼켰다.

짹짹—!

허공을 날던 청조가 나오의 새하얀 손끝에 내려앉았다. 따스하고 맑은 아침, 해의 기운 아래 눈부시게 아름다운 황금타가 아득하게 내려다보이는 공간. 언제나 이 시각이면 청조들에게서 세상의 모든 소식을 전해 듣는 청제를 찾아 황금타 성곽 위로 올라온 길이었다.

그의 푸른 장의를 감싼 진한 바람도, 그를 경배하며 스쳐 지나가는 맑은 햇살도 다 너무도 아름다웠다. 누구보다도 진지하게, 그리고 부드럽게 웃어 주며 세상의 모든 것들과 소통하는 그는 이제 정말 어엿한 동방의 주인이었다.

헌데 우습게도 나오는 이따금씩 옛날의 그가 그리웠다. 세상 그 무엇도 상관없이 자신만을 생각하던 철없던 어린 청제가.

"이리 와."

손끝에 머물던 바람을 떠나보낸 청제가 그녀를 향해 손짓했다. 이미 그녀가 이 공간에 들어서는 순간부터 알고 있었던 것이리라.

언제나 그랬듯이 그의 품 안에 저를 밀어넣자 청제가 나오를 꼭 끌어안았다. 휘몰아치는 바람에 그녀가 날아가기라도 할까 걱정이 되는 모양이었다. 그에게 그녀는 언제나 그런 존재일 것이다. 보고 있어도 보고 싶고, 품속에 안고 있어도 불안한.

"무슨 소식들이 왔어요?"

"아주 재미있는 소식이 있던데. 누군가 제석천을 뒤집어 놓았다는 소문이 수미산 전체에 파다한 모양이오."

"네?"

눈이 커다래지는 나오를 예뻐 죽겠다는 얼굴로 바라보며 청제가 크게 웃음을 토해 냈다.

"모두가 쉬쉬하고 있지만 다 알고 있는 모양이오. 그게 누구인지."

"설마⋯⋯."

"소청제와 소흑제라든가?"

"어머. 괜⋯⋯찮을까요?"

"누가? 제석천이?"

"당신은!"

나오가 눈을 흘기며 청제의 가슴을 치자 그가 아픈 시늉을 하며 그녀의 가는 팔을 잡았다. 부드러운 미소를 담은 청제의 얼굴이 나오의 얼굴 앞으로 다가왔다. 여전히 그 얼굴과 숨결에 숨이 막히는 나오였다.

"내가 있는 한 누구도 그 아이들을 건드리지 못하오. 제석천이라 해도."

눈이 시리게 푸른 눈동자를 바라보며 나오가 천천히 눈을 감았다.

온 세상을 휘몰아치다 제자리로 돌아온 푸른 바람이 머무는 이곳, 황금 타에 아침 햇살이 찬란하게 쏟아져 내리고 있었다.

-完-

안녕하세요. 세련입니다.

'이걸 대체 왜 시작한다고 했을까!' 수도 없이 머리를 쥐어뜯으며 쓴 《푸른 바람의 역린》이 마침내 완성되었습니다.

저의 첫 로맨스판타지입니다. 네. 판타지 정말 힘들더군요. 판타지에 겁도 없이 도전했다가 아주 고생을 하며 완성한, 탈 많고 그만큼 더 많이 애정이 가는 녀석입니다. 이 글을 쓰면서 제 사고가 얼마나 닫혀 있고 상상력이 부족한지 실감했습니다.

세상 그 무엇도 겁나지 않았던 푸른 바람 동방의 신 청제와, 세상 그 무엇도 겁나지 않았던 그에게 유일한 약점이 되어 버린 청족의 작은 소녀 나오. 그리고 각자의 매력과 사랑으로 세상을 지키는 백제, 적제, 흑제, 황제. 우리 오방대제들의 이야기, 푸른 바람의 역린.

이 신비하고 아름다운 이들의 세계로 여러분을 초대합니다. 신들의 세계인 수미산과 생명이 가득한 동방의 숲, 검은 어둠의 세계인 심연과 죽은 자들의 세상인 명부까지 우리 청제와 나오를 따라 함께해 주세요.

아름답지만 아픈, 그리고 끝없이 신비로운 사랑의 이야기 세상으로 들어가실 준비 되셨나요?

이번 작품도 언제나처럼 저에게 많은 힘과 격려를 주시며 함께해 주신 로크미디어 로맨스팀의 주수지 대리님과 우리 편집팀 식구들 모두에게 감사를 드립니다.

*작품에 나오는 오방대제와 관련된 모든 정보는 네이버 지식백과를 참고하여 작가의 상상력이 만들어 낸 가공의 상황임을 알려 드립니다.